德川家康

現代日本的奠基者

第一部

第一卷 出生離亂
第二卷 獅子之座

Tokugawa Ieyasu

とくがわいえやす

Yamaoka Sōhachi
山岡莊八 ——著
何黎莉、丁小艾 ——譯

歷史裡的棘刺與榮光，德川家康

且先撇下個人好惡不談，若要在日本歷史（或政治史）選出一位最具代表性的人物，竊自以為再也沒有比以江戶為據地、建立德川幕府、維持天下和平長達二百餘年的德川家康更適合的人選了。

結束一百五十餘年戰國亂世的家康，照理在日本應有崇高穩固的地位，但事實並非如此。歷時二百多年的江戶時代，家康的地位尊崇至極，從諸藩藩主、藩士到一般民眾不可直呼其名，代之以「神君」、「權現樣」、「大權現」或「東照大權現」等尊稱。

不僅如此，家康的陵寢坐落在現今櫪木縣日光市，日光東照宮是世界文化遺產「日光的社寺」（包含日光東照宮、日光二荒山神社、日光山輪王寺）中最耀眼的景點，在江戶時代，就連朝廷也會專程派出日光例幣使，行走在專供敕使行走的「例幣使街道」，前往日光東照宮獻上幣帛，而全國各地均有祭祀家康的東照宮，終年香火不斷。

家康死後的謚號由其生前信任的側近南光坊天海提議，得到二代將軍秀忠認可，定調為

「東照大權現」。「權現」為神道用語，係指佛教中的佛或菩薩以日本眾神之姿態降臨日本，依當時盛行的神佛習合理論而言，東照大權現是佛教東方淨土淨琉璃世界的主宰者藥師如來（全名藥師琉璃光如來，與日光菩薩、月光菩薩並稱「東方三聖」）的垂迹，由此觀之，江戶時代的家康不僅超凡入聖，更臻神佛之境，殊遇之榮在日本史上鮮有匹敵者！

幕末慶應年間（一八六五至六八），當時倒幕已成薩長共同的目標，為爭取更多勢力的支持而不惜醜化幕府；不只醜化幕府，連帶幕府的創立者德川家康也被妖魔化。原本為日本帶來二百多年泰平繁榮的家康，一夕之間成為上欺朝廷天皇、下凌武士庶民的壞蛋。醜化幕府、妖魔化家康的同時，武力倒幕也堂而皇之變得理所當然。明治時代採取王政復古，政權返還天皇（儘管實際上並非如此），諷刺的是，數百年來已無親政經驗的天皇，其威望的積累卻是建立在詆毀被打倒的幕府上，當然，也包括了妖魔化家康。

二戰的失敗，讓躋身世界列強的日本墜入深淵，連帶地讓明治以來被低估的德川家康有了重新評估的機會。戰後日本，生活水準僅只戰前的一半，尚還不如戰時，其慘狀堪比在有「海道一の弓取り（東海道第一射手）」之稱的今川義元治理下的三河人民。這種環境相似的投射作用，讓日本人開始重新審視德川家康，學習他在逆境忍耐刻苦、順境積極進取的精神，終於，在經過十幾年後迎來日本經濟的復甦，進入七〇年代以後，更是提前實現已故首相池田勇人提出的「國民所得倍增計劃」。

傳奇日本歷史小說家——山岡莊八

當日本還處於美國占領期間的昭和廿五（一九五〇）年三月，明治四十（一九〇七）年出生在新潟縣的作家山岡莊八（本名藤野庄藏），於《北海道新聞》、《中日新聞》、《東京新聞》、《西日本新聞》等報連載長篇小說《德川家康》。

由於長篇小說的劇情龐雜、出場人物眾多，創作期間在報紙連載，俟連載完畢後，集結成冊推出單行本已成慣例，然而，《德川家康》的連載長達十七年，直至昭和四十二（一九六七）年四月方休，由於時間過長，《德川家康》在連載期間便已先行推出單行本。

令人訝異的是，寫出超過千萬字、連載長達十七年的山岡莊八，只有高等小學校（戰前小學分成尋常小學和高等小學兩種，各修業四年，高等小學相當於現在的國小五、六年級到國中一、二年級）肄業的學歷，與吉川英治相同資歷，而略遜松本清張（高等小學校畢業）。

肄業後身為家中獨子的山岡莊八選擇上京，學歷不起眼且又沒有一技之長的他，進入了印刷業。企圖心強烈的他不願終生只是個印刷工，幾年後與親戚合資成立印刷廠，然而昭和初期的不景氣壓垮了他的印刷廠，為了糊口，只好於昭和七（一九三二）年轉換跑道改入報社《萬里閣》，在隸屬該報的雜誌《暴力團》（ギャング，Gang）擔任編輯。山岡莊八不滿足編輯的身分，他也在《暴力團》連載自己的處女作《變態銀座十日談》（変態銀座デカメロン）。

之後幾年，山岡莊八過著身兼雜誌《暴力團》編輯以及在數本雜誌上連載著作的雙重身分，這段期間開始以「山岡莊八」作為筆名。依後來師事於他的門人杉田幸三編寫的山岡莊八年譜，成為新成立的雜誌「大眾俱樂部」負責人的山岡莊八，某次向因發表《神州天馬俠》、《鳴門密帖》而名氣如日中天的歷史小說家吉川英治邀稿，得到吉川的首肯，山岡莊八在之後數期雜誌均大篇幅預告這一消息。然而，幾個月過去，始終沒有等到吉川的文稿，在等不到稿件情形下，最終「大眾俱樂部」開了天窗。

盛怒的山岡耐住性子打電話向吉川催稿，沒想到吉川卻毫無愧疚地說道：「聽說貴刊經常造假，我很後悔接受貴刊邀稿。」聽完這席話的山岡頓時失去理智，叫車直趨吉川家宅，不待下人通報，直接進入內室，一把抓住正與某雜誌社後進交談的吉川，朝他臉上揮了一拳。這一拳，種下兩人之間的恩怨，不過，《德川家康》連載後翌年，山岡莊八獲頒吉川英治文學賞，吉川泉下有知，想必會與山岡一笑泯恩仇吧。

經過數年寫作，山岡在昭和十三（一九三八）年以《約束》獲選「サンデー毎日大眾文藝」，終於站穩文壇，為提升寫作的技巧，山岡加入擁有眾多成員的「新鷹會」（長谷川伸成立，現名「一般財團法人新鷹會」）。

昭和十六（一九四一）年起，山岡莊八以戰地記者身分，跟隨帝國皇軍征戰中國戰場及泰國、馬來西亞等地，陸續發表《隅田的燈》、《丹那隧道》、《海底戰記》、《軍神杉本中佐》、《太陽》、《御盾》、《元帥山本五十六》等與戰爭相關的著作，這段經歷，讓他在戰後遭盟軍總部視為軍國主義的幫凶，以致於遭到公職追放的處分。處分解除後改為執筆歷史小說，首部著作便是《德川家康》。

《德川家康》最初僅在《北海道新聞》連載，不久擴及至有合作關係的《中日新聞》、《東京新聞》、《西日本新聞》等報。昭和廿八（一九五三）年由講談社推出單行本，即便還在連載中，依舊不減《德川家康》的銷售量，昭和四十（一九六五）年突破一千萬冊，為此，講談社在東京帝國飯店舉行慶祝會，當時的佐藤榮作首相、未來的首相同時也是山岡莊八的同鄉——自民黨幹事長田中角榮，以及幾年後日本第一位諾貝爾文學獎得主川端康成均出席此次盛會。

《德川家康》連載結束當年便拿下長谷川伸賞，翌年更摘下吉川英治文學賞，昭和四十八（一九七三）年獲頒紫綬褒章。昭和五十三（一九七八）年九月三十日，山岡莊八因「何杰金氏淋巴瘤」（Hodgkin lymphoma）併發肺炎去世，享壽七十一歲，戒名山岡院釋莊八真德居士。

小說《德川家康》的啟迪

從前文的敘述可知，山岡莊八曾歷經印刷工、編輯、雜誌負責人、戰地記者、歷史小說作家等身分，比起松本清張雖有不如，但也算得上看遍人生百態。上述經歷讓山岡莊八揚名的是歷史小說作家這一身分，他在連載《德川家康》期間，同時也在創作《千葉周作》、《日蓮》、《織田信長》、《坂本龍馬》（稍早於司馬遼太郎的《龍馬行》）、《山田長政》、《新太平記》、《源賴朝》、《水戶黃門》、《毛利元就》、《柳生一族》、《異本太閤記》（即《豐臣秀吉》）、《高杉晉作》，《德川家康》連載完畢，持續執筆《太平洋戰爭》、《明治天皇》、《吉田松陰》、《伊達政宗》、《春之坂道》、《德川家光》、《德川慶喜》等歷史小說，這些作品在山岡莊八去世後，陸續收錄成「山岡莊八歷史文庫」，數量之多，不輸另一位歷史小說大戶司馬遼太郎。

「山岡莊八歷史文庫」部分作品如《織田信長》、《豐臣秀吉》、《德川家康》、《伊達政宗》，在一九八〇、九〇年代之交翻譯成繁體中文版，由遠流出版（之後與以戰國大名為主題的其他作家之著作併入「戰國群雄文庫」），《高杉晉作》、《吉田松陰》則於九〇年代後期翻譯成繁體中文版，《織田信長》、《豐臣秀吉》、《德川家康》、《太平洋戰爭》、《明治天皇》、《德川家光》、《德川慶喜》等作品，則於二〇一〇年代以後陸續譯為簡體中文版在對岸出版，作為日本歷史小說作家而言，山岡莊八在兩岸的知名度，大概僅次於司馬遼太郎。

當時，國人對於日本歷史小說的接受度不若現在，不過，對於包含筆者在內的日本戰國愛好者而言，在還不具備閱讀日文書籍的能力之前，「戰國群雄文庫」幾乎成為筆者這一世代（六年級）瞭解日本戰國時代僅有的管道，而山岡莊八的著作居功厥偉。

《德川家康》雖是山岡莊八最有名的著作，但在台灣的影響力反而不如《織田信長》、《豐臣秀吉》、《伊達政宗》等作品，究其原因，應與冊數和價格不太親民有關。約莫萬元的定價，在九〇年代初期的台灣，是多數學生無法負擔的天價；即便能克服價格問題，二十六冊的數量也讓人望之生畏，最終束之高閣。

《德川家康》是山岡莊八歷時十七年撰述的歷史小說，而非史籍，在閱讀時應牢記此點，不須過於拘泥「某某頁某某處的記載與史實有所出入」、「某某人明明沒做過這些事、沒說過這些話」，而代之以「如果當下遇到這些事，我會怎麼處理？能不能比書中人物做出更好的抉擇」的心態，學習家康的危機處理能力及領導統御能力的養成，這才是歷史小說給人最大的啟迪，也是「以古為鏡，可以見興替；以人為鏡，可以知得失」的真意。

請讀者抱持從偉大的歷史人物身上學習的心態閱讀本書，相信定能從書中得到豐碩的收穫。

洪維揚

目次

德川氏系譜（—為直系。＝為同族或異族）

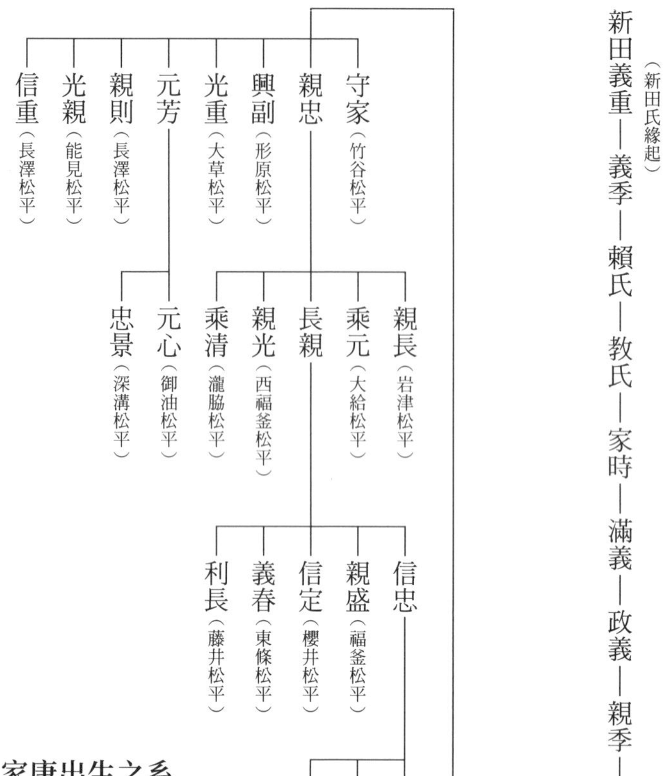
（新田氏緣起）
新田義重—義季—賴氏—教氏—家時—滿義—政義—親季—有親—親氏
廣親
泰親
信廣
信光
守家（竹谷松平）
親忠
興副（形原松平）
光重（大草松平）
元芳
親則（長澤松平）
光親（能見松平）
信重（長澤松平）
親長（岩津松平）
乘元（大給松平）
長親
親光（西福釜松平）
乘清（瀧脇松平）
元心（御油松平）
忠景（深溝松平）
信忠
親盛（福釜松平）
信定（櫻井松平）
義春（東條松平）
利長（藤井松平）

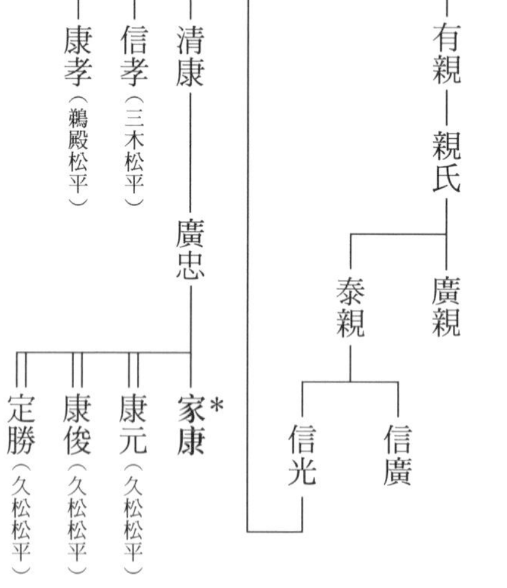
清康
信孝（三木松平）
康孝（鵜殿松平）
廣忠
家康*
康元（久松松平）
康俊（久松松平）
定勝（久松松平）

家康出生之系

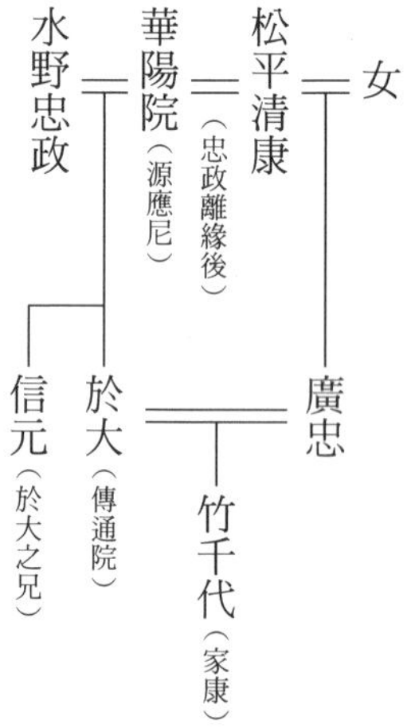
女
松平清康
華陽院（源應尼）（忠政離緣後）
水野忠政
廣忠
於大（傳通院）
信元（於大之兄）
竹千代（家康）

家康 *一

- 信康（幼名竹千代，母築山御前〔關口氏＝鶴姬＝瀨名姬〕。室織田信長女德姬。行年21歲）
- 龜姬（母築山御前。奧平信昌室。行年68歲）
- 督姬（母西郡〔鵜殿氏〕。北條氏直室。後，池田輝政室。行年51歲）
- 秀康（幼名於義丸，母於萬〔永井氏〕。豐臣秀吉之養子，繼承結城家。後，越前松平家六十七萬石。行年34歲）
- 秀忠 二（幼名長秀丸，母於愛〔西鄉氏〕。二代將軍。台德院。行年54歲）
  - 千姬（母淺井長政女〔達姬＝於市之三女〕。豐臣秀賴室）
  - 子子姬（母淺井氏。前田利常室）
  - 勝姬（母淺井氏。松平直忠室）
  - 初姬（母淺井氏。京極忠高室）
  - 家光 三（幼名竹千代，母淺井氏。大猷院。行年48歲）
    - 家綱 四
    - 綱重 — 家宣 六 — 家繼 七
    - 綱吉 五
  - 忠長（幼名國千代丸，母淺井氏。行年29歲）
  - 正之（幼名幸松丸，母神尾氏。予保科氏。）
  - 和子（母淺井氏，東福門院。後水尾中宮。明正天皇母。行年72歲）
- 忠吉（幼名福松丸，母於愛。行年28歲）
- 振姬（母於竹〔市川氏〕。蒲生秀行室。後，淺野長晟室。行年38歲）
- 信吉（幼名武田萬千代丸，母下山〔秋山氏〕。行年21歲）
- 忠輝（幼名辰千代丸。母茶阿〔花井氏〕。越後家。觸怒家康而流放。室伊達政宗女五六八姬。行年92歲）
- 松千代（母茶阿。行年6歲）
- 仙千代（母阿龜〔清水氏〕。行年6歲）
- 松姬（母間宮康俊女。行年4歲）
- 義直（幼名千千世丸，後五郎太丸，母阿龜。尾張氏六十一萬九千五百石。室淺野幸長女。行年51歲）
- 賴宣（幼名長福丸，母於萬〔蔭山氏〕。紀伊家五十五萬五千石。室加藤清正女。行年70歲）
- 賴房（幼名鶴千代丸，母蔭山氏。水戶二十五萬石。行年59歲）
- 市姬（母遠山直景女。行年4歲）

吉宗 八 — 家重 九 — 家治 十

家齊 十一 — 家慶 十二 — 家定 十三

家茂 十四 — 慶喜 十五

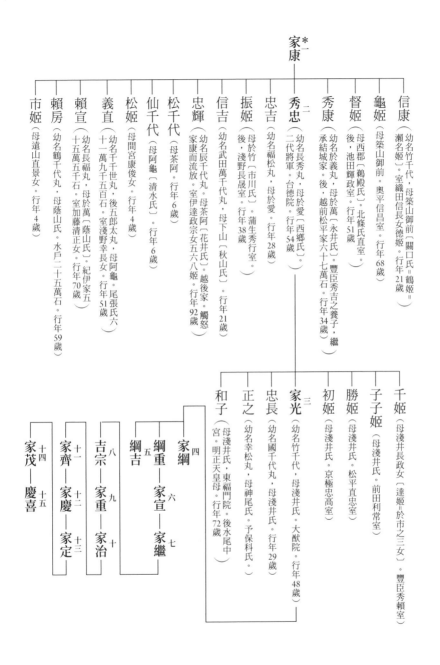

織田氏、水野氏系譜（—為直系。‖為同族或異族）

織田氏

平重盛—資盛—織田親真……（十四代略）……信定

- 信定
  - 信秀（彈正忠）
    - 信廣
    - 信長
      - 德姬（松平信康室）
      - 信忠（幼名奇妙丸，秋田城介三位中將）
      - 信雄（幼名茶筅丸，北畠中將，常真）
      - 信孝（幼名三七丸，神戶三七郎）
      - 秀勝（秀吉養子，中納言）
      - 勝長
      - 信秀
      - 信高
      - 信吉
      - 信貞
      - 信好
      - 長次（其他女子數子）
    - 信行 末盛城主
    - 信包
    - 信治
    - 信時
    - 信與
    - 長益（有樂齋）
    - 長利
    - 女子
    - 女子
    - 於市（淺井長政妻）（其他男女數子）
  - 信康 犬山城主—信清
  - 信光 守山城主—信成
  - 信實
  - 信次

水野氏

源經基……（十九代略）……貞守（水野氏）

- 貞守
  - 賢正—清忠—忠政
    - 信守
    - 信元‖忠重
    - 女子（形原松平氏）
    - 忠守
      - 忠元
      - 盛信
    - 藤九郎信近
    - 於大（松平廣忠室，家康母，傳通院）

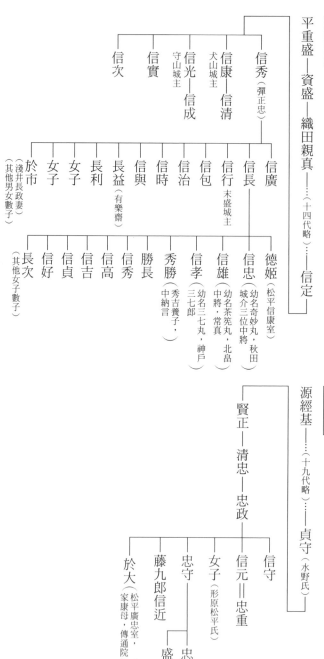

松平一族與三河豪族分布圖

美濃
尾張
三河
遠江
清洲
瀬戸
守山
名古屋
熱田
鳴海
大高
八草（那須氏）
西加茂郡
伊保（三宅氏）
猿投
挙母（中條氏）
寺部
矢並
則定
足助
東加茂郡
北設樂郡
田峯（菅沼氏）
酒呑
松平郷
九久平
大給松平
瀧脇松平
岩津
能見松平
岡崎
額田郡
南設樂郡
刈谷（水野氏）
碧海郡
福釜松平
櫻井松平
阿古居（久松氏）（後為久松松平）
藤井松平
三木松平
大平川
（菅生川）
野田（富永氏）（大宮司一家）
八名郡
西條（吉良氏）
今川
大草松平
長沢松平
竹谷松平
深溝松平
五井松平
富岡（宇理氏）
牧野（牧野氏發祥地）
寶飯郡
幡豆郡
一色
東條（吉良氏）（後為東條松平）
西郡（鵜殿氏）
形原松平
吉田（豐橋）（牧野氏）
田原（戸田氏）
渥美郡
矢矧川
足助川
古矢矧川
●松平一族
○三河的豪族

尾張、三河概要圖

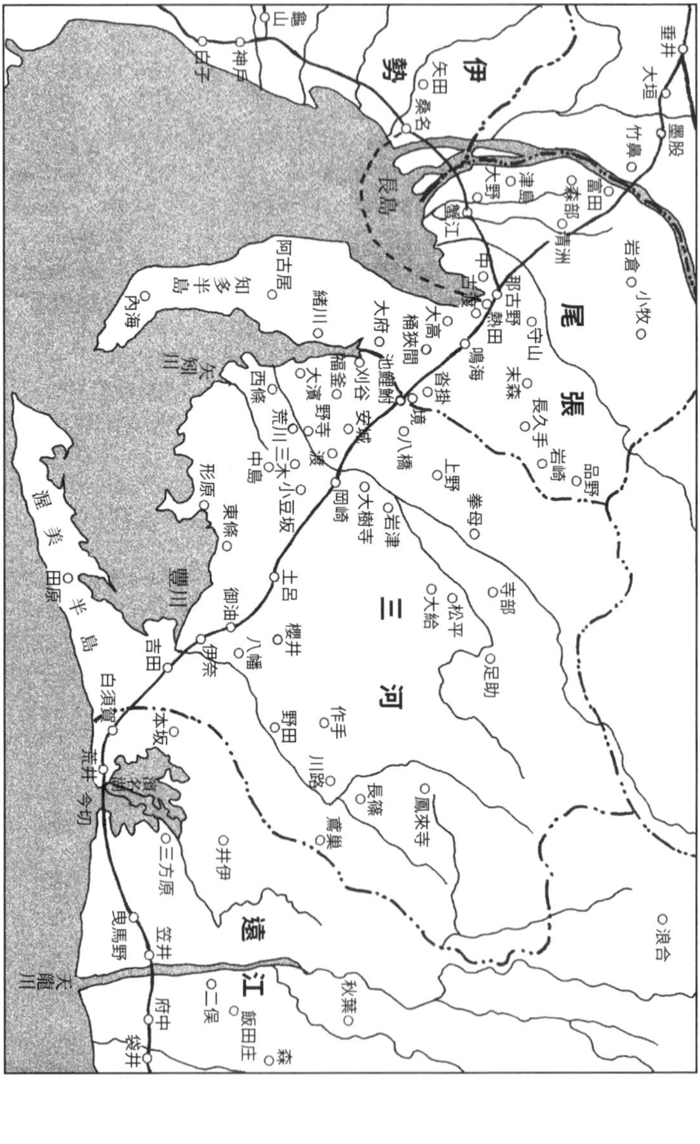

伊勢
尾張
三河
遠江
知多半島
渥美半島
長島
那古野
熱田
清洲
小牧
岩倉
蟹江
大高
鳴海
桶狹間
池鯉鮒
安城
岡崎
大樹寺
小豆坂
吉田
白須賀
濱名湖
三方原
曳馬野
天龍川
豐川
矢作川

第一卷·出生亂離

破曉之前

一

武田信玄二十一歲。

上杉謙信十二歲。

織田信長八歲。

而日後的平民太閤豐臣秀吉，還只是個蓬首垢面的六歲小童。

是年，天文十年，也就是西元一五四一年——海之彼岸，一衣帶水的是明帝國的天下。在歐洲，查理五世向法蘭索瓦一世宣戰，入侵法國；亨利八世繼承愛爾蘭王位，正積極召集手下，虎視眈眈地想除掉蘇格蘭王詹姆士。

不論東方或西方，十六世紀中葉都籠罩在戰國風雲之中。時值冬季正月，栽植於三河岡崎城內、當年由伊勢的東條持廣所贈的柑橘，卻因今年氣候較往年暖和，正結滿纍纍的金色果實，庭院裡瀰漫著甜美的芳香。

或許是逐香而來的吧，今年庭院內的鳥兒也特別多。十六歲的年輕城主松平次郎三郎廣忠沉默了半晌之久，犀利的視線一直凝注於那些鳥兒身上。

甫於去年桃花季節出生的長子勘六悄悄爬到膝邊，抬起頭，彷彿在望著年輕父親的苦惱。

每次見到這種情景，比廣忠年長兩歲的阿久便覺得胸口泛涼，有如一陣寒風拂過。

「您還沒下定決心？」

阿久是族裡松平左近乘正的女兒，十五歲時被時年十三的廣忠納為側室。今年已十八歲，生了兒子後整個人散發出白色山茶花般孤芳的風采，卻又隱含著魅惑的冶豔。三人屏開侍女獨處時，與其說是一家人，毋寧更像是姊姊照顧兩個弟弟。

「大人如此猶疑，將使我備受指責！家老們定會說是出於我的嫉妒才使您困擾不決。」

「阿久……」

「是。」

「你為何不像傳言中的那樣嫉妒呢？我曾答應總有一天要扶你為正室……難道，你忘了？」

「我沒忘，但是為了整個家族設想，這也是無可奈何的。」阿久說著，輕輕抱起爬到身旁的兒子。

「何況，於大小姐是出了名的美女，人們皆稱讚她有器量，您何不盡早迎娶，也好讓家老們放下心裡的重擔。」

廣忠仰首凝視阿久，年輕蒼白的臉孔因憤怒而顫抖。

「你真的希望我娶仇人的女兒，俯首其下？」
「這也是為了整個家族著想。」
「別說了。」
廣忠用力一拍膝蓋，但強硬的語氣也只這麼一句，接下來又是一陣憂傷的沉默，眼圈也不知不覺地紅了，悽然地說：「於大是我繼母華陽院所生之女，對我來說，不僅是仇人之女，也是異母之妹。如今為了活命，竟要娶自己的妹妹……」
廣忠的聲音逐漸沉寂。
「無論如何，都得要為了整個家族著想啊！」
阿久毫無感情的聲音再度響起。

二

廣忠被迫迎娶的正室於大，乃刈谷城城主水野右衛門大夫忠政之女。刈谷城與岡崎城相鄰接，去年與廣忠打了一整年的仗。
於大今年十四歲，比廣忠小兩歲，容貌之美遠近馳名。因此，年輕的廣忠當然想一睹芳容，然而卻也顧忌著對方畢竟是繼母華陽院之女，把她當作妹妹看待，而非戰敗後被強加聯姻的可悲對象。

「……讓於大嫁給松平這小鬼，對我也有好處！」

廣忠憤憤想像著腫腫的水野忠政那張陰鷙難測的肥臉這麼說著，暗地裡打了個冷顫。

「阿久……」

「是！」

「你知道我的母親去世後，父親迎娶繼母華陽院時，人們是如何議論的嗎？」

「這……不。」

「你肯定是知道卻不敢說吧……這件事，一直讓我很難堪。」

「不過，那已經是很久以前的事了。」

「不！」廣忠眼眸再度射出銳利的光芒：「華陽院在刈谷城與水野忠政生下五個孩子，忠守、信近、忠分、忠重及於大，個個端正體強。但是她為何與忠政分離？又為何改嫁我父親呢……」

阿久慌忙抱住廣忠之膝：「萬萬不可如此說，要是這樣講，我……我……」

看來，這件親事中受創最深的還是阿久，她一定也想過：水野忠政能毫不在乎地與自己五個孩子的母親分手，把她送到松平家，那麼，一旦廣忠娶了忠政之女，為廣忠生下長子的自己會有什麼樣的命運呢？

然而，松平家目前仍然沒有力量和水野一門為敵！

本來，松平家與水野家都仕於駿府的今川，但是近來尾張的織田信秀勢力逐漸增強，廣忠的大叔父，櫻井的松平內膳信定打算與織田信秀裡應外合，企圖奪取岡崎城。

所以，岡崎城的老臣阿部大藏與大久保新八郎不斷勸著阿久：「無論如何，還請您多忍耐，殿下還年輕，就請您多勸進他吧！」

松平家存亡的危機，成為今日阿久悲傷的由來，然而廣忠卻又未曾鬆口應允親事。他深信父親清康是被水野忠政的陰謀給蒙蔽了，才會接納比自己年長且已生下五個孩子的華陽院為繼室。

廣忠看著俯在自己膝上泣不成聲的阿久，又望向幼小天真的嬰孩，突然說道：「阿久，我有法子了。」

廣忠看看四周，壓低聲音，在阿久耳畔低語著。也不知他說了些什麼，阿久臉上的血色消失了。

三

「你懂嗎？」

阿久注意到廣忠再度偷偷環顧四周的動作，輕聲道：「這……未免太殘酷了。」

她臉色蒼白，交疊置於膝上的手微微顫抖著。

「一點也不殘酷，而是以其人之道還治其人之身的狡智而已。」

「就算如此，但是於大又沒有做錯什麼。」

「我不也一樣嗎？可是，我的祖父、父親都死於亂兵之中。總有一天，我也會落此下場。在此亂世，不殺人者反會被殺。為求生存，連五個孩子的母親都能送人好做內應……」

「噓！」阿久打斷了廣忠。

寬敞的走廊傳來腳步聲，是阿久的侍女阿萬。

「華陽院夫人從城北過來了。」

兩人怔了一下，對望著。然後，廣忠立即準備起迎。

「不必來迎接我了，這樣就好，這樣就好。」

隨著圓潤清脆的聲音，繼母華陽院滿臉微笑地出現了：「呀，勘六也在這裡呀？才多久沒見，又大了。來，讓我抱抱！」

自從廣忠之父親清康遇刺後，華陽院就削髮修行，法名源應尼。已經三十好幾了，在披戴著鼠灰色頭巾、微露笑意的面容裡，仍散發出萬種風情。

勘六似乎很喜歡祖母，喜孜孜地爬上華陽院膝頭。這時，華陽院以哄著孩子般的語氣說：「天氣真好……來這裡的途中，我順道瀏覽了酒谷、風呂谷，到處都能見到黃鶯了。梅花也快綻放了。」

「真快，記得前不久還在寒風裡作戰……」

廣忠略帶諷刺地瞥了對方一眼。華陽院卻視若無睹說：「廣忠，我今晨收到了於大的信。」

阿久悄悄走了出去。

「少女的信裡總是充滿歡樂，她對於松平家與水野家議和深感高興。還問起你的個性、脾氣，大概已在腦海中勾畫出未來的美景了。」

「畢竟還不解世事的艱難啊！」

「那麼，你又瞭解多少呢？」

華陽院輕擁了勘六一下，大聲笑道：「勘六，你父親比起你去世的爺爺還差得遠。目前東有今川，西有織田，武田在甲斐，北條則占著小田原。這種時局，松平與水野相爭只是徒然兩敗俱傷而已，最終漁翁得利。廣忠，這件親事可是我前思後想才擬出的好辦法，難道你不同意？」

說完，華陽院再度笑了起來，臉頰緊貼著勘六的笑臉。

四

廣忠實在難以忍受華陽院那種悠然自得的態度，更因為父親生前也承認她是個非比尋常的才女，此刻被批評比父親還要稚嫩，使他更是暗暗惱恨。

「這個……既然是母親大人您作主，我毫無異議。」

「這樣我就放心了。事實上，這也是你父親大人生前的希望。」

「什麼？父親大人的……」

華陽院首度凝視廣忠，說道：「廣忠，女人悲哀的命運是丈夫無法瞭解的，悲歡離合如夢似幻，結婚、改嫁，再痛苦也要掙扎著活下來，最大的希望只是想要見到子孫繁榮興盛！」

「這麼說，您是想在岡崎城的血脈中留下水野家子孫？」

「不，我是想留下你父親託付給我這老嫗的……你的後代。」

「哦。」廣忠漫應著。他並不知道華陽院嫁給父親的真實情況，只是一味認定這是水野忠政的陰謀，強迫華陽院給父親做繼室，然而事實卻正好相反。

當年，其父岡崎三郎清康常常壓迫水野的刈谷城。某天，他去拜訪忠政，在酒宴中半開玩笑地指著一名女子說：「……長得還不錯，能送給我嗎？」

其實，清康明知對方是忠政的正妻，已是五個孩子的母親，所以這麼說純粹只是戲言！但是這種戲言對於弱者而言可無法一笑置之。忠政懾於清康的威勢，便暗中和妻子離婚。於是，清康就真的迎娶了。

華陽院當時的悲傷如今已無人知曉，因為松平家與水野家的軍事勢力已經完全逆轉了。

華陽院為避免悲劇再度發生，希望兩家能密切地結成一體。可是，每戰皆敗的廣忠卻無法坦然接受她的苦心。

「母親大人都這麼說了，我就娶她。但若是於大無法生子，屆時我休了她，您不會有異議吧！」

廣忠一口氣把心中所想的全說完了。華陽院邊笑邊點頭。這種淡漠的態度更激起了廣忠的怒火。

他寒著眼神說：「而且……萬一兩家又起干戈，到時是否也無所謂？」

華陽院又笑了。她理解，這是個男人藉武力逞威的世界。在這離亂世界裡，女人根本無能為力。她們唯一能做的只有生下自己的孩子，期待下一代奪權得勢。

「隨你意吧！」

既然如此，廣忠也無話可說。無論他的情緒何等激憤，就是說不出方才對阿久所說的那些。

（你看著好了，我會找機會……）

他在心裡暗想著。

此時，重臣們神情肅穆地走了進來。

五

「殿下，刈谷城又派使者來了。」

大久保新八郎一坐下便立即說著。

「看來，水野忠政對這門親事相當堅持！」

壯碩的阿部大藏自言自語著，同時向侍女阿萬使了個眼色。阿萬立刻很識趣地從華陽院手中接過孩子，匆匆離開了。

「不管怎樣，現在第一要忍，第二也要忍。」

叔父藏人信孝頗為顧忌地看了華陽院一眼，嘆口氣說道：「不培養實力是不行的。」

「這門親事對華陽院夫人來說也是樂見其成。」

「不，這只是小事，我們應該徹底瞭解大局才行。」

大久保新八郎直視廣忠：「究竟會由誰掌握天下？看透這，才是一切行動的根本。」

「確實不錯！但，會是誰呢？」

「武田之子晴信時時從背後覬覦著駿府的今川家。話說回來，今川雖極強大，但織田信秀的實力正如旭日東升；另外，足利家的人也不可忽視。最重要的是，被夾在大勢力範圍間的小國絕不能相爭，必須與近鄰親密結合，互通聲氣，採行一致行動！」

「不錯，在此時機下，對方主動提親可以說是求之不得。」

一旁微笑聽著眾人意見的華陽院，搖手道：「此事不必再擔心了。」

「這麼說，殿下已經……」

「是我勸他的。至少，他閉著眼睛也會把對方娶過門。是不是，廣忠殿下？」

廣忠痛苦地用力別過頭，勉強吐出：「這……這是值得慶賀的事！」

「恭喜！」

「恭喜殿下！」

所有家臣異口同聲祝賀著，同時哈哈大笑。本來，男女聯姻應是兩情相悅，時局卻令一切變質。婚姻被利用來作為一家一族存續下去的工具，女人被送往迎來，以求消弭今天的戰火，更求明日自己的子孫能在敵人勢力下繁盛。

無限崇高的情感，已被迫屈服在冷酷的理性之下！

年輕的廣忠認為這種勾心鬥角太卑鄙了，幾乎令他無法忍受，大聲地說：「好了，別再笑了。」

蹙著眉，他內心深處再次升上怒火，心裡思量著。

（應該無人察覺我吩咐阿久毒殺她吧！我絕不受水野擺布……）

然後，他放緩聲音柔和地說：「既已決定，事情愈快愈好。一切都和母親大人商量就行。」

「哈哈！」眾人再度對望，歡悅地笑著。

至少，對他們而言，這項具有重大意義的政略已經成功在望！

六

刈谷城的水野忠政派往岡崎城的使者秋元天六回來覆命，回報松平廣忠已答應婚事，忠政立即說：「這就好了，這樣，我一生的責任就算了了。」

他一面讓近侍替自己拔去從去年秋天開始顯著增多的白髮，一面喚叫么女於大。

「怎麼樣？你是不是也很高興？」

於大半掩著臉笑了。她由臉頰至眉毛的輪廓很像父親，白皙嬌嫩的皮膚與優雅的風韻卻神似母親。此刻，她已明白自己即將嫁往母親居住的城裡。

「隨時都能見到母親大人，我最高興了。」

「或許吧！這……我也深感欣慰！」

長相會令人聯想到大黑天神像的水野忠政，對於這個自小離開母親的么女可說是由衷疼愛著。

以十四歲而言，於大的發育算是成熟。丹鳳眼、黑髮下的櫻色耳垂美得令人神往，豐腴的肩膀與粉頸，散發一種成熟女性的嫵媚，但除此之外仍處處顯得稚嫩。她的個性在兄妹之中最是複雜，應該說的話，總能找到適當時機適時說出。在她溫柔的笑容背後隱藏著堅毅與機敏，對於父親的瞭解也遠超過兄姊。

「人家說一月與九月不能出閣，我卻不在意這種迷信。反正，想到的日子就是吉日！」

「是的，我也不在乎那種迷信傳說。」於大肯定回答。

忠政頷首笑道：「一切都準備得差不多了，下聘可能在戌之日。只是，嫁過去之後，我們就很難見面了。今天好好替我搥搥背吧！」

「好啊！」於大立刻繞到父親身後。

這一天天氣晴朗無比，輕柔的東風從海面上吹拂而來，令人神清氣爽。於大的手開始輕輕捶打著。

「為了慎重起見，我先問你，你知道我為什麼對這門婚事如此高興嗎？」

於大在背後謹慎地低著頭。她心裡早已明白，只是認為還是由父親親口說出來比較好，因此保持沉默。

「家臣……甚至你的兄長們，有不少人對這件婚事強烈不滿。你知道嗎？」

「是的，我略有所聞……」

「也有人認為松平廣忠年紀還輕，正好利用這個機會加以剷除。但依我之見，這只是血氣之勇。」

「我也這麼覺得。」

「應是如此。如果真正作戰到底，被消滅的不是松平家，而會是水野家！」忠政將頸子用力轉向左邊，說道：「頸根部用點力替我捶捶。」

於大柔軟的右手屈伸捶打兩三下。

「這一點，我必須向你道歉！我估計得偏差太多了。我原以為將你的母親送入岡崎城就能勝過對方，事實卻證明我的思慮有欠周詳，反而愈陷愈深。」正午的城內一片靜寂，只有捶背的聲音在室內迴響。

故意不面對愛女的忠政，此刻彷彿正以輕淡的語氣，對著即將送入敵城的女兒交代遺言。

「當廣忠之父清康對你的母親表示垂涎之意時，我心裡憤怒咒罵著，同時也在想『如果對方沉迷女色就好應付了』。當時雖覺得可惜，卻自以為已經贏定了。更何況你的母親有了你們五個孩子，只要她在岡崎城，水野家便可高枕無憂。」

忠政的語氣愈來愈激昂，而於大的眼眶反而紅了。她明白父親是如何深愛著母親，也因此雖然無時無刻不思念著母親，卻從不埋怨父親！

「……這一點，我的想法沒錯。畢竟，目前水野家很安泰，但是以你的母親為人質，伺機消滅松平家的苦心卻白費了。你的母親是極富才德的女子，家臣至今仍由衷仰慕著她。而且，與她對敵的都是至親骨肉，也就是你的兄長們，他們即使嘴裡講得多麼勇武善戰，卻絕不會去攻陷母親居住的城。要是那麼做，對方的大將一定會先殺害他們的生身之母……」

說到這兒，忠政怔了一下，感覺到於大的淚水冰冷地滴在自己頸上。

「哈哈哈……」忠政笑了，然後以溫柔的語調繼續說：「別哭，這都是過去的事了，都已經過去了。」

於大手仍繼續搥著，輕輕點頭。

「事情是過去了，但……我還是輸了，拋開人情倫常的謀略並不算謀略，古聖先賢早已明說了。於大，你明白嗎？」

「是的，失去母親大人最使我寂寞！」

這回，輪到忠政點頭。他說道：「我也很寂寞。一想到松平清康竟能知曉人情之機微，帶走五個孩子的生母，我就寂寞得幾乎要發狂了……」

「……」

「不過，現在都好了。身在亂世之中，人類的狡詐策謀根本無濟於事，然而，一切無意義的悲嘆卻都源自於它。」

於大稍微停下手的動作，一雙丹鳳眼露出凝重的神色，仔細聽著父親的一語一句。

「因此，我就在此：不計小怨，以面對大現實的態度使兩家互相結合，才算真正勝利。我永遠不忘將你貞節的母親贈予仇敵的痛苦，但是我卻要設法將怨恨轉為希望，同時再把自己最心愛的你獻予對方。也許這麼做，神佛會庇護我吧！」

於大再度嚴肅地點頭。雖然父親腦後沒有長眼睛，但她的態度就像面對父親一般。

當她繼續搥動著手，忠政心滿意足地笑了，他說：「我這些年與岡崎城爭戰，並非為了吞滅對方，而是要製造將你嫁過去的機會……這點，你應該知道吧！」

——八——

於大尊敬父親忠政，就與她思念岡崎城內的母親一樣深厚。殺人與被殺、害人與被害，這都是過於相信無法估計的力量所累積的悲嘆與怨啼而已。或許，所謂的無間地獄就是如此吧！

父親目前已經掙脫了桎梏，於大暗下決心：為了父親，自己必須成為兩個家族間的橋梁。

「該揹腰了。」於大讓父親躺下來，以她十四歲少女天真的言語撫慰著滄桑的父親。

「女兒很幸福，至今未曾被誰憎恨過。」

忠政突覺心頭暖暖的，因為這是看穿自己內心不安之後才可能說出的話。

「是啊！沒錯。」

「父親、母親、兄長們……岡崎城裡的人也一定會愛我的。我想我是生來幸福的！」

「對，於大，像你這樣的女孩，沒有人會憎恨你。」

「我知道。」

「只是，你是否想過：不僅是接受愛，還必須主動地去愛人？」

「我懂，我會守住岡崎之寶。」

「岡崎之寶？」

「遠勝於其他家族的家臣們……母親大人信上是這麼寫的。」

「這……」忠政不禁翻身坐起，這時已不需要再說些什麼。剛剛他所以說長期爭戰之後，滅亡的必是水野家的主要原因，就是岡崎城的家臣實在太出類拔萃了：「於大，這一點你要謹記，不可須臾或忘。太好了，我現在才知自己也很幸福。畢竟，有一個像你這樣的女兒太不容易了，哈哈哈！」

這時，二男信元手握太刀逕自走進來，他瞥了於大一眼，怒氣沖沖地坐下，說：「父親大人，我希望單獨跟您談一下。」

「於大，可以了。你下去休息吧！」

忠政坐直身子，拉整衣襟，以炯炯的眼神直視信元。等於大退出後，問：「尾張方面傳回了什麼消息嗎？」

信元和父親顯著不同，暴躁的個性充分表露在臉上，他點頭道：「於大的婚事不能中止嗎？」

「事已定局，何出此言？」

「若是織田信秀心生猜疑，對我們而言並非好事。」

「好了好了，只要派人去尾張宣稱我們的目的是要暗中除去廣忠就行了。」

「父親大人！」

「又有什麼事？」

「我再說一次，這親事不能中止嗎？目前是消滅松平家的最佳良機！」挺胸逼問的信元，並非居於岡崎城的華陽院之子。

忠政冷靜地注視信元，但臉上未露出任何感情，仍舊是堆滿笑容。

似乎是漲潮了，遠遠地傳來海浪衝擊城堡石牆的聲響。

報春鳥

一

見到父親沉默不語，信元再度開口：「您難道忘了我名字信元中的『信』字嗎？它豈非代表顧忌著織田信秀！」

忠政平靜地回答：「姓名內的文字無須去在意。否則，信元之『元』豈不也是代表順服今川的世子義元之『元』？」

信元咋舌道：「所以，我不贊成這門親事。名字裡都擺明了顧忌織田、順服今川，那麼水野家又為何要和與今川明顯對立的岡崎城聯姻？為何故意選擇織田憎恨的對象？」

「信元！」

「父親大人的想法，我真不明白。」

「你似乎想偏了。」

「想偏？……斷然不會！」

「不，就是如此。你認為自己的信元兩字是在忌憚著織田與今川兩家，對於自己這種狹隘的見識，難道不引以為恥？」

「我不覺得那是羞恥之事。」

「是嗎？若是我，一定深感恥辱！以這兩字為名並非忌憚或順服，你那種想法是不正確的。我的目的是希望你能兼具織田信秀之膽識，及今川義元之謀略，以維護本身的利益。於大之事，我心中已有打算才決定這麼做。要是尾張方面已有所猜疑，你應該設法化解才是！」

信元一時語塞，馬上提刀站起，目光如炬地說：「既然如此，我不得不遵從您的意思！」

但是，他大步往外走出的動作，很明顯與口中所說的並不一致，表現了強烈的不滿和憤怒。離開父親的客室之後，他的步伐更加充滿焦躁與暴怒。穿過長廊到達大玄關，逐漸加快步伐。

「有誰在？快替我備馬。」走出本丸[1]抵達二之郭中門時，厲聲叫喚著小廝。

小廝驚恐地奔向馬廄。一眨眼，牽來一匹雄糾糾的栗馬，將韁繩交給信元。

「這麼慢！」信元低喝一聲，接過韁繩：「我要到鹽濱去巡視一下。」

刈谷城背海，由二之郭、三之郭、大手門與四道壕塀環繞護衛，是一處有重重築堤的要衝。信元敏捷地跨上馬，穿梭而出。

四周灑滿柔和的陽光，海面襲來陣陣輕風……

然而，一出城外，豔麗的陽光下立即展現出與城內低沉氣氛截然不同的平民勞動生活實態。

他們像為城池續存而忙碌的工蟻，年復一年，將一切的祈願投注於如何維持生存。刈谷的鹽濱位於城西。可是，離開大手門後，信元卻調轉馬頭朝北疾馳，穿梭於田間工作的農民之間。由椎木屋敷右轉至金胎寺，再穿過通往熊村的森林，不久，來到一戶堅固堡壘式的住家前，勒緊韁繩停下馬。

二

看來這是相當豪富之家！有一道護莊河，河上搭架浮橋，橋對面是堅固的圓木門。

「麻煩了。」信元高聲呼叫，手掌輕輕拭去馬頸上的汗珠：「我是刈谷的藤五，也就是信元，快開門。」

在他的聲音刺激之下，久征慣戰的栗馬也昂嘶一聲。同時，門裡發出沉重的軋軋聲，打開了門。

「快請進！」

1〔編註〕日本城池的本丸、二之丸、三之丸，亦即內城、中城、外城。一之郭、二之郭、三之郭，為內城牆、中城牆、外城牆之意。大手門則為城之大門。

身穿無袖毛皮衣的小廝似乎與信元極為熟絡，走下橋，由信元手中接過馬轡。門內非常寬敞，到處是飽經風霜的古老建築，左手邊是一列倉儲，右手邊馬廄後有棵大樟樹，枝葉茂密，恰好遮覆住馬廄屋頂。

遞過馬轡，信元毫不旁顧地大步向前，走進柔和陽光下靜謐無聲的玄關。

「請進！」

雙手扶在玄關上端木板，出來迎接信元的是一位身材窈窕、睫毛很長的少女，舉止似乎並非侍女一類，身上穿著加賀染的小袖。

「原來是於國。你兄長呢？」

信元粗魯地脫掉草鞋，微彎腰，猛然抱起少女。少女輕叫一聲，卻未露出拒絕的態度，也未說話，只是滿臉羞紅恍如陶醉默許般。

「嗯，我也想念你！不過，今天很忙。這樣吧！明晚亥時（十時），你從乾門的浮橋出來。」

「亥時……」

「不錯，我在護莊河外等你。」

「是！」

信元好像擺弄玩偶的惡童般，粗魯地放下於國，於國兩頰如燃燒般火紅，立刻低下頭。

信元再度大步向裡面走，邊走邊大叫：「阿波，你在哪？」

立刻，後邊書院式建築傳出聲音：「我在這裡！」

一位比信元年輕約一、兩歲，大概二十歲左右的年輕人走出走廊。身上也穿著優雅的留小袖，上繫紫元結，唇紅齒白，只是眼神異常銳利。不僅如此，他的前髮仍未剃掉，彷若濕潤的黑髮垂覆於額頭。除了身材健壯外，一切都像是剛離開室町御所[2]的美少年。

「呀，你又在這兒拜神？真不簡單。」

信元大步進入廂座內，向正面的御簾方向點了一下頭，立即坐於上座道：「阿波，今天有件事需要你幫忙，所以匆忙趕來了。」

「要我波太郎……究竟什麼事？」對方淡淡反問。

信元蹙著眉頭，恨恨地說：「我的父親堅持要送於大到岡崎城去。這情形很糟，一定要阻止才行。除了求你幫忙，我沒有其他辦法了。你在途中替我把於大搶走，好吧？」

年輕人微笑一下，點頭。

三

波太郎本姓竹之內，但從沒人這樣稱呼過他。附近的農人一向稱他為熊若宮。究竟他何

2〔編註〕室町幕府第三代將軍足利義滿於京都室町修建的宅邸，作為住所與處理政務。另稱花之御所，得名於園中種植了各種花卉。

時定居這兒，只要看此村名為熊村，或許能猜測與他的稱呼有所關聯。

他的祖先與南朝以來的紀州海盜八庄司的後裔有血緣，從他的祖先到現在的波太郎都拒絕仕途，專心一意地侍神，成為一方土豪。

根據波太郎對信元所說，他們熊若宮家族乃是南朝正統王室為求再次復興，而將寶貴的古文書籍與祕寶寄存予忠臣竹之內宿禰之後裔。

「……所以我們一族必須代代賭命護衛這些珍籍異寶！」

應仁之亂以來形成了亂世局面，他們不加聞問，只是設置祭壇，全心全意祭祀著某種物事。不過，他們結合各地野武士[3]及遇亂脫險的船戶漁夫，在海陸儼然形成一大勢力，卻也是事實。

信元很早就注意著波太郎，不，毋寧說他是沉迷於波太郎妹妹於國的姿色，而與其兄長親近。

「你們家族常出入織田家，因而能熟知天下事，但是家父的頑固卻真令我困擾！」確定波太郎答應搶奪於大後，信元顯得雄辯如流。

「家父不知今川家已呈衰弱之勢。雖然表面上仍極強盛，卻已沒有明天了。值此兵荒馬亂之世，不揭櫫能獲農民、商人皆認同的大義名分，永遠只能稱霸一隅，而今川家就是缺乏這點認識。僅會模仿已不符時代潮流的公方[4]風雅，又何以號令天下？在這方面，織田家就……」

說及此，信元注意到波太郎眼角浮現會心微笑，立即大笑道：「英雄所見略同吧！哈哈哈。」

說見解相同是好聽，事實上，信元只不過複誦波太郎的見解罷了。

波太郎一向態度冰冷，總是寡於言詞，靜靜凝視著遠方。但是，他偶爾吐出的話語，卻存在著一種彷彿能牽動信元靈魂的魅力。

「……如果是我，不會做出像那些將軍或三管領四職[5]招致亂世民怨的行動，而是去掌握雄霸天下應有的名分。」

他常輕笑著說：注意此一名分者能取天下，其他則不足與言！

若問有誰能注意到呢？

「……門閥貴族受過去知識所侷限！一旦受侷限，壓力負擔就加重，難以大刀闊斧地施展抱負。首先，要有不為外在虛飾所蒙蔽的眼力……」

他緊閉朱唇沉思良久，然後微笑道：「……再者，熟知地理、時勢……畢竟，織田信秀是有十二男七女之命的福者啊！」

3〔編註〕於山野間獨立營生的武裝集團。

4〔編註〕室町時代後半，公方成為足利將軍家族地方勢力的稱號。

5〔編註〕室町幕府時代，管領由細川氏、斯波氏、畠山氏三個家族擔任，四所司則由赤松氏、一色氏、山名氏、京極氏四個家族出任。

他的微笑，不知不覺間深印於信元心中，久久難以磨滅！當然，主要也是因為取代主君斯波氏的織田信秀，擁有不可忽視之武力的緣故……

四

「……若我待在織田幕下，首先要揭發的是足利家名分之不正！」波太郎說：「……足利尊氏猶保有推立北朝政權的名分，但到了義滿，其名分已失！為求貪圖眼前小利，接受明帝國封為日本國王，向其稱臣……」

波太郎解釋，這種缺乏見識的便宜主義，乃是幕府威信喪失的主因。在這方面，織田的行動就令人刮目相看。

他指責義滿是出賣民族榮耀的國賊，擁護朝廷出兵征討，以匡正大義為名。如此一來，全國武將又能奈之何如？他也由此奠定了新勢力！

「……只是，眼前的傾軋吞併乃不得已之策。揭櫫大義名分的旗幟也有其無奈之處。」

信元首度產生戒心：波太郎的野心不可輕視……

但是這種戒心，隨著他頻頻出入熊村，很不可思議地在不知不覺間轉為親近與欽服！當然，他憑恃奔放的熱情而愛慕波太郎之妹於國，對方又未表示反感，也是主要的原因之一。

「對了，於大小姐婚期決定了嗎？」

「納聘是在戌之日！」信元伸出指頭計算：「我改天再通知你。不過，應該是在本月二十七、八日吧！」

「那，搶奪到的於大小姐如何處置？」

「任你處置！」信元毫不猶豫回答：「送給織田當人質，或者暫時留在你身邊……」

波太郎將視線移向天井，輕輕呼出一口氣。但是，他勻整白皙的臉上沒顯露出任何感情，雙眸緊緊凝視著信元。

這時，於國略帶羞赧端著水走入。

波太郎視若無睹，反而信元見了心惑神移，突然開口：「對了，何不讓於大成為你的妻子？」

於國極感訝異地睜大雙眼注視他們兩人。

「這樣最適合了，如此一來，你我就是連襟兄弟，然後，憑藉嶄新構想，同心協力在此亂世中大顯身手，豈不有趣？阿波，你覺得呢？」

波太郎依舊沒有反應，只是正襟危坐，手置腰際，直視信元。

「你應該不會反對吧！哈哈哈。我兩眼未瞎，很明白你心中想些什麼。池中之龍究竟為何蟄伏不動？主要是在等待時機。我喜歡你的冷靜，也欣賞你廣博的知識與奉侍神的至純。」

信元說完，波太郎悄然地對靜坐一旁的於國說：「你先退下。」然後，他又很清楚地說：

「我答應幫忙，只是對於將無辜女子當作政略工具的……惡俗與悲哀表示抗議。無論如何，搶奪於大的事由我負責。」

這句話對企圖改變妹妹命運的信元而言隱含著諷刺，但是信元卻豪放地大笑。

五

於大出閣的日期定在一月二十六日，較預定的二十八日早了兩天。當松平家重臣石川安藝守與酒井雅樂助由岡崎城前來送聘禮時，水野忠政和兩人密談了一會兒。

二十六日舉行婚禮，必須在二十四日離開刈谷城。於是，於大住進岡崎城的酒井雅樂助之府邸，住宿兩夜後，方才打扮整齊的前往城內。

刈谷城內忙碌了起來，於大隨行的兩個侍女人選，定下了水野家家老土方縫殿助之妹百合，與杉山元右衛門之女小笹。

百合十八歲，小笹與於大同年，十四歲。兩人都剃眉染齒，當於大有了萬一時，必須以身代之。

「於大小姐不諳世事，不論是起居日常、與廣忠殿下的言談，甚至化妝打扮諸事，都需要百合的提點。至於小笹，除了照料小姐日常生活外，一定要先嘗過小姐的食物。若食物內摻毒，一定是小笹你先死，明白嗎？」老侍女森江在準備衣裳之際，每每趁著於大暫時離開便反覆叮囑兩人。

而於大仍似天真爛漫的少女般開朗。

「這要給阿部大藏，這是給他弟弟四郎兵衛；這是要送大久保新十郎，這是贈給他弟弟新八郎。還有，這是送石川，這是酒井……」

她以嚴肅凝重的表情親自檢查父親贈送岡崎城重臣的禮物，然後，毫無來由的笑道：「母親也會前來雅樂助府邸看我的，你說是吧？」

抬起頭問老侍女時，她臉上一片純真。

忠政也數度來看於大，臉上總是堆滿笑容。但是，他既明白女婿廣忠的反感，也深知兒子信元內心的不滿。唯一能信任的是於大的生母華陽院，以及由衷相信抱持「……夾在今川與織田兩家之間，松平和水野之爭簡直愚昧透頂……」這類見解的松平家重臣們。

這場婚事所準備的嫁妝並不能算豪奢，不過，仍包括忠政特意命人由泉州堺攜回的南洋棉花種子與織布機。這代表他慮及女兒遙遠的未來，並對岡崎城重臣表示自己的誠意。

「用這些種子生長出棉絮所織成的布，可以幫助人民禦寒，穿在鎧甲下更能使士卒壯勇。可能的話，你應該親手替廣忠紡製衣物，再逐漸推廣及領屬全境！」

就這樣，當松平家使者回到岡崎城之時，帶著嫁妝的貨車也由刈谷出發。

然後，二十四日來臨了……

這一天，信元顯得比即將出嫁的於大更焦躁不安。

六

「父親大人，於大要走了。」

「呀，你一定要多保重！」

「是的，父親大人也……」

之後，於大依序向兄姊致意。當她踏入停放於玄關的轎內時，以水般清澈的眼眸遙望著所有送行的家臣。

那並非蘊涵各種感情的人類眼眸，而是像飾偶般天真之秋波。由遮簾下露出的箔帶所反射之光輝，更添增了傷感的氣氛。

「真令人心疼……」一位侍女忍不住以袖掩眼，緊閉嘴唇，低下頭。掩飾了在人群高喊「恭喜」聲中所感受到的沁心寂寞。

「出閣」這兩字不知從何時開始已帶有「人質」的意義。亂世無戀情，女性自然感情的流露，早已悲哀地被封堵住了。

花轎側門並未關上，隨即被抬了起來。送行之人的眼眶都紅了，直至花轎到達一之郭的大門為止，沒有人移動一下身子。

出門之後是一段很高的石階，耀眼的陽光照射著。城壕附近的樹林裡，流瀉出黃鶯婉轉的啼聲。

下了石階，於大悄然回頭看著城牆，同時，聞到了陣陣梅花淡香。

行列到達二之郭時加入了兩頂轎子，裡頭坐的是隨侍於大的百合與小笹。和兩人打過招呼後，轎門關上了。離開三之郭中門時，行列前後各跟隨了二十名武裝護衛。

然而，動亂時代的體現還正在後頭呢！

穿過與三之郭成一直線的重臣家邸旁的兩排櫻樹之間，到達大手門時，門前擠滿想要一睹城主愛女的家臣之家人，但是……

「這究竟……是怎麼回事呢？」

所有人都怔住了，互相對望著。

不僅轎門緊閉，而且，總計有三個行列。同樣的轎子、相同的護衛，三個行列毫無二致。率領第一行列的是小笹之父杉山元右衛門。人們都以為是於大的花轎，觀看的人一面目送著轎子過去，一面準備離開時，忽然又傳來一陣號令聲，第二行列出來了。帶領者牧田幾之助，是與杉山元右衛門不論在家世或武勇上皆不遑多讓的重臣。

「這是防止在途中發生意外吧，我們城主做事真小心！」

人們相互交談，低聲猜測於大究竟在哪一行列之中。想不到，第三行列又走出門來。帶領者是神態肅穆的百合之父土方縫殿助！

所有人的臉色都變了，他們開始臆測，為什麼要如此慎重的準備與防範呢？

七

熊邸的竹之內波太郎，躲在刈谷北方一里半、池鯉鮒附近的逢妻河岸邊的茅草工寮內，靜待信元的通知。

這一帶水域分成數支，每一支流上各架有橋而成蛛網狀，俗稱八之橋。在《伊勢物語》中被視為特殊名勝，是有名的水鄉。

由這些橋到枯茅草叢，再由枯茅草叢至堤岸底下，約略埋伏了一百多人。不僅這河岸一帶，其前方一之木的民家至對岸的今村、牛田一帶，還另有嚴密的層層埋伏。也就是居住於民家的村民、河川上操舟的漁夫、田裡耕作的農民，都早已納入波太郎的指揮之下。

每每在波太郎的指示下，他們時而成為水軍海盜、時而是攔路匪寇、時而又變成連死者鎧衣也剝脫一光的野武士。

在波太郎躲藏的茅草工寮裡，一位扛著鋤頭的農夫邊哼著歌邊走近：「信元的通知送到了。」

他一面解開繫在工寮前柳枝上的輕舟，一面對著反映出蔚藍天空的水面自言自語說道：「有兩隊偽冒的行列一起出城，第二行列才是真正目標。」

「第二行列……」

「不錯。」

「知道了。你走吧！」

農夫立即若無其事的操舟划向對岸。波太郎對工寮內一個生火的老頭使了下眼色，老頭立即拿出一塊髒布蒙住臉，走出工寮，準備到岸上去傳令。

工寮內只剩波太郎獨自一人，身邊放著盛有五、六尾小鯽魚的魚籠與竹釣竿。

「原來如此……」他喃喃低語著。走出工寮，在屋旁堤岸上一棵榛樹樹枝上綁了一塊白布，又再度走回。蒼茫寬闊的平地上，這塊白光迎著陽光招展，從任何角度都能看得到。然後，他提著釣竿和魚籠，悠閒地走下堤岸，立刻垂釣起來。

當波太郎釣上第二尾鯽魚時，第一行列抵達了。但他視若無睹，只是靜靜凝視混濁的水面。行列平安地度過橋，往對岸前去。剩下的只是水波盪漾裡的寂靜陽光。

第二行列到了。而波太郎也未因此分神，恍如全副心神都集中於垂釣上，一直凝視水面。

就在行列準備過橋時，四周響起喊叫吼聲，從枯茅草叢及堤岸下躍出成群的野武士，將行列團團圍住。

「無禮之徒！」

「別靠近！否則格殺勿論。」

「快避到船上去。」

原本寧靜的水鄉一瞬間如蜂巢般吵雜，但是，波太郎仍只是靜靜注視著浮標。

八

剎那間河岸變成了戰場，雙方相互對峙，轎旁護衛也都拔出刀來。

此時，包圍者與被包圍者之間形成激烈的對陣。突然，附近田裡的農民們高喊：「怎麼回事？究竟發生了什麼事？」

他們好似喜湊熱鬧的群眾，圍向轎旁。另外，河面上也有近二十艘船駛靠岸邊。當這些人由船內拿出武器而形成合擊之態時，勝負已經分曉了。

行列的護衛既要抵擋最初的野武士，又要面對後來的包圍之眾，根本已無力招架。

「不能讓轎子被搶走，不能……」

「拚死也要保護住轎子！」

正午的劍戟聲更顯得無比悲壯。不久，第一頂轎被搶入船內，緊接著第二頂、第三頂……

當第三頂轎被搶入船內，被包圍的行列之護衛突然齊聲吶喊，衝出重圍。其中兩人如瘋狂般躍入水中，濺起陣陣銀白水花，向船逼近。然而此時船已划至河心，與另兩艘船併在一起。

等到三艘船分別向不同方向划出時，轎上都已蓋著草蓆，敵我雙方都分不清何者為第一頂轎子、第二頂轎子、第三頂轎子……

「別讓他們逃了，快追！」

行列護衛們分成三路，一路朝河岸下游，一路朝上游，另一路朝向對岸。攻擊者也跟在後面緊追不捨。

直至此時，波太郎才抬起頭來，看了三頂轎子一眼。臉上既無勝利的喜悅，也無故作鎮靜的沉著，與平時毫無兩樣。

「中間的行列……」他喃喃低語著，慢慢收起釣竿。無論是誰，都不可能看出他是此次計劃的指揮者！

他慢慢走上堤岸，從榛樹枝上取下布條。

「今天怎麼都是一些小鯽魚……」

雖然四處仍在激烈拚殺，波太郎卻視若無睹的朝刈谷方向前行。

這是一條視野相當良好的道路。到處栽植著松樹，樹下有不少旅客打扮的人物往來穿梭，一定是水野家行列與行列之間的聯絡人。

走了約五、六町的距離，波太郎停下了腳步。他見到迎面而來的第三隊行列。照理說，他們應該已獲知八之橋發生的事，但是，他們的步調與防衛卻絲毫沒有動搖不安的跡象。

「糟糕，被騙了！」波太郎銳利的眼神回頭看著後方。載著三頂轎子的船影已杳，行列的護衛也不再追蹤了。

「果然不愧是水野忠政，連自己兒子信元都給騙了……」

他感覺出真正的於大一定是在第三隊行列之中，可是他已不想再追擊了。

行列悠然地由他面前經過。

九

第一隊行列接近岡崎城前方矢矧川附近的藥王寺時，第三隊行列已過今村，正準備穿越鷲取神社附近的森林。率領行列的土方縫殿助非常清楚第二隊行列的轎子被奪之事。

「事情……應該可以告終了吧。」

遙望西斜的陽光，縫殿助臉上浮現微笑。從他開朗的微笑中可看出，信元利用波太郎進行的計劃完全失敗了。

但是，縫殿助並未想到這項襲擊計劃是信元擬訂的。奇襲與放火乃是織田信秀最擅用的伎倆，所以，控制八之橋蛛網狀水路與展開突襲之所為，使他認定是出自信秀之手。

召集分居各地的野武士進行搶奪，一旦成功之後，這些人便各自分散，想在同一日之內再度聚集可說是不可能。更何況，這附近一帶已是松平家的領地。土方縫殿助再次微笑地注視三頂轎子。

「他一定沒見過於大小姐吧！」

一想到此刻織田信秀不知以何種態度迎接轎內之人，他臉上的笑意更濃了。

就在這時，左邊鷲取森林中傳出喊叫聲。

「這是怎麼回事？」

當縫殿助聽到劇烈馬蹄聲的同時，森林中約有三十騎武士橫排成一列，襲捲衝殺過來。

「啊！」

行列護衛一齊左轉，準備迎戰。

這一回可不是野武士，而是全副武裝的部隊！這些部隊究竟來自何處？又如何潛入此地呢？

可怕的織田信秀！總是經常出人意表、掌握優勢，似乎與生俱來就是為了在亂世爭生存。想到這兒，縫殿助的背脊掠過一陣寒意。

「一定有第二波攻擊，別只顧前方！」

就在縫殿助高聲大叫的同時，他的預感也猜中了。從右手邊村落住家背後，另外一群攻擊者揮舞白刃，快步向前衝來。

當然，一定是來自尾張領地的敵人。

他們從正面左側馬隊的行列護衛背後，如阿修羅般凶狠地揮斬而來。馬隊趁此混亂時機，一舉橫越過道路。就在此時，三頂轎子已從路面上消失。

「被騙了，別讓他們逃走。」

「快追趕轎子，快！」

然而，此時的縫殿助猶未露出狼狽神色。或許，這一隊行列也只是誘餌吧？面對敵人砍殺，他的臉上仍浮現冷靜的笑意！

突然，有一騎從岡崎城方向如箭矢般狂奔前來，狂呼道：「土方大人何在？土方大人？第一隊行列遇襲。在藥王寺附近，第一隊行列……」

聽到這段話，縫殿助腳步一個踉蹌，低低呻吟出聲：「一切都完了。」

十

縫殿助心急如焚，但是，揮舞太刀的敵人卻死命地釘住其進退。

狼狽至極的第一隊行列使者又再度大叫：「土方大人何在？……事態緊急，別管此地戰況，快到藥王寺增援！」

這陣喊叫，敵方當然不可能沒聽到。他們暗忖，第一隊行列才是目標獵物。馬上，產生了微妙的動搖，攻擊也不再如方才猛烈了。

趁此機會，縫殿助怒吼一聲，快刀斜斬而下，對方急忙後退一步閃避。於是，他身輕如燕的向旁飛躍而出。一面接近己方使者，既憤怒又憐憫的一刀砍出。

「唔！」馬上的使者低叫一聲，雙手向虛空亂抓，放開韁繩。

由於使者左胸中刀跌落，狂驚的馬豎起後腿，往四周轉了一圈，兩旁的敵人都不自覺退後。

「何必如此狼狽！」縫殿助怒罵著，駕馭住馬匹說：「狼狽會為敵人所乘！這只是要搶奪我們這行列轎子的計謀，要將我們誘往藥王寺的計謀。」

他怒髮倒豎，腳下踩著使者身體，形貌猶如抓鬼的鍾馗。這時，敵人的動搖之念也平息了，似乎相信了縫殿助之言。部分敵軍的拔刀隊早已搶下轎子，開始緩慢朝北移動。

敵軍馬隊再衝掠一陣，很快的，又如疾風迅雷般退入鷲取森林裡。事實上，縫殿助焦急不堪，因為，只有他知道於大究竟在哪一隊行列中。

「別追，算了。不必再追了。」

他回頭看一眼那位因性急被殺傷，又被踩踏於地的使者說道：「留一個人替他療傷。別忘了問他姓名。我會好好……」這時他已跨上馬背向前飛奔，最後幾個字已模糊得聽不清楚了。

鞭聲喝喝！這似乎是一匹悍馬，長嘶挺立之後，轉身向岡崎疾駛。

緊貼於馬背上，縫殿助完全忘了自我，只是想著：已經進入松平家領地了，於大被搶，該怎麼辦？而且為了欺敵還未雨綢繆地派了三隊行列……

（水野家的威名全失了！）

當他在竹林旁遇見在初春暮色中茫然佇立的第一隊行列護衛們，心底的寒意就更濃了，只能搖頭呆立。一切都完了。

第一隊行列也遇襲，多人負傷，而且三頂轎子都不見了。

「是朝姉崎村方向……」

土方縫殿助牙齒咬得咯咯作響，瞪著夕照下轎子被搶走的方向，淚水不禁奪眶而出。

十一

準備迎接於大的岡崎城重臣酒井雅樂助府邸已是燈火通明。

由大門前往玄關上端的木板通道已打掃得乾乾淨淨，僕役們正在庭院前準備篝火。

「還未到嗎？」主人酒井雅樂助站在木板上問。

「應該快了。」家臣回答。

「華陽院夫人已經等不及了，如果在門前見到，馬上大聲向內傳報！」

下達命令之後，身材略顯肥胖、不像一般武人的雅樂助慢慢地走回書院。

東山風建築的書院裡已經點亮了八根巨燭，將雍容華貴的華陽院照映得更顯高貴。正與雅樂助妻女閒談的華陽院，見到雅樂助，輕笑一聲：「辛苦你了。」

「真是動亂的世局！」雅樂助謹嚴地坐下，繼續說：「或許，刈谷城方面會有抱怨。」

「不可能，他們應該高興才對。只是，遠來矢矧川河岸埋伏的織田，也未免太固執了吧。」

華陽院的眼神彷彿正在凝視著已九年未見面的女兒，輕聲說：「你們各位這回真辛苦了！」

雅樂助也報以微笑道：「要想騙過敵人，就得先瞞過己方。這也是時局動盪之罪，只好往後再請罪了。」

「於大必然也飽受驚嚇吧！」

「可是……」雅樂助拍拍膝頭道：「當大久保新八郎打開轎門時，她卻說『你們是岡崎城的武士吧！』，又說『辛苦你們！』」

「呀，她真的那麼聰慧又識大體？」

「我聽到這件事忍不住掉下淚來。相信這門親事一定是神在護佑我們！」

「真的兩次遇襲嗎？」

「我們若不插手，在矢矧川還會遭受第三次襲擊。事實上，我們早已意料到了。現在，那批埋伏的人一定以為已無行列可以攻擊，笑著沿河而下了。」

華陽院輕笑出聲：「真想見見他們現在慌張的表情哩！」

突然，門前一陣吵雜喧譁，兩人對望一眼。立刻，耳畔聽到：「已經到了……」

華陽院比雅樂助夫妻更先站起，滿臉因迫切的期待而通紅，凝視遠方的眼眸如星辰般閃爍著光輝！

雅樂助夫妻緊跟於後。

玄關外擠滿迎接的人群，每個人都屏住氣息往外瞧。大久保新八郎英武的臉孔在篝火光輝中，首先映入眼簾。

他仍全副武裝，額頭浮滿汗珠。一見到雅樂助，立即高聲叫著，同時高興地指著剛抬進門的轎子。

「一切都太完美了，我俘虜了春天回城！松平家的春天！哈哈哈。」

雨之蕾

一

轎子立刻被抬上木板，雅樂助膝行前進，打開轎門，他的動作嚴肅，表情卻如迎接自己親生女兒般的充滿溫柔。

「您能平安抵達，正家衷心祝福！」

他雙手伏地，並未叩首，聲音裡洋溢著抑制不住的昂奮感情。

眾人視線集中於轎門，聚精會神地想聽聽這位往後溝通松平與水野兩家的十四歲新娘，在岡崎城內所說的第一句話。

「辛苦你了。」還是略帶稚氣的清亮聲音：「能夠平安抵達，於大衷心感到高興！」

雅樂助之妻走近，手伸入轎內。華陽院靜立不動注視這一切，離開書院時那種母性的昂奮已經消失。此刻，她恢復了幾乎可算是過度冷靜的鎮定。

從次一頂轎子，土方縫殿助之女百合走出，立即跑到轎前跪伏著。

突然，四周一片耀眼的明亮！

被雅樂助之妻牽著手的於大出現了，亭亭玉立，站在轎門外。

紅梅染的八重櫻上之金絲反射著陽光，最先映入眾人眼簾的是在金、紅色襯托下顯得白皙盈潔的肌膚！於大的身材已似成年女性，但眼唇輪廓仍帶童稚少女的韻味。

無怪乎被譽為海道第一美人！人們忍不住鬆了一口氣，頻頻將她與華陽院相比。果然，長得幾乎是同一模子所出，但臉頰較華陽院豐腴多了，大概是承自父親忠政吧！

「是於大嗎？」華陽院首度開口：「為了搶奪你所乘之轎，有無數人伏襲！總算家族有福，平安抵達，不必再擔心了。」

於大極自然地感覺出對方就是自己親生母親，是夢中常見到的母親，更是拋卻自己不顧的可恨母親。然而時至今日，於大總算明白：她是被迫置身於大悲劇中，努力掙扎才能生存的悲哀女性！

她比於大想像的更文靜、美麗，也更年輕。

於大真想投入母親懷裡放聲大哭，但她極力壓抑住感情，輕聲說道：「我沒有擔心與不安！」

她凝視著華陽院，然後慢慢低下頭來。

大久保新八郎不自禁地輕唔出聲。以剛剛所見的一幕而言，僅應是尋常的婆媳相見場面。無論傳聞如何，眼前這群人若見到華陽院與於大過分親暱，總不免產生權柄被女人控制的寂寥感。

於大似乎本能地察覺到這點。這時，百合移步過來服侍於大。

牽著於大右手的雅樂助之妻開口了：「進去再談吧。」

「是。」

於大移動步履，華陽院走在前頭。

目送著她們，一個站在木板台上、一個站在木板台下的雅樂助與新八郎，互相對望著。

「此刻，刈谷那些護衛應該也放心了吧！」

「嗯，畢竟岡崎城多得是智慧之士。」

兩人相視而笑。然後，雅樂助轉身跟在於大之後進屋。

二

於大與松平廣忠舉行婚禮之日。

一心想要搶奪於大卻以失敗告終的水野信元，正滿臉苦悶地躺在熊村的於國房裡。

這位日後大興鹽業、自號喜甚齋的信元，將在緒川至海面間派出十艘舟船漂放燈籠，表現出「京都也無的風雅」，一旦計劃受挫也如任性的孩童般悶聲不吭。

本來，他應代替父親前往岡崎城，卻以「心情不好」為藉口拒絕了，只是沉湎於熊邸之內。即使如此，他對岡崎城內發生的事仍舊瞭如指掌。

水野家由信元之弟藤九郎信近參加婚禮，信近也是華陽院之子。另外，信元同母的妹妹、嫁給松平又七郎的於仙亦列席。對於大而言，此次婚事的媒人即是又七郎夫婦與酒井雅樂助夫婦。

聽到這些消息，信元憤怒之至：「……這些不辨時勢的婦孺，很快就要痛哭不已了。」然後，像往常一樣，他藉口「我要前往鹽濱巡視」，結果又來到了熊邸。

即使到了熊邸，他仍無法放開心情，在走廊遇見波太郎立即氣沖沖地大叫：「真不像你平常行事的手腕，怎會搶到假的呢？」

然而，波太郎清秀的臉上卻不見任何表情：「我依你所言，搶奪了第二隊行列的轎子。」說完，頭也不點，便擦身而過。

信元覺得對方是故意在諷刺自己的疏忽，更加嘔氣了。一腳踏進於國房內，他嘴裡喃喃咕著：「你等著看好了！」滿臉不高興地躺下，心想：波太郎這傢伙大概是為了妹妹於國而對我反感吧！事實上，信元對於國的態度也太大膽了。若是趁夜晚前來還無可厚非，但他連大白天也毫不顧忌宅邸內下人的眼光，昂然進入於國房間。這種目中無人的態度，似乎很輕視年少的波太郎。

於國並不在房裡。

（竟敢對我反感！一旦等我掌權，走著瞧好了。）

信元枕著胳臂，兩眼凝視天井，嘴唇緊抿成一字形。突然，腦海中浮現於大她們在岡崎城的情景。華陽院、於大、於仙，以及代自己前去的藤九郎信近，都是親生的母女兄妹。如果，他們對受邀作客的今川家武將們說了些什麼，那……

信元恨恨地抬起頭：「於國怎麼這樣慢？難道有客人來嗎？」悶哼一聲，他盤腿坐起。就在這時，右側窗戶被拉開了，一個八歲左右、滿臉淘氣的孩子肆無忌憚地探頭望向裡面。

「喂，你能抓住那隻小鳥嗎？」

信元不覺地瞪著對方。

三

「你是在叫我嗎？」信元兇狠地反問。

那孩子細眉上挑，很嚴厲地回答：「這裡還有別人嗎？快出來抓小鳥。」

「什麼！」信元銳利地瞥了對方一眼。「我可不是你的家僕！」

「我當然知道，誰會不認識自己的家僕。啊，小鳥逃走了！」他氣得直跺腳：「我雖然不知道你是哪家的家僕，但可以確定你是個在緊要關頭成事不足、敗事有餘的傢伙！」

說完，他轉身就想離開窗邊。

「等一下！」信元不禁叫著。

「有什麼事嗎？」

「你是這裡的客人？」

「問這個幹麼？」

「你這個囉嗦的小鬼！任意打開他人房間的窗戶，不覺得無禮？」

孩子的嘴唇突然向左一撇，冷冷回答：「不覺得。」同時，兩眼瞪住信元。

那種神情與波太郎有幾分相似；不，甚至比波太郎更令人強烈感受其威嚴。

他以大人般的視線一直瞪著，開口道：「我說不覺得，你就沒話說了嗎？可憐的傢伙。」

面對如此刻薄的嘲弄，信元火冒三丈，忘了對方只是個孩子，忍不住拔刀喝道：「趕快道歉！」

但是，小孩臉頰上只是浮現了更明顯的嘲弄並笑說：「連小鳥都不會抓的人還會殺人？哈哈哈。」

「住嘴！你這無禮的小鬼，快報上名來並且道歉。」

「如果我說不呢？你就要殺我嗎？」

「唔……可惡。」

「哇，真的生氣了。我好害怕。」

信元從未見過如此令自己憤怒的孩子。修長的身材，穿著奴袴[6]，顯然絕非農民或商人之子……可是，實在太過傲慢了。信元存著想嚇唬對方的心情跑向窗邊，卻發現他像蝴蝶般跑了，根本不向後看一眼。

就在此時……

從泉水對面的檜樹及槙樹林裡傳出於國的聲音：「啊，吉法師大人。」

她跑近少年說道：「參拜的用品都準備好了，你趕快來吧！」

信元嚥下一口唾液。吉法師……那不是織田信秀的嗣子（日後的信長）之名嗎？

「嗯，吉法師……」

接觸到信元的視線，於國臉孔微紅地點點頭。但是，牽著於國的吉法師卻恍如已忘掉信元的存在，挺挺胸，並未向後望。

「他就是吉法師……」信元再度喃喃低語，只是猜不透織田信秀為何送吉法師來波太郎家？

四

於國牽著吉法師進入設有祭壇的房間時，雨淅瀝地下了起來。

岡崎城內的婚宴應該開始了吧？為了松平、水野兩家能在動亂紛爭中繼續生存。內心蘊

6〔編註〕袴為日本傳統服飾，形式類似褲裙，擁有數十種類。

含強烈不滿的廣忠與順從命運安排的於大也開始了嶄新的命運。或許，他倆正手持交杯酒，相互凝視前途的萬丈波濤！

於是……

在熊邸，隨時可能破檻而出、肆虐兩家的猛虎——織田信秀的嫡子，已換好衣服靜坐於波太郎面前，聽他上奏的祝詞。

究竟，信秀想透過波太郎訓示其嫡子什麼？想讓他掌握或瞭解什麼？

祝詞結束後，波太郎繼續靜坐神前，宣講南朝的北畠親房在亂禍中所書的《神皇正統記》。而且，其內容更遠超《正統記》所載，還包括了由遠古至今的宇宙諸貌與歷史的興亡更替，更囊括戰術謀略。

波太郎所講的內容是由南朝留存於竹之內家所祕藏的倫理、家傳的宇宙觀，這些並非吉法師所能領略。他時而困倦地伸手挖著鼻孔，但是負責護衛吉法師的青山三左衛門及內藤勝助卻瞪大眼瞳，彷彿半句也不想聽漏。

「……別人無法領悟的兵法，出自與他人截然不同的學問。若和他人研讀同樣學問，心中所思立即會被看穿。」

織田信秀常因出人意表的行徑而得意大笑。當然，信秀並無半點勤皇的忠誠，不過他吸收明帝國文化，終能取代導致今日亂局的足利家地位，應是已預見「憑同樣理念，很難鬥過對方」的原理。

也因此，他希望讓嫡子吉法師能習得與眾不同的學問。在此意義下，吉法師似乎很合乎他的要求。可以說，他也具有出人意表行事的本能。

別人說右，他偏往左；別人說白，他偏指黑。如果這種本能可以化為一種統一的中心思想，他定然可成為天生的革命家。大概是基於這種夢想，信秀才會讓吉法師前來擁有深不可測神祕家學的熊若宮家吧！

信元自然無法領會信秀內心的打算。但無論如何，信秀那種統治尾張、兼併美濃、攻克三河、威脅駿河的強烈活動力，深深迷住了年輕的信元。當然，其背後也隱藏著對其難以猜測端倪的戰術之恐懼！

他再度躺下，茫然聽著雨聲中間歇傳來的波太郎語聲。這時，於國輕輕走入。對初次讓她瞭解愛欲的男人，懷著難以控制的思慕之情。此刻，她默默抱住信元的頭，靠於自己膝上，然後將臉頰貼於對方的臉上，喃喃呼道：「信元。」

五

「信元，你知道我兄長為何不剃掉前額的頭髮嗎？」

信元並沒回答。他故意緊閉著嘴，轉過頭，不想聞於國身上散發出的體香。對於國來說，她已經習慣了。因為，每次她來遲了，信元總會擺出這種態度。

於國彎低身體，再度將臉頰貼於對方臉上。

「我不讓兄長元服，這一切都是為了你，你知道嗎？」

「什麼？阿波不舉行元服是因為我……」

「是的，侍神之責通常由女性肩負。」

「嗯。」

「而且，巫女從童稚開始就需奉侍於神，不可懂得男女間的事。」

「這一點，以前我從熱田的圖書那兒聽過。」

「但是，我卻和你……兄長對此，並未稍加叱責。」

「……」

「他只是說『如果你能幸福，我願終身替你侍神』。因此，他一直蓄著前髮。對此，我深覺痛心。」

信元迅速回看她一眼，毫無感情地說：「好了，別再提這種事了，我會很快接你到城裡去。對了，今天你家的客人……」

「你是指吉法師大人？」

「那位吉法師，以前曾來過嗎？」

「是的，這是第三次了。」

「嗯……」信元突然坐起身，銳利的視線瞪住於國。那種神情與以往完全不同。粗暴、勇猛地抱緊於國時，他的眼神也極銳利，但是今日在眼神裡還蘊含著一種殘酷薄倖的野心……

於國本能地看清這些，故意撒嬌地搖頭說：「別用那麼恐怖的眼神。」

信元眼中的光采並未消失，故作淡漠地喊道：「於國！」

「是……是。」

信元彷彿在壓抑激湧的感情，故意移轉話題：「下雨了。」

「是的，讓野梅蓓蕾得到滋潤的春雨。」

「春雨……春雨……」信元的聲音略帶顫抖地說：「於國，你愛我嗎？」

於國雙手置於對方膝上，微仰起頭，像隻楚楚可憐的幼犬般凝視信元。信元也直視著對方。

然而，他心裡想的卻是吉法師那極度傲慢的小小臉龐。在前天，他為了這孩子的父親，搶奪自己的親妹妹。但是事情失敗後，他又被一種自己也預料不到的念頭所驅使著。

事實上，不僅信元一個人如此！在既無仁義、道義，也無光明的亂世裡，人們都同樣被本能的衝動所驅使。

「你……」信元舐舐嘴唇，說道：「如果……如果我說打算俘虜吉法師，你會怎麼做？」

於國嚇一大跳，驀然抬起頭。當她瞭解信元話裡的含意時，忍不住全身掠過一陣寒意。

「你是要我……誘拐吉法師？」

「噓，別作聲。」信元慌忙回看四周：「我要將他當作人質！不，最好是布置得像是被松平家擄奪。」

「……」

「別怕，男人行事總是比較大膽。」

於國再次緊貼著信元，她是恐懼得必須找東西扶住才行了。

「行嗎？絕不會殺害他。首先，假裝成他被對方所擄，然後，我再把他奪回。」

「是……」

「但，如被發現了……到時候……」

信元是在說給自己聽。此刻，他凌厲的目光望著虛空，臉容露出沉思的樣子，唇邊漾起殘忍的笑意。

這種策謀是弱小的大名泡沫似的悲哀掙扎。瘦弱的狗總是為了覓食而耗盡生存的意志，牠們不知明日、不計未來，有時更會吃到再也見不到燦爛陽光的毒餌！

「如果被對方察覺……」信元仍凝視著虛空，聲音彷彿來自遙遠的地方：「到時尚可聯絡松平家，跟對方決一死戰！這是千載難逢的大好時機，一定……」

「不過，我兄長對信秀大人……」

「無論如何，我們占了優勢。於國，你……」

「是。」

「你告訴吉法師，說見到漂亮小鳥，引誘他出來。」

「但……此刻正下著雨……」

「不是今天，現在天色也快黑了。吉法師今夜會留宿吧？」

「是的。」

「那就明天清晨吧！明日一早，你帶他偷偷從庭院來到後門，我會事先準備好的。」

於國雙唇激烈顫抖，卻發不出聲音。

「你不願意？」

「……不是……」

「事成之後，我會把你接進城去。對我而言，你是難得遇見的小鳥，如果被鷹所傷，未免太可惜了。」

於國貼伏在信元膝頭。對一個為情所困的少女而言，這是種苛酷的嚴刑拷問，除了哭泣之外，別無他法。

信元充滿自信扶住於國肩膀。他像野豬般執拗地擬訂自己的計劃，真是一個不可思議時代裡的勇者！

就在此時，廊外傳來腳步聲。

波太郎平靜的聲音跟著傳入：「於國，信元還在你房裡嗎？」

兩人迅速分開了。

於國慌忙拭乾淚珠，應聲道：「是的，在這裡。」

她輕輕拉開紙門，在小廝手持的燈籠旁，波太郎靜靜站立著。

這時，信元才發覺四周已昏暗了。

七

「呀，是你。知道你有客人，我沒敢打擾。他們一行今晚要留宿於此吧？」信元開口道。

波太郎並不回答，轉頭對持燈的小廝說：「好了，你可以下去了。」

然後，他輕拉褲襬，慢慢坐下，說道：「信元，你好像被吉法師大人見到了。」

「嗯，他出其不意地拉開窗戶，要我替他抓小鳥。」

「他就是如此率性，常令護衛們頭痛。」

「你究竟什麼時候成為吉法師殿下的師傅？」

波太郎嚴肅地回答：「不是師傅，他只是來參拜的。」停頓了一下，又繼續說：「關於這點，出了一些麻煩。」
「你所謂的麻煩，是指我被吉法師殿下見到？」
「不錯。由於他們今晚要留宿此地，曾吩咐不得讓任何外人接近。但是，你被見到了，而且他也知道你的真正身分。」
「你告訴他我是刈谷的藤五？」
「我不得不說。」
「結果呢？」
「要你立刻離開這兒！」
「誰說的？他的侍從嗎？」信元眼中冒出火花，氣沖沖地問。
波太郎慢慢地搖頭道：「是吉法師大人。」
「什麼？是那小鬼？」信元悶哼一聲，內心再度升起強烈的不快。但，好似突然改變心意，他看了於國一眼，故意以輕鬆的口吻說：「哈哈哈，看來我很惹人厭。好吧！我立刻離開，免得為你們帶來困擾。」
「但是，這也不可能了。」
「為什麼？」
「信秀大人一向行事謹慎。他下令在吉法師居住的期間內，連小貓也不得通行，硬闖者格殺勿論。他的行事總是出人意表。」

波太郎說完後，低頭欣賞自己置於膝上的美麗指甲。

信元突然感到一陣寒意，發覺織田的安排似乎已完全看穿自己心思。然而仔細一想，這也是理所當然的措施。值此亂世，讓高貴的嫡子外出，不可能毫無防備。

只是，被困此地，又被吉法師命令離開，一旦到了外頭，馬上會遭殺身之禍。此刻的信元，實在受不了被波太郎見到自己任意離開刈谷城，結果落得如此狼狽、進退兩難的立場。

「哈哈哈。這就可笑了！那麼，我……刈谷的藤五信元，要落得自綁到吉法師面前請罪嗎？這未免太可笑了，哈哈哈。」

波太郎不知是否聽到他乾澀空洞的笑聲，依然欣賞著置於膝上的手指。

八

於國緊張得站不起身子來。她深知信元心中所想，但是這個念頭現在已被波太郎的一番話化為兒戲般的妄想。別說要擄獲對方，連信元本身能否平安都成了問題。

「信元大人。」於國叫著，以企盼的眼神看著兄長：「有什麼好辦法嗎？」

「阿波，我自綁請罪，事情能解決嗎？」信元仍以嘲弄的語氣調侃著。

波太郎還是沒回答。他恍如突然想起某件事，抬起頭對於國說：「一切應該都準備好了，你該去侍候吉法師大人了。」

於國臉上滿是不安，站起來柔聲說道：「那麼，兄長大人……我走了。」

波太郎等於國腳步聲完全消失之後，說：「信元大人，吉法師殿下倔強的脾氣，你還沒領教過。」

「即使我去陪罪也不行？」

「那孩子就像神，全憑好惡行事。」

信元心臟強烈收縮一下。波太郎難道已完全看穿自己內心的圖謀了？

「但……」波太郎的聲音如無波的古井一般，說道：「如果你願意依我所言去做，或許就能倖免。」

「你的意思是？」

「說你是我的妹婿，由我帶你與於國一起去見他。除此之外……可能就很難了。」

信元惡狠狠地瞪住波太郎道：「阿波，你真會算計！」

「我算計什麼？」

「你打算帶我到吉法師殿下面前，讓織田家人都知道我的妻子是於國嗎？」

波太郎如瓷器般細嫩的臉頰首次浮現微笑：「吉法師殿下只是八歲的幼童。」

「別說了。兩位侍衛都是織田家的柱石！」

「這麼說，你有更好的方法嗎？」波太郎冷冷地反問。

信元悶不作聲，只是冷哼一聲。

「信元大人，你能在我面前說於國不能當你妻子嗎？你願意織田家的人都鄙視你是偷溜出城任意勾搭女人的傢伙嗎？」

被這麼一問，信元握緊膝上的雙拳不住地顫抖著，總算瞭解波太郎並非等閒之輩。或許，他是出於對妹妹的關愛，才特意邀請吉法師前來的。儘管如此，目前的信元只能一切照對方安排，除此之外，別無他法可以脫離眼下的困境。

「哈哈哈。」信元再次以笑聲掩飾內心的狼狽。「難怪你對我與於國之事視若無睹。我輸了，從今日起，我就是於國的夫婿了。哈哈哈。」

在笑聲裡，他發現波太郎眼底掠過一抹光輝。做兄長的畢竟還是不會讓妹妹吃虧的。

雨滴依然輕輕敲打著窗畔的花蕾。

春陽

一

拂曉，雨停了。

朝陽照射在天守閣上，但長殿通往於大臥房的走廊一帶，猶殘留著夜的陰影。

「您醒了！」百合提著盛裝梳洗用水的桶子，踩過冰冷的榻榻米問道。

「是百合嗎？辛苦你了。」於大的聲音仍很清朗。

百合將水桶置於走廊，恭敬地拉開紙門。昨晚點燃一夜的餘香瀰漫整個空間，房裡並無廣忠來過的任何痕跡。由刈谷城陪侍前來的百合，感同身受地感到悲哀、無奈。

所有儀式都舉行過了。或許，岡崎城的重臣都認為他倆必能琴瑟相和吧！至少表面上如此。他倆共同面對重臣時，廣忠總是一副心滿意足的態度。說不定，連華陽院都還不知道於大仍是未經人事的處子呢！

他們確實共度了洞房花燭夜。在進入臥房之前，廣忠掩飾得很好，未令任何人生疑。也因此，無人知道他入房之後冷淡的漠視。而於大似乎也認定本將如此，沒有任何怨艾。

百合可就不同了。她就睡在隔壁房，對於他倆當晚的談話一清二楚。百合也從未經歷過男人，但刈谷城的老侍女已經詳細指點過她，目的也是要她教導於大。可是此般情形，又該如何呢？

廣忠與於大入洞房後，首先恨恨地說：「好累，你也累了吧？我先睡了。」說完，蒙頭就睡，不久即發出鼻鼾聲。天明，百合與小笹服侍於大化妝，幫忙打扮之時，廣忠就趁機離開了。這種情景讓百合非常不安。

刈谷城的裡外之分極為嚴格，縱然是城主，進入大奧[7]也不能帶著侍從，而女子絕對不能出到外邊。而岡崎城就不同了，重臣及僕役常常來到側室阿久的房間，廣忠自己也帶著侍從進入奧內，也有侍女會外出到前院。

最令百合介意的是，廣忠常毫無預兆地由前院進入。此種情形總讓百合與小笹慌張不已。然而，廣忠並未前往御台所[8]的房間，中途就轉入了阿久的房間。

十九歲的百合，每在這種時刻就感到一陣心痛。她一方面認為十六歲的殿下與十四歲的夫人，可能都還不懂行房之事。但馬上又產生了另外一個疑問：是否為阿久居中阻擾，不讓殿下到於大小姐的房裡來呢？

百合每天晨起見到於大總感到難過。

她將水桶搬到於大面前，口中說著「請小姐梳洗」，卻故意別過臉去，凝視別處。

於大首先在夜壺上完事後，展開梳洗。靜謐的房內輕響起鈴聲般的水聲。之後，她走進了化妝間。

小笹與百合一起在化妝間裡，百合負責於大平日的衣物及白粉、化妝品，小笹則負責梳理於大的秀髮。

不久，化妝間裡的於大不僅髮型勻整，連衣服也都一絲不紊。見到她這樣泰然，兩人更興起強烈的悲哀。

百合輕繞至背後，手上拿著衣物。

「昨夜，殿下在哪裡？」於大淡淡地問。這句話並無其他意義，只是晨起後出於自然的詢問。

但是，被問者卻一陣心絞。如果能回答在前院休息倒還好，不過昨夜卻不是。

「在侍妾房裡……」百合回答著，微抬起頭，卻見到於大小女孩般爽朗的微笑。

「他對阿久真不錯。」於大輕聲說著。

7〔編註〕大奧或奧，為大名、城主之母子、正室、側室等，於城之內庭的住所。
8〔編註〕御台所，將軍、大名或城主的正室。

那天真無邪的神情，更讓百合內心油然升起強烈的悲愴。小笹忽然開口：「殿下為什麼不搬到夫人這兒呢？」

百合怔住了。若是往常，她一定會喝斥小笹說話要謹慎些，但是今日也不知為什麼，百合並未說話。

問者無心，聽者有意，百合感興趣的是於大會如何回答？

「這……」於大低頭，同時反問：「小笹，你認為呢？」

「我覺得很不公平，」她胸有成竹地表示自己的意見：「應該請夫人告訴殿下，要他少去阿久房間！」

於大遮唇輕笑：「不過，我並不覺得遺憾。」

「但，若是你被冷落了，刈谷城的地位也會被看輕。」

「你的話很有意思。但要是我這麼告訴殿下，他卻回說因為討厭我，那該怎麼辦？」

「這……」小笹凌厲的視線從於大身上轉到百合臉上。「但是我們會將你打扮得更美！」

「我明白，我明白，小笹。」於大臉上的微笑仍未消失。「別再談這事了。此刻我很高興，包括華陽院夫人在內，城內所有的人都很照顧我。而且，這兒也有與刈谷相同的海風吹拂，夜晚睡得很熟，每天清晨被黃鶯的歌聲喚醒。假如殿下搬過來，可能就無法如此悠閒自在了。你們不必擔心，慢慢習慣城裡的生活吧！」

聽完話，百合不禁「哇」的一聲，於後方伏在衣服上哭出聲來。她也不知自己為何哭，淚水卻久久無法抑止。

三

百合的哭聲使於大訝異地回頭，小笹也如鴿子般睜大眼睛，視線由百合背部移至於大身上。與於大同樣十四歲的她雖有憤怒，卻不懂何謂悲傷？

「百合……」隔了一會，於大輕輕彎下腰，衣襬垂覆於榻榻米上，加賀染的小袖上，八重櫻圖案猶如飄落的花瓣：「百合，我也同樣是個女人呀，別哭了。」

「是，我不哭，我已經不哭了。」百合慌忙以衣袖擦眼：「但……夫人，您別再強逞笑顏了，好嗎？那會令我心痛。」

於大並未回答。她慢慢站起，穿上百合替她準備的長禮服與小袖。四周逐漸明亮了，反映於鏡內的遠山霧靄消失了，卻反而令人感覺到一份寒意籠罩著，或許是於大沉默不語的緣故吧！

「請您原諒，是小笹不好。」

於大仍不回答。面對鏡子拉好衣襟，抖了抖衣襬，兩下、三下……才回頭說：「呀，黃鶯又在唱歌了。百合、小笹，你們聽見沒？」

「是！」兩人側耳傾聽：「好像是在持佛堂曲輪[9]外。」

「對了，是那附近……黃鶯為什麼會到那曲輪一帶呢？」

「那裡梅花正盛開著吧。」

「百合……」

「夫人。」

「你是否聽說過梅花會呼喚黃鶯？」

百合訝異地搖頭。

「當然，梅花本身只是靜靜綻放……不可能呼喚黃鶯。而我也……」說著，她垂下頭。

「你可以笑，沒關係呀！百合。」

「夫人！」百合緊拉住於大衣袖。她深知在於大天真、文靜的內心深處，隱藏著深不可測的堅強。這一天，她又受到感動了。即使是小笹，此時大概也明白一切了，俯伏著哭泣出聲。

「請原諒我，我說了一些無意義的話。」

「算了算了，你們是關心我，是替我的幸福著想。」於大輕聲說著，轉身面向茶几。這時，她怔了一下，重新拉正衣襬。門口，不知何時站著廣忠！他從阿久房裡出來，正準備去前院。剛剛三人所說的話，他似乎全聽到了。

於大看了他一眼，立刻溫柔地頷首問候。

「假殷勤！」廣忠恨恨地說著，隨即轉身離開。背後，跟著一位雙手捧著佩刀的阿久侍女。於大面帶自然的微笑，目送他的背影離去。

於大已是思春少女，雙手輕抱胸前，忍不住興起些許嫉妒。但與華陽院深談之後，她已充分瞭解廣忠。

「……殿下年紀還輕，你必須像暖和的春陽一樣去包容他。」

於大企望能更深入領會。她明白，讓女性充滿怨嗟的亂世，對男人而言也是無法預料明日生死的人間悲慘地獄。

「……人心深處同時棲息著佛與惡鬼，沒有人全似惡鬼，也沒有人僅存善佛之念。你瞭解吧？不能和對方心中的惡鬼相交，而且，你自身也不可成為惡鬼。」

於大領悟母親的訓誨。她覺得母親是在啟示自己，對廣忠內心的惡鬼不妨一笑置之，開朗地等待對方的佛心與自己的佛心邂逅之日，就像蓮如上人所言：「吾心不離佛，一心讚彌陀。」在極樂天國未來之前，不分男女皆不厭其苦地持續悲慘的戰鬥；若是厭戰了，便應滿懷勇氣去皈依心中之佛。

於大希望藉自己的勇氣來安慰廣忠，但此種念頭猶如雨中之花，搖晃不定。在心中有所覺悟時，總不期會顧念廣忠，但一想及廣忠在阿久身旁，就興起陣陣難以言喻的孤獨滋味。

9〔編註〕城池以壕溝、土壘、石垣與土塀等劃分為多個區域，曲輪為劃分區域的單位名稱。

這一日，傍晚六時之前，廣忠在小姓[10]護送下來到於大房裡。在小姓離去後，他又表現出焦躁不安的態度，大聲叱責百合：「我有說要喝茶嗎？只要我沒吩咐，你大可不必準備。」

百合惶恐地趕快將茶杯撤下。

「今晚，我要在此休息，行嗎？」廣忠惡狠狠地對著於大說。

於大回答：「是！」但並未流露絲毫情感，只是以少女澄亮的眼眸凝視廣忠。那是一種彷彿被極端美好之物吸引，以全副精神憧憬、期待的姿態。

廣忠時時以挑釁的目光注視她：「你說要學梅花之無心？」

「是的，很不好意思。」

「沒什麼不好意思，這該是你的肺腑之言吧。」

「真對不起！」

「不管你是否梅心……」說到此，廣忠轉身，神態顯得僵硬。

「就算我是黃鶯，所唱的也是不同之歌！」

這時，老侍女須賀率先走了進來，背後跟著一班送晚餐的侍女。

連阿久的侍女也執酒跟來，但於大看也沒看她一眼。

五

廣忠在大奧飲酒是一反常態的舉止。這位年輕城主對重臣一向有所顧忌。其父清康在世時，常任由豪放個性之驅使，在酒宴時召來女性，廣忠卻一直未有此習慣。

這是一個武將召女陪酒會被認為懦弱且敗壞家風的動亂時代，然而，廣忠今夜卻神經質地拚命灌酒。他首先命老侍女須賀替自己斟酒，再看了一眼另一捧著酒壺的侍女，提高聲音說：「替於大也斟一杯！」

於大低頭接過侍女遞來的酒杯。

這時，小笹自於大右側踏前一步：「請讓我先試，看看酒裡是否有毒。」

「什麼？」廣忠眼中迸出火花，面向小笹：「你認為岡崎城內的酒有毒？」

小笹毫不畏懼：「這是刈谷城的習慣，夫人，請……」

她認為自己的職責遠甚於廣忠的困惑，因而態度堅決，毫不讓步。

廣忠眉尖掠過一陣殺機。

滿座肅然，只有小笹與廣忠互相對視。

「小笹，」於大平靜地說：「你弄錯先後順序了。別僵持了，你先稍等一會。」

10〔編註〕處理雜務的年輕近侍。

然後，她轉身面向老侍女須賀：「斟給殿下的酒應先由我試喝，以防被摻毒。等下一杯再呈給殿下。」

須賀稍怔之後，向前一步，替於大斟酒。廣忠並未阻止，（狡猾……）只是這麼想著。另一方面，卻覺得以身試毒的於大內心蘊含著自然的童稚之美。

於大含了一口酒，以澄亮的眼神看著廣忠。大概是酒辣滲入舌尖吧！她忍不住微蹙秀眉，粉腮上兩個酒窩也更鮮明了。

「沒有任何異樣，您可以喝了。」說完，眼眸、櫻唇、粉頰，甚至全身恍如充滿愛意地散發出嬌美的微笑。

廣忠狼狽地將酒杯移至唇邊。

「小笹，輪到你了。」

「是！」小笹神情僵硬地舉杯。於大試過之酒，已斟入廣忠杯內，但此時她所要試的，卻出自不同酒壺。小笹以嚴肅的表情將酒喝光。並無任何異狀出現。

「呵呵呵！」於大笑了，安慰小笹：「辛苦你了。」

之後，面對老侍女須賀，於大以一種不像出自十四歲少女的嚴肅態度說道：「你要好好記住！以後殿下所喝的酒都要先經我試過，這是今後內院的規矩。」

須賀怔了一下，伏身謝罪。

廣忠在瞬間也呆住了，然後，額際浮現青筋。

廣忠憎恨於大的賢慧。藉口為自己試毒，而將小笹的行為也確立為內規。大奧之事依照慣例，即使是城主也無置喙的餘地。他心想，這個安排絕非出自幾位少女，一定是華陽院的指示。於是，他有種掉進陷阱的感覺。儘管如此，也產生了不甘認輸的心理。

廣忠喝了三、四杯，默默將酒杯疊在一起，突然笑了：「於大，我真羨慕你。」

四周不知何時已一片昏暗，燭台上搖曳的燭影，更將微帶酒意的於大襯托得如夢幻般美豔。而周圍也增擺了幾個取暖的火盆。

「你叫小笹吧！過來。賞你一杯以獎勵你的忠心。於大，這可以吧！」

「是，我也要謝謝她。」

「不錯，應該如此。小笹，你過來。」

小笹尚不解何為諂媚，只是以生硬的動作移步至廣忠面前。

「你怕什麼？再過來一點。」

廣忠發現小笹的丹鳳眼有幾分神似阿久，突然心中一陣激盪，立刻握住小笹纖手。

此刻的廣忠，是故意要給這幾位依華陽院吩咐行事的少女帶來困惑，否則實在難以甘心。

他伸臂將驚慌得想縮手的小笹攬住，然後以一種好似哭泣般難聽的聲音狂笑，同時凝視小笹臉龐：「哈哈哈，你在發抖，你在發抖。」接著，上半身晃動不停。「真不錯，我非常欣賞。在你面前一比，於大與阿久都只能算是牡丹之前的野菊！」

「……別捉弄我……別……」

「我怎會捉弄你？是真的。你說是不是啊？於大。」廣忠背向於大：「你把小笹送給我吧！她心地好，人又嬌美……我決定收下了。」

十六歲的廣忠，到此地步就再也不知如何應付異性了。所以，被摟住的小笹雖然激動得全身顫抖，摟人的廣忠也神情僵硬。所有人都屏息不敢出聲，對於突然瘋狂般的廣忠畏怯不已。

「於大，可以吧！送我算了。」

「……」

「怎麼不說話呢？你不願意？」

沒有人敢作聲。嫁來才一旬，就企圖占有妻子的侍女，這對於大乃是莫大的侮辱，而且是未形之於外的傷害。究竟，於大會如何回答呢？

廣忠終於回頭，並非剛剛那種略帶畏懼的眼神，而是滿含惡意的凝視。

於大彷彿避開對方視線般，輕輕拿起面前的膳台。

於大的表情並未因廣忠的凝視而不自在。她有如玩家家酒的小女孩般從容地將膳台移向膝前，夾上佐酒的海帶，並斟上酒。白皙的纖指在燭光下予人強烈印象。

「須賀……」

「是！」

「把這個端給殿下。」

這可解釋為愉快地答應廣忠之要求。

須賀靜靜將酒杯送到廣忠面前：「夫人敬您的！」

「哈哈哈哈。」廣忠開始笑了，自以為已經折服了這位狡猾的刈谷城少女，於是鬆開手接過酒杯：「是嗎？願意送給我！哈哈哈！」

但是在他孩子般滿足的背後，仍殘留著些許寂寞。因為，他發覺於大只不過是不具自我意志的傀儡，完全在父親的野心及母親的命令下屈服，並非具有絲毫感情的生命。

就在此時，於大的視線停落在廣忠臉上：「我有件事想請求殿下。」

「什麼事？說說看。」

「希望能每個月舉行一次如此開懷的歡宴，並成為奧內慣例。」

「這樣的酒宴成為慣例？」

「是的！」於大輕聲回答：「須賀、小笹，你們一定都和我一樣吧？見到殿下如此開心地嬉戲，心裡必然非常高興。是不是呢？」

廣忠怔住了，將杯裡的酒一飲而盡：「你是說我剛剛的一切是在嬉戲？」

「表演得很逼真！呵呵……應該再盡情嬉鬧，讓大家一開眼界。各位，贊成嗎？」

經過這麼一番話，頓時，周遭氣氛緩和了。

廣忠神色再度變了，他未見過如此慧黠的女人，以強烈的溫柔試圖屈服於自己。他想：「她絕非是個尋常女子。」

「好，好，沒問題。哈哈。」廣忠極力掩飾自己的狼狽：「大家看著，我跳一支舞！」

年輕的廣忠站起，搖開蝙蝠（扇），開始跳著曾表演給父親清康觀賞過的幸若小八之舞。

遺忘存在於草名之中，

遺忘存在於草名之中，

寂寞卻是我自己……

舞著，舞著，廣忠突然毫無來由地想放聲痛哭。或許，他對於大有了既憎恨又憐愛的感情吧！

跳完舞，他神情落寞地用過餐，隨即說：「我要休息了。」

百合的臉頰突然紅了，邊催著小笹，邊偷看於大一眼，兩人匆忙離開、準備床褥。

八

這是一套白底平絹的寢具，廣忠的膚色並未顯出酒後的暈紅，而是如瓷器般蒼白。

他輕閉的眼瞼不斷眨動，臉上肌肉也時而顫動著。他既不甘於坦然地疼愛於大，卻又無法完全漠視。

四周瀰漫著蘭麝芳香，在柔和的香氣中，於大的身體更鮮明了。

他不願沉迷於號稱海道第一的美人裙下，卻又無法泰然肆虐過後棄之不顧。

「於大……」

「嗯？」

「你不會趁機暗殺我吧？」

廣忠對自己逐漸意亂情迷覺得很生氣。他一方面興起想盡量凌虐對方的慼情，另一方面卻又有想抱緊對方放聲痛哭的衝動。

「我無法忍受這種針氈般的床。」

「你是指睡起來不舒服？」

「或許吧！你仔細聽就知道了。百合與小笹在隔壁凝神監視，今夜，我是你的人質……」

於大並沒回答。

「不，不僅是今夜。從現在起，我就是奧中人質。對這點，你有什麼想法？」

這時，被褥輕輕翻動，一雙溫暖的小手輕柔摸索到廣忠身上。

廣忠噓了一口氣，心想，這代表於大已經豎起白旗認輸，猶如春天來臨時在大自然中綻放的花朵！

但隨之而起的，廣忠心裡對刈谷城的敵意也復甦了。

在被褥裡，廣忠輕輕摸到於大纖手，順著移上肩頭，發現她像蜷曲的小鳥般熾烈而微顫，靜待著全身的愛撫！廣忠證實之後，粗暴地將攀上自己身體的於大的手拉開。

彼此沉默不語。廣忠懷著對於大及其父忠政的錯覺，腦海中充滿殘忍的復仇意識。

「這種冷森森的床鋪，根本無法安眠。我要去阿久那兒了。」說完，他滑出被窩。

「啊……」於大輕叫出聲，但那只是帶給廣忠更多的快感，卻毫無能力將其留住。

隔鄰的百合驚訝地躍起，小笹和老侍女須賀在鄰房也慌亂起來。但年輕的城主已踏出走廊了。

自於大嫁入後，阿久臥房遷至了長廊對面。這時的廣忠猶如鬼魂附身般，匆匆進入阿久房間。

他並非特別戀慕阿久，證據就在於面對著出來迎接的阿久，在他瞳孔裡浮現的卻仍是於大的身影。

「今晚你在她那裡……」阿久滿含幽怨地低語著。

廣忠在一種自己也難以瞭解的感情驅使下猛搖著頭，打斷阿久的話：「少囉嗦，我不受任何人擺布。我可是一城之主！」

然後，他呆然佇立，彷彿才剛看到阿久一般：「阿久，是你……」

過了良久，他鬆了一口氣，雙肩頹然下垂。

九

廣忠眼瞳內見到的確實是阿久的身影，然後卻疊合上了於大的倩影。

原先他以為阿久並無嫉妒之心，但此刻見到阿久才發現，阿久除了嫉妒、絕望與妖媚，內心還隱藏著不可思議的自信。

廣忠對於自己深夜來訪會帶給這年長的女人內心何種想法，心裡極為明白。不期然的，他將於大與阿久在心裡作了比較。

「您還不想就寢？」

「嗯！」

「夜寒露重了。」

廣忠點點頭，仍凝然站著。阿久全身散發出獲得勝利的女性喜悅，但是此種喜悅卻宛如在與廣忠之間形成了一道簾幕。如果阿久表現出某些對於大的同情，情形可能就相反了吧？

「於大夫人，她……」阿久再度開口：「好像很高興迎接殿下夜宿吧！」

話中沒有同情或憐憫，只是充滿冰冷的勝利。

廣忠再次看著阿久，發現又重疊上了於大的身影，這一回，令他狼狽不已。

以對方之不幸而欣喜的阿久，與藉無心之智慧而從容不變的於大，在廣忠內心形成強烈的美醜對比。

廣忠猛然轉身背對阿久。

「啊……」阿久輕叫出聲。

「我……太輕易樹敵了。」他並非對阿久說話，而是對魅惑於於大之美的自言自語。

凝視天際，他再度走出冰冷的走廊。似乎起風了，庭院裡的松樹被吹得颯颯作響。

百合與須賀驚訝地迎接廣忠，但廣忠看也不看一眼，只是默然進入寢室。

「於大！」他叫了一聲，就沉默了。

純白的被褥前端露出烏黑的秀髮，裹著的身體不住顫動著。

只有十四歲的少女，何能忍受此種打擊？

「於大……」廣忠輕輕蹲於秀髮旁。「原諒我，是我不好。」

說完，他突然覺得眼眶一熱，喉頭也彷彿哽塞般發不出聲音了。

「我……喝過酒後，酒性不好。以後會慎重小心，原諒我吧！」

被褥的顫動更激烈了，然後，於大露出淚痕縱橫的臉龐，唇際浮現企圖戰勝情感衝動的強烈意志。

「別哭了，不要再哭了。」

「是……」

「是我不對，你不要再哭了。」

這些話，隔房的百合與須賀聽得清清楚楚。

兩人相互對望著，也不知誰先開始，臉頰都浮現暈紅，彼此微笑地頷首。

春陽，終於擁抱著嬌花了……

馬蹄印

一

這裡是岡崎城西方二里，正好介於與刈谷城之間的安祥城之書院。

昨日入城的織田信秀，面向南側陽光溫馨照射的窗戶，以殺豬般聲音正唱著〈玄宗〉。

……日月不老門，天子叡覽光；

百官卿相至，摩袖又接踵。

其數一億百，進拜萬戶聲……

信秀在去年初秋攻陷的這座城原為松平家之屬，其之所以為信秀的鐵蹄征服，乃是以刈谷的於大之父水野忠政為先鋒。目前，此城由廣忠的大叔父松平內膳信定攝理。

信定來至障子門外：「失禮了，我……」

「慢著！我歌還沒唱完呢。」信秀厲聲打斷對方，繼續高歌。

松平信定正襟坐於門外，靜待〈玄宗〉結束。

君齡長生殿，

君齡長生殿，

還御是唯慶。

旁若無人地唱完之後，信秀輕輕打開紙門，以歌唱時同樣尖利的聲音道：「進來吧！」

緊接著，他大笑道：「哈哈哈，我所唱的歌竟然被你聽到。覺得如何？不錯吧！」

信定畏懼地抬頭看著信秀：「歌謠之儀，我一向不通。」他深知，自己若是回答說不錯，一定會被嘲笑：「你真是沒半點骨氣，或許就是這種個性才會被迫離開岡崎城吧！」

本來，信秀並非織田一族的嫡系。職司守護尾張的斯波氏老臣織田大和守居於清須，織田伊勢守居於岩倉，各領尾張上下四郡。信秀家只是清須城的家老而已。

但是，到了信秀這一代，先在那古野構築要塞，又在古渡、末盛等地築城，勢力不知不覺便凌駕於宗家之上，威信震懾四鄰。

最主要原因是綽號「那古野之鬼」的信秀，天性剽悍的軍略才華。他在守山一役殲滅廣忠之父清康，成功之因也是唆使松平家重臣阿部大藏的不肖子叛主。

去年，他巧妙地煽惑此刻匍伏於面前的廣忠大叔父松平信定：「……你設法拿下岡崎城，拿下後就由你統治，我在幕後支持你。」於是，信定叛變了，但他卻一直不齒信定的為人。

「你找我有事？」

「啊，熊若宮波太郎帶來三位假扮於大被捉的女子，請指示如何處置。」

「什麼？熊若宮帶了女子？過來……真有趣，快讓他進來。」信秀再度用足以震垮大書院屋頂般的聲音大笑。

二

信定正想退下……

「慢著！」信秀彷若想到什麼似的望著空中笑一下。他的眼神恰如企圖惡作劇時的嫡子吉法師。

信定全身僵硬地匍伏，對他來說，信秀那捉摸不定的脾氣最令人恐懼了。

「櫻井的……」櫻井是松平信定居處。他停頓了一下：「對了，你所捉住的假扮者也在這兒？」

「是的。」

「捉來的是這樣的女子，你可是要負很大的責任。」

「很抱歉……」

「要是你捉到的是真的於大，現在早已進入岡崎城，控制松平家族了。」

「我實在汗顏之至！」

「算了算了。刈谷與岡崎聯手是打算對抗我，但我可不像你那般愚昧！」

信定不知對方還會說些什麼，只是不安地靜聽。

「你明白我攻陷此城時，為何命令刈谷城的忠政為先鋒嗎？岡崎城的廣忠對此必定充滿怨恨，不論忠政或岡崎城的老臣們如何策劃，我還是控制著忠政的兒子信元，只要巧妙運用這著棋，要擊潰聯手的這兩城也是輕而易舉之事，哈哈哈。」說到此，他好像心意有點轉變：

「好吧！讓熊若宮進來之前，將你捉到的那三名女子也送過來。」

「是先讓那三個過來呢？或是……」

「還是六個一起來，也好欣賞一番。一定都是年輕女子吧！讓她們排列站在走廊上。」

信定叩首退下。

信秀再次眼光銳利地凝視空中，笑了一下，然後低聲唱出〈玄宗〉的一節：

五百重之錦，

琉璃之門扉，

礙礫之行桁，

瑪瑙之階，
池汀之鶴龜。
……

之後，轉頭望著池水，又大笑出聲。
「女子們帶到了。」
「好！」
「熊若宮已到了。」
「好！」
當一組女子由信定手下、另一組女子由信定親自帶來時，周遭彷彿一瞬之間變成春天花苑般明亮。
正面的波太郎清秀不俗，而六位少女更像旋繞於他周身的蝴蝶一般。
但那只是信秀的感覺而已，少女們內心充滿了恐懼與不安。
或許，她們早已有一死的覺悟吧！一旦並排站在走廊，都已不在乎自己的生死，昂然注視信秀精悍的臉龐。
信秀深深注視著她們每個人。
波太郎泰然如止水般坐著，松平信定則不斷嚥著口水。

三

織田信秀將六位少女仔細端詳過後，才對波太郎說：「吉法師承蒙你的照顧了。」

「照顧不周，內心惶恐之極。」

「不，已經可以了。對了，今日這些女子，你覺得她們很可憐吧！」

「確實如您所言……」

「不過，即使你想替她們講情也沒用，世事總是在人眼無法見到時變遷。如樹上之蝸牛，或如水中之貝。」說至此，信秀似若在考慮什麼，浮現了笑容。「在愚者眼中或許毫無變遷，事實上，稍一晃眼卻已溜逝無蹤。你應該瞭解才對！如藤原一族、橘一族，更如源氏一族、平家一族，變遷迭替，無以恆常。美濃的齋藤道三，原本是京都西岡一帶目不識丁的流動攤販，松永彈正是近江的行腳商人，若要談論起貴族的家世，他們根本就一無所有。」

波太郎望著信秀，並未回答。

信秀再次啟口：「弱者注定要毀滅的！」停了一下，他恨恨地接道：「如果畏懼毀滅，就該去瞭解蝸牛的行動。哈哈，別再談蝸牛了。今天，我們來觀賞被摧殘的花朵。讓最右端的女子先到我面前來，我要聞聞她的香味。花兒總是芳香的。來，快過來。」

他以獵鷹般的眼神催促著，最右端的少女終於移步走入室內，她的臉色一片蒼白，但態度毫無畏縮，視線更凌厲得好似能當場刺殺信秀。

「叫什麼名字？」信秀問。

「琴路。」年約十六、七歲的少女恨聲回答。

「不是問你，是你父親之名！」

「不知道。」

「哼，那年齡呢？」

「十五歲。」

「十五歲嗎？正將盛開的花蕾。水野忠政怎可如此殘忍呢？你們以為我不知忠政有何企圖嗎？那只不過是騙騙小孩的把戲。你們出來時，忠政曾吩咐些什麼話？讓我來猜猜？」

「……」

「……你們都是水野家中選出的女中豪傑。忠政一定告訴過你們，即使被捉，織田信秀也不會殺死你們吧！」

信秀說完，見到對方肩膀微微聳動，再度大笑：「世上有許多人豢養伊賀、甲賀忍者之流，派遣到敵國從事間諜工作。但是水野忠政比這類人更棋高一著。他一定還告訴你們，不管到了哪裡，絕不可忘記與刈谷聯絡，哈哈哈，不必害怕，他為了女兒的婚事派你們出來，讓我給捉住。但我不會生氣，畢竟，你們太迷人了，太可愛了，哈哈哈。」

松平信定怔怔看著身側的少女們，少女們的表情很明顯地浮現絕望的神色……

四

織田信秀本性中潛伏著一種能冷靜分析事情真相，而且予以深入鞭辟的邪惡心理。在此意義之下，他會令人產生有如面對具有強大磁力吸住對方的凶器般的感受。他雖然凝視著少女，卻也未忽視松平信定驚駭的神情。

「呀，連櫻井城主都瞪大眼睛了，像你這樣，絕不可能統治岡崎城。」

等信定面紅耳赤地低下頭，他又似利刃般犀利地繼續行動：「你是琴路……下去吧！下一位。」

第一位少女走下走廊，第二位少女進來了，神色較前一位更蒼白。

「名字呢？」

「不知道。」

「年齡？」

「不知道。」

「哼，你是梔子花吧，很香。今天開始，你就以香為名。知道了就退下，下一位……」

因人而異，並非每個人都能忍受此種殘酷。眼前，信定就抬不起頭來。

但信秀並不在乎，還是問著同樣的問題，視線仍舊平視前方。

第六位少女被叫到面前時，連波太郎也忍不住將視線移至庭院的樹梢。

庭院裡的陽光更明亮了，雀鳥的歌聲讓他的心情逐漸平靜下來。

「名字呢？」信秀問。

「是問我父親的姓名嗎？我父親是源經基第二十三代後裔。」

碰到與方才完全不同的回答，信秀不自禁低哼一聲。

「也就是水野右衛門大夫忠政。」

「什麼？你是忠政之女？叫什麼名字？」

「我是於大。」少女回答著，臉頰微微浮現嘲諷對方的微笑。當然，是已經覺悟會被殺的嘲笑。

「你說你是於大……」信秀瞪住少女良久，然後笑了：「你真不錯，是真的叫於大嗎？」

「不勞您多問，這裡六個人都是於大。」

「嗯，好名字。幾歲了？」

「十四歲。」

「櫻井的！」信秀嚴厲又略帶不安地叫著信定。等信定抬起頭，他又突然放聲大笑：「你自稱十四歲，不錯。右衛門大夫的女兒們就暫時寄身於此吧！小心點，別太粗魯了，送她們下去。」

「是。」

「我有些特別的話要跟熊若宮詳談，」說完，轉身面對波太郎。「你暫時留下。這個世界不斷變遷，像蝸牛一樣，不知不覺地前進。」

波太郎低著頭，臉上浮現似有若無的笑意。等少女退下後，他冷靜地說：「我代替六位少女向您致謝！」

五

波太郎一說完，信秀拍拍膝蓋道：「還早哩！你要言謝，還太早了。我還沒決定讓她們活命，你的腦筋未免動得太快了些。」

波太郎蒼白地笑了：「與殿下相比，我尚不及蝸牛。」

「照這麼說，你能猜透我的心意囉？如果是這樣，那我這計劃還太淺陋了些。」說完，他以探索的眼神直視波太郎。

波太郎沉默不語，對信秀隨時活動著的頭腦亦感畏懼，他猶如能拉開與眾駑的距離，總是跑在最前端的名駒！

「你猜透的，僅是我不會殺掉那些少女嗎？」

「是的。還有，將那些少女交給我。」

「嗯，能夠瞭解這麼多，也應明白我為何要交託予你的原因。你直說好了。」

「讓她們成為巫女，奉侍祭祀熊若宮的眾神。」

「哈哈哈，真不簡單。」信秀愉快地捧腹大笑：「既然如此，我告訴你一項活用昨日學問的創舉。」

「請說。」

「世間通常的觀念，一向認為巫女經常居於寺社之內，全心全意奉侍神明。」

「不錯！」

「我要活用此種觀念，將人們一向認為在寺社內奉侍諸神的巫女屏除於神殿的化緣勸募工作。除此之外，以其深諳的技藝公開於眾人之前！」

「您是要將巫女於幕內的祕密工作公開？」

信秀凝視波太郎：「你的眼神似乎很畏懼神譴？我的想法就是產生於此。哈哈哈，開始時並不在台上表演，也不以古代的神樂為主，而是摻入能劇與狂言的技藝，來表現年輕少女的嬌豔。」

「……」

「也就是將她們培養成猶如來此殺伐塵世的下凡仙女，令人一見即意亂心迷。如此一來，只要巡訪諸國大小大名，神殿的建立立即一蹴可成，世人之心也會飢渴於所有美好事物。」

波太郎怔住了，瞪大雙眼。信秀的奇想充分顯示其不懼萬物。兩千年來的神事若公諸於街巷必定震驚人心。其結果，可能迫使天子也必須公開其三種神器之來源。而且，信秀的此種想法完全與自身利益有關。

波太郎額頭滲出汗珠，舐舐舌頭，說：「可是，這樣做對殿下又有什麼實利呢？我實在揣測不出。」

六

「一切都不能急切行事。我總是在詳細考慮過事情的效果之後才會提出見解。剛剛的那些少女們，可以將她們調教成能歌善舞的身手嗎？甚至學會神樂、能劇、狂言，及目前流行的蓮如念佛，而且還在極樂舞中加入目前流行的身段？……若能做到，必然是完美無瑕的舞蹈。她們既是能歌善舞的少女，表現的又是一心一意奉侍神明的無垢仙女之舞，豈不彌足珍貴？」

這位不顧傳統價值的幻想家，逐漸沉醉於自己的構想中，臉上也浮現陶然自得的神采。

「不重視神者皆為弱者。如果再傳播謁觀仙女者必得福緣的傳言，眾人一定趨之若鶩。怎麼樣，有趣吧！你願不願意接受任務？」

「我若不接受，少女們就不交給我？」

「當然，能調教她們，我才會託付給你。你也可藉此遊歷諸國，倡導勤王之說。但是，我這個計劃的主要目的並不在此，而是要以女子替代男人成為間諜……」信秀壓低聲調，看了四周一眼：「讓她們遂行伊賀、甲賀忍者之類的任務。」

波太郎輕拍膝頭。不論事情好壞，信秀能想到藉神的奉侍者為間諜的大膽策略，就令波太郎折服了。

「至少要花兩、三年的時間吧！那六位少女之中，第一位楚楚憐人、第五位珠嗓甜美、第六位膽識過人，都不能忽視。其他的則由你去處理。你要在伊勢、熱田進行工作也可以，或者選擇更遠的發祥地出雲也行。再倡導重建荒廢神殿的理想，必可達成目的。以你的深謀遠慮，加上神明的護持，事情一定能順利進行。」

信秀說完，再度旁若無人地大笑：「忠政為女兒安排的婚禮，對我也是有益的，哈哈哈。你不會不同意我的計劃吧？好好帶她們回熊邸，盡心調教吧！」

波太郎微微頷首。

「今年，這座城池將會有一場大戰。」信秀轉變了話題：「廣忠迎娶了於大，駿府的今川絕對不會罷休，必定藉機要求他收回安祥城。但這回，水野忠政不會再甘心成為我的先鋒了。你認為呢？」

波太郎在尾張之鬼面前，一心只想盡快離開：「最近，對於城裡之事……」

「你是說你不知？哈哈哈，你連忠政的嫡子信元都操縱於指掌中了。算了，還是由我說吧！水野忠政在於大婚禮之後，一定會以健康狀況不佳為藉口，拒絕出兵幫助我，而今川會認定這是大好時機，大舉興兵。在此情況下，非要把新郎倌引出不行。這一方面，又需要勞駕你了。」

說完，尾張之鬼擊掌幾聲，喚叫松平信定。

女性之歌

一

御衣飄飛，
翻六尺長袖，
翩然起舞。

不知何處傳來女童的歌聲，杜鵑啼聲越過大林寺的森林傳入耳際。

時序已入夏，微風吹拂頭頂的嫩葉，站在壕堀旁仍覺得一股沁人的寒氣。華陽院迎接久未至北之丸的於大，瞇著眼凝視壕堀對岸的太衛門村：「那首歌，那隨風飄來的歌聲，也與織染有關。昔日，這一帶出名的貢物，是一種專製和妙御衣的紅色染線，這首歌代表著人們的懷舊吧！」

停頓一會，她低頭注視腳邊茁壯快速的木棉樹：「當時的女性必然也勤奮養蠶！除了絹之外，還進貢製造荒妙御衣的麻。而現在，你這位大夫人也正辛勤地希望擴大棉樹的栽植。」

「大夫人」是城內人民尊敬於大的稱呼。廣忠亦叫她大夫人，而老臣及老侍女更與大夫人非常親近。眼下，她們仰慕於大更甚於華陽院。

最主要的原因之一是連華陽院都親自在曲輪下方播種棉樹。在三河，以前福地村的天竹一帶，因有天竺人流浪至此也曾大力推展過，甚至還祭祀棉神。但後來不知為何種子都掉失了，棉樹終於絕種。

攜來棉樹種子讓農民百姓廣植，應是松平家能永遠流傳世間的德政。所以，老臣們最先頌讚大夫人的心意，連他們的妻子也都認為是「很不平凡的發明」，而逐漸淡化了對於大的嫉視心理。

她們對於大的佩服，並不僅此。

自於大來後，原本身體非常孱弱的廣忠，氣色也好轉多了，減輕了眾人對他的擔心。

「……這一定是大夫人設法讓他食用蘇（乳酪）的關係。」

「蘇」也是以前三河地帶進貢朝廷的貢物。據說大夫人知曉製法，命令菅生村的庄屋製造，以牛奶一斗煮成約七、八合的固狀體，持續服用少許，全身會散發出凜然的精氣。最初廣忠懷著戒心，害怕這是毒物。但是，於大當著他的面以身試食，並告訴廣忠，古來相傳每逢丑年有以此物上貢進京的習慣，廣忠才開始食用。

這些風評再加上於大經常露出微笑的美貌，不知不覺間，她已成為城內人們景仰的對象了。

對華陽院而言，這是最令她欣悅之事。縱然自己或於大在未來一生中仍會經歷動盪流轉，這些棉樹卻能永遠在人世間存留下去。一思及此，更覺得那女童歌聲沁入心底深處……

二

當於大提出要將棉樹種子分給城內女性、要由她們首先種植時，華陽院建議也要分贈大奧侍女及重臣的妻子。

如此，今年便能盡量多摘穫種子，明年就能分送附近農民，並教導他們學習栽植之法。要是不懂栽植法，可能又會有滅絕的危險。

最重要的是由大奧侍女親自栽植收穫的種子，農民拿到手時的感受必定大不相同。

「……比麻柔軟，比紙纖維耐用，不必像養蠶那樣忙碌不堪，只要視為是桑樹上自然長出繭來就行。」

到了此刻，華陽院比於大更熱中於棉樹之事。但是她將久未來訪的女兒帶到牆下的棉花田，並非只為了告訴她栽植棉樹的經驗。

戰雲已再度密布於尾、三、駿三國！

岡崎方面，安祥城已被織田信秀奪取，不過，駿河的今川對此卻無法坐視，為求出兵攻擊織田時，甲斐的武田不會趁機偷襲，正積極進行著各種外交密議。

一旦問題解決，他當然會出兵三河，與織田放手一搏。果若如此，於大年輕的丈夫廣忠顯見將被命為先鋒。而且，這一戰不論誰勝，也絕不意謂著松平家的安泰。目前織田的勢力尚無法一口氣吞滅今川家，而今川家也不可能剷除織田如日東升的新興勢力。這麼一來，夾於兩強間的岡崎城命運就很悲哀了，恰似搖曳風中的星星之火，只要稍錯一步便可能形跡全消。不論華陽院或者於大，皆生存於岡崎城險惡的烽火中，如同華陽院昔日曾被強迫由水野家來到松平家一樣，於大的命運發生變化也非不可能之事。華陽院急於想訓示女兒的就是這一點。

「主君間總存在著意氣之爭，所以戰禍難以避免。此般情形下，棉樹卻視若無睹，持續茁壯。你對這種生長的態度有何看法？」

「讓我感受到了生命的不可思議。」

「或許吧！這些棉樹，即使在你我身亡後仍將繼續存在，但人們已忘了第一粒種子是你帶來的……」

「不錯。這裡的土壤環境最適合棉樹的生長。」於大慢慢蹲下，摘下一片綠葉插於襟上。

華陽院默默注視著於大的動作，說道：「於大，我認為棉樹與女子的命運極為相似。」

「棉樹與女人？」

華陽院溫柔地頷首：「我雖然離開刈谷城，但忠守、信近他們仍好好地成長，而你也回到了我身邊……」說到此，忽然笑了：「對了，廣忠待你好嗎？」

這是為母者為了問清此事，特意帶於大到這兒的苦心。

——三——

被母親這麼一問，於大的臉頰立刻脹紅了。一方面想回答，另一方面卻又因閨房感情的微妙著實難以啟齒，窘得全身發燙。

「他最先接觸到的女性是阿久。即使身為殿下，總是會較鍾情真正擁有的第一位女性，但是……」華陽院似乎很想自女兒羞澀的態度中觀察出什麼。「你必須隨時記取秉持如棉樹之心，盡力克制自己！」

於大輕瞟了母親臉色，然後微微搖頭，囁嚅道：「我也把棉花種子……給了阿久。」

「什麼，給阿久……」

「阿久也是真心替殿下設想。」

「那麼……你難道不覺得心裡很苦？」

於大微笑，小心翼翼摘下一片枯萎的樹葉：「我知道阿久的心裡比我更苦！」

華陽院有種彷如被回擊一拳的震驚！

（這孩子真堅強！）

她心想。只是不知這究竟是個性使然而表徵於外？抑或是因抓住了廣忠之心而生的自信？她報以笑容道：「陽光愈來愈強了，我們還是回到陰涼處吧！」

她在前頭領路穿牆入內，接著說：「不論是被愛或不被愛，在難以逆料的茫茫塵海中都如泡沫一般！對了，如果廣忠不幸戰死，你會如何呢？」

於大不知是否聽清了，自語似地說：「愈憎恨別人愈被憎。但若我們主動親切以待，對方必定親切回報。」

「你是指阿久之事，抑或廣忠？」

「兩者都有。」於大低頭注視腳尖，「如果殿下戰死，我必以身殉！」

華陽院悄然轉頭凝視著綠葉，心想，女兒的心中已燃燒著對廣忠的猛烈愛情火焰了。若真如此，那已沒什麼可說的了，畢竟自己年輕時走的也是同一條路啊！

水野右衛門大夫當然另有其他女人。但在寂寞的絕望轉變了之後，愛情在心底開始萌芽，不知不覺間已經完全將她俘虜了。

於大可能還無法瞭解因擁有孩子而得到救贖的母親之心。不過，她已越過痛苦的巔峰，身為女人的生命也已靜悄地向大地札根！

華陽院一回臥室，立即命侍女送來冰冷的麥茶，並勸了整日隨侍於大身旁的百合和小笹也喝些。

突然，她想到什麼似地說：「大夫人如果能早些有子嗣……對了，於大，你也該送點東西給勘六。我這兒還有船夫們納貢的東西，好像是以土佐國出產的甘蔗製成的飴糖。」

她是故意提及阿久所生的勘六之名，同時不斷注意著於大的反應。

四

下午二時過後，於大帶著華陽院贈送的一些蔗飴（黑砂糖）離開北之丸。雖然稱之為飴，但這種黑色固體卻無黏性，以舌舐之，整個嘴裡都擴散著麻酥般的甜味。

沒有人知道日本有甘蔗這種東西，由它所製的砂糖則是在孝謙天皇的天平時代傳入的。不過甘蔗的傳入遠在其後，廣為大眾所知乃是慶長年間在薩摩開始栽培。

華陽院特意藉於大之手，將這種罕見的飴糖送給阿久之子勘六。

阿久不可能毫無顧慮地將飴糖給勘六吃。畢竟，她很明顯地仍對華陽院及於大有所猜疑。於大並不瞭解華陽院的心意。華陽院非常希望於大早日生下不遜於勘六的嫡嗣，這一點，於大微有所覺，但為何故意將世間少有的土產送給勘六品嘗？

最近，於大逐漸明白自己內心已開始回報廣忠的愛情般，燃燒著熾烈的情感之火。她之所以說廣忠若戰死，自己也會身殉，完全是一種同床之後甜蜜感情的裸露。當她在柔軟的羽被中被緊擁，陶醉於彩虹之橋時，忍不住有種即使就這麼氣絕身死，也毫不反悔的壯烈感！

此刻一想起阿久，心裡總是無法忍受。只希望自己能夠緊緊地繫留住廣忠，不和任何人分享。但到目前為止，她並未考慮該如何去繫留，不過，隱約中覺察出阿久對自己的嫉妒及憎恨。因此，她也很想去看看阿久的房間，同時將土產送給勘六。

回到大奧，於大並未進入自己的起居間，而是直接前往阿久的房間。

「大夫人來了。」侍女阿萬驚異地入內通報。

阿久慌忙出來迎接。時值夏季，她並未換掉略顯凌亂的薄衣：「歡迎前來！」

聲音雖然柔和，眼神卻微露反感。

於大僅是輕輕點頭，默默來到上座。

「呀，牡丹盛開了。」

「是的，這是殿下的吩咐，我每年都在庭院裡栽植。」

「阿久……」

「是。」

「我送你的棉花種子，種下了嗎？」

「有的……」

這時，於大才轉頭注視在鄰室嬉戲的勘六，告訴阿久說：「華陽院夫人託我送土產給勘六，比甜酒和柿餅更甜，聽說是用蔗精製成的飴糖。你把它拿給勘六吧！」

當於大拿出小紙包時，阿久臉色剎時一片蒼白。

既是女人，又為側室，更是勘六生母的十八歲的阿久眼中，於大只不過是個孩子。但是這個小女孩卻一直壓迫著她。如果這種壓迫僅是來自正室的名分，阿久倒還能忍受，但它卻是來自與阿久所想像的少女截然不同的人格，使她有種恍如被緊壓入剛出爐柔軟糕餅內的沉重感。於大要她栽植棉花種子時，她曾回說沒有耕作經驗，但於大卻說：「這不僅對殿下有益，對勘六也更有助益。我也常做一些自己不懂的事，你應該試試看。」

被這麼一說，阿久一時無話可答。

（不應該是這樣的……）

她常在這麼想。當廣忠決定於大嫁來之後要立即毒害時，加以攔阻的是阿久！

她是同族松平左近乘正之女，為了保護在沒落之中擁立的幼主不受私通織田信秀的大叔父松平信定一派陰謀所害，特別被選為廣忠側室。不僅阿久在不知不覺間被十四歲的於大折服了，連廣忠都把要毒殺於大之事忘得一乾二淨，甚至還集寵愛於於大一身。

阿久心想：「華陽院夫人一向足智多謀，一定是她教授了於大某些方法……」

所以，她常感到不安，深怕有一天自己跟勘六會被驅逐出城。

而現在，於大手拿著疑似毒藥之物，準備給勘六吃。

阿久之所以親自撫養勘六，主要也是基於對信定一派的戒心，而眼前她所戒心的對象已增加為二。

「勘六，這給你……」

被於大一招呼，勘六立即站起，腳步蹣跚、面露笑容地走過來。

「啊，勘六……」阿久立即從旁抱住。她的眼角上吊，全身顫抖，蒼白的嘴唇在庭院綠葉的反射下，像白紙一般。

由於事出突然，她一時也找不出適當的話：「要是他尿在您的膝上，該如何是好？這樣就太失禮了。」

於大能預期到對方的狼狽。心想，華陽院也應該瞭解這種結果，為何要自己送來？她感到非常難過，只是若就此離開，僅是令氣氛更形凝重而已。

於是，她淡淡一笑，將攤在膝上的黑砂糖剝了一角，放入自己口中。好甜！起初彷彿滲入牙齒內，接著，擴散於整個嘴內。

阿久雖不斷顫抖，仍緊抱住勘六。在於大眼中，這是母親保護兒子的慈愛與偉大的一面。

「勘六，來！」於大再次叫著。

六

勘六不停地掙扎，或許是無心的孩子能夠直覺於大的微笑並無害人之心吧！見到於大把東西含在嘴裡，立刻說：「好吃……好吃……」

他伸出小舌頭，再度在母親膝上掙扎著。不過，阿久仍未放開勘六。她屏住呼吸，一直凝視嘴裡含著異樣之物的於大臉龐。

於大忽然想哭。明明是甘甜美味之物，卻……這真是個充滿猜忌的世界。不過，最令她感動的還是那忘卻一切後果，只為保護自己孩子的偉大母性。

「難道孩子真的如此可愛？」她想著，忍不住對阿久生出一種從未有過的羨慕。

華陽院盼望於大早日生下嫡嗣，或許是出自想讓她瞭解為人母的心情吧！而以棉樹之心與女子的生存方式加以比較，更是在曉諭她：孩子能替代母親，與未來世界的喜悅連繫！

品嘗過黑砂糖之後，於大又朝著勘六伸出雙手：「勘六，你過來。」

「好吃……好好吃……」

「這是船夫們獻給祖母的土佐產罕見飴糖，數量極少，連殿下都沒吃過呢！甜得能把舌頭融化一般，吃吃看。」說完，她堅持地看著僵立一旁的阿萬，「拿一點讓夫人嘗嘗！」

阿萬畏怯地接過，遞送至阿久面前。

阿久的雙肩似乎放了心似地鬆弛了，趁此機會，勘六掙扎著往前爬。以他的年紀，爬比走來得速度快。

「啊，勘……」

阿久再揮手時，勘六已爬到於大膝前：「好吃……」

於大彎下身，親著勘六臉頰，然後自己又剝下一小塊放進嘴裡，說：「你嘗嘗看，這是三河國內沒有的東西。」

當她以手指輕觸勘六柔嫩的嘴唇時，總算真正瞭解華陽院為何要自己來此的苦心。幼兒之唇是何等具有能打動女人心的力量啊！

於大由衷希望自己也有孩子！這就是華陽院要她來見勘六的真意。

勘六微蹙小眉，深深品嘗著留在舌根上的甜味，母親阿久也迫不及待將砂糖放進嘴裡。在她內心，還是微微有所不安，瞳孔仍舊張得大大的，猶似期待著某種事情的發生。

晚風開始靜靜地從牡丹花方向吹來。

七

於大待阿久臉上的不安消失後，才將剩下的黑砂糖遞給阿久，接著親了一下勘六臉頰，站起身來。

在隔壁等候的百合與小笹立即過來攙扶。

回到自己的房間，她以難得一見的認真表情，說：「你們覺得勘六如何？殿下一定也很疼愛勘六吧！」

百合只是默默頷首，但小笹卻表示反感：「大夫人也應早日生個孩子了。」

於大臉頰通紅，並沒回答。

「如果您生下兒子，就是嗣君，勘六根本不算什麼，畢竟他只是庶出。」

由於她說話的態度毫無顧忌，於大忍不住厲聲責備：「小笹，你說話太不知輕重了。」

口中還殘留著黑砂糖的甜味。在責罵小笹的瞬間，她覺得甜味變得好膩人，忍不住有想嘔吐的感覺。

於大緊閉住嘴，手按住胸口。

她想起阿久方才滿懷戒心的神情。當然，她並不認為母親華陽院會連自己都加以毒害，但是自己確實中毒了，連臉色都變得無比蒼白。

「大夫人，您怎麼了？」百合首先發覺有異。

「百合！」

「我在這裡。」

「你去看看勘六，剛剛的飴糖甜味太膩人，要他別吃太多。快點去。」

「是。」

百合離開後，於大手按胸口、身體向前，白皙的咽喉上下顫動，僵硬的身體也不斷痙攣著。

「大夫人……您怎麼了？」

「小笹……拿桶子來。」

「是……」

小笹沉重地提過桶子，然後繞至於大身後輕撫其背。立刻，於大好像吐出了什麼東西。

小笹嚇壞了。她奉命一定要負責先嘗過於大所吃之物，但由於對方是華陽院，讓她竟然忘了先嘗食飴糖。此刻見到於大吐出黑色塊狀物，她全身都僵住了。

但是……

於大接下來吐出的卻都只是澄黃之水，一點也不像黑砂糖的殘餘物。

於大額頭迸出銀色的汗珠，略帶蒼白的嘴唇扭曲著，連澄亮的眼眸都似乎滿含著水。看來情況並不尋常。

此時，在百合的通知下，老侍女須賀趕來了。她一直凝視於大臉孔，替她揉背，同時嚴肅地說：「恭喜您，大夫人。這是懷孕的徵兆，實在……太好了。」

一心盼望的生命已在胎內萌芽，只是，稚嫩的於大還未注意到！

陷阱連環

一

刈谷城的馬場被烈日與海風捲襲起陣陣煙塵，馬匹和人都如披覆上一層泥般的髒汗。

「混帳，還不跑快點！」

左手邊是壕堀，右手邊則是堆置木材的小屋。夏季的烈日照得所有東西都乾燥無比，連堤岸上的綠葉都變了色。正在馬場上如瘋狂般控馭著四歲的鹿毛駒疾駛著，正是約一個月前被任命為下野守的刈谷城新城主的於大之兄信元。今日，正好有兩位客人前來拜訪。

原先，父親右衛門大夫忠政嫁出於大後，健康狀況就日漸走下坡，已經不太顧及政務。但是他對年輕的信元的軍略手腕猶無法放心，並未將一切職務交付他。

然而，當他獲報岡崎城的大夫人懷孕消息，心情豁然開朗：「畢竟她不是石女！太好了，我和清康的孫子快要出生了。」

此後，即將一切政務都交給信元。

對忠政而言，奪走自己愛妻的松平清康是既可恨又令人憶念的豪放男人。

只有清康敢對如野火般狂暴擴張勢力的織田信秀毫不讓步，最後更攻入尾張的守山，讓信秀心膽俱寒。若以忠政觀念看之，確實是有勇無謀，也因無謀而在守山戰役中陣亡，滿腔雄略歸於烏有。但其凜然的勇氣與決斷無論如何是極其傑出的。

「……我迫切需要的是能兼有我的堅忍、清康之果斷的孫兒。」

於大的懷孕等於是讓忠政的夢想有了實現的機會。既然不是石女，於大一定能生下接近理想的孩子。

忠政知道剩下的只能祈禱上蒼護佑，甚至還千里迢迢前往峰巔的寺院向藥師佛許願，這也是他日趨虛弱的原因之一。而對下野守信元而言，這是讓重臣們瞭解新城主威嚴的重要時機！

今日的來客與信元密談約半刻之後，立即離去。但是小姓及近侍卻都明白，那是織田派來的使者，帶來某樣重大使命。

城內外早就散布了各種謠傳：「戰爭將要開始了。」

「這一次，殿下不會追隨織田家吧！大殿下及藤九郎（於大同母胞兄）都不想和岡崎城相爭。」

「何況岡崎城的大夫人已懷孕了，而大殿下也一定會藉口身體有恙而拒絕。」

這全是見到使者臨回之前的臉色，以及送行的信元臉上神態所引發的謠傳。在不愉快或懊惱之時，信元總會前往馬場策馬狂奔，然而今日，信元的懊惱態度顯得更激烈了。

「混帳，還不跑快點！」

馬兒口吐泡沫，馬上的人咬牙切齒，鞭聲狂響，如瘋狂般馳向烈日下的馬場！

二

信元全身彷彿絞得出汗水般濕透。平常，心底的鬱積不快，多能跟著汗水一起在鹽濱的海風沖洗下消失。但是今日他愈放馬疾駛，內心的不快愈強烈。

織田信秀遣來的使者所說的話，猶如融入額頭汗水中的沙塵，深印於心底。

「我們殿下如此吩咐！」

使者是信秀幕下號稱最深謀遠慮，獲選為吉法師傅役[11]的平手中務大輔。他說話的語氣令信元想起父親水野忠政重視的律義。他以平靜無奇的聲音，反覆談述問題核心。

這也是織田的家風，不僅是口頭敘說，還必須馬上由對方身上獲得回應。

基於此，聽者常常困惑於不知對方是傳遞主上的命令？或純粹出於己意。

「汝父忠政對事情過度工於心計。在戰國諸武將皆秉持遠交近攻的政策中，只有他時常背道而馳，竟然把女兒嫁到去年之敵岡崎城，這不能算是卓見。」他瞇住眼睛，一直注意觀察

11〔編註〕負有教育、輔佐等監護責任。

信元的臉色，才又再度開口：「僅憑這點，就有可能導致各種糾紛發生。既會觸怒織田家，更不為今川家所容……根本不可能如他所想的，既親近效忠今川家的岡崎城，又能與織田家通誼。不過，目前已由你掌權，應該注意這種不可能獲得通融的曖昧事實。一旦遭到攻擊，你們很快就會被消滅。這是很可悲的事實！」

之後，對方誇讚庭院構築之美，又詢及鹽田的收成狀況，也批評今川義元父子及松平廣忠等人物，更談及足利將軍的衰微等等。

其實，主要問題並非這些，而是希望在織田正式進攻今川時，信元能任先鋒之職，攻入岡崎城！

由於信元事先心裡有數，就託稱父親生病，希望能緩衝一段時日，以便詳細考慮。

想不到對方卻出其不意，將話題轉到讓信元完全意料不到的方向。

「對了，你在熊若宮邸內曾見到吉法師。他吩咐我代為問候令夫人，這是吉法師大人私下交代的。」

信元狼狽得像被人打了一巴掌，忍不住展開反擊，他把當時自己實際的存心說出。這麼做有兩種可能的結果，如果朝善意的方向解釋，表示希望織田別懷疑自己；若是惡意解釋，則代表不接受其指令。

一城之主私通城外女子，又在吉法師面前表明要將該女子迎入城內，僅此一點，已充分顯示對織田家的輕蔑了。

信元最後以必須和父親商量才能答覆為由，使者不得不離開了。但是，在他心中卻如汗臭般殘留著強烈的不愉快。

「真是混帳，為何把於大嫁給廣忠……」

就在他繞了馬場六圈，到達堆置木材的小屋之際，突然有人尖叫：「兄長！」同時，一個人影快速地衝到奔馬之前。

三

乍然見到人影，馬兒受到驚嚇而豎起前肢站立。在這個瞬間，腳套環離開了馬腹，信元幾乎要摔落下來，好不容易才踉蹌地站穩。

「藤九郎，你慌慌張張地衝出，差點被馬蹄踢到，究竟有何急事？」

「我沒被踢到！」對方迅速回答：「我有話對你說。」

衝出來的原來是與於大同母的弟弟藤九郎信近。

信近前髮削落處的痕跡略顯蒼白，與生母華陽院神似的眉毛上挑，額頭也全是汗滴。

「有話慢慢說，為什麼不等我停好馬？藤九，你太放肆了。」

「這話我不服，你對父親大人才是如此！」

「什麼？你是說我不把父親大人放在眼裡？」

「不錯。你是怎麼回答織田的使者？我們不是事先商議好，答覆對方『由於父親有病在身，這回無法出兵』嗎？你卻……」

信元煩厭地嘖嘖出聲，並不像往常勃然大怒。他使了眼色招來侍從，將轡繩託交出去。

「你就為了這件事，神色慌張地來找我？」

「當然，這是水野家的大事！」

「不，不僅是水野家，也是松平家的生死關鍵！」說到此，他拭了拭汗水：「我非常瞭解你的心情。」

他本來想要說的是岡崎有你的母親及妹妹，但還是忍住了。

藤九郎信近是華陽院所生的五個孩子中，脾氣最烈、個性也最率直的，對於不平之事毫不寬赦。假如在父親已無心與岡崎城爭戰之時，信元勉強堅持出兵，他可能會出手把信元給除掉。信元本身也很瞭解這點，在兄弟中，信元和信近是最無法相容的。

「你只是回答需要一段時日考慮，我要知道你真正的意圖。」

「等一下，等一下，我當然有所打算。」信元說著，故意裝出掌權者的凝重：「這裡太熱了，我們到大樟樹下去談。」

說完便邁步慢慢往前走。由於剛剛在馬上馳騁得太激烈，此刻猶覺得大地彷如在動搖。

藤九郎信近表情凝重地跟在兄長後面走進樹蔭下。

信元坐在樹根上，再度拭汗：「好熱。」

藤九郎兀自站著凝視信元：「我並非怕攻擊生母，我怕的是加入無利可圖的戰局，讓骨肉間流淌無意義的鮮血。所以，我要瞭解兄長為何不明確拒絕？」

他的語氣雖是凜然，神情卻明白表現了深懼與母親所居之城兵戎相見。

信元對此覺得好笑，暗忖對方膽小懦弱，但表面上卻冷靜如常，只說：「別急，坐在這兒真舒服。」

蟬聲嘹亮地在兄弟倆頭上響起。

四

信元認定，藤九郎這傢伙把父親的缺點都遺傳了。雖然冷靜，卻無法順應人情。

父親忠政也是如此，嘴裡常說一切都是為了水野家，但內心始終眷念著被清康奪去的愛妻。他將於大嫁給廣忠，或許也是這種無法死心的情感移轉吧！表面上，他具有世間一般男人所沒有的寬厚大度及深謀遠慮，但那只不過是長久無可奈何下，形成的一種抑鬱之執著！

藤九郎個性暴躁，這點和父親不同，但其他方面卻毫無兩樣。

信元相信，藤九郎不是經由觀察時勢、冷靜考慮後才說出那番話，只不過是對生母華陽院及妹妹於大的那份熱誠情感。但是，時代的險惡不是人情或情感得以突破困境的。

「你說骨肉之間會流淌無意義的鮮血？」

「當然！」藤九郎信近語氣充分顯出年輕氣盛：「在無利可圖的爭戰中，使得水野、松平兩家結怨更深，這根本是愚蠢透頂的事！」

「愚蠢透頂……哈哈哈！你這句話不可忽視。但就織田及今川這兩家，你賭哪一方獲勝？」

「兩家我都不賭。我們不姓織田，也不姓今川，而是水野！」

「你話說得如此自傲，但你看看我的名字，信元之信乃是信秀之信，信元之元則是今川義元之元。」

「如果你考慮這些，就更不該趨附任何一方才是上策。」信近斬釘截鐵地說。

信元聲調也升高了：「別想得太完美！雙雄無法並立。眼下已經來到這個時刻了，不容許抱持曖昧的觀望態度。」停頓了一下，他稍微壓低聲音：「你瞭解吧？今川家雖是足利將軍的旁系，但畢竟老了，已是老朽之樹。相反的，織田是正在擴張中的新勢力，一棵茁壯成長中的新苗。在他們共同繁盛期間可保平安無事，不過目前已到了必須砍倒一株，使另一株更茂盛的時期。對此，你應該不會不瞭解！」

「我本來就……」

「難道你要說不瞭解？」信元抑制怒火苦笑道：「我再說一次，在這種情勢下要屏棄感情。我在情感上一點也不喜歡織田！不過龍虎不能並存，時局已到了必須選龍或賭虎，明確決定的時候了。」

藤九郎信近再走近兄長一步，同時高笑出聲：「這就是你所謂的深謀遠慮？」

「什麼？」

「你說龍虎難以並存？哈哈哈，確實有這麼一句俗諺。但還有其他俗諺呢！龍虎相爭，一死一傷。你明知如此卻還願意被捲入爭戰之中？」

信近臉靠得太近了，信元臉色剎時蒼白不已。

五

（可恨的傢伙……）

信元暗恨著。他也明白事物皆有兩面，卻沒想到信近竟同樣以龍虎的俗諺來反駁。

如果是從前的信元，一定馬上拔刀砍殺對方，然而他現在身為城主，必須要有包容各種反對論調的肚量與責任。

「哦，還有這樣的俗諺嗎？」信元壓抑強烈的不快，微微點頭說：「不過，藤九郎，若你事先已瞭解何者會死、何者會傷，你會怎麼做呢？難道還抱持觀望態度嗎？」

「你是說你已知曉結果了？」

「當然！」

「那麼，更不能幫助織田了，理由是……」信近大概以為可折服得了兄長，也在樹根上坐了下來：「如果因為我們的援助，使得獲勝的一方並未受重傷，你該知道他會採取什麼手段吧！刈谷城與尾張境界相鄰，這麼重要的軍事要地，他豈能容忍外人壯大於臥榻之側？等他找出藉口來吞滅我們，就沒人能幫得了我們了。」

「不錯……」

「如果我們坐觀其爭……這是眾議所見。當獲勝一方傷勢意外沉重，而我們仍保存了實力，他就不敢輕易侵犯我們，相信你應該明白這個道理。」

小國的悲哀在任何時代都是一樣的。有人提議右傾，有人建議左傾，另外還有中立保守的一派，水野家當然也分成了這三派。

在被逼問之下，信元沉默不語。

年輕的信近認為兄長已經屈服了，但他太年輕，還不懂語言或理論並不能真正影響人的行動。有時候，理論的勝利反易激發對方的感情衝動。

信元不僅未對這位聰明善辯的弟弟屈服，反倒更覺得無法忍受了。

（多說無益）

這可不只是可否的問題，而是人先天的宿命！

（我必須殺掉他！）

信元心裡這麼想著，而且馬上替自己找到理由。這個弟弟因為對母親及妹妹的感情而失去明辨是非的能力，如果繼續讓他活著，終有一天會成為導致水野家滅亡的因素。

（必須除掉他！）

但是信元並未發覺，自己之所以有這種決心，是由於對這位仰慕母親的異母弟弟之嫉妒。信元從不瞭解母親的可貴。

「是嗎？……你的看法也有道理。」他再度點頭，心裡卻考慮著究竟該在何處動手。

有了既定目標之後，他突然想到巧妙的計謀。

（對了，就在熊邸的於國面前動手！）

六

時代的畸形也會使人變得扭曲，這是一個血親自相殘殺也不被視為忤逆的亂世。

為求生存，必須運用各種謀略。在這層意義之下，每天都在尋求一日溫飽的庶民與大名可是完全平等的，這就是生於史上稀有亂世的悲哀。

對於相信追隨織田才能生存的信元而言，如果決定幫助織田，信近可能不顧一切地殺死自己。所以，為了己身的安全必須先下手為強！

但當他想到要在熊邸的於國面前動手時，內心也忍不住生起寒意。

（這可是一石二鳥！）

雖然，這極為殘酷，但這是亂世的生存法則，是不容許他感傷的。

信元點點頭回答：「或許是我的想法太膚淺吧！不過，藤九郎，這些話可不能在城裡提起。」

「為什麼？」

「我已表明自己的見解，更仔細聽過你的意見。但若傳入他人耳中，可能興起無謂的謠言。對了，我很忙，等到了熊若宮宅邸，我們再繼續詳談。」說完，他馬上起身。

信近頷首。對於兄長能如此接納自己意見，覺得欣慰不已。

「我會在無人發覺時放下熊邸後面的浮橋，你再偷偷潛入。」

「時間是……？」

「月初之前，大約戌時。……暗號嘛，只要你過了橋，在小門上輕敲兩下，總共三次即可。」

這是信元進入於國閨房時的暗號。

「輕敲兩下，共三次？」

「不錯。一定要蒙面行事，為了讓開門迎接的女子認為是我，你千萬別開口。我會先到的。屆時，我再告訴你曖昧地回答織田使者之因，並聽聽你的意見。」

見到信近點頭答應後，信元大步走出了樟樹樹蔭。

頭上蟬聲停頓了一會，又再度響起。

每當起風時，總會捲起煙霧般的沙塵，背部汗水如泉湧般冒出。

繞過堆置木材的小屋時，信元呸地一聲，吐出口中的塵灰，同時低咒「混帳傢伙」；然後，抬頭注視天空。

織田信秀的使者平手中務那副過於冷靜的表情又浮現眼簾，正好與信近的臉孔相疊著。

讓織田發現自己私通城外女人的祕密，對自己是極為不利的事。

於國很可愛，她那貫注全副愛情的身心都迷人至極。但若依城裡的規定，是無法將她迎入城的。

將信近誘至於國身旁，然後由織田的密諜將兩人殺死，既可除掉信近，又能將自己與於國的醜事抹掉。

仔細一想，這並非一石二鳥，而是一石三鳥。如此一來，自己也可不再陷溺於於國的情愛之中。

「雖然她很可憐，但這是不得已之舉。」

信元舉手遮住熾烈的陽光，走入本丸圍牆內。

七

回到本丸居室，信元屏退近侍，走出庭院。在酷熱的陽光下，庭院總管芥川權六郎正指揮三位園藝師傅，鋪設小池塘導引泉水的石塊。

「權六，情形如何？引水的工作還順利吧？」

聽到信元的聲音，原本雙手交握於背後，正眺望石塊分配組合的權六郎立刻滿臉嚴肅地說：「殿下也親自來看了……實際上，擺置燈籠的位置有點影響。」

邊說著，邊帶信元離開三位園藝師傅身旁，壓低聲音：「殿下，如您所察知的一樣。織田信秀對使者平手下達密令，如果殿下不答應協助也無所謂，不必強求，立刻趕回那古野。」

「果然如此，還有其他情報嗎？」

權六郎臉上浮現微笑：「我認為其他的事沒什麼重要的，就沒吩咐他們探訪。殿下，他們只要控制熊邸，就隨時能輕易向殿下下手。您不能隨便出城！」

信元愉快地笑了。他很瞭解像織田信秀那種人，只要自己不答應協助，絕不會罷休。這點不必權六郎提及，他比任何人都要更清楚。信秀一定會縮小上野、櫻井、安祥的包圍圈，切斷刈谷城與岡崎城的聯絡，讓刈谷成為袋中之鼠，再予以殲滅。而且，必定先在熊邸除掉眼中釘的下野守信元。雖然城內的人不知信元私行前往熊邸的祕密，但織田卻知道得一清二楚。

「權六，你過來一下。」

信元裝出正聚精會神欣賞庭院景致的樣子，又向前移動了七、八間[12]，避開了工作的工人。

不消多說，芥川權六郎乃是忍者。自從南北朝的動亂時代，楠氏大量利用忍者之後，各地的武將也紛紛啟用忍者替自己辦事。

八

「權六，我首先要問你的是，你是我的家臣呢？或是……還和我父親有關係的忍者？」信元故意若無其事地問，但銳利的眼神卻凝注對方。

「您說的話實在很奇妙，」權六毫不畏縮地回視信元：「忍者絕無二心。我是大殿下讓與殿下的祕藏武器……武器本身乃是無心！」

信元淡淡一笑：「但欺騙是你們的主要工作，我不希望這件事傳入父親大人耳裡。」

這回輪到權六郎微笑了：「只要您吩咐，我也可以取來大殿下的首級。就如太刀一般，完全受主人支配。」

「住口！」信元低聲叱責：「好，是我不對。不能相信就別利用忍者。不過，別讓父親大人知道。」

「忍者無口！」

「今夜，我要潛入熊邸。」

「呀！這……」

「你一定要說這太危險了。你去放下浮橋，我要去找於國。但我已有心理準備。」

12〔編註〕一間約一・八二公尺。

「我明白，但這未免……」

「你又要說危險了，是不？我當然清楚，但在庭院中只要多注意，不會有危險。進入房間時也還好，要等女子接過我的太刀並捧置刀架上後……才是織田刺客刺殺我的最佳良機！」

權六郎像一般忍者般面無表情，猶如化石般沉默。他已略微明白主人要命令自己幹些什麼。

「我以父親患病為由拒絕協助織田。像這樣攪局的人，對於永遠不信任別人的織田信秀來說，絕無可能讓他活著！」

「……」

「知道嗎？我會在戌刻前往熊邸。」

「……」

「別想保護我了。我要經過浮橋，從後面的木門進去。」

權六郎拍了拍膝蓋：「那麼，殿下是打算在於國房裡被刺殺？」

「不錯！我已經不得不死！」

「既然如此……我不能陪您去。」

「當然，你明白了沒？」

「既不得不死，我去向織田派來的刺客們通知您的行蹤好了。」

「他們果真潛入刈谷城了？」

「是的。屬於柘植流，三人一組，共計三組。比使者早兩天潛入。」

「哦？他們的打扮呢？」

「父子相伴的盲眼乞丐，以及馬夫與苦行僧！」

信元在對方的話尚未說完時，突然離開權六郎身邊。他深知，只要說出這一點，這無心無口的人物一定會煽惑對方的密謀，讓刺客在熊邸埋伏。

他再次覺得太過殘酷了，但只是搖搖頭，揮拂去這份感傷。

上了走廊，他拍拍手，下令準備洗手盆，嘴裡喃喃自語：「太熱了！」同時脫下貼身內衣。

他的膚色白皙，肌肉結實隆起，在肌肉之間流著閃亮發光的汗水。

亂萩

一

藤九郎信近日暮之後離開了本丸。月亮尚未現身天際，父親房間的燈還亮著，窗下的亂萩在火光中猶如繪於障子門上。

（父親已不久人世了……）

他突然感慨起人生的變化莫測，同時經由通往穀倉的門走出屋廓外。

天空高懸美麗的銀河，突出海面的西側石牆下，波浪的聲音柔和地響著。

嫁往岡崎城的於大會生下孩子，這世上將有個新的生命降臨。相對的，父親忠政卻要自世界消失。

無人能活過百年！沒有一個時代無老人，也沒有任何時代無年輕人。

生而復死，死而復生，這個世界上總有著許多人。

究竟是誰掌握生與死的裁定呢？神？佛？

腳邊，今年的蟲兒開始鳴叫了。即將盛開的萩花顯示了生命的不可思議，但人有老少更不可思議！

不論是北條與武田的相爭，或是織田與今川的相鬥，他們這些人又能活多久？恰如今年的蟬並非去年的一樣，只要消除生存時間長度的差別，人與蟬又有何異？殺人者與被殺者同樣會離開這個世間。

（既然如此……）

踩著通往北門的石階，藤九郎信近心想「不要和兄長爭執了」。

自己白天是稍嫌霸道了些，一想到兄長信元要協助織田進攻母親居住的城池，忍不住血氣就上冒。或許，血液在無意識裡瞭解了生死之事，才會抗議這愚昧的爭執吧！

於大生下的孩子會肩負何種命運？無人知曉，但生命已經萌芽，總希望他能平安無事地來到這個世間。

就是因為這個希望，信近才會對兄長嚴厲詰問。更何況，信近一向不滿織田信秀的作法。父親常批評信秀不畏敬神，一切想憑不自然的人力來加以控制。當然，這也是由於對門閥及貴族的狂憎，才凝聚成此種變態行為。

無論是農民、商人、野武士，他都一一加以煽動，想藉他們的力量爭奪天下；並且否定過去的一切，希望高踞於昔日統治者的白骨之上。信近無法認同這種作法。過去的掌權者雖然也是戴著道義的面具做著同樣的事，但總是在到達某一程度就開始節制邪惡。然而，信秀卻公然連面具都拋棄，百無禁忌地煽惑庶民，讓群眾為他趨赴死亡。

信元眩惑其力量，急於與信秀暗通款曲。不過，由於晝間自己力斥其非，他終於答應今夜在熊邸聽取自己的意見。

（不應與他爭執，冷靜地去說服他。）

信近來到外壕堤岸，對護衛說了聲要去武士宅邸巡視，立即出了城。

然後，再次抬頭凝望天上的銀河。

二

城外有風。這風，大概也同樣吹拂著岡崎城的夜吧！信近腦海突然浮現母親華陽院的身影。同時，他彷彿也見到了伏在華陽院懷中哭泣的於大，更見到他代父親送於大到岡崎城時，母子三人相擁的情景。

當時，信近也對人世的無常感到茫然。

三人聚在一起時，全身充塞著幾乎令人陶醉的喜悅，但為何世間卻故意要砌造一道不可逾越的藩籬將他們隔開呢？為何母子無法依偎團聚呢？

事實上，自那時起，信近腦中已對無常的人世充滿不信與疑惑。

汲汲於維持領地者尚無可厚非，但企圖擴張並將殺戮之手伸及弱者身上，就太令人憎惡與憐憫了。

不論殘殺多少人的鬼將，隨著年紀的增加，也與弱者同樣難逃死神之手。人們真的會注意到生與死只不過是被賦予的嚴肅喜悅與苛酷刑罰嗎？

信近不覺間來到金胎寺昏暗的森林，穿過樹林，走在田埂間，朝著熊邸前進。稻子已經開始結穗了，腳邊，蛙鳴處處可聞。

信近再次下定決心「今夜不要和兄長爭執」。

他打算冷靜地告訴他，自己感受到人世的空虛無常，讓信元自己領悟到參戰乃是不智之舉。

眼前已可見到熊邸護村溝的水光，在黑暗的土牆後，倉庫與樹木恍似奇岩般重疊。

信近從懷裡拿出頭巾。天氣已不那麼悶熱，皮膚不再出汗了。蒙好面，他加快步伐，匆忙穿梭於牆外柳樹之間，繞向散發出霉味的後門。

果如事先約定的，浮橋已經放下，霉味似乎就是發自橋上。青蛙躍入溝內，水面綻開波紋。這時，一顆流星朝北方流曳而去。

信近看了四周一眼，匆忙過橋。

他知道宅邸內有位叫於國的女子，也聽說過這座家邸裡的主人終生侍神，更知道於國美若葫蘆花……但他卻不知這少女已飽經兄長信元的摧殘，成為慾火之虜。

畢竟在這個時代，城主之子居然會勾引城外女子是令人無法想像的。

過了橋，如兄長所囑咐的，他找到一扇小門，輕敲了兩下，總計三次。門從裡面打開了。

「是藤……」隨著壓低的嬌柔聲，夜晚的空氣中立刻瀰漫一股蘭麝香。

三

信近對於女子表現出的親暱態度困惑不已。雖然夜色甚濃，看不清她的打扮，但光憑感覺便可知她不是侍女或婢女。

白皙的臉龐與婀娜的姿態，散發出奇妙的氣質。

（難道她就是於國？……）

他心想，兄長若能如此自在地差使奉侍神靈的巫女，想必對熊邸的影響力肯定不簡單。以前曾聽兄長說：「熊若宮由我控制！」可見並非自誇，而是讓波太郎真正心服。

女子在信近身後，輕輕掩上小門。立刻，她拉住信近的手夾在雙掌間，由袖管下伸入乳房下方，將自己擁住後再開始往前走。

「是於國嗎？」信近對緊貼側腹的女子，纖柔之情覺得無法消受，何況手腕還隱約輕觸著對方乳房下緣，更是……

「是的。」於國邊走邊答：「想死……」

本來她是想說「想死我了」，卻因呼吸急促而中斷。

如果她把話說完，信近應該就知道對方是認錯了，但由於只說了一半，使年輕的信近困惑不已。

他聽說巫女奉侍於神，不知世間一切情事。因此，以為這只是她與世界恆常禮儀不同的態度，雖媚卻不淫。也因這一時誤解，讓他血脈賁張。

穿過兩扇柴門，旁邊有沒點燃燭火的燈籠，也有亂萩。走廊邊緣就是引水口，水滴聲不斷。

「請卸下太刀！」於國說，手依然不離信近身體。同時，馬上轉身，滿頭黑髮散落信近胸前。

信近手握太刀，依當時禮節，進入女子房間要將太刀交予對方。但近來對於初次到達的人家，也有刀不離身之例。

岡崎城的侍臣帶著太刀如廁，他們說：「這是身處亂世應有的警覺。」

信近若非年輕氣盛，或許不會將太刀交予對方。但於國的舉動已讓他失去理智。

於國一離開他的胸前，他便立即將刀遞給她。於國雙手接過，匆匆走向走廊。

就在這瞬間……

由滴水管滴落的水石苔影下，突然刺出一柄長槍。空氣並無波動，也無任何聲響。

信近低低呻吟一聲，然後輕叫：「於國……於國……」

此時，萩花與修篁微微晃動了起來。

四

信近緊握住刺入大腿的槍柄，又叫著：「於國，把太刀給我！」

於國訝異地回頭：「太刀……」

這時，她發覺洗手盆對面的萩花叢微微晃動。

突襲者與被襲者都無比冷靜。

於國跑回來，將太刀遞還給信近：「有刺客……？」

她顫抖地小聲問道，但信近並沒回答。

他握緊太刀。突然，兩道黑影由洗手盆陰影下掠出，其中一道黑影立刻被信近襲退，另一道黑影則擺出架勢伺機攻擊。

於國什麼也沒見到，只是強烈地感覺到殺氣，全身被陣陣恐懼所籠罩。她想大喊：「有刺客！」卻緊張得發不出聲音。

「你們找錯人了。」信近低聲道：「我是下野守信元……」

他想起兄長的吩咐，報出信元之名。

此時，信近已在黑暗中認清對方打扮。對方並非身穿黑衣，而是忍者最喜穿著的蘇芳染。彷彿只要一移動就能消失於黑暗中。

「你們還不走，看來並非找錯人了。」

但是，對方仍舊寂然不動。

信近心想，他們的目標是兄長，但這又是些什麼人呢？雖然他覺得可疑，同時一股強烈的憎惡感卻也隨之升起。

敵者之中，一位手持太刀，但另一位因為槍被信近奪走，只手握小刀。不，也可能是匕首。如果不是大腿被刺一槍，信近一定會憤怒地主動反擊，但此刻傷口痛楚愈來愈強烈了。

他之所以不讓於國呼叫，一方面是對受傷的憤怒，另一方面也是不願在於國面前滅了威風。

持太刀者，毫無腳步聲、也毫無呼吸聲地突然滑步襲來。在這瞬間，身後的屋簷發出聲響，另外一人已兀地自眼前消失。

「危險！快來人！」於國叫著，發現有一條似黑繩之物向頭頂飛來。

緊接著，水滴淅瀝地由簷上濺下來。

信近並未忽略那道黑影，斜挺太刀斬向對方。由濺出的血花可知對方受傷極重，但是簷上仍未傳來絲毫呻吟聲。

眼前的白刃晃動了，信近向左邊一閃，太刀向右揮砍而出。就在這一瞬間，簷上一道貓般的黑影飛向信近。

哇！

那彷彿不是人類所發出的聲音，而像是動物瀕死時淒愴的悲鳴。同時，邸內傳出慌亂的腳步聲及燈光。

——五——

當於國看清當先奔來的是兄長波太郎，心情整個放鬆，人也暈厥了過去。

「呀，有人被殺了。」

「是下野守大人，信元大人被殺！」

「什麼？下野守大人……」

於國恍惚之際，聽到似乎極為遙遠處有人吵雜地說著。

「趕快照料，是信元大人……」

直到人們將另一位傷者抬走，於國的意識還是朦朦朧朧地無法清醒。

等她完全醒來時，發現有個人靜靜躺在走廊，腿部的傷已有人替他包紮了。

月光皎潔地照亮了四周。

「藤大人，信元大人……」

她先靠在他胸口聽了一會，然後以嘴唇貼近他的鼻孔。此時，她已忘掉羞恥，只想確定對方的生息！

脈搏仍在跳動，輕微地呼吸著，卻一動也不動。

「藤大人……信元大人。」

此時的於國已忘了這是個還活著的人，為了確定某件事而凝神沉思著。畢竟，今夜發生的一切是她所未料的。她只是悲嘆，如果信元就這樣死了，自己也必定跟著殉情！

「你不能死，信元大人……我要跟你……」

於國首先檢查包裹住的傷。與太刀的傷痕不同，出血量並不多，但傷處已泛白浮腫，周圍的肌膚上都是血跡。

可能以為他已失去意識與行為吧！於國不顧一切用唇貼在血跡上，不，不是嘴唇，而是以舌尖舐淨那些汙穢的血跡。

遇到少女如此大膽的行為，信近知道這是一種不尋常的情感。

「這女子對兄長充滿愛意……」

而且，兄長對她也一定伸出過寵愛之手……

不過，最令他震驚的是腦海中明顯浮現了強烈懷疑。就算於國誤以為自己是兄長，難道波太郎也會弄錯？

被兩位忍者夾擊，其中一人由前面斬來的瞬間，另一人由簷上突襲，這是他早已預料到的。他閃過身，舉刀由下往上刺入對方胸部，忍者忍不住尖嚎出聲。「啊！」他出了聲假裝中刀，想要引誘另一人的攻擊。但是，聽到這個聲響後理應早已到達的兄長卻未現身，令他大為震驚。

「難道兄長大人沒來？」

信近開始猜疑了，「莫非他打算暗算我……」

於國抱住信近的頭，嘴唇輕觸在蒙面上：「信元大人，你不能死，你不能先我而去！」

六

於國的行為更大膽，也更瘋狂了。或許是月光太亮了，她將信近拖入陰影下。此時，她的動作已分不清是激情抑或悲嘆了。

信近全身都被對方親吻著，遠遠超過年輕的他所能忍耐的。但是今日，他內心的痛楚卻已遠勝身體的創痛及慾望。

波太郎身為於國之兄，本不應任妹妹如此，可見他也完全把我當作是兄長了。這就是信元沒有到這兒的證據。

（兄長大人竟然這般對我……）

本應該狂怒如火，可是信近卻覺得彷彿冰冷的白刃觸身一般地冰寒滿布。是因為考慮到人生愛憎的無意義呢？或是看到了死在眼前的忍者而覺得生命無常呢？他愈確定這一切都是信元的安排，內心愈趨近寂滅。

信元只要決定殺死某人，一定付諸實行的個性，他非常瞭解。但是用如此摯愛自己的女子作為誘餌，未免太過於殘酷了。

於國將頭巾從信近頭上扯下，彷彿想讓自己的生命和對方相通似的大聲啜泣。信近心想，如果此刻坦然說出自己並非藤五郎信元，這少女會如何呢？

信近突然有種不祥的預感，但以他的年紀卻想不出化解於國尷尬的方法。

他伸手抓住頭巾，想要再套回頭上。他所想的只是不想讓她再受到更深的傷害。

當信近手一動，於國輕叫出聲，再度抱緊信近。難道，她也早就知道他沒死？

「你醒過來了……醒過來了。」她好像迫不及待似的，將濕濡的臉頰貼緊信近胸口。

信近單手迅速戴上面罩，希望盡快離開。可是他不知道究竟該回城與信元對決呢？抑或就此悄然消失於這動亂的世間？

月色更明亮了，樹蔭的暗影也更深了。如果蒙著面就此離去，於國或許不會覺察自己的錯失了！

「於國。」

「是。」

「我不能對你說謊。」

「呀？……」

「我不是藤五，而是藤九郎信近。」

「呀？」

「放開我，我中了他的圈套。我……一無所知，完全照他的吩咐行事……到了這兒，才知道他……想將我除掉！」

於國的身體還是趴在信近身上，胸部卻劇烈起伏著。

七

隔了許久，於國的手才輕輕離開信近身體。

她起先以為是信元的惡作劇，仍舊緊抱不放，而且信近所說的「於國……請放開我！你搞錯人了，但是……我不會忘了你今夜對我的照顧」，聲音與藤五郎信元非常相似。

然而，聲音卻較年輕，語氣也客氣許多。

於國全身的熱血化為冰涼，並轉為羞恥。誤認對方，又大膽做出閨房內不可告人的親暱舉止，這種打擊絕難輕易抹去的。

（究竟，這該怎麼辦才好？）

直到暗暗下定決心之前，她的手一直沉重得無法移開，也幾乎不能呼吸。只覺得一種難以言喻的驚愕，令她既不敢睜眼也無法闔眼不顧。

與其說是對信近感到羞恥，毋寧說是為信元也為自己不齒。

（信元能原諒自己這種卑鄙的行為嗎？）

到此，腦海浮現的唯一解決之道就是死。

（我不能不死……必須以死來彌補錯誤……）

一旦有了這種悟覺，她才鬆開抱緊對方胸膛的手。也因此，她未聽清信近說明自己是被兄長信元設計騙到此地的事實，也未考慮到信元這麼做，對自己是何等殘酷。

恢復自由的信近鬆了一口氣。他慌忙想坐正姿勢，才初次強烈感覺傷處的疼痛。他蹙著眉頭，咬牙站起。傷勢並不重，卻與曾在戰場上受傷的經驗不同，這種痛楚深入骨內。跛著腳，對自己的懦弱深感羞恥與慚愧，一拐一拐地走入月光，將受傷的腿垂在廊下，以減輕痛楚。

這時，昏暗的內室傳來障子門拉開的聲音：「信近大人。」

「什麼人？」

「這裡的主人……」

「是波太郎嗎？」

波太郎並未回答，只是說：「太危險了。」

「什麼危險？難道還有其他埋伏？」

「不！信近大人，你這樣活著，太危險了。這件事，我實在無法袖手旁觀。」

「什麼事？」

「此種『仁之酷』，太絕情了。」波太郎說到此，加重了語氣：「故作中計才是上策。方才幸好留下了一具屍體，我就將計就計宣布『水野藤九郎信近雖貴為武士，卻與熊村村女私通，終失性命……』，你意下如何？否則，太危險了！」

信近仍未移動身體，只是緩緩地抬頭凝視月亮……

八

於國蜷縮在房間角落，動都不想動。

月光更亮了。單腿擱在簷廊，因受兄長算計幾乎遇害的信近，如畫中人物般全身反射出銀色光輝。

他必須在幾秒鐘內決定自己一生的命運。

「你除掉忍者的功夫實在很高強。」波太郎再度開口：「功夫這般高強應能除去令兄。不過，我不贊成這麼做。殺人者必為人所殺。人的固執，完全在於只重視本身的存在。但在這浮沉的世界，生命只是洶湧波濤中的一朵小浪花！」

信近仍默默凝視月亮。此刻，他覺得自己似若被吸入月亮裡面，孤獨而寂寞。

「你認為如何？如對方所預謀的，將藤九郎信近的屍體送回城裡。」

「照你的意思，是要以那忍者的屍體代替我？」

「這麼一來，下野守大人就會認為自己已經得逞。」

「嗯！」

「殺害你，陷於國於不義之名……甚至，他會辯解一向來往熊邸的人並不是信元，而是信近……」

「他會藉機把話傳開嗎？」

「我是這麼判斷的。」然後，波太郎壓低聲音：「如果你平安回去，他可能會讓我和於國永遠開不了口。」

「什麼？把於國……」

「不錯。」波太郎回答，然後恢復平淡的語調：「我在出雲之國有個朋友，是簸川郡杵築大社的守護人。身分雖低，卻是知己。姓小村，名為三郎左……」

信近默默聽著，並未答覆。

波太郎的意思是要將於國送往該處，而信近若無處可去，也可暫時投靠此人。

信近走到院子裡。蟲鳴劃破了夜晚的寧靜。

「謝謝，就這麼決定。」

「你不回家去了？」

「暫時不回。」

「那，保重了。」

信近一跛一跛地往前邁出。蟲鳴停頓了一會兒，又再度響起。綁在後門旁的看門狗猛烈吠叫，那是信近平安到達小門的證據。

浮橋拉上的軋軋聲響起……

「於國，」波太郎出聲對著房間角落暗處：「無須悲嘆！這只是現實世界的人心，可憐而又渺小的人心！聽到了嗎？無須悲嘆！」

月色更盈潔，露水輕悄凝佇於萩葉梢。

浮橋完全拉上後，周遭只剩下蟲聲唧唧……

小豆坂

一

久旱未雨，城池與箭垛都乾燥得冒出蒸騰熱氣。庭院前生起輝熠的篝火，火焰反映於潔白的城牆上，使出征前夕的駿府城有如聳立城鎮中央的粉紅色海市蜃樓，散發出妖眩的美麗。

二十四歲，略顯臃腫的城主今川治部大輔義元敞開戰袍下端的襟襬，時而擦拭腋下的汗濕。

甲冑擺在背後地上，穿上了護手及護膝，榻榻米上的茶几擺著鹿皮征鞋。

出征前的慶賀酒席已經備好，白木製的膳台上擺著數樣小菜，一旦出城信訊傳來，隨時可以啟程。

緊靠義元身旁的是其師傅兼軍師——臨濟宗的傑出僧人大原雪齋。此時，他臉上浮現若有若無的微笑。兩側則是宿將重臣隨侍，顯得極為華麗，與尾張織田信秀的家風形成強烈的對比。

母親為中御門大納言之女的義元，臉上也施以淡妝，畫眉、搽口紅，具有高官權貴之優雅，但是身材與眼神卻隱約可看出非比尋常的凌厲。自十八歲那年春天繼承兄長氏輝的地位後，在時勢波濤的起伏摧襲下，他已成為不懼挫折的武將。

「我的對手是甲斐的武田，以及……」他總會壓低聲音：「應算是我伯父的北條早雲的子孫。」

亦即是他的堂兄弟輩。

他不認為尾張的織田夠格成為達成遠大目標的障礙。

一方面由於母親的感化，他從小就極為仰慕京都，其憧憬與仰慕，在被薦入富士郡的善德寺，獲得僧籍、勤於學問的修習之後，更為強烈了。

能夠探掘出京都的文化氣息，以及早已被蒙蔽的幸福之芽者，會是什麼人呢？

出生於足利家族的血統之中，與吉良氏同為駿、遠、三的東海地方之名門，胸中自然孕育著為天下生民立命的偉大夢想。由於兄長氏輝出其不意的夭逝，使他有了實現夢想的機會，十八歲的義元終於還俗繼承兄長的地位。於是，他開始將夢想的種子撒向大地。

首先，他敦聘大原雪齋隨侍身旁，希望能使駿河之地洋溢文化氣息。此外，他頒布法令，使人民有了依從根據，所以被稱為仁政明君，深受仰慕。

當然，他的夢想並不僅於此。同族的足利將軍威勢日蹙，他的夢想是能夠進京扶助將軍，最後親掌政權。對他來說，這種抱負並非不可能。

因此，若尾張新興的織田屬於實力主義者，那麼義元就是想將自由與文化廣播於大地的文明主義者。

這位文明主義者，目前便準備對尾張的實力主義者予以迎頭痛擊。

二

山間應是秋風乍起的時候了，今年的駿河卻仍處於近年罕見的酷暑。

「情報來得這麼慢！」義元再度擦拭胸口的汗水，喃喃低語著。

「急也無用，已經是晝短夜長的季節了。」雪齋也喃喃說著，輕輕以蝙蝠（扇）替義元搧風。

他們都沒有將織田信秀視為大敵，只是，岡崎城的松平廣忠太脆弱了，若再不對織田採取行動，他可能以去年占據的安祥城為跳板，將勢力伸展到岡崎城。一旦岡崎城被占，織田的勢力札了根，可就麻煩了。

義元的目的是舉兵上京，他當然不能任斯波氏的家人坐大。

「要是廣忠能像他的父親清康那樣強盛就好了。」

「不錯，這樣一來只靠松平家就能牽制織田。可是，他太年輕了。」

「織田一定成不了氣候，但還是得要挫挫他的銳氣才行！」

系出名門，學識豐富，個性又開朗的義元，一向只把織田的興起視為無知之徒不知死活的蠢動。

而小田原的北條家，去年七月，義元母親之叔氏綱去世，享年五十五歲，由其子氏康繼承家業。甲斐的武田家，則是信虎與晴信（信玄）父子頻頻相爭。

因此，這個秋季是他出兵攻打織田，不懼背腹受敵的絕佳良機。若非如此，義元可能還不會親自帶兵討伐織田信秀。

「有夠慢的！」熱氣稍除，義元再度喃喃低語時，北之御前[13]派了使者來。

一位老侍女來到義元面前：「甲斐的岳父希望頌祝您出征的祝賀詞。」邊說邊窺探義元的神色。義元回頭望著雪齋苦笑，雪齋故做不知別過頭。所謂甲斐的岳父，乃是義元與雄據北方的內弟武田晴信商量過後，軟禁在此城的猛將武田信虎。

因為生擒猛虎於此，晴信方能全心於政事。這種充分表現出義元不同凡響的外交手腕，就是他今日能毫無顧慮出征的理由。

「是嗎？岳父如此告訴北之御前的？」

「是！」

「那，御前怎麼說？」

「她說隨大人之意決定。」

義元微笑點頭。他的妻子、晴信之姊也極端厭惡這位凶猛的父親。

「你就回答說軍旅倥傯，無法撥空接受祝辭。」

他銳利的語氣令身受悶熱所苦的一座之人心裡皆生寒意，不過他馬上再度將聲音放緩和：「告訴御前，我並未接受岳父之心意。」

這句話主要是顧慮到與晴信情感很好的妻子，當然，一方面也是為了自己離開時內部能維持平安無事。

三

以義元個性而言，本不應該趁夜揮軍趕往遙遠的尾張，但在今日臨出發前，曳馬野（濱松）城的家人飯尾豐前帶來令他稍微不安的消息。

不為別事，岡崎城的廣忠報告說：在這次戰役中，刈谷城的水野下野守信元應該不會幫助織田。

義元本來打算親至岡崎城督陣，並就近偵察必須奪回的安祥城，再過去就是水野信元的刈谷城。因此，水野下野守信元的向背，對義元的行軍布陣有極大的影響。如果水野下野守幫助織田，進入岡崎城就顯得過於深入。所以，他依從雪齋的意見「不能太急躁，稍待再

13〔編註〕御前原為對於官家貴族之女性的尊稱，後擴及妻女妾侍。此處應指義元之正室大井。

說」，將軍隊暫駐於曳馬野。

然而，到了晚上十時仍未有任何消息傳來。

「天很快就亮了。明天是卯日，我們還是出發吧！」

過了子時，終於宣達命令，軍隊開始肅穆地出發。

這支部隊與織田信秀那野武士打扮的輕裝部隊不同，完全是重裝上場。離開府中之後，義元準備換乘轎子，除了弓箭隊、槍隊外，後面還跟著徒步武士。另外，車隊攜帶了慰問軍心的酒肴，甚至徵召隨軍的猿樂及田樂師等雜藝藝人。駿河是大坂以東最開化的城市，出征的場面自是不同。有負責各種物資供應的人、十多位小姓；還有任誰一看即知是隨陣服侍的女性，其中一人乘轎，兩人騎在馬上。

人民前呼後擁地到屋外歡送這一長列行伍。義元身穿豪華的服裝，向送行的人們微微頷首。在百姓心中，他既有一股難以言喻的威嚴，卻又散發出令人親切的氣度。

「真是難得一見的名君！」

「真是無人能相比的大將啊！尾張的那群烏合之眾，怎能和他對抗呢？」

「不錯，一定能凱旋榮歸！」

然而，一出城過了安倍川，將近黎明時，義元的情緒便顯得低落了。他對於被自己視為後盾的岡崎城年輕城主廣忠如此懦弱無力，感到非常氣憤：「為何要故意娶水野之女？」

義元本身因為娶了甲斐的武田氏而俘虜其父，並巧妙地控制了妻弟晴信。

在剛好能看見大井川時，義元對御側用[14]夏目東六冷聲下令：「叫岡崎城的家老即刻到曳馬野來，最好是叫阿部大藏來。並傳令全軍不得疏於警戒！」

四

今川義元由駿府出兵岡崎城，同時出發的東西兩軍也傳來了情報。

織田信秀已由那古野出發。但是無人知道他目前身在何處，不過，他終究會出現於與岡崎城唇齒相依的安祥城。

「陰森森的人物，鬼鬼祟祟、神出鬼沒的！」

今川義元的進軍一向光明磊落。每日，在其紮營的營地總會傳出小鼓聲，歌謠之聲更迴響於初秋天際，當地居民對他下屬軍隊的紀律也有極佳的風評。

「不愧是今川殿下……」對於他優雅的軍風，常有人懷著憧憬與仰慕。人的內心總是會對文化產生仰慕，而今川具有此種文化氣度，織田卻無。

織田的軍律甚嚴，但反而令一般庶民最為懼怕，婦女一聽到織田亂兵來犯，皆是戰慄不已，但對今川軍卻表現淡淡的嫵媚姿態。

14〔編註〕御側用，負有傳達、宣布將軍命令之職。

接令前來曳馬野的岡崎城家老阿部大藏與義元會過面之後，原本計劃進岡崎城指揮全軍的義元，立刻改變預定計劃。他不入岡崎城，直接進駐渥美半島的田原城。

田原城城主為戶田彈正左衛門康光。康光以此為無上榮幸，反觀岡崎城情況卻正好相反。很明顯的，義元此舉擺明了對年輕城主廣忠所擁有的實力有了懷疑。

阿部大藏歸來後，家臣們在廣間[15]裡環繞廣忠而坐。

「照這麼說，治部大輔大人是認為我們殿下過於年輕而難以信賴？」酒井雅樂助神情肅穆地問。

阿部大藏望著表情略帶神經質、態度苦悶的廣忠，回答：「他認為距離敵軍太近了。殿下的大叔父信定又已投效對方，若有萬一，恐怕陷於孤立。」

「即使如此，我想，一定還有其他原因吧！」石川安藝喃喃說著。

「安藝守，」廣忠厲聲喚他：「你是指刈谷城的向背吧！說清楚些。」

「是的。雖然右衛門大夫殿下絕不會協助織田，但是水野信元的心思可說是昭然若揭。」

「那又如何呢？在這種時刻提這種事未免太愚昧了。」

「絕非愚昧！問題是如何分析治部大輔大人的不安。若他決定不來岡崎城，愈令刈谷城人心動搖。若他們認定今川已不支持岡崎城……那，說不定又會改向協助織田，這是……」安藝說道。

「我明白，你是要我殺死於大嗎？」廣忠冷冷打斷。

岡崎城內也是十分燠熱，太陽雖已西斜，但沒有半絲風兒。

五

「我並無此意，即使殺了大夫人，又有什麼好處呢？反而會觸怒下野守父子，逼使他們更積極投靠敵人。」

「既然如此，那就別再說了，我不想聽。」

家臣彼此互望，他們知道，一旦真正開戰了，廣忠確實不能依恃，只是此時沒有任何人掩飾這種念頭。也因為這樣，讓年輕的廣忠深感受辱，幾乎難以忍受。

「大家務必鎮靜，」阿部大藏揮手道：「今川治部大輔大人對我說『依軍勢而言，松平不足依恃！廣忠若能盡快成熟，像其父清康一般就好了。』」

廣忠怒火交加，再沒有比這些話更殘酷了，猶如尖刃一般刺傷了他的心。這些話等於認定他遠遜於父親！

「這是治部大輔大人的肺腑之言，但我們不該認為是侮辱了殿下，真正的意思是命令我們這些老臣盡快扶助殿下茁壯起來。當時，我回話『兩、三年後，必讓您刮目相看！』」

15〔編註〕廣間，為建築中主要的大廳空間，多用於正式會見、會議、宴席等。

薑是老的辣，阿部大藏一方面說出事實，另一方面卻保全了十七歲君主的尊嚴。只是緊接著廣忠的部下卻立刻破壞了一番美意。

大久保新八郎突然開口：「哈哈哈，你真巧於言詞。事實上，你們的態度擺明了對若君不信任，這太令人無法忍受了。」

他的兄長新十郎瞪眼喝道：「喂，新八……」

弟弟甚四郎也蹙著眉，擔心廣忠不高興。

但是，新八郎毫不在意：「反正既然治部大輔大人不到岡崎城來，我們就必須預做打算。其實，也沒什麼好介意的，戰陣上攜帶藝人及女子，這種陣勢我並不認同。」

廣忠厭惡地探出上半身道：「新八，你說得太過火了。」

「不，一點也不，我還有話呢！戰爭非同兒戲，是生命攸關的大事。這場戰役，我預測織田有六分勝算。」

「你的根據是什麼？」

「輕裝便騎者力量較強。我們必須預測出兩軍遭遇的地點。即使今川敗退，還是需要鞏固敵軍可能趁勢追擊的戰線。」

「那，你覺得誘敵至何處？」酒井雅樂助問。

「我知道正家大人的想法，但我認為應該在小豆坂。」

「什麼？小豆坂！」

「小豆坂在岡崎城東方，難道你準備將岡崎城陷入敵軍包圍之內？」

新八郎輕輕頷首：「最初確實是被圍困，但只要將敵軍誘入我軍熟悉的地點，最後一定能擊潰他們。若有一決死戰的覺悟，刈谷城必定不會任意與織田聯手。」

「嗯，小豆坂……」

家臣都沉默了。新八郎的意思就是故意讓織田軍圍困岡崎城，而這一點也是今川義元最顧忌的……

六

眾論紛紜，但結果仍採納了大久保新八郎的建議。

今川義元尚未充分瞭解織田信秀的實力，他之所以留駐田原城，並非畏懼信秀，而是害怕入駐岡崎城，若被織田軍困住會損及軍威。當然，一方面也是他不信任廣忠實力的結果。

相對的，織田方面以信秀之弟孫三郎信光為大將，盡選精銳，意欲一舉度過矢矧川，直接迎擊遠征軍。面對威脅，遠征軍及松平家可能立即被擊潰，此時必定會趁機占領力量薄弱的岡崎城。一旦落此局面，城池被奪，則松平家的軍隊可就無家可歸了。如此一來，即使無意協助織田的水野父子，也不得不起兵相助。

基於此，松平家家臣決定將主力留守岡崎城。如果今川軍能驅逐敵人，逼近矢矧川沿線，才及時揮兵出城助陣。萬一今川軍敗潰，則駐紮上和田近鄉附近的大久保軍，從獲勝撤軍的織田軍背後夾擊，不讓其駐留於岡崎城附近。

只要岡崎城內防備森嚴，對方絕對不會注意到大久保軍移駐城外。如此一來，岡崎城的安全就可確保。

然而，年輕的城主廣忠對這個決定卻深感不滿。

要是依此計劃，廣忠希望奪回安祥城，好讓駿府方面徹底改變對自己看法的心願就完全落空了。

廣忠的目的並非只是消極謀求岡崎城的安全，而是獲得今川軍之助，奪回安祥城。他實在無法坐視欺侮自己年幼而依附織田的大叔父松平信定及其黨徒，悠然地出入安祥城。

會議結束後，廣忠非常不滿地拖著鬱憤的步伐回到奧內。

夜幕已經低垂了，由曲輪至箭垛完全嚴密備戰，城內一片靜寂，能聽到的只有四處喧叫的蟲聲。

晝間的殘暑已化為陣陣涼意，露水似乎沁入心頭深處。

猛一抬頭，廣忠忽然發現於大滿臉笑容，靜靜跪伏在秋草圖案的紙門前。他以彷彿見到珍奇異寶般的眼神，俯視於大。她再過三個月左右就要分娩了，便便大腹巧妙地以寬鬆的衣襬遮蓋住，只是眼神無法掩飾住面容憔悴。

「於大……」

「是。」

「每個人都認為我比不上父親。」廣忠說著，進入臥室坐在床褥上。

於大愣愣了一下。

用力地吐出一口氣之後，廣忠眼眶淚水盈盈。

「百合，將殿下的食物送進房來。」於大輕拉襟襬，挨坐於廣忠下方。她發現廣忠又瘦了，忍不住一陣心痛！

七

於大也想哭，但她深知如此一來會使廣忠更加心亂，勉強維持著臉上的笑容。

百合送食物進來了。

於大親手取下盤上的小壺，然後對百合使使眼色，要她先行退下。

壺裡盛裝著蘇（乳酪），於大低聲說：「請多保重千金之軀。」

「於大……」

「是……」

「比不上父親的才能是很可悲。」

於大默默將乳酪移到小碟上。

「治部大輔大人認定我能力不足，不來岡崎了。」

於大沒有回答，只是輕輕挑撚燭台的火光。

「家臣們認定我是不足以依賴之人。要是父親還在，他們便會勇猛地攻入尾張。但是我……他們堅持據城迎敵。難道我就如此不足依恃？」

「一切要忍耐。這是家臣們的要求，是吧？」於大故意若無其事地說著：「我的父親總是很羨慕地說，岡崎之寶就是這些家臣……」

廣忠輕輕揭起湯碗蓋，拿起筷子，好像有話要說卻又沉默了，只是挾著乳酪納入口中。腹內的胎兒突然激烈動了一下，於大用手按住腹部，頻頻凝視廣忠。胎兒伸展手腳的活動，聯繫了對廣忠之愛。對此，於大深覺不可思議。

起初對阿久的不安和嫉妒，每逢胎兒振動就逐漸淡然，轉變為更深的愛情。她不再批判廣忠，而是試著由內心加以瞭解。她也深深在意廣忠缺乏所謂「武將之器」的資質與體魄，更深知廣忠最近幾乎夜夜失眠。

廣忠對家臣輕視自己的事非常痛心，更痛恨那些背叛自己的族人。夜間，他常會夢囈：「可惡的信定！」「對於藏人（叔父）也要小心！」

因此，對於獲得今川義元的協助，趁機奪回安祥城，他抱著強烈的盼望。只不過戰局並非以他為重心，而演變成織田與今川兩家野心之爭的大戰。處在兩大勢力的衝突之中，只好極力保護松平家的安全。

已。

廣忠一面咀嚼著，一面不斷咬牙，神色極其沉鬱，一望可知是在思慮著某件事而憤怒不

用過餐，百合收拾離去之後，廣忠突然抬起頭：「於大……」

他神情嚴肅地說：「你要替我生下堅強的兒子，別生下像我這樣遠遜於父親的弱者！」

八

由於事出突然，於大忍不住抬頭反問：「什麼，您剛剛說什麼？」

「我說，你要替我生下堅強的兒子！」廣忠回答，微仰著頭，瞪住天井角落：「我為何會對家老們這麼在乎呢？在我記憶裡，父親身材矮小但像岩石般肥壯，對家臣總是頤指氣使，嚴厲地命令著做這做那。任何人只要他一句話，便立刻迅速行動。雖然我明知這就是值得讓人信服的性格，但不知為何我卻做不到……」

他憔悴的臉頰抽搐了幾下，燈影下淚水滴落頸上：「父親什麼都不想，而我卻想得太多。凡事不加考慮的父親受人信服，事事考慮的我卻被認為不足倚恃。若由我領兵，家臣根本不敢去攻擊對我們有切身危險的安祥城！」

於大慌忙搖頭：「您顧慮得太多了，家臣只是為了您的安全著想。」

「於大，就是這點令我遺憾。」廣忠握拳擊膝，又哭了。

看在於大眼中實在心疼不已，真希望能抱緊廣忠，親親他的臉頰。這時候，廣忠簡直像是稚弱的少年。

「我難道看起來真的那般孱弱？難道真是那樣無能，一定要依從大家的決定行事？」

「不，絕不……沒有這回事。」

「別安慰我，我自己很瞭解。確實，我比不上父親，凡事瞻前顧後讓我孱弱不堪……」

（該怎樣才可不事事操心呢……）

此刻，他的眼眸猶如一隻嬌弱的幼犬。

「於大……」

「是。」

「祈禱吧！今年是虎年，祈求神佛能賜予我們像虎一般強壯堅毅的兒子。我不希望自己的兒子也體驗這種遺憾與難堪。」

「是……」

「但願是一個不依恃今川、不屈於織田，能悠然獨步天下的兒子……」廣忠腦海中描繪出自己永遠無法達成的夢想，最後，握住於大的纖手。

「或許此役，我會戰死……」他想。

不論是今川獲勝或織田擊破今川，廣忠自覺必須讓所有人瞭解自己身為武人的意志。在他心裡，「死」已不是一種幻想，而是落在雙肩的一種責任。

廣忠對於懷著自己骨肉的於大有種說不出的親近，激動的淚水一滴滴灑落在於大的衣襟。

「於大，拜託你了。萬一我有任何不測……你一定要堅強活下去。為孩子堅強活下去！」

他滿懷熱情喃喃說著，然後，嘴唇輕觸於大豐潤的耳朵。

於大哇的哭叫一聲，緊緊抱住廣忠。她明知在這種情況下痛哭只會讓廣忠失去壯志而已，但柔軟的心實在無法承受了，只有任情感澎湃洶湧！

今生未來

一

於大對廣忠的愛情已無任何不安。她總算在女人的爭鬥中勝過了阿久；雖然並非為了想贏過對方而爭鬥，但總是贏了。這完全是為人妻的自然反應，她可以為廣忠而活，卻也希望擁有他全部的愛。尤其是懷著對方之子，一切的生命等於只為他而活。

阿久也懷了第二個孩子。雖然一想到這孩子是怎麼來的，於大體內就一陣燥熱，但她也知這時不能明白表現嫉妒之意，極力壓抑著。

然而，隨著嫉妒心抑制一段時日之後，她反而對阿久產生了憐憫之心。畢竟，阿久所生之子，與身為正室的自己所生之子，出生之前就注定身分不同了。

（為何會不同呢？）

雖然抱著這個疑問，於大並不想去尋找答案。只是認為，這或許是冥冥中的神奇力量在前世就已決定了。

然而……

廣忠出乎意料的感慨使於大內心受到極大震撼。廣忠與他的父親同樣身為松平家的血脈，他們繼承家業的地位也應該完全相同。然而，為父個性豪放，其子卻內心懦弱，常暗地飲泣，究竟這種個性的不同是何人塑造的？

於大自己的許多兄弟個性也各不相同，或許是個性的因素而導致命運的歧異吧！人類的幸與不幸也許並不像於大想的那麼單純，譬如織田一族，目前也是由出身旁枝末葉的信秀掌權。

對於大而言這是新發現，也替她帶來強烈的不安。她突然對原本很同情的阿久腹中胎兒非常在意。

（如果，自己兒子又背負著優柔寡斷的悲劇之芽，那該怎麼辦？）

這是除了賢愚之外，足以左右人類命運的另一奇妙力量。

廣忠這夜睡在於大身旁，卻輾轉反側，難以成眠。時而，他似乎對自己無法安靜入睡而憤怒，咬牙咋舌。

於大這一夜也失眠了。

（如何才會生下更堅毅、果斷的孩子呢？）

接近破曉時分，城內突然吵雜不已了起來，大概是依循了昨日的決定，正在搬運新的軍糧及防禦工事物料、沙包等等的，重臣指揮聲中還夾雜著馬嘶聲。

於大離開被窩，看著拂曉才入睡的廣忠臉上罩著一片寂寞神情，她有一種彷彿整顆心都被掐住的感覺。

廣忠確實是太弱了。如此纖弱的男人生在戰國亂世之中，豈非也是一種不幸？

二

廣忠被外面的聲響吵醒，勉強起床到外院去了。在小姓的服侍下，梳洗當兒一定仍對家臣們有著不滿的抱怨吧！

——於大恍如目睹著這種情形。

一有機會，家臣總會說「……先君是這樣做的」。譬如，早上比任何人早起，晚上等家臣就寢後才回內院。唯有如此，才能在亂世讓家族親戚獲得溫飽。家臣之所以凡事指正廣忠，也是由於他的生活習慣所致。

一旦無法獲得統領一族的人才，這是何等大悲劇？家臣不安，身為統領者也更為不幸。

於大只要想到自己所生之子不久就要站在與廣忠相同的地位，受到無形的鞭子痛擊，忍不住對先前感到憐憫的阿久心生羨慕。

酒井雅樂助正家在卯時（六時）到來，說明遭逢萬一時應有的心理準備。辰時（八時），大久保新十郎、新八郎、甚四郎三兄弟也來向於大辭行：「我們兄弟馬上要前往上和田的領地備戰，或許今生再也無法和您相見了，請多保重。」說完，大步離去，走廊上傳來腳步聲空洞的迴響。

與他們交錯而入的，是華陽院。已習慣征戰氣氛的她算數著念珠，保持著平日的冷靜望著女兒，微笑地說：「又見到騷亂的場面了，你準備好了嗎？」

於大覺得此刻的母親看起來彷彿比平日高大，讓她深深覺得不可思議。

（為什麼母親能夠如此冷靜？）

「方才大久保兄弟來向我辭行。」

「呀！我剛剛也遇見了。他們都神采飛揚的……」華陽院說著走向上座坐定，臉上再度浮現笑容：「刈谷城傳來不好的消息，藤九郎他……私通熊村的女子，被誤認為是下野守信元而遇刺身亡。」

「兄長他……私通女子？」

「人各有自己的命運，一切在前生都已注定。」

於大倒抽了一口冷氣。由兄長陪同前來岡崎城彷彿只是昨日之事，現在他卻已經……

而母親又是何等堅強啊！竟能微笑地說出自己兒子非以武人之業而死。她因而凝視著母親。

華陽院忽然轉為嚴肅：「生者、逝者……都是一樣的。你是否已有所覺悟，萬一廣忠陣亡能夠堅強地活下去？」

「是……是的。」

於大的聲調與往常不同，顯得結結巴巴。一想到廣忠天賦的悲劇個性，她就無法坦然。

三

「廣忠似乎很好戰，」華陽院以一種既似悲哀又似責怪的語氣說著，輕輕將念珠靠著額頭。「這會觸怒神佛！此種招來末法修羅的爭戰，總是與死亡脫不了干係，你一定要有所警悟。」

「是……是。」

「一旦廣忠陣亡，你有何打算？」

從華陽院話中，於大感受到她似乎極其肯定著那種結局。於大心慌了，再次省視自己內心，覺得確實要選擇何者才是自己所願了。她一方面想為初次嘗到的濃蜜似愛情殉死，一方面卻又盼望活著生下孩子；只是，不想失去廣忠的心情比後者更加強烈。

華陽院深深瞭解女兒的困惑，這是她在年輕時代感受多次的悲劇。而且，女性在男人隨心所欲編排的悲劇中可說全然無能為力。畢竟，互相爭戰的男人都已化為瘋狂猛獸般恐怖。

「你還是打算殉死？」

「是。」

「我也曾有這種想法，但……」華陽院微笑了：「這等於是女人的失敗。」

「什麼是失敗？」

「女人會喜歡戰爭嗎？會拚著失去丈夫的可能而好戰不休嗎？」

「這……」

「應該是詛咒，絕不會喜歡吧！」

「是的。」

「既然如此，女人也該有女人的戰爭。」

於大無法明白母親心意，抬起頭狐疑地望著她。

庭院的陽光逐漸縮短屋簷的長影，到處傳來防禦工事的打樁聲。

暑氣又慢慢加深了……

「我……」華陽院輕瞟了庭院的陽光一眼。「一直期待著一個不會失去丈夫、孩子的安樂世界，而我們女人的職責就是促成這個世界的誕生。」

「讓安樂的世界……」

「不錯。戰爭乃是徒增憎恨與被憎的無間地獄。男人無法改變它，難道你還沒發現這點？」

「發現是已經發現了，但其他的就不懂了。」

「如果我是你……」華陽院再度將念珠靠著額頭：「我不會再去擔心身外之事，只會一心一意祈願上天能賜福腹中胎兒擁有平息戰爭根源的能力。不去觀看勝也悲嘆、敗也得咎的戰爭；只是祈禱平安生下孩子，祈禱平安撫養孩子成長。如果全國的母親都能如此，這種業火終有一天會消失。大夫人必須忘了戰爭，祈求佛能賜予你祂的化身，以開創安祥和平的世界。」

語氣堅定地說到此，華陽院澄明的眼神開始濕潤了，胎兒在於大腹內激烈踢動著。

四

母女談了約半刻（一個小時），華陽院離開時，於大送她到浴室旁的二曲輪才止步。

「為了腹中的孩子設想！」

邊上也堆滿了沙袋，在不斷往來晃動的提弓握箭武士們的頭頂上空，傳來哀怨的秋蟬鳴聲。於大靜立於陰影下，目送母親的身影直至完全消失。

說著兄長藤九郎信近遇害，臉上露著微笑的母親，在提及希望自己能生下平息亂世業火的孩子時，眼眶中竟淚珠盈盈。

於大第一次瞭解母親的憤怒與悲嘆，她比任何人更強烈怨詛信近之死，也比任何人都更深沉地感到悲哀。她是以全心全意抗議這樣的亂世。為什麼呢？無庸說，完全是想念兒子的心思。

一見到於大，工作中的人們都停了下來一一向她問候。直到母親身影已杳，於大才回房。

由於母親的一席話，她對於胎兒的愛逐漸成形。她明白，若是無法比母親更堅強、果決，將對不起生下的孩子。只是，現世的祈願真能對孩子的未來有所影響嗎？

於大靜坐几前思索良久。有的孩子是在男女正常關係下所生，有的是不期然來到這世上。像是通姦、偷嘗禁果所生的孩子只是歡快的結果，命運自然與一心一意祈願「賜予我傑出孩子」的夫妻所生之子，有著明顯的差異。但是這並非緣於生前祈願產生的差異，而是出生之後撫育環境的不同。

想到這些，於大暗自震驚。她在孩子出生後真能夠盡心地撫育嗎？人類真的被允許擁有此種能力？悄悄看看四周，她突然感覺到強烈的恐懼。

當人被問及：「你能活到幾歲？」相信沒有任何人能回答自己真正能活多久。每個人都只依憑某種幻覺在可悲的錯覺中迴游不已。

她深深呼出一口氣，再度看了四周一眼。生與死是人所無法主宰的命運，它總是冷冷嘲諷著人們渺小的智慧。

「要將孩子撫育得傑出鶴立。」

嚴格說來，這在現實的世間難以做到，畢竟沒有人可以預知明日。若是顧慮孩子的未來，也只能每天每日一心一意的祈願著。

於大驟然發現自己原來如此渺小可悲，忍不住雙手合十祈禱，淚水也奪眶而出。

「大夫人……您怎麼了？」

於大霍然驚醒，發現百合滿臉擔心地跪伏身後，焦急地望著自己。她不知該如何向百合說明這種心情……

五

「百合，你打算活到幾歲？」於大以探疑的眼神問著困惑著自己的問題。

百合只是說：「我永遠都隨侍大夫人身邊。」

於大頷首。不論對方如何理解其意，她總是習慣性地頷首。

「如果我說不必呢？」

「啊……」

「你不知自己壽命多長吧？」

「是，不過若在戰爭中……受到羞辱，我一定堅決地自殺。」

於大再度點頭，然後又慢慢搖頭。她知道語言用來敘述希望最為容易，卻不足以用以說明真理。或許，這就是人的悲哀吧！

「好了，我並非要問你這個。對了，你願意幫我送願文到峰頂的藥師佛寺去嗎？」

「願文……是祈求此戰獲勝？」

於大只是微笑，此刻她已下定決心。

當今川軍離開濱松庄曳馬野城入三河時，岡崎城出現的一則傳言立即遍及城外各村。

「大夫人向藥師佛呈願文。」

「嗯，她親自每夜以井水沐浴祝禱，真令人敬佩。」

「而且，殿下也不能親近她……」

「她早已有了籠城[16]的覺悟，真是烈女！」

「這麼一來，士氣將要大大振奮了。」

「當然，不勝不行！」

「那還用說，三河武士豈能輸給女子？」

織田的陣式也明朗了。原本不知居於何處的信秀，一在古渡的新城現身，前鋒部隊已朝著三河出發。

總大將是信秀，輔佐信秀的副大將為織田造酒丞清正，侍大將為織田孫三郎信光，手下部將包括了名古野彌五郎、永田四郎右衛門、內藤庄昭、鳴海大學助、河尻與四郎、槍三位等等，皆是自美濃抽調出的精銳。

八月八日，這支精銳部隊並未入駐安祥城，而是一路快速挺進，大概是要一口氣直撲岡崎城。

這一夜黯無月光，於大靜坐井畔，一心一意為胎兒祈願。風停了，連蟲聲都寂然，彷彿蟲兒也都入夢了。整座城像死去一般靜寂。

突然，一顆流星曳過北方天際，尾端光輝劇增，而後消失於夜空。

在於大的意識中，冰冷的水、靜寂的夜晚、止息的風、消失的流星皆不存在，存在的只是凝聚於胎兒幸福未來的「母親的心」。或許應該說是「母親的形象」，而非稱為「母親的心」。最初，她祈求上天賜予的，是一個不似廣忠那般，而能凡事磊落、心胸開闊的孩子；而後又希望能夠擁有母親所說那般「佛化身」的兒子。不知不覺的，她被祈願所獲致的快感與滿足帶入一種恍惚中。此種滿足絕非所謂無念無想的境界，而是對善與正的滿足與陶醉所產生出的自信。這可能該稱是信仰的醍醐味吧！虔誠地進入三摩地，深信冥冥中有人會實現她的願望。

「於大……」

「是。」

「你是個好母親，我會讓你達成心願。」

「是。」

「其他的，就憑你的智慧去設想，看如何能貫徹你對孩子的心願。」

如果聽到這個聲音的人智慧不足、心思不正，將可能陷入迷信與邪教的險地。但是於大

16〔編註〕籠城，戰火下城池攻防的狀態，守方閉城死守，攻方封城圍攻。

心似白紙，她坦誠地思考與行動，更坦然接納眾人意見。她不認為這是「上天的啟示」，只是天真地相信應允賜予自己思考的智慧之力。

臨破曉之際，於大內心感到一陣強烈的衝擊。

「如何安排才好呢？」

她總算思索出了一個答案。

她脫下濕透的白衣，以布擦拭白皙的下半身。一想到逐漸恢復暖和的腹中有著另一個不同命運的生命，臉上忽然露出微笑，心頭湧現為小生命祈願的滿足感。

（是的，我應該為他祈求最正確、完美的人格。）

廣忠一直留在外院。十多天了，他未進入過奧院。

一離開井畔，百合與小笹就如影隨形地跟著。

回房之後，於大吩咐小笹先去休息，把百合喚到身旁：「百合，我有件事要託付。一旦我進入產房，就立刻前往頂峰的藥師寺參拜。」

「進入產房？……」百合訝異地問，然後笑了。她深知年輕女主人堅信此戰必勝且能平安分娩。

「祈求什麼呢？」

「如果知道我生下兒子，立即由大殿偷回一尊佛像。」

「偷大殿的佛像……」

百合無法明白於大的意思。於大臉頰爬上紅暈，水似的雙眸光可鑑人，那種信心堅定的熱狂神情，使百合怔住了。

「你知道鳳來寺的藥師殿有十二尊佛像[17]吧？」

「知道，那是十二地支如來菩薩，我曾去謁拜過。」

於大頷首。雖然不知那些佛像是何時由誰人雕刻的，但十二尊地支分立的佛像被視為寺寶，人們認為祂們是職司著人們今生與未來的神祕守護佛。

百合生於午年，曾參拜過手持金剛矢本尊為虛空藏菩薩的珊底羅大將。於大為亥年，應祀奉手持白拂塵的彌勒菩薩。百合明瞭於大是在向守護佛祈求平安生產，但是要把佛像抱回家，這可就非比尋常了。

百合以懷疑的目光望著於大。

見此情形，於大眼神更透露著堅毅的神情：「百合……」

「是。」

17〔編註〕即十二藥叉大將，對應十二生肖為各自守護神。

「聽到沒？我只私下告許你一人，別把話洩露出去了。」

「是，我一定……」

「你……將十二佛中的第三尊真達羅大將……也就是手持寅之神鉾的普賢菩薩偷回。」

「寅之神鉾……」

「是即將出生的世子的守護佛，」於大壓低聲音說：「這並非我的意思，而是諸佛在夢裡啟示要將普賢菩薩賜給我，要我盡心撫育他成長。」

「普賢菩薩……」

於大用力點頭。百合此刻驚駭的表情，她曾在懷孕的阿久臉上見到過；甚至還彷彿聽到了阿久自語：「無法敵過持神鉾的真達羅大將之化身……」

但是，於大對阿久的反應並不歧視、嫉妒。終究，生死的關鍵掌握在冥冥中不可見的神佛手中，母親的職責就是向之祈求並親自培育自己的孩子。

「知道嗎？你絕對不能將真達羅大將轉世之事告訴任何人。」

這已充分表現出她希望自己兒子不似廣忠那般優柔孱弱，能夠具備堅毅與自信。

百合要從何種角度理解於大的話呢？

「這麼說世子以後得奉侍他的守護佛？」

「不！」於大輕輕搖頭：「他就是菩薩轉生於世間。祂希望暫時離開寺院……！」

百合無法瞭解於大心所思，只有不停眨著眼睛。

於大毫無徬徨與猶豫！可能的話，她也希望百合瞭解這是上天的旨意。她的心中肯定地認定，只要一心一意為孩子設想，一定能夠上達佛心。

「明白嗎？這是菩薩的啟示，祂要親自降生塵世，以人的形相體驗勞苦，拯救眾生，所以才希望暫時離開寺院。」於大將音調壓得更低：「而且是借助一心忠義的你之手，帶祂離寺。」

「什麼？借我的手！」百合吞嚥了一口氣。很快地，唇際浮現一抹微笑，跪伏地上。大概，她總算明白於大的心意。

然而，於大卻如神佛附身般繼續說：「菩薩說你一定能夠達成任務。在獲知世子誕生時，將佛像藏起，等世子去世後再歸還原位。這段期間，你要謹慎地不讓任何人發現佛像！你一定要做到。」

「是，我即使犧牲性命也……」

「好。如果世上有兩位真達羅大將會引發困擾的。」

「您不必擔心，我一定可以藏妥。」

「不能告訴任何人！」

「是。」百合回答之後，又笑了：「我絕不會洩露半句，但是事情很快就會傳頌於世間。」

「或許吧！」

「首先，寺方會大感驚駭，因為持神鉾的佛像突然在寅年失蹤，追訪之後一定會聯想到大夫人的祈願，而醒悟到松平家誕生的世子會不會就是……當然，他們也可能認為被女性所竊……」說到此，她急忙搖頭：「應該不可能如此。不過，為防患未然，大夫人也不能將這件事……」

「我當然會謹慎，不任意說出神佛啟示之事。」於大回答。

但是不知何故，她絲毫不擔心。她彷彿已見到佛像遺失之後兒子出生的容貌，也見到俯伏在兒子面前的各種各樣人影。包括阿久所生的勘六、家臣們，以及刈谷城的兄長。

最近，她的幻想更嚴重了，或許這也是生理因素使然吧！

窗外不知何時已一片明亮。

於大彷彿好不容易卸下重擔般突然感到一陣疲倦，睡意濃濃襲來。

「您還是稍微休息一下吧，別累壞了。」百合說完，站起來重新鋪整床褥。

突然，外頭傳來巨大的號角聲。

冬來了

一

搬到刈谷城二之丸的水野忠政，病情隨著冬季的來臨更形嚴重了。雖然尚有食慾，痰也不多，但是全身常會如針刺疼痛。

可能是自年輕時代開始就長時馳騁疆場，導致老化提早來臨吧！送於大出閣以來，鬢髮皆已花白，視力也逐漸朦朧。至於臉頰則特別紅潤，也許是排泄不規律之緣故吧！

「大概還能撐到今年歲暮……」

他讓侍女搥著背，偶爾抬頭看一眼紙窗，正好發現一隻小鳥的影子映射窗紙上。

「正月轉眼就到了，又要添增一歲了，不知能否安然死於床上？」

「……您剛剛說什麼？」侍女忽然停下手的動作這麼問道。

忠政點了幾下頭說：「今年真是奇妙的一年，竟能避開小豆坂之戰，只是失去了信近。」

「藤九郎大人……實在令人惋惜。」

「你們也這麼認為嗎？他是個勇於面對人生的好青年，唯一的缺點就是甚受女子喜歡。」

說到這兒，他低頭注視自己指甲上的皺痕，嘆了口氣：「聽說信近遇刺後，熊邸的少女隨後也自殺了。」

「是的，少女名叫於國，是個長得很美卻神情落寞的女孩。」

「你們對她的死有什麼看法？」

「她真幸福，能追隨深愛的大人殉情。」年輕侍女彷彿很羨慕地說。

忠政再次點頭：「或許，人的幸福就存在於此吧！當我想到自己可能不得安然而去……至少，觀看世間的眼光就不同了。」

「照殿下的看法，又是如何？」

「最初，我覺得信近怎會如此痴笨，心裡很生氣。但現在就不這麼想了。不管是和自己喜歡的女子私通，或是毅然潛入敵城刺探，無論結果如何，都是勇者的行徑。」

「於國小姐真是幸福的人！」

「是啊！她真幸福。除了幸福兩字又能怎麼形容呢？」

忠政想讓對方搥搥頸後根，於是微微將頸子右彎，然後閉上眼睛。這時，信近面容突然浮現，緊接著嫁往岡崎城的於大臉龐也出現了。

以做父親的感情而言，他並不重視死後的幸福，只希望兒女都能好好活著。在初秋的戰役中，他總算壓制住急躁的信元，避免與岡崎城正面敵對，但自己死後，情況又會如何演變呢？

（於大性情剛烈，也可能追隨丈夫殉死吧……）

想到這兒，他深深吐了一口氣。照滿陽光的右側障子門悄悄被人拉開了。

與亡故的信近長得一模一樣的么子忠近進入屋裡。

「父親大人，身體狀況如何？」

忠政張著憂鬱的眼神，凝視站在光影中的兒子。

二

「是你，忠近。今天相當暖和，疼痛也減輕了。」

「太好了，我能進來說話嗎？」

「別在意，快進來，告訴我上次沒說完的小豆坂之戰結果。」

忠政說完，年僅十六歲，才剛剃掉前髮的忠近拉開褲襬，生硬地膝行到父親身旁。

「上次說到織田軍方面陷入苦戰，槍三位陣亡了。」

「不錯，織田造酒丞手臂也受傷，但他們毫不畏縮，衝入今川軍大將庵原安房守的陣地中。」

「那，我接著說下去。見到造酒丞當先衝入敵陣，原本已經陣腳不穩的織田軍立刻勇氣百倍。為了保護造酒丞，以孫三郎信光為首，下方彌三郎、佐佐孫助、中野御土三位十六歲的少年好漢，以及岡田助右衛門、佐佐隼人等都如凶神般衝入今川軍中，奠定了尾張軍的勝因。他們七人也因此被稱為小豆坂的七支槍。其中包括了四位十六歲的年輕武士，這實在是無上光榮之事啊！」

同是十六歲的忠近，眼中迸出羨慕的光輝。

而忠政只是微微點頭：「之後就是岡崎軍的奮戰了。」

「不錯。松平廣忠想挽回今川軍的頹勢，他的族人隼人佐信吉及傳十郎勝吉全陣亡了。」

「嗯，嗯。也因如此，今川治部大輔義元大人方能乘機撤回岡崎城吧！」

「是的。黑牙無眉的治部大輔大人，拖著肥胖的身軀、緊抓住馬鞍，逃回了岡崎城。據說他狼狽不堪的樣子令人恥笑不已。」

「不過，織田軍也被分散的松平軍所騷擾，逃回了安祥城。不是嗎？」

「不是逃回，而是撤退。父親，織田軍還是很勇武的，他們和今川軍的武器不能相比。長槍一揮，太刀及短槍根本毫無作用。兄長們都在說著以後武器得要改造了。」

看來，忠近仍被織田的實力所迷。忠政閉上眼，腰際傳來微微鈍痛：「是誰殺死今川大將庵原安房守的呢？」

「也是十六歲的年輕武士河尻與四郎。與四郎殺死敵方大將時，大人們已快退到小豆坂的長坂中央了。」

「是嗎？也是十六歲？」

「父親大人……我也希望能夠出征疆場！」

「嗯，也該是時候了。我年輕時也是一樣。」

說到此，他的聲音突然中斷，一串淚珠沿著臉頰皺紋流了下來。

三

小豆坂之戰的結果被松平家重臣們料中了。以忠政的眼光來看，織田、今川兩軍的勝負並未分曉，只是遠從駿府前來的治部大輔義元狼狽逃入岡崎城而已。

表面上是織田方面獲勝，但織田軍卻無法對岡崎城發動攻擊，因為他們也被松平軍逼迫，倉惶逃入了安祥城。

今川義元在岡崎城經過一番分析，馬上整軍回駿府，而織田信秀也留下孫三郎信光駐防安祥城，匆匆撤回尾張的古渡。

因此，在這場戰役中，今川義元的遠征失敗了，但是織田也損失了不少家臣，並沒有任何真正的斬獲。若問這次戰役留下了些什麼，那麼也只是讓兩軍之間結下根深柢固的「怨恨」而已。

忠政突然覺得很悲哀。

（女人的幸福乃是不離自己心愛的男人身旁。）這句話是出自侍女之口。

農民百姓之祈望必然更無奈、更渺小吧！但是，在上位者卻蹂躪他們的希望，相互爭奪人民與土地。

「這是業……惡業……」

在敘述戰況結果之間，忠政之心不知不覺間變得漠然，漂浮於無盡的空間裡。可是年輕的忠近不僅未能安慰父親，更興致勃勃地述說下去。

「織田信秀殿下為了讓騎牆觀望者明白，特別攻占了上野城，全力經營戰備。」

「當然應該如此。」

「今川方面也一樣。雪齋和尚再度出兵三河，待機準備一舉吞併尾張。」

「忠近……」

「是。」

「是不是織田又派使者前來找信元了呢？」

「是……是的。」

「因此你才前來說服我，對吧！」

「不，這……」

忠近顯得非常狼狽。

忠政微睜眼，注視著他：「使者一定告訴信元，如果水野軍在小豆坂之役加入，一定能奪取岡崎城吧！而且，說不定對方還宣稱若這回不答應出兵，首先便要血洗刈谷城。」

「父親大人！」

「什麼事？」

「現下是亂世，不容心存觀望，必須掌握時機，在織田或今川之間作一抉擇。」

忠政沒回答，他眼前又浮現身亡的信近及於大兩人的臉龐。

「父親大人！」忠近單膝跪地：「兄長他……他告訴使者，必須等您去世了才能協助對方；但他們卻嚴肅地怒斥，表示不能再等了。」

四

忠政肥厚的肩膀震顫著，雖然這是預料中事，但織田未免「太目中無人」了。

「是嗎？那，信元如何回答？」忠政閉上眼靜靜問。

「父親大人……」忠近結結巴巴地說：「雖然我無法明白您的心意，但是小城的悲哀就在於只能有一種答案。」

忠政沉默不語。

外面似乎沒有半點風，潮落潮湧的聲音也靜止了，在陽光映射下障子門的慘白顯得陰森淒冷。

「好了。」忠政低聲吩咐侍女停止揉按：「你可以下去了，辛苦啦！」

侍女鬆了口氣，施禮之後不聲不響地離開了。

四周又是無盡的沉默……

「忠近。」

「在。」

「告訴信元，這是為父的遺言。」

「是。」

「如果他有孝心，只要為父活著一天，絕不能追隨織田。萬不得已，寧可一戰。懂了嗎？這是遺言！」

忠近瞪大眼睛，抬頭注視著父親。因為父親適才的語氣非常堅定有力，令他忍不住疑惑老耄的父親究竟把這些氣力藏置於何處。

「這麼說，父親大人是寧賭家運，也不加入織田幕下？」

忠政頷首：「只要我活著，絕不會改變心意。不過，忠近，信元也有武將的作風。假如他和對方訂立契約，答應加入織田幕下、攻略岡崎城，那麼很有可能會不顧一切將我除掉。」

「什麼？將您……」忠近臉頰突然僵住：「不可能，他不會……做出如此忤逆之事。」

激烈地搖頭之後，他又開口：「我明白。不過，您的決心必定有特殊原因……能告訴我嗎？」

忠政並未回答。「忠近，扶我一下？」輕輕躺下之後，視線再度凝注於窗紙的光影。「忠近，我希望能以與世上一般武人不同的方式走完人生的旅途。」

「什麼樣的不同呢？」

「一般人為了武略政略之故，相互結親、廝殺，但我……卻希望走上完全不同之道路邁向黃泉。」

忠近兩眼圓睜，凝神靜聽。

「信元勢必追隨織田，但我是廣忠岳父，為了自己女婿，我已決定以死相報。我將於大嫁給廣忠並非為了所謂的政略，所以，我的死乃在為此作證。當然，我還想看看以後的結局會如何？……你明白嗎？如果不留下怨恨的種子，會留下什麼呢？……」

五

忠近肅穆地望著父親，雖對父親的想法似懂非懂，但卻深知其決心。如果自己再勸他追隨織田，他很可能會說：「那你把我殺掉吧！」

「這麼說……無論發生任何事都不和尾張聯手？」

「只要我還活著的一天！不過，忠近，假如以為不和尾張聯手就無法避免一戰，這想法未免太幼稚了。」

「可是，尾張的使者內藤勝助卻說若不答應，此地馬上淪為戰場。」

忠政唇際微微浮現笑意。他很瞭解忠近和信元都還年輕，才會被對方的謀略所乘。

「忠近，這就是所謂的謀略。」

「怎麼說呢？」

「不和尾張聯手也並不表示就會和岡崎城聯手。為父病了，絕不會向著任何一方，相信織田方面也能明白這點才會故意威脅。但若真正演變成戰爭，結果就很難預料了……」

「這又怎麼說？」

「你明白告訴信元，是要殺我？或是不理尾、駿任何一方？兩者只能選其一。至於如何抉擇全憑他決定。明白沒？明白了就退下，我想獨自休息一會。」

忠近低著頭，並不希望馬上退出。確如父親所料，他是信元派來說服父親的。

但是，忠政至今仍相信即使不與織田聯手，還是能應付眼前局面。此刻他輕輕閉上眼，好像該說的話都已說盡似的，安然仰臥著。

忠近輕咬雙唇，想到兄長信元曾說：「父親生病之後，心情不佳，意志力也薄弱了，不再像以前那麼強烈、固執了。」

但此時的忠近卻覺得適恰相反，父親不僅意志力並未薄弱，而且還更堅決、固執，甚至明白表示若想和織田聯手，一定要將他殺掉！然而，若將這些話原原本本傳給信元，信元說不定真的會下手。

「為了一家一族，不容許任何老年人任性行事，在這種情況下必須大義滅親。」

身為么子的忠近，只是想像就覺得無法忍受，他也不知該再說些什麼才足以打動父親的心。

他不敢離開，再度坐下。

「忠近……你還未走？」忠政微睜雙眼問：「有人經過走廊前來，而腳步聲顯得慌亂。」

聽父親一說，忠近也側耳傾聽，確實，是用力踩踏地板的腳步聲。

「聽那些腳步。」忠政凝視遠處：「一定是土方縫殿助。究竟為什麼這樣慌亂呢？」

就在這時，隔著中庭傳來忠政寵臣縫殿助尖銳的聲音：「殿下！殿下！」

六

「殿下，殿下，岡崎的小姐派使者來了！」

他的聲調彷彿大老遠就想叫醒忠政似的：「小姐生下男兒！殿下，是男孩呢！」

忠政眼光迸出神采：「忠近，扶我起來。」

「是。」忠近慌忙抱起父親。

這時，襖門拉開了，土方縫殿助坐在門檻外，同時發出「嘻嘻嘻」的笑聲。

「縫殿助，是男孩？」

「是的，男孩。」

「真的生下男孩了！」
「而且是非比尋常的男孩！」
「什麼？非比尋常男孩？難道身體有缺陷？」忠政緊張地問。
由小姓被擢陞至寵臣的縫殿助立刻搖手：「您也太心急了，先冷靜下來。」
他大步走到枕畔，迫不及待地邊說邊坐下：「出生時刻是今晨拂曉寅時。當岡崎城的家臣甚至百姓得知世子誕生在寅年寅時，全都情不自禁高聲歡呼。」
「嗯，寅時……」
「嬰兒出生後第一次沐浴用的水，原本是事先已準備乾淨妥當的酒谷下井水，不過百姓們卻從松平村的六所明神神社迢迢送來了神井之水。」
「嗯。」
「由此可知人們是多麼盼望著世子降生。胎衣由酒井雅樂助剪掉，更由石川安藝守替孩子拍哭。連廣忠殿下也特別欣喜地來到產房外聽著世子的哭聲。」
說到這兒，縫殿助與忠政眼眶都紅了，只有忠近還保持正襟危坐的姿勢。
「是嗎？是嗎？……是什麼人報告的？」
「是百合！百合接受密令……不，另外還有一點，這也是讓人難以置信的祥瑞。」
「是什麼？別吊我胃口，快說！」
「雖然有人說，但是……」縫殿助挺挺胸，雙手扶膝，再度響起興奮的笑聲：「殿下，您知道鳳來寺的藥師佛吧？」
「當然知道，我也派人前去呈上神文，求祂賜福給大兒子。」
「就是這座寺院。小姐也呈上了祈願，而出生當天，我的女兒百合還代表前往獻香。」
縫殿助不自覺間已移到忠政枕頭旁邊關切地注視忠政，似乎只有他能明白忠政內心的期望。

七

忠政看到縫殿助接獲消息的反應居然比自己還高興，既氣惱又欣喜！
「這麼說，在鳳來寺的百合一聽說於大平安生下嬰兒，立即趕來刈谷城了……」
「當然！這也是小姐的指示。寺內得知可能會在今夜分娩，所以僧侶聚集在大殿準備祝禱小姐的安產御禮，卻發現被視為寺寶的佛像之一忽然消失了！」
「什麼佛像消失了？」
「嘻嘻嘻，殿下也認為不可思議吧！不僅鳳來寺，連岡崎城裡裡外外，甚至苗生村，也立刻傳遍了這項消息。」
「你是說佛像遭竊嗎？為什麼你這麼高興？」
「不是遭竊，而是忽然消失。」縫殿助心急地說著：「這座佛像是有名的十二支佛像中的一尊，不是第一的釋迦如來，也不是第二的金剛菩薩……」

「別繞圈子了，快說是哪一尊。」

「是第三尊普賢菩薩真達羅大將，也就是手持降諸惡之神鋅的普賢菩薩。是諸佛、諸菩薩中最賢明的，俗稱祂法體遍滿、斷諸惑，接近極聖的境界。」

「嗯……」

「阿彌陀如來的第八王子，親身體驗悲苦與定行的寅之神，在寅年寅時忽然消失。同一時間，岡崎城誕生了如玉般的世子。」

忠政恍似怔住了，直直凝視縫殿助不斷上下動著的嘴唇。這種冷靜的態度令縫殿助深深不安。

「殿下！鳳來寺僧人們常說，這尊菩薩具有普顯的神力，三十三身、十九說法，總是示現在意志所趨之處自在的護法說教。因此，祂無固定之相，想示現時就能以任何姿態現身世間。這回，祂一定是為拯救亂世的悲願而現身岡崎城……」

「等一下，縫殿助，這事是誰說的？」

「百合說這消息由寺裡外傳，眨眼間就傳遍各地。」

忠政凝重地低下頭說：「這麼一來，令人困擾的謠傳就滿天飛了。」

「那還用說！據說，岡崎民眾都歡欣雀躍。」

「就是這樣才糟糕！」忠政突然緊蹙眉頭：「不知是誰這般膚淺地設計這種事，何苦讓鄉民及武士都跟著謠傳？一點益處都沒有。你慎重告訴百合，千萬不要再去幫著散布。」

縫殿助很不服氣地張大嘴巴，瞪著忠政。

八

當縫殿助沉默下來，一旁的忠近訝異地問：「岡崎城世子誕生又有祥瑞出現，為什麼不能談呢？」

很明顯地，年輕的忠近神情充分表現了對於奇蹟的興趣。

忠政悶悶地搖頭：「我說過，這種說法太膚淺了。難道你們也認為佛像真會自動消失？」

「既然已經消失了，也並非不可思議之……」

「事情不可輕易下決斷！佛像消失可能有好幾種原因，最好是仔細加以判斷分析。」

「殿下，您這麼說未免太掃人興了。」

「不錯。世間本無那麼有趣的事。第一種原因可能是被人無心竊走，第二種原因是有人故意要使事態變成如此而故意竊走，第三種則是鳳來寺內有不肖僧侶藉此諂媚松平家。」

「嗯。」縫殿助喃喃說著。

若仔細分析，事實確是如此，但這麼一來好不容易產生的喜悅就會被澆熄了。

「我很瞭解你們內心的喜悅，但如果這種『那孩子是普賢菩薩轉世』的謠傳逐漸傳開，愚眾也盲目跟從，形成迷信，又該如何？」

「這不也是一件好事嗎？畢竟，庶民已經厭倦連年征戰，強烈盼望奇蹟來臨了。」

「你的想法真令人頭疼！將來若世子也相信這種傳說，問題就大了。仔細想想，當群眾都相信謠傳，連被謠傳的本人也相信為事實時，被竊的佛像卻突然出現了，此時又有誰能收拾殘局？誰受的傷害最深？」

縫殿助聽得怔住了。確實，這將會非常嚴重。

「若果如此，」他說：「發現了佛像就必須加以焚毀才……」

「這更不行。」忠政再度揮手：「這將成為佛罰之因。假定是第二種原因，那麼一定要等世子去世後才能將佛像還歸原處。但若世子壽至八、九十歲，究竟由誰將佛像送還呢？」

「……」

「如果是第三種原因就更會成為亡家之因了！好好告訴百合，要她盡快回去。生下男兒已經夠令人高興了。」說到此，忠政才再度浮現笑容：「我總算可以安心地前赴陰曹地府了。到了那裡，拍拍清康肩膀告訴他『不管你我曾經為敵，你的孫兒與我的孫兒是合而為一的』。哈哈哈，忠近，你馬上通知信元，要他速派使者前往岡崎祝賀。」

然後，他心滿意足地在縫殿助扶持下，躺了下來。

晴天、陰日

一

昨日下了一場小雪，城內爭傳這場雪乃是淨潔之雪。

時已新正，到處都在慶賀世子誕生及新的一年來臨。

同樣是產房，於大的產房洋溢著熱鬧、明朗的氣息。但是……在長廊邊緣，由侍女房間改建的阿久產房卻只有無盡的寂寞。昨日，甚至今日都無人前來，只有侍女阿萬獨自照料。此刻，她正用力吹著土鍋下的炭火，準備燒水。

「世子承襲他祖父的幼名，元旦夜正式取名為竹千代。」阿萬低聲說著，同時用力吹火。

「勘六出生時，殿下都親自來了……」阿久凝視著淨白的障子門，時時若有似無地嘆息。

「當老侍女須賀在走廊告訴大久保說是普賢菩薩在寅年寅時轉世，大久保甚四郎高叫著『這一來，天下定然屬於松平家了』，然後手舞足蹈地跑了出去。」

「……」

「若論寅年寅時，這孩子同樣也是，還不知道哪個才是普賢菩薩轉世呢！」

阿久右側也鋪了一個小床褥，裡面躺著皺眉熟睡的嬰兒。

阿久對於這孩子竟和大夫人所生的竹千代同日同時出生，既感訝異，又覺悲哀。

難道女人之間的競爭竟要延續到孩子身上？

「……聽說大夫人產後身體很虛弱。」

聽阿萬這麼說，阿久腹部又突然劇烈疼痛。

歲暮的十二月二十五日——

由於二十六日是寅之日，下意識中，她想堅持到寅日才生下孩子，所以一過子時就頭暈目眩地陣痛。

這時，父親松平左近乘正派來的產婆大聲叫著：「啊，出生了。寅日寅時生下兒子！」

聽到聲音，阿久也同時聽到巡繞城內的梆響聲，然後意識逐漸朦朧，但潛意識仍高興地想：贏了，終於贏了！

可是，這種勝利感在聽到大夫人也在同日同時生下如玉般的男孩時就完全消失了。同是男孩，一方是側室的二男，另一方卻是正室的嫡子。而且，一方對松平家而言是意義深長的孩子，取名竹千代；另一方卻隔了七天之後猶未命名。

阿久感到非常遺憾！為什麼對方生的不是女兒呢？為什麼孩子出生的時刻不彼此錯開呢？

二

阿久是在二十六日午時過後獲知藥師寺奇蹟的。

當時她已因對方在同一時刻生下兒子而深感挫折，這時聽說了「松平村的六所明神送神水到大夫人產房，給嬰兒作沐浴之用」。

接著又聽說「孩子乃是普賢菩薩轉世」。不久之後出現另一種傳言，說是阿久所生之子是為了服侍菩薩而一起轉世的。當然，阿久只覺全身鮮血往上冒，接著嚴重發燒、眼尾下吊、全身痙攣，整整病了兩天多未能平息。

（哪有這回事？難道不是在同樣的愛撫、同樣的種子之下懷孕所生的嗎？）

阿久以為廣忠知道自己產後病況沉重，即使沒親自前來，至少也會派人探望。

（不管別人怎麼說，至少我還擁有真正的愛情。）

她深深相信這點，所以，心裡也暗存著廣忠前來探望的願望。

但是，沒有廣忠的任何消息，整座城內完全被慶祝大夫人生下世子的歡呼聲充塞著……

既然如此，阿久不得不重新考慮一切了。目前為止，她自我感覺愛情的優越，對於大並未過度憎恨。可是此刻起，再也不能不將於大視為大敵。不僅於大，迷惑在於大軟玉溫香裡的廣忠背叛了愛情，也令她咬牙切齒。

「夫人，菜已經煮好了。」阿萬雙手捧著冒熱氣的碗，走近枕邊。

突然，阿久又劇咳了起來，全身血液沸騰翻滾著，似乎每當她感情激動時，生命就往外流瀉似的……

「可是，您若不吃……」

「我不想吃。」

阿萬困惑地端著碗在房裡繞了一圈：「真令人生氣！」

「什麼事？」

「酒井大人的隨從對須賀說，在世子誕生那天，杓湯汲水的女子也生下了小孩，只不知是男是女。」

「什麼？說我是杓湯汲水……」

「是的，他們不知殿下的心，好像把您視為婢女之類的。究竟是誰這麼亂講呢？」

阿萬本意是打算安慰阿久，但阿久聽後卻放聲痛哭。雖然阿萬要說的是外人不知殿下的真心，可是此刻的阿久連殿下的心也不敢相信了。

如童女般的於大究竟具有什麼力量，使得廣忠為之著迷不已呢？

阿久在阿萬驚訝的視線下渾身顫抖地哭著。

陽光被黑雲遮住，連障子門都顯得陰暗了。不知何處傳來一陣歌謠聲。那當然也是慶祝於大之子誕生的歌聲……

三

阿久怔了一會兒，眼睛突然圓睜，因為歌聲使她想起父親左近乘正。

（父親會不會來呢？）

今天已是正月初三！父親一定四處拜年，與同僚祝賀著世子的誕生，但是他知道自己的女兒正在城內一隅傷心地哭泣著嗎？

強迫阿久當廣忠側室，是比任何人都為家族設想的父親。當時，阿久年方十五，對於男女之間身體的差異都還不是很清楚。

父親說：「……你要到殿下身邊去，知道嗎？要盡心服侍！」

母親也以嚴肅的態度說明殿下與阿久的不同：「……殿下雖已即位，卻只有十三歲，一切都需要你主動悉心的照料。」

當阿久明白不僅是衣著與食物這類事之時，滿臉通紅了起來。可是即使能捕風捉影地想像一些情境，實際上卻仍無知於如此將會生下孩子。

她雖然羞赧地奔出了房間，但聽了父親命令的母親仍緊跟著說道：「這是延續後代的重責大任，不要以為是好玩之事。往後，你自己該下點工夫去體會。」

跟隨著母親進城是在櫻花盛開的季節。在本丸馬場櫻花樹下，阿久初次見到了廣忠。廣忠身旁站著小姓與華陽院。

華陽院以平靜的語氣說：「殿下，以後你身邊一切瑣事，就由這位阿久服侍。」

此時尚是少年的廣忠只是回答：「嗯，你叫阿久。好，我要去遛馬，等我回來。」說完就跑向馬場。

這天晚上，阿久服侍廣忠沐浴。如母親所言，阿久發現廣忠的身體和自己不同，胸中激動不已。但有大約整整半年之久，廣忠完全未注意及此。

（如果沒有吩咐的話，是否就該這樣默默侍候著？）

阿久心裡雖然這麼想，但實際上心情卻無法平靜，面對廣忠總覺得難以坦然應對。

廣忠首次以男人眼光凝視著阿久，是在時序步入深秋之後。

「阿久，你跟我的身體不大一樣，為什麼會這樣？」

當時也是在沐浴，眼神裡充滿戲弄神采的廣忠，令阿久心跳加速。

「呀，真有趣！你也脫光衣服看看，我替你擦背。」

阿久這時才首次將母親所教的一切告訴廣忠。

於是……

照理說，阿久已深深瞭解廣忠的成長背景、脾氣以及嗜好，但為何仍會敗給於大呢？

（說不定，父母教的事裡還缺少了些什麼？）

剛想及此，突然聽到有木屐聲在產房前停住。

四

「啊，好晴朗的天氣。」

入口處有人喃喃低語著，原來是阿久的父親松平左近乘正。

在坐月子的二十一日內，男人們厭惡汙穢，通常不會進入產房。阿久以為父親會站在外面說話，於是坐直了身體慢慢抬起頭。

「好像還沒有男人來過……」乘正好像已喝下不少酒，自言自語著：「連續發生這麼多值得慶賀的事，我是不得不進房了。南無秋葉大明神，請原諒我的冒瀆了。」

說完，他脫掉沾滿雪與汙泥的木屐，一面說：「我今天不是男人，是前來產房慰問的女子。」

他一把拉開紙門，爽朗地大笑幾聲，走了進來：「勘六活潑得很，正在廚房跟老太婆們高興地嬉鬧，你一點兒也不必擔心。」

阿久瞪大眼睛，既不點頭也不笑。要不是父親提起，她竟然早已忘記託寄祖父家中的勘六。

乘正雖然語氣很輕鬆，態度卻異常嚴肅。他將勘六的近況告訴女兒後，雙手置於膝下，注視著自己的第二個孫兒。

「呀……跟殿下長得像極了。」乘正保持原有的姿勢，額頭跟眼圈附近浮滿皺紋：「這孩子竟然和竹千代大人同日出生，實在太不可思議了。」

由於他說到最後的語氣略帶哽咽，阿久嚇了一跳，重新凝視了父親。父親在族人之中，因著平樸誠實的性格而受某些人欣賞，但也被某些人輕視，而此刻他注視著阿久生下的嬰兒卻不禁淚眼模糊。或許，只有他瞭解自己的遺憾與無奈吧……

一想到這些，阿久枕頭又被新的淚水沾濕了。

「勘六沒有哭鬧嗎？」

「哦，帶他回去的那天，他就喜歡上廳裡拉門上的那隻老虎，晚上都要睡在老虎身旁哩！」

「呵呵呵。」阿萬在房間角落笑著。笑過之後才猛然醒覺，坐直了身子。

不過，乘正的態度卻很慈祥：「哈哈哈，連侍女都覺得好笑了。人還是應該多笑笑，何況，當兄長勘六睡在老虎畫作的旁邊時，弟弟又出生了……」

阿久臉上首度綻開了笑容。

（是的……我的兒子還有勘六這個兄長。）她心想。

至少，兄弟二人同心協力的日子將比竹千代來得更早。

就在這個時候，父親手握扇子往自己膝頭上一拍：「捋虎威的兄長，生於寅年寅時的弟弟，這一切實在太難得了。如果這兩人合力輔佐普賢菩薩化身的竹千代，將會天下無敵。這真正是重重祥瑞之兆，代表松平家能流傳萬載。哈哈，真該大笑了。」

阿久不自禁地別過頭。

終究，父親還是半點都不明白她的心思……

「一族之中彼此相爭乃是最愚不可及的事，看看櫻井的信定就知道了，也可以從佐崎的三左衛門身上得到警惕。每當族中之人內心有所不滿，松平家的力量就會減弱一些。像他們，就這樣失去了祖先世代所居的安祥城，又引敵進逼渡理、筒針一帶。若能同心協力抗拒，發揮出來的力量一定大得無人能擋。但是，只要血親相互傾軋，必然遭遇慘敗的命運，其中道理，你應該瞭解吧！」

看來，一向抱持平安是福的乘正，來到這兒的真正目的是要設法消除阿久心裡的不滿：「今天，我也對三木的藏人說過相同的話。他的叔父也常抱怨他能力不足。但是若希望實力強大，焦躁行事乃是最大禁忌。重要的是，如果實力不足，任何人都得要耐心等待力量湧現的那一天。」

「父親大人……」阿久無法忍受了，並未回頭便乏力地說：「我身體虛弱得很，想要單獨靜靜休息。」

「哦，這是藉口。不過，我馬上就回去了。」

「我……對於生下一個過了七天卻猶未取名的孩子……感到很頭痛……」

「我來也就是為了這件事。」乘正彷彿突然想起，再以白扇拍膝：「阿久，你高興點吧！我來，就是為了要告訴你孩子的名字。」

「啊？那麼……」

「不錯，已經取好名字了，而且是個好名字。」

「究竟……叫什麼呢？」

「惠新。」

「惠新……在松平家，這個名字有承襲的因緣嗎？」

「哈哈哈……」乘正笑了，眼中又滲出淚水。很明顯，這位正直、善良、平凡的父親深深瞭解女兒心中的哀怨：「惠乃智慧之義，新則氣象嶄新。惠新乃是嶄新之智開拓世界，這個名字多好啊！當然，松平家從沒有這個名字。它不侷限於松平一家，而是象徵著三千大世界佛子的偉名。」

「什麼？佛子之名！」

「就是佛弟子、僧侶！天賦的名僧知識與智慧。」說到此，乘正出其不意地背轉臉，雙肩刺激顫抖：「別哭，沒什麼好哭的。與竹千代同年同一時辰誕生，不但不是不幸……而是幸運。兩虎相爭必有傷亡，倒不如一開始就入佛門，祈託竹千代的武運、奉侍祖先之靈……」

聽到這些話，阿久神色變得無比蒼白。「這……這……是什麼人想出來的？」她顫抖地抬頭看著父親問。

乘正倉惶移開視線，忍住心頭的酸楚，說道：「別哭了，沒什麼好哭的……」似乎是在告訴自己似地低語著。

阿久睜大如要眥裂的雙眼，頻頻注視睡在一旁的嬰兒與年老的父親。同是廣忠之子，於大生的彷彿令全城沸騰般受歡迎，但是自己生的卻無人聞問，僅此一點，便足令身為人母者憾恨得難以忍受。現在，竟然要讓這孩子剛出生就出家為僧。

「別哭！不要以自己的小智慧將這種事看作不幸。」乘正也覺得嬰兒可憐，俯下頭凝視嬰兒，拭揉著自己鼻子說：「這只是每個人出生時的緣分不同，釋尊雖出生王室，卻棄王位而立佛道。若是他滿足於王位之貴也只是一個小國之王而已，然而現在卻君臨三千世界。」

「但是，這卻跟平常的出家不同。」

「不，這種出家才彌足珍貴。」

「不，我不能接受！」

「我倒想問問你對這件事的想法。」

「這孩子……一出生就被視為多餘，我很難過。」阿久說著，淚水又溢了出來。

「你這長不大的孩子真令人困擾，明明告訴你別哭，還……」乘正困惑地轉過頭。

阿久接著說：「出家應該是自己看破世情而遁入佛門，卻從未聽聞有一出生就被世間所屏棄而出家之人。這麼殘酷的事究竟是誰謀策的？請告訴我。」

乘正喉頭不斷激烈抖著，很長的一段時間都無法回答。此時，房間角落沸滾的開水聲突然顯得如雷貫耳。

「一定要問嗎？」

「是，為了孩子，我非問不行。」

「好，那我就告訴你，是我建議的。」

「什麼！是父親您……」

「阿久，你要忍耐，這是個需要忍耐才能應付的世局，任何人都得抑制私心。畢竟，這是人生在世的命運啊！」

「父親大人……」

「當我為了拜年，更為了祝賀世子誕生進城時，發現在沸騰般的歡笑中還潛藏著陰天般的一股沉暗，亦即同一時刻，兩個嬰兒由兩個母親腹中誕生……包括阿部兄弟在內，酒井雅樂助及石川安藝都難以判斷是吉相或凶兆。因此，我便肯確地說這一定是吉相。你懂得我的心情嗎……？阿久，我送你服侍殿下，原先的心意何在？還不是為了整個松平家設想？和諧才是繁榮之道，這也就是我讓你留在殿下身旁的道理，我相信你識大體，必能容忍一切。」

說完話，乘正不知覺間俯伏於女兒身前，哭泣出聲。

「若一族的內部不和，如何能競生於此亂世？官位高低、地位上下，皆視每一時刻的事態與對象而定。西方有織田之狼，東方的今川亦不可恃，一旦我們不能和衷共濟，族內有了相爭，馬上就可能淪為一方的俎上肉。家臣都深深明白其中道理，所以兩虎同時誕生，他們心中難免抱存一點憂慮。即使殿下也是如此，他擔心你，也顧慮到我。這些，我心裡都明白得很。他更擔心你會不滿……」

阿久不知覺間額頭倚枕，全身僵硬啜泣出聲。

「我明白你心中有話想說，但是世上常有許多應該說卻不能說的事。依我所見，你是很盡心在服侍殿下，不是嗎？」

「然而……就是因為這樣我才不甘心。」

「阿久，問題也在於此……」乘正看著房間角落一眼，確定阿萬也同樣在哭著，壓低聲音說：「你深愛著殿下吧？」

「是……是的。」

「也愛出生的孩子吧？」

「是的……」

「既然如此就更需要忍耐了。如果不滿的情緒一旦洩露，很可能被屏離殿下身邊，難道你不懂？」

「呀！」

「你知道可能有人會因顧慮一族的和諧，而謀害剛出生嬰兒的性命嗎？松平一族有許多忠臣，為了顧及大局，他們絕對會不擇手段以求確保松平家的未來。」

「……」

「我再三思索才想出這個能保你平安、嬰兒無事，又不傷一族和平的三全其美之策。你別埋怨殿下，也別怨恨家臣，如果要怨，就怨我……阿久，知道嗎？」

阿久再度嗚咽出聲。

同一時刻——

二之曲輪下的於大產房裡，父子已見過面。命名為竹千代的嬰兒被安置於產房隔鄰的房間，正瞪大無邪的眼睛凝視著虛空。

嫩紅的小拳頭掙動著，手腕猶留有深深的皺紋。房間布置雖不豪華，但擦拭得乾乾淨淨，旁邊已有兩位特選的乳母照顧著。一位是家臣天野清左衛門之妻阿貞，另一位是渡村的清水孫左衛門之妻龜女。兩人的氣色都是不遜於嬰兒般的紅潤，但好像從未做過照顧嬰兒的工作。

當然，還沒有人進過產房，不過家臣們卻已來過嬰兒房了。由於每位家臣都嚴厲要求這兩位新乳母用心照顧，使她們更覺得不安了。

「全部就託付你們了！」有聲音對她們說著：「大久保新八郎忠俊前來向幼君竹千代大人拜年，請替我傳話。」

八

龜女由對方聲調中覺察已有幾分酒意，慌忙走向門口說：「請進。」

新八郎大聲說：「別說話！」停頓一下，接著又說：「你以為竹千代大人年幼就可以不稟報，僅憑己意行事嗎？太沒規矩了。叫什麼名字？」

「是。我是龜女。」

「龜女是嗎？名字不錯。看在這麼好的名字分上，今天我就不追究了。快去稟報幼君。」

「是……是……」

龜女驚駭地進入屋內，以求救的神色望著阿貞與還看不見東西的嬰兒。

自古以來，三河的重臣都以剛硬氣節自傲，一向不喜歡作偽與運用心機，執意地以忠君愛國為一生職志。他們深知若企圖兼具文武之才，結果將會一無所有，故而才專執於武。

當然，這種情形並非適合任何時代，但是在開春征戰、歲暮廝殺的亂世，分志於文武將兩者皆失。也就是處於今天尚能苟活卻不知明日如何的動盪時代，單純地面對人生、一心於練武，乃是在戰場上爭取生存的最佳祕訣。其中，大久保一族更是氣節凜然。他們深知純忠的從屬身分最安全，也最能稟持自身個性之道。

此時大久保一族中最不拘小節的新八郎，口噴酒氣前來問候，兩位乳母面面相覷、束手無策，也是毫不意外的事。

「還不快些！」新八郎大叫：「快向幼君請問是否願意。」

龜女困惑地與阿貞耳語，阿貞點點頭，在嬰兒身旁雙手伏地，「啟稟幼君，上和田大久保一家中最勇猛善戰的新八郎忠俊閣下前來拜年，應如何處置？」

新八郎在外面聽了，微笑道：「清左衛門的妻子倒真有一套。即使如此，我還是不罷休。」

不久，阿貞滿臉嚴肅地出現新八郎面前：「幼君說此刻可以見您了，不該令您久等。請進吧！」

「什麼？他知道我等著謁見他？真是他親自這麼說？」

「是的。」

「這太不可思議了，才出生不到十日就如此聰明。」

「是的，他是普賢菩薩的化身。」

「哇哈哈哈，那我就進去了。」

所有在此的人皆是無盡歡樂。

大久保新八郎緊抿著嘴，聳聳肩，進入屋內。

九

他靜坐於門檻外，正襟平伏於地。當然，他也是想藉機施行另一種教育。

「幼君……我是大久保新八郎忠俊，前來拜謁尊顏……」說著，他慢慢地看了四周一眼：「是，您要我靠近點？遵命。」

小笹在房間角落忍不住偷笑出聲，但新八郎並未看她。他只是以令人想起雨後現身的蛤蟆般的姿勢挪動膝蓋，凝神注視白絹被褥內的嬰兒。

「哦。」

他將毛聳的粗耳靠近嬰兒鼻尖，當耳朵聽到對方柔和的呼吸聲時，忍不住笑了，然後，再度嚴肅地抿嘴。

阿貞在一旁說：「幼君說了些什麼呢？」

「嗯，他只要告訴我，所以我將耳朵靠近。你們覺得可笑嗎？」

「不，沒有人在笑。」

「確實有人笑了，我清楚得很。你們心裡在笑我。」

「這真是無稽之談。我們只是衷心感到欣喜，若您這麼認為，那就不知該怎麼辦了。」

「你們是衷心感到欣喜……嗯！」

他單膝後退一步，滿臉肅容：「是，您覺得痛心的話，我就嚴厲訓誡她們。喂，清左衛門之妻！」

「是。」

「方才幼君殿下說在他左右有輕薄之人，要我加以訓誡之後命其離開。你知道是什麼人嗎？」

阿貞怔怔地被嚇住了，再度和龜女對望著。小笹則在角落裡轉過頭忍住笑聲。

「幼君這麼小，負責照顧的人需要特別用心才行。」

「這一點我們……」

「你們是想說『明白』吧？光是這種態度可不行。」

「是。」

「幼兒會受到乳母個性影響，你在家也可謂賢慧，怎可任意稱讚他人武勇？」

阿貞總算醒悟原來是為了這！但她還是滿臉嚴肅地揖福：「我一定全心侍候，請原諒。」

「幼君最厭惡如此！他不希望自己被影響而成為過度重視隨從喜惡之人。」

「對不起。」

「他又說不可養成輕薄的態度，過早喜悅，歡樂也會迅速委靡，單純的喜怒哀樂只是愚痴的行為。」

「我一定時刻謹記！」

「這是幼君的吩咐，接下來是我私人的見解了。無論如此，還是值得慶賀！哈哈哈！」

知道新八郎話已說完，阿貞與龜女都鬆了一口氣。在松平家內，大久保一脈最特立獨行。一族約三十多人，宗家為新十郎、新八郎、甚四郎三兄弟。弟弟甚四郎忠貞得知竹千代誕生，立即提出要自己兒子成為竹千代的傍小姓，令廣忠為之頭疼不已。

甚四郎膝下無子，也還不知道妻子腹中所懷的胎兒究竟是男是女。不過當廣忠說「等出生後再決定吧」，甚四郎顯得很不高興。

「殿下難道不信任我甚四郎？在目前的局勢下，難道我還會生下一個女兒？」

被這麼一問，廣忠也不得已說了：「好吧！我明白。只是一時之間不可能留下那麼多嬰兒在城內。等竹千代及令郎都會走路時，再由他來侍候好了。」

聽了此事，所有人都不自覺笑了。事實上，大久保一族並非如他們說的話那般魯莽，相反的，在他們的奇行背後總是隱藏著些許的諷刺。尤其是最近，他們特別對於與廣忠處得不好的叔父藏人信孝，表現出強烈的諷刺和威嚇。

他們常公然論道：「我們連還未出生的子孫都已訓育其忠君愛國，但是身為殿下的親叔父卻……」

接下來新八郎滿臉笑容地與乳母們談笑，不久，肅然行禮退出。

「世子出生前就已秉具武勇之德，你們能瞭解嗎？也就是在胎中就護持著我們。像去年秋天的小豆坂之役就完全靠他……」臨行之際，他大聲說著。當然，目的在讓內房的於大能夠聽到。

新八郎的本意或許要說的是於大懷了世子，水野家因而不協助織田，小豆坂之役也才僥倖獲勝。

新八郎離去後，於大虔敬地雙手合十。

城內所有人都為竹千代的誕生歡欣不已。

大久保新八郎今日酒氣薰人的行為，只是其表徵而已。

更令於大感激的是隱居於本丸，目前只專注於連歌製作，幾乎不和家臣見面的八十六歲玄祖父道閱，還央人揹著來見竹千代。

道閱是廣忠父親清康的祖父，也是追隨織田信秀的松平信定的祖父。自從信定歸降織田，他就全然不插手政治。即使是於大嫁來時，他也只是說了「我是被世俗遺忘的老頭子」，並不想見於大。

但是，當他來看竹千代時卻高興得哭了：「太可喜了，太可喜了。」

於大雙手合十，為來臨的幸福深深感謝。

突然，竹千代在隔房大聲哭了。

照射在紙門上的陽光，又亮又白，於大仍安靜地雙手合十，一動也不動。

塵土之嘆

一

前後左右都有河川圍繞。北方的加茂川、白川、桂川、淀川、宇治川在這裡匯聚成大河；東南的道明寺川、大和川也注入於此。因此，出入船隻也大小兼具、形色雜陳，其中還包括遠自唐土、南蠻、高麗前來的船隻出入。

這裡是古代被稱為難波津的大坂。原本是船運頻繁之地，但距今約五十年前，本願寺第八代的傑出僧人蓮如上人在此闢建精心專修的石山御堂道場。因此，雖然此地原名難波津之森，慢慢地被聚集於茲的人們改稱為大坂御坊，到最後，大坂演變為地名。

環繞中央御堂的八丁四方大伽藍自然形成曲輪與箭垛，而天然的河川也構成要塞。

「這不就是座堅固的城嗎？」

「不錯，就因為有它，我們才蒙受其利。只要逃入其中，不僅是領主，連將軍都無計可施。」

「南無阿彌陀佛……只要一心持佛，不論是怎樣邪惡的人都能蒙受佛的慈悲。若懷疑能否往生極樂，就殷勤念佛吧！這是祖師山上的訓誨。」

「這真是太難能可貴了，南無阿彌陀佛。」

「南無阿彌陀佛……」

人潮蜂擁，一如流水，口中邊念佛，邊走向大殿前。現在的大殿主持是蓮如上人之孫證如。確實，躲在這種牢固的大殿之內號令全國，任何武力都無法侵及。

在環繞大殿的堅固迴廊陰影下，有位武士正避著炎炎夏日，在頭戴的編笠底下，全神貫注地注視流動的人群。他的衣服已因沙塵而變色，太刀刀鞘的漆也斑剝脫落。大概是經歷了漫長的旅途，綁腿與草鞋已破舊不堪。也許是腹中飢渴不已的緣故，縮攏的雙肩不及腰寬。他的手扶著編笠邊緣，由大殿一端屋簷環視到另一頭，然後視線停止不動。

此時，巡視寺內的家司大步走到他的身旁。所謂家司、坊官，就是遇事時負責指揮門徒的宗門武士。

「喂，牢人[18]！你從剛才到現在到底在看些什麼？」

由於突然被問，武士的手慢慢離開笠緣。

「把編笠拿下，你可是在大殿本尊之前哩！」

「你是說如果不脫下就是失禮？」

「不，不只是這樣啦！」家司慌忙搓手：「這裡已是塵世之外，到了此地，一切塵世恩怨再也不能及身，你可以放心脫掉編笠，也涼快些。」
「是嗎？」武士慢慢頷首，然後解開笠帶。對方靜靜注視著他的動作。
編笠脫掉後，一個鬍鬚滿面、形色憔悴的臉孔出現了。
家司無比驚駭：「你……你不是水野藤九郎信近大人嗎？」

二

藤九郎信近有氣無力地搖頭：「常有人誤認我是什麼藤九郎的，那究竟是何等人物？」
家司頭髮斑白，但是結實的肩膀、銳利的眼神，甚至皮膚、手臂都散發出曾經馳騁戰場的氣息。他凝視信近：「你不知道三州刈谷城的水野大人嗎？」
「不認識。」
「這就太不可思議了，長相幾乎一模一樣。不過，或許是我搞錯了……」他喃喃低語著，然後，詢問似地說：「藤九郎大人是下野守大人的弟弟，距今三年前，在刈谷城附近的熊村被暗殺身亡。但是，下野守大人之父右衛門大夫大人在逝世之前曾說……說不定藤九郎還好好地在某處活著……」

18〔編註〕牢人，指離開或失去主家，因而失去俸祿的人。

藤九郎信近驚駭無比。父親竟然與世長辭了。他胸中湧起了無數疑問與懷念。

「真是出乎意料……我竟與刈谷城主下野守大人之弟會……」

「你知道刈谷城？」

「在流浪的旅途中曾小駐些許時日，當時……」藤九郎微低著頭，他眼中彷彿在凝視著遙遠的過去。「當時，右衛門大夫大人的女兒剛嫁往岡崎城的松平家，到處傳聞著此事。照你說，右衛門大夫大人已經去世了？」

「不錯，在岡崎城的女兒生下世子的翌年，也就是去年七月。所以，水野家的氣氛也全然改變了。」

「那，您以前也是水野家人？」

對方露出微帶寂寞的笑容：「右衛門大夫大人去世之後，下野守大人決定跟隨織田，有位名叫土方縫殿助的家人被逐。」

「土方……」

「你認識嗎？我是他弟弟權五郎。算了，不該提這些的。既已厭倦俗世的修羅場，忝居彌陀信徒，何必談往事呢？只是，因為難忘舊主，偶爾難免在夢中仍會想及。」

說到此，對方又逼視信近：「只要有信，你也可以留下。如果你想和我們一樣全心敬佛，前面的森村有座千壽庵，可在那兒滌垢之後聽聽彌陀的教誨。入者不拒，去者不追，全憑心中一念。」

信近等對方離開後，忍不住嘆息出聲。

（原來是縫殿助之弟……）

他也覺得對方似曾相識，在眉目之間，對方和縫殿助多麼神似。

事態的轉變未免太大了。父親已不在人世，於大生子，而信元終於如願追隨織田信秀了。信近胸中突然湧升強烈的悲哀，父親一死，更難回刈谷城了。而兄長下野守追隨織田，對身在岡崎的母親及妹妹影響之大更不在話下。

信近默默戴上編笠，站起身。

三

離開刈谷城的信近，只是個易受情感驅使的青年，一發現世俗各種不平，總會基於義憤而抨擊之，自認可以輕易澄清令人不快的濁世。

但是經歷這三年的流浪，遭遇的盡是大動亂，讓他深覺能夠逃開兄長的陰謀、偽裝死亡進而踏上流浪之途，反倒有種獲得解放的喜悅。

在被親人所逐的悲愁中，仍存在著自負——能在日本各地流浪，使自己有了成長的機會。

最初，他前赴駿河，後至甲斐，再出近畿。也就在這時候，奇妙的「孤獨」在他內心札下根。

每當他告訴自己藤九郎信近已死，就會對漂流於風霜間現實的自我迷濛了起來。

（忍饑受凍的這個男子究竟要去往何處呢？）

之後，他便朝出雲路前進，因為他想起了熊若宮的波太郎在月光下臨別之際所說的話。

此時，這些話成了他唯一的希望。

「出雲的簸川郡杵築大社守護者是我知己，姓小村，名三郎左。」

波太郎打算讓於國投靠對方，如果信近無處可去，也可前往。

一旦走向出雲之路，信近心中突然湧現一股奇妙的妄想。他覺得自己似若化身兄長信元，曾瘋狂地投入懷裡的於國也就不再是外人了。他以為她與信元的緣分是虛無不實的，自己才是真正與她患難與共的。

由京都到出雲足足花了兩個月，在這段期間裡，逐漸加深的孤獨感不知不覺間令他更加思念於國的聲音、呼吸氣息，甚至身上散發的體香。

大社守護人小村三郎左衛門很高興地迎接他：「啊，你就是……」

雖然不知他與熊若宮一家是什麼關係，但三郎左迎接信近的態度卻非常殷勤。

只不過，於國已不再是個正常人了……

或許是憂傷下野守的背叛，或許是出自強烈的鄉愁，原因無人明白。

三郎左不希望她成為巫女，只把她視為一出生就被遺棄的少女般，軟禁於暗房中。

附近的人則謠傳她是背棄神的教誨而遭神譴。而最可悲的是這位瘋狂的少女不知被誰強暴，已經懷孕在身。

從時間上看，絕非信元之子。但當信近聽說於國每見到男人，都會叫著「信元」並奔向對方，他忍不住感到茫然。

他發現，自己不知道的不僅是這個人世間，甚至一位少女的心都無法瞭解。於是，絕望之雲深深籠罩著他。

四

藤九郎信近走出迴廊。參拜的人潮仍如流水一般，只是其中少有武士。商家婦女及少女顯然多於其他人，代表著大坂由於御堂而逐漸擴大發展的證據。一想到他們每個人內心都存在著他人難以窺知的悲哀、煩惱、苦悶、痛楚，使得信近眼簾裡又自然浮現瘋狂且懷孕的於國身影。

於國在出雲也呼叫著信元之名「啊，藤五，信元大人」，而投入信近懷中。

「我不是藤五，我是藤九。」

由於三郎左在一旁看著，信近感到羞恥，在暗房裡不自禁地甩開於國之手。

三郎左向信近雙手合十說道：「有件事懇求你。或許她可能會因你而恢復正常，就拜託你讓她繼續錯認下去吧！畢竟，她是無辜的。」

信近心想也有道理，就陪於國度過一夜。

當只剩兩人單獨留在房中時，於國已經不再有任何顧忌了。

「你看，我要生下你的孩子了。就在這裡面，呀，還在動哩！」

她低頭拉住信近的手，慢慢地移向自己身上。

當時胸乳與肌膚的觸感仍清晰殘留於掌上，像被吸附般的柔軟穿透過了衣物，令人想像著幾近完美的全身曲線，這可讓人更加無奈與哀憐了。

沒有任何瑕疵！美得過度了，也均勻得過度了。這樣的女子竟會精神錯亂，實在令信近不能相信。他不禁懷疑，這女孩不會是裝瘋吧？

「藤五大人。」

「是的。」

「你怎麼不更用力抱緊我呢？我是如此地盼望等待著……」

「是這樣嗎？」

「更用力、更用力，更……」

「是這樣嗎？」

「還要更用力、更用力！像以前那樣。你說我是可愛的小鳥，然後……」

「……」

信近流著淚靜靜抱住於國，覺得自己再度掉入可怕的煩惱陷阱裡。如果，這瘋女腹中不是懷著真相未明的新生命……如果，不是想像到這生命也是在此種境地下得以萌芽……

翌晨，信近如逃竄般離開出雲。從此，他方知在這世間還有一般大名的煩惱也無法比較的苦惱存在著。

從此也才瞭解，人太渺小了，永遠無法知道明天的命運，只是像蟲子一樣活著，像蟲子一樣被殺。一般百姓的生命恍如噩夢一場。

當初立下悲願企圖拯救這些庶民的人，就是開創石山御堂的蓮如上人，而現在，蓮如之孫光教（證如上人）身為住持，正由此號令全國信徒。只是，這樣就能拯救可憐的庶民脫離人世苦惱嗎？就在他準備走出寺門時，突然有人叫住了他。

五

「藤九大人。」

發現人群中竟然有人叫自己的名字，他怔了一下，手扶編笠，轉過頭。

「果然沒認錯人。不過，藤九郎早已死了，你現在叫何名呢？」

出乎意料之外，原來是熊邸之主，於國的兄長波太郎。

波太郎仍未削落前髮，與以前相同，不過穿著更為華麗，太刀柄鑲嵌的黃金反射著陽光。

距離彼時已經三載了。他卻彷彿超越了年齡似地比以前更年輕了，看上去比於國小了兩、三歲。

「原來是波太郎大人，我現在是小川伊織的身分。」信近興起無限的懷念說道：「我剛從出雲回來。你知道於國小姐的消息嗎？」說到這裡，他說話的聲音顫抖了起來。

波太郎搖搖頭說：「我知道，就是因為知道，所以，你別再說了。」

此時信近才發覺波太郎並非獨自一人，他身後還站著一位非常面熟的少女，手上拿著紫色的包袱，看來彷彿是波太郎的侍女。

見到信近視線朝向少女，波太郎微笑著：「別說你好像見過她，她是昔日刈谷城家老土方一族之女於俊。」

啊！信近總算記起來了。這少女是隨侍於大前往岡崎城的百合的堂妹，也就是適才遇見的權五郎的女兒。於大出閣時，她乘上了另一輛轎子，之後行蹤不明。不過，現在連她也出現了，那麼或許權五郎一家都奉侍於這座御堂吧！

「他是我昔日知己小川伊織。」波太郎介紹著。

於俊很恭謹地行了個禮，卻沒發現眼前這位落拓的牢人乃是舊主的三男。

「在此相見也是一種機緣，和我一起走吧！」

「走向何處，要上大殿的話，我已去過了。」

「不，是去見一位有趣的人物。雖然未滿二十歲，卻是比叡山神藏寺撫養長大的，常口出極端異語。目前落腳在前面森村的千壽庵全心持佛。若你無處居住，不如住宿於庵中，如何？」

「千壽庵……」信近想起那是方才土方權五郎所說之處，而且若希望成為御堂專責武士，需要先去那兒聽經說法。

「好吧！我也去。」信近點頭。

一方面他前途茫茫，另一方面波太郎引起他無限的懷念。更重要的是想透過波太郎多瞭解一下自己離開後刈谷城的情形。

信近跟在波太郎及於俊身後，與波太郎的華麗服裝及於俊少女之美相形之下，他的外貌恰如塵俗之人。

六

御堂的城廓十分堅固，是刈谷或岡崎城城牆無法比擬的。出了城廓，是一道由東向西、由西向北縱橫的天然壕溝，清澈的水面反映著蔚藍天空裡飄浮的雲朵。

流水與流水之間是櫛比鱗次的住家，充溢著象徵新興力量的興起。

整個氣氛和京都迥然不同，也與神都宇治、山田，佛都奈良截然不同。談不上什麼風雅、壯麗的境界，卻始終有一股沛然不可禦的生命力，就像不斷被推倒卻仍群策群力繼續營造塔堆的螞蟻一樣。

通常，市街是隨政治權力而發展的，但此處的市街卻像一開始就標榜與政治權力相抗似地，完全環繞著御堂闢建。然而其中一角仍保留著未開發的翠綠，那兒就是森村。

千壽庵是背對森村的草庵。即使天台、真言宗那樣的巍峨山門，亦不如千壽庵，瀰漫著莊嚴的神祕氣氛。換句話說，猶如佛陀赤裸裸地走向人間塵土。

庵的兩側是成排搭建的以竹柱為基的茅屋，住著許多身分不明的男人。信近最初看到茅屋時便聯想到馬廄，緊接著聯想到被敵軍攻陷的陣地，這是因為茅屋中傳出烤鰯魚的香氣。

波太郎仍保持端正姿勢，進入位於小屋與小屋之間的正面庵門。

依常識判斷裡邊應該是正殿，但只供奉著一尊阿彌陀佛像。前面鋪著粗蓆，粗蓆上供的不是蓮花或花燭，而是山野摘採的蔬菜。有胡瓜、茄子、蓮藕與紅蘿蔔。因此，在參拜御堂豪華正殿的香客眼中所見到的就像是蔬菜攤位。

一個年約十八、九歲、相貌異樣的男人，破衣下露出兩條毛茸茸的小腿盤腿坐著。他身材魁偉，眼光銳利，蓄留約一寸長的頭髮，看來有如栗殼。

這個怪人的兩側，坐著許多赤膊短褲，身上到處是刀傷，面貌凶惡的牢人。但這些人在怪人特殊的風采下，便顯得微不足道了。

波太郎在門口脫下鞋子擺齊，瞥了怪人一眼，笑著說：「小和尚，我又來了。」

「哦，在你尚未解開迷津之前，要來幾次都行。」

波太郎並未應答，以優雅的姿勢從於俊手中接過了紫色包袱。他從包袱中拿出一具和這草庵毫不相襯的白瓷香爐，很悠閒地點燃檀香。等略帶汗臭的屋內漫起了淡紫色的裊裊煙霧，怪人開始抽動起鼻子。

「怎麼樣，還不壞吧！」

「哦，真是不壞。」

信近在於俊右側，凝視兩人的動作。

七

風采端麗的波太郎與這個宛如由田溝中爬出來的怪人，兩者之間的對比讓信近深覺可笑。但若有人要問他有何可笑，他又難以回答。

兩人都露出了不願輸給對方的強烈態度，卻又極力保持鎮定。表面上蘊含著激烈對立的態度，骨子裡卻又散發出奇異的和諧。

「幫你介紹一下！」停了一下，波太郎回顧信近：「若要問他生自何處，定是要回答『天下』。名為蘆名兵太郎，年齡不詳。」說完，他輕笑了：「反正，是個相當倨傲的小和尚。自上了比叡山之後，取了個天狗名叫隨風，自認已經領悟了隨風飄逝的檀那一流之奧祕。雖是天狗，也有大小之分，只是不知這隻天狗是否對下界庶民有所助益。是不是呢？小和尚。他一向好勇鬥狠，到處被追得走投無路，但他本人卻認為這即是隨風飄逝的真諦……」

對波太郎而言，很難得如此諷刺他人。

然而怪僧卻笑了，而且加以補充：「你的介紹還不夠詳盡。我目前雖名隨風，但若是有了能拯救天下眾生的力量，將會改名為天海。現在只是藉阿彌陀佛混吃飯，以《法華經》乞食，到處流浪的毛躁小和尚。」

信近被對方的話逗得無法正式打招呼。但在他的感覺中，這小和尚除了說話內容外，連口氣都大得不得了，真令人恨不得一拳揍過去。所以，也就緊閉著嘴不說話。

如果譏笑他口出誇言，他或許會說：「……這就是天海啊！」

「這小和尚，」波太郎再度開口：「對石山御堂的住持提出意見，但住持對他相應不理，他可是曾為之大怒呢！」

「哈哈哈。大怒是沒有，絕望與灰心倒是真的。人說到了第三代必然出現笨蛋，果然他比笨蛋更差勁，根本是完全不懂蓮如大志的小人。」

「你說得太過火了吧！」左手邊一位胸前有著顯眼刀疤的武士無法忍受似地大叫。

隨風的笑聲卻更響亮了：「蛆除了糞便之外，其他一概不知。你閉嘴吧！」

「什……什麼？」

「你不知發怒會對自己有所傷損嗎？你們在此也不可能殺我。雖然我自離開比叡後就沒想過再活著回去，但是你們也不能以血汙穢了道場。等我離開此地再動手吧！哈哈哈，所以，你們還無法出手。」

對方恨恨地嚥下了這口氣。

隨風毫不理會，轉身對信近道：「你好像已經爬到了糞坑邊緣，知道一些外面世界的情況吧？」

八

信近慌忙將視線移向隨風說：「我來自……」

而隨風好似嫌囉嗦似地揮手：「我沒問你這些。不過，你瞭解蓮如上人為什麼選擇大坂、長島、金澤、吉崎、富田這些要衝之地，鬫建能免除戰事、防止侵犯的道場的真正意義嗎？」

「應該是為了普渡眾生吧？」

「哼，為什麼要普渡眾生！」

「這……」

「為什麼他在其他寺院不實踐這種心願？為什麼要建造相當於城廓的建築，讓庶民承受雙重剝削，苦上加苦？你明白他的意義嗎？」

信近回頭看著波太郎，想要他幫忙回答。

但波太郎平靜地說：「你就聽他說好了。這小和尚如果不把自己的見解說出來，可是會悶得發瘋的。」

「哈哈哈，不錯。」隨風搖晃著身體，大笑道：「現在的住持解釋說這是為了一宗一派的弘法。根本狗屁不通！上人聽了一定無法瞑目。他把承襲宗祖親鸞之志並加以發揚光大的蓮如之聖業踐踏於地，只知愚民惑眾，這叫什麼渡化？叫什麼救苦？」

他嘴巴緊閉著，圓睜睜的眼眸閃爍著光輝：「自應仁之亂以來，日本全境哪有過一天安居樂業？地頭官吏被守護武家驅逐，守護武家被逆臣所弒，天下被土豪私兵分竊。兄弟父子兵刃相見乃是尋常，夫婦主從之間廝殺更是家常便飯。等於是地獄重現，沃土荒蕪。這些都是武士手持凶器之故！雖然這也無可厚非，但處於他們淫威之下，如牛馬般被驅使、饑渴死亡、屍曝路旁的庶民又該如何？」

「不錯！」

「你我都身在握有凶器的一方，無法瞭解他們真正的悲嘆。好好地依山傍水耕作過活卻動輒被逐，禾穀一成熟便立即被搶奪，稍加抗拒就遭殺死。每遇戰禍，妻子被姦、女兒遭搶。在丹波、淡路一帶，更有姦牛馬、棲雞犬者，實在是有史以來未曾見過的人間慘事。凡是有良心之人都不可能保持沉默，結果呢？執持正義的人也被欺壓。在這種時代還緊閉山門想獨善其身，算什麼佛弟子？算什麼僧侶？」由於情緒激昂，隨風語聲嗚咽，聲音也慢慢嘶啞了。

波太郎曾介紹他俗名為蘆名兵太郎，應是出自會津地方的蘆名一族吧！

在信近來說，他是第一次聽到有人為了悲哀的庶民發出如此強烈的憤懣之聲。

見信近默不作聲，隨風以汙髒的拳頭拭了一下淚痕，繼續說道：「蓮如上人的崛起，在於發了大願期望能以己身拯救庶民的不幸。他深信要想從狂暴的刀兵中拯救眾生，除此之外毫無他法，所以才奮起興兵。但是，這些糞蛆們卻早已不知其原由了。」

九

隨風視線由信近移到波太郎，再由波太郎移到武士們身上，繼續道：「或許，這是很正常的現象。畢竟，目前不靠乞食無法溫飽的和尚，釋尊的理想對他們來說已如萬里煙雲。當在暗夜裡摸索著經文時，他們連自己都無法得救了。因此，我很羡慕蓮如的卓識！我想，親鸞得窺釋尊慈顏，但蓮如卻是真正識透釋尊之心。」

波太郎又再度笑了。

「有何可笑呢？」

「以上等等，我已聽過數遍。你實在巧於運用褒貶之詞。我只是想問，你所謂的親鸞得窺釋尊慈顏，蓮如卻識透釋尊之心。這釋尊又是何等樣的釋尊？」

「呃，我從未提及嗎？這乃是佛教精髓所在！」隨風果決回答道：「釋尊的念願之一是在世上實現極樂之境。為了達到目的，任何爭鬥也在所不辭。釋尊堅定地相信，一旦發現通往極樂世界的道路，果斷地實踐必然能有所成。百萬卷經文都是為了建造這個極樂世界，發動地獄世界革命的索引和註腳。但卻長久地被誤解為單純的教條，導致弘法大師費盡心力企圖予以矯正。他親自替病患把脈、尋求藥物，以求拯救眾生之苦，更兼及政事、深入心靈。只可惜後來沉溺於經藏、藉著控馭為政者之手創建極樂世界……這乃是墮落的第一步。而釋尊卻非此種怠惰者！」

信近悄悄看了波太郎一眼，波太郎的表情不知不覺間嚴肅起來，側耳傾聽著。

「一向由庶民捐建的寺院，不知道何時變成奉當權者之命建造，這已不是喜悅的象徵，而是成了飽受搾取、聚集怨恨的高塔。親鸞從塔裡出來，捨身遍歷諸國，倡說往生成佛的真諦法門。而蓮如又從真諦法門邁出一步進入俗諦法門，向大眾倡導日常生活的革命。他的寺院不是當權者的寺院，而是保護漂泊無依平民們生活的堡壘。懷抱著創建極樂世界、深信必然能在世上實現這個夢想。渺小而努力工作的芸芸眾生，像蟻群一樣聚積成的佛塔，也積滿了濃濃的悲哀。為了不使兵燹侵入塔內，環繞在蓮如周圍的眾生費盡苦心。保護著他們辛勉建立起來的新世界，他們心裡懷抱著的該是種怎樣的想法呢？……我之所以敬重蓮如為上人，主要也在於他當時的決斷。他那種堅拒狂暴、兵刃不能進入門內的勇氣……這才是在目前亂世中，能與昔日弘法大師行腳天下、懸壺濟世的宏願相比的人物。當這種必要性愈強時，住持與他的門徒卻龜縮在大殿裡，坐擁美女號令天下，這又算什麼？與世間大名又有什麼差別？若不以蓮如之名當頭棒喝，將來用來建設極樂的悲願武器，很可能淪為住持、監寺們的御用凶器……」

說著說著，隨風淚水又再度滴落。

一旁的武士們眨著眼。由於話題又轉回住持身上，一位武士悄悄拔出了刀。

十

隨風似乎沒有覺察到身旁的危險，仍繼續說：「這樣下去，蓮如的遺產也不算遺產了。蓮如建立了瘋狂的當權者無法侵入的地域，讓悲哀可憐、無路可去的人民能有個安身之地。其中最主要的就是這座御堂。當然，他還事先做了充分準備，使凶殘之人即使手持凶器追擊也無法侵入，他的勇氣與決斷才算是認識佛的本心，這哪裡是庸俗的僧侶能瞭解的救世大悲願？這可說是水深火熱的人民唯一的光明！也因此人民才拚命一心向佛以護持這個聖域。他們曾在加賀團結起來，反擊守護職富樫政親的迫害；然而如今這塊人民唯一的樂土，卻淪為刺客與爪牙的藏身之地，為人民建造的御堂也成為幫助住持一門豪奢的徵稅場所。人民反而必須繳納領主與宗門的雙重賦稅，飽嘗塗炭之苦。蓮如本身也擁有相當人數的侍女，生下數十個兒子，這一點我本不苟同；但目前的住持、監寺獨獨承此惡習，變本加厲地違背蓮如初衷，更成了蓮如之敵了。」

這時，隨風左側的牢人已難以忍耐，揮刀砍向隨風。信近與於俊都不自覺驚噫出聲。

就在此時——

「住手！」

波太郎手中飛出一道白色物體，擊向牢人手背。原來是一座香爐台，讓牢人失卻準頭。於是，當香爐裂成兩片時，隨風也驚險萬分地避過刀鋒。

他全身顫抖退到波太郎身邊，餘悸猶存地說：「這裡已經成為窩藏賊人之地了，蓮如豈能成佛？」

波太郎顯然非常震怒，喝道：「住手！若他有不可原諒之處也無須藉你們之手。太過分了！」

厲聲叱責牢人之後，他轉身面對隨風，炯炯的眼神綻放光芒。單膝跪地、手扶太刀的神態，恰如冬農之霜！牢人們都坐正了身子。

只有隨風仍傲骨不折地逼視波太郎。

「小和尚！」

「什麼事？」

「那你說這裡的住持該怎麼做！」

「我當然知道。他應該拿起武器抵抗。把可能成為凶器的武器，重新化為救濟老百姓的蓮如大悲願，保護他們不受全國各處兵災所害！」

「小和尚！」

「又有什麼事？」

「你認為這就是佛的本心？」

隨風再度高笑：「佛教並非僅是以死後的地獄與極樂世界愚民、藉葬儀誦經來果腹的宗教啊！」

「別岔開話題，回答我。你認為這就是代表佛心嗎？」

信近覺得波太郎的刀馬上就要出鞘似的，他全身僵硬，忍不住嚥下一口唾液。

十一

對信近而言，隨風的話也太過奇矯，但是波太郎凜厲的神情更讓他驚訝。

這是他在熊村家中從未展現過的氣魄。以前，他雖令人感覺擁有如同淬磨過的利刃般的神氣，卻同時也有女性般的柔弱。但此時此刻，他表現得卻像是真正的鬥魂。

既然他能這樣氣勢逼人，為什麼會原諒下野守的背信？為什麼不將下野守斬除？一想及此，背脊忍不住升起一陣寒意。

然而，隨風卻似毫不感覺到他的殺氣，不知是大愚呢？或是無懼？

波太郎再次嚴厲詰問：「沙門興動干戈，難道就代表佛心？」

「當然，確是如此。」隨風恨恨地說，然後自顧自地在殺氣中移膝前進一步：「不解除今日的苦難，佛法又能如何？患者施藥，饑者施糧，這是真正的佛法。從苦難中拯救大眾即是佛心。病魔作祟，就對抗病魔；強權欺壓，即對抗強權。在眼下這種狂刃亂舞的世界裡，倡導死後的安泰又有什麼益處？為何不在現世加以阻止呢？」

「你是說舉劍封住狂刃？」

「融通無礙，觀自在。不奮起抵抗是由於怯懦。現在還需要對誰有所顧慮呢？重要的是先幫助現世的生命，之後再談什麼救來世吧！」

「小和尚？」

「怎麼？」

「你真願為這些話賭命？」

「哈哈哈，我在賭的只是正法。」

「哼！」

眾人都神色一變，因為在波太郎身體挪動的瞬間，每個人都預想必定是血花四濺。然而波太郎並未拔刀，只是連鞘將刀揮舞了一圈便收回屈立的前膝。

一瞬間，信近怔住了。不，不僅信近，連牢人及於俊也都鬆了一口氣。

「小和尚！」

「什麼事？」

「你的意見與我類似。我有話告訴你，跟我來。」

「要帶我去見住持？或是帶我出去，把我殺掉？」

這回，波太郎微笑了：「你早已見過住持了。」

「什麼？見過了？」

「住持與你也有相同的看法，這一點我能確定，但是你也可能因此被殺！」

「被誰？」

「當然是我！跟我來。」

隨風以奇妙的眼神抬頭注視波太郎，點點頭，站起身。

波太郎沒有回頭。像平常一樣平靜，慢慢穿上草鞋，走出屋外。

在他身後是隨風、於俊、信近。

太陽仍然高懸，但是森林到處響起蟬聲，沁入塵世，空虛的心。

輪迴

一

走出難波村外，南邊高地的小聚落沐浴在陽光下，住家多是檜皮屋頂且多窗，有其他地方難見的明朗，大概是在御堂的勢力範圍內，居民都能安居的緣故吧！

走近一看，才發現被河川三面環繞的這一帶，住家比想像中更大，居民也更富裕。這裡就是昔稱玉造部的玉造聚落。

進入聚落之後，波太郎仍昂首直行，背後還是依序跟著隨風、於俊、信近。河川向南開展出去，若是繼續往前走，就要步入河中了……就在此時，波太郎折向左邊的一道大門。

這是一棟此地相當難得一見，以堅固船板砌成圍牆、四周種植無數松樹的宅邸。玄關的屋簷前端，懸掛著不常見的鐵製六角燈籠，應屬於南蠻風格，柱子是極細的圓木，牆壁則為深褐色。

右側下了石階就是河邊了。船隻能自由停靠，但是並無倉庫設施。

信近心想，這大概是某人的行館吧！

突然間，於俊小跑步上前：「回來了。」

聽到她的聲音，玄關內有人的動靜，同時，左右大門由裡頭開了。仔細一看，與於俊同樣穿著的八位少女恭謹地伸出雙手迎出。

波太郎無言地脫下草鞋，對身後的兩人使眼色，要他們進門不必客氣，之後便消失於屋內。

「這個住家的格局真是奇特。跟別處的氣氛大不相同，具有蘭麝與大海的氣息。」隨風脫下草鞋，走上木板時說：「聽說海盜的陸上住處是特別的風雅，只是這些柱子太細了些。」

說完，他旁若無人地打量著少女們。

只有信近還留在玄關。在他背向少女們解開草鞋鞋帶之時，於俊提著洗腳水前來。

大概是井水吧，冰冷的感觸更加深了他的旅愁。

「真是太失禮了。」

於俊將衣袖用嘴輕輕銜住，輕觸信近經長途跋涉後顯得十分累乏的雙足，小聲叫著：「藤九郎大人……」

信近怔了一下，以為自己聽錯了，回頭看看四周。

「藤九郎大人，於俊一眼就認出您了。」

並沒有聽錯，確是背向自己的於俊在說話。此時，她好像賞玩貴重的物品一般，用水淋洗信近被沙塵髒汙的雙腳，輕輕擦拭著。

「您實在太不幸了。」

「啊！」藤九郎狼狽地答道：「我不是藤九郎，是小川伊織。」

「是。」於俊毫不猶豫地頷首。她極力壓抑內心的激動，纖柔的雙肩微微顫抖著。

少女們都消失了。

二

「一切都改變了。」於俊再度喃喃低語：「什麼也……都是因為大殿下去世……」

信近任由於俊替自己洗足，再次看了一眼四周：「這是什麼人的住處？」

「是熊若宮宅邸！當時……」於俊一面說，一面小心翼翼將信近右足擱於自己掌上，「當時隨侍於大小姐平安抵達岡崎的百合……已不在岡崎了。」

「什麼……你說什麼？」

「岡崎城的事，您還不知道嗎？」

「呀，你是指岡崎城於大的事？」

「是的。在下野守大人投靠織田之後，松平家已對今川家有所顧忌……」

「嗯，這是很可能發生的。」

「於大小姐被疏遠了，受到悲慘的待遇。」

「什麼？於大小姐被疏遠？」

「是的。」於俊雙肩再度顫抖，然後急忙替信近拭足。

信近炯炯的視線一直盯住於俊的粉頸，剛剛才聽到於大小姐生下世子的喜訊，現在卻……

（果然還是如此……）

被招呼進了宅邸，信近依然無法平靜下來，也無心加入波太郎與隨風的交談。

生下世子之後即被冷落，這和他倆的生母華陽院的命運太相像了。一想到母親、於大，甚至於國的命運都很悲哀，那麼，或許這種命運也會很快降臨到男人身上，甚至所有人身上。男人的本性絕非好勇鬥狠，更不喜歡折磨女人。或許，是為了避免戰爭，才不得不折磨女人吧……蔑視女性的習尚，或許只是預想到自己心愛的女子被搶奪的苦悶，為了減輕悲傷才咬著牙狠下心吧！

夕日餘暉猶未消失之際，晚餐已經上桌。雖然沒有酒，但豐富的山珍海味已足夠盡興，波太郎與隨風似乎有說不完的話，繼續談論不輟。

這兩人之間大概只能以「肝膽相照」來形容，隨風同意波太郎的觀點，波太郎也贊成隨風的論調。一位認為面對每個時代所生的痼疾，自在地伸出有效的救濟之手才是真正佛家之道。另一位表示在戰國動亂之世，除非以武制武，別無他途可行。

「看看我們倆誰會贏。」隨風笑著：「我將拜訪全日本的武將，一個個鼓吹他們秉承釋尊之志發動革命。首先是甲斐的武田、越後的上杉、相模的北條……」

波太郎則冷冷回答：「我也會選一個人，進行同樣的工作！」他微笑著，並時時回頭看著信近，似乎希望信近也能融入現在的氣氛中。可是信近對兩人的談論已逐漸感到厭煩。

波太郎似乎察覺到這個情形，用過餐之後召來於俊，並小聲命令道：「帶小川大人到臥房……你就陪他！」

「是……」於俊的耳朵剎時赧紅了。

三

於俊是被逐出水野家的土方一族，在於大出閣時被選為替身少女之一。當時在安祥城被帶到織田信秀面前問及姓名，毫不畏懼回答「我是於大」的最後一位少女，就是於俊。

她毫不在意自己能否活命，老早便預想可能遭遇酷刑，卻仍堅持著生為土方家的尊嚴：不能被人恥笑。後來她未被信秀處死，輾轉交到了波太郎手中。

在與其他五人生活於熊邸神殿時，於俊逐漸鬆弛了堅持之心。

首先是聽說大殿下忠政去世，接著得知自家一族被逐出刈谷城，最後則是下野守向織田屈服。

最令她悲傷的是波太郎之妹於國與下野守之間的殘酷事實。她腦海中仍時時浮現偷偷離開熊邸前往出雲時當場泣倒的於國身影。

由這時開始，於俊內心之弦不再緊繃了。她有了如汪洋中迷航小舟般的懷疑，主君是什麼？男人是什麼？女人又是什麼？

波太郎將於俊隔離於大坂邸中，應該是怕她影響其他五人吧！

父親權五郎也在波太郎的安排下投靠御堂。假如於俊還有著以前那種大丈夫的氣概，必然深感波太郎的恩義，但她卻無法信任波太郎。她既不瞭解波太郎在祀奉著神的同時，又捐贈巨款給佛寺御堂的真義；也不明白波太郎既與今川交往，又結識織田，更庇護父親與信近的心究竟是什麼。

最令她料想不到的是，波太郎命令她到臥室陪侍信近。在大坂有專門陪侍客人的女人，要是波太郎讓那種女人陪侍信近，於俊或許會出言自願暫代這個工作。她還有無數有關刈谷城與岡崎城的事想告訴信近。

然而，波太郎卻一眼看穿自己的心思，以前如此，以後也……一想到這點，不知何故，背部升起陣陣寒意。

「已經準備好了。」她在臥床旁焚香之後，回到起居間。

波太郎對信近說：「你一定累了，不必客氣，先去休息吧！」說完，看也不看於俊一眼，繼續和隨風談論最近比叡山的情形。

「那我先失陪了，抱歉。」信近起身走出走廊，於俊先行帶路。

於俊突然想著映印於眼簾的信近瘦削的肩膀，忍不住啜泣起來。
「怎麼回事？」
「不……沒什麼……」
在臥室門口，她跪伏於地，讓信近先入房。等信近將太刀擱置刀架之後，她突然開口：
「我奉令陪侍，請讓我留在身旁。」

四

信近望著於俊，他並非從未接近過女人，也不是第一次接受這種接待。但是於俊在他眼裡之所以顯得極端可憐，主要也是得知於大生下世子之後，被丈夫從身旁疏離開的事實，使他心中悲傷不已。
亂世中的女人……
而於俊身上正也散發著這種哀怨。
「是波太郎命你來陪侍的嗎？」
於俊沒回答，只是看著信近。
「你……常常陪侍客人？」
於俊用力搖頭，小巧的嘴唇翕動著，表示從未有過。

「那麼，大概是要我們好好談一下刈谷城的事吧！天氣很熱，你捻熄燈，到窗邊來吧！」

於俊順從地熄掉燈，窗外立即一片漆黑。在漆黑中，隱約可見的是天上的星辰與信近。

「於大小姐她……」於俊在對方看不見自己的表情之後，心情平靜了下來：「我堂姊百合說……她可能被迫與廣忠殿下離婚……」

「離婚……」

「是的。百合早一步離開岡崎城，在針崎寺削髮為尼。」

信近點點頭，凝視著於俊。眼睛逐漸習慣黑暗後，於俊白皙的身影映入眼簾。面對著於俊的身影，他想像著於大的容顏，也想像著於國的面孔。

於俊的聲音不像於大，倒像於國。

在拍岸的清晰水流聲中，偶爾夾雜著夜船的槳櫓聲。

「是嗎？和廣忠離婚……」

「據百合說，她與殿下感情和睦，令眾人羨慕不已。」

「嗯。」

「可是……塵世的義理實在太殘酷了！」

信近再度沉默。因為，於俊又在榻榻米上哭了。

他能夠想像，由於兄長下野守投靠織田，今川家一定派人前來交涉此事。廣忠與下野守既然是妻舅妹婿之親，今川家必然要求他表態不會背叛。如此一來，除了與於大仳離以示毫無二心，沒有第二條路可行。

「是嗎？他們倆感情很好……」

這是何等奇妙的命運！廣忠之父清康從父親身旁搶走信近他們的生母，廣忠卻被今川家所逼與妻子分手。

「究竟，這悲劇源自何處？」他想。

這時伏泣的於俊用力抱住了信近之膝：「殿下……求您！求您親手把我殺了！」

五

信近驚駭得向後退縮，他彷彿從用力抱住自己的於俊臉上見到了於國瘋狂的面容，而且不論體香、手的熾熱、白皙的肌膚、顫抖的聲音，在在都……

「我不相信彌陀的救贖，也不期盼明日的幸福……如果再這樣下去，我一定……一定會發狂而死。我已不想當女人了，請殺了我……求求您！藤九郎大人。」

於俊本能的知道信近無家可歸。他背負著不可思議的悲運之星，從一族之中被逐了出來……

信近不自禁地伸手撫摸於俊。那是畏懼於俊的虛無，想要逃避一切的手；也是同情於俊，希望予以擁抱的手。

肩膀被信近用手扶住，於俊更緊緊抱著。這是她不自覺的動作，但抱緊信近的瞬間，她體內一切的理性都已完全消失了。

對於故主的懷念與對信近不幸命運的同情，已朝著不可思議的方向點燃了火種。這或許是被迫持續壓抑著的處女生命火種大爆發吧！

「求求您……藤九郎大人。求求您……」喉中哽咽的聲音逐漸轉變，散發出甜膩的誘惑。而且，這種情景使信近聯想起於國。於國也是這樣纏抱住他，這樣渴求著、傾訴著……

「藤九郎大人……」

「於國……」

信近好似被鬼附身般呼喚著於國之名。但是於俊卻絲毫未曾覺察，再度低泣出聲。信近眼中見到的是於國，聞到的是那種體香、聽到同樣聲音，觸摸著同等潔白的肌膚。於是，強烈的情慾激湧，莫名的悲愁與哀傷皆已消逝無蹤。

「於國……」

「是……」

於俊彷彿已忘掉自己的名字，全身投入信近懷內。

星星好似歌唱著，大概起風了吧？退去的汗水又開始滲出，反反覆覆。不久，外面傳來巡視宅邸的更夫敲起的梆子聲。

已經十時了。

波太郎可能還在和隨風暢論天下大事，此處卻什麼也聽不見了。

信近突地清醒過來，靜靜地想離開於俊的身子，但於俊似乎怕他離開，更加用力地緊抱著。

當然，於俊一定也恢復了理智，但不知是羞恥抑或驚愕？或是對二十多年未被異性接觸過的身體哀惜？她全身僵硬著，屏住聲息。

信近再次挪縮身體。但是，於俊還是不讓他離開。黑髮飄散的香氣再度激烈地襲入他的鼻子。於是，信近也忘我地以雙臂緊擁於俊。

六

理智常會不自然地壓抑著自然的需求，相反的，本能卻往往會令理智改變方向。

信近與於俊都打算一死，而在信近鬆開抱住於俊的手時，這種決心在他心裡已牢不可撼。

女人的悲哀……

更何況雖說是被於國幻影所魅惑，卻施愛在於俊身上，這種不純潔的念頭令他興起難以忍受的自我厭惡。

（為了洗淨罪孽……）他想。

（先殺掉於俊，自己再結束生命。）

離開信近懷抱時，於俊也有類似的想法。

她雖有羞恥之心卻毫不後悔。這是個封建時代，若非舊主家的信近主動接近，侍女之流是無法傾訴戀慕之情的。在刈谷城侍候於大時，她就時常見到信近。而就在她決心求死之時，自然而然地愛上了對方。

（就像生命中最後一道絢爛彩虹……）

她這樣想著，於是心滿意足地離開信近身旁。

「於俊，幫忙把燈點亮！」

「是。」

於俊在黑暗中整好衣飾，輕輕擊打火石，感受到背後信近灼熱的眼光。美麗的火花散落四周，每次火花的迸現都令她內心為這種閃亮的淒美而感動。火，終於點燃了。雖然是纖細的燈芯，卻足以讓信近清楚見到初知異性的女性之羞赧。於俊自己也滿臉通紅了。

「於俊……」

「是。」

「我不會只殺你，我自己也會死去。想起來……」信近閉上眼：「沒有死在熊邸就已經錯了。你我都已被幸運之神遺棄了。」

於俊悄悄抬起臉，又慌忙低下。

也不知為了什麼，她竟然從靠在窗邊、閉著眼的信近身上，感受到了類似刻骨銘心的愛情。

「不，這樣不行！」於俊回答：「您不能死！否則，就等於是我弒主了。」說完後，她怔住了，因為脫口而出的這句話是她根本沒有想過的。

不過，這句話也安定了她自己的心，她想：「是了，就算我死，至少藤九郎大人……」

信近寂寥地笑了：「你不必這麼想。反正，我活著也毫無作為，早就該死。」

「不，不行，絕對不行！這樣的話，我死不瞑目！」

於俊彷彿被磁石吸引一般，再度移向信近。

七

風聲逐漸轉強，似乎是四周太靜了。

信近臉上突然浮現悔恨神色。

他很難過，至少還有一個人把無路可走的自己視為主人，僅此一點已死而無憾。但是，抱住他膝頭的於俊，眼神卻嚴肅得令他無法出聲。

「那麼，你認為我應該為何而活？」

被這麼一反問，於俊才發覺自己話裡的意思。

（不讓信近死，是否也表示自己要活下去呢……）她想。

為什麼？為誰？於俊將自己的手從他的膝頭縮回。要求信近不死，是否也希望信近要求自己活下來？

這其中沒有任何機心，有的，只是往自己也預料不到的方向如急流般奔竄的感情。希望侍候對方，更希望對方能讓自己侍候，也就是希望彼此都能好好活下去。

（這就是愛？）

於俊呆住了。

「為什麼不說話呢？難道你只想自己死，卻不希望我死，是嗎？」

於俊拚命搖頭。同時，第三次靠向信近。

就在這時——

「小川大人，你休息了嗎？」襖門外傳來波太郎聲音：「一時心血來潮才試著叫你一聲。若你已經休息就不打擾了，明晨再談……」

信近慌忙站起來，打開門：「還沒有休息。我們正談到刈谷城發生的事。」

「會不會打擾到你們？」

波太郎恍如看透他們之間發生的一切，臉頰浮現酒窩，在信近尚未答覆之前進入房裡。

「對隨風的雄見，你有何感想？」

「隨風的……」

「不錯。他馬上要去甲斐找武田，然後是全日本的知名武將，倡說釋尊之志，在亂世中尋回和平。他更說『只要你能夠保住性命，必可見到天海大僧貫徹了佛之道』。這真是偉大而且快樂的幻夢。」

趁這段時間，於俊匆忙將被褥移至一旁。她比信近更鎮靜。

波太郎敏感地覺察此種氣氛，再度微笑了：「隨風很擔心你，要我過來看看。」

「隨風他……會對我……」

「不錯。他認為你已嚴重喪失了希望與信心。他說，如果可能，要你落髮為僧，與他同行。當然，這是他一廂情願的想法。」

「他要我出家？……真是出乎意料。」

信近神情僵硬地注視於俊，於俊也杏眼圓睜。

不知突然想到什麼？波太郎大笑出聲。

八

於俊與信近都屏住了氣息，等著波太郎停止笑聲。

「隨風的想法都太過急切，但卻值得一聽。」波太郎搖晃著肩膀道：「你……小川伊織大人，你瞭解出家之意嗎？」

信近再次與於俊對望一眼：「要我出家，是否要我將已捨棄的世間，重新捨棄呢？」

「哈哈哈……你也把出家人解釋為捨世之人了，我就是因為這樣想才被隨風痛斥。他說所謂出家人，不僅不捨棄塵緣，更是不屈於現實世間種種習慣，為建設地上的極樂淨土而出家的勇敢鬥士。」

「出家人是勇敢的鬥士……」

「哈哈哈，或許說得太誇張了，讓你無法同意。我也是如此反問，但隨風的回答更絕了。他說『出家之人，這個家是充滿了現實矛盾的家，捨棄此家是為了新的目的，若專從出家表面的字義去想，很可能忽略了它真正目的！』」

信近無法回答。字義表面確實如此，但真正目的究竟又為何？

「小和尚常說，千萬不可以將脫離煩惱、進入光風霽日的境界、悟道、體會幸福，看作是出家人之願。」波太郎興奮地瞇起眼睛說：「這等境界只能算是個人從現實世界裡脫逃與隱遁的行為。若是釋尊只為了倡導如此渺小的自我滿足，何必提倡苦行？釋尊瞭解人類苦難不能由所有慾念中獲得解放，世上血腥的爭戰永不能斷絕，因此發大宏願，先捨卻自己的慾念，為幾十代或幾百代的後人，在地上建立極樂淨土而戰！他本身就是革命家，追隨他的人也成為革命者，連服裝都與現實世界有所區別。落髮是其革命戰術之一，法衣是其二，念珠是其三。當然，我也不全然苟同他的論調。不過，你是否要與隨風同行尋訪亂世名將？這或許是很有趣的事。雖然有可能因此出現一個新的暴君，但至少遠勝殘民以逞的武將。」

信近眼中逐漸凝聚神采，他似乎首次瞭解了出家的真諦，被波太郎的誠意所感動。

「那麼，隨風是要收我為弟子？」

「既是弟子，亦為師父。生活在現世地獄中的人，哪一個內心不憧憬著一片極樂淨土？只要秉持佛心，不信的人也能靜心悟道……哈哈哈，這也可稱之為隨風式的心理戰術吧！」

然而，翌日波太郎醒來時，信近與於俊已不在房內了。

他們，似乎選擇了「愛情」……

謀略

一

風，隨著秋日來臨。鹽田開始乾涸，鹽濱上只有疏落的人影。相反的，稻荷神社左側的五十町田卻是三年以來難得的豐收，稻穗纍纍，一望無際。

水野下野守信元自沙灘遠眺水田，然後緩緩策馬回城。

（鹽已經晒乾。而且是多年難逢的豐收，連倉庫都快容納不下了。）

在父親右衛門大夫忠政剛去世時，不僅是家臣，連農民都批評著「遠不如其父」！

這一點，下野守自身也非常明白。

（過與不及，且看今日吧！）

信元首先放逐了父親的寵臣，接著改建城池。他深知改建城池必招庶民反感，但仍毅然實施，主要是為求徹底更新家中統一之心。

改建完成後，他緊接著擴張鹽田。這等同是連續不斷的賦役，當然得不到好評。但是當晒鹽所獲分予庶民時，他們為之歡欣不已。畢竟，稻穀雜糧可憑自己血汗增加收成，鹽卻並非光憑一己之力就能豐收的。

百姓得到了比金錢、汗水更貴重之物。從那時起，他們就私下傳頌「真不愧是名君」，這種遽變讓信元開心地笑了。

去年之稻乃七分作，他將年貢減為五分，同時特意在各村之間大肆宣傳：「領民乃是我們珍寶，不能使他們忍饑受凍。」

前不久的盂蘭盆節，他故意派了一百五十艘船在沙灘外海放流無數燈籠，以慰父親在天之靈。場面之壯觀，不僅是領民，連鄉士、豪農都傻眼了。

「連京都也沒有如此的風光。」

「下野守大人具有當世難得的氣質與稟賦。」

信元只是微笑地聽著，他的目的並不在這麼微不足道的事。

他從京都招來巡迴各國表演的連歌師，最近正專心學歌。而真正的目的是想藉此瞭解各國情事，聽聽他們對各國人物的觀感。

以前，偷偷前往熊邸與於國相見時的躁急完全消失了，臉頰的肉也豐腴了，無論眼神或舉止都顯得無比沉著。

他最在意的只有一事，岡崎城的妹婿松平廣忠那種分不清時勢的舉動。

（他還嫩著，非好好引導不行！）

此時，於大已生下竹千代，一想到自己外甥有朝一日也將成為領主，身為舅父的他總是放不下心。

今日，他從鹽濱經過挖土場奔向實相寺時，忽然想著。

（今川家已是夕陽，織田家乃為旭日，如果可能，應該讓廣忠明白，共同追隨織田家。）

進入實相寺寺境時，信元舉起左手遮住陽光；而右方，一位騎馬的武士向他筆直奔來。

二

對方顯得非常心急。下野守心裡並不是想著「究竟是誰」？而是在推測「究竟有什麼事呢」？

接近時才發現是么弟忠近，只有這個弟弟既受父親寵愛，也不被下野守屏斥，因為他很瞭解信元的志向。

「兄長大人，有使者從那古野來，是平手中務大輔……」

「藤次，你也太急躁了，把汗擦乾，額頭的汗擦乾！」下野守笑著問，「平手中務每次前來必有祕密要事，你猜這回會是什麼？」

忠近騎在馬上拭汗抬頭：「那張蛤蟆臉，沒有一點表情！」

「哈哈哈……只要細細觀察，天地萬物都有表情，連這些稻……」信元慢慢調轉馬頭，

「也在述說人們對其充分照顧，讓它們非常高興。唯有聽見這種萬物的聲音，才能算是成熟的人物。」

忠近心想，兄長愈來愈像父親了。好像很理所當然的，在說話之後必定來上一番訓誡。心情壞的話，聲音粗暴；心情好的時候，充滿自信。

但是今天，信元搶先朝城裡往回走時卻沉默不語。平手中務是織田家的棟梁，受信秀懇託，負責教育吉法師。吉法師今年已十一歲，不僅喜好捉弄他人，最近更顯出早熟的傾向，見到商家少女會大聲叫著：「喂，衣襬掀起來讓我看看！」

要能教導如此特殊的孩子，也可知他是何等人物了。

兄弟倆朝右側入城，一直到大書院為止，彼此都在想著平手中務來此的目的是什麼？是希望在織田出兵美濃時替他穩固後防？或是要再度攻擊今川家，由信元打先鋒呢？

但是，進入亂萩盛開的內庭大書院，卻發現被忠近戲稱為蛤蟆的這位使者，正縮著背在拔鼻毛。

「歡迎歡迎，抱歉，因為匆匆趕回沒能更換正式禮服。」信元打著招呼。

對方仍拔著鼻毛，揮揮手：「不必客套了，如果我們交情夠……」說完，笑開了，從懷裡取出草紙，把鼻毛慢慢收好，「天氣真是不錯，看來今年是豐收了。」

「是的，至少農民可以恢復生氣了。」

「你知道熊邸的波太郎去哪兒了嗎？聽說最近十幾天都不在宅邸裡。」

「不知道。他不在那兒嗎？」

平手中務慢慢點頭：「對了，閒聊之前還是先談正事。事實上，下野守殿下，我認為這次的使者任務不適合自己，也已經辭退了兩、三次，但是我的主君卻不允許，不得已只好前來……」他以平靜的語調說著，目光始終凝視著信元。

三

信元心頭一陣激盪！如果是平手中務一再辭退的任務，肯定是非比尋常之事。於是，他耐心等著。

「不是別的，是關於岡崎城的事──希望殿下能多費心。」

信元表情僵硬地點點頭。

「果然如此。」他想。

本來，他打算保持冷靜的，但是實在無法想像織田究竟想要怎麼對待岡崎城。

平手中務好像已經預料到信元的心情，仍沉著地說：「松平廣忠是殿下的妹婿，但他實在太固執了……」

信元焦急地等著下文。可是，對方又岔開話題：「即使在迎娶令妹時，他也仍顧忌著以前的愛妾，心裡游移不定。」

「不錯，他太年輕，還不明是非，時時讓家臣備受困擾。」

「但是，現在他和令妹琴瑟相和，連外人見了都滿心羨慕。這點，殿下該知道吧！」

「不錯，至少他們夫妻相處得還不錯。」

「這也就令人放心了，我這次來的目的是希望殿下能設法拉攏妹婿。您可以大舅之情再挾織田之威說服他，相信必能使他明白大局。」

「你是說希望廣忠也能順服織田家？」

「不錯，」平手中務瞇著眼，點點頭，好似已忘了最初所說的再三辭退之語。「憑殿下的氣度應該能夠達成任務。而且，今川家可能又要舉兵攻擊了……趁這時機完成這項任務，也比較能使大家安心。您會接受吧？」

信元望著中務。

他還沒獲得今川家不久將揮軍攻擊的情報，但如果今川確有侵犯意圖，一定會派人到岡崎城嚴密監視。對於中務平淡的口氣認為事情輕易可為，他不禁深感憎惡。

「我當然明白閣下話裡的意思，也會盡力和岡崎城談判。但是閣下亦知，廣忠太年輕了，加以身體孱弱導致個性偏激，可能陷入義理人情中而難以自拔。」

「我知道，所以才要殿下動以妻舅妹婿之情。」

「問題就在此，」信元蹙緊眉頭：「對我的人情和對今川家的義理……閣下認為廣忠會選擇哪一方？」

「哈哈哈。」中務輕笑出聲：「這我就不敢回答了，何必問我呢？」

「當然！」信元也笑了，但神情僵硬。「胸無點墨，不可能承擔使者的任務。若廣忠重視今川家的義理，不聽從我言，又將如何？」

「哈哈哈。」中務再度笑了：「您是他愛妻的兄長，若他拒絕，您會就此罷休？」

四

信元背脊掠過一陣寒意，昔日狂烈的個性再度被激起。

「中務大人。」

「什麼事？」

「那麼，織田殿下是打算在今川家攻擊之前，要我先占領岡崎城？」

平手中務緩緩看了信元一眼，沉默不語。

「他是命令我利用於大的親戚關係拉攏廣忠投靠，否則就要立刻發動戰事。我說的沒錯吧？」

「……」

「為什麼不回答呢？還是說言外之意任憑我想像？」

「下野大人，」中務突然放低聲調，斑白頭髮覆垂的額際，浮現像是狡猾的貓般柔和。「您的個性太急躁了，難道沒有其他方法？」

「其他方法……我想不出。」

「殿下已經假定對方不會答應了？」

「不錯。」

「因此，你考慮的全是強硬的手段，這……」

「什麼，你再說一遍！」

「至少也該試試對方的反應再說。如果殿下動以手足之情，對方卻顧及義理而仍依附今川，屆時若您只是平靜地說『既然如此，那也是不得已之事』，沉著而返，對方會有什麼想法？」

信元怔住了，不自覺臉上浮現赧色。確實，他並未想到當自己平靜地回府之後，廣忠究竟會怎麼做？

平手中務再次沉默，似乎是想給信元考慮的時間。

見到對方如此沉著穩重，信元忍不住生氣。無論如何，這已證明他失敗了。不檢討對方的動向，僅重視自己的行動，這只能以「淺慮」來形容。

他壓抑住感情的激奮，開始想像廣忠的個性。

「中務。」

「是。」

「或許，當我平靜地回府，廣忠會派人找我，提出與於大離婚之事……」

中務笑了：「或許會如此。」

「既是顧全對今川家的義理……又怕萬一戰敗……於大至少不會有危險。反正，離婚是無可避免的事。」

中務用力點頭。「一旦廣忠提出離婚，接下來就輪到您出手了。這和下棋一樣，只看殿下您如何應對了。」

信元臉頰再度微紅。因為接下來的應對之法，他還未想到。

五

平手中務故意裝作沒看到信元的狼狽。事實上，信元和於大本來就不是心意相通的兄妹。信元的狼狽在某些方面是在掩飾自己的淺慮，卻絕非由於對妹妹的憐憫而心亂。對於這點，平手中務覺得極其可笑。

信元沉默了許久，忍住內心的難堪。這簡直是大人和小兒問答般。他被問了各種問題，再由對方暗示答案。要是沒有暗示，可能就找不出答案了。信元感到十分恐懼。

平手中務是何等深謀遠慮，幾乎到了令人憎恨的程度。不，尤其是能隨心所欲指揮中務的織田信秀，才是……

信元沉默時，中務以柔和的聲調說：「若是要我下這著棋，殿下應該是會藉口對方侮蔑情義而出兵攻擊……」

「不錯！」信元正襟危坐地頷首，「我沒有其他辦法。」

「但是，殿下，您有勝算嗎？」

「有。」信元肯定地回答。他之所以不得不如此回答，主要是因著對方的壓迫與輕蔑。但是話一出口，內心卻冷了一大截。

父親死後，他確實大力整頓過家臣，卻還未能到達全族團結一體的階段。

岡崎城則正好相反。由於廣忠本身能力不足，松平家沒落之際，家臣們盡力地控制住廣忠。拿自己和廣忠比絕對占優勢，但若以彼此的家臣相較，刈谷城卻明顯遜色多了。

他很想再補上一句「至少背後有織田作為倚恃」，但在這種情況下，他又說不出口。

「下野大人。」

信元怒目相視：「什麼事？」

「知道您充滿了自信，至少，我這趟使者的任務總算有了回報。」

「我有自信，尤其是廣忠那樣的……」

「一切都託付給您了。」中務臉上的笑意更深了。「身為使者的任務完成了，接下來是我個人的忠告，希望能對您有些助益。」

「你的忠告是……」

「藉此一戰，除掉岡崎城的家臣，您認為如何？岡崎城的實力……強在那些家臣。」

信元再度產生被對方識穿一切的寒意。

「切勿一怒即戰！殿下亦可藉此義理表現出對令妹與廣忠離異的悲傷，和廣忠同聲一哭……這種心情，一定能影響對方。」

信元忘我地探出上半身，出神地聽著。

「一對恩愛的夫妻被迫分離。家臣們對於大夫人都很心服，內心一定深感惋惜，可能護送到刈谷城的領地內。這時，把家臣……」

話說至此，中務眼中閃耀著淒厲的光芒，然後，再度如女人般輕笑出聲。

六

信元雖然姿勢不變，眼中的神情卻無法掩飾內心的畏懼與驚駭。

蟬聲不知在何處響了起來，還夾雜著修補米倉的搥打聲及松濤聲。

（一定要鎮靜！）他在內心告訴自己。

（名將不能接受諫言，永遠無法成大器。）

織田信秀出身旁支，卻能儼然立於一族之上威勢凌人，他的背後少不了這等名臣的智謀相助。

他忍不住對平手中務重新評估。這個人，是被選為信秀之子吉法師的老師！一想到這裡，信元的恐懼更深了。

信秀之剛、中務之智，再加上個性不像常人的吉法師，這一切不斷壓迫著信元。於大離婚了，家臣惋惜相送，趁機予以殲滅，進而占領岡崎城……

當信元在腦海中反覆考慮這件陰謀進行的順序時，平手中務神情早已像什麼都忘了一般，轉變了話題：「人的足跡實在是太不可思議了……當憬悟自己的存在而想要證明不虛走人世一遭時，或許出於自身的意志而常陷於一種窘境中，既想做這又想做那，反而蹉跎了一生。」

「不錯。」

「因此，人常常到了瀕死之際才發覺一事無成，留在世間的只是由生到死的時間足跡而已。」

信元再度用力點頭，但他不明白中務究竟想說些什麼。

「還是女人較好，不必繞一大圈無謂的旅途，卻能留下『孩子』這種足跡，真令人羨慕。」

看來，中務似乎指的是於大，或許以為信元同情於大而表示安慰之意吧！但就在信元這麼想時……

「岡崎城的大夫人既已留下世子，又廣播棉樹種子，總算留下令人難忘的足跡——讓頑固的家臣們由衷仰慕的足跡。」話說到這兒，平手中務突然改變語氣，揮著手，「這麼說實在太失禮了。我不應指揮殿下的行動。這一切都只是我私人的意見。」

信元這時才領會出他話裡的意思。那並非安慰自己，而是指明於大既已盡了自己使命，就不必再對她同情了。

「我明白了，真感激你的建議。」

就在信元接受織田信秀的祕密指令時，正好是駿府的今川家以探望纏綿病榻的廣忠為藉口，派遣能說善道的岡部真幸到達岡崎城的時刻。

七

廣忠與於大在大書院迎接駿府前來探望的使者。

「主君治部大輔殿下，非常惦掛殿下病情，特派我前來慰問。」比廣忠年長二、三歲的這位使者從容說完之後，立即將攜帶的土產堆在大書院中。「本來，雪齋禪師建議派同族的關口刑部大人前來，但殿下卻說年輕人跟年輕人比較容易親近，又顧及您的病可能是抑鬱不樂所引起，特別要我前來共遊慰藉。這是我的榮幸。」

使者說完，以銳利的視線注視於大：「這就奇怪了……聽說只是殿下有疾，想不到大夫人的臉色更壞，這是生病了，一定是生病了。」

此處也有蟬鳴，在修剪得整整齊齊的籬牆外，到處可見白色的蘆花。在越過營生川吹來的初秋風中，夾有老鷹拍翅的羽音。

聽說於大臉色很壞，廣忠回頭注視於大。這時，於大向對方打過招呼，開朗地抬起頭。

廣忠發現，於大不僅毫無病容，而且正如趨於成熟的果實般血色均勻。廣忠忍不住訝異地將視線自於大臉上移到庭院的芙蓉花上。

「並非芙蓉葉光線反射的緣故！」使者見到廣忠眼裡訝異的神采，語氣威嚴地接著說。「這一定是病況相當嚴重了。請不必顧慮，快請她下去休息。」

廣忠總算明白對方的真意是要於大退下，但是對使者將於大健康的血色指為病重，感到不滿。

不僅是廣忠，連列座的重臣們，甚至使者的隨從也都大感驚異。

「既已打過招呼，你可以先下去了。有病在身，不必勉強陪侍。」廣忠對於大說。於大柔順地施禮，嬝娜地退下。

廣忠目送她的背影，同時擺出等著對方說出重大事務的姿態。「眾家臣是否……」他問，同時觀察使者的臉色。

岡部真幸卻立即回答：「聽說殿下善舞，等舞者表演完畢，我真想飽飽眼福。」然後，像孩子般笑了，繼續談論各種舞姿。「對了，今晚舞者表演時，可能的話，真希望大夫人也能觀賞。但像她如此病重，說不定就此一病不起呢……」

嘴裡吐出不吉祥的話，使者再次凝視廣忠，像是期待著某種反應。

廣忠大吃一驚，他總算知道要於大退下並不只是為了談大事，不願太多人聽到。

「會不會是要我和她離異……」一想及此，他心中湧起陣陣怒火。

八

廣忠最無法忍受在他人指揮下行事，或許是他還太年輕的緣故吧！

「雖然你尚未提及，我已經知道你來此的目的。」廣忠希望在他未指明之前予以反擊。

當然，有時他的作法會顯得過分，而使家臣們下不了台。

此刻，他就故意要讓年輕的岡部真幸知道自己已將於大屏斥身邊，居住於酒井雅樂助宅邸裡。他睜大憔悴的眼眸凝視岡部真幸額頭，說道：「最近……岡崎城流行一種邪惡的瘟疫，所以，我心裡早有防範……」

「哈哈，瘟疫嗎？那，要如何防範呢？」年輕使者唇際浮現輕侮的表情。「憑殿下的聰明，瘟神一定吃癟了吧！哈哈哈……」

廣忠眼瞼的肌肉不斷顫動：「這種疫病一旦罹患便會忘卻情義，而且有擴大傳染的趨勢。所以，我首先命由刈谷城前來的侍女們返回刈谷，內人亦託付給雅樂助，預防病況在岡崎城蔓延。」

「那真是奇特之事。實際上，雪齋禪師也提到，這次禪師本來預備親自率軍剷除這種病源，吩咐我到岡崎來觀察是否瘟疫已經蔓延開了。」

「無須你的擔心，你可告訴禪師，廣忠還健在。」

在一旁聽著的石川安藝這時突然用力拍膝，提醒廣忠不要陷入無謂的爭論之中。

但是，使者卻笑了，單膝移向前：「為了這件事，駿府內部正在豪賭。」

「什麼？豪賭……」

「反正，都是一些膽小之輩，哈哈哈。一派人認為岡崎之內自華陽院夫人開始，與刈谷城有所關連者甚多，這次戰役極為重大，應該命殿下將這些人處死。另一派則認為剛愎自用的殿下絕不會這麼做。看來，後者是贏定了。」

石川安藝再度拍膝，因為，他發現廣忠憤怒地想要說些什麼。

「但是殿下卻笑了，他說岡崎城講信守義，與其心意一向相通。即使不下這殘酷的命令，廣忠也一定會做自己應該做的事。殿下，這是何等智慧、何等信賴的話，會做到應做之事……」

廣忠咬緊嘴唇，回視眾家臣：「酒宴尚未備好嗎？」

「已經好了。不過，使者的話……太引人入勝了，大家都聽得入神，忘了此事。各位，是不是呢？」

阿部大藏說著，看了眾人一眼，大久保新八郎忍住淚水，哈哈大笑出聲。畢竟，所有人都明白使者的本意是在逼迫廣忠與於大離婚。

戰國夫婦

一

白晝很明顯地變短了，遮蓋洗手石的木斛葉下，白貓正帶著幼貓出來嬉耍。

夜幕降臨的前一刻，於大佇立在走廊，注視著白貓舔舐幼貓的動作。

隔著本丸曲輪傳入了小鼓聲，而隔開庭院書院的障子門緊緊閉著。

雖說是城內，但這兒正好位於三之丸與壕堀之間。

這是酒井雅樂助正家的宅邸。三年前，於大就是由刈谷城被迎入此地。當時猶是新芽待萌的早春，卻有著期待的天星閃爍光輝。

最初被送往的就是對面的書院。在那兒，於大與母親華陽院見面，也獲知未曾謀面的廣忠的個性及為人新妻的教誨。

（對了……當時是十四歲……）

而現在已經十七歲了，不再是被迎娶之人，而是被隔居於宅邸的人。

前天，駿府派使者前來，眾家臣經過協商才讓他們夫妻倆共同見客。於大好不容易能倚偎在丈夫身旁，但結果反而更糟。使者用計將她屏除於眾人之外，而又退回此地。這時，雅樂助的家臣在她居處四周繫上沒有出入口的第四道藩籬。

這些正以黑色棕櫚繩繫成籬牆的家臣們見到於大都慌忙地別轉過頭。但當於大知道他們每個人都在哭泣時，她連問是誰下達這個命令的勇氣都沒有了。

小笹與百合都已不在身旁。唯一的侍女是還無法與她閒聊的十二歲小女孩。平常，會來到這沒有出口的樊籠內的，就只有貓。

這隻貓還帶著幼貓，沒有人會驅趕牠們，所以牠們常悠哉地躺著晒太陽。有時，母貓會仰臥著餵乳，或替小貓們舔淨身上的毛。

見到這種情景，於大總是心裡隱隱作痛。她眼前自然而然浮現親生兒子竹千代不斷叫著母親的身影。

天野之妻——竹千代乳母阿貞的乳水似乎營養充足，竹千代的肌肉有如突破地表的「孟宗竹」一般結實。

他額上有著鹿爪般的橫皺，雙拳隨時緊握著。細長的眼睛、挺直的鼻梁、寬廣的下頷，十足像他的外祖父水野忠政。

竹千代目前在三之丸，前天只是偶爾看了幾眼，卻發現又明顯地長高了……就在她沉思時，木斛後方的芙蓉樹後隔著籬牆，傳來母親華陽院刻意壓低的聲音：「大夫人在看什麼呢？」

於大由於懷念，情不自禁心緒激盪，慌忙站起想要穿上木屐迎接。

華陽院卻制止她：「就這樣好了。」華陽院說，「不能讓別人見到。裝作若無其事地靜靜聽我說話，別回答。」

「是……是的。」於大低聲答著，集中視線搜尋木斛的陰影後方。

她見到了紫頭巾，也看到了纖細的雙腳。靜寂中，只聽到母女兩人的呼吸聲。

「你曾為了竹千代前往岩津的妙心寺向赤銅雕刻的藥師佛像許願？」

於大沒回答，只不斷點頭。

「妙心寺的僧侶感佩你的虔心，特別替小殿下祈禱，卻發現護摩的火焰冒升得較以往都熾烈。他們認為這預示著竹千代日後武運隆盛，所以希望設法稟知你……我聽了之後，難過得彷彿心都要碎了。」

於大咬住唇，忍住嗚咽之聲。

「然後……」母親停止說話，緊抓住木斛葉。「駿府使者明日清晨回去，老臣們忍住悲痛，觀賞舞蹈也僅限今夜。這是雅樂助妻子告訴我的。」

樹葉一陣搖晃，同時傳來母親抓住的小樹枝折斷的聲音。

「事情實在太多了。刈谷城的下野殿下派小笹之兄杉山元六前來，目的是要說服殿下投效織田，由石川安藝接待，等駿府的使者離開才引見殿下。但是，即使他未與殿下見面，也已能預測事情的結果了……這是大久保新十郎前來問候我時自顧自地所說的……」

於大全神貫注傾聽著。吸飽了乳水的一隻小貓蹣跚地離開母貓懷中，在雞冠花葉下嬉戲著。

「殿下他……」華陽院又改口：「廣忠也說你太可憐了。最近，他不進奧內，也不到阿久房裡去。這是侍女須賀送來奧內庭院初次成熟的柿子給我時，所說的話。」

「……」

「積蓄福德……也就在此種微不足道之處。我以前離開丈夫身旁與子女分別時，內心就一直忍受著，只希望能活下去，能見到……就因如此，我才得到救贖。」

「……」

「廣忠不久一定會偷偷前來見你。到時，你可千萬不能哭啊！你的舉動關係的不僅是一族命運，更關係著竹千代的安泰。假如你瞭解自己的父親，相信應該能夠笑看這一切。即使斷了與廣忠的夫妻之緣，與竹千代的母子之緣是仍未斷絕的。」

於大情不自禁地當場哭泣起來，她總算明白母親前來探望自己的原因……

三

被送來此地時，廣忠曾對於大說：「我為何選雅樂助的家，你應該瞭解吧！」

他臉上悲憤交加，用力搖撼於大雙肩。

於大完全明白廣忠的心。在廣忠得知刈谷城的妻舅水野下野決定投靠織田時，他力持鎮靜，希望能避免即將來襲的悲劇浪濤。

「你是竹千代之母，我的妻子。將自己的妻子逐出奧院，我的心難道不痛苦！」

廣忠打算趁今川方面還未表示意見之前，先布下一手棋，將於大託付給雅樂助，不讓今川找到藉口。於大也深深瞭解這種安排的背後，隱藏著丈夫無比深厚的愛意。

當然，另一方面住進雅樂助宅邸，廣忠就能私下前來看望於大。這位忠實的家臣絕對不會把兩人私會之事隨意洩露出去。

奧內有無數侍女監視著，而這兒只有一位小婢。對於大或廣忠而言，艱辛的會面相擁也顯得更彌足珍貴了。

人生的浪濤很諷刺地總是悲喜交集，一如潮起潮落，潮落潮起。於大到這之後才真正瞭解女性空虛、飄渺的幸福。

廣忠在衾中也說，強自忍受的無奈才是真正的夫婦之味。

「我永不會和你分離！你是竹千代之母，我廣忠之妻。」僅是這點，即使四周被圍上竹籬，於大也毫不擔憂。就算對駿府使者的真意有所猜疑，也只是想到廣忠可能因此不便私下前來而已。

然而，母親的話卻出乎她的意料。其實也並非那麼地意外，只是畏懼著不願去想……

廣忠當會再度潛來與自己相聚。母親卻說到時候絕不能哭。如果她自認是水野忠政的女兒，就算被切斷夫妻緣分也應該一笑置之。

日影西斜，殘陽餘暉投射庭院樹梢，母親的身影也融入木斛的光影中。

不管如何，前來預報壞消息的母親，內心一定比於大更痛苦、更無奈。

但究竟是什麼原因硬生生將他們夫妻隔開呢？今川義元真是如此不解人情的人嗎？

「大夫人，我要回去了。」

華陽院似乎在擦拭著淚水。本丸方向傳來了急促的小鼓聲。

「即使你離開了，我還是會在岡崎城。我這老太婆會一直照顧竹千代，你……」

說到這兒，華陽院已接不下去，說話聲轉為毫無顧忌的嗚咽。

於大從未聽過如此令人憎恨的小鼓聲。

四

發現華陽院準備離開，於大立即起身。

「母親大人……」她忘情地喊著，同時一陣強烈的感傷襲上心頭。

「母親大人……」她摸索著木屐。

華陽院在殘陽中停住腳步，卻並未回頭看望遭遇與自己年輕時同樣苦惱的女兒。

「我或許無法在這世間再見到您了……」此時，她的聲音與語言都已不是大夫人應有的，而是恢復到十七歲少女原有的哀柔。

華陽院沒有應答但也未邁步離去，只是背向女兒靜立，似乎想將眼前發生的一切深印在心底。

雖然還有許多話想說卻難以出聲。既然刈谷城的下野守決定投靠織田，松平家也不可能保持中立。於大的離去只不過是干戈再起的前兆而已。

一方是丈夫與兒子，另一方則是兄弟，女兒真有辦法面對這場悲慘之戰嗎？

「母親大人，請再……」

聽到於大情緒已亂的叫喚聲，華陽院仍未回頭，反而數著胸前的念珠，靜靜離開籬牆。於大探身於青竹之上。

夕陽已經西沉，箭垛屋頂的淡紫暮色急遽籠罩四周，只有書院障子門還殘留哀怨的蒼白。於大咬住嘴唇默泣，深深凝視母親的背影，這一切都將牢牢銘刻於記憶深處，永不忘懷。

翌日，今川家使者率領隨從在辰時離開岡崎城，廣忠帶領家臣由傳馬口送行至生田村。在互道珍重之前，廣忠神情顯得開朗無比，但是回程時額頭青筋顫抖不已，蒼白的臉頰也染成玫瑰色。

「就直接上你家去。」

他不打算讓正在石川安藝家中等待的刈谷城使者杉山元六進入本丸。

「殿下！」

「什麼事？」

「最重要的是忍耐。」安藝勸慰著。

「我是為了忍耐而來到這世上的嗎？」廣忠騎在馬上瞪著天空，恨恨地詛咒著。

「看您如何去解釋了。」

「要到什麼時候……我要忍耐到什麼時候？至死方休嗎？」

「看您如何去解釋了。」

廣忠沉默了，家臣也無語地跟在後面。到達傳馬口，廣忠下馬。

「是我不對，你帶領刈谷城的使者前往本丸。」他雙眼通紅地對安藝說。

昨日的風還是沒停，一片雲朵迅疾飄過西北方屋頂上空。

五

廣忠與刈谷城使者會面，只是聽著對方說話，話一說完也就宣告結束。不論對方怎麼說，廣忠只是「嗯」、「嗯」的頷首，未作正式答覆，頗令對方有徒勞無功之感。或許，他整個腦子裡想的都是其他的事吧！

一直到一旁的石川安藝說：「殿下最近身體狀況不佳，情緒無法振作起來。」他才好似驚醒過來。

「請代我向下野殿下致意，」他說：「我會派使者前往瞭解一些事實，你請回安藝家歇息。」

杉山元六在安藝帶引之下離開了。

元六一退下，廣忠額頭又暴滿青筋。「你們為什麼還不退下？難道我忍耐得還不夠？」

「不，我們瞭解您的心情。」年高德劭的阿部大藏說。

然而大久保新八郎緊接著說：「殿下對我們這些家臣真的如此不滿嗎？」

「什麼？你說什麼？」

「忍耐猶如河童之屁！忍耐不由衷，就不算是忍耐。」

「若然如此，也就不必忍耐了。」

「不想忍的話就直接憤怒地表現出來好了。殿下，只要您一怒……必然開戰，岡崎城很樂於追隨殿下赴湯蹈火，一切就憑殿下行事。」

「喂！新八。」其兄新十郎在一旁打斷他的話。

新八郎用力搖頭：「兄長大人，我明白得很。我只是想告訴殿下，不必在意今川或刈谷城的使者。三、五位使者算得了什麼？坦然去面對，不把它視為無謂的忍耐，而認定那只是日常瑣事，一切不就解決了。」

廣忠凝視新八郎：「我明白了。新八，你言之有理，我確實太勞心了。」

新八郎故意轉開視線。對他來說，憑三兩句諫言就說服廣忠，未免太沒意思了。

「殿下！」

「什麼事？」

「心情抑鬱時，何妨隨心所欲地把整座城翻攪過來，或是做些讓家臣大驚失色的事！」

「新八，好了，別再說了。」酒井雅樂助從旁阻止他：「殿下累了，我們退下吧！別打擾他休息。」

當天晚上八時，廣忠站在第四道藩籬之前。

「拿太刀過來！」

廣忠從小姓手中接過佩刀，大聲厲叫：「我要進去了。」

他一刀砍向竹籬！

六

揮刀之後，廣忠臉色蒼白無比，手腳不斷顫抖著，又再度揮刀……

「嘿！」

十字形的繩結應聲斷裂。

被聲音所驚，障子門被拉開了，滿臉驚駭的於大靜立於昏暗的燈影中，雙眸散發著異樣的神采。

「新八要我隨心所欲行事，真是好傢伙。」

「殿下！」

「我想隨心所欲去做的事太多了，但是若真的這麼做了，我們這一族又將會如何呢？」

「殿下，您的聲音……」

就在於大想接著說「太高了」之時，廣忠第三度揮下太刀，竹籬倒塌出一道缺口，腳邊草上的露水在燈光下反映出彩虹般光采。

「我無法忍受這道竹籬。既然可以隨心所欲，我就劈開一道出入門戶。」

於大不禁低下頭，她知道廣忠如瘋狂般的怒氣來自何處。

（可憐的殿下……）

總是和自己的懦弱相對抗，和家臣相對抗，而且永遠都無法尋出一個結果。想到時悔恨，悔恨時憤怒，憤怒時又再度反省，永遠都承受著苛重的心理負荷。

或許，也是他親自下令在此地圍上籬牆吧！當時的他顧忌著今川家來的使者。而此刻卻又為了自己的懦弱生氣，揮刀將它砍開。於大一想到廣忠之後又會再度後悔，就為其生不逢時而痛心不已。他是不該出生在亂世的松平家，更不該是松平家之主！

廣忠將太刀遞給侍從，手腳仍不住顫抖。拖著僵硬的步伐，他走向於大站立的走廊。小姓恭謹地在後跟著。

「退下，誰要你跟在背後的！」他再度厲聲斥責。

聲音傳遍了整個雅樂助宅邸，但是，沒有任何一處發出聲響。

四周恢復寂靜，好似在襯托這位年輕城主的苦悶。小姓也躡手躡足地離開了。

「於大……」廣忠痴痴地望著於大，低聲喚著。

此時，對命運強烈的憤怒已消失，只剩下無盡的寂寞如霧般湧升心田。

「今夜，我希望能堂堂皇皇地見你，不顧慮任何人坦然地見你。」

「殿下，我好高興。」

「你仔細看著，這是繼承三河父祖遺業的岡崎城城主進入奧內的從容態度。」說到這裡，他把聲音壓得更低：「也是他走向竹千代世子的母親，這個世上唯一心愛妻子身邊的滿足態度。」

「殿下……」於大再也忍不住地跑向前，握緊廣忠的手。廣忠額頭雖然浮滿汗珠，但他極纖細的手卻又有一股沁心的冰冷。

七

於大牽著廣忠的手進入房內。小婢退到鄰房，耀眼的燈光將兩人的影子投映於榻榻米上。

庭院裡的夜蟲又開始鳴叫了。廣忠的呼吸也逐漸平靜。

於大很怕鬆開拉住廣忠的手，她深知廣忠在激怒之後常意氣消沉。

「你……」廣忠向著不放開自己雙手的妻子說道：「應該明白……我的心吧？」

「是。」

「像我這樣的人，不配娶你為妻。」

「不，不，您別亂說。」

「我很明白自己的脆弱。你是女中豪傑、巾幗奇女子。在你眼中，我一定毫不足取。」

「不，不……」於大用力搖頭，心底更替有自知之明的廣忠感到悲哀。

「竹千代有你的血統，承襲你的氣質與個性，他一定會比我強。最近……他已不再亂哭了。」

「是。」

「他見到庭院松樹根底下爬出的幼蟬，想要去抓，結果從走廊跌了下去。阿貞驚駭得跑過去，但竹千代卻未看她，等抓到幼蟬之後才回頭看著阿貞。」

「呀……他一定哭了。」

「不，還笑嘻嘻吶！」

於大不自覺間抬頭凝視廣忠。雖然無法見到竹千代令她非常悲傷，但是從丈夫口中聽到兒子的事，讓她感受到強烈的幸福感，眼眶都發熱了。

廣忠大概也是同樣想法。他的左手不自覺地環抱於大肩膀，右手也慢慢恢復暖和。

「你知道刈谷的下野殿下投靠織田家的事吧！」

「是……是的。」

「他也派了使者前來，你知道嗎？」

於大搖頭。

「杉山元六前來要我投靠織田。」

於大吞嚥了一口氣。她注視廣忠胸膛，深怕他的情緒再度昂奮。但是，廣忠並沒有，而且聲音愈發平靜了。

「這也是正常的事。」他說：「沒有後盾就無法生存於這亂世之中，不管依恃的是織田或今川。但是，我無法確定誰會得勝，誰會落敗？我只能依循父祖傳承的義理行事，戒慎愚昧的衝動。你能明白我內心的勞苦嗎？」

「是的……」

「為了竹千代，我要盡可能留下此城，這是我最最重要的工作……最近，我一直這麼想。」

於大輕聲地啜泣著。

她實在不知如何回答年僅二十歲，又體認到自己無能的廣忠所說的話……

八

「人如果能按照自己所想的方式去生存……」廣忠再度喃喃低語著。

於大心想，這應是生逢亂世所有人的心聲。

「我真希望能帶著你和竹千代，到遠離人煙的山中生活。」

「我也……我也是這麼盼望。」

「但這是做不到的。你知否？」

「是。」

「只是我常常在想，不知能否忍受和你分離的寂寞……」

於大眉頭動了。她心想，廣忠終於要提離婚之事了。

雖然她心裡已有準備，但仍感到刺骨的心痛。特別是廣忠今夜狂暴的動作，都可能只是為了提出此事所表現出的自我折磨……

「不必再多說了。憑你的聰慧應該明白……是不是呢？」

於大沒有回答。她已瞭解華陽院探望自己的目的，就是希望自己別哭，也別讓廣忠哭泣。然而，女人與男人的感情畢竟有別。一想到可能再也無法這樣親密的相擁，再也無法保持冷靜。

當於大的哭聲提高時，廣忠恍如被鬼神附身般道：「你真不懂事！我比你更悲傷，難道你不明白？忍耐吧！畢竟，這是無法實現我們心願的世間。今日一聚或許是今世的永別。對了，一定是永訣了。但還有來世呢！你離開之後，我的健康一定維持不了多久。等我們死後可能就在極樂淨土重逢。」說到此，他改變語氣：「此事，我並沒有受到家臣的影響，可說完全是自己考慮後的決定，你要體會我的苦心。」

於大深知丈夫的悲哀，強制自己忍住淚水。廣忠所言表面上是在說服於大，事實上卻是說給自己聽，想要說服的是自己！這一點於大是十分瞭解的。

「殿下！」於大抬起頭，疼惜地望著廣忠：「我希望能將您的容貌深深印在心底……」

「我也是如此，你應該知道我的心。」

於大點頭，但是視線無法移開：「您一定要保重身體。」

「啊啊……」

「還有……我希望再看一次您親手抱著竹千代。」

「抱著竹千代……」

「讓我再看一次！只要再看一次，我絕不再哭。如您所說，我會默默回刈谷城去。殿下，您為什麼不回答呢……殿下……」

廣忠突然背轉身子，忍住哭聲抽泣著。

秋雷

一

竹之內波太郎回到熊村後，有許多訪客絡繹不絕前來探望。

最初來訪的是伴隨織田吉法師的平手中務，他和波太郎密談了將近二刻。談了什麼無人知曉，但可以想像的是，波太郎一定詳細說明了在京都、大坂旅途中所獲的情報。波太郎與織田如此親近究竟想要得到什麼？又期待些什麼？沒有人能推測得出。但在密談之後，他靜靜地獨自在神壇過夜，徹夜祈禱著。

平手中務告訴吉法師，波太郎是為了織田信秀及吉法師統一天下、重現和平而祈禱。

「他是受南朝所託的修行者，祈禱天朝的盛威能夠降福於你，你一定要用心謹聽。」他帶著吉法師到神壇之前，如此說著。

然而，當吉法師與波太郎單獨相處時，波太郎說的卻是另外的事。

「你認為就憑現在這樣便能繼承織田家了嗎？」

三年的時間，吉法師身子又長高了，他的個性，甚至促狹的脾氣也更厲害，眼神如惡魔般陰黠。

「你是說我缺乏那種氣度？」這是一般十一歲的少年難見的尖銳反問。

波太郎既不笑也未板起臉孔，仍是那副平靜的表情，緩緩搖頭。

「那麼，你為什麼這樣問？」

「你聰明過頭了。」

「是指過猶不及嗎？」

波太郎頷首道：「你有很多兄弟，信秀殿下雖然考慮由你繼承他的地位，但也有不少人反對。」

「這麼說，你希望我變得愚蠢些囉？」

「你就是如此躁急，這樣只會樹敵，不僅無法繼承令尊的地位，更可能危及性命。讓自己看來愚昧些，裝作對任何事都料想不到的態度，對你並沒有害處。」

吉法師默默瞪著波太郎。他雖未表示接受，但至少在波太郎為他祈禱時比往常安靜多了。等祈禱後退出神壇之時，他以彷彿明白波太郎心意的語氣說：「你的意思是要我裝傻，但卻又與以往有所不同，是嗎？我明白了，我會讓自己定下心來。」

當吉法師回那古野時，怪僧隨風飄然前來。這一回，隨風全然未與波太郎談論時局，很明顯的，他已開始進言全日本武將以完成佛家弟子悲願的旅行。

他似乎忘了在大坂見過水野藤九郎小川伊織與於俊私奔之事，留宿了三日，飄然隻身離去。

其他鄰鄉近野的訪客，也三五成群地前來拜訪。之後，則是久未見面的刈谷城主水野下野守所派來的使者。

二

下野守派來的使者年約三十，是波太郎從未見過的，或許是其父右衛門大夫死後，他才提拔的寵臣吧！

進入萩草叢多的熊若宮宅邸，大概是怕主君蒙羞，這位使者衣襟端整。

進入書院，面對波太郎坐下，他立即自傲地報名：「我是芥川東馬，彼此素未謀面。」然後，就反覆地說主人下野守是如何的想念波太郎。

「他是老殿下也無法相比的名君！能得到名君的愛慕，實在太幸福了。」

緊接著便開始說明來意，他說，下野守特意邀波太郎進城，後天十五日一齊賞菊。

波太郎仍保持著從容高雅的表情回答：「抱歉，那天剛巧有客人預定來訪，改日再前往致謝，請你轉達下野殿下瞭解。」

使者瞪大眼睛，波太郎的回答太出乎他意料了。在他認為，波太郎雖然免納年貢，但仍是領內之民，此番竟然拒絕領主的邀請，實在令他無法理解。

「這真是出乎意料。殿下特別吩咐，並派了我專程相邀，你要是拒絕的話，未免太失禮了。你應該回絕前約才是。」

波太郎冷冷地點頭：「回絕前約就不算失禮嗎？」

「一切因人有異，我這邊乃是領主。」

「你認為定下前約的人就比不上你的領主嗎？」波太郎說完，拍手呼喚巫女，然後吩咐：「你立刻準備派出使者去通知，十五日預定的祭祀，奉領主命令取消……」他鎮定地向芥川東馬說：「使者前往通知的人，是古渡的織田彈正信秀殿下，以及安祥城的三郎五郎信廣殿下父子。」

「呀！」使者神色遽變：「等一等！」說著，慌忙制住準備退下的巫女：「前約之人是彈正殿下父子嗎？」

波太郎避開對方視線，轉頭眺望庭院裡的萩花。他彷彿在萩花之間，見到方才得知在發狂中生下孩子的妹妹於國的身影。突然間，他感到好厭惡自己。他覺得想要藉此機會諷刺信元來替於國償怨的自己，實在太渺小了。

他回頭注視臉色蒼白的使者，笑了：「如果為了下野殿下的命令而背棄與織田殿下父子的約會，可能替下野殿下帶來困擾。不過，下野殿下一定有要緊的事找我吧！也好，現在我就陪你進城一趟。」

他回頭告訴巫女說：「好了，沒你的事了。」

三

下野守的使者，比波太郎早一步回城。

當波太郎騎馬離開熊邸時，四周已新添一層秋意。富士山可以很清楚看見，些許雲朵微覆碧藍的山峰使山色更美了，腳畔到處盛開著野菊花。

（戰爭已經持續百年之久了……）

雖然眼前的景色幾乎使他無法相信這個事實，但在秋色中，疏疏落落農家形成的蕭條景象卻是明確的證據。

庶農百姓也都死了心，認定戰禍不可能終止。平安朝或奈良朝的和平像是夢裡的故事，眼前這個世間充滿了苦難。如果世間的苦難繼續下去，那麼生育兒女真是一種罪惡。孩子一出生，就注定在災難中度過一生。

波太郎在馬上嘆息出聲。

金胎寺的森林不斷傳出小鳥婉轉的啼聲，稻穗快成熟了，從武士宅邸牆上伸出的松樹枝葉也比往年茂密，秋草自由自在地蔓生成一大片。

（為什麼只有人是活在苦難的世間呢？……）

他覺得很難瞭解，但事實卻明擺在面前，人不像其他的動植物那般坦然順應自然，他們已忘了大自然賦予生命的事實，恣意地劃分階級、割據領地、強迫別人做殘酷的犧牲。

（人究竟要到什麼時候才會發現自己的膚淺呢？）

如果人無法發現本身的膚淺，戰爭就永遠沒有斷絕的一天，波太郎想到這些，不禁又嘆了口氣。

佛陀醒悟到世間一切不幸皆起於人的強烈占有欲，於是率先拋卻權力與地位，希望以身說法，喚醒人類迷失的本性。

日本皇室也曾保留著依循自然而產生的祭祀訓戒，但這種智慧早已斷了根源。人，只想爭奪尺地寸土，占為己有，甚至想讓天生平等的其他人作為臣僕役使。

世間即使存在著兄弟關係也不該有主從之屬。草木有主從之分嗎？山川有主從之分嗎？甚至，鳥類有主從之分嗎？

想著想著，突然嘩啦一響，幾名持槍武士擋在波太郎馬前。

「下馬！你以為這裡是什麼地方？」

波太郎這才發現已經到了大手門前了。

從這兒進入二之曲輪，再穿過三之曲輪，進入本丸，約有十丁[19]的距離。

在右衛門大夫的時代，從未規定必須在此下馬。

（下野逐漸妄自尊大起來了。）

以萬民為寶，並珍視人民若己出的古老道德，現在已被武力扭曲了。大多數弱者不得不也追逐著武力。

（可憐的東西！）

波太郎下馬，將馬交給對方，悠閒地往前走。走到城壕掀起前襬，公然地於此小便。由於從沒有人敢這麼做，家僕彼此睜目對望，不敢出聲。

四

下野守在新建的大書院迎接波太郎。他比過去前往熊邸時顯得胖了一些，說話時的眼神也微露鋒芒。

「呀！若宮，你和以前完全一樣，一點都沒變，是不是服了什麼長生不老的妙藥？」

他好像很懷念舊情地瞇著眼，同時，屏退左右，親熱地說：「想起來，已經有三年不見了，時間過得真快。」

「不錯。」

「那時候常常打擾你。直到現在，我仍經常想起於國的事。」

19〔編註〕一丁約為一〇一・九公尺。

波太郎沒有回答，只是默默眺望繪在新襖門上的淡青綠葉。

「記不得什麼人說過，秋天很容易讓人睹物思人。我也真惦念著你，很希望和你一同賞菊……但是聽說你已經和人有約了，真是不巧呀！」說至此突然壓低聲調：「於國真可憐。」

波太郎移回視線望著他，眼眸中沒有憎恨或可憐的神采，宛如鏡面一樣冰冷、澄亮。

「我現在已是一城之主。如果她能忍耐些，可能已經把她接入城了，想不到……不，這不是她一個人的罪過，是藤九郎那傢伙不好。」

波太郎突然很可憐信元，像他這樣藉著謊言自我掩飾，怎麼能獲得心靈的平靜呢？

下野看波太郎表情毫無改變，又接著說：「其實，也不能責怪藤九郎，他一定不知我跟於國的關係。這麼說，要怪就怪於國長得實在太美了。」

「……」

「縱然如此，她還是太可憐了。每天賞菊時，我總不期然會憶起於國音容，好似她的魂魄就棲息在大朵白菊的香氣裡……」

「下野大人。」

「哦？」

「您一定有事找我吧？」

「我只是深知於國之事使我們彼此痛苦。不過，今天的事就不能一概而論了。」

「究竟是何事？」

「你一定也有同胞兄妹之愛吧！我也是。今天，是為了嫁到岡崎城的於大……」說到這裡，他將聲音壓得更低：「她已被廣忠休棄了。」

波太郎再度盯著下野守。

「理由用不著我說，你也應該明白。最主要是為了我支持織田，岡崎城方面深表不滿。因此，有件事想麻煩你。」

「……」

「岡崎城的家臣為了將責任歸咎於我，一定會送於大到我的領地內……」

下野守才說到此，波太郎臉上掠過一陣血紅，堅定地說：「恕難從命！」

五

「你拒絕？」

「不錯。」

「此事與前回不同，波，我話還沒說完呢！」

「不用說完我也明白。」

「為什麼？」

「這是神的啟示……」

「哼！」下野守低聲咒罵著。他本就脾氣暴躁，費盡心思考慮，結果對方在自己話未說完就一口拒絕，他當然無法忍受：「神的啟示嗎？那當然也是不得已，你是奉侍神的人吶。」

「不錯。」

「好，那你退下吧！不過，你以為今後還能繼續住在我的領地嗎？」

「我本來就沒有住在你的領地裡。」

「什麼？你不住在我的領地裡？」

波太郎突然大笑出聲，眼前彷彿掠過於國的臉龐，使他胸中的忿懣一舉爆發了。不過，仔細一想，他又覺得自己不夠冷靜。此刻，他難道能告訴下野守，神賜予人土地，卻從未允諾給予個人。當有人想獨占時，神的懲罰就是「戰爭」。這種哲理，即使說了他也不懂。

「我所知道的是，我居住的地方連織田殿下都免除年貢……哈哈，老朋友玩笑總是開得過火些，你別介意。我走了。」波太郎莊重地施禮之後，站起身。

下野守一直瞪著眼目送。等波太郎身影消失在廊外，他咬牙切齒地拍著手。在近侍現身之前，他自己也站起，走向走廊邊。

「權六郎在吧？權六郎，幫忙拿鞋子！」等芥川權六郎以小廝的打扮走近，下野守立即輕聲說：「別讓熊若宮活著回去。你是地獄耳，應該聽到剛才的一切了。」

屬於芥川流的這位忍者冷靜地點頭：「殿下！很遺憾，這些話不能被外人知道。」

「混帳！」正當下野守想發洩壓抑的怒火，聽到拍手聲的近侍已走入了書院。

下野守慌忙離開權六郎身旁。

「是您在叫喚？」側小姓平伏於襖門邊問道。

「當然是我在叫人，你才會過來吧！」下野守厲聲說。他不想讓家臣見到自己慌亂的神情，卻一時無法平靜下來。

（為什麼波太郎不幫我？………要怎樣才能將岡崎城的家臣加以……）

他反覆想著。

「請吩咐！」側小姓再度開口。

六

下野守不斷在室內踱著方步，胸中怒火慢慢平息了下來。他以為波太郎會像以前一樣聽從自己命令行事，結果證明他錯了。

（那時的波太郎極富野心。）

他一定是企圖讓於國進城當城主夫人，使整個家族得享榮華富貴，但是這個希望因為於國之死而雲消霧散了。而且，現在的他正以一種奇異之力與織田家往來。或許，他表面上藉口奉侍神，內裡卻掌握了策動彈正信秀的祕訣吧！

（絕對不能大意！）

下野守信元愈冷靜，愈覺得波太郎的存在令他心寒。波太郎不憤怒、不發脾氣，總是以冰冷的眼神看穿他的內心。

（可怕的傢伙！）

這種畏懼心理很快轉變成對岡崎城熾烈的怒火。

波太郎手握實力，具有左右織田彈正思想的細密頭腦與見識。相形之下，松平廣忠太迂腐無能了。

此時，下野守已忘掉必須先除掉廣忠重臣的決定。對廣忠強迫於大離婚，覺得此人太不知輕重、態度傲慢自大，簡直無法原諒。

「你還沒下去？」下野守看到站在身邊的小姓，他的聲音已完全平靜下來。「對了，你去叫元六來。我找杉山元六有事。」

小姓平伏施禮退下。

然後，下野守走到廊邊，對著樹叢招手。

「您叫我嗎？」權六郎若無其事地搓著手，出現眼前。

「權六！」

「是。」

「剛剛我下了令，叫元六過來。」

「是。」

「元六是我父親寵愛的元右衛門之子。你替我監視，看他是否忠實地執行命令。」

「遵命。」

「即使他忠實地執行命令，若萬一失手，也必須將他解決掉。」

「只要您吩咐，我也可以在睡夢中除掉岡崎城城主。」

下野守怔了一下，搖頭。他對廣忠憎恨的程度還未達到要趁其睡夢中加以刺殺。

「你總是喜歡自以為是，先仔細聽好我命令元六的事，然後……」說著，他抬頭仰望天空：「好晴朗的日子。你看，權六，天空的藍色直接滴落地面，化為桔梗花。」

聽到背後傳來杉山元六的跫音，下野守信元更凝神望著花壇。

七

對於杉山元六而言，下野守的話如針刺般迴響著。天空晴朗無際但絕非萬里無雲，由假山左方湧現出秋日難得一見的積雨雲。

（或許，會有雷吧！）

每當大名之家更換繼承人時，重臣都會人心惶惶。老主君寵信之人淪落被冷落的命運，而原先被老主君冷落者則向新主君訴說不滿。為臣者最大的艱辛，在於必須看主君的臉色行事。

元六也因為父親元右衛門曾獲老殿下重用，所以不論什麼事都特別謹慎用心。

「殿下，元六到了。」

如果父親元右衛門仍主掌全家，可能早就被放逐了。還好在城主更替時，元右衛門也隱居起來了，由元六繼承家業，這大概也是保身之計吧！

「是的。」

「哦！元六，你過來！」下野守走回座位：「於大嫁到岡崎城時，是令妹陪侍前去吧！」

「叫什麼名字呢？」

「小笹。」

「對，是小笹，她已經被岡崎城放逐了。但是，現在的情形已不只是小笹一人的事了。」

元六揣測不出下野守的心意，仍舊平伏著。

「別擔心，我不是責怪你。你曾出使岡崎城勸導過廣忠，但廣忠這傢伙不肯聽我的忠告，和我一起支持織田。」

元六隔著主君肩膀，看了一眼積雨雲的動向。好快的雲腳！半邊窗戶都已染成陰沉的鉛色，陽光從雲層隙縫中四射。

「我不認為你說服廣忠的方法有什麼錯誤，是廣忠本身太愚昧無知了。」

「在下誠感惶恐。」

「別惶恐了，但你一定也很不甘心吧？對方實在太無禮了。」

「是……是的。」

「放逐小笹，又讓身為使者的你臉上無光。而且，強迫於大離婚的消息已到了。」

「果然是離婚……」

「你的屈辱就是我的難堪，這怎麼能置之不理？」

元六的肩膀激烈起伏著。

「絕對不行！如果不加以反擊，刈谷城簡直面上無光。所以，我要你去幹一件大事！」為將者絕不會逼迫臣屬陷入絕境，但是下野守卻先表明了內心的不甘，再命其行事。

（會不會要我去死呢……）

元六心想。

此時，下野守陰森森地壓低聲音傳達了命令：「護送於大的人，只要踏入領土一步，絕不寬貸。有十人踏入就殺掉十人，百人踏入就除去百人。這是我對廣忠的回報。如果有一人平安回到岡崎城，那時就是你家毀人亡的時刻了。」

八

雷雲終於籠罩滿窗。陽光還照著半邊，耀眼的閃雷卻已不斷灼亮，遠方天際傳來隆隆的雷聲。

「是。」

杉山元六低著頭，與其說他是回答主君，倒不如說他是在答覆秋雷。

從小笹口中，他非常明白於大在岡崎城是多麼受到愛戴。現在，她卻成為悲愴亂世的犧牲者，被迫離開岡崎城回到刈谷。那麼，懷著眷念之情送行的人必然多得不可計數。

「如果……」接受命令時，元六就已瞭解自己一家將要面臨強烈的暴風侵襲。他謹慎地問道：「如果對方想加害小姐，該如何處置？」

「你是指對方圍住於大，宣稱你若動手，將先殺死於大嗎？」

「在那種情況下，以小姐為人質是必然之舉。」

「如果到了那種局面，更不容赦免！」

「啊？」

「於大已在岡崎城生活那麼久，不需要顧慮她。」

「您的意思是，即使小姐被殺仍需不顧一切攻擊？」

「這是武士精神，不能有婦人之仁。」信元冷冷地說完，才好像想起這樣對自己的妹妹似乎太冷酷了：「元六，希望你明白我的困境。於大很可憐，但若這樣下去岡崎城會更輕視我們，後果實在不堪設想。」

元六再度沉重地低下頭。他想到可憐的於大和自己一家無可奈何的立場，忍不住打了個寒顫。如果告訴隱居的父親，父親一定會勸說拒絕此令，畢竟，於大是老殿下最疼愛的女兒啊！

「即使成為牢人也在所不惜！不能愧對老殿下。」

元六彷彿聽到父親的聲音不知自何處傳來，他再度畏怯地問道：「我要帶領多少人前往？」

「可以帶兩百人前去。」

「兩百人……」

「或許需要三百人才夠，讓他們埋伏在領地各處。」

「是。」

「但千萬不可急躁行事，應該盡量誘引對方深入之後再動手。如此一來，伏襲幾次之後，就可以在邊境把殘餘的少數人全部給解決了。」

雨開始淅瀝地滴落，閃電又掠過天際。然後，是一聲震耳欲聾的悶雷。

兩人都不禁轉向窗外。簷下的雨水已如萬馬奔騰，直瀉而下。

幽暗的角落裡，芥川權六郎喃喃自語：「哼，除掉杉山放走的人是我的任務？」

他冷笑著，慢慢躲入簷下避雨。

別離

一

營生川河底冰冷清澈，籠崎的砂洲今晨還有微雨。

風呂谷方向傳來幾聲狐叫，緊接著是雄雞報曉。啼聲過後，宅邸內籠罩著冰冷的靜寂。

酒井雅樂助見到朝霧迅速瀰漫於辰巳樓屋頂，佇立道：「是秋天了。」

他隨即想起這句話太不吉祥，嚥了下去，環顧著四周。

今天，是於大離開岡崎城的日子。

（大夫人嫁來時是那樣天真活潑……）

他壓抑住內心的嘆息，搖著頭：「真想不到……」

他曾在家裡迎接於大，現在又要從這裡將於大送出。他感到人世無常的悲哀，一股沉鬱的情感激盪於胸中，久久不能平息。

他在玄關內外巡視了一圈，三個小廝正打掃著通道。才剛掃過，葉子又再度飄落一地。

「辛苦了。」他一面回答小廝的問候，一面巡視昨夜才修復的門外竹籬。

嫁來時如此，被遺棄時城內所有婦女也必然前來送行。如果有人情感激昂地拉住於大衣袖，或許更會擾亂留下兒子獨自離開的於大。

（畢竟，她還只有十七歲……）

廣忠在家臣面前仍極力地隱藏著對於大的感情，除了顧忌今川家，同時也憂慮刈谷城的反感。表面上一副「一個女人算得了什麼」的態度，實際上卻努力不讓家臣見到他的悲嘆。

一旦於大被人拉住，那他的一番苦心就都白費了。他希望所有人能從竹千代身上見到他堅強的母親的影子。

（真不愧是幼君生身母親，是如此堅定、勇敢。）

在廣忠的觀念裡，塑造這種形象算是對於大的一種回報。

「不必我再說了。若有人要拉住於大夫人，一定要阻止……可以大聲叱責！」雅樂助對正在門外巡視打掃工作的管家小田和兵衛說。

「如果他們還是想接近呢？」和兵衛不滿地反問。因為，他深知與於大共同種棉、紡紗、織布的婦女們，對於大充滿了敬愛之心。

「到了那時……」雅樂助停下話頭，折入門內，待語氣平靜之後：「就告訴她們，因為殿下不滿大夫人而被休了！」

霧逐漸霽了，露珠從葉片上一滴滴地滴落地面。

雅樂助踩踏著露珠，朝著於大在岡崎城度過最後之夢的居處走去。

二

朝陽猶未升起。

早起的小婢已在北側爐灶燃升起早餐的炊煙。雅樂助並未叫她，沿著遲開的百日紅繞向庭院。剎時，他怔住了。

於大跪在眼前的泥地上。

她已梳好了頭，雖沒有化過妝的痕跡，但側臉卻豐腴勻整，只是眼瞼略為浮腫。

雅樂助本想出聲招呼，卻又立即縮回身體。

於大白皙的雙手在頷下合十，面對的方向正是風呂谷竹千代的居室。

她究竟在祈禱些什麼？竟然連雅樂助站在背後都未察覺，只是一心一意望著前方。

雅樂助又退後了一步，手碰到了百日紅的花朵，襟襬都被露水沾濕了，但內心卻湧起無盡的悲哀。

（命運……）

此刻，他好似已和命運之神面對面地對望著。

這位年輕母親從被軟禁的那天起就再也沒見過竹千代。雅樂助也知道她曾經要求廣忠讓她再見兒子一面，當然，方法有許多種，只要由乳母阿貞帶來拜訪雅樂助的妻子就行了。

但是，廣忠卻不答應。雖然他自己砍斷竹籬前來，但認為若讓於大見到竹千代，那軟禁就顯得毫無意義了。

等於大祈禱結束，雅樂助才輕步靠近小聲喊著：「大夫人！」

於大驚訝地回頭。

「分別的日子終於來臨了，」雅樂助說著，慌忙將視線移向開始透白的東方上空的雲朵：「婦女僕婢等一定前遮後擁地來送行，屆時您要仔細看著。」

「要看什麼？」還是那麼清脆的聲音，充分表現她已經克服了悲哀。

雅樂助突然心中一陣熾熱，聲音轉為沙啞：「在婦孺之中會有一位默默的送行者，由阿貞抱著，在營生川城牆旁的大榎樹下。」

「雅樂助，是竹千代吧！」

「這我就不知道了。」

「如果是竹千代，你就不必費心了。」

「您是說即使不見面也……」

「雅樂助。」

「是。」

「我很感激你的心意，但是我已獲得救贖。觀看，並不一定要用眼睛。竹千代……我在心中永遠見得到他。」

「大夫人……」雅樂助再也無法忍耐，走近前兩、三步：「我一定顯得太緊張了。請您原諒。」

三

「一向有勞你的照顧。出發時，人多雜沓，我可能沒法再和你交談，先向你道謝了。」

於大站起身。剛嫁來時，她可愛得像個人偶娃娃，而現在的沉著與氣度都讓雅樂助肅然起敬。

「大夫人，您別這麼說。我們根本無能為力，只有循義理行事，結果……」

雅樂助輕拍胸脯，似乎他心裡的悲哀非藉此無法緩和一般：「竹千代……竹千代大人由我負責！岡崎城的家臣們將奉獻生命造就出海道第一的武將。」

「啊，朝陽升起了，天空好一片晴爽！」

「大夫人。」

「雅樂助大人，美好的陽光一定會照耀大家吧！」

於大沒有笑，卻也沒有愁容。她只打算留下輕淡的印象，就此消失在岡崎城外。

出發時間是八時。路線是離開雅樂助宅邸，沿著河岸繞到不淨門。於大是被離休的人，因此沒有人由刈谷城前來迎接，給人一種「兄長下野守行事偏激，只好休掉其妹」的印象。

由於廣忠決定和於大分別，所以嫁給松平一族、形原的紀伊守廣家的姊姊於仙，也在同一天被送還刈谷城。

到了六時半，雅樂助宅邸後門前已擠滿人潮。

婦女們並未掩住臉孔，反倒是男人都戴著編笠遮住臉孔。最初到達的男人任誰一眼都能看出是大久保新八郎。他用力推開婦女來到竹籬前，蹲下將草鞋帶繫緊。可見，他是打算跟隨著送行。

緊接著是雅樂助，他也穿著草鞋。一見到新八郎的打扮，不禁會心一笑。

轎子擺在營生門外，於大必須走到該處。正式送行的是金田正祐與阿部定次兩人，但是在聚集的人群中還有阿部大藏、石川安藝和大久保新十郎。

於大一出現，婦女們首先傳出了啜泣聲。

「真可憐！難道神佛都不願睜眼了嗎？」

「是啊！這麼難得的一位夫人……」

「殿下一定會悲傷得病倒的。」

女人們都已明白事情真相，一見於大來到面前皆放聲痛哭。

於大在女人群中尋找華陽院。她雖為自己和竹千代的緣薄而悲傷，但更無法忍受母親和自己竟有同樣的際遇。

正要走出營生門牆外時……

「大夫人！」一個女人尖叫著跑向前來。

四

「喂，別亂了秩序！」金田正祐說。

但他並未拖走那女人，反而故意背對她倆並控制四周人群，大聲喝道：「保持安靜！」

此女是奧內的老侍女須賀。

於大停下了腳步。

百合與小笹離開後，內院只有須賀是表裡一致的忠僕。但當她見到須賀手指的方向，即使堅強如她也感到一陣心痛。

（啊……竹千代……）

就在這一瞬間，她才注意到抱著竹千代的人既不是阿貞，也非龜女，而是阿久！阿久站在大榎樹下，以防竹千代晒到陽光，她的表情蒼白、僵硬，只有雙眼散發著光芒。

不僅如此，她的右側站著六歲的勘六，左側則是阿萬抱著與竹千代同年的惠新。

這種場面可以有各種不同的詮釋。可以認為阿久因於大奪走了廣忠的寵愛，故意藉此機會來嘲諷於大的不幸。也可以認為阿久是在表明「我瞭解你的痛苦」。

但若說阿久是因為同情，她的神色又顯得太蒼白了。

家臣中也有人臉色改變了。因為他們從於大圓睜的眼裡，看出她內心翻湧的情緒。

於大像是停止了呼吸，不眨眼也不再前行。她不是在看阿久。雖然口頭上很堅強，但面對自己的兒子，她仍受到幾乎令全身凍僵的衝擊……

竹千代胖嘟嘟的，即使是這個時刻仍握緊小拳頭，手背浮出深深的皺紋。他時而望著天空，時而看著人群，時而看看阿久的耳朵一帶，眼中迸放著光輝。每當他抬頭仰望，額際就出現鹿爪般的皺紋。

當然，他還未到能記憶母親的年齡。等他長大之後，會憶起為母親送行的這一天嗎？

於大並未讓淚水流出，她強自壓抑著母愛流露，她不想讓別人說：「那孩子的母親……」並非她愛慕虛榮，而是深知如果兒子因此被輕視，她將一輩子不能原諒自己。

「這是母子倆今生今世最後一見……」一想及此，於大幾乎已無法克制了，慌忙將視線移到榎樹上。

她睜大眼睛讓淚水自動乾涸，拚命地想著，阿久為何會和竹千代一起來替自己送行？

依於大的個性絕不會認為這是阿久的報復。她相信阿久是要告訴自己，一定會讓竹千代兄弟和睦，同心協力開創天下，希望自己放心。

「須賀，你對阿久說，我向她問候。」

於大對泣倒在面前的須賀吩咐著，然後走向門外。

五

轎子離城之後，跟在後面的人數仍舊未減，此時從送行的人群中又分出五十多人緊緊跟著。

或許，刈谷城的水野下野守與岡崎城的家臣們，想法正好相反吧！下野守計劃誘他們進入領地之內並全部擊殺，但是他們卻打算祕密將於大送到刈谷城，以緩和下野守的心。

度過矢矧川時，阿部定次問：「新八，你打算送到哪兒？」

「何必問？當然是刈谷城門口。」

「為什麼呢？」

「要和大夫人分開，真令人難過。」新八郎平靜地回答：「我喜歡婚禮，不喜歡離別。下野守大人一定也很痛苦吧！你是正式的護送人，可以堂堂皇皇進城。進城之後告訴他，我們是因為心中難捨才送到城門口的。」

過於晴朗的天空反而令人更感受到悲哀。

於大閉上了眼睛。她並未在人前哭泣，但是進到轎子裡淚水卻汩汩地流出。

淚眼模糊之中唯一沒有消失的是阿久抱在懷裡的竹千代，以及竹千代的兩個異母兄弟。她一想起阿久，不禁十分愧疚。

阿久一定有過萬種感慨！女人的嫉妒心、勝利感、悲哀的心情……

（阿久卻來替我送行……）

如果阿久器量狹窄，一定會歡欣大喊這是應得的報應。

於大不想輸給阿久，她認為，直到最後都保持冷靜的心態才是報答阿久，也是給竹千代最好的獻禮。

過了矢矧河，四周的秋色更濃了，間雜在剛收割稻田裡的竹叢，像是已經準備好迎接冬天的來臨，到處都可見到紅葉。

（人的一生之中也有秋天……）

於大認為必須將人生的秋天充分地運用，以迎接即將來臨的冬與春。

「請停轎！」在見到織田與松平互相爭執的安祥城時，於大在轎中開口道。

由於事出突然，金田正祐驚異地跑過來。

「我要下轎，幫我拿鞋子來。」

「是。」

眾人的眼光不期然地集中轎子，互相頷首示意。他們認為於大想要和岡崎城作最後的告別。

於大走出轎外，向大家道別：「各位的心意我終生難忘，但前面就是敵軍陣地，我希望就在這裡與各位道別。」

阿部定次與金田正祐驚訝地看著眾人。

「這怎麼行？殿下吩咐一定要送到刈谷城。」大久保新八郎呻吟似地說。

六

「夫人，萬一你有了危險，不僅對殿下無法交代，甚至對刈谷的殿下也不好交代，這萬萬不可！」酒井雅樂助也說話了。

他一定是回憶起於大出閣那天遭遇到的危險，所以語氣中帶有責備任性孩子的威嚴聲調。於大轉頭望著聲音的方向，冰凍的空氣直接反映在她的肌膚上，使她更顯得清新、亮麗。

「希望各位能將這番心意轉移到竹千代身上。」於大的語調已不像十七歲女性，而是一種徹悟人世的恬淡音調：「各位……對竹千代而言……都是無可替代的至寶。如果你們繼續送行，我並不會因而欣喜。」

「您是竹千代大人的生母，我們擔心您發生意外。至於我們，請不必擔心。」阿部定次極不服氣地反駁。於大眼裡浮現出淚水，唇角不住痙攣，大概是正努力著不要被情緒擊敗吧！

「看來我非說明不可了，各位請仔細聽好。」

「……」

「兄長的個性，我比各位瞭解。他行事不夠深謀遠慮，非常急躁。因此，各位應該明白我的心意吧！」

「……」

「假如各位有了萬一，竹千代成年後一定會埋怨我是個愚蠢的母親，竟然因為一時的悲傷，把那麼卓越、武功與謀略過人的家臣帶入敵陣，無謂地犧牲了性命。」

金田正祐驚悚地抬頭注視眾人，所有人都如岩石般靜靜站立著。

於大用手輕按著眉頭說：「我的父親右衛門大夫常常訓示『謹慎為要……』，不，不僅如此，竹千代和下野守有著舅甥的親密關係，我不希望他們之間留下任何怨恨的種子。這是我的懇求，為竹千代著想，你們快請回吧！」

突然，有人大哭出聲。不是一、兩人，幾乎每個人的肩膀、編笠都在顫動著。

「大夫人！」雅樂助勉強擠出聲音：「您才十七歲，我為自己感到羞恥……這麼一大把年紀了猶是如此疏忽。不錯，城裡有最重要的竹千代大人在等候著。各位，回去吧！永遠別忘了大夫人的苦心。」

就這樣，於大的轎子交給了阿部定次叫來的農民。岡崎城的重臣在於大的催促之下，依依不捨地走向歸途。於大等他們都離開之後才吩咐起轎。她第一次真正被孤獨所包圍，啜泣聲傳出轎外。而於大的姊姊松平紀伊守廣家的夫人，由於未有防範，送行的十六位家臣全被下野守誅殺了。

就在天空萬里無雲的日子裡……

希望之梅

一

到處都有梅花綻放，上頭還黏飾著薄薄的雪花。

進城拜年的孩子都離開了。正在廣間裡接受拜年的城主廣忠，不時縮著背激烈地咳嗽。好像還有一點發燒，兩頰呈現桃紅色，眼睛有如積水般瑩潤。

「我們也該告退了。」滿頭銀髮的阿部大藏以憂慮的眼神看了酒井雅樂助一眼，然後走到廣忠面前說道：「希望您多保重身體。」

他的語氣好像是在和自己的兄弟說話一般：「戶田彈正大人的女兒真喜姬的事，希望您多考慮。」

廣忠點點頭，又咳了兩三聲。他在腦海中茫然思考著，也不知在想些什麼。雖然才迎來二十歲的新春，他卻已露出厭倦人生的神色。

阿部大藏沉默不語，而酒井雅樂助卻非常生氣。

廣忠顧忌著今川義元，去年秋季與於大離婚，但至今仍無法忘懷。酒井最不能忍受的就是身為一族之主卻像女人一般，對於已做了決斷的事老是眷念不已。

周遭的局勢愈來愈險惡了，織田信秀已命其子信廣為安祥城主，正在積極備戰。另一方面，於大的兄長水野信元也因為於大被廣忠休離，抱持明顯的敵意，虎視眈眈準備伺機攻擊。駿府的今川義元仍希望能入京掌握中央權力。夾在兩大勢力之間的松平家，命運比今日飄雪的天空更為暗淡。

好不容易到了拜年之日，家臣都懷著不安，不知今年該如何撐過，總希望能聽到城主說句激勵人心的話：「今年，大家好好幹吧！」

然而，廣忠卻比歲暮見到時更加憔悴了，即使鳥居忠吉與大久保兄弟提起田原城主戶田彈正女兒一事，希望廣忠能夠再婚，廣忠仍是含混其詞，不做明示決斷。

兩人走出廣間，對望一眼，嘆了一口氣。

「這也難怪，他和大夫人深厚的感情非比尋常。」阿部大藏喃喃自語。

「就是因為這樣我才生氣。」雅樂助說：「聽說他歲暮起便在奧內獨自酗酒。」

「我擔心的是可能有肺病。」

「無論如何，今年事情一定很多吧！希望我們這幾個老頭子都不要病倒了。」

兩人一起走出玄關，大藏問：「就這樣回去嗎？」

「看樣子是回不去了。」雅樂助以手掌接了幾瓣雪花：「若帶著這麼沉悶的心情回家，家裡又要掀起一場風暴吧。」

「那，去恢復一下欣喜情緒吧！」

「好呀！」雅樂助馬上答應，臉上浮現出笑容。

二

兩人所謂的恢復欣喜情緒，就是前往二之丸嗣子竹千代的居所。

今晨，竹千代曾由乳母阿貞抱著，與傷心的父親坐在一起。他的氣色和父親截然不同，臉色非常紅潤，廣忠身體單薄，他卻極為健壯。雖然才剛過兩歲的生日，就已牙牙學語，想要四處走動。

廣忠似乎不被天真無邪的活潑所動，反而蹙著眉頭說：「帶他退下吧！染上了風寒可不行呀！」

任何人都可看出竹千代並不像父親，卻像極了被休離的於大。

不，也不該說是像於大，而是像於大的父親水野忠政。不過，卻無人敢說他與外祖父忠政有所相像。

倒常有人說他長得像廣忠之父清康，廣忠希望大家都這麼認為。原因無他，每當家臣見到孱弱的廣忠，總不期然會懷念起清康的武勇。

「幼君的個性開朗，就像他的祖父一樣，一定是遺傳吧！」走出曲輪折向酒谷時，阿部老人說著，折下路旁的一枝梅花拿在手上。

「是送給竹千代大人的禮物嗎？」

「不錯。我可能活不到親睹竹千代大人初次出征了，但願你們都能以寒梅般的骨氣扶持著他。」

「哈哈哈……」雅樂助大聲笑了，這是他今天離家以後第一次的笑聲：「你是要獻給幼君寒梅傲霜的骨氣，是嗎？」

他說著，一面用手拂掉附於阿部大藏鬢髮上的一瓣雪花，然後伸手入懷，拿出一件形狀古怪的東西。

「那是什麼？」

「禮物呀！」

「是稻草編織的貓吧？」

「猜錯了，是馬。」

「呵，是馬嗎？」

「我親手做的，亦即意謂犬馬之勞的馬。」

「哈哈哈……」

這回，輪到阿部老人笑了。笑聲中，眼裡湧出滿眶淚水。這就是小國武士面對懦弱主君時，只能將一切期望寄託於幼君的悲哀。

身為一族家老還辛辛苦苦地編織玩具。

「幼君一定會很高興，這是千金難換的禮物呢！我們快走吧！」

兩人再度默默前行。

雪愈下愈大，大藏手上拿著的梅枝已全白了，不知是花抑或是雪。

兩人不停甩著頭，除掉鬢髮上的雪花，沿著箭垛前進。

穿過了二之丸的門，兩人一起出聲：「請開門！」

從彼此的聲音中發現心情都輕鬆無比，忍不住互望一眼，又笑了。

三

侍女出來迎接時，兩人看到門口擺了許多鞋子。

「呀，看來大夥都聚集到這裡來了。」雅樂助喃喃說著。

突然，裡面傳出大久保新八郎的叫聲：「我想你們一定會來，所以正等著呢！快進來吧！」

兩人相看一眼，揮淨衣襟雪花，上了木板台進入房內。就在此時，對面傳來竹千代喜悅的叫聲：「爺爺！」

「乖乖！」阿部老人首先坐下。

這是很樸素的八疊二間的大房間，正面空間地板上排著紅白相間的長條形餅乾以及蓬萊台等擺置，都是些樸實無華的裝飾物。

背著這些裝飾而坐的是早一步由本丸出來的鳥居忠吉，此刻正笑嘻嘻地抱著竹千代而坐。大久保兄弟、石川安藝、阿部四郎兵衛也都在，輪流從乳母手中接過酒杯。

雅樂助與阿部老人也並肩坐著，異口同聲說了「恭賀新禧」，然後平伏鞠躬。

竹千代叫著「爺爺」，扭動上半身掙扎著。

雖然，他見到每位家臣都叫爺爺，但這一聲卻令每個人胸中熱血沸騰。

（這孩子真的知道一族家臣們在他身上懷著無盡的期待嗎？）

「啊，跟他的祖父長得一模一樣。」阿部老人放下梅枝走近鳥居忠吉：「該輪到我抱了，我要送他禮物。」

從白髮皤皤的忠吉手中接過竹千代，高高捧著，老人眼圈都紅了：「你的祖父大人攻入尾張，對織田毫不讓步，你也該和他一樣才是。」

雅樂助從懷中拿出稻草馬，別過頭。他想著，這孩子這麼年幼就與母親生別，父親又得不到一族的信賴，再加上夾於強國之間的弱國悲哀，家族之中還分成了織田與今川兩派，明爭暗鬥日益明顯。

為了生存而不得不趕走孩子母親的父親固然可憐，但孩子未知的命運更讓人心憂。所有聚集於此的家臣也使人同情，他們把松平家——孩子的祖父所無法達成、父親也不能達成的期望，全都放在這牙牙學語的幼兒身上。

為了這般的希望，所有家臣都堅持著想要活得更久，好能親眼目睹其實現。然而，竹千代卻一無所知，只是因為人愈來愈多而顯得很高興。他接過梅枝用手握緊，再度叫著「爺爺」，同時以它輕敲忠吉的滿頭白髮。

「哦，真勇敢。」

花瓣四處飛散。

大久保新八郎突然發出讓大家一驚的聲音，痛哭出聲。

一片花瓣正好飛入他手中的酒杯裡……

四

「新八，你那是什麼聲音？今天可是大年初一！」兄長新十郎喝道。

「我不是哭，而是高興得笑出聲來！」新八郎不甘認輸地反唇相譏：「你看，我的杯內有一片花瓣。今年，我的心願可以達成了，我當然要快樂得笑出聲。」

「你就是嘴硬，難道你的心願是給小孩買綿布？」

「哈哈哈，這當然也包括在內。」新八郎低著頭，不願讓人見到他又哭又笑的表情。

此時，酒井雅樂助悄悄從懷裡拿出稻草馬遞向竹千代面前。

竹千代眼瞳閃著亮光，雅樂助以為他不喜歡馬，不肯接過去，因為他只是緊閉著嘴成八字形，很謹慎地瞪著。突然，他叫了一聲「汪！」，然後用梅枝敲了雅樂助一下。

立即，眾人都笑了。

每個人心底對廣忠傷心絕望的陰霾似乎全被這個幼兒拂散了。

「這就弄錯了，不是『汪』，是馬！馬，馬。」

「馬！」竹千代模仿著，然後丟掉梅枝，撲向稻草馬。

笑瞇瞇看著的鳥居忠吉，低聲對阿部老人說：「應該還能活到親見他騎馬吧！」

老人用力點點頭，從乳母阿貞手中接過酒杯，同時將竹千代還給對方。

「但願能多活一些時日。」

當酒杯傳到雅樂助時，石川安藝等著雅樂助喝乾，同時以好像對所有松平家棟梁提出商量的語氣說：「你們聽說過奧內的傳聞嗎？」

「奧內的傳聞？……是殿下酗酒之事？」

安藝搖頭道：「是和新的女人。」

「什麼？殿下會和新的女人……這可能嗎？自大夫人回刈谷城後，他連房間都未踏入過，連老侍女都說實在不忍見到他那樣痛苦。」

「這，原因就在這裡。」

「照你這麼說……」

「一定是酒後亂性吧，半夜召侍女陪侍入浴……嘴裡喃喃叫著於大……」

「什……什麼？」大久保新八郎在一旁插嘴。

「冷靜點！」他的兄長出言制止。

「那麼，那侍女一定長得像大夫人了。」

「聽說是有些神似，所以才會注意到她，等酒醉之後就召來陪浴。」石川安藝停住話頭。

原本閉上眼、默默聽著的鳥居忠吉，語氣嚴肅地對眾人說：「這件事絕不能洩露出去，一定得守口如瓶！」

竹千代此時已爬到稻草馬旁，試著讓它站立起來。

——五——

酒井雅樂助雙手交抱沉思著。

即使在這種興亡更替迅速的戰國亂世，這總是過於悲慘的遭遇。

為了家族之安，勉強說服廣忠迎娶十四歲的於大進入岡崎城的，正是他雅樂助。當時，為了松平家的安危，這是絕對必須的親事，但十六歲的廣忠對這種政治婚姻極端厭惡。

相信，於大也是一樣吧！

然而，這位新娘對時勢的瞭解，甚或所持的態度都遠勝過夫婿。她以無比的耐心，終於抓牢廣忠的心，不久，更集家中信望於一身。

兩人生下了竹千代，當時家族洋溢著一片喜悅，一如今天的情景深印於雅樂助的心底。然而，畢竟這是亂世，為求生存而結合的夫妻，現在也是為了生存而生生地被分隔兩地。

於大之兄水野信元投靠織田信秀，導致廣忠顧忌今川家的不滿，迫不得已和於大離婚。於大只能在心底留下丈夫和兒子的身影，黯然離開岡崎城。

那一日所感受的悲哀，也讓雅樂助慨嘆生命之無常，那種強烈的無奈絕不遜於廣忠身受的。他瞭解廣忠無法忘懷於大，才頻頻勸他盡早迎娶戶田彈正之女為繼室。

（原來是大夫人的幻影……）

他有一種憤慨不滿的心情，有時更想大聲厲斥這個不容人情存在的時代。即使如此，內心的哀傷仍如潮湧。只緣生於豪族之家就無法擺脫別離與政治婚姻，這世界豈不太不公平了？難怪廣忠難以擺脫病魔。

酒……

酗酒也是不得已之舉。

女人……

如果這是年輕時期發洩鬱悶的手段，雅樂助當會鬆口氣才對。但若是酒後亂性，將女人誤以為是別離之妻的幻影，那未免太令人心痛了。

廣忠並非武將之才，無法與其父清康相比。話雖然這麼說，從小輔佐他成長的自己也難辭其咎。

（好，必須設法彌補……）

正當他這麼沉思時，鳥居老人以極度冷靜的聲音對石川安藝說：「你是從哪裡聽到這件事的？」

「是服侍殿下騎馬的小廝們從侍女口中聽到的。」

「已經封住她的口了吧？」

「當然。」

「即使如此，我還是很擔心奧內的靡亂。正家……」

雅樂助聽他在叫自己，轉過頭來，靜待他說下去。

窗外，雪似乎霽了，障子門顯得稍微明亮。

六

鳥居忠吉住在渡里，距廣忠身邊極遠。

在廣忠身側的人並無特別官職的名稱，這是當時的時制風尚。一般家老頂多只尊稱為「老人」，總共有五人：本多平八郎、酒井雅樂助、石川安藝、植村新六郎、阿部大藏。

但是，在譜代家臣之中最年長的忠吉所說的話，對他們而言是最具份量的。因此，被點名的雖只有雅樂助一人，所有人的視線不期然地都集中在忠吉身上。

「這問題不容忽視。」老人微微頷首：「我馬上要回渡里，希望你能和大家多籌謀一方計劃。一件是與田原的彈正大人的親事，另一件較為重要，就是瞭解這個侍女的個性，明白嗎？」

「不錯！」阿部老人點頭說：「松平家並不只是聚在這裡的這些人而已。」

「就是這點。正家，你明白吧？」

雅樂助點頭。

這幾位老人一向慎重行事。無論如何，敵方會採取什麼手段滲透奧院是很難預料。強盛時不會有的戰爭，一旦勢力轉弱時必然會發生。織田派與今川派的分歧也是不得已之事，有時，甚至會有想趁主君弱小遂行野心的人物出現。如此一來，再加上松平家的老家臣，整個岡崎城內總共分成了四派，導致捲入亡國的漩渦中。

過去，廣忠的大叔父松平信定勾結了織田。而今，是叔父藏人信孝不斷對廣忠表示不滿。

「如果殿下因心緒紊亂，行事偏差而被傳聞成瘋狂之類的，問題就嚴重了。」

「我瞭解！」

「還有一件要小心的，就是竹千代大人的周遭。」忠吉回頭看一眼正專注遊戲的竹千代。

「我想，還是和大夫人在時同樣，讓他搬到本丸殿下身旁。你和大家好好商議一下，最好是由緋紗夫人照顧。」

緋紗是竹千代的姑姑，是清康姊姊那一房的。

「將竹千代大人送到二之丸來，表面上是尊重，實際上等於輕蔑，尤其……畢竟，他是松平家團結希望的明燈。」

「我會和大家仔細磋商。」

這件事雅樂助也有同樣的意見。為求建立「嫡子」的威嚴，將竹千代遷到此處之時，他便已暗自後悔。

當然，如果松平家強盛就不會有什麼後不後悔的，但是現在連城內都瀰漫一股令人無法安心的氣氛。一想到這些，雅樂助對廣忠有了極度的不滿。

假定，敵方已對那侍女下了功夫，那又該怎麼辦？

七

接近午時，所有人便退出了竹千代房間。

竹千代知道又要剩下自己一個人了，馬上在阿貞懷中掙扎著。他並沒說要大家別回去，只是伸長了雙手，口中直喊「爺爺、爺爺」。

大家都回頭揮手。與生母離別，又被遠隔父親身旁，那種寂寞自然而然使他喜歡有眾人陪著。

大久保兄弟眼眶都紅了，和大家招呼一下便匆忙出城回到山中。

（是的，竹千代世子必須回到本丸。）

居住城內的雅樂助將鳥居忠吉送到六勺口，便留在該地望向甲山沉思著。

眾人仰慕竹千代，以竹千代為中心，希望活得更久些，結果只是反映出廣忠的無能。

臨別之際，忠吉一面笑著，一面以只有雅樂助能聽到的聲音說：「竹千代大人是我們奮鬥的目標。」這是絕對正確之事。

松平家臣由於於大的離開及廣忠的憂傷而失去了奮鬥目標。為此，他們必須設法讓竹千代在廣忠身旁為號召，同時盡快迎接一位不遜於於大的夫人進城來，以強化他們的力量。

雅樂助望著披覆了淡淡一層白雲的甲山及登岩山的樹林時，心意又突然一變。他覺得不該就這樣回家，應該獨自去見殿下。不是做禮貌的拜年，而是和廣忠一起飲酒閒聊，趁此把應做的事完成。這是自己的職責。

折返的途中，遇見許多家士，大家相互拜年，但雅樂助的心已不在此。

雪霽了，積雪已在融化，到處可見「蕗薹草」萌芽，整個地面顯得黑壓壓一片！

「對了，必須盡快召來春天……」

無論如何，自己就在廣忠身邊，卻全然不知廣忠有了女人，未免太疏忽了。

「一定要找那女子來看看。」

他必須知道她的氣質、個性與教養。

雅樂助再度進入大門玄關。侍衛們露出驚訝的表情迎接著。

「殿下在奧內嗎……？」

前往大書院，殿下早已離開了。盆裡的炭火已化成白灰，正慢慢地塌陷。

雅樂助踏上通往奧內的走廊。他故意大聲咳嗽，來到奧中侍女總管須賀房前，大聲說道：「請通報殿下，正家飲了過多『屠蘇酒』，已有醉意，希望借用浴室沐浴，恢復頭腦清醒。」

浴池問答

一

廣忠召來侍女進房，替他揉腰。一回到奧內，醉意總算抑制了咳嗽，但是腰部也緊跟著泛升了無力感。

他閉上眼，朦朦朧朧中，侍女輕按於皮膚上的手指令他想起於大。

雖然只相聚短暫歲月，於大卻已化為廣忠肉體的一部分，這是在離別之後才體會到的。那種感覺並不像是一隻手被硬生生扯掉，而是好像臟腑的某部分被挖空了一般。

「於大……」他喃喃低喊著。不自覺間心頭一陣火熱，眼眶裡淚珠簌簌而下。

家臣們批評說這樣不夠堅強，但愈是受到批評，於大的身影也愈濃了。

（不懂人情的傢伙們……）

男人無論接近多少女子，「妻子」終究還是只有一個。他就是邂逅了唯一的妻子，而此情難捨，此意難忘……

另外房間內還有一個人——松平乘正的女兒阿久。更有竹千代的庶兄勘六，以及與竹千代同日出生，為不破壞竹千代的運氣，一出生即出家的惠新。

但是於大離開後，廣忠半點兒都不想踏入阿久房間。他有一種對不起於大的感覺。咀嚼孤獨的不只有自己，在某處的於大一定也……一想及此，他就認為必須比於大更浸入深深的孤獨，藉此來克服心頭悲嘆。若不如此，無法獲得救贖。

（希冀忘卻，乃是卑怯之行為……）

人最重要的是經常勇於面對任何挑戰，絕不可逃避，但是家臣們卻不懂。

（我廣忠已不是你們的傀儡了。）

他就是抱著這種心情，終於演變到酗酒。這也是他染指於春的原因。

歲暮的二十六日。

懷著慶祝竹千代生日的心情，他和須賀對酌。這一日話題又轉到了於大身上。

天氣特別寒冷，就寢前，他決定洗個澡。屋外罩著乳白的霧靄，浴池內瀰漫著白白的熱氣。像這樣的夜裡，於大在做些什麼？……他赤裸地站於熱氣之中，這麼想著。就在這時，熱氣中突然浮現於大的身影。

「替我抓抓背吧！」

「啊！」

廣忠忘我地抓住女人的手腕。她全身顫抖起來，那種顫抖和於大剛由刈谷城嫁來那夜一樣。

「你是於大吧！於大……」
「不，我是於春。」
「不，一定是於大。」
「請您原諒，我是……於春。」
「你明明是於大……」
由侍女揉捏著腰，朦朧中回想著當時情景——雅樂助的聲音劃破寂靜的走廊。
「殿下何在？正家前來借用浴池……」

二

廣忠輕按住於春的手，豎耳傾聽。
正家似乎在找老侍女須賀，而須賀也由房間裡快步走出迎接。兩人交談著，卻無法聽到談話的內容。
「如果在起居間，就不必帶路了。君臣如魚水，這乃是岡崎城世代相傳的信條。」
正家聲音逐漸接近。
「酒井雅樂助閣下，我有話說……」須賀伏地，擋在前面。
廣忠眉間蹙成一道深溝，大聲回答：「不必顧慮，請他進來，岡崎城的信條確實君臣如魚水。」

同時，向慌忙想縮手後退的於春說：「沒關係，繼續按揉。」

雅樂助站在須賀身後微笑著，然後緩慢坐下，施了一禮。

「你說想要借用浴池？」

「是的。喝了太多屠蘇酒……聽說，這種時候洗個澡會……」

「是誰說的？」

「石川安藝，安藝也是聽殿下的小廝所說。」

廣忠背著臉苦笑。

「你所指的浴池，我正在使用。」

「嗯，確實是不錯的浴池。」

雅樂助也不認輸。他直直逼視於春，觀察她的側臉、肩膀、腰肢、膝蓋……確實，身高、外貌輪廓與於大很相似，雖然畏怯低垂的眼中未有慌張的神色，但仍可發覺她的身體因不安而微顫。

雅樂助回頭向正在力持鎮靜的須賀毫無顧忌的努努嘴：「她叫什麼名字？」

「是，她是於春。」

「出生地呢？」

「賀茂郡廣瀨，岩松八彌是她的親戚。」

「什麼？八彌是她的親戚……」

岩松八彌目前擔任的是遠侍的職務，身材健壯如山岩，小豆坂之役被射傷一隻眼睛，從此被稱為獨眼八彌。

「原來是獨眼八彌的親戚……」雅樂助再度凝視於春，然後轉向須賀說：「須賀，你的職責是什麼？」

「總管奧中的侍女。」

「嗯，既然如此，難道你瞎了嗎？」

「是……是的。」

「在我看來，於春也受過殿下恩寵，你看不出來？」

「是……這個……」

「如果看得見，為什麼未加處置？仍舊讓她當侍女豈不對殿下太不敬了？」他嚴厲訓斥著。

「正家，別兜圈子了，我還未賜予她專用的房間。」廣忠也無法忍受，坐起身子。

——三——

廣忠坐起之後，雅樂助盯著他說：「殿下不可這麼說。我負責照顧殿下，對這件事若不予處理，無顏面對家臣。」

「那麼，你視若無睹不就好了？」

「我既已見到就一定要照章行事，殿下的話未免太輕率了。」

「是不是又要對我發牢騷了？」

「哈哈哈。」雅樂助笑了，不正面作答：「新正年頭，不能讓殿下不高興。是不是？須賀。」

「是……是的。」

「你的怠忽職責由我向殿下請罪。殿下身邊也太寂寞了。殿下，您千萬別見怪。」

廣忠狠狠地瞪著雅樂助，然後有氣無力地吩咐：「上酒來。」

「我也正想喝酒。」

於春不安地看著廣忠，又看了雅樂助一眼，窺伺他的神色。

雅樂助毫不在乎，注意著她的一舉一動。一聽說出生於賀茂郡廣瀨，他的心彷彿被針刺了一下。廣瀨的「城塞」被佐久間的族人九郎右衛門全孝所盤據，但並不能說織田勢力就未深入此地。只不過，如果獨眼八彌是她的親戚，應該不會有問題吧……

「等一會兒！」雅樂助阻止著：「獨眼八彌是她的親戚，但是血統上有什麼關聯？」

「是，是他堂妹。」一旁的須賀回答。

「堂妹嗎？………好，讓她也在一旁侍候。」

廣忠宛如「痴呆」一般任由雅樂助安排，雖然理智上瞭解家臣的苦心，但在心情上卻十分不快。可他也知道，若再多說些什麼，雅樂助又會以父親清康來壓制自己，所以索性不反駁了，只是保持沉默。

女人們離開後，雅樂助壓低嗓門，單膝前移：「殿下，這是家臣們一致的願望，希望竹千代大人能回到本丸。」

「為什麼？難道不放心我獨自一人？」

「別挖苦了。若有暗存異心的人出現，萬一竹千代大人有了意外，那……」

「如果這是家臣們的吩咐，我沒意見。」

雅樂助差點脫口而出「前城主清康絕不會……」，但仍極力吞下已到嘴邊的話。

「如果您身旁有竹千代大人與夫人們也熱鬧些吧！」

「如此這般，這裡是竹千代的城。由他的祖父直接傳給他，根本不需要我了。」

雅樂助聳聳肩，憐惜地望著廣忠喊道：「殿下。」

四

「殿下的話，豈是身為武將應說的？」

「我也算是武將嗎？你們承認嗎？」

「這真叫我不懂了，想在亂世努力生存下來的松平家領導者，竟會捨棄武人之心。」

「連一位侍女的事都被干涉了，我豈不成了你們的傀儡？」

雅樂助真想哭，即使是嘲諷，他也希望廣忠能慎重言辭。至少，這還表示這位主君還想一統家族。

但是，自從於大離去後，城裡突然出現謠傳，「大夫人在側時，城主神采奕奕，松平家才有前途」。

這當然是在抹煞年輕主君的正直，以及家臣為振興家族所做的努力。可是，廣忠卻不明白。

「殿下……」雅樂助肩膀因難以克制的悲憤而抽搐了起來：「我們的用心……難道您真的那麼看不順眼？」

「不，我很高興。」

「剛剛那女子……瞭解她的身世、個性都是必須的。畢竟，當前的局勢絕不允許發生任何疏忽。」

「我懂！」廣忠揮手道：「我明白你們的忠心，我只是想證明自己是否仍活著。」

「所謂的活著……？」

「於大跟阿久都是你們安排給我的女子，這次又要強迫我接受戶田彈正的女兒。因此，我才想嘗試自己做決定……」

「對那侍候沐浴的女子？」

「至少，她是我親手找的第一個女子，對我而言最適合不過了。」說著，廣忠眼中突然迸出光輝，壓低聲音：「正家，你過來一點。在你眼中，我是否『痴呆』呢？」

「什麼？」

「如果是的話也無妨。我想探知族人之心。」

雅樂助屏住呼吸凝視廣忠。在他感覺中，廣忠似是很嚴肅，看來又像惡作劇。

「殿下懷疑族人中的哪位？」

「叔父藏人。」

「是信孝……」

「還有隱居的曾祖父。」

「什麼？」

「另外，竹千代的祖母華陽院，以及其本家將監，都不能不防。」

雅樂助咬緊嘴唇。

「怎麼樣？和你的看法是否相同？」

「這……並不盡相同！」

「你是說不同嗎？」

「殿下，像您如此懷疑會使親近者反目為敵……您不認為嗎？」

「算了，不必再說下去。我要假裝被侍女美色所迷，好好找出有貳心之人。」

這時，須賀帶著婢女送酒進來，於春也跟著。

「於春，你過來。」

廣忠向她招手。

五

當酒席擺好，酒杯傳至眼前時，雅樂助的視線仍不離廣忠臉上。

送竹千代回本丸，甚至和戶田彈正的親事，廣忠都未表示反對，但心裡卻老覺得無法釋然。於大在身旁時從未見過的固執與偏激，最近在廣忠身上顯得非常清晰。

他本來以為廣忠未經考慮而隨意找於春陪侍，只是因為無法忘懷於大而隨便找個女子聊慰寂寞，但是廣忠所說的話卻大大出乎他的意料。

對叔父藏人信孝謹慎防範固然有他的理由，但對同住城內年近九十的曾祖父，以及竹千代的祖母、於大的生母華陽院都表示懷疑，這就令人不敢苟同了。

可能這是心身的衰頹導致疑神疑鬼吧！假如任由他繼續胡思亂想下去，將來可能會對每位家臣都產生懷疑。

剛剛的一番話只是前兆。

廣忠抱住於春。於春仍似顧忌同席之人似的，不停顫抖著。

「替我斟酒。正家，你也不必客氣！」

雅樂助道謝後，故意別轉頭，不想見到廣忠不自然的姿態。表面上，廣忠似乎已嫺熟酒宴，不在乎身旁有其他女人，但實際上卻下意識地顧忌著雅樂助的存在。

「從今天起，你可在我身旁服侍，正家已經答應了。是不是？各位……」

雅樂助喝盡須賀倒的酒，心想（大概，今天來得太不是時候……）

或許由於體弱多病，對任何事都感到強烈的壓力。如果這種壓力不造成反效果還好，但常常會轉變成難以忍受的挑戰。

廣忠說與田原戶田彈正女兒的親事以及竹千代之事，都非出於自己的意志，這充分表明了他的心態了。

「正家，一切有勞你了。」廣忠蒼白的臉色浮現出諷刺的微笑，很明顯的，他對自己能封阻雅樂助的諫言感到非常得意。

日暮之前，雅樂助意興闌姍地離開廣忠的起居間。

（絕不能讓事情這樣發展下去！）

這麼想著的同時，他的心裡極力壓抑著瀕臨爆發邊緣的憤懣。他扶整褲褶，走向側門。當發現岩松八彌正襟危坐在側門前，不禁怔了一下。

八彌挺直腰桿，背向奧院，猶如屏風一般。身旁放著出鞘的小刀，獨眼閃閃發光，大有任何刺客都不能接近的氣概。

「是八彌？」

「是。」

「天氣這麼冷，你一直坐在這裡？」

「這是我的職責。」

雅樂助離開後，起居間開始傳出了嬉笑之聲。

雅樂助單膝著地，輕悄悄地靠近八彌身旁，低聲問：「八彌……」

六

「於春是你的堂妹？」

「是的。」

「殿下心情鬱鬱不樂。以往，他對奧裡的規矩很重視，現在卻……」

「你是要我殺掉於春？」

雅樂助望著獨眼八彌，發現他眼裡浮現淚光。

「如果我命令你動手，你會服從嗎？」

「我隨時奉令行事。」他回答著，淚水滴落膝上，似乎在對雅樂助說「並非於春不好，而是殿下寵幸」。

「八彌。」

「是。」

「你一定有話要說吧？」

「沒有，我僅知盡忠職守。」

「但你眼中卻明明寫著殿下不對。」

「沒這回事！您這麼說未免有些過分了。」

「八彌，我不是在責怪你，這是很自然的人情之常。別恨他！殿下內心也很悲痛。至今，他仍無法忘懷已經離城而去的大夫人。」

八彌不斷抽搐著身子，連已瞎的眼睛都滴下淚珠。

「我還不知道詳細的情形，有關浴池的謠傳是事實嗎？」

八彌並未回答，只是用他的獨眼瞪著雅樂助。

「今晚，是你輪值？」

八彌輕輕點頭：「希望你明示下手的日子。」

雅樂助搖搖頭笑道：「是你的親人，不必殺。殿下並不愚昧，很快就會醒悟的。我已命令須賀讓於春侍候殿下。但是，浴池之事絕不可傳洩於外。」

八彌一直看著雅樂助，淚水再也控制不住，奪眶而出。

他是多麼疼愛於春！或許對廣忠那夜的行為，他暗地裡也氣憤不已吧！

這麼想著，雅樂助又有一種不安。

「於春在殿下面前好像有所畏懼，你知道原因嗎？」

「知道。」

「說說看，我也好做安排。」

聽雅樂助這麼一說，八彌頹然低頭：「她已經有未婚夫了。」

「什麼？有未婚夫……我明白了。那一定是你的好友！」

八彌搖頭。

「是誰？什麼樣的人物？說說看。」

「是……就是我岩松八彌。」

「什麼？是你？」

城外已昏暗下來，寒意再度滲入肌膚……

七

「原來是你……」雅樂助低吟出聲，一時之間不知該怎麼接下去。在竹千代的生母於大離開之後，某種看不見的凶兆像縷縷細絲一般逐漸籠罩全城，這種感覺使他忍不住打了個寒噤。

於春到浴池汲水，當然沒想到會被廣忠撞見。而獨眼八彌一直在暗中保護著廣忠的安全，另一目的也是希望能保護自己未來的妻子……

雅樂助總算明白八彌掉淚的原因了。

為什麼長得和被迫離城而去的於大如此相像而攫取了廣忠的心？

八彌難過的不僅是於春被奪，而是怕被世人誤以為他是藉此手段好出人頭地。

「是嗎？你是她的未婚夫，那……殿下知道嗎？」

「不知道。在他知悉之前，我已向伯母提出解除婚約了。」

「是我的疏忽，八彌，原諒我。」

八彌仍傲然正坐，嘴唇緊閉，內心激烈的掙扎，化為額頭的汗珠。

正因為他是個正直不阿的人物，讓雅樂助更無法忍受。

這是敗亂的戰國時代！此事也非無前例可援。攻占宿敵之城，美女亦是獵物之一。但是，松平家都未曾有和家臣爭奪女人的前例，而且，這次全是廣忠的過失。

然而，廣忠並不知情。可以想像他知道之後，內心將會如何痛苦。

「我要拜託你，千萬別對殿下提及此事。」

「不勞你提醒，我已忘掉這件事了。」

「一定很難忘懷吧！但這是殿下在不知情之下所為。總有一天，我會替你找到更好的妻子。」

「噢——這些已全付諸營生川之流水而去了。」

「謝謝你。目前的岡崎城籠罩在風雨欲來的前夕，為了大局著想，你一切要忍耐。」

說著說著，雅樂助突然想哭，慌忙離開。

起居間的嘻笑聲仍一陣一陣襲來！

靜坐於笑聲之中，眼看未婚妻被主君奪取而仍刻意強迫自己淡忘往事，這種艱辛滋味實在是他人無法瞭解的。

忠心耿耿的男人，對女人的情感一定也非常專注吧！

雅樂助在大走廊轉角停住，再次回望八彌。在暮色重重的走廊，他仍像岩石般坐著，只有獨眼依舊汩汩流下像具有生命似的淚水……

「原諒我！」

雅樂助微低著頭，彎過走廊。

城內人影已稀，到處都已亮起燈火。天空中，雲層總算開了，呼出的氣息看起來略帶白霧狀。

想夫憐

一

於大這一夜仍夢見廣忠與竹千代孤立地在巨浪滔滔的大海上，聲嘶力竭地求救。

醒來之後，太陽已照著障子門。雙乳之間汗水淋漓……

於大屏住呼吸，痴痴地瞪著天井。

似乎漲潮了，枕頭下迴響著沖擊石牆的浪濤聲。

這是她在刈谷城住過十四年的汐見殿一隅。松濤與潮音依舊，但城內的氣氛並不遜於她在岡崎城所面對的變化。

父親水野右衛門大夫忠政已經去世，父親的親信也都被放逐了。

異腹之兄下野守信元，好像要將父親生前留下的一切都破壞殆盡，大力遂行改革與重建工作。偶爾，他還採納由京都聘來的連歌師的意見，將本身使用的居間及大書院徹底改建，整座刈谷城與昔日的面目簡直完全不同。

與她感情較好的同胞兄長信近也不在了，唯一的侍女與她尚未熟稔。這更令她想起了岡崎的一切，一閉上眼就見到竹千代的臉龐，一上床就彷彿聽到了廣忠的聲音。

她坐起身子，拍拍手，命侍女送洗臉盆來，開始晨起的梳洗。

拭淨乳房之間的汗水，漱洗、梳髮之後，像往常一樣，於大拉開障子門。

回到娘家——卻像是被流放孤島一般，她唯一保存的習慣就是清晨面向岡崎城，雙手合十。

原先，她打算向神佛祈求保佑竹千代和廣忠平安無事，但不知不覺間，她覺得彷彿能和丈夫及兒子的手掌直接接合。她開始認為女性不應該還有什麼其他可以祈求的神佛，丈夫與兒子才是神，才是佛！

「竹千代一定也醒了吧！」她在心中喃喃低語。

即使不再合十，兒子的影像也不會從心中消失。就因為有了這個孩子，於大才有生存下去的勇氣與力量。

「兒子才真是救贖之佛……」

祈願總是費去漫長的時間。海面已泛紅了，直到附近樹上小鳥的婉轉啼聲傳來，她才停止。

「有事稟告您！」侍女等她祈願結束後，急著奔來說。她和於大同樣十七歲，名叫信乃，是足輕[20]的女兒。

「杉山元六有事想見您，已在山門外等候。」

「哦！」於大驚訝出聲，回過頭吩咐：「帶他進來，我也有事找他。」

信乃全身散發出未曾綻放的蓓蕾般青澀氣息，以毫無表情的動作很快地帶進一位三十多歲的雄壯武士。

「大清早，有要事向您報告！」

杉山元六是城內唯一留下的父親寵臣之子，也是能進出信元身旁的家老之一。

二

杉山元六進來之後，信乃立即退下。

於大迫不及待問元六：「是岡崎城有什麼訊息傳來嗎？」

「是的，酒井雅樂助閣下派人通知，幼君又平安地增添一歲。」

「這就好。我最近不知是否太累了，常常作噩夢。」

「小姐……」

「什麼事？」

「今晨我陪殿下前往馬場，剛剛回來，但……」元六垂下雙眼說著，不敢面對美豔與日俱增的於大：「他要我勸您盡快再婚。」

20〔編註〕足輕為低階武士，戰時擔任的是步卒的工作。

於大微笑著，沒有回答。

「殿下說，如果您比廣忠晚一步就太悲哀了。」

「比廣忠晚一步……？」

「是的，田原的戶田彈正大人已經決定將女兒下嫁廣忠。」

「什麼？田原的……」於大不禁繃緊著臉：「原來如此，田原的……」

她雖然有所明白，心頭仍忍不住升起陣陣熱流。理智上，她明白廣忠是已仳離的丈夫，不應存有嫉妒，但心裡為什麼會如此疼痛呢？是對即將被竹千代稱為母親的女人妒恨？或是自己對這段感情仍未死心？

杉山元六很同情於大的痛苦，雙眼仍望著明亮的窗戶：「殿下說他深深明白男女間事。在分手之後，先再婚者代表勝利，後者就只有飽嘗悲傷了，所以特別命我好好勸您……」

「……」

「小姐，您意下如何？事情已到這地步，是……」

「元六……」

「是。」

「讓我平靜一段時間……我希望就這樣活下去。」

「小姐說得很簡單，但是您不知道殿下的心意。殿下他……」元六很小心地看了四周一眼，接著說：「他一旦對某件事下定決心，便會立刻徹底實行。」

於大深深瞭解信元。當廣忠顧忌今川而和於大離婚時，長兄信元憤怒如火，等待機會要將岡崎城護送於大回刈谷的人全都殺掉。於大覺察了，不得不在度過矢矧川後就要求所有送行人回去，總算一切平安無事。

而她更瞭解信元既是天生這種個性，絕不能疏忽大意。

「小姐還不知道，」元六壓低聲調說：「殿下選好的對象有二，一是廣瀨的佐久間大人，另一是阿古居的久松大人。若不在兩者之中選定其一，可能會危及您的性命。殿下絕不會因為是自己親人就手下留情的。」

三

於大慌忙阻止元六說下去：「你這些話若傳入兄長大人耳中，那還了得？」

元六沒有回答，單膝移向前，更放低聲音：「小姐，您難道沒聽過藤九郎大人遇刺的傳說嗎？」

藤九郎是於大嫁到松平家不久，前往城外熊村找鄉士竹之內波太郎妹妹，結果卻被織田派出的刺客暗殺的城主信元之弟，也是於大的同胞兄長信近。

於大當然聽過。身為大名之子卻到城外勾搭女人，這已是異例，更何況因此喪失性命。這件事連岡崎城都知道了。

「最近，不斷有人傳說藤九郎大人還活著。」

「什麼，兄長大人還活著？」

「不錯！結果，殿下殘酷的陰謀也洩露了……小姐，藤九郎大人是因違抗殿下的意志而被蒙上汙名，現今仍無法回城，在外流浪呢！」

「這……這……是事實嗎？」

元六點頭道：「所以，小姐，您別違抗殿下的安排。」

「……」

「在佐久間與久松兩人之中選擇一人的關鍵時刻已經到了。」

於大吞嚥一口氣，逼視元六。

她實在無法相信兄長藤九郎信近是因違抗兄長，但是……

「藤九郎大人他……」元六恢復不帶表情的眼神，繼續說：「反對殿下投靠織田。為了阻止他的反對，殿下故意派他去找與自己私通的於國小姐，結果蒙上了不義之名而遇刺。但是藤九郎大人也是傑出的武士，藉遇刺的機會險中逃生。由此可知，殿下一旦心中決定，必然不擇手段。」

就在這時……

「元六在嗎？元六！」

沿著城廓的櫻樹道一帶傳來馬蹄聲。

急躁的城主下野守信元派了杉山元六前來似乎也未能放心，從馬場返回後又親自趕來。

「真是太急了……」元六苦笑著，他大聲朝外回答：「元六在此！」然後迅速地說道：「一、兩天之內一定會做決定，我就這麼回稟了。」說完，匆忙起身，走出玄關。

而信元此時已將馬韁交予侍從，雙手揉弄馬鞭大叫著：「於大，今晨天氣真不錯，海面彷彿全部燃燒起來一般火紅。你出來看看，旭日大如馬槽呢！」

同時，人已繞到庭院前方。

四

「請進！」於大平伏迎接兄長。下野守信元又朗笑幾聲，在走廊邊坐下。

習慣廣忠有氣無力笑容的於大，覺得信元的聲音有如鞭笞胸部的皮鞭。

「怎麼樣？決定了沒？」

「是的，小姐說會在一、兩天內決定。」元六在一旁接口回答。

「一、兩天嗎？……已經到了該決定的時候了。」信元無視於元六，逕自道：「於大，岡崎廣忠真是混帳東西。戶田彈正把女兒嫁給他，這對松平家有百害而無一利。」

於大微微頷首，低著頭看著置於膝上的手指。

「我絕不會看錯！處在織田與今川兩家矛盾之間，今川一定會命令松平家打先鋒，而松平家臣以為到時候戶田將成為他們的後盾，不過，戶田家豈會是重視義理的人？是不是，元六？」

「是……是的。」

「一旦發現戰局不利，他們隨時可能從松平家背後出兵夾襲。」

「或許吧！」

「但廣忠卻什麼都不懂，居然斷絕和我聯手的機會去結交戶田，松平家注定要走向衰亡之道了……於大。」

「是。」

「你也很可憐，但說不定反而對你有益。」

「……」

「不過就是這一、兩天，別再推拖了，最好今天就做個決定。廣瀨或阿古居，任你選擇。這也是為兄特別的照顧之情了。」

於大仍低頭注視膝蓋，勉強控制幾乎掉落的淚水。這並非是為了自己所遭遇的命運悲傷，更沒有絲毫反感，而是對於自己被迫與「女人的命運」對決，而興起一種無奈的哀愁。

嫁往松平家時也是如此，但那只不過是用以鞏固刈谷城的一著棋，永遠都是一樣的，完全依著和哪一家締親能使刈谷城長存為目的，決定著她未來命運的走向。

這不僅是於大個人的命運，更是生存於因戰亂而失去一切秩序或道義的時代裡，所有女性的命運。

「父親藉著與松平家結親，求得水野、松平兩家共同的安泰。但是人世間總是不停地變動。目前若非投靠織田，即使姻親聯手也無濟於事。織田是旭日，今川為夕陽。你被夕陽逐出，反而走入了旭日的光明之中，這也算是幸運了。當然，我也是幸運的人。無論如何，你要在今天之內決定。」

說完，信元站起身，催著元六：「元六，再去遛趟馬吧！今晨天氣真好。」

於大平伏於廊前，默默垂著頭。

五

信乃送來的食物，於大只輕輕動了一下筷子就命她撤下了。

雖然腹中空空卻毫無食慾。

（我怎麼能忘卻岡崎城呢……）

竹千代已分去自己一半的生命，廣忠的愛撫已深植體內，她永遠無法讓心情冷靜下來。而現在，為什麼會感到全身鬆弛無力？時而輕咳？會是廣忠的病傳染給了自己嗎？一想到這，連對廣忠的病都懷念了起來。

可能的話，真希望就此削髮結「庵」，這一生永遠保持與生產竹千代時同樣虔誠的心意為他們祈禱。但如今這也不被允許了。

她有很長一段時間在房內茫然靜立。陽光照著障子門，映出凋零的楓影，時而會有小鳥飛來停佇其上，哀怨地輕啼。

岡崎城的奧院靠海，或許由於西風不盛，春季也來得較早。屈指細算，自從和廣忠分手以來已半載有餘了。但是求生的意志卻老是缺乏，想寂然而死的念頭一直在腦海裡打轉。

對於這次再婚的兩位對象，於大毫不瞭解。像這麼脆弱的心境，即使嫁給不相識的男人，又能夠活多久呢？

於大在九時半左右才叫喚信乃。她是想到緒川的乾坤院憑弔父親。明知告訴兄長，兄長一定會替自己備轎，可是又覺得太麻煩了，只帶著信乃及一個小廝就悄悄出城。

陽光照耀得大地一片明朗，金黃的稻穗在風中搖曳。

——是廣瀨的佐久間呢？

——或是阿古居的久松呢？

不論哪一個，對於大而言都不可能幸福，但她卻不能不做決定。

抱著渺茫的期盼，希望能在父親墳前獲得某種啟示，竟然發覺連暖和的陽光都成了一種負擔。

就在走過熊村之旁時……

「喂，女施主！」

突然，一位臉孔深埋笠下的牢人叫住她。

於大停下腳步。

「你們好像是刈谷城的水野家家人……認識從岡崎城回來的於大小姐嗎？」

「於大小姐……」

這聲音讓於大覺得很熟悉。

（會是還活著的兄長大人信近嗎？）

於大驚訝地揭開頭巾。這時，對方驚叫一聲，轉身就走。

「會不會……是……」

於大對侍僕使了一下眼色，自己也不由自主地追了兩、三步。

六

身材雖然不像，但高度及聲音卻極為神似。小廝向前緊追。信乃則訝異地望著於大，緊跟於後。

前面道路成丁字形，正面是熊若宮竹之內波太郎宅邸的護壕，再過去是牢固的土牆。

小廝追趕著牢人，向右一轉，路旁到處是落葉滿地的榛樹。

到達丁字路口，於大驚覺地停下腳步。頭頂上樹梢的四、五隻烏鴉叫聲使她立刻醒悟。

兩年前已在熊邸被殺的信近，難道是由於與長兄信元不和而假死逃亡？若真是如此就更不應該追趕了。

於大非常後悔，立即叫著侍女：「信乃，去叫小廝回來。離上墳的路太遠了。」

「是。」信乃向前跑去，但跑不到二、三十步，就見到小廝彎過壕溝旁回來了。而且，不只是小廝一人，還帶著一位蓄留前髮、繫紫元結，身穿華革綾錦的年輕人。

信乃轉身回報於大：「小廝和熊若宮一起來了。」

於大點點頭，靜靜看著年輕的波太郎。

父親生前，她曾和這位熊村豪士竹之內家的波太郎見過兩次面，常聽說他們是奉侍某一尊貴神祇的家族，自南北朝時代就流傳至今，絕對不可對其怠慢。

波太郎的妹妹於國勾搭兄長信近，結果使得信近死於刺客之手。

但是於大不明白波太郎為何會如此年輕？照理，他比於大年長三、四歲，卻始終未剃掉前髮，眼眸與眉唇都和過去一樣清稚。

「小姐是去掃墓的途中嗎？」走近之後，波太郎眼裡充滿笑意，問：「目的是求今尊指引迷津吧？請順道到舍下一談。」

於大沒回答。由於兩位兄長下野守與信近曾在此邸勾心鬥角過，令她猶豫不決。

見於大猶豫不決，波太郎笑了：「小廝說見到一位很像某人的人，而且這人進了我家。這件事我不敢肯定，但確實有個人我希望替你引見，一起走吧！」

小廝在他背後窺伺於大臉色，低語著：「剛剛那牢人，確實到了熊邸不見了……」

於大默默看著護壕。澄清的水面，一道鳥影掠過，又消失了。

七

於大之所以想到熊邸去，大概也是因為那裡是兄長藤九郎信近喪失性命之地吧！

「那麼，就走吧！」

不管是生是死，既是想見到胞兄，就不再懼怕下野守發怒了。

（還是去看看吧……）

一旦下定決心，她更對那位見到自己就轉身逃走的牢人背影感到無法釋然。

波太郎並未提到這件事。他先帶領於大到祭壇祭拜之後，才接待她到書院隔壁的客間。祭壇的四周是神殿，左右兩邊則是住房，亦即是以小神社為中心，四周挖掘護壕的舊式城廓式建築，由客間窗戶隔著庭院往外看，可以見到土牆及箭垛。

於大進入客間，波太郎起身拉開窗戶，用手指著庭院說：「那些枯萩叢之處……就是藤九郎大人殞命之處。」

於大點著頭，將視線投入接近正午的陽光中。

「那天晚上，萩花也盛開著，月光皎潔無比，刺客躲在石山背後突然襲擊藤九郎大人……」波太郎說到這兒停了下來，忽然又微笑道：「你瞭解我告訴你這件事的意義嗎？」

「是的。」

「這一切都起源於投靠織田或今川之爭的結果。」

「照你這麼說，你也明白他們兄弟相爭的原因了。」

「當然，」波太郎頷首道：「我所見到的世界是個大修羅場……我也因此失去了親妹妹。」

「令妹是於國吧？」

「不錯，」波太郎的笑意仍未消失，「下野守殿下真可怕。」

於大沉默不語，心中卻如針刺般疼痛。

「看來傳聞乃是事實……」

平時勾引於國，暗暗來到這裡的人並非藤九郎信近，而是長兄下野守信元！卻只為了因投靠織田或今川彼此的意見不合，信元誘引信近到熊邸，連自己的愛人也一起犧牲了。

「你也已經從這個事件的餘波中體會了遠超於我的悲哀。」波太郎盯著漾滿悲愁的於大側臉：「但是絕不能在此時認輸，必須為留在岡崎城的世子盡力做最好的安排。」

「若宮大人！」於大以堅定的口氣問：「你要引見的人，究竟是誰呢？」

八

「我想要引見的人……」波太郎曖昧地笑了：「是藤九郎大人的靈魂。」

「藤九郎大人的靈魂，這……」

「別問，否則靈魂會悲傷不已。我奉侍神，能自由自在地與靈魂溝通，但願你也能瞭解人的靈魂亦有悲喜。」

「是……是的。」於大盡力想瞭解波太郎的表情。

波太郎頷首：「聽說你被迫再婚？」

「是。」

「為了選擇廣瀨或阿古居而困擾吧！這也是靈魂告訴我。」

於大點點頭。

（看來兄長大人並沒死……而且和波太郎有來往。）她暗暗思量著，心中想問的事實在太多了，一下子卻什麼也說不上來。

信近已是逃避長兄下野守眼線而活著的幽靈，將幽靈引到明亮處未免太殘酷了。而在這骨肉相殘的亂世，這樣的幽靈又何其多啊！

「……小姐已決定了嗎？」

「這個……」

「我也瞭解，」波太郎出聲笑了。「你不停地考慮，卻又為之困擾不已……」

「是的。」

「你最大的顧慮是離岡崎城太遠，以及怕萬一和世子敵對……是不是？」

於大怔怔然呆住了。他說的話句句中的，讓她一時不知如何回答。

侍女送上茶水。

窗外陽光更亮了，鶺鴒飛落在昔日悲劇場地的萩草旁啄著食物。

波太郎緩緩啜著茶，等待於大平靜下來。

「對女性來說這也是正常心理，我十分瞭解。但是……卻不能陷溺在迷惑之中而做了錯誤的抉擇。」

「是的……」

「如果人的命運注定是悲劇，可能無法掌握住未來的幸福……人生，或許會為此迷惑不已。所以，我才要替你引見一個人，你意下如何？」

於大心想，若不是和兄長見面？那又會是誰呢？但一考慮到波太郎的好意，她又無法拒絕：「見面之前，我能先問是誰嗎？」

「只要你不說出自己的身分，那就行了。」

「這樣也好。」

波太郎滿意地點點頭說：「如果能對你有所啟示，也是靈魂的指引。我，先告退了……」

九

不久，波太郎回來了。

「你現在是我的家人的身分，記住。往這裡走。」

他領著於大穿過通往對面房間的走廊。這兒全是新建的，掛軸、香台、花台之類的都有「螺鈿」細工裝飾，大概是最近才改為客房吧！左邊書院窗戶射入的陽光，正好照著《伊勢物語》的屏風，正面坐著十一、二歲的少年及兩位看來像是侍衛的武士。

坐於上首者是位年過四十的中年武士，還有另一位年紀約二十五、六歲的年輕人。

於大被波太郎引見之後，坐在正面的少年毫無顧忌地看著她說：「確實很像於國！」

「由於血統相近當然像了。別呆站在那裡，替吉法師殿下斟酒。」中年武士輕快地向於大招手：「你叫信子吧！」

「是……是的。」

「我是這位織田吉法師的家臣平手政秀，這位是阿古居的久松彌九郎。」

於大怔住了，重新注視少年，然後看了久松彌九郎一眼，平伏於地。

「這就是傳說中織田彈正信秀祕藏的御曹司[21]嗎？」

21〔編註〕御曹司為王公貴族第二代之意。

見到自己親事的對象久松俊勝，於大並不驚訝，倒是她沒料到波太郎會替她引見吉法師。

「吉法師殿下，請賜杯！」平手政秀說。

「把杯子取來！」少年對侍女努努嘴：「你喜歡什麼？於國幸若舞跳得好，小唄也唱得不錯！」

說完，將一隻腳伸到於大面前。

於大嚇了一跳，迅速避過身子。

這時，少年已打開手中的扇：

死亡乃是定事，

對著幻影之草，

又能何為？

在必然發生之夜……

吉法師開始朗聲唱誦著。

「別惡作劇了，信子嚇到了呢！」政秀笑著舉起手阻止。

「你真惹人討厭。」少年縮回腳，問於大：「你會些什麼？」

「很惶恐，我什麼都不會。」

於大回答著，心裡湧升強烈的情緒。
（這就是織田的兒子？）
他就是不久的將來要和竹千代寸土相爭的人物？
於大暗自警戒著不露出眼中情緒，平靜地問：「殿下喜歡小唄嗎？」

十

被於大這麼一問，吉法師噗嗤笑出聲：「別開玩笑了，我是武將。」
「這麼說……」
「如果我說自己喜歡小唄會挨罵的。」
「呵呵呵。」
「武將第一是遠馳，第二是獵鷹，第三是武士之道，第四是善泳。是不是，師傅？」
「是的。」
「幸若舞或小唄，只是師傅不在時才玩的把戲。不過，我還有真正喜歡的事……」
「是什麼呢？」
「第一是隨地小便。」
「呀！」

「第二是站著喝湯。」

「站著……」

「嗯，你試過嗎？腹部不受擠壓，可以一直猛灌，一口氣連喝七、八碗。菜嘛，不需要，只要味噌就行。」

他說到這兒，政秀拿起扇柄用力敲著榻榻米。

「連說這些話也不行，真是的！」

一旁的波太郎笑出聲來。於大也不禁笑了，而內心卻有一種笑不出來的感受。

織田信秀據說是因為不信任此刻正在安祥城的庶出長子信廣，而將期望全放在吉法師身上。也就因此才會命令被譽為織田家智囊的寵臣平手中務大輔政秀擔任他的師傅，隨時在身旁啟導。

從吉法師略帶愚昧的戲鬧中，可隱約窺出他目中無人的狂傲不羈。

平手政秀充分瞭解這點，時時加以約束，但另一位侍衛久松彌九郎就顯得個性嚴謹，時時浮現懊悶的表情，似乎不太看得慣。

於大接過侍女捧送過來的酒壺所斟之酒，說著「謝謝賜酒」的同時，偷偷窺伺著吉法師的風采。

眉毛上斜，眼光非比尋常，但是被政秀責備之後，鼓著的鮮紅臉頰與不斷抖動的左膝都顯得相當異常。

於大放下酒杯。

「那，我們先告退了。」波太郎說：「等獵鷹時再見面。」

於大慎重地施禮，站起身。

吉法師開口道：「下次我要看你表演幸若舞，你要好好學習。」

出了走廊，波太郎回頭問：「你認為他如何？」

「很豁達。」

「只有這樣嗎？」

「眼中神采非比尋常……」

波太郎笑了，好像看穿於大的心：「你不認為他是岡崎城世子的最佳競爭對手？」

十一

於大也曖昧地微笑道：「竹千代才三歲！」

「正因如此，才要替他的將來多做設想……」波太郎對於大說，邁步走向以前的宅邸。

於大突然想，波太郎言外之意，豈不是勸自己再嫁？

織田吉法師和松平竹千代的時代即將來臨，這兩人也和祖父、父親一樣，宿命地注定在戰場上面對面廝殺。

「應仁天皇似乎不認為諸國戰亂會持續太久。」回座之後，波太郎拍手命人送茶：「越後的上杉、甲斐的武田，相模的北條、駿河之今川……每個人都伺機上京……也就是說他們已經察覺老百姓的心意，想要一個完整、統一、和平的天下。可是，他們都離京都太遠了。」

於大全身僵住了，假裝看著庭院裡的陽光。

「如果藤九郎信近大人還在世上，他會怎麼說呢？一定會認為松平家與今川家也逃避不了暗藏的劫數吧！」

於大彷彿又見到竹千代和丈夫在陽光中出現了。

廣忠一生已無法脫離今川家，也可以說只要今川家存在，岡崎城便能保持安泰。但時局的發展也可能相反，如果織田攻占了三河……那岡崎城只好以悲劇收場了。

見到於大已明白道理，波太郎改變了話題。他談到最近上京的事，在難波所見所聞、石山御堂的門徒，以及堺所發生的事等等。然後，他談到織田信秀常送吉法師到熊邸，他微笑地說：「久松彌九郎大人是相當重視道義的人。」

他的目的大概是勸於大嫁到阿古居，以準備「竹千代和吉法師時代」的不時之需。

於大只是漫聽著，然後離開熊邸。

太陽仍高掛天際。

藍天彷彿時時交互浮現廣忠與久松彌九郎、竹千代與吉法師的臉龐。

已分手的丈夫……為什麼自己仍然如此懷念？

「剛才見到的牢人，一定是看錯人了吧？」侍僕問。

於大點點頭，咬緊下唇說：「不必去祭墓了。」

信乃聽了，訝異地抬起頭，發現於大眼裡的淚水，在陽光下反射出晶瑩的光輝。

信乃與侍僕互相對望著……

進城時，於大回頭看著兩人，輕柔地提醒：「千萬別把去熊邸的事說出去。」

櫻花浴

一

馬場有無數櫻花樹，地面上因落花花瓣綴飾成半白，廣忠在花叢間不停地奔馳了三圈。由於久未跑馬顯得氣喘吁吁，皮膚也滲出汗珠，但這卻是發洩內心抑鬱的最好方法。

「八彌，我還要繼續，讓開！」

廣忠第四度從城壕旁跑回，在見到滿性寺屋頂時，近侍岩松八彌肩著槍，不小心被絆了一跤，蹣跚地跌向馬前。

廣忠最愛的坐騎驚嚇地人立了起來。廣忠只見盛開的花浪迎面撲來，身體已摔倒在八彌身側。

「這一摔可真有一套。」八彌笑著說。

「可惡！」廣忠猛烈地將鞭子抽向八彌肩頭，八彌的獨眼怔怔地看著廣忠。

「沒受傷真不簡單。」

廣忠急忙站起，拍落褲上的花瓣喊道：「八彌。」

「是。」

「你很恨我，對吧？」

「沒這回事，我怎麼敢……」

「你認為我搶了於春。」

「沒有，於春跟我毫無關係。今天是迎接新夫人的大喜之日，您沒受傷就……」

突然，頭上又中了一鞭，八彌的獨眼眨動著。

「別亂說，有什麼可喜好說。」

「是，我不說。」

「並非是我所希望的妻子。這一點你和於春都不會瞭解的，所以才會恨我。」

「我要再說一次，我沒有怨恨。」

「住嘴！」

「是。」

「我搶走了於春。你的獨眼在說『既然你奪走了，就該加倍寵愛』。」

廣忠不再理會八彌，雙手握鞭在樹下踱步，似乎正極力壓抑激盪的情感。

馬兒摔落廣忠後，在一旁悠閒地嚼著嫩草，跟在後面的侍僕小廝尚未趕到。

岩松八彌站起身，拾起馬韁問道：「要不要再跑幾圈？」

廣忠沒有回答。八彌仔細一看，才發現廣忠眼眶已盈滿淚水，只是在原地徘徊轉來轉去。八彌自己也想哭。

廣忠最近好不容易才恢復平靜，以為可以安心過日子了，卻又傳來令人怵然一驚的消息。那就是於大回刈谷城之後，決定和追隨織田家的人再婚。那個人是阿古居的久松彌九郎俊勝。當這個消息由老侍女須賀口中傳入廣忠耳裡時，廣忠像發瘋一般狂笑著。

—— 二 ——

「哈哈，於大要成為久松的妻子？這太可笑了，哈哈哈。」

正當須賀發覺這種笑聲不對時，廣忠已拿起湯碗對準庭石丟了過去。

從此以後沒有人敢再提起於大的事，廣忠自己也從不談她，但是脾氣卻變得暴躁無比，也不再去找於春了。

家臣們都責備須賀，也因此加速了與戶田彈正女兒的親事。

今天是迎娶新娘的日子，八彌鬆了一口氣，但沒想到心情鬱鬱寡歡的廣忠卻落馬了。

「殿下！」八彌哀求地說：「再來一次吧！把心情放開。」

廣忠停下腳步，喊道：「八彌！」

「是。」

「你相信別人嗎？」
「是的。這是人所創造的世間，人與人之間若是互不信任就無法生存。」
「嗯，人生如電光石火，生命如露亦如電，不相互信任確實不行。」
「只要放開心情即可。」
「八彌。」
「是。」
「幫我搖落一些櫻花。」
「這……」
「我來敲擊樹幹，你蒐集花瓣，脫下衣服包住花瓣就行了。」
「脫下衣服？」
「不錯！我絕不會認輸的。快脫！」
「是。」
八彌木然地脫下衣服，廣忠接過轡繩，將馬繫在樹幹上。
「好了沒？八彌。」
「好了。」
從八彌結實的右臂到胸部之間有道長長的疤痕，廣忠看了忍不住說：「好厲害！」
他高舉馬鞭，往下抽的竟是八彌。

「八彌，開心嗎？」

「是的。」

第二鞭打的是馬身，馬兒驚叫地想狂奔，但韁繩卻繫在樹幹上。於是，花瓣受到震動繽紛落下。

「哈哈哈，人說名駒必能散花，確實沒錯。哈哈哈，快蒐集吧！」

最後，廣忠鞭打的不只是馬，而是所有花枝。

究竟這麼做的目的何在呢？八彌並不在乎，只要廣忠能平靜下來就行了。

「這是個值得慶賀的日子……」

三月的風依然刺入肌膚，八彌不斷眨動獨眼，同時拚命地撿拾花瓣。

似乎人與鳥都在紛飛的花瓣中舞著……舞著。

三

大概是心情過於昂奮的緣故，廣忠平時像燃燒一般的桃紅色臉頰轉為蒼白，浮滿汗水的額際也黏著兩片花瓣。近來，無論做什麼事，廣忠都很容易疲倦。

「哈哈哈。」笑聲突然轉為劇咳。廣忠看了一眼衣服中的花瓣，忽然收斂笑容說：「拉馬，我們回去。」

「是。」

八彌扛著槍，將包裹花瓣的衣服挾在腋下，解開了韁繩。馬兒仍然昂奮不已，眼裡充滿亮光，不住踢著馬蹄。

廣忠拍拍馬頭，翻身一躍而上。

「八彌，走吧！」

廣忠不再像剛才那樣疾奔，只是沿著河岸進入菅生曲輪，到達酒谷御門，一路上頻頻回頭看著八彌。

從大手門到這一帶，今天打掃得乾乾淨淨，準備迎接嫁來的真喜姬。

進入八幡曲輪（本丸）時，近侍驚訝地瞪大眼睛跑到兩人身旁。一定是見到八彌赤裸上身，以為發生了什麼大事。

廣忠默默下馬，將韁繩交給近侍，進入大玄關。

「八彌，進來吧！」

氣喘如牛的岩松八彌緊跟於後。

廣忠並未進入居間，而是沿著走廊走向奧內。

八彌顯得有點猶豫。

「進來吧！」廣忠再度嘟著嘴命令。

來到前些日子才遷入本丸，交由姑母隨念院撫養的竹千代住處時，廣忠突然站住，靜聽了一回，才又繼續往前走。

究竟，他是要赤膊的八彌跟到哪裡？

由於到處都只見得到女人，八彌不安地開口了。

「殿下……」

但廣忠只是說：「跟著！」並未停下。

經過以前於大的居間一帶，向右折向中庭時，八彌也不自禁輕「啊」了一聲。

他知道要去的是於春的房間了。去到那裡所遭受的諷刺，對傲岸的八彌而言簡直比剮刑還難熬。

廣忠在入口又回頭看看，八彌只好死了逃避之心。他知道，今天絕不可觸怒廣忠。提著裹住花瓣的衣服走進入口，正好遇到於春與侍女驚訝地前來迎接。

「於春，快拿竹筐來。」廣忠說：「把花瓣放進去，八彌一定很冷了。」

於春見到八彌，哀怨地轉過臉去。

四

廣忠發現八彌似乎很頹喪，也不願再用話語刺激他。當於春拿過竹筐後，廣忠立刻說：

「把花瓣放上，穿上衣服吧！」然後，露出開朗的笑容：「八彌，很有趣吧！」

「是的。這些花瓣有什麼用呢？」
「這個嗎？是用來洗淨我的心。」
「您的心……」
「好了，別再說了，快穿好衣服退下。」
八彌鬆了一口氣，退到隔壁房間，匆忙穿好衣服退下了。
「殿下，恭喜您。」八彌退下後，於春畏怯地祝福廣忠。
「恭喜……你別口是心非。」
「是。」
「連你都說這種虛偽的話！不……我不是責怪你。別怕，我今天想要恢復孩子般平靜的心。」他忽然痴痴地看著於春說：「真像……」
於春當然明白他的意思，她是因為被看成於大的影子而受到寵愛。
「久松彌九郎的妻子……」
「您在說什麼？」
「沒關係，你不會明白。把那些花瓣帶著。」
「這些花瓣？……要送去哪裡？」
「浴池！一定有熱水吧！」
「是。」

「我馬上要沐浴，快去。」
「是。」
「不是蒸浴，是把水倒入浴池中，把花瓣投入。」
於春低著頭跟在廣忠背後。
今天是迎娶之日，在馬場馳騁過後沐浴梳洗並不特別，但是把花瓣投進浴池，是什麼意思呢？
對此刻的於春而言，前往浴池是最令她痛苦的事。一想到以前同是侍女的女伴會用怎樣的眼光看著自己，她就忍不住全身發冷。
「藉著替殿下擦背而獲寵，這種心機真不簡單。」若是聽到這種話定會令她無地自容。
「櫻花盛開之後就凋零了，是一種象徵好預兆的花朵。」
「是的。」
「一女嫁二夫，連櫻花都比不上。」
「是。」
「人的生命不正如朝露一般嗎？於春，你也脫下衣服吧！」
「啊？可是……」
這時，她看見浴池入口有兩位往日的女伴平伏著。然而廣忠卻視若無睹，說道：「我和你二人同洗櫻花浴。洗心之後的廣忠要以武士道與花相競，看看究竟哪個才是根本！」

五

由於恐懼與羞恥，竟讓於春忘了吩咐平伏的侍女退下。

廣忠立即脫衣，侍女接過之後，走到於春背後。

「啊！」於春尖叫出聲。

這時，內心的恐懼遠勝於羞恥。

「快點！」

只剩下內衣的廣忠從於春手上接過竹筐，推開浴池的門。

白色的蒸氣從浴池冒了出來，而廣忠的身體似乎比蒸氣還要蒼白，他迅速跳進了浴房一角的浴桶裡。

浴房裡一般是沒有浴桶的，此處會放置浴桶，乃是廣忠征戰一生的父親清康所留下來的習慣。戰場上是沒有浴間的，只能將燒好的水倒進浴桶，一邊聽著戰場箭矢飛過的聲響，一邊暢快地將身子浸入浴桶之中。

「所謂的極樂也不過就是如此，哈哈哈。」清康甚至把這種喜好搬進了浴房當中。

廣忠從未在這個浴桶中洗浴過，只是把它晾在一旁。而今日，他卻將櫻花倒進了桶中，自己也跳了進去。浴桶裡的水和櫻花溢了滿地。

「哈哈哈。」廣忠異常的笑聲在狹窄的浴房內迴響著，熱氣中夾雜著花香。

「快來！到處是花哩！你還在幹什麼？」

「是……來了。」

於春踉蹌地進入浴池，隨手掩上門，蹲下身體，好不容易鬆了一口氣。

關上門的浴房裡幾乎完全昏暗，只剩些許穿過金屬燈籠透氣孔的陽光，在霧氣中將天井映照得微成白色。散落地板的花瓣像螺鈿般聚在於春蹲著的腳邊，浴池中也是一片純白。

廣忠只有頭浮在純白的花中，以奇異的眼光望著她，不知怎的，於春全身起了雞皮疙瘩。

或許是內心懷著恐懼吧！廣忠的頭好似曾在某幅畫中見到過的獄門前首級。於春慌忙搖搖頭，想甩開恐怖的想像。在喜慶的日子，居然萌生這種不吉祥的聯想，充分顯示自己實在太任性了。

「於春……」

「是……是的。」

「你站起來。」

「是。」

「我說站起來。」

「是……是的。」

於春努力壓抑臉上不自然的表情，怯生生地站起身。

對女人而言，被愛是種幸福！這是於春的感受。在預料之外的狀況下被愛甚至使她陶醉，以為自己是天下最幸福的人。

然而那種幸福感卻始於伴隨著如履薄冰般的恐懼與不安。她沒有時間去仔細分辨，但當她赤裸地站在入口的瞬間，總算明白了其中一個原因。

自己只是像玩偶一樣任憑對方操縱，個人的意志完全被漠視了。

於春起身之後，有很久的一段時間廣忠凝視她寸縷全無的肉體。也不知道他在想些什麼，就算是愛情的凝視，對於春而言心中仍興起了一種類似被鞭打所激起的苦痛。

突然，廣忠被花香嗆到了。

浸在熱水中，花瓣蒸出強烈的香氣。

「於春。」劇咳之後，廣忠顯得很昂奮：「笑一下，為什麼老是哭喪著臉？快笑。」

於春笑了。不，只能說她是打算笑，努力地扭曲著臉孔就是擠不出笑容。

廣忠移開視線。

於春早已什麼也看不清了，一猜想廣忠要以何種方式發脾氣，她便從心底生出無盡的委屈與悲傷，淚水終於如泉湧一般流出。

（一定會被殺，一定會……）

但廣忠轉過頭後，卻是沉默，一句話也沒說。

「於春……」廣忠呼喚的聲音很輕。

「是……是的。」於春慌忙抬起頭，發現廣忠全身黏滿花瓣站在浴池中。

「替我擦背。」

「是。」

於春得救般地走近，汲起熱水，坐在浴池邊緣。

「於春，你別怕。難道我真有那麼可怕？」

「是……不。」

「你難道不瞭解我為什麼這樣做？」

「是的。」

「我要從此得到新生。」

於春怕他的情緒再次高昂起來，所以不敢接話。

「我從出生到現在，沒有按照自己的意志活過一天，但從今日起我就要有所改變。因此才會用這個父親在戰場上經常使用的浴桶。」

「是。」

「所以叫你動手，希望你是笑笑的。而你卻哭了……」

突然，話聲斷了。

於春悄悄回頭，發現廣忠似乎正在低聲哭泣。

七

「殿下，請恕罪。」

「你是由衷之言？」

「是。我不懂殿下的心……」於春突然覺得與廣忠非常親近，如愛撫般開始擦洗廣忠瘦削的肩膀：「我以為像殿下這樣的人，不可能有深刻的悲傷。」

「是嗎？你認為我任何事都能隨心所欲……」

「是的。」

兩人沉默了好一會兒。於春像替小孩洗澡般，由右手到脖子，再由脖子到左手，溫柔地擦洗。廣忠也任她動作。

「殿下，您能起來一下嗎？我要洗您的腿……」

「嗯！」

廣忠站起身，伸出腳。

在擦洗廣忠大腿時，於春逐漸為廣忠感到悲哀。

（如果我能代替大夫人照顧並安慰寂寞的殿下……）

正當她這麼想著，突然對今天要嫁進來的真喜姬非常在意。並非出自敵意與嫉妒，最主要的還是恐懼。

「以後殿下就不會到我身旁了。」

「於春……」廣忠說：「我要貫徹一次我一生中唯一的意志給你看。」

「您的意思是？」

「別告訴任何人！我不會讓新夫人接近我。」

「這……這可能嗎？」

「當然可能，你等著看。但是這麼做絕不是為了和離開岡崎城又改嫁的大夫人賭氣。」

於春屏住呼吸，她總算約略瞭解廣忠究竟在想些什麼了。雖然嘴裡說不是賭氣，但明擺著的不就是賭氣？

「這是我對於因周遭環境變化便脆弱地改變心理的反抗。不論誰對任何事有何種改變，我廣忠絕不會輕易失掉立場。」

說到此，他的手扶住於春的肩頭：「你的皮膚好冰冷！」

於春正在移動的手停住了，同時覺得廣忠觸及肩上的手好燙，眼神裡射出明亮的光輝。她的心裡感受到與廣忠寵幸那天相似的恐懼與羞恥。

自己是於大的影子。於春並不否認。但是，她害怕的是自居為於大的影子，而與新夫人爭寵。

「殿下……」

「於春別怕，我永遠不會離開你。別怕。」

「是的……」

眼睛習慣黑暗之後，浴室裡的一切看得清清楚楚。地板有花，四周瀰漫著濃郁的香氣。

於春第一次主動將臉頰貼靠在廣忠薄薄的胸前……

春雷之宴

一

酒井雅樂助家的門前擠滿了女人。此刻，田原的戶田彈正左衛門康光之女真喜姬的送嫁隊伍正進入雅樂助之邸。

這支隊伍與當年途中必經敵地的於大入嫁隊伍不同，看起來很悠閒，充滿京都的格調。包括貼身侍女在內總共四頂轎子，還有七騎侍衛保護著，嫁妝雖不算豪華，但一般富家豪室必有的貝桶[22]、唐櫃、廚棚、担唐櫃、長櫃、屏風箱、行器[23]等等，一應俱全。最引人注目的是轎夫，他們都穿同式的服裝，腰繫純白帶子。

「這是京都的習俗吧！」

22〔編註〕以貝殼鑲飾的桶子，常見的有四角、六角、八角、圓形，多用於嫁娶之時。

23〔編註〕運送食物的木製箱器。

「田原的殿下也和駿府的殿下一樣，故意擺出京都的格調。」
「不過，新娘是什麼樣的人呢？」
「跟以前的大夫人一樣，都是風華絕代的淑女。」
「只是，殿下現在還懷念著以前的大夫人，這是我最擔心的。」
負責護送的是真喜姬的兄長宣光，接待的仍是酒井雅樂助的妻子。
轎子被抬入玄關前方，雅樂助的妻子打開轎門時，眾人眼中都閃著光輝。
首先伸出的是白皙纖手，雅樂助的妻子恭謹地牽著她的手，引出轎子。
上衣是幸菱紋的白小袖，中衣為加賀染，內衣為練紅梅。當新娘站直身子，這才發現其身形高挑，四周彷彿驟然明亮了起來。
「呀，真漂亮！」有人說。
「可是，好像稍微瘦了些。」
「那是你拿她和以前的大夫人相比較。」
「不錯，人和人很難比較，每個人的觀點不同。」
真喜姬似乎也聽到了，向眾人看了一眼，眼神極為溫柔，顯示她的個性溫婉。但是，一點也不予人才女之感。
雅樂助的妻子用當年同樣牽著於大的手，引著真喜姬進入房內。
新娘先要在這兒暫時歇息，然後徒步到本丸，再舉行婚禮。

女人們都下轎進到屋內之後，宅邸前充盈著牽馬、收拾轎子等人的吆喝聲。

雅樂助招待真喜姬的兄長宣光到另外的房間，彼此寒暄問候。

「在這樣清朗的晴天舉行婚禮，真是值得慶賀。」

「不錯，以後就承蒙照料了。」

櫻花茶送上來，主客兩人稍事解渴。

接著有個小廝來到雅樂助身旁低聲耳語著。「什麼！殿下派岩松八彌來……」雅樂助低頭喃喃自語，然後向宣光點點頭，先行退出，嘴裡還在唸著：「現在殿下還派……究竟是怎麼回事？」

一切應該都已安排就緒才對……

二

這不是拘泥繁瑣禮儀的時候，雅樂助大步踏入岩松八彌等著的房內，坐上了上座說道：「既是殿下的使者，有事快說吧！」

八彌的獨眼眨動著，然後坐正姿勢答道：「殿下吩咐，真喜姬小姐的送嫁行列不能進入本丸。」

「什……什麼？都什麼時候了，殿下才這麼說？」

「是的，他命我如此傳話。」

「太無理取鬧了！」雅樂助氣得牙癢癢的：「這是岡崎城最重要的婚禮大事，不在本丸，究竟要在何處舉辦？」

「本丸是竹千代大人的居處，真喜姬小姐不能進入。」

「現在才說這種令人為難的話。」

「這不是我的意見，是殿下的命令。」

「嗯……」雅樂助呻吟著。

廣忠常說這座岡崎城是他的父親所有，更是他的兒子所有，卻不屬於自己。一定是這種心裡的結，使他在重要關鍵做出瘋狂的決定。

（真是瘋狂！）

「那麼，隊伍究竟該前往何處？」

「殿下吩咐送到二之丸。」

「二之丸……八彌！」

「是。」

「你還正常吧？一城之主的夫人，婚禮在二之丸舉行，對方會願意嗎？」

「我重複一遍，這不是我的意見。」

雅樂助咬緊下唇。這樣做究竟是何居心？要是得知這個消息，真喜姬的兄長宣光必定認為是嚴重的屈辱而暴怒不已。

「好！」雅樂助站起身：「我直接去問殿下。他這是要故意激怒對方，這算是什麼婚禮？」

「這是殿下的吩咐。」

「我明白，你等一下再回去。」

說完話，雅樂助跑向玄關。

經過半刻多的休息，真喜姬已更換服裝，轎夫也都在玄關旁悠閒等待著，準備前往本丸。

雅樂助一面奔跑一面喘著。

外面陽光明亮耀眼，二之丸的路面並未清掃。當他跑抵大玄關時，在眾家臣的指揮下，燭台已經準備好了。

「殿下！殿下！您在哪裡？」

四周的人都嚇了一大跳。雅樂助跑進廣忠在本丸前的休息處。

「我是雅樂助，殿下在嗎？」

裡頭一片寂靜，沒人回答。

——三——

廣忠走出浴室之後，兩頰紅潤地坐於起居間，正由小姓替他結髮。

雅樂助神色逼人地對坐面前。

「殿下！」

廣忠仍閉著眼：「是雅樂助嗎？」

雅樂助本以為廣忠會像往常那般的激動，卻出他意料的，廣忠的態度與聲音都很平靜。

「我交代八彌的話，你都知道了吧？」

「就是為了這件事。怎麼可以驟然改變預定的安排！」

「是我太晚想到了。即使延誤半刻時間也是不得已，派人去二之丸快快準備吧！」

「殿下！」雅樂助膝蓋前移，生氣地說：「真喜姬小姐可不是側室！」

「……」

「為什麼不讓她進入本丸，我們不能同意。」

廣忠沒回答，依然閉著眼。

雅樂助更焦躁了。

「殿下，為什麼不說話？時間不多了。」

「所以，你快去二之丸準備啊！」

「為什麼要去二之丸？……難道是為了對我們出氣？確實，先讓竹千代大人住在二之丸，最後才提出希望送他回本丸是我們的疏忽。但這一切都是為了整個家族著想，並非我個人的意思。反正，今天的事絕不能變更。」

「雅樂助，你是在命令我嗎？什麼時候你成了城主了？」廣忠首次睜大眼睛：「今日之事是我考慮後才做的決定。快將準備的東西移往二之丸，如果你無法指揮，我親自指揮。」

雅樂助緊緊望著廣忠，嘴巴突然大幅扭曲。他被質問何時成了城主之際，一時無話可答。

就在此時，大概是八彌的通知吧，石川安藝及本多平八也大聲叫著進入：「殿下！殿下在嗎？」

廣忠眼中的神采更明亮了。

「殿下，婚禮決定在二之丸舉行是真的嗎？」見到正瞪著廣忠而坐的雅樂助的神態，石川安藝也趨近廣忠。

「吵死了！」廣忠額頭青筋一掠而逝。「雅樂助。」

「是。」

「你聽不聽我的命令？」

「這……」

「此事的詳情除了我之外無人瞭解。譬如……」廣忠說著，再度閉上眼。「我是否會寵愛真喜姬，無人知道。萬一彼此不合而讓對方懷恨，對竹千代絕無好處。如果要讓她進入本丸，就將竹千代送至二之丸。」他靜靜地說著，三位老臣不禁互望一眼。

四

「我並非好事，只要告知他們本丸是竹千代的居處就行了。是我太晚才想到，不過，只要將準備好的東西移動一下，不就可以了？這麼一點小事也讓你們如此震驚嗎？」

被廣忠一說，三個人相互呆望。

廣忠說的也沒錯。更何況，由話裡的意思就知道廣忠沒想和真喜姬融洽相處。

「還不明白嗎？讓不認識的女人們待在竹千代身邊，你們難道能放心？」

被這麼一逼問，三個人無奈地點頭，同時站起身。

三人離開後，廣忠鬆了一口氣，用力甩動肩膀，回顧身後的小姓：「一切已經就緒！」

城內微微傳出騷亂，這也是必然的。對方行列入城後才變更預定的婚禮場地，免不了會顯得狼狽。

眾人忙著打掃酒谷到總門的道路，從本丸遷出廚房、搬運燭台、扛著屏風，場面亂紛紛的，簡直就像是火災現場。

這座城的本丸稱為八幡曲輪，是廣忠父親清康將鎮守中心由陷入織田手中的安祥城轉移到岡崎城時才興建成的。石牆高四間五尺[24]。由入口的二階門經酒谷至二之丸外的冠木門，距離約為二町二十間左右[25]。二之丸石牆距地面只有二間[26]，所以從本丸到中二之丸的道路形成了斜坡，左轉、右轉的門就有五、六個之多。

見到所有人開始工作，雅樂助才回家。

預定前往本丸的時刻為下午三時，此時已快要下午二時了。

最令他擔心的是本以為會被接入本丸的送嫁行列，如果臨時改為送入二之丸，真喜姬與宣光一定會大表懷疑。一方牆高四間五尺，另一方只有二間，任誰都可明顯看出其間的差距。

如果真喜姬是好強的女子，堅持要進入本丸，該如何回應才能讓她瞭解呢？而且，雅樂助雖對宣光的個性不太瞭解，卻深知他和彈正左衛門一樣果斷，必會憤然離席而回！

不過，廣忠的話也確實有理。不只是雅樂助，家臣也都覺得有理。畢竟，這是無法相信人心的亂世。如果殿下與真喜姬處得不好，她很可能將忿懣發洩在竹千代身上。這一點也讓所有家臣深感不安。

（此事極為嚴重……）

雅樂助先回自己的房間親手注了藥湯。他明白，若不鎮靜下來，絕無法冷靜地面對宣光。

此時，妻子走了進來。

「小姐已更換好衣服，宣光閣下正在等著。」

「別急！」雅樂助皺著眉頭一飲而盡。

24〔編註〕約八・七公尺。
25〔編註〕約二五五公尺。
26〔編註〕約三・六公尺。

「真是的，習慣了邊疆生活，反而對大喜之事窮於應付……」

雅樂助回到宣光等待著的起居間：「我到外面去巡視了一圈，看看是否都準備妥當，發現一切都還亂糟糟的。哈哈哈！」

宣光還是毫無所覺的樣子，客氣地說：「這種事總是很難依預定時刻進行的。」

看來他相當有耐性。

雅樂助鬆了一口氣：「確實如此！如果又下了雨，說不定還得拖到晚上呢！」

「反正，夜還長得很！」

然後，彼此評論著駿府的人物，等待石川安藝的通知。安藝一切都已準備就緒的通知，過了下午四時才上門。

送嫁行列離開雅樂助宅邸時，四周薔薇已籠罩在殘陽映照中。

這時，兩旁擠滿了觀看的人群。

走在最前面的是雅樂助，與他並行的是戶田宣光，後面是由雅樂助妻子牽引、左右各有三名侍女護送的真喜姬。

這是傍晚寂靜的一刻，沒有風，櫻花在靜謐的殘照中飄然墜下。

「哈，真是雄偉。」到達高九間四尺、寬兩間半[27]的多門前方，宣光對雅樂助說。

雅樂助怔了一下。仰望著本丸的宣光，眼神相當懾人。
「那就是八幡曲輪吧？」
「是的。」
「是先前清康公將鎮守中心由安祥移至此地時才命名的？」
「不錯。」
「聽說他親手種植了一株松樹……啊，是那一株吧？」
「是的。」
宣光以白扇指著伸出牆頭的三郎松時，雅樂助突然想哭。
一行人穿過了多門，然後朝著與松樹相反的方向前進。
果然如雅樂助所料，宣光停下腳步。雅樂助感到腋下冷汗直流。
「是那邊嗎？」
「是的。」
「那麼，不是在八幡曲輪舉行婚禮？」
雅樂助慎重地行禮道：「目前幼君住在八幡曲輪。」
「嗯。」宣光轉身看著真喜姬。

27〔編註〕高約十七．五公尺，寬約四．五公尺。

雅樂助全身僵硬，窺伺真喜姬的臉色。

真喜姬好像毫無心情瀏覽四周景物，只是略帶寂寞地一步一步低頭前行，恍如對即將為人妻的生活，興起一種莫名的憂鬱感。

宣光又望了本丸的三郎松一眼，然後低聲對雅樂助說：「請帶路。」

雅樂助全身都已滲出汗珠。

六

真喜姬對岡崎城宣稱年僅十六，但她其實已是十九歲的厄年。

結婚的年齡通常是十六、七歲，為什麼她的婚期會這樣晚呢？主要是她罹患了肺病。

夫婿年二十，又有三個兒子。聽到這件事時，真喜姬暗地裡對自己的晚婚感到悲哀。兩個是側室阿久之子，一個是正室於大的嫡子。嫁往已有嫡子之家，對女人而言乃是重大的負荷。

有關側室阿久的事，在田原幾乎無人提及，但是正室於大的事蹟則常傳入真喜姬耳中。包括嫁入時帶著棉樹種子分予農民、以牛乳作蘇（乳酪）給夫婿吃，為了生下竹千代前往向藥師佛許願等等，在在顯示了於大的聰慧與誠摯。而且，於大的美豔可說是海道第一。

（在她之後嫁入……）

真喜姬最初聽到這件婚事時便立刻拒絕了，但是父兄卻不許。

她並非怕與於大競爭，而是從一開始就自認比不上於大。更令她擔心的是能否獲得夫婿的寵愛？因為岡崎城主的俊美也是舉國皆知。

她對側室阿久並不嫉妒，反倒對被逐的於大充滿羨慕，所以尚未發現自己被迎入了二之丸。田原本是小城，與之相比，岡崎城外觀雄偉，但內部卻異常樸素，大概也是因為以尚武為家風的緣故吧！

在雙方交換信物、舉行婚禮之前，真喜姬內心覺得似乎有一股火焰在燃燒著。

（殿下是什麼樣的人呢？）

結婚的習俗各地不同，她無法知道殿下會從何處現身。

婚禮終於結束了。雅樂助的妻子引導真喜姬進入休息室，這裡只有門口的屏風極為豪華，房間裡的構造卻遠遜於田原。這時，她已和兄長一行人道別，跟著她的只有三位貼身侍女。

「這裡是您的房間。」

真喜姬看了四周一眼，也沒有什麼不滿。她深深明白嫁到家風樸素的人家必須隨遇而安的道理。

一位侍女在她耳邊悄聲說：「您要在這裡和殿下見面。」

「是嗎？快拿鏡子來！」

真喜姬突然覺得心跳加速！

七

當真喜姬派人擦拭鏡子時，有人通知「殿下朝這裡來了」，同時，外頭傳來漸漸接近的腳步聲。

由於自己婚期延誤，此刻，她覺得彷彿全身都起了按捺不住的昂奮。

就在她聽到自己激動的心跳聲時，門口站著一條白影，影子背後跟隨一位持太刀的小姓。

「抱歉。」廣忠說完立即走向真喜姬上首。

真喜姬雙手微置膝下迎接著。

「是真喜姬嗎？」

「是的，我是真喜。」

「我是廣忠。」停頓一會：「遠道而來，很累吧！」

「以後望您多多照顧。」

「我也一樣。」

廣忠說著，很自然地將眼光投於真喜姬臉上。這時，他已經平靜許多了。

真喜姬抬起頭，第一次面對這個將要終身依託的男人。

她發現殿下俊秀的外表確實名不虛傳。不過，見到他清朗的眼神與鮮紅的嘴唇，她羞赧地低下頭。

她不僅感到幸福，內心更有一種想哭的感動，引起體內一陣戰慄。

（這位……英俊的男子……就是我的丈夫嗎……）

就在此時，遙遠北邊下伊那一帶的山脈傳來了雷聲。

「啊！真是難得的春雷。」雅樂助的妻子說道。

廣忠突然低頭，喃喃說著：「確實難得……」

真喜姬與侍女們也都傾聽著雷聲。

遠雷似乎急速地自山中下掠而來，沉悶的聲響壓縮空間，四周立即暗黑下來。

這時，兩名十三、四歲的少女捧著茶點進來。侍女們接過後，擺在廣忠與真喜姬面前。

廣忠還是以剛才聽春雷時同樣的表情喝茶。

「好像下雨了。」

「是的，有雨，大地才會豐潤。」

「你認為這些值得慶賀？」廣忠回頭看看真喜姬：「我還以為連雷都要來打繼妻……」

聽到這句話，侍女們都以袖掩嘴而笑。因為當時有種惡風，被休的前妻常會在丈夫續弦時，召集親人以樹枝、掃帚之類追打繼妻。

（殿下真風趣……）

真喜姬的寂寞也因這句話而完全消逝，不禁也以袖掩嘴笑了。

八

眾人的笑聲正好與雨勢同時到來。

「一切準備好了。」

第三批侍女進來稟告時，外頭已經是大雷雨了。經過這場雨，爛漫綻放的櫻花大概已支撐不到明晨了吧？不過沒人提到這件事。

「降雨將潤澤大地。」

「這是祥瑞之兆。」

廣忠與真喜姬並排坐下，表現得氣概凜然。如果這裡不是二之丸，宣光的心情一定更為快樂吧！但是將本丸的八幡曲輪交由幼君居住，究竟是為了什麼呢？是不是由於族人太多而有什麼困擾？宣光一直往好的方向解釋。

雨勢更大了，時而掠過幾道閃電，將障子門照得光亮無比。

就在為兩人的女蝶、男蝶[28]酒壺注酒之時，近處突然雷聲隆隆。一瞬間，真喜姬全身顫抖，立刻舉杯一飲而盡，掩飾了自己的狼狽。

「雷聲好像不遠呢！」

「大概是為了潔淨這一帶的土地吧！」

「是祝賀新的開始。」

「祝賀兩家萬歲，今川家萬萬歲！」

真喜姬飲酒後，在進入宴席之前又更換了一次衣服。雖然只喝了一點酒，但是雷鳴卻使她心情更昂奮了。眼前的廣忠使她只要一想像往後的生活，全身就像點了火般熱了起來，有一股想吶喊的衝動。

（我會快樂地侍候殿下……）

一想到這種生活將自今夜開始，她連臉頰、耳朵都燙熱了。

「小姐！」幫她更衣的一位貼身侍女低聲說：「這兒好像是岡崎城的二之丸。」

如果是平日，她不會忽略此言，但此際她已沒有仔細思索這句話的餘裕，只是想著初夜閨中之事。

「殿下的住處一定是本丸……大概是你聽錯了吧！」

「可是……」侍女替她繫腰帶：「好像是殿下在本丸有了新的側室。」

「我知道，這沒什麼。」

真喜姬以為侍女指的是阿久。

這樣一來，侍女也只好沉默了。

雨在亥時（十時）左右歇止。

28〔編註〕婚禮時會以摺紙製成雄蝶與雌蝶，裝飾新郎與新娘的銚子（酒壺）。

在此之前，是幸若舞和歌謠的表演，整個二之丸充溢了宴席正酣的小鼓聲和笛聲。

宴席在凌晨四時過後才結束。

這夜，廣忠並未出現在焦急等待的真喜姬臥床上。

真喜姬抑壓住內心燃燒的火，心想，這大概是習慣吧！

德川家康，我的《戰爭與和平》

再也沒有任何一段時間，像是第二次世界大戰結束後那時一般，歷史以一種強得驚人的力量捉著我，並狠狠地鞭撻著我。有將近一年的時間，我為了糊口而丟下筆，遠遠觀望著有生以來第一次迎來的占領軍之姿及其措施，以及逐漸改變的社會風俗。

大多時候，我都在品川的海邊垂釣，腦袋空空地一天過一天。那個時候，我腦中時常不經意地浮現的，是「戰爭雖結束了，然而『和平』卻仍然尚未出現在這人間」這個極其平凡卻又嚴峻的事實。

這應該稱不上是「戰爭終止」，而只是往更加慘澹的下一個階段前的暫時休止而已。不論是文明的走向、支配著眾人頭腦的哲學、不斷影響現實的政治，全都找不到任何與「和平」的關聯，反而只感受到與萬人所希求的完全反向的血腥之味！

我思考著，人類只要一日待在這種非戰不可的條件具足下的戰國世界裡，再怎麼大聲疾呼著和平，都是不切實際的。一想到此，我重新審視支配著你我的文明樣態，凝視在（美軍）

占領下每一日的現象，心中便有一股無可奈何的焦慮激烈地衝撞著。

我丟下釣竿，坐到書桌前，面對著那個因悲傷而日日空轉的自己，也面對著我的絕望。於是，我最初寫下了一個短篇〈原子彈〉，接著準備的即是「德川家康」這個主題。

與其說我想要深入挖掘德川家康這個人，其實我更想試著與大眾一起探查，究竟德川本人，以及將他捲進洪流之中的「那個什麼」，是如何為應仁之亂以來的戰亂劃下休止符的。

當然，並非僅憑德川家康一人之力即可扭轉一切。還有那不世出的天才織田信長、承繼信長功績的豐臣秀吉，以及他們身後即使放到現今，也是同樣的厭戰民心。然而，促成這個結果的民心流向，儘管在信長、秀吉時代也都相同，可到了家康手中才得以完成，卻也是不爭的事實。

我很幸運的因為晚報的復刊而使《德川家康》得到了發表的機會。一位從最早的連載讀起的讀者，在他的投書中寫到，他認為作者應該是在以當時的新興勢力織田暗喻著蘇聯、以憧憬京文化的今川暗喻美國，以弱小的三河比喻日本。我的回答是「也許吧」。生活在此風暴中的作者，也與讀者同樣以今日之眼來思考、以今日的情感而活著。然而，我想在這位讀者的解讀之外，再多加一句話：「不論是織田、豐臣，他們也都和今川一樣，包藏著崩壞的種子。」這也是身為作者的我，真正想要表達的意思之一。

一個作者早早向讀者剖白小說的宗旨，也許是太不聰明的作法，然而我卻是如此愚笨多辯地想要回應這位讀者。

人類的世界裡，究竟能否實現眾人不斷祈求的和平呢？若是可以，究竟得在什麼條件之下才能實現？不，應該是我們得要徹底找出那真正妨礙和平實現的事物，並試求能將它從人世間驅逐到多遠。

我想，這應該不只是我個人的希冀，多少也是現代的每一個人所關心的。不，不只是現代，也是過去所有時代的人共同的關懷。為了抵達一個沒有戰爭的世界，我們首先不只要匡正文明，為了匡正文明，我們還需要有作為其支柱的哲學誕生才行。有了新的哲學，人類革命才有可能實現，而藉由經歷過這場革命的人類之手，社會、政治、經濟得以改正之時，原子科學才能漸漸轉型成為「和平」的下一代人類的文化財。筆者將這個夢假託於「德川家康」這個主題之上，試圖描寫人類革命最大的可能性，是我藏在這部小說深處的衷心期盼。

當然我不能竄改史實的根幹，也為了讓讀者願意一讀而做了最大的努力。然而，這部作品與一般的歷史小說還是有所不同，當然也不是作者恣意妄想、天馬行空的浪漫小說。對我而言，它是我的《戰爭與和平》，也有著今日之我的影子，更可以說是我藉由描寫過去的人間群像以探索下個時代光明的理想小說。懇請各位不吝賜教。

山岡莊八

昭和二十八年九月二十四日

第二卷・獅子之座

遙遠的盼望

一

「夫人，外頭有位行旅之人求見。」足輕與助拿著一封書信，輕步從庭前走來。

於大放下手中的針線，接過了書信。看著信封上寫著自己的名字，背面的署名是熊邸‧竹之內波太郎，心中納悶著為何不是寫給丈夫俊勝的。

此地是任職佐渡守的久松彌九郎俊勝在阿古居的宅邸，於大嫁來這裡已經有八個月了，時序也已入秋。宅邸建在平地之上，防衛卻比熊邸還要來得薄弱。

丈夫俊勝昨天去那古野，至今仍未歸來。

於大輕輕撕開信封，裡面是張推薦函。熊邸想請於大說服彌九郎俊勝收留一個家臣，名叫竹之內久六，是波太郎一族的。信上提到得知俊勝去了那古野或古渡城而不在府內，因此趁機向夫人請願。

「不知道是什麼樣的人，請他進來吧！」

曾幾何時居於重重壕堀所圍繞的城中奧內的於大，如今卻淪為僅居一鄉的女主人。

於大收拾好手中的針線，抬頭看見廄旁柿子樹下，足輕正和一名高大男子朝這裡走過來。她不經心地看了一眼。

（啊！這……）

於大心裡暗自一驚。沒錯，來人就是自熊邸外見過一次，便一直難以忘懷的同胞兄長藤九郎信近。她正想開口說話，卻見走在足輕後面的信近微微搖頭，示意她不要出聲。

「夫人，人帶到了。」

足輕介紹時，信近已單膝跪在庭前，說道：「小民竹之內久六。」

「竹之內久六……」於大默記這個名字：「你是波太郎大人的親戚？」

「是的，是遠房親戚。」

「哦，與助，你先下去。」

足輕施禮之後，退了下去。

「兄長大人……」

「噓！」信近打斷她的話。

「小民竹之內久六，希望能在府上謀份足輕之類的差事。」

於大不發一語地打量著變了裝的兄長。

久六不理會滿臉驚訝的於大，開口道：「聽說最近可能會有戰事。岡崎的松平大人自從娶了田原御前之後，戰志激昂，正備馬儲糧準備奪回安祥城。」

他一口氣把話說完，面無表情地低著頭。

二

田原御前，是於大離開岡崎城之後，嫁給廣忠的戶田氏真喜姬在松平家的稱呼。於大聽過許多關於田原御前的傳聞。不，事實上應該說她一直都在暗中打聽著。

傳聞她與松平廣忠不甚和睦，因為廣忠並未讓她住進本丸。

於大當然瞭解廣忠的心意。

（我只有你一個妻子。）

這句離別時的低語，於大猶記在心，然而現在卻嫁到了這裡。

（原諒我……）

每當廣忠的幻影映入眼簾，於大總會喃喃低語著。

（何時……何時能為竹千代做點什麼？）

謊稱已死的藤九郎信近，此刻以下人的姿態前來告知於大，廣忠與安祥城織田信廣交戰的原因。

於大閉上眼睛，推測著兄長的意思。

「那麼……」過了不久，於大睜開眼睛微顫地問道：「誰的勝算比較大？」

「我想……十之八九松平這一方不會贏。」

「為什麼？」

「織田信廣的背後有勢力強大的父親信秀撐腰。夫人的兄長水野下野守、此處的久松佐渡守、廣瀨的佐久間家族，與織田家都是同路的。松平的同族信定又一直與岡崎為敵，再加上傳聞三木的藏人信孝舉棋不定，勝算實在不大……」

於大沉默地看著兄長的臉，不禁想起在岡崎城本丸那張嬉戲時天真無邪的童顏。

「同族中還有居心不明的人……」

「是的，廣忠自己也知道不太樂觀。」

「他是個善良的人，為什麼會變成這樣？」

「這……在現在這個時代，善良反而是武將的弱點……岡崎城的家老很擔心這一戰。十之八九沒有勝算的戰爭。想到廣忠的倔強，於大不禁悲從中來。

「我不願成為族人的傀儡。」這是廣忠常說的話，於大欣賞的，也就是他的那份高傲，眼前這個時代裡這種人已經不多了。

於大望向清澄的天空。此時正是秋高氣爽的好天氣，白雲掠過檜樹的樹影。不知何處傳來一陣伯勞鳥悲戚的鳴聲。

三

秋臨大地，農夫尚未收割完畢。此時如果發生戰役只會徒增百姓的怨恨，最後造成天怒人怨，流民與盜賊大增。

「久六大人……」

「叫我久六就好了。」

「我還不太習慣。」於大說著，用袖子擦了擦眼角，問道：「有誰能夠阻止這場戰爭？」

「沒有。」他斬釘截鐵地回答。「而我不過是個下人。」

「那麼，你來的目的是……」

「這……」這次換成兄長望著天空。「想替這裡的主人牽馬，投入戰場，如此而已。」

「……」

「如果運氣好，或許能得到一點點功名。成為前往岡崎的前鋒，是下人的夢想……別見笑。在這個時代，武家的下人擁有的也只是這麼點夢想，熊邸的主人希望能代為推薦。」

「我明白了。」於大點點頭。「剛才那位足輕叫做與助，你先到他房間，等大人回來再說。」

「感謝，那麼告辭了……」

以前的水野藤九郎信近就像個小廝般恭恭敬敬地行了個禮，轉身離去。

於大咬著唇，目送他遠去。

早先是熊邸的波太郎讓於大決心下嫁到織田的陣營，暗示如此一來要是有個萬一，還可以幫助竹千代。現在，波太郎又讓兄長來此謀職。於大不瞭解其中原委，是波太郎控制著兄長，還是兄長在利用波太郎？有一點可以確定的，就是這二人之間必定有著某個共同目的使他們結合在一起。於大又拿起針線，內心不斷思忖著。

「前往岡崎的前鋒……」

兄長既然這麼說，那麼一定是打算找個機會生擒竹千代，好讓自己成就功名。但是不是該讓毫不知情的彌九郎捲入這陰謀中呢？

這時門前傳來人馬聲，一定是彌九郎俊勝從那古野回來了。如果再早一點，她就沒有機會和兄長說上話了。

大玄關傳來俊勝豪邁的聲音。

四

這幢宅邸非常寬廣，院子還有內外之分。

於大攏攏頭髮，跪坐在奧院的入口等待著丈夫。

彌九郎俊勝在前院指揮著家臣。

「要打仗了！」俊勝的聲音顯得有些嚴肅，想必是挺直了身子在說話。

「上次進攻美濃時，松平竟敵不過主君彈正信秀大人而敗陣下來，如今竟又想攻取安祥城。」俊勝高聲笑著。

「這是我們等待已久的好時機，我要讓他們知道織田家的厲害。命令隨時會到，大家快點準備。」

「遵命！那麼今歲年賦該如何徵收呢？」

「要所有農民不分男女老幼專心割稻，要是開戰，田地在戰火下的損失，可是遠大於提前收割好幾倍呢！然後，要其中十五到三十歲的男子全副武裝隨時待命。」

「十五到三十歲？」

「對，他們出征時，其餘的男女老幼必須照顧稻田，收成可是關係到一年的生計，收割之事不可大意。」

「是。」

此時似乎有人奉上茶。

「我到裡頭喝。對了，再準備四十匹馱馬。」

於大聽到這兒，輕輕打開了身前的隔扇。

「回來啦。」於大伸出雙手，接過丈夫的太刀。

「夫人，辛苦了。」俊勝在妻子的面前總是特別溫柔，聲音與剛才判若兩人。

於大聞到乾草與汗水的味道，靜靜跟在丈夫後面。

「今天天氣真好。」俊勝來到起居間，看了看窗外，然後盤腿坐下。

「真是久違的豐收年，如果一直保持這種天氣，百姓們一定樂壞了。真是沒有同情心。」俊勝不悅地以厭惡的表情罵道：「蠢材！」

毫無疑問的，他指的一定是不等收割就開戰的松平廣忠，也就是自己妻子的前夫。

於大把太刀放在刀架上，輕步走到丈夫跟前。

「夫人。」

「嗯。」

「終於有機會為你雪恥了。岡崎那個自不量力的傢伙竟敢出兵安祥城，到時候一定得讓他嘗嘗我們的厲害。」

於大默默低下頭。離異的妻子憎恨岡崎——多麼單純的想法，於大為丈夫感到難過與悲哀。

五

「安祥城本是松平家先祖所建，也難怪他那麼執著。但是，現在的松平……」俊勝接過侍女奉上的溫毛巾，擦著額上的汗。「已經沒有那個能力了，你也可以一吐怨氣了。織田彈正不會輕易放棄要賜予長子的城池，岡崎也只能到這個地步，這叫自作自受。」

於大依然保持鎮定，將侍女端來的茶拿到丈夫面前。

「先喝杯茶吧。」

「嗯，好，我在路上就一直覺得口渴，好幾次想下馬，可是想想還是忍著，這樣更能體會它的甘甜。」

「再來一杯？」

「好，真是美味。」

俊勝連續喝完兩杯後，溫柔地看著妻子輕聲說道：「你知道的，古渡方面只要一召喚，我們就要出戰。」

「知道。」

「你能諒解嗎？」

「當然，我是武士之妻。」

「哈哈……是我多慮了。真不愧是水野下野守大人的妹妹，我一定替你復仇。」

「……」

「脫下甲冑後，我也只是一介凡夫。沒有人天生喜歡戰爭，但是在此亂世總是免不了的，希望你能諒解。」

於大難過地為丈夫擦汗。俊勝雖稱不上驍勇豁達，但也算是正直誠實。既然已經嫁給他，便應欣賞他的耿直，但卻不知怎麼的，總還是無法習慣。

廣忠。

最惱人的，莫過於午夜夢迴。與俊勝纏綿時，於大也是熱情洋溢，然而夢中的丈夫總是

（身屬丈夫，心卻在前夫……）

再婚，對於女人而言是難以抹滅的傷痛，夢醒時分往往枕巾已濕，而俊勝卻毫不知情。

「你的家世要比我顯赫多了。」

「你又來了。」

「我只是經常提醒自己千萬不要怠慢了你，如此而已。」

「哦。」

「我心裡一直有個遺憾。」

「什麼遺憾？」

「我們還沒有孩子……」

於大又低下頭。

「還沒有消息嗎？」

「嗯……」

「我又說錯話了。別擔心，我的武運頗佳，暫時還死不了。你就在家裡為我祈求功名吧！」

「是……」

於大對自己的不真誠深感愧疚。她從未為俊勝祈求武運，更不曾想過孩子的事，但是在岡崎城時，她卻甘願為了竹千代以冷水祈願[29]。

「為了你，我一定要立下功名，讓大家知道刈谷的女婿並非平庸之輩。對了……」俊勝說著看了看隔壁房間。「有沒有什麼吃的？我在那古野早上沒吃就回來了。」

於大立刻站起身來。她一心只想著自己的事，把俊勝完全拋到腦後了。此時又憎惡起了自己，為何已成定局的事還不死心呢？

於大吩咐廚房準備飯菜後端了出來，一面暗忖該如何向俊勝提起改名為竹之內久六兄長之事。

這裡的飯菜樸實簡單，無法與岡崎城相比。一條鰮魚乾加些醬醃鹹菜，連湯也沒有。飯，當然是糙米，上面澆了開水，俊勝吃起來倒也覺得津津有味。

在一旁的侍女從不讓於大動手。在此武家，夫人有很高的地位。

食畢，俊勝把盤內剩餘的菜汁倒入碗內，一口喝盡。

「您認為熊邸的若宮波太郎大人怎麼樣？」於大想試著由他對波太郎的評價來判斷成功的

29〔編註〕此處指水垢離，以冷水淋身向神佛祈願的一種苦行。

可能性。

「哦！熊村的……他是個不簡單的人物。與熊野有著聯絡，從難波到堺，甚至連海盜都聽他的，陸上的勢力可想而知……」俊勝說到這裡，突然想起什麼似地拍了一下膝蓋。

侍女過來收拾餐具，等到人走遠後，俊勝才小心翼翼地望了望四周：「看看有沒有人偷聽？」

「是。」於大起身查看庭院。

「他是織田的祕密軍師。」

「什麼！」

「彈正大人經常叫吉法師去熊邸就是這個原因。今後，是勤王者的天下……」

「勤王？」

「京都將軍足利家的氣數已盡，大概是戰南朝、搗北朝所受的天譴吧！總之，在足利之後獲天下民心者，首推勤王者。一定要為擁立天皇而戰，方能服眾……明白嗎？」

於大想從丈夫嚴肅的態度中探聽是否能得到答案。

「為天皇而戰，是指……？」於大一本正經地慢慢靠過去。

俊勝望著妻子微紅的粉頰，不禁呆了半晌。

（好美啊……）

七

俊勝有幾分得意，自於大嫁過來後，從未見過她眼中溢滿如此柔美的光彩。

「平氏滅，源氏起，黑夜過，黎明至，這是天下的至理。現在，跟天皇作對的足利將軍有若夕陽，下一位新興者便是勤王之師。你或許也知道彈正信秀大人特意向天皇獻金還上書，除此之外，還不斷對熱田宮、伊勢大神宮巨額奉獻。這一切的軍師就是熊若宮，明白嗎？」

於大還是不明白，為何捐獻可以推翻足利將軍？

「是祈禱？還是信仰？……」

俊勝微微一笑。

「不，都不是，這應該叫做政治。不，也或許兩者都是才被稱作政治。」

「……」

「這是在豎起一面旗幟。亂世是因為忽略神與天子而引起的，跟著我，只要敬神、敬天皇，天下就能太平。即使引發戰爭也能獲得人心，自然就能獲得勝利。還有……」

看到於大認真的表情，俊勝也坐正了身子。

「你有沒有聽過種子島[30]？」

30〔編註〕一五四三年一艘明帝國的走私船漂流到九州南部的種子島，船上有數支葡萄牙火繩槍，故火繩槍有種子島之俗稱。

「沒有。」
「連我見到都會怕。」
「是一種食物嗎？」
「不，是武器，武器啊！一種很可怕的、會飛的工具，可以射到弓箭射不到的地方，然後碰一聲，什麼都沒看到，人就死了。說出來你一定不相信，用聲音就可殺人……反正就是一種極恐怖的武器。」
「……？」
「竹之內波太郎在堺附近弄到了這種武器，連同使用這種武器的好手也一起送給了彈正大人。這是千真萬確之事。吉法師大人也正在暗中學習使用方法。波太郎祈禱著以這種武器與勤王的觀念拯救水深火熱之中的人們。」
這番話太過離奇，於大無法瞭解。但是，她知道俊勝對竹之內波太郎不只是信服，還心懷畏懼。
「熊若宮的器識一定非比尋常。」
「的確。」
「是這樣的，波太郎大人向我們推薦一名家臣，這是……」於大提心吊膽地拿出那封信。
俊勝將頭微微偏向一旁，打開信，一遍又一遍地看著。
「這位久六呢？」

「我讓他先在足輕的房裡等著。」
「嗯。」俊勝沉吟一聲。「叫他來吧！」臉色突然黯淡下來。

八

俊勝歪著頭沉思，直到久六被喚到庭前。
「咦？」久六抬起頭時，俊勝問道：「我們好像見過，是不是在古渡城內……」
「我從未去過那裡。」
「嗯……夫人把信拿給我看了，上面寫得很誠懇，但是有一點我不明白。」
於大心裡一震，兄長也呆了一下。
「既然你是熊邸主人推薦的，為何不到古渡城、那古野城，反而選上我們這個小地方？」
「這……我也不太清楚。」
「什麼，你也不清楚？」
「是的，我只是希望能為武家效勞。」
「所以波太郎大人就讓你到我這裡來？」
「是的，大人說這裡的主人度量寬宏、進取向上，必能傳我忠義。」
「嗯……不過，我一定在哪裡見過你，怎麼就是想不起來呢？」

「應該是不會。」
「夫人，你看呢？」他回頭看看於大。
「可能是跟某個人長得很像，起初我也被嚇了一跳。」
「你也覺得似曾相識？」
「嗯，我有好一會兒說不出話來。」
「你覺得他像誰？」
於大尷尬地笑了笑：「刈谷的兄長。」
「對了！」俊勝拍了一下膝蓋。
「經你這麼一說，他的確很像刈谷的下野守大人。難怪我總是想不起來，怎麼也不會把他和刈谷的城主聯想在一起。好，我留你，別忘了熊邸主人的教誨。」
「是，我不會忘的。」
「好，回房去吧！之後就由平野久藏給你工作指示。」
「謝謝大人。」久六恭敬地退了下去。
俊勝一直盯著他遠去的背影：「夫人……」
「嗯？」
「你要提防這個人。」
「有什麼不對嗎？」

俊勝和顏悅色地說：「他很可能是彈正大人有所懷疑派來監視你的，你的孩子還留在岡崎。別擔心，我瞭解你的感受。」

於大為他的善良深受感動。

秋霜城

一

庭前燃著爐火，東方微白，火勢已不如起火時威猛。室內牆壁上映著重重人影，部將之間漫著一股悲淒的氣氛。

右邊是阿部大藏跟他的弟弟四郎兵衛，左邊則是酒井雅樂助和石川安藝。松平外記、大久保兄弟、本多平八郎、阿部四郎五郎等依順序排成一圈，把廣忠圍在中央。每個人的衣著都近乎全副甲冑，臉上的表情就好像是木雕的羅漢。

「把竹千代帶過來。」廣忠說道。他面無表情，額前的盔具在火光下閃爍，為全副武裝的他更增添了幾許哀怨，甚至還讓人想起了節慶擺置的人偶。

廣忠的姑姑隨念院把竹千代抱到廣忠的跟前。

「戶親大倫……」牙牙學語的竹千代笑瞇瞇地朝父親伸出手。廣忠看著眼前這個胖嘟嘟的孩子。

竹千代急著想掙脫隨念院跑往父親身邊。隨念院明白後，把竹千代微微托住：「您要不要抱一下。」

但是廣忠並未接過手來。他搖搖頭，雙眼依然盯著竹千代。

「麻煩你多照顧了。」他輕聲說道。

隨念院點點頭。

阿部大藏與酒井雅樂助轉頭避開了這場訣別。而本多平八郎看了看庭前，說：「四時多了。」

小姓捧來酒與勝栗[31]。

隨念院抱著竹千代站到廣忠身後，安撫著還在那兒嘰嘰咕咕的竹千代。

酒杯從廣忠手上開始傳了出去，每個人都沉默著。氣氛沒有想像中悲壯，比方才廣忠注視著竹千代時緩和多了。

「來。」大久保甚四郎把酒遞給本多平八郎。

「好。」平八郎穿著一身新鎧甲。

庭前傳來馬嘶聲，馬已經牽過來了。酒杯也再度傳回到廣忠手上。

「各位，準備好了嗎？」廣忠起身，把酒杯一摔。

「嘿！嘿！嘿！」

大夥拿起太刀，由阿部四郎五郎率先走出庭院。

慵懶舒爽的空氣烘托不出莊嚴的出陣儀式。獨眼八彌把馬牽到廣忠跟前。

「戶親大倫。」身後傳來竹千代活潑可愛的聲音。

二

岡崎城的戰士不待黎明就出城了。

根據昨天的情報，織田信秀的援軍尚未抵達安祥城。城兵約有六百。由此看來，敵人似乎不知道這次偷襲。八彌牽著大將的馬轡，踏著沾滿露水的草地，內心暗自沉思著。

天色未明，足輕扛著扇形的馬標，一個接著一個跟在後面。

騎在馬上的廣忠，出了城之後依然默默不語。他不認為敵人對這次偷襲毫不知情。織田信秀的手腕他十分清楚，因此內心十分不安。

不可否認，此舉實在很冒險，家老們勸他打消這個念頭，但是廣忠深知自己體力日衰，再也不復當年了。

自先祖創建以來，安祥城一直是松平家的根據地。而今在自己手中被敵人奪去，若不收復，將有何顏面去見地下的亡父？

31〔編註〕晒乾後搗去皮殼的栗子，多於出戰或比賽前食用，以討好彩頭。

他原本就有肺病，自於大離去後，咳嗽、氣喘也日益嚴重。與其守在岡崎等待敵人蹂躪，倒不如伺機而動，向美濃進攻一雪織田帶來的恥辱。

（現在正是時候！）

廣忠攻打安祥城，多少也受到一點與田原御前不睦的影響。

（她也很可憐……）廣忠騎著馬，心中暗自思忖。

田原御前至今仍是處女之身。廣忠只寵愛於春，從未碰過田原，田原為此懷恨在心。

她沒有於大以柔克剛的智慧。

在老臣的勸告下，廣忠偶爾也會造訪二之丸，但他一現身，田園便會叨叨絮絮起來。

「我到底什麼地方讓你不滿意？」她常常哭倒在地。

「別走。別走。你把話說清楚。」

有時甚至喊道：「我要自殺。我要自殺。我要讓父兄知道我所受的委屈。」

這種時候，廣忠就不知如何是好了。拿她和百依百順的於春相比，廣忠還未開口就感到倦極了。

「對不起，我不太舒服。」廣忠說完，轉身就走。

不知何時開始，田原御前背地裡抨擊廣忠沒有男子氣概，嘲笑她寧願愛一個卑賤的侍女也不理睬她。每每聽到這種傳言，廣忠內心總是又氣又怒。

突然，前面響起貝螺的號聲。

夜，不知何時已褪去。冷霧緊貼著面頰。

三

「持馬標！」廣忠一聲令下，將馬標立於鞍心。

四周再度響起貝號聲。那是前鋒已經抵達預定地點的信號，人數約為五百。結實纍纍的田間散布著幾條小徑，進攻的吶喊聲相連不斷地飄盪在霧中。

守城的士兵一定會出來迎戰。但以地勢來看，這方的勝算較大。

「到達之後再說，不可輕舉妄動。」今天領軍的阿部大藏自霧中奔來。

「嗯。」廣忠點點頭，眼神與心境保持著戰士應有的肅穆。

四周的氛圍，對十一、二歲就在戰場上出生入死的廣忠而言，並不特別恐怖。是生？是死？出城時早已將生死置之度外了。

「大藏，帶軍。」

主陣選在安祥城西南的一個小高丘上。大軍在霧中早已配置妥當，接著就等著指令的下達了。負責指揮的是阿部大藏，植村新六郎與持槍的獨眼八彌負責護衛廣忠。

霧中傳來吶喊聲。看不見對方的蹤影，城內敵軍想必是驚慌失措。

前方的山丘如墨繪般展開。突然，前面田地中躍起一群麻雀，朝山丘飛來。

阿部大藏立即停馬，喊道：「殿下！」

廣忠聽不到他的呼聲，仍然繼續在逐漸散開的霧中疾行。

太陽升起。父親清康傳下的金扇馬標，在晨霧中閃爍著美麗的光芒，全副武裝的部屬們已朝山丘奔去。

「殿下！」阿部大藏策馬趕上了廣忠。「千萬不能掉以輕心，對方也許早已派出了守城的士兵。」

「派守城士兵出擊？」

「從麻雀飛行的方向來看……」說時遲，那時快，一群麻雀飛過了二人頭頂。

廣忠笑了笑。如果敵軍出城，岡崎軍就有勝算了。比起城池攻防，在野戰方面，岡崎可是一騎抵千兵。

「大藏，我們贏定了。」

大藏搖搖頭：「既然敵人敢出城迎戰，必定是有得勝的把握，畢竟對方是有名的尾張軍啊。」

「我知道，先把旗子插上山丘吧！」

四

旗子插好時，霧也快散盡了。四周都是金黃色的稻田，穗浪在微風中輕輕搖擺，穿梭其間的隊伍就像蟻群一般。令旗一揮，便從四面八方向城門迫近。城內卻隻箭未發。

廣忠下馬，將馬韁交給八彌，突然朝後看去。

「咦！」

在士兵尚未抵達的地方，閃爍著像是長槍的亮光。

「大藏，那是……」

阿部大藏把手放在額前，朝遠方望去。

「嗯，果然……」

「我們的人嗎？」

「是敵軍。」

「什麼？敵軍……」廣忠話未說完，貝號聲四起，同時稻田中豎起了白色的旗幟。

一旗、二旗、三旗……他看到第一旗上有著黑色的五曜星徽。

「喝！」騎在馬上的廣忠突然怒喝一聲，「可惡，是久松彌九郎。」

阿部大藏仍然沉默地凝視後方。麻雀群從頭頂飛掠而過。

「殿下，我看他們的援軍已經到了。」

「嗯。」廣忠激動地揮揮手。「八彌，馬韁！」

「是。」

接過馬韁，廣忠立即策馬躍起，朝山丘奔去。

「殿下。」大藏喊道：「殿下，千萬不可輕舉妄動。」

八彌的那隻獨眼一閃，立即衝了上去。

敵方的貝號聲依然在響。

這麼做的確太衝動了，但是當廣忠想到對方領頭的是於大的丈夫久松彌九郎俊勝的旗幟時，全身血液立即沸騰了起來。

「彌九郎，你這傢伙……」

於大還在岡崎城時，廣忠曾化解俊勝父親定益與大野城主上野為貞之間的戰爭。俊勝非但不念此恩，竟還以於大丈夫的身分向自己發兵，廣忠怎能嚥得下這口氣呢？

廣忠深知，若不在守城士兵出戰之前一舉擊潰援軍，便將前後受制，但是心中的怒火已蓋過理智。他衝下山丘時隨即迎面而來幾支箭，於是在箭雨中抽出了太刀左右舞動，斜斜地砍向了久松佐渡的旗幟。

五

此時，織田信秀已帶著旗幟來到久松彌九郎的背後。他拍著鞍座大笑：「岡崎小輩，你氣瘋了吧？哈哈哈，嗚號，嗚號。」

「殿下，那旗幟呢？」

「還早，不急。等城兵出擊後，我要插在這小輩的鼻子上。」

此時，八彌已持槍衝入久松前鋒陣內，左衝右擊，好像要為廣忠開出一條路來。

「我是岩松八彌，讓路。」

「竹之內久六，出來！」一名足輕立即從行列中衝了出來。

「好傢伙你認識我獨眼八彌還敢來嗎？」

久六沒搭腔，只對俊勝喊道：「殿下，快退！」

俊勝立即調過馬頭。

「彌九郎，別逃！」

但是，這個足輕站在狹窄的田埂上，擋住了去路。

「八彌，快……」廣忠在顛簸的馬背上催促著，但是竹之內久六朝八彌放出了一槍，表情很平靜地一動也不動。

此時，背後傳來吶喊聲。看來守城士兵已經出擊了。

「可惡！」廣忠的坐騎再度躍起。箭矢如急雨般朝金扇馬標射來，其中一支直中了馬屁股。

獨眼八彌這時才發現自己已是滿頭大汗，汗水如滴雨般流向他的那隻獨眼，對方的身影愈來愈模糊，卻似乎滴汗未流。

（此人定非等閒。）

「殿下，快撤退。」

八彌內心暗忖戰況看來對己方不利，若再僵持下去，後路可能會被切斷。

但是廣忠仿若聽不到他的喊叫聲。

「殿下！阿部四郎五郎！」

「大久保新八郎忠俊。」

二人見情況危急立即從左右圍住廣忠，而阿部大藏已不在附近。

「殿下！快退！」八彌感覺廣忠的坐騎就在身後喘息著，所以又喊了一聲。突然，右邊草叢中傳出了吶喊聲。

「啊！」不知是誰驚叫了一聲。

「織田彈正的馬標。」

（糟了！）

八彌暗覺不妙。織田信秀此時出現，我方已無勝機。眼前這神出鬼沒的猛將一定會斷了廣忠的退路。

「殿下，快退……」八彌急切地喊著。突然，大地搖晃，一聲巨響，八彌右膝受到重擊。不是箭，也非槍，只感到右腿像被炭火燒著一般刺心地疼痛……

六

八彌低著頭準備慷慨赴義。不過對方卻沒有進一步的行動。每個人都知道，若能在這場戰爭中取得這個勇猛小姓的首級，可說是如獲至寶。然而，竹之內久六卻說道：「哈哈，原來這就是種子島……」

八彌一點也不明白這句話是什麼意思。

「大將的替身。」久六說完，拿著槍轉身回到俊勝的本營。

八彌愣了一下，這時才發現自己的大腿上鮮血直流。

「真是個怪傢伙，怎麼如此輕易就饒過敵人了呢？」

八彌還是覺得剛才自己應該是被竹之內久六給刺中的，畢竟那種只聽到聲音就可使敵人倒下的武器，實在令人難以想像。但他發現了大腿的傷，是從外面穿透到裡頭的。

（好快的槍法啊，竟然連何時出手都不知道。）

八彌從腰裡拿出早已準備好的布，綁住大腿受傷的部位。這時，他才發覺敵人已從四面八方包圍了上來，已經動彈不得的他，覺得自己的生命就要走向盡頭了。貝號聲、太刀擊打聲、吶喊聲、箭劃過空中的聲音，這些聲音正逐漸遠去，他所看到的只是一片蔚藍的天空。

突然身邊傳來一聲吶喊：「八彌，站起來。」

「是……」

「我是本多平八郎，你這樣還算是岡崎人嗎？」

「是……」

「快點站起來，立刻去保護殿下。」

「是，我馬上去。」八彌雙手按在地上，回過神來但是眼前幾乎什麼也看不到。

「殿下，殿下在哪裡？八彌……」八彌努力掙扎著，突然一不小心整個人摔進了田間的窪坑，眼前所見，周身都像是漫著一片淺桃色的霧靄。

「殿下……我……八彌來了！」

本多平八郎此時已經不在附近了。從右邊草叢中展開行動的織田信秀援軍已將松平軍的本陣給團團圍住，逐漸縮小範圍。松平軍被切成了兩段，不管哪邊都是腹背受敵。

從城門出擊的守城士兵配合沒有進城的援軍，巧妙地織成一張蜘蛛網狀，層層將松平軍圍困住。前面是敵，後面也是敵。

廣忠此刻終於覺悟到，由於他對於大放不下的感情，衝下山丘奔向五曜星徽旗幟，造成了這種不可挽回的失策。父親就是敗在信秀手裡的，而今自己竟也遭逢了同樣的命運。

（與其在此等死，不如……）

廣忠拿起馬鞭，將馬頭一扭就朝信秀的陣營衝過去。他對站在一旁的族人松平外記說：「外記，跟著我，就當作是最後的衝刺。」說著，便將刀鋒高舉劃向青空。

七

「是。」外記應了一聲，便跟在廣忠的後面，而此時廣忠的馬已經中了三箭。

馬標上的金扇映著豔麗的秋陽，閃耀著金色的光輝。

織田信秀看著眼前的好景象，樂得直拍馬鞍，一切都在他的預料之中：「停止射擊，省省子彈吧！」

這是他第一次把種子島這種武器帶上戰場，或許來自於敵人對這種武器的無知，所以沒有什麼恐懼的心理。可惜這最珍貴的一發子彈並未擊中廣忠，卻擊中了在廣忠面前奮戰的獨眼八彌，而八彌好像還不知自己是被何物所傷。

「他們已完全被包圍了，停止射擊，否則會打到自己人。」

事實上，在拿出種子島之前，一看到廣忠的馬標，尾張軍就已經從四面八方持槍圍過來奮勇征戰。所有的弓箭手也以廣忠的馬標為標的。信秀看到廣忠的焦急不耐，不禁暗笑了起來。相隔於他們兩人之間大概還有二百間的距離，一條小溪穿過中間的窪地緩緩而流。信秀心想，廣忠可能到不了這個窪地了。

廣忠一刀劈向第一個持槍來襲之人。就在此時，廣忠坐騎的頭部又中了一箭。馬兒躍起，金扇在陽光下閃著光輝。

「果真有其父必有其子，別放過他。」

廣忠終於來到了中間的窪地，高大的樹木遮住了廣忠的金扇。此時，岡崎軍突然衝出一名武士，如離弦之箭般快速地朝窪地直奔。

看來廣忠離死期已不遠了。

此人背後的旗幟上大大地寫著藤丸。

「大概是大久保新八郎吧！」

接著後面又跟了一人。這一回的旗幟上印著蜀葵，他揮舞著十文字槍，朝著廣忠靠近。

「這大概是本多平八郎吧？」

信秀的觀察確實無誤。在戰亂中最先發現廣忠有危險的是大久保新八郎。接著是本多平八郎忠豐，他發現廣忠被圍，立刻奮不顧身地衝入重圍。

此外，還有松平外記、阿部四郎五郎忠政，他們早已立在廣忠馬前，讓那些洶湧前來的尾張軍懼不敢前。

「殿下，我們和你一起戰死。」大久保新八郎跟左側的敵人廝殺，本多平八郎持刀漸漸靠近廣忠，最後突然接起廣忠的馬轡，朝右邊的溪流中飛奔過去。

「平八，你瘋啦？信秀的本陣就在眼前了啊！」

「到了這種地步，還說什麼！」平八郎已顧不得言語上的尊敬。「現在快逃吧！」

「等一下。」

「還等什麼，趕快離開這個窪地，衝出敵人的箭雨吧！」

廣忠咬牙切齒地不知在吼些什麼，但平八郎還是拉著馬，迅速離開了窪地。

八

溪流兩岸沒有高大的樹木，只有一些垂柳、冬青樹，還有野生的桑樹。平八郎好不容易找到一個可以遮掩他們主僕的位置，回過頭對著廣忠咬牙地說道：「殿下，您還是松平一族的當家嗎？」

「平八郎，你太過分了！」

「無論如何，請您下馬吧！」

「什麼……你在對我下命令嗎？」

「快下馬！」平八郎突然把廣忠拉下馬來。

這已不是理性的格鬥，而是男人跟男人之間的爭戰。

廣忠已經了無戰勝的希望了，此刻只感到全身疲憊極了。

「可惡！」平八郎抓住廣忠的身體朝田裡甩了過去。

「你……你太無禮了！」

「就算我無禮吧，事後我再向您陪罪，此刻保住性命最重要。」

平八郎將廣忠甩出去之後，隨即衝上來按住他的胸，像是騎馬一樣坐在他的身上。

「你要幹什麼？」

「把您的頭盔給我。」

「平八，你……」

「來世再向您陪罪了。」

廣忠再也擠不出一點抵抗的力氣了。沒多久，他的頭盔就被平八郎給扯了下來，然後平八郎把自己沾滿汗水的頭盔套在了廣忠頭上。

「永別了！」

平八郎將自己的小旗插在廣忠的背上。

廣忠無力脫下頭盔，只是激動地哽咽著。他微微抬起頭，只見父親傳給他的金扇在陽光下逐漸消失。

廣忠從視野中消失後，織田信秀就一直集中注意力搜尋他的身影。或許他已不支倒地了，歲月不饒人啊！

（可憐啊……）

織田信秀心中十分感慨，但是仍未放鬆四周的警戒。他的兩側排列著二十幾名弓箭手，只要發現廣忠越過溪流就會立即射箭。槍隊也埋伏在前方。

「咦？」

信秀舉起手放在額前。只見灌木叢裡出現了金色的馬標。

「竟然還活著，真是個頑固的傢伙……」正當信秀喃喃自語時，那匹馬已經現身眼前。

這時弓箭手搭箭齊發，每支箭都像是受到強烈吸引般射向廣忠的甲冑，但是馬與人絲毫沒有畏懼之意。接著槍隊高聲吶喊，衝向前去。而馬兒依舊向前行進。

本多平八郎忠豐帶著廣忠的馬標，決心要做最後的奮戰，將敵人引到遙遠的盡頭。

九

槍隊被馬匹衝散，兩方距離愈來愈近了。

織田信秀一直凝視著正向前奔馳的馬匹及上頭的人，滿身是傷姿勢卻依舊挺拔，手中緊握著馬轡不放，這種奮戰不懈的志氣實在令人感動。

「嗯，」信秀點點頭。「不愧是清康之子，不簡單。」

信秀此時更產生了迎戰之意。

「殿下！」身後傳來喝阻聲，是參謀平手中務大輔政秀，他是從那古野趕來的吉法師之師。

信秀苦笑一聲，點點頭。此時，兩個年輕人手持著織田家出名的長槍，從兩側衝了出來。槍身的千段卷塗上了朱紅色，是在小豆坂戰役時獲得七本槍美名的長槍。

「織田孫三郎信光，來會廣忠。」

「小豆坂七本槍的中野又兵衛。」

二人報上名號後，立即舉起長槍。

馬兒停住了。

不一會兒，馬上的人頭盔動了一下，雙手下垂，上身向右傾斜。兩個年輕人後退了一步，只見對方噗通一聲跌下來。跌落之前口中猶不知喃喃自語些什麼。

「松平廣忠見過織田彈正……」一定是這麼說的。

中野又兵衛見他自馬上翻落後，舉槍正欲刺出。

「且慢！」信秀連忙阻止道。

「他已經死了。」

信秀慢慢靠近屍體，拿起附有金扇的馬標放在頭盔上。突然他睜大了眼睛：「可惡！」

四周突然靜下來。平手政秀走上前來。

「或許他們換過衣服了，這不是廣忠。」

平手政秀單腳跪在地上，正待揭開頭盔時——

「不必了，我知道了。」信秀阻止道：「一定是本多平八郎。也好……就當他是松平廣忠吧，真讓人佩服。」

政秀也敬畏地合起手掌。

一陣騷動後，窪地中的人早已不見蹤影。大久保新八郎、阿部四郎五郎、松平外記都不見了。不知是誰在指揮，松平軍的旗幟早已撤退。或許是本多平八郎在與廣忠替換之前所下的命令吧！

太陽高掛空中。

只靠先頭部隊也無法追擊，松平軍應該也是如此料想的。勝負已定。

安祥城的高樓依舊掛著織田家的旗幟。

桔梗

一

田原御前站在新城的庭院中，正修剪著秋天的七草。單單只剪七草似乎太單調了些，田原想剪一些菊花帶去本丸探望廣忠。

田原身旁站著一名侍女，名字叫楓，是從田原城帶過來的。她站在一邊接過御前剪下的花草。

「楓，我真不知道自己是該恨殿下，還是愛慕他？」

楓習慣性地向左右張望一下，說：「如果田原大人知道您還是……處子之身……不知道會有多生氣呢！」

「我想我是恨他的。」

「您嘴上說恨，其實內心還是愛著啊！」

田原御前無限寂寞地繼續剪著桔梗花：「桔梗花沒有什麼香味。」

「小姐。」

「什麼事？」

「於春是不是側室？」

「我不知道該怎麼說。」

「您為何不讓她遠離殿下身邊？小姐，我實在是不懂你。」

田原御前默默不作答，仍然彎著身子尋找美麗的花朵。但是在她內心深處卻有著一股怨恨，怨恨侍女道出自己平日不敢說出來的心裡話。殿下從不碰自己都是因為於春。田原已經明白廣忠的心意，當她滿懷著希望向他求愛時，他總是說「等我完成心願再說吧」，便溜逃而去。意思是在尚未收復先祖傳下來的安祥城之前，不想考慮其他事。

而今岡崎軍慘敗而歸。

傳聞，若非本多平八郎效忠戰死，殿下早就被殺，城也早就被信秀奪去了。實際上，殿下受了傷，被大久保新八郎抬回城後就一直臥床不起。

「小姐。」楓看著遠方。「如果是我，無論用什麼方法都要把於春給攆走。」

「不行，這麼做恐怕更得不到殿下的心。」

「不會的，只要有好的計謀，殿下一定不會離開你的。」

田原御前沉默不語。

「小姐，您知不知道於春行為不檢？」

「於春行為不檢？」

「岩松八彌從戰場上負傷歸來之後，於春曾偷偷地去看過他……」楓故弄玄虛地看著夫人。「如果情況繼續這樣發展下去，殿下將會再度思戰，到時候不知道還會發生什麼樣的不幸呢！所以一定要趕走於春。小姐，您一定要想辦法撫慰殿下的心，讓他平靜下來，這樣才是盡了女人的本分。」

田原激動地顫抖著。

「八彌……這……這是真的嗎？」

二

嫁到岡崎以來已經六個月了，跟廣忠卻不曾有過夫妻之實，田原內心既嫉妒又感慨，多少次想要自盡了此殘生。要是她知道廣忠做的這一切都是起因於難以忘情離城的於大，恐怕難以承受，甚至認定自己猶如岡崎的地泥一般。

然而廣忠從不在田原面前表露自己的情緒，田原也缺乏足夠的敏銳察覺這事……

田原曾經大病過，而今看到廣忠的身體日漸衰弱，卻無時無刻不想以憔悴的身軀與如日中天的織田信秀一戰，奪回先祖創建的安祥城。田原內心不禁感慨。

有時，田原會獨自流淚忖度著，萬一哪天自己又像以前那樣病倒的話，不知情況會變得怎樣？然而，自她嫁到岡崎以來身體一直很健朗，上天留給她的只是對廣忠的無限相思。

如果她和廣忠完全見不上面，或許會因絕望而棄絕。每個月，廣忠只來看她一、兩次。楓認為這是受到老臣的指示，但是田原並不這麼認為。每次看到廣忠，田原內心的寂寞與苦悶立即一湧而出。

（如果今夜能……）

當她全身沸騰，廣忠卻抽身離去，那種寂寞與恐懼不是楓所能體會的。

事後，田原總會做噩夢。夢裡，於春變成一條蛇，以冷冷的蛇身纏繞著廣忠。

（要是沒有於春……）

無論她如何克制自己，但女人總是脆弱的。在孤獨寂寞的思慕之下，田原不知自己能支撐到幾時，這是她所害怕的。

於春竟然瞞著殿下偷偷會見岩松八彌，如果這是事實，那麼這些日子以來自己所受的痛苦與折磨不就變得毫無價值了，這是她所不能容許的。

「聽說於春不過是個下等的女傭，竟會被殿下給看上？」

「是，她本來是在廚房燒水、打掃清潔的。」

楓勾起了主人的情緒，現在卻又顧左右而言他：「您要不要再剪一些桔梗花呢？」

田原沉默不語，凝望著遠處山脈上的雲彩。只見她雙眼映著藍空的光芒，眉頭顰蹙。

田原日日夜夜等待著自己的丈夫，她感覺自己的肌膚和以往有些不同。從前肌膚多半很乾澀，而最近每當用手指觸摸時，總感到光滑柔潤了許多。

「楓。」

「是。」

「那只是傳言嗎？」

「您是指……於春的事嗎？」

「八彌是殿下的小姓，萬一出了什麼差錯，我可不會饒過你。」

「嘻嘻嘻……」楓用花遮住唇角輕輕地笑著。

「他們兩個人以前就很要好，後來是殿下橫刀奪愛，本丸的侍女人人皆知啊！」

三

楓今年已經二十四歲了，一般侍女在這個年齡都會養成一些殘忍心理。她看著御前說道：「外面謠傳的還不只這些呢……」楓故弄玄虛地說著，漫不經心地從花束中挑出一些枯葉。

「還不只這些？這話是什麼意思呢？」

「他們說以前的大夫人對這種事一定會有所裁處，但是田原御前您太放任了……」

「什麼，連我也被扯進去了！」

「是的，發生這種事會敗壞家風，難怪有人擔心。」

田原沉默著。

（楓說的也有道理……）

閨房之密暫且不論，畢竟她是此城的女主人，確實應該管束一下家裡的傭人。想著想著，田原不禁焦急起來了。

（為了殿下，我絕對不能再這樣散漫下去！）

都是廣忠寵愛於春一人才會引起這些謠言，田原愈想愈不能原諒於春了。

「楓。」

「是。」

「帶我去於春那兒……不，叫她過來。」

楓驚訝地抬起頭。

「叫她來，這樣好嗎？」

「沒什麼好不好的，別忘了，我可是殿下名正言順的妻子啊！」

「可是……如果被殿下知道了？」

「我只是想調查一下，如果一切屬實，我就稟告殿下。」

楓不懷好意地看著田原蒼白的面頰。

看來小姐到時候真的會出手，楓打算教她一些手段。

「小姐或許可以依照自己的心意處置於春，但是岩松八彌是殿下的小姓，恐怕不在您的管轄之內了。」楓歪著頭思索著，彷彿忘了剛剛那些煽動的言語。「小姐，這需要相當大的決心……」

「我決定了，快去叫她來吧！」

「這樣……像她這種在城裡做出不義之事的人，縱使小姐原諒於春，八彌也可能會在殿下面前進言，說您嫉妒……到時候要怎麼辦？」

「到時候……」田原有些慌了，她不曾想到這一點。「到時候會怎麼樣呢？楓……」

此時楓陷入了女性錯覺的思慮中，她的內心自然不願這位善良的主人遭到不幸，因此自然而然地擔負起獻計之責，在她認為，這就是忠義。

「小姐。」楓習慣性地向左右張望了一下。「有這樣的傳言已經是罪狀了，所以我們絕不能讓於春再和殿下或八彌見面，得要萬無一失。」

「所謂的萬無一失是……？」

楓又看了看四周。「就像男人那樣殺敵般……」楓放低了聲音說道。

四

於春剛剛才去探望廣忠回來，廣忠的箭傷已經痊癒，雙眼也恢復了往日的犀利光芒，卻還是沒什麼食慾。當他坐在床上聽著老臣們談論今後的目標時，臉上露出苦澀的表情。

男人密談之時，女人照例必須遠離，但是她們多少還是會知道一些。

織田信秀並沒有乘勝追擊攻入岡崎，只讓軍隊撤回尾張固守美濃，以防岡崎迂迴反擊。

廣忠生病，再加上這次戰敗，正可離間松平家。因此在上野城的長老酒井將監受到監視，廣忠的叔父松平藏人信孝身邊也被安置了密探。

雖處於內憂外患之際，廣忠還是時常挺直了纖瘦的肩膀，唱著歌謠。

「大臣中有許多人意志不堅，加上這次中宮御產要求舉行大赦，赦放了許多人……」

廣忠額角冒著汗，面色蒼白，口中還唱著〈俊寬〉的歌謠。

（這個人大概還在鬼界島[32]……）

於春不禁掉下眼淚，她知道廣忠並不是因為快樂而唱歌，而是有著不得已的苦衷。

（我還健康得很，你們不要想輕舉妄動，意圖謀叛。）他要讓家族的人知道。

瞭解廣忠的苦悶之後，於春心中產生了些許微妙的變化。起初是害怕，接著是感傷，感傷廣忠並不是真的愛自己。但是現在，她也不再為此傷心難過了，她希望自己能取代殿下念念不忘的於大。

心存此念之後，無論是奉湯送藥等，於春處處表現出溫柔、體貼，因此更獲得了廣忠的寵愛。於春對於大心存感激。於大能夠如此牢牢地抓住殿下的心實在很不容易，於春為自己與她相像感到很榮幸。

回到自己的房間之後，於春思索著是否該去看看八彌。

八彌的傷比廣忠嚴重許多。他的大腿受了傷，掉到田裡後不久醒來，渾然不知身在敵陣，拚命地為了尋找殿下而奮戰。殿下也說他能獲救實在是個奇蹟。

廣忠已十分瞭解於春的心意，說道：「去看看他吧，畢竟你們是血親啊！」

自從獲得廣忠的許可之後，於春已去長屋看了八彌四次了。

八彌的命是保住了，但是由於流血過多，身體仍然非常虛弱。於春整整衣袖走出房門，正待出門時被一名女子擋住了。

「田原御前找您。」

「御前找我……」於春看到楓表情僵硬地站在走廊上。

五

（她是田原御前的侍女？）於春毫無戒心地看著楓。

楓避開她的視線，朝她點點頭：「田原御前有話想當面跟您說，派我請您過去。」

「有話想當面對我說……」

「大概是想請您好好照顧殿下吧……」

32〔編註〕能樂的〈俊寬〉，在喜多流的演目中稱為〈鬼界島〉。

「原來是為了這事，實在不需要……」

於春本來想說實在不需要這麼慎重其事，但還是忍住了。

（究竟是為了什麼呢？）

於春想了一下，說道「那麼麻煩你帶路」，便跟在楓的後面。

在十七歲的於春眼中，楓十分的成熟。於春得殿下的寵愛於一身，卻不知道田原對她心懷怨恨。

在奧院玄關，於春先讓侍女回去，然後兩人走出稱之為「竹千代城」的八幡曲輪，朝田原的新城走去。

這是個秋高氣爽的好天氣，陽光照在身上暖洋洋的。這是於春第一次到御前面前，但是她內心一點也不畏縮。或許是因為同樣受到殿下寵愛而產生一種同命相憐的親近感吧。

「御前近來可好……？」

楓聽到她這麼問不禁笑了出來。

「你大概是略知殿下與御前之間的狀況而暗自開心吧？」

於春毫不多疑地接收這番話。

「不不。」她低聲說。

楓聽在耳裡只是笑了笑，沒有再說什麼。

樹上的蜜柑顏色愈來愈深。在這秋天的季節裡，唯一不變色的大概只有槙樹和松樹了。

放眼望去，只見漆樹和紅楓為大地染上了一抹虹彩，菅生川倒映著飄浮的白雲。

走到玄關，楓回過頭對於春說：「新城和八幡曲輪，你認為哪邊比較漂亮？」她諷刺地問道。

於春不太明白她的意思：「咦……？」擦了擦腳上的鞋子。

來到這裡心跳有些加快了，但絕不是害怕。

「夫人，人帶到了。」

聽到楓這麼說後，於春立即隔著廳堂跪地行禮。

「在下於春。」

對方並沒有回答，於春慢慢抬起頭來，不禁愣了一下。只見田原一雙水汪汪的眼睛正銳利地打量著自己。

田原依舊一語不發。朦朧中，於春彷彿看到她的雙唇微微顫抖著。

「御前。」楓說道：「御前，難道你沒發現嗎？她好像懷孕了……」

於春頓時雙頰緋紅，一時不知如何是好。

六

於春不曾注意到自己是否懷孕了，但是經她這麼一提，確實覺得自己無論是膚色或眼角都顯得有些憔悴。

「於春……」御前說道，嫉妒地上下打量著於春。

（這個女人曾經接受殿下的愛撫……）

僅思及此就足已令人氣得發昏。而今，於春竟然有了愛撫後的結晶。

田原不由得怒由心生，眼前看到的彷彿是一瘋狂的蛇群。她感到全身血液時而洶湧上衝，時而又似落入無底深淵。

「於春！」

「是。」

「你竟敢這樣站在我的面前……」

「是您找我來的。」

「你這樣做，對得起殿下嗎？」

「御前，我不明白您的意思……」

「可惡，說，這孩子究竟是誰的？」

於春愣了一下，隨即滿臉通紅地垂下頭。至今於春還不認為自己懷孕了。

「殿下……不是一直很寵愛你嗎？」

「……是。」

「告訴我，安祥城戰敗之後……他還一直寵愛你嗎？」

「是……是的。」

於春不明白田原御前為何如此憤怒，也不明白她問這些話究竟是什麼用意。

（難道她這樣責罵我是因為殿下手受傷後，我還央求殿下的愛撫……）

如果是這樣的話，她就誤解了。

「我沒有。」

「你說什麼？」

「我沒有要殿下碰我……」

「什麼，你……」這句話聽到田原耳裡，如箭穿心一般。

「啊！」楓慌忙站起來，但是田原已經拿起放在客廳的桔梗花束朝於春打來。

「好啊……你……你竟然敢汙辱殿下，我絕不容許。我絕不容許。」

每打一次，花瓣便隨即散落滿地，整個屋子溢滿花莖的苦澀之味。

「請原諒我，御前……請原諒我。」於春彎著身體哀求道。

只見她頭髮散落，花粉落在衣領上，雙頰被花梗打出了傷痕。

「請原諒我……」

「我絕不原諒你。說！誰是孩子的父親？」

「父親……」

「難道你還不招認？這孩子不是殿下的，是你和八彌的孽種，城裡哪個人不知道……你還敢說殿下對你……」

田原瘋狂地嘶喊著，於春終於明白是怎麼回事了。

七

聽到田原提起八彌，於春心中立即湧起一股莫名的反感。於春回想起過去的那段生活，自己只是一個籍籍無名的足輕之女。她明白這是夫人出自本能的嫉妒，但是同時也有種被人謀算的感覺。

（這不是道歉就能解決的……）

夫人是在找我出氣，找我發洩。想到此，於春咬緊牙任她責打。

田原夫人依然瘋狂地打罵著，楓就在一旁冷眼觀看。縱使是打罵，也要適度地反應，面對於春毫無抵抗的態度，田原頓時覺得全身疲憊。

「你怎麼不說話？」田原氣喘吁吁地停下了手。

「你怕了吧？」楓笑道：「這種事可不是鬧著玩的，殿下要我們暗中調查此事。」

聽到她提起殿下，於春又愣了一下，但仍沉默不語。

從前足輕的生活非常貧窮困苦，於春就是在這種環境下生長的。她在七歲之時才第一次穿上新衣服。

「哇，於春好幸福啊！」朋友還對她羨慕不已。在這種環境下長大的於春，自然承襲了父親頑固與堅強的個性。

「我們是受了殿下之託，該如何懲治她呢？」

說到這兒，於春不等田原回答，就搶先說道：「這不可能……我去看八彌大人是殿下的意思。」

「胡說！」這回換楓的臉上發青。如果事情真如於春所言，那麼田原就毫無治她的理由了。楓的臉色發青，而於春的面頰卻一片透紅，兩人靜靜對視著。

「是現在就裁決，還是……」楓悄悄地拿起一把短刀。於春看到這短刀，緩緩地望向田原。田原的手中還拿著桔梗花束，但是雙手卻不停地顫抖著，肩膀由於呼吸急促而上下抖動。她眼中的怒氣早已消失殆盡，代之而起的是一種恐懼。與其說是憎恨與困惑，毋寧說是面對生命交戰時的壓迫感。

又是一場悲哀的戰爭。

外面的天空明亮耀眼，如果此時有人闖入，這件事就不會繼續下去了。

此時不知從何處傳來一陣歌謠的聲音。

一粒米

一

雨靜靜地下著，還夾雜飄落的雪。阿古居谷中的霧氣瀰漫，冬天的腳步已漸漸近了。

久松佐渡守俊勝站在內庭的居間外，向於大說著家族歷史。他誇耀地指著阿古居谷民居的炊煙。「於大，你看到了沒，到處都是裊裊炊煙，對領主來說，沒有什麼比這個更令人高興的了。」

於大點點頭，順著丈夫所指的方向，看著遠處阿古居八村的山谷。

「好在我調度得當。你瞧，從尾張到三河這一帶，阿古居谷的米真是又香又甜。因為這裡的土質好，稻穀長得肥碩，那種美味就跟我現在的心境一樣。你瞧，左邊的菩提寺與洞雲院，每次士卒來此參拜，總會品味這句話……」說著，俊勝從懷中拿出一張紙遞給於大。

「一粒米有這麼豐富的內涵……其中說明了我們家由來已久的德政普澤民心。對了，我有沒有對你說過關於先祖的事蹟？」

於大微微地搖搖頭。

「哦，那麼就讓我告訴你吧！我的祖先是菅公的孫子英比麿，當年他乘船航向大野，後來在阿古居登陸。」

「這事我知道。」

「什麼，我說過啦？喔……」俊勝不在意地點點頭。「我的祖先來到這兒，絕對不是靠無理的搶奪或驅逐地主而成為山谷的領主。他做任何事都是以德……以德本，無時無刻不以此告誡自己，而且與百姓也十分親近……」

這些話於大已經聽過二、三遍了，但是她仍表現出非常有興趣的樣子，邊聽邊點頭。

「和我們比起來，岡崎那些人就差多了。」

俊勝的話題轉到了岡崎，於大有些不自在。

「你的娘家水野氏在緒川建了非常華麗的七堂伽藍，叫做乾坤院，常常為祖先及百姓祈福。這些話以後再談吧。但沒有人知道岡崎的來歷，只知道他們以巧取豪奪的手段向近鄰逼迫，沒有多久就成了當地的土豪。但也因此緣故，很快在幾次戰爭中再次沒落下去……」

於大悄悄轉過頭去，看著窗外洞雲院旁的松樹。松樹後的屋簷上停了三隻鴿子。其中有一隻看來像是幼鴿，想到此，胸口不禁為之一熱。想到自己委身於毫無德行的岡崎，而且至今仍不能忘懷，內心不禁感到一陣悲哀。

那隻像是母鴿的鴿子，靠著小鴿子，溫柔地為牠整理羽毛。

「你在看什麼？」俊勝突然微笑地看著於大問道。「噢，你在看那些鴿子啊！哈哈哈，我的心跟你一樣，好可愛的小鴿子啊，希望有一天我們也能和牠們一樣……」

——二——

於大微笑地朝俊勝點點頭，但內心卻相當自責。丈夫如此率真地疼愛自己，而自己心中卻始終被廣忠與竹千代所據。

竹千代是我的孩子，就算一輩子惦記著他，神佛都會原諒我的，但是心裡想著其他的男人……想著前夫，身體卻跟著俊勝……於大不禁厭惡起自己的汙穢。

再嫁俊勝之前，於大早已暗下決心，但是為何至今仍無法忘懷呢？

俊勝站到了於大身邊，說道：「岡崎雖然在上次戰後僥倖留下了，但是仍然固執地想奪回安祥城，我想這大概就是上天給他的懲罰吧！當然他有理由奪回安祥城，但是忘記奪城的教訓，只記取仇恨就不對了。我想，下回他會透過田原、吉田兩家向今川家求援。」

「什麼，他還想打仗……」於大驚訝地回頭看著丈夫，俊勝無奈地笑了笑。

「聽說他已被田原彈正拒絕了！」

於大終於鬆了一口氣，她不希望滿身是病的廣忠再上戰場。

「他不僅受到戰敗之苦，奧內也四分五裂。聽說他之所以遭到拒絕，是因為田原御前與側室不和，御前回娘家告狀所致。詳細情形我也不太清楚，大概是這樣吧！」

「是田原御前在搬弄是非嗎？……」

「我想這大概是女人之間的戰爭吧！織田想利用這個機會向岡崎施展一些手段。我想為今之計，他只有到今川家交換人質，好請求協助了。」

這時，有個小姓過來找俊勝，好像外頭發生了什麼事。

俊勝離去後，於大關上障子門，黯然地回到房間坐下。

如果岡崎向今川家求助，一定要交換人質的話，他會選誰呢？

當然不可能是田原御前。會是阿久所生的勘六嗎？還是自己懷胎十月生下的竹千代……？

天色逐漸暗下來，窗外的雨聲使她內心更為紛亂。於大黯然地站了起來，不知如何是好。

自從離開之後，岡崎不斷傳來惡訊，先是戰敗、生病，然後又是奧內不和……一切都讓於大心痛不已。

（究竟是受了誰的詛咒呢……）想到這兒，於大不禁全身顫抖。

莫非是上天因為她對丈夫不貞而給予的詛咒？

想到自己和廣忠二人都始終依戀著對方，再加上接二連三發生的不幸事件，或許這就是佛家所說的輪迴吧！

於大悄悄看看四周，然後走到房間角落的一個箱子旁。箱子裡放的是自己還在廣忠身邊時所留的一些紀念品，俊勝至今還不知道這個祕密。

——三——

於大首先拿出一個有著葵紋的天目台，然後是竹千代出生時的紀念品「是字香盒」，接著是一個上面畫有金色花紋的香盒，這是於大生母華陽院最心愛的東西。

室內光線愈來愈昏暗，於大將這些東西排在房間的榻榻米上。看著它們，內心不禁湧起無限感慨。

這個天目台，是廣忠到她房間時用來端茶碗的；上面寫著「是」字的香盒是竹千代的；而看到這個畫有金色花紋的香盒就想起了華陽院，每個物件都與岡崎有著深切關係。

（還有誰會比我更不貞呢……？）

當初於大是死了心才嫁過來的，而今卻依然懷念著往事，每一景、每一幕都活生生地留在她的心中。她可以看到竹千代的可愛面容。可以聽到廣忠的聲音。看到華陽院戴著紫色的頭巾。

「啊……」

於大激動地哭倒在這些東西上。

只要這些東西存在，於大就無法真正成為俊勝的妻子。她到底該怎麼處理這些東西呢？……保有它們就是不貞，燒了又不捨。這瞞得了別人卻騙不過上天，她實在不該再留下這些東西了。

為了竹千代、廣忠和華陽院的幸福。

為了她的丈夫俊勝……

她能離開俊勝嗎？還是斬斷對廣忠的情絲？

這種幸福是勢不兩立的，若保有對廣忠的愛就是不貞，若想做一個賢淑的妻子就必須斬斷情絲。

「於大……」

突然聽到有人喚著自己的名字，於大驚慌地坐了起來。

「你怎麼在哭呢？是不是心裡有什麼不快，是侍女不聽話嗎？」俊勝不知道什麼時候悄悄站在了她的後面。

於大內心一片慌亂，此時此刻絕不能讓丈夫看出自己的心事。如果被他知道了，不僅是於大的不幸，也是俊勝的不幸。要是俊勝受到傷害，可是比自己受到傷害更令人心痛。於大突然轉過身來依偎在俊勝的身上，說道：「請原諒我，我實在不該掃你的興，請原諒我。」

俊勝從未見過她今天這般的態度，他驚訝地摟著於大。於大柔軟的嬌軀在他身上微微顫抖著。

「我……」俊勝說道：「我無時無刻不感謝上天將你賜給了我，今天為了表示我的心意，我要減少百姓兩成的賦稅。一個人擁有太多的幸福絕不能獨享，就像一粒米中蘊含了天地間無數的諄諄教誨，必須與人分享。」

於大依偎著俊勝，哭得更厲害了。

四

「我……」俊勝繼續說道：「我常想我們至今還沒有孩子，或許是因為我做的還不夠，上天給我的一種懲罰吧！從今天起，我要盡量避免殺生。好了，別哭了。別哭了。」

四周已逐漸暗了下來，俊勝尚未發現那些令於大執著不已的東西。於大本能地擋住俊勝的視線，她實在不忍傷害這麼善良的俊勝。

這時候，侍女拿著燈走進來，四周霍然明亮起來，俊勝這時才瞥見了這些東西。

「辛苦了，我要在奧裡吃飯，去告訴廚房一聲。」

侍女放下燈後轉身離去。俊勝等侍女走遠後，微微歪著頭，拿起華陽院的香盒。

於大屏住氣息，她不知道該說些什麼才好，只是盯著俊勝。

「哦，這香盒上的畫畫得不錯！」

俊勝打開香盒蓋子嗅了一下，說：「這是什麼東西……」

「是……」於大決定無論如何都不能傷到俊勝。「這是在岡崎的生母給我的紀念品。」

「哦，是於富啊……」俊勝點點頭。「現在我應該稱她華陽院。唉，真是一個不幸的人啊！」

「是的，她是個被世間遺棄的人……現在在岡崎城的角落裡度過餘生。」

看來俊勝對於大生母的事也知道得頗多。

於大的生母是個美人，但是也正因為這個緣故改嫁了許多次。她出生在身分低賤的宮野善七家中，由於她的清純美貌，曾是大河內鄉領主左衛門佐元綱的養女。後來為了元綱的政略，輾轉改嫁過許多次。

不知道改嫁了幾次之後，才嫁給了於大的父親水野忠政。那時，她已經是五個孩子的母親了，但是後來又不得不嫁到松平家，實在是個可憐的女人啊……

水野忠政曾經與廣忠的父親清康有過衝突，後來在談和之時，松平清康在刈谷城外一個木屋的酒宴上看到了於富。當時的於富比二十六歲的清康還長六歲，但是據說她看起來只有二十歲左右。

清康與廣忠的個性完全不同，他豪放、瀟灑。在他看到於富之後便激動地讚美道：「真美啊！把她送給我吧！」於是，五個孩子的母親又成了戰場上的戰利品。

（她一定是看到母親的紀念品而難過得哭了。）

善良的丈夫心裡這麼想，這更讓於大感到難過。

五

「其實華陽院在去岡崎之前已經先離婚了，暫時住在城外的小木屋。」

「是……」

「如果她還是水野忠政的家室就不能嫁往岡崎。唉，這種事實在太殘忍了，你還記得那幢小木屋吧？」

「是。」

「到現在刈谷的人還稱那幢小木屋為母親的小木屋，稱她為母親，或許這也是松平家沒落的前兆吧！」俊勝說著，拾起了廣忠的天目台。

於大不禁閉上了眼睛。

天目台上有著清晰的葵紋，如果俊勝從這兒聞到了廣忠的氣息，到時候她該如何自圓其說呢？

於大閉上眼睛，雙手合掌。

其實，丈夫並非一個不討人喜愛的人。他沒有霸氣，為人善良純真，像是春天溫暖的泥土。但為何至今仍不能獲得於大的心呢？這個祕密就藏在他手上的天目台中。

「上面有葵紋啊！」俊勝說道：「實在不錯。」

俊勝放下天目台後，於大又放聲哭了出來。俊勝心想她大概是看到了母親的紀念品，所以又激動地哭泣。

於大想到善良的丈夫，以及自己欺騙他所犯下的罪惡，內心痛苦不已。

「我瞭解你的心情。」俊勝說道：「於富……實在沒有人比華陽院更悲慘的了。或許這就是紅顏之命吧……別哭了，至少我可以和你一起祈求她能有個平靜的晚年。飯送來了，快別哭了，別讓下女們看到你的淚水。」

四周已被黑暗整個籠罩住了，風撫過洞雲院旁的老松，帶來陣陣的松濤。

等到於大停止哭泣後，俊勝才安心地開始吃飯，吃完，他又回到外面的起居間。

俊勝走後，於大才開始吃飯，但是她實在吃不下。華陽院、竹千代、廣忠和俊勝在她混亂的感情世界中不停地迴繞著。

於大很早就鋪床躺下，但怎麼也睡不著。

約莫凌晨二時，於大忍不住起身坐好，雙手合掌，如果不將一切痛苦拋到九霄雲外，她會痛苦得難以忍受。

為了平靜心境，於大開始誦觀音經。這時，東方的天空透著微紅。於大突然愣了一下，庭前傳來沙沙的掃帚聲，然後是敲雨窗的聲響。

「是誰？」於大急忙穿上衣服，打開雨窗。

六

站在庭前的就是化名竹之內久六的兄長藤九郎信近。

於大小心翼翼看看四周，雨已經停了，空氣中泛著濕冷的霧氣，也還聽不到鳥叫聲。

看到於大，久六立刻單膝跪地：「我有事跟你說。」

於大又環視了一下四周。

「岡崎與尾張之間的不和，好像一直沒有平復下來。」

「難道又要開戰了……」

「是的，聽說明年織田想給岡崎一個回禮。」

於大無奈地搖搖頭，沉默著，這件事她已經從丈夫俊勝那兒得知了一些。

俊勝的看法是，這次岡崎毫無勝算，松平家只有等死的份了。

「織田彈正大人是戰場好手，而岡崎城主則生性多疑，經常懷疑家臣。傳說松平家族裡，上和田的三佐衛門會、安祥的藏人信孝會一起發動攻擊，一舉消滅岡崎。」

「可信嗎？」

久六低下頭，搖搖腦袋說：「恐怕是真的！」

「那麼，他有何打算？」

「岡崎城主也被這種傳聞嚇到了，恐怕會向駿河的今川家求援吧！聽說已經派使者去過三次了。」
「這麼說，人質的傳聞是真的囉？」
久六抬起頭看著於大。
「這個人質大概已經決定了。」
「什麼，已經決定了……」
「是的，他們要把嫡子竹千代送到駿河去。」
久六屏住氣息，看著幾乎說不出話來的於大說：「我想，夫人最好把手上的一些東西收藏到寺院裡去。」
於大說不出話來，淚水緩緩地順著臉頰滑落。算算日子，明年他就六歲了。十二月二十六日是竹千代的生日，一個年僅五歲的孩子已經沒有了母親，現在又要離開父親的身邊。
「看來這一切都是真的。」於大好不容易說出了一句話，淚盈盈地看著久六。久六點點頭。
「或許田原御前對竹千代的反感也有一些影響。由於你和織田有所關連，萬一發生什麼事，恐怕會把你也牽連進去，所以你從岡崎帶來的東西最好盡早脫手，否則……」
久六似乎也難過得快憋不住了。他抬起頭，拿著掃帚消失在霧色中。
於大見他遠離之後，終於崩潰地跪了下來，雙手合掌。
小鳥不知道何時開始啁啾鳴叫著。

竹之內久六知道於大從松平家帶來了一些東西，要是被織田家的人發現了，很可能會被懷疑為內賊。

然而，於大擔心的卻是另外一回事。她覺得由於自己內心的不純潔違背了佛義，才會導致四周的種種不幸。於大徵求了俊勝的許可之後，到城內找了一位畫師。她請這位畫師為自己與生母華陽院畫了一幅畫，然後添上兩人的牌位，再加上那些東西，打算以供養為名送到水野家的菩提寺去。

這幅畫整整費了十天的工夫。於大和畫師談了很久，但是他始終畫不出華陽院的神韻。或許是於大的說明不夠詳細，畫出來的樣貌與實際人物相去甚遠。

（這不是母親……）

於大內心這麼想著，但是她又換另一個角度想著。

（其實這樣也可以了。）

人本來就像陣雲煙，難以衡量、捉摸，重要的是求得一家人平安無事。心誠則靈，其他的也就無須計較了。

（母親是自己的鏡子，不，或許自己是反映母親影子的一面鏡子吧……）

於是，於大把這幅畫命名為〈鏡影〉。某個晴朗的冬天，她離開了阿古居的住宅，和她一起出門的還有竹之內久六。於大並沒有乘轎，她一心只想忘了自己的存在。

松平廣忠的妻子在離別之日就已經離開這個世間了，現在的她是久松佐渡守俊勝的妻子，一個平凡、善良的女人。只要能保持這樣，我相信佛的慈悲，一定會保佑竹千代的。

看著久六拿著那些東西及畫像，於大不禁想，這個世界原是一場悲慘的夢。誰會想到久六竟是刈谷城主的弟弟藤九郎信近呢？

二人沿著落滿枯葉的山路，朝緒川出發。緒川的乾坤寺就是水野家時代的菩提寺。看到巨大的山門，於大內心為之一動。

兄長下野守信元還是織田的人，如果把松平家的這些東西放到這兒，不知道會不會發生什麼事。

「久六大人……」

「是。」

「我們還是把這些東西拿到刈谷的楞嚴寺吧！在那兒有我兄長信近大人的墳墓。」

信近知道自己的墳墓就在那兒。

「就照夫人的意思吧！」

於是二人踏著蕭蕭落葉朝刈谷出發。

天空一片晴朗，風吹著枯木傳來悲戚的嗚嗚。

他們乘船從緒川前往刈谷。船抵達熊邸後面的琴松下。從前在這兒有位彈琴的長者，此處是一些自京都東下的源平藤橘貴族們旅途中的住宿地。傳說長者家的一位小姐愛上了某位貴族，當這貴族離去後，她每天撫琴訴說悲痛，最後竟在松樹下相思而死。

化名竹之內久六的藤九郎信近，曾經在這棵樹右邊的樹叢中打鬥過。那兒的樹叢現在已經枯萎了，

而最令兩人悲傷的，莫過於穿過熊邸旁往楞嚴寺途中的那座小木屋。那兒的樹叢現在已經枯萎了，想到住過此屋的生母華陽院人生的種種，兩人不禁黯然落淚。

母親留下五個可愛的孩子嫁到松平家，和母親相比，於大才覺得自己的悲傷實在不及於萬一。聽到枯樹在風中悲鳴之聲，油然想起華陽院的聲音，情不自禁地放慢了腳步。

久六一定和她有同樣的想法。

「夫人，別再看了，我們走吧！」每當於大停下腳步，久六就轉過頭催促著。到達楞嚴寺時已是下午二時多了。

兩人在寺院僧侶的指引下，參拜了父親忠政的墳墓。

兄長下野守信元與這裡的和尚是連歌之友，他在這裡重築墓地，同時在一角也立了一個五輪墓碑，但是上面沒有藤九郎信近的名字。

藤九郎首次以兄長的口吻對於大說：「藤九郎信近的墳墓已經長滿了青苔，你也應該把煩

惱埋藏在這裡。一切都是可以改變的……」

於大點點頭，二人沉默了片刻。

老和尚急忙迎上前來。這位年近七旬的老和尚仍未擺脫常人的喜怒哀樂，但是在他潔白的眉毛下有著一雙深沉清澈的眼睛。

「如果你們參拜完畢，請到裡面喝碗茶吧！」

二人在老和尚的指引下來到了客殿。

久六，也就是藤九郎把那些東西放到了和尚面前。

「好奇特啊……」和尚看了二人一眼，說道。

他點著頭，彷彿能看穿於大的心事，也似乎看出久六就是藤九郎。

「你們有這番心意，相信一定能修得善果，放心吧！」他喃喃自語說道：「就是一粒稻米也能結得無限的果實。」說完，他喝了口茶。

於大有滿腔的感慨之言，卻一句話也說不出來。

（我每天過著生不如死的日子……）

久六坐在於大後面，深沉地拿起茶杯。只有枯木依舊咻咻地嗚咽著，聲音從正堂的屋簷傳向墓地旁的樹叢……

人質出發

一

田原御前來到起居間迎接兄長戶田宣光。看到兄長，她顯得有些羞怯。

已是天文十六（一五四七）年的初秋了，記得兄長陪她從田原城嫁到這兒來，一晃眼已經兩年多。

天氣十分酷熱，宣光不停地搧著扇子，並坐了下來。

「幸福吧？」兄長微笑問道。

「是。哦，不……」田原御前不知該如何回答才好。回想過去這兩年多來，說幸福也談不上，說不幸福也不盡然。

她嫁來的第一年仍是閨女之身，後來和於春展開了一場爭鬥。這場爭鬥最後終於被田原的父親彈正少弼知道了，宣光的弟弟五郎一怒之下揚言要刺殺廣忠，曾引起了一場騷動。

之後，由於今川要攻打田原的族人戶田金七郎所在的吉田城，岡崎在這場戰爭中出力相助才平息了此戰。時遷事隔，至今已兩年半了。

在這場爭鬥的背後，唯有宣光從頭到尾一直保護田原御前，也只有宣光知道田原御前對廣忠的一片痴情。

「最近和廣忠處得還好嗎？」

「很……很好。」田原御前說得十分勉強。

在一些老臣的調停之下，於春終於退到一邊去了。田原御前與廣忠才真正有了夫妻之實，但事情並不如田原御前所想像的那麼理想。

廣忠一直顯得十分沉默，其中有許多不足為外人道的事。

「我是你兄長，當然關心你，但是大多數的男人都很難瞭解女人心中的幸福究竟是什麼。」

田原御前對此避不作答，說道：「竹千代大人的旅程已經決定了嗎？」

當她問起竹千代的事，宣光頓時皺起眉頭。

「真喜……我想先暫時帶你回田原城，你覺得如何……」宣光小心翼翼看了看前庭，然後繼續說道：「這次的戰爭非同小可，你先陪竹千代回去見見母親，也算是確定名分吧……」

織田進攻的傳言鬧得滿城風雨且迫在眉睫。今川義元當然無法漠視，他的目的不在西三河而是在京都，但這條通往京都之路，尾張的勢力早已擴張至此，因此先從岡崎的松平家取得人質，鞏固先鋒才是上上之策。

近來岡崎城內盈滿頹喪的氣息，大家都在考慮如何將竹千代送到駿府。

戶田宣光當然也以今川部將的身分來到這裡參加會談。

二

聽到宣光試探性的口吻，田原御前端詳了他一下，但仍舊不明白話裡的意思。

「你是說……去探視母親……？」

「不，是送竹千代過去……」說到這，宣光微微歪著頭。「關於這件事，父親和五郎來信都沒有說什麼？」

田原御前搖搖頭，發生於春的事時，她曾經傳話到田原城，說明自己和廣忠的關係。父親彈正少弼非常震怒，弟弟五郎也建議她離婚。

當然，田原御前沒有這樣的打算。後來這件事漸漸平息下來，除此之外並沒有談到其他事。

「事情是這樣的……」當宣光知道妹妹對這件事毫不知情才稍微放下心來。他拿起扇子拍打自己微胖的胸脯，繼續說道：「直到今天早上才決定送竹千代到駿府的路線以及陪同者。」

「走些什麼路線呢？」

「走陸路的話，四處都是敵人，因此決定從西郡（現在的蒲郡）走海路，從大津（老津）登陸，然後在潮見坂的臨時宅邸等候今川家的人來迎接。潮見坂跟田原很近，不妨帶竹千代到田原城看看母親，如何？要不要一起去田原？」

田原御前微微搖頭。

竹千代離開後，廣忠肯定更加寂寞，這是她獨占廣忠的最好時機。

「不去嗎？」宣光嘆了口氣。「我還是要再叮嚀一次，這次的人質就廣忠的立場而言，我認為非常不利。」

「為什麼？」

「廣忠以為憑著人質就可以獲得今川家的援軍，其實今川家未必會這麼做。一旦取得人質，他們大可要松平家的精銳率先進攻織田家，自己躲在背地裡暗笑。所以得勝了也不利，敗陣也是不利，總之……」說到這兒，宣光看看四周。「這座城將受到很大的考驗。你到底去不去田原城呢？」

田原御前還是搖搖頭。「即使事情真如你所說的，我還是願意死在這裡。」

「哦，好吧！也只能隨你了。你們女人的心，我們男人實在無法瞭解啊……又或許，我略略能懂，但還是勸不動你。」事已至此，宣光不再愁眉不展，改而露出笑容。

「以前於大心在這兒，是不得不離開，而於春到最後是被你趕跑了，或許你和廣忠之間真的有著很深的緣分，那麼你就好好努力吧！」

宣光站了起來說：「保重身體了。」然後看看死心眼的妹妹，沉重地嘆了口氣。

三

田原御前送兄長離去後，回到起居間，不久廣忠也來了。

走在前面的是獨眼八彌。八彌在進攻安祥城時腿部受了重傷，如今走起路來有些跛。

田原御前現在的居所叫做新城，八彌站在新城的入口大聲說道：「殿下與竹千代大人到！出迎！」說完之後便轉身背對大門。

自從於春那件事之後，這個頑固的三河人氏對新城的女人們便毫不理睬。在田原御前的調停下，侍女楓並未獲罪，而獨眼八彌則成了廣忠的近侍。現在的他，一定更無法忍受出來迎接的楓。

這些出來迎接的女人還是像往常一樣地多話。廣忠毫不停步地直走了進去。他的臉色十分沉重，眼睛周圍出現了黑眼圈，而且略帶浮腫。接著走進去的是抱著竹千代的酒井雅樂助。

小姓按照往例進了玄關旁的側室，只有雅樂助抱著竹千代直接往裡頭走。

「雅樂助，讓我抱抱竹千代。」

語氣非常沉重，雅樂助當然無法拒絕，便把竹千代交給了廣忠。

竹千代虛歲六歲了，他是十二月二十六日出生的，至今其實只有四年七個月。竹千代的成長讓人顧名思義地想到孟宗竹。而他的身子可是比父親健壯多了。

長長的眼睛和緊抿的嘴，看起來十分沉靜，其實他有很強烈的求知慾，口齒也相當伶俐。

竹千代躺在父親懷裡說道：「父親大人，竹千代好重，竹千代下來走路。」

但是廣忠不笑也不答話，依舊抱著他往奧院裡頭走去。

田原御前在戶田宣光對面的門口迎接這對父子。

「還要麻煩你出來迎接，辛苦了。」對母親毫無概念的竹千代，在廣忠的教導之下禮貌性的說道。

廣忠露出苦笑：「竹千代，這是母親大人。」

竹千代連忙鞠躬，再三地說：「辛苦了，辛苦了。」

田原御前眼中閃爍著淚光，倒不是因為竹千代的那一番話，而是廣忠的那句「這是母親大人」，使她內心激動不已。

廣忠抱著竹千代進到房內在上座坐下，田原御前也跟了進去坐在一旁。

如果可能的話，田原真的願意為丈夫做任何事，無論是擦腳或拭痰，只要能建立一個屬於他們兩人，沒有別人可以侵擾的世界。田原為了博得丈夫的好感，不忘向竹千代行禮。

「竹千代殿下，你長得好壯啊！」

正當她要跪下行禮時，竹千代搶先回答道：「不必多禮，你請起來吧。」

四

「哈！好豁達的氣度啊！」

聽到竹千代的無心之言，田原御前愣了一下，忘了伸出手來。

「竹千代！」廣忠說道：「你就要走了，來，讓母親抱抱吧！」

但是竹千代滿心不情願地從父親懷中下來，坐在旁邊的坐墊上，並沒有走到田原御前的面前。

廣忠無奈地又笑了笑。「他還不知道母親是什麼。唉，這都是我的錯，不該讓他分開住的。」

「不，不，沒有關係的。」田原向廣忠行了個禮，不管竹千代對她如何漠視，只要有廣忠這番溫柔的話語，她就很滿足了。「不知者無罪，他馬上就要到駿府去了，真喜會祈求他一路平安的。」

「不知者無罪嗎？……」廣忠諷刺地說道：「如果不和你見個面就離開，我覺得對你似乎有些說不過去，所以就帶他來這兒了。」

說完之後，廣忠轉過頭去看著外面。松樹依然蒼綠，白雲依然悠遊地飄盪，天氣酷熱得沒有一絲微風，狗尾草還是像往年般吐出白色的花穗。景色依舊，只有人事不停地變換。

（生者必亡，合者必分……）

廣忠還記得就在這兒，他的父親清康抱著他來到於大的生母華陽院的面前。

而今，自己抱著於大生下的，也是最愛的兒子，來到別的女人面前。清康不在了，於大不在了，於春也不在了，到了明天，竹千代也將離他遠去。留下的只有自己和毫無感情的田原御前。這一切似乎只是個幻影。廣忠心中再度湧起一股熟悉的無常感與孤獨。

「竹千代要去駿河了喔！」響起了孩童無助的聲音：「我要到駿府去做客，駿府那兒有很多很多好吃的糖果。」

「真的呀……竹千代大人。」

「我是來這兒向你道別的，要保重身體哦！」

「好……我會的，我會的……」

「父親大人，我們回去吧！」

廣忠看了看竹千代，突然嘴唇顫抖，在喉嚨深處哽咽地哭著。不，與其說這是哭泣，不如說是害怕哭泣。

他以不自然的語調對站在旁邊的楓說道：「叫雅樂助過來，我還有話對田原說。」

廣忠稍微穩定下來之後，說道：「路程是從西郡城穿過大津，然後會有一段陸路，沿途將由田原家的人照顧，你有沒有聽你的兄長提起呢？」

廣忠轉過臉去，想隱藏眼中的淚水。竹千代不解地抬頭看著父親。

不久，雅樂助來了，他引領著竹千代回去。這回竹千代不願意再被抱著走了，他走到父親面前道別，但是仍然沒有對田原御前行母親的禮儀。

母親——竹千代當然無法接受這個突來之名。不僅無法接受，就算這是一道命令，竹千代恐怕也不會接受的。

想到這裡，廣忠心裡又湧起一陣悲傷。

廣忠一方面很欣賞這種個性，另一方面又非常擔心，因為妄自尊大的今川義元是個相當重禮數的人。這個桀驁不馴的小傢伙一定會頂撞義元。但是除了將他交給義元，以求一家人的平安之外，廣忠實在沒有其他的辦法了。

最近，廣忠變得十分虛弱。今天會帶竹千代來，也是一種軟弱的表現。現在的他，與田原御前剛嫁來不讓她進入本丸的廣忠，簡直判若兩人。

「田原……」只剩下兩人時，廣忠望著庭園的槙樹說道：「宣光和你說了些什麼？他是不是要你送竹千代到田原城去？」

不知何時，田原靠著廣忠的身體，由手掌傳來了陣陣的熱氣。

每個月只有一、二次見面的機會，每當田原御前看到廣忠、聽到他的聲音，就會覺得全身熱血沸騰。現在的她只聽到了廣忠的聲音，卻未完全領會他話中的意思。

「是的。但是我不會離開殿下的，我不會離開……」

「他是這麼說的嗎？」

「是，但這是不可能的，田原不會離開殿下……」

「原來如此，不過如果你能一路照顧竹千代，那麼我將非常感激。」

從去年以來，岡崎到駿府之間的這條路上，藏著許多戶田金七郎遭到今川義元攻擊後的餘黨。除了戶田父子之外，沒有其他人可以控制這些人。

想到這兒，廣忠只覺眼睛一熱，立即垂下了頭。田原頓時哇地一聲，在廣忠身上哭了出來。她也不知道自己為何而哭，只感到自己全身如著火般地燃燒著。

「殿下，您不要難過。真喜……真喜……看到您流淚，真是比死還難過。」

廣忠默默想著其他的事。

暮蟬開始鳴叫，聽到這哀怨、清澈的鳴聲，廣忠突然想為明天即將啟程的竹千代誦讀一段經。

（啊，多麼不祥的預兆……）

哀怨、清澈的鳴聲不斷迴盪著，那裡的松與槇樹愈來愈茂盛了。

當廣忠從沉思中回過神時，發現田原御前正緊緊抱著他的膝蓋啜泣著。夕陽的餘暉射進來，又憑添了廣忠幾許的厭惡感。田原御前滿臉淚痕，靠在廣忠膝上的臉和手腳像火般的灼熱。而髮際間的汗珠更讓廣忠無法忍受，這令他聯想到發情期的母狗。

（她究竟是為什麼而活著呢？……）

廣忠並沒有立即推開田原，只是從她的背打量到腰際。

他很想哭。那種動物性的壓迫感令廣忠喘不過氣來，而這種感覺是他從未在於大或於春的身上發現過的。或許這也表示了廣忠的體力已經衰退不堪了。

先是與於大的離別，現在又加上竹千代。無常，廣忠已經歷太多了。而對女人無休無止的欲望就像是在挑戰著正在嘲笑哀傷與理性的他。

「田原，起來！」廣忠突然怒從中來，猛力地將田原推開。

「啊！」全身顫抖正等待愛撫的田原御前，驚訝地抬頭看著廣忠。

「好熱啊，快點幫我搧一搧！」

田原御前含著怒氣拾起榻榻米上的扇子，默默地搧著風，絲毫沒有反抗的意思。

若是以前的廣忠，一定會抑制心中的怒火，轉身離去。但是今天的廣忠怒氣發完後，只是無奈地聳聳肩，說道：「田原……」

「是。」

「或許明日一別，我將永遠也見不到竹千代了。」

「您不要說這種不祥的話，殿下您可是海道出名的弓箭手呢！」

廣忠沉默了一會兒後，開口說道：「今後的生活將更為寂寞，田原，我們好好相處吧！」

田原御前又激動地咬著雙唇哭了出來。把竹千代送去當人質，對松平家而言或許是件不幸的事，但卻為田原御前帶來了幸福。女人的幸福或許就是這樣，經常隱藏在一些諷刺、矛盾的事情背後。

田原一面流淚，一面為廣忠搧扇子。即使廣忠忘了她的存在，她還是會默默一直搧著，在一旁靜靜凝視丈夫的側臉。

「好了，已經很涼了。」廣忠說道。「你寫封信給你父親吧！」

「好，寫什麼呢？」

「請他多多照顧竹千代。從潮見坂到曳馬野（濱松）的路上，要請他多費心了。」

「好的。」

田原立即放下扇子走到桌前，這時大玄關那頭傳來獨眼八彌的聲音。

「殿下，田原的若君要啟程了！」

站在大手多門兩側的松平家老臣頻頻向戶田宣光說道：「一切就麻煩您多照顧了。」

「請放心，一切就交給我了。」戶田宣光一面向他們答禮，一面走向停在門外的馬匹。

鳥居忠告和酒井雅樂助特別跑到門外，對拿著馬韁的宣光說道：「竹千代大人也算是您的外甥，更是統領我們的希望之光，麻煩您一切多照顧了。」

宣光點點頭，很快地跳上了馬。

明天卯時（早上六點），竹千代就要出發離開岡崎城了，屆時他將乘轎子到西郡，然後走水路到渥美郡大津的海邊。宣光現在就是走這條路。到西郡之前有松平家護駕，接下來的路程就完全交給宣光了。

廣忠深知老臣們之所以再三地拜託，是因為海路方面除了交給戶田家之外，實在別無他法了。

宣光一出城，就有十二騎侍從趕上來護衛，每一名都是全副武裝。身著南蠻式的鎧甲，手執著槍。出了城下，其中一騎與宣光並駕而行。

「兄長大人，你有沒有讓廣忠那傢伙覺悟啊？」問話的人正是宣光的弟弟五郎，宣光催促坐騎加快速度，拉開和其他隨從的距離。

「這次，那個傲慢的傢伙可知道我們的厲害了吧！」五郎在馬上呸一聲，吐了口痰。「不知天高地厚，竟然敢欺侮到我們戶田人的頭上來。上次他不讓姊姊進本丸時，我就決定要讓他好看！」

宣光依舊默不作聲，五郎加快速度追了上去。

「兄長，姊姊是不是會以送竹千代的名義到田原來呢？」

「五郎，你的聲音太大了。」

「有什麼關係，隔得很遠嘛。誰聽得到？」

「在沒有上船之前，我們都得小心，看看風向吧！」

五郎把馬韁放到拿槍的手上，伸出左手：「兄長大人，我們的時機到啦！」

「你說什麼？」

「別那麼驚訝嘛。你想想看，如果我們不將竹千代交給駿府，而是直接帶往尾張的話……」

宣光默不作聲，他看了弟弟一眼，然後回過頭繼續看著前方。

海面颳起微風，空中散布著雲彩。沒多久，落日餘暉將馬的影子拉得好長。

宣光心想，如果戶田一家人把竹千代交給尾張，那麼他的妹妹田原御前該怎麼辦呢？宣光望著高空，無奈地嘆了一口氣。

（這個頭腦簡單的傢伙……）

宣光嘆這一口氣，不僅是為了田原御前，也是為了弟弟五郎。

戶田兄弟計算著潮汐、風向與月亮，打算在半夜乘船離開西郡。在上船之前，他們計劃先在庄屋蒲右衛門家休息一下。不久，他們就抵達了蒲右衛門的家。

「察看一下附近有沒有可疑的人潛伏。」兄長宣光很仔細地向蒲右衛門叮嚀著，弟弟五郎只是笑了笑。

「兄長大人，你別擔心，沒有什麼好怕的，來一個我們就殺一個。」

「住嘴！」宣光小聲地喝止弟弟，並坐了下來。

僕人端出茶點，眾人忙著準備食物，等到四下無人之時，宣光才放心地對弟弟說道：「五郎，難道你不希望真喜回到田原？」

「什麼……你說姊姊還在岡崎？」

五郎這時才發現自己考慮欠周，紅著臉看看兄長。

「這是真喜希望的。」

「這怎麼行呢……姊姊一定會被廣忠那傢伙剁成八塊，這絕對不行！」

宣光銳利的眼神穿透了五郎的眼睛。「你說不行，那麼該怎麼辦呢？」

「怎麼辦……這是我想問你的呀！我們家族的戶田金七郎對今川家十分恭敬，卻還是慘遭毒手，再加上父親為了姊姊所受的屈辱，決定在這次旅途中搶奪竹千代。」

宣光雙手橫抱在胸前，閉上眼睛。

「廣忠不僅不讓妻子進入本丸，極端失禮，竟還對打掃的侍女感興趣，將妻子冷落一旁……像這樣的侮辱能就這樣算了嗎？我……我每次想到姊姊所受的屈辱，心裡就難過極了。」

「……」

「兄長大人為什麼都不說話呢？事已至此，難道你要對我和父親大人的計劃潑冷水？」

宣光不動聲色地看了看四周。「五郎，別這麼大聲……如今潑冷水也無濟於事，父親大人已經跟織田約定好要把竹千代交出去了。」

「交給織田家後，姊姊會怎麼樣呢？」

「五郎……」

「怎麼啦？」

「我是同意父親和你的主意，但是我的想法不大一樣。」

「什麼，不一樣？難道我們不管姊姊所受的屈辱嗎？」

宣光點點頭，同時站了起來，小心翼翼看著前庭。

離月亮出來還要一段時間，四周一片黑暗。黑夜中傳來一波波的蟲鳴聲。

「五郎……」宣光又坐了下來。「為了我們這一族人的生存，一定要多用點頭腦。」宣光冷靜地說道。

「什麼，你是說我思慮不周？……」五郎氣得全身發抖。「身為武士，我就有義務洗雪家人所受的恥辱。」

「等一下，等一下。」宣光慢慢地閉上眼睛。「你所說的那些事，難道不丟武士的臉？廣忠跟真喜目前已經和好了，如果是這樣的話，那麼這個仇恨就應該平息了。」

「什麼？平息……難道說，你準備取消奪搶竹千代的計劃？」

宣光搖搖頭。

「好，既然要做，難道在做的同時，你能對姊姊的生死置之不理嗎？」

「我絕對沒有這個意思，我只是想把自己的心意表達清楚。」

「兄長大人，你的心意是？」

「五郎，我這次同意在旅途中搶竹千代，並不是為了報復松平家，而是為了松平家的將來。」

「什麼，為了松平家？」

宣光點點頭。「是的，所以我說我們的想法不同，如果是戶田金七郎的話，他一聽就明白了。今川義元為人十分陰險，如果他得到了松平家的人質，一定會以人質作為要脅，要松平家率先進攻織田。即使松平家的武勇們心裡多麼的不願意，也會因為幼君被當作人質而被迫咬牙奮勇一戰……到時候，今川義元就可以達到目的上京去了，但是松平家從此就會一蹶不振了。你想想看，在這種情形下，義元會讓竹千代繼承松平家嗎？他一定會派親信入城，並隨便找個藉口將松平家給滅了。廣忠並未看清這一點，或許他早已被仇恨淹沒了理智而步上滅亡之路。與其如此，不如將人質送往織田，這樣廣忠總會夢醒，這是我應該做的事。」

五郎默默看著兄長，為了救松平家而搶奪竹千代……這實在出乎他的意料。

（是喔，原來是這樣，他說的也有理……）

「不過……」五郎看著兄長說道：「不管怎麼樣，總之是要搶奪竹千代。如果廣忠知道我們搶了竹千代一定不會放過姊姊的。到時候，我們該怎麼辦呢？」

「五郎！」

「怎樣？」

「關於這一點，我的意見還是與你不同。你以為把真喜帶回田原就是救她了嗎？」

「這當然，姊姊畢竟是我們的血親啊！」

「我不這麼認為，我要她來田原，是為了讓真喜和竹千代一起當作人質交給織田。」

「什……什麼！把姊姊也當作人質，交給織田？」

「是的。如此一來，真喜的貞節就可以確立在松平家的祖先面前了，畢竟她和竹千代一起出生入死啊！」

五郎不停地搖頭，他認為這麼做可能會讓姊姊被殺掉，實在太危險了。

「什麼，你竟讓姊姊去冒這種險？如果劫持竹千代，姊姊肯定會被殺掉，但事情已經安排下去了。」五郎焦急地搥打著榻榻米，宣光沉默不語。

原先是田原御前不瞭解兄長的用心，而今他的弟弟也無法體會他的一番苦心。

（他們的眼光實在太短淺了……）

想到這兒，宣光難過得嘆了口氣。

如果戶田一家都是這種眼光短視的人，遲早慘遭滅絕的命運……

「五郎……」

「兄長大人，我希望你能盡早想出解救姊姊的方法。」

「你真的認為把真喜帶到田原城來，她就平安無事了嗎？」

「難道不是嗎？她有父親和我們這些兄弟啊！」

「笨蛋。」兄長怒斥道。「你的頭腦實在太簡單了。如果把竹千代交給織田，織田會以此要脅松平講和。」

「有此可能。」

「到那時候，你想廣忠是會愛子心切，聽從織田？還是會對他的孩子見死不救，繼續攻擊呢？」

「啊，我想前者的可能性較大。」
「如果今川義元知道我們和廣忠、織田為友之後，你想他會保持沉默嗎？」
「戰爭將不可避免。」
「等到那個時候，我們是與松平為友？還是聽從義元的命令攻擊松平家呢？」
「都不可能，兩者我都不贊成。」
「笨蛋，像田原這樣的小城，你想我們有能力樹立兩個敵人嗎？你只要開口隨便說一個不順耳的字，今川會立刻把我們踏為平地。」
五郎低下頭來，嘴裡咕噥地應了一聲。
「從另一方面來看，結果也是相同的。如果廣忠不顧念他的孩子，當然也就不會遵守對今川家的承諾。而今川家也會因為我們不出兵松平家，藉機攻打我們。五郎，現在你知道你和父親這個計劃的背後隱藏了多少危險嗎？」
「可是……你的意思是說，這麼做會引起今川家對戶田家的憤怒。」
「會不會憤怒我不清楚，總之會讓他們找到藉口。」
「可是……可是……兄長大人，你說該怎麼辦呢？」
「真喜在岡崎是死，來田原也是死路一條。如果把她送上第一線反而可以獲得生機，這就是我為什麼改變主意不叫她來田原的原因……五郎，你瞭解嗎？……」宣光激動得兩眼發紅。
五郎垂下肩來，陷入沉思中。

十一

宣光說的確實很有道理。如果在中途攔下竹千代，將他交給織田信秀，一方面對松平家發洩了私怨，另一方面又可以和滅了我族戶田金七郎的今川家訣別。

藉竹千代一事可以讓廣忠顏面掃地，又可以給織田信秀送上一份大禮——看來彈正少弼康光和五郎原本的計劃的確有欠妥善。

（果然如此，爭奪人質的確會引起戰爭……）

如果爆發戰爭，姊姊無論在哪裡都是一樣的，五郎思忖著。

宣光好像在談論別人的事情般繼續說道：「戶田家或許會因此遭到滅亡？」

「什麼，滅亡？」

「是的。就算我們把竹千代送給尾張，並從織田家那裡獲得賞金，但是賞金也無法解救我們。」

「那麼要怎麼做才能拯救我們呢？」

「軍事力量……這個也是織田信秀的強項。」

「啊……」五郎點點頭。

在軍勢上，田原敵不過信秀，但又沒有避免戰爭的方法。想到這兒，五郎內心十分不安。事到如今，他已經無法阻止父親這個計劃了。

（到了現在我才瞭解這個後果，但是兄長大人為什麼還是同意我們呢？……）

五郎正想提出疑問，但前庭已傳來腳步聲。

宣光搧著白扇子。「誰啊？」他向暗處問道。

「我是蒲右衛門。」黑暗中傳來應答聲，不久，燈光照在他的臉上。「月亮出來了，船也準備好了。」抬頭望了望夜空，的確明亮了許多。

「我們走吧！」宣光回頭看看五郎，他拿起刀，再度向蒲右衛門叮嚀道：「附近有沒有看到可疑的人物？」

在西郡的海邊，戶田兄弟正乘船準備出海的同時，岡崎城內的竹千代也在準備出發了。

雖然竹千代很早就和母親分別，但一直是在家人的關愛之下慢慢長大，連本丸也被稱為「竹千代大人之城」。

才四歲多的小孩當然無法騎馬旅行，因此他們的行程是先乘轎到達西郡，然後再搭船走水路。

姑姑緋紗、老女傭須賀，還有祖母華陽院，一面為竹千代準備行李，一面不時擦著淚水。

廣忠靠著茶几，動也不動地凝視著竹千代。而竹千代彷彿要去遊山玩水般地，雙眼露出興奮的光芒。

「來，這是你的印籠。」緋紗將它掛在竹千代的腰上。華陽院默默截短一把短刀的前半部。

所有的事情打點完畢後，老女傭須賀拿著一個小床几放在廣忠的前面。

「準備得差不多了！」

竹千代踏踏腳，慢慢地踩到小床几上。他的臉讓人想起了五月人偶桃太郎，小小的嘴唇是那麼地鮮潤紅嫩。

「好漂亮啊，在路上要保重哦！」緋紗說道。

「竹千代，再讓祖母看看你的小臉蛋。」華陽院在小床几前繞了一圈，輕聲嘆了一口氣。

緋紗眼裡早已溢滿了淚水，須賀咬著嘴唇，偷偷用袖子擦擦眼角。只有華陽院沒有哭泣，她目不轉睛地看著這個不幸的孫子，那眼神和竹千代的生母於大那麼相似，彷彿早已洞穿未來將要面臨的悲傷與痛苦。

「你的祖父死在戰場上，你的父親現在也逐漸覺悟到了。竹千代，無論你走到哪裡，別忘了你是這個城的大將……記得，別忘了！」

竹千代低下頭來，彷彿聽懂了祖母的意思。他低頭的模樣和於大小時候簡直一模一樣。

（女人是堅強的！）

華陽院的內心這麼想著。悲慘的時代使華陽院和於大沒有一個可以安心居住之處，幸而她們還能生存下來。

「哦，對了……別忘了祖母喔。好，去跟父親拜別吧！」

這個時候廣間已經擠滿了人，老臣們從昨夜起就在這兒等待。

陪伴在竹千代身旁的人以及夥伴也都在這個悲傷的日子登城送行。

「父親大人，我要走了。」

「噢。」廣忠坐正身子，突然說不出話來，只感到兩眼發熱。他不想在這種場合流淚，但如果再不說一、兩句話，恐怕連自己也無法控制了。廣忠嚥了一口口水，忍住眼淚，看著竹千代可愛的小臉說道：「竹千代……」

「是。」

「你還小，有很多事還不明白。但是，你這次的旅行可以拯救整個城和全家族的人。」

竹千代低下頭來。

「為父要向你道謝，在送別的時候……我為自己的無能感到羞愧而低下頭來……有一天，你長大懂事了，就會回想起今日的種種。」

說到這兒，廣忠在竹千代面前低下了頭，就這樣持續了好一陣子。

淚水未乾，新的情緒又湧上心頭，廣忠低著頭，肩膀、胸部、雙手和膝蓋都無法控制地顫抖起來。

「我們快到廣間去吧！大家都在那兒等著呢！」緋紗擦擦眼睛說。

十三

在大廣間裡，今天要與竹千代隨行的側小姓，以及他們的父母兄弟們都在等著竹千代。其中年紀最大的是天野甚右衛門景隆的兒子又五郎，今年十一歲，看起來溫文敦厚。還有一位是石川安藝的孫子與七郎，比竹千代大四歲，今年十歲。他從祖父那兒聽到這次旅行的原因，只見他挺胸揚眉，凝視著正在燃燒的燭台。

要跟竹千代搭同一頂轎子的是阿部甚五郎的孩子德千代，只比竹千代長一歲，今年七歲。平岩金八郎的孩子七之助，今年六歲。而這一行人裡年紀最小的是松平信定的孫子與一郎，今年只有五歲。

每個都是天真可愛的好玩伴，他們即將離開雙親的懷抱，與竹千代一同前去。

「好像一群武士娃娃啊！」阿部大藏說道。

和他站在一起的鳥居忠吉搧著白扇子說道：「我實在非常抱歉！」他眨了眨眼睛：「我有許多孩子，本來要彥（後來的元忠）一同前往的，誰知他竟然得了痲疹，正在發高燒。我怕他把這個病傳給竹千代大人。」

坐在旁邊的酒井雅樂助站了起來，安慰地說道：「以後有得是機會，不一定非得現在跟著去才是忠義。」

「可是看到這些武士般的孩子，使我不禁握緊雙拳。當我想像他們在竹千代大人的身邊揮槍策馬，就不禁跟著老血沸騰。」

「的確，的確。」植村新八郎點點頭。

「七之助！」

平岩金八郎用扇子敲敲榻榻米。

六歲的七之助瞇著眼睛，似乎在打瞌睡。

「哈哈哈……」大久保甚四郎笑了起來。

「真不愧是平岩的孩子啊！器量不凡。但都這個時候了，怎麼還可以打瞌睡呢！該罵，該罵。」

坐在七之助上首的松平與一郎一臉天真，白皙的額頭上落下一綹頭髮。他漫不經心地看看四周，還不時用小指頭挖鼻孔。

天還沒有亮，眾人的身影因燭台的火焰而在牆上映照出一條條跳動的影子，彷彿在騎著馬。

「竹千代大人已經準備好了，馬上就要與殿下來和各位見面了。」

「噓！」天野甚右衛門大聲地告誡。突然四周靜了下來，只聽到廣忠輕微的咳嗽聲。

每個人眼中放出異樣的光芒，他們都挺直了身體，等待著這個維繫家族命運的六歲幼君……光就這一點，便讓眾人心情沉重。

十四

廣忠坐在左邊，獨眼八彌把床几搬到右側的中央。

竹千代依舊踏著愉快的腳步，左顧右盼地坐了下來。只見他胖嘟嘟的小手不停碰著腰間的短刀，神情顯得十分得意。他面帶微笑地看著大家。

「哈哈！」

不知是誰發出了笑聲，這個笑聲使大家臉上凝重的表情都放鬆了，但是這並不能平息幼主未來的命運。

竹千代天真的微笑為四周帶來了明朗的氣氛。

這是個無法預料明日的亂世。

大家都是處於動盪不安的小國武士。在這悲慘的命運中，竹千代的笑容引發了一種不可思議的氣氛，使大家不禁朝他叩拜。

「您一定會有光明的前途，無論到哪兒都不會受到欺侮的。」

「您有一種讓人心悅誠服的魔力。」

「噓！」不知是誰提醒大家安靜下來。因為廣忠有話要說。

「因為我的無能，使孩子們不得不展開這次旅行。我瞭解親子之間的感情，請大家原諒我。」說到這兒，他再也說不下去了。三河武士最不懂得如何處理這種場面，但是大家都可以體會這種感情與氣概。

「殿下，怎麼老是掃人的興。」大久保新八轉過頭去，悄悄自語道。不一會兒，只見他已雙眼通紅了。

「我要忍耐，也請各位忍耐。還有與竹千代一起前往的孩子，你們一定要小心，遠在他國不可以引起非議。」

「是。」

「是。」

「是。」

小武士們一個個應聲道。負責護送這些孩子到駿府去的是金田與三左衛門。他向廣忠行了個禮，然後轉過頭面對大家。

金田與三左衛門已年過四十，但是他和獨眼八彌一樣，是廣忠身邊典型的頑固派三河武士。

「各位！」他拉大嗓門說道：「我們松平一族足以誇耀的不是口舌之能，也不是附庸風雅，而是鋼鐵般的團結。各位明白嗎？」

大人們點點頭，忍著淚水。孩子們則是一臉無知的表情。

「我不把忠義這二字掛在嘴邊，但是我已打定主意，一定盡全力保護幼君。萬一……萬一幼君發生了什麼事，我絕不會一個人獨活回到岡崎的土地上。」

「是。」

「是。」

「是……」

孩子們嘹亮的聲音回答道。

「大家來乾一杯……」廣忠說道。小姓把酒和杯子端了上來。

窗紙泛白，早晨冰冷的空氣令人瑟瑟發抖。

竹千代似乎對廳裡的動靜頗感興趣，始終保持著笑容。

十五

喝完酒，竹千代領頭帶著孩子們走出了本丸。除了五歲的松平與一郎之外，大家都自己穿上了草鞋，看來他們的家人都已教過他們了。

小隨從有七人，大人二十一人，這些大人之中，有十九人要護送他們到潮見坂的臨時宅邸。在那兒將小孩交給今川家的人。

前往駿府的路上，除了精於醫術的上田宗慶之外，還有金田與三左衛門。

一行人出發不久，石川安藝與天野甚右衛門便以特使的身分先行前往駿府，請求今川義元多派幾名護衛。

走出八幡曲輪的多門，人們的神色逐漸明亮。孩子們從這兒徒步走到大手門，沿途兩側站著許多送行的婦女。

天已經亮了，空氣中仍瀰漫著許多雲霧。不，不是霧，而是細如羊毛的秋雨。送行的人們頭髮上都沾著白色的雨珠，一顆顆珠圓玉潤。

在人群中立了一把雨傘，傘下是田原御前，她已經兩眼通紅。

「竹千代大人，你要保重！」

竹千代轉過頭，朝這邊看來。他點點頭，臉上依然充滿笑容。

「各位，就麻煩你們多照顧竹千代大人了。」

「是！」「是！」「是！」……孩子們天真無邪地回答道，到處都有唏噓不已的聲音。

「德千代，別忘了母親教你的喲！」

阿部甚五郎的妻子一再朝著跟在竹千代身後的孩子叮嚀。這個時候不知從哪兒傳來了笑聲。

德千代非常羨慕地一直看著竹千代腰上的小太刀。

「母親大人，再見了。」他以唱歌般的聲音回答道。

廣忠只送他們到多門便止步了，其他的人則繼續送行。

竹千代的母親離開時也是如此，一旦有人出聲，到處都瀰漫著悲傷的氣息。

來到了大手門。

「各位就送到這兒吧！」酒井雅樂助說道。

人群停下了腳步。

在孩子們面前停了四頂轎子，竹千代和阿部德千代坐進第一頂轎子。其次是松平與一郎和天野又五郎，接著是又五郎的弟弟三之助和平岩七之助。最後一頂轎子裡坐的是石川與七郎和六歲的助右衛門。

起轎了。

跟在轎子旁邊的金田與三左衛門向大家說道：「各位再見了！」

送行的人全部低下頭來。

雨愈下愈大，人們的頭髮早已濕透了，白色的霧靄像煙霧般籠罩著明亮的大地。

潮見坂

一

太陽在秋雨中隱沒。侍女提著燈輕輕走出去後，戶田彈正少弼康光對站在旁邊的兒子五郎政直招手說道：「平安抵達了嗎？」

五郎點點頭。

「父親大人，這樣一來又會引起戰爭了吧。」他突然說道。

康光以為他說的是奪取竹千代的事。

「來的人很多嗎？」

五郎不耐地搖搖頭。「我是指把竹千代交給尾張這件事……」

「你是說這件事啊？別擔心。」

「為什麼？」

「今川義元與武田為了岳父的事有些爭執，而織田又和美濃的齋藤道三有些過節。對於他們，我自有解決的辦法。」

「能不能告訴我呢？」

「廣忠的叔父藏人信孝、松平三左衛門以及安祥城的織田信廣合義起兵的時候，我們也進攻岡崎。如果吉田的餘黨聚集起來，危急之時，尾張也會派出援兵，如此一來，今川義元對東三河就無可奈何了。」

聽康光的口氣似乎頗有信心，他瞇起眼睛，摸了摸渾圓的下巴。五郎低下頭來沉思著。聽完兄長的說明之後，他頗感不安，現在聽到父親如此說明，內心更加不安。康光笑了笑，想消除他內心的疑惑。

「你現在別為這件事擔心，竹千代一行人平安抵達潮見坂了嗎？」

五郎點點頭。

「有幾個護衛？沒有超過今川家的約定吧？」

「陪伴的小姓有七人，都是還不大會說話的小孩。」

「我不是問那些孩子，我是問送他們到潮見坂的護衛。」

「正確數字是二十一人，兄長大人把他們帶到宿舍去了。」

康光笑了笑。「哦，那就好，看來事情進行得很順利。你現在趕快回去，事情若無變化，就叫我們的人把宅邸包圍起來吧！」

「父親大人。」

「什麼事？」

「廣忠那傢伙會不會對姊姊不利？」

康光笑了笑：「你就是為了這事在擔心啊？哈哈……別擔心。別擔心。」

「別擔心？……你總要說個原因吧！」

康光坐直了身體，看看四周。「五郎，你想想看，我們只把竹千代交給織田，其他那些小孩都留下來。只要他們在我手中，廣忠就不敢對真喜怎麼樣。你快去幫你兄長的忙吧！我這裡還要準備一下。」

說完，他拍拍手叫侍女過來。

二

戶田彈正少弼康光模仿今川義元的京風，常常畫眉染齒。現在的他表面上對今川家十分忠誠，在城裡的生活也處處模仿。

男人幾乎不准進他的臥室。他旁邊經常有四、五個年紀介於六、七歲至十四、五的少女，每個人都帶著不同的香袋。

「這些都是鮮花的香味！」他顯得十分得意。

當他入寢時，兩側睡的是有著不同香味的少女。據他說，這是長生不老的祕訣。

「其實這些都很便宜！」他還以經濟學家的口吻放低聲音說道。男子為了養家通常必須要有相當的俸祿。換言之，用女孩子比較省錢。

他拍拍手，以習慣性的聲音呼叫侍女：「你們大概都知道岡崎的竹千代大人已經平安抵達潮見坂的臨時宅邸了吧！潮見坂的臨時宅邸毫無情趣，因此今晚我們就在此地招待竹千代，讓他和祖母見個面。你們趕快去準備一下吧！」

他這些話似乎也是對五郎講的。

侍女行了禮以後，轉身退下。

「我明白了，那麼，我走了……」五郎也站了起來。

沒有多久，飯菜已全送來了。

「我的寶貝孫子年紀還小，你們可要陪陪他哦！」

這裡是竹千代坐的，這裡是大人坐的，這裡是他自己要坐的，這裡是宣光，這裡是五郎，他一一指點著。但是對端上來的飯菜一點也不關心。

這也難怪。

如果竹千代平安無事抵達這裡，這就表示康光父子的計劃泡湯了。表面上他們是請竹千代等人來這裡吃飯，其實他們早已備好船，準備在中途將竹千代送給尾張。

一切都打點好了，康光顯得有些心不在焉。松平家的人並非風雅之輩，因此他們也不知道死的可怕，一個個都是頑固的傢伙。這些精選出來的護衛武士，會不會乖乖把竹千代交給他的家臣呢？

「五郎不善心機……只要有宣光在，事情應該不會有問題的。」康光喃喃自語著。他靠著茶几坐下，凝視著桌上的燈光。此時，一名侍女走進來。

「報告，竹千代大人已經離開了潮見坂的臨時宅邸。」

「什麼……他們已經出來了……陪同的有幾個人？」

「據說只有兩個側小姓，另一人則是金田與三左衛門。」

「哦，只有金田一個人……」康光臉上終於露出了微笑。

三

潮見坂的宅邸雖是臨時居所，倒也不馬虎。外面有二層枡形[33]，在竹千代住宿的地方還造了一個看台。

從大津的碼頭到這個臨時宅邸，到處都有戶田家的武裝家臣。前來迎接的宣光態度也十分恭謙有禮。

「真不愧是田原御前的娘家，無論到哪兒都有如此大的排場。」

33〔編註〕防禦用的城門裝置。

就連頑固的金田與三左衛門也稍微放鬆了。

他們提議讓竹千代與戶田彈正少弼的妻子，也算得上是竹千代的祖母見個面。

「表面上是這樣，實際上不知道……」一向深思熟慮的與三左衛門有些擔心。

「唉，算了，在今川家來迎接之前，擔心又有何用呢？」

在宣光的引導下，他們開始逗竹千代玩。

與三左衛門不知道今晚入城是否安全？其實他比較想要讓竹千代好好休息。

秋雨一陣陣地下著，從臨時宅邸看向海面，只見一片朦朧。空氣中沒有絲毫微風，但是松樹梢卻傳來令人失神的鳴叫聲。

金田與三左衛門突然湧起了鄉愁。

（不知道什麼時候還能再見到幼君……）

在這個戰爭連緜的時代中，等他把幼君送到目的地之後，還要回到岡崎城備戰。他會不會戰死沙場呢？還有竹千代……或許把竹千代送到這兒來是對的。

屋裡的燈點亮了，宣光的弟弟五郎政直已經到此迎接他們了。

「我的父母正等候著，我們走吧！」

前來迎接的是二頂轎子，與三左衛門一點也不懷疑。

「我們用走的，兄長大人坐轎子。」

宣光坐在轎內問五郎：「有沒有帶護衛來，他們都是重要的客人。」

五郎政直拍拍胸膛說：「我一共選了三十個人，個個都熟悉地形，放心好了！」

宣光點點頭。

「誰陪竹千代一起去呢？」他回過頭來問與三左衛門。

他們似乎只在城中找一個小孩陪竹千代去。

與三左衛門說道：「我也跟著去，在到達駿府之前，隨時陪侍在旁是我的義務。」

宣光佩服地點點頭。

「你的忠心真讓人敬佩，不虧是岡崎聞名的與三左衛門，今晚就麻煩你照顧竹千代了。」

至此，與三左衛門沒有絲毫的不安。

庭院裡已經燃起了爐火。

四

竹千代悠然地穿過玄關，進入了轎子。阿部德千代也跟了進去，轎子裡坐了兩個人仍十分寬敞。

出來送行的天野又五郎之弟三之助，天真地向竹千代揮揮手。

「三之助，你也來！」

「好。」三之助興沖沖地跟了進去。

宣光微笑地看著他們。

與三左衛門突然覺得胸口一熱。剩下的二十個大人和五個小孩有嚴密的警衛保護著，他終於可以安心地入城做客，這對他而言實在是少有的奢侈。

起轎了。

海面被灰濛濛的煙霧籠罩。刻有戶田家家徽的燈籠在細雨中閃爍。走出松林，地上一片紅色的泥土。全副武裝的護衛與轎夫小心翼翼地前進著。

金田與三左衛門一直在竹千代的身邊，他看著提燈瀉下的光圈，謹慎地踏著腳步。紅土路持續了好長一段，然後才又恢復成砂地。他抬起頭來看著前方。

透過雨幕，他看到一陣陣的白浪，好像是水邊——至此金田與三左衛門還沒有起疑。畢竟戶田兄弟是那麼地熱忱、友善，而且每個護衛又對這裡的地形瞭若指掌。

植樹的防風林圍成了一道黑牆，裡面似乎住著船家或是人家。金田與三左衛門想著想著，走下了砂路。

「站住！」枸橘的樹籬笆中有許多人影在晃動。

「是誰？」宣光問道。

金田與三左衛門立即拔刀，背靠著轎子。此時行列停了下來，坐在後面轎子裡的宣光已經下轎。

「是誰？」宣光再度問道。

「是不是松平竹千代？」黑暗中傳來穩健的聲音。

「正是松平竹千代，要前往田原城去探望祖母。是誰擋住轎子？」

對方傳來清朗的聲音：「我們是織田信秀派來的船夫，特來迎轎到尾張去。如果你們不想竹千代大人受傷的話，就乖乖送他過來。」

金田與三左衛門高聲喊道：「大家快站好位置。」

後面立刻傳來拔刀出鞘的聲音，雖然不知對方人數究竟有多少，總不會多過自己吧！

「大家不要動刀！」五郎立刻壓住與三左衛門的聲音。

「反正竹千代都是要做人質的，與其捨命相救，不如乖乖把他送過去。對不對，與三左？」他以嘲笑的口吻說道。金田與三左衛門感到全身一熱。

五

雨靜靜地下著，站在雨中的護衛們不知什麼時候已將轎子和與三左衛門團團圍住。神祕人則背對著他站立。

再怎麼單純的與三左衛門，現在也總算明白這是戶田兄弟的陰謀了。

「好啊！原來你們早有預謀的。」他氣得咬牙切齒。雨水在黑暗中順著白刃流下。

「住口！」五郎又嘲笑地說道：「我們本來就預定只讓你們護送到潮見坂的臨時宅邸，之後就各行其是，這沒什麼好驚訝的，何必在此爭鬥互相殘殺？」

與三左衛門暗下決心，只要他有一口氣在，絕不輕言妥協。

五郎政直在千鈞一髮之際仍不拔刀，但是在與三左衛門揮刀砍下的那時候，四周已經圍起了一堵白刃。

「是不是有壞人來了？」德千代手持小刀，探出臉來。就在這個同時，另外一邊也探出了一張小臉，原來是天野三之助不甘示弱地也探出了身子。

「喂，勇敢的孩子們！」站在武士後面的神祕人物點著燈，朗聲笑道：「不要害怕，我們絕不會傷害你的。」

孩子們和與三左衛門當然認不出那張臉來，但是如果竹千代的母親於大在場，一定會驚訝得叫出聲來。

他就是和於大的兄長們相交甚篤的熊邸主人波太郎。

波太郎笑著回頭看了看宣光，兩個人交換了一種非常複雜的眼神。

大家站在雨中，宣光看了看五郎和與三左衛門，說道：「五郎，不要操之過急！」便靜靜地朝與三左衛門走去。

「與三左……」

「幹什麼？」

「你願不願意陪竹千代到尾張去？」

「不。」與三左衛門搖搖頭。

「你以為我們會到別的地方嗎？」

「與三左……」

「你給我閉嘴！如果不願意援助，就殺。」

「與三左，我可是竹千代的舅舅啊！」

「住……住……住嘴，舅舅會做出這種卑劣的事情嗎？」

「你先安靜下來，聽我說。」

「不。」

「你以為在這裡像狗一般的死去就是忠義嗎？」

「兄長大人，殺了他吧！別和他廢話了。」

這回是五郎朝與三左衛門揮刀過來。

六

「住手！」

就在宣光喝阻的同時，有人將五郎手上的刀「叭」的一聲打下。

打下他手中的那把刀的，不是宣光，而是不知什麼時候站過來的波太郎。

波太郎沉默不語，只是看著宣光。宣光與波太郎之間似乎早有協議。

「與三左……」宣光又朝與三左手上的刀鋒靠近一步。「難道你沒發現嗎？如果把竹千代送往今川家，松平家就踏上滅亡之路了。」

「我不管這些，我只按照殿下的命令行事。」

與三左衛門激動地吶喊著，但是宣光一點也不畏懼。

「我們這些小國若想在這個動盪不安的時代生存下去，只有一個辦法，那就是今川和織田兩家勢均力敵，誰也無法贏過對方。請你靜下心來，仔細聽我分析。如果兩家中有一方勝利了，我們這些小國小族一定會被勝利者踐踏蹂躪，這個道理難道你還不明白嗎？」

「不管我是否明白，總之，松平家的人絕不會違背主君的意思。」

「你聽聽我們的生存之道吧！如果戶田、松平、水野三個小國同盟，不管那兩家發生什麼衝突，我們都保持中立，只要我們團結，那兩家就無法分出勝負，沒有勝負就沒有戰爭。」

「這……這怎麼可能呢？你別作夢了，水野已向織田家靠攏，戶田也蠢蠢欲動，我們主君絕不會做出這樣的事。」

「此事你不要擔心，這位竹之內波太郎大人說，把竹千代送給尾張之後，他絕對會讓三家同盟結合在一起。」

「什麼？波太郎……他是誰？」

波太郎神色平靜地站立在一旁。

「碧海郡熊若宮……你不知道嗎？」

「什麼，熊邸的若君？」與三左衛門看了看頭戴斗笠的波太郎，眼神顯得十分驚訝。

「你就是那當家的。」

波太郎點點頭。

「你什麼時候成為織田信秀的家臣？聽說你們的先祖在南朝的身分相當尊貴，什麼時候甘為織田家的海盜了？」

「與三左……」宣光說道：「如果水野、松平、戶田三家不團結，那麼恐怕沒有一個能倖存。如何？你何不放下刀陪竹千代到尾張那兒？」

「如果我不願意的話，你想怎麼樣？」

「如果你不願意的話，我們就把你殺了。」

「可惡。」

金田與三左衛門氣憤地咬著牙，但是此刻的激動已不像剛才那麼明顯。雨滴濕透了與三左衛門和宣光的背脊。

七

與三左衛門看了看轎內，德千代與三之助的小臉蛋緊張地靠在兩側。

轎內一片黑暗，竹千代乖乖坐在裡頭。這個在世上只呼吸了四年的小孩，乖順而不膽怯。裡面十分平靜，彷彿他已睡著了似的。

（看來尾張也要這個人質……）

想到這兒，金田與三左衛門急得不知如何是好，一股熱淚混合著雨珠流到腮邊。

（在這兒爭鬥實在沒什麼意思，不如暫時聽他們的話，就送到尾張那兒吧！）

如果在此爭鬥而使幼君遭到不幸實非他所願，但是頑固的與三左衛門又不願意開口，因此急得全身發熱。

「怎麼樣，還不放棄嗎？」宣光問道。

與三左衛門憤怒地喊道：「我不放棄的話，你又敢怎麼樣？」

「與三左，你別再嘮叨了，就算把你殺了，我們也要把竹千代送到尾張去。」

「送到尾張做什麼？」

「你應該知道的，當做人質啊！如果沒有人質，織田信秀就不會相信松平家。」

「我還有一個問題。」

與三左衛門放下了太刀，他濕淋淋的身子微微顫抖著。

「如果把人質送給尾張，今川那方面還會保持沉默嗎？如果今川和松平發生了戰爭，那該怎麼辦？」

「這個你不用擔心，松平可以說人質是中途被劫。」

「好。」與三左衛門喊道。他不知道自己為何而喊，或許這個頑固的三河人氏不想再繼續這種問答吧！

（只要竹千代大人能平安……）

確定竹千代可以平安無恙後，他決定貫徹自己的意志。

「你們不用再說了，我將永遠和竹千代大人同在……」話還沒說完，他先把轎子兩側的窗關起來。

「啊！」五郎政直驚叫一聲。這個時候，金田與三左衛門拿起太刀，反手持刀朝自己的腹部切去。

大家都屏住氣息，他們從未看過如此壯烈的切腹。

「看……看……看吧！」與三左衛門喊道。刀已深入腹部，他砰地一聲跪倒在地上，鮮血灑了滿地。與三左衛門眼睛直直地看著宣光。

「這……這就是松平家的……氣魄！」他突然抽出太刀，然後朝自己的脖子抹去。

八

刀子劃過脖子，血濺四處。與三左衛門睜大著眼睛，朝左邊倒了下去。

五郎嚇得跳了起來，宣光沉默不語，波太郎走上前去抱起與三左衛門。

狀。

「原來如此，我瞭解你的意思了。」

與三左衛門已死，但是拿著刀的手還在跳動著。波太郎恭恭敬敬地從他手中取下了刀。

「注意轎子……」他回過頭來說道。他不願意讓轎中的孩子們看到與三左衛門最後慘死之狀。

轎子再度出發。大勢已定，現在已經沒有人會阻止他們的行動了。碼頭邊有三艘船靜靜停泊在雨中，轎子走近了其中的一艘。

波太郎看了看四周，然後又回到了與三左衛門的身邊，對著呆然而立的五郎說道：「你現在明白了嗎？」他指了指屍首。「如果你們沒有異議，就把他交給我吧，可以嗎？」

宣光看看弟弟五郎，然後點了點頭。

「那麼……」波太郎回頭看看與三左衛門的屍首。「把他放到我的船上，小心一點。」

「是。」戶田家的家臣把屍首運上船去。

「你要把他丟入海中嗎？」五郎問道。

波太郎冷漠地瞥了五郎一眼。「與三左衛門的心意是想要永遠守著竹千代大人，難道你還不明白嗎？」

「這……」

「武士也有武士之情，我要讓他的屍首看到竹千代大人安全抵達目的地。」說完之後，波太郎轉身跟著屍首走了。

後來這具屍首放在竹千代的暫時寓所前。他們向岡崎報告的是：金田與三左衛門為了奪回竹千代，潛入熱田，不幸被殺死……

波太郎上了屍骸所在的船，五郎也跟著上了竹千代所在的那艘船。

宣光送他們到碼頭。

「您要不要上轎？」留下來的家臣問道。宣光輕輕揮揮手，一身濕淋淋地站在雨中。

不多久，竹千代和五郎乘坐的那艘船率先離岸，接著是護衛的船，最後才是波太郎的船。

宣光站在那兒，看著船隻划向濛濛的海面，慢慢消失。

「竹千代……真喜……廣忠……五郎……」看不到船隻後，宣光喃喃唸著那些現身眼前的人。世事多變化，他不知道未來的情況將會如何？但是除了悲哀的人生旅途之外還會有什麼呢？……自己、父親……不，還有今川義元、織田信秀……

戀慕秋雨

一

「我要見殿下，讓我見見殿下……」於春蜷曲著身體，頭靠著膝蓋上說道。

「我真的很想死，我真的很想死啊！」獨眼八彌，喃喃自語著。

「咦？八彌，你說什麼？」

「噢！沒什麼，只要你喜歡的，我都會為你做到的。」

「那麼讓我見見殿下吧！」

於春一雙眼睛顯得空洞而無神，她站了起來。「咦，殿下在叫我……在浴房。」

於春正欲起身離開房間，八彌立刻拉住了她的衣角，哽咽地哭了出來，他不知道該說些什麼才好。

於春現在搬到廣瀨城下的能見，陪伴的家人只有她的母親。

田原御前堅持要她回到母親身邊，並且派人監視。

正如田原御前的侍女楓所擔心的，於春懷孕了。

獨眼八彌原本以為看在這孩子是殿下血脈的份上，他們會讓於春撫養他。然而事實卻不然。嬰兒出生後的第二天就不知被帶到哪兒去了。他們告訴於春說，嬰兒死了。

這孩子是於春的所有希望，她將一切思慕之情寄託在這孩子身上。在這種打擊之下，於春終於發狂了。

看著可憐的於春，八彌不禁憎恨起殿下的無情。

「……八彌，於春就交給你吧！」

在廣忠還不知道於春發狂的時候，他把八彌叫了進來：「……於春原本就是你的未婚妻，現在我把她還給你。」

若非他是八彌的主君，八彌早就動手為於春出氣了。他從未見過如此殘忍、沒良心的男人。可憐的於春就這樣被殿下拋到一邊。

「……你要好好地愛她。」

殿下盤腿而坐，心中似乎也有無限的悲傷。然而他卻以那些不合情理的傳言為理由，不顧於春對他的思慕之情，將她還給了八彌。

不僅如此，之後傳來戶田父子搶奪竹千代的消息。駿府的今川義元可能為此向田原城出兵，岡崎當然也得跟著出兵。

「你不必參戰了，你和於春結婚之後，我會把於春住的房子送給你們。」

沒想到廣忠連那棟房子也送給了他。

「等一下……你不等我了嗎？等我呀。」八彌停止了哭泣，他看到於春在拚命地掙扎著。

就在她掙扎的時候，於春的衣服鬆開了，露出了雪白的肩膀。

「放開我，殿下在叫我呀！在那撒滿了花朵的浴房……殿下在叫著我呀！」

二

於春一定又產生幻覺了。衣服從肩膀脫落後，她開始解衣帶。

「你，你……你在做什麼？」獨眼八彌立刻抓住於春的手，不小心觸到她顫抖的腰。

「八彌，不要阻止我，你是不是很恨我？」

「你這是說什麼話呢？我是你的兄長呀……我會像兄長般地照顧你。」

「你只是嘴裡這麼說，其實你心裡在恨我和殿下，從你的那隻眼睛裡就看得出來，而且殿下也是這麼告訴我的。」

「什麼，殿下真的對你這麼說嗎？……」八彌憤怒地問道。

「啊，好香……櫻花的香味，那裡充滿了花香。」發了瘋的於春拚命地掙扎著。

「唉，這說的是瘋話，是瘋話啊！」

「誰？於春沒有發瘋啊！」

「對，對……你沒有發瘋，發瘋的是殿下。」

「八彌，殿下發瘋了嗎？」

「是的……」八彌嘆了一口氣。「他真的發瘋了。」

「怎麼會呢？」於春靠著八彌的膝蓋呆坐著，抬頭望著他。那臉就像小時候一般地天真。

看到於春這副模樣，八彌突然覺得有什麼哽在喉頭。

「殿下發瘋了，竟然看不出我們對他的一片忠心。」

於春點點頭，輕輕撫弄了一下八彌下巴的鬍子。

「現在田原御前家的人搶了幼君，這就是最好的證據啊！唉，這大概是上天給他的懲罰吧！」

「你的鬍子好硬啊！」

「他不僅瘋了，而且最近做什麼都不順心。我最恨的是他把你弄成這個樣子。」

於春漫不經心地點點頭。「他說搞不好你是廣瀨佐久間派來的刺客，要我緊緊的監視你。」

「什麼，說我是敵方的間諜……」

「八彌大人。」

「啊……」

「你帶於春去見殿下，好嗎？」

「好，好，我一定會找個時間讓他和你見面的。」

「不行，一定要現在，好不好？八彌大人。」

八彌扶著於春的肩膀，茫然地看著虛空。他想著於春這番瘋話，難道以自己這樣忠心，廣忠還對他生疑？想到這兒，八彌一肚子怒火。

這個時候門打開了。於春的母親，也就是八彌的伯母走了進來。

「八彌……我有事要拜託你……」伯母的臉色十分蒼白，說話時視線一直避著於春。

三

八彌回過頭來看著伯母。

（她瘦了好多……）

八彌心中一陣絞痛。於春的容貌雖與於大十分近似，但是兩人的性情卻迥然不同。看到於春這般柔弱，伯母怎能不傷心呢？

「什麼事？」八彌的手搭在於春的肩上，表情十分沉痛。伯母看到了什麼似地打量著於春。

於春玩弄著八彌的鬍子和衣襟。

「八彌……我想麻煩你，用你的手……」說到這兒，她突然咬著牙，雙肩由於激動而微微顫抖著。

「……殺了她吧！」她小聲地說道。

「什麼……你說什麼！」

伯母點點頭，看著於春。「最近家裡的四周常會有些奇奇怪怪的人來。」

「他們究竟是為什麼來的呢？」

「我知道，是為了於春……於春常常大聲喊叫，說著一些關於殿下的話。」

八彌閉上了眼睛。

（原來是這麼回事……）

「她常常在喊叫的時候說出一些可怕的事。」伯母突然放低聲音，謹慎地說道：「比如她常常說，要是上和田一家人和松平三左衛門企圖謀反，就要一個個殺掉……她常常這樣到處亂喊。」

「……」

「八彌，在別人還沒有下手之前，我想還不如由你……」

八彌睜開眼睛，內心十分恐懼。他明白伯母提出這個要求心裡有多苦。

「我……我原本打算等你和於春成親，看著你們過著平安幸福的日子，但現在我已死了這條心，與其讓於春被別人殺掉，還不如讓她死在你手裡。八彌，我心裡明白得很啊！」

「……」

「八彌大人……」於春似乎聽到伯母所說的話，說道：「帶我去吧！」

「殿下在等我呢！殿下說過，在這個世界上他最喜歡我了。八彌大人，快帶我去吧！」

「伯母。」八彌抬起頭來：「我現在才知道人間的苦痛。」

「八彌大人，麻煩了。」

「我也不希望於春死在別人手上。」

「你能瞭解我的這番苦心嗎？」

「我瞭解，我瞭解，我一定親自送她到上淨土。伯母，來世我一定不會把於春交給別人。」

他顫抖地說道。

他睜開那隻獨眼，眼淚撲簌簌地落了下來。

於春還像唱歌般地說道：「殿下要出去了，快！把這碗茶拿給他……」

於春搖著八彌的膝蓋，對母親說。

四

在殺於春之前，八彌希望能盡量讓她開心。一生效命沙場的八彌會決定這麼做，實在是他已束手無策了。

以往八彌一直以「忠義」為要，認為能忠心耿耿地為廣忠效勞是種幸福。他曾經在戰場上不顧己身為廣忠拚命，即使廣忠奪走了於春，他也從不怨恨。廣忠對他來說，是個超乎物慾與愛情的崇高偶像。

但是殿下回報給他的又是什麼？

當他被趕出長屋並奉命暫時不能上沙場的時候，心裡對廣忠還不曾有這樣的憎恨和警戒。他開始對廣忠懷恨，是在廣忠跟田原的戶田彈正少弼之間醞釀風雲之際，卻不讓他參與。當時，雖然心存不滿，卻還認為這是廣忠對他的愛憐。本以為殿下是擔心他攻打安祥城之後，身子尚未完全復原，但是當八彌見到發了瘋的於春，他的仇恨就像決了堤的洪水般澎湃而至。

八彌絕對沒有想到自己之所以被冷落，是因為懷疑他是佐久間九郎右衛門刺客。現在想想，殿下把於春賜給他，大概是想刺探自己的心意吧！

廣忠曾經說過要把於春的房子送給八彌，或許他這麼做是為了要刺探八彌，看他如何處理知道許多祕密的於春。

八彌傷心的並不是因為自己被懷疑，而是殿下對發了瘋的於春的處置方式。

於春對廣忠的慕情與八彌對廣忠的忠誠是一體的，然而廣忠卻疏遠於春，並且奪走了於春生下的孩子。不僅如此，還派人監視於春，準備殺她滅口，以防她在發狂之餘說出了祕密……

八彌也感覺到了這種不尋常的氣氛，但是在伯母提出來之前，他從未想過要以自己的手結束於春的生命，反而是自己先有了求死的念頭。想到這兒，八彌不禁感傷地嘆了一口氣。

事已至此，他必須覺悟了。或許這麼做對於春來說是種解脫。

「於春……」八彌呼喚道。

「啊？」於春天真地抬頭望著八彌。

「殿下已經瘋了，所以才不要你了。」

「不要我……不是田原御前，而是殿下這麼說的嗎？八彌大人。」

八彌點點頭：「殿下已經不要你了，還把你賜給了我。你是否願意成為我的妻子？」

如果可能，八彌希望以丈夫的身分殺了於春，這也算是他的天真吧！於春睜大眼睛，驚訝地看著八彌。

——五——

「哈哈哈……」於春突然狂笑。

她睜著一雙水汪汪的眼睛望著八彌，呼吸變得急促起來。這個瘋女人的體內似乎燃燒著某種火焰。

「殿下是不是又在跟我玩遊戲啊……」

「這不是遊戲，殿下真的瘋了。」

「殿下瘋了……那麼你是誰呢？」

「我是八彌，認不得了嗎？」

「哈哈……」於春說道：「殿下，你是不是嫉妒我和八彌？殿下，我好寂寞，我好寂寞啊！」

於春把八彌當成了廣忠，只見她臉上露出了嫵媚的表情，溫柔地趴在八彌的膝上。武士出身的八彌並不明白於春的這種動作，但是於春的母親卻知道，這是女人等待愛撫的姿勢。

「八彌，你可憐可憐她吧！快動手吧！」伯母說著激動地跑了出去。

「於春，你在做什麼？」

「殿下……」

「你把我當成殿下啦……」

「我把一切都給了你。」

「這……」八彌把於春推開，但是想了想又把她抱入懷中。現在八彌已經明白於春的錯覺了。一股悲情再度充滿胸中。

（也好，就讓她在這樣的錯覺中安心地上路吧！）

「於春……」

「是。」

「我們到外面走走，今天的天氣很好。」八彌邊說邊走，他只是不想屋裡染上了血。外面似乎快下雨了，八彌為於春穿上了鞋子。

「噢，好棒啊！」於春像少女般地挽著八彌的手，來到庭院。

「你看，春天已經到了，四處都是美麗的櫻花。」

「啊，櫻花……」

八彌抬起頭來看著黑暗的天空。周身根本沒有櫻花或其他花草的影子，隔著狗尾草可以看到隔壁月光庵墓地中的高塔。

落葉隨著風散落下來。於春在落葉中嬉戲、漫步。

「那是什麼？那些石頭裝飾得好漂亮呢！」

「那是……那是墳墓。」

「我們到那兒去吧，你瞧，它們正彎著腰在歡迎我們呢！」

「好吧，我們走吧！於春……」

「是。」

「如果要你把性命交給我，你願意嗎？」

「願意。」

八彌悄悄地把手放上刀柄時，於春不知在想些什麼。

「我會給你的，殿下……就在這裡吧！我覺得自己好幸福。」於春坐在一堆落葉中，雙手合掌，伸出了脖子。

六

她不知道在想些什麼。於春回過頭來看向八彌時，那雙眼睛是那麼地寧靜。她閉上眼睛，動也不動，用手撥開黑髮後，雙手合掌放在胸前，整個人看來就像個悲傷的影子。

八彌繞到她後面仍未拔出刀來。天空中的雲開始飄下雨滴，像霧般的細雨落在刀身之上。

「這……這就是人的一生嗎？原諒我吧！」

八彌拿起太刀舉在空中，手卻顫抖著遲遲不敢揮下。他看著於春合掌閉目，伸出粉頸的姿態，一點都沒有哀傷的氣息。細細的頸邊有幾絲黑髮輕輕隨風搖曳。

「於春……」八彌呼喚她的名字。

「什麼事？」於春天真地回答道。

獨眼八彌終於把刀放回刀鞘裡。

「我實在下不了手……」

但是於春依舊合掌等待著。她的態度是如此地從容、安逸，彷彿絲毫都不後悔獻上自己的一切。

「於春……」八彌走到於春旁邊雙膝跪下，用粗厚的雙手握住於春細白的小手。

「你的純真……我的忠心……為什麼殿下不能瞭解？」八彌激動地咬住下唇，忍住胸中的哽咽。粗大的眉毛在額下微微顫抖著，淚水流過濕潤的腮邊。

於春茫然地看著他。

（淚水是女人家的東西，哭泣並不能夠解決一切……）

八彌暗下決心似地含著淚水，站了起來。

「於春，來。」

「好，不管你到哪兒，我都跟著你。」

「於春，你瞧！這兒就是月光庵的墳場，人遲早都要入土的。」

「是的。」

「你也應該明白這一點……」八彌苦笑一聲。「唯一想不開的大概就是我吧！你是那麼純真。」

穿過小五輪墓堆，他們來到枯木的樹蔭下。坐在這兒可以避雨，地下鋪著亂草……其實他們已經沒有力氣再走了。

「於春，我送你到極樂淨土去吧！在那兒沒有人會辜負你這一番心意的。」

於春乖順地點點頭，靠在八彌的胸前。八彌聞著她的髮香，也感覺到她面頰傳來的溫熱。

八彌忘我地將手繞在她的脖子上。

「八彌大人……」依偎在他胸前的於春突然抬起頭來看著他。

「殿下……」她慌忙地改口，「我……我覺得好幸福。」

「啊！」八彌心中對廣忠的憎惡愈來愈強烈。就在這個時候，繞在於春脖子上的手腕突然加強了力道。

這是下意識的出力。

（你就在這兒長眠吧！）

這種意識發自八彌的內心。依偎在八彌胸前的於春帶著嬰兒般甘甜的表情，抬頭望著八彌。

她知道我要殺她嗎？於春兩手抱著八彌，嘴唇微微開啟。此時的天空一片灰暗。她大概開始覺得有些頭暈了吧？於春雙眼微微下垂，長長的睫毛覆蓋，看來是那麼可愛，令人想去親吻。

（於春，原諒我。等來世吧！來世我一定好好照顧你，絕不把你交給任何人。）

淚水再度湧上，如雨滴般滑下面頰。八彌一直望著於春。

於春微張眼睛看著八彌。

八彌又加強了手腕的力道，只見於春的嘴唇像牡丹般地殷紅，面頰也微微泛紅。終於靜靜閉上了眼睛。

「八彌大人……」微開的唇中傳來模糊的聲音，於春圍在八彌身上的手腕終於無力地垂了下來。

「於春！」八彌低下頭來呼喚她的名字。

她死了……這個女人可憐的一生終於在我的手中結束了。

八彌在空中狂喊一聲。他知道附近不會有人，因此盡情地哭泣。

四周突然靜了下來。

細如絹絲的雨滴發出失魂的聲音，一陣陣地傳過來。

「我只有在你死後才能這樣真正地擁抱你……」

好一陣子，八彌茫然地凝視著於春的臉。然後，他振作一下，站了起來。

八彌雙手依然抱著於春。今夜他將與伯母一起哭泣，用親人的眼淚供養她吧！

八彌抱著於春低下頭來，突然發現她懷裡有一張紙。

（這是什麼？）

八彌放下於春，抽出紙張。這是一封信，上面寫著「八彌大人——」

八彌的手指顫抖。他急忙打開專注地看著。

八彌大人，帶著瘋狂先你一步到那個世界去了，於春只希望能死在你的手中，不知道這個願望是否能實現。如果我在瘋狂中自殺，也請你把我裝扮成病死的樣子。在殿下面前，你可以要求要殺了我——對於一個無法拋棄但是又經常瘋狂喊叫的瘋女子。如果你能提出這個要求，必能消除殿下對你的懷疑。今世我欠你太多，只能以死向你謝罪。

看完之後，八彌仍不能完全明白其中的意思，他又從頭看了一遍。

八

「……對於一個不能拋棄但是又經常瘋狂喊叫的瘋女子，如果你能提出這個要求……一定能消除殿下對你的懷疑……」

八彌一句句看著。

「糟了！」八彌激動地咬著嘴唇。

（……只能以死向你謝罪。）

於春並沒有瘋……她這麼做完全是為了被冷落的八彌。瘋狂的於春四處洩露殿下的祕密，是想藉此消除廣忠心中的疑念，讓八彌再度回到他身邊。

八彌靜靜凝視著於春，這時她臉上的紅潤早已褪去，蒼白的臉龐是那麼的安詳。

「於春……」

八彌貼上臉頰。在短短的時間裡於春的體溫早已被無情的秋雨吸走了。

「於春。」八彌激動地喊著。

要是你沒有發瘋，我怎麼可能會殺了你。八彌懊惱地將頭垂在胸前。

「於春……」

我會帶著你一同逃到天涯海角。

「於春。」八彌呼喚著於春的名字，再度抱緊於春的屍體，像孩子般氣憤地頓足搥胸。

「你……你是要我再回到殿下身邊……再次為他效命嗎？」

雨愈下愈大，四處長滿青苔的五輪墓已被雨水浸濕了。

「我不！不！不！」八彌抱著於春，憤怒地踢著身旁的五輪墓。

「死去的亡魂們聽我說呀！我的殿下只會懷疑別人，現在我對他已經完全失去信心了，他還有誰能相信呢？懷疑於春……懷疑我……我要變成惡鬼報復他！……」

說完之後，八彌轉過頭看望四周。

變為惡鬼，為於春報仇……八彌沒想到自己竟會說出這種話來。一個以忠義為先，但卻不得不弒主的憤怒鬼魂。

是我錯了嗎？是殿下的錯？還是這世間造成的？

八彌看看於春，再看看排在前面的墳墓。他狂叫一聲，走在雨中。

四周飄著秋雨，暮色漸漸暗了下來。除了空中的飛雁，看不見任何人影。

「是我不對。」八彌抖去頭髮上的雨滴，走出了寺院旁的破牆。

「伯母……於春死了……」

站在於春房間旁邊的伯母雙手合掌放在胸前。

孤獨的母親

一

從那古野通往阿古居七鄉的峽谷道路上，有一匹馬正快速奔馳著。黑亮的馬身，透著汗水。

騎在馬上的武士穿著盔甲，身體微向前傾，急速通過收成後的田地，逐漸逼近城門。

「是誰？」

佐渡守俊勝帶著援軍前往安祥城，此時不在城內。固守城門的足輕圍著這一馬匹。

急奔前來的武士叫了一聲「辛苦了」，然後立即躍馬而下，「我是竹之內久六，有事要報告夫人，讓我進門吧！」

足輕看清了是竹之內久六後，安心地把馬交還給他。

「辛苦了，開戰了嗎？」

久六微笑著搖搖頭，再度上馬。度過壕塭進入城門。

竹之內久六剛受雇時還只是個足輕，但是在這次出戰之前，他已經在城門外擁有了一棟房子。一般人都嫉妒他的好運，但是只有久六自己明白，當他在城內打掃、照顧馬匹的時候，看起來與一般人沒有兩樣，一旦拿起了刀槍便立刻能顯出一副好身手。善於算盤的他，在徵收年貢時也能幫上忙。

「他以前一定是個武士。」足輕之間流傳著這個謠言之時，織田信秀曾經問佐渡守俊勝，願不願意把久六讓給他。

「一個聰慧伶俐的家臣就是家裡的一塊寶玉。」俊勝委婉地拒絕了。後來這件事傳開了，人人皆知。

像是今天他們發現久六還是個騎馬好手，內心卻一點也不感驚訝。大家都認為，只要久六一直留在阿古居城內，總有一天會成為家老。

進入城內，他立即前往會見夫人於大。以前他必須跪在前庭和夫人談話，現在他的身分已經可以坐在居間的旁邊了。

「殿下要我帶口信來。」

聽著的同時，於大嚴肅地坐正了身子。

「辛苦了，請告訴我吧！」

於大的語調和態度跟以往不同。當然，她的容貌還是和在岡崎城時一樣，但是聲音中已經有了以往所缺少的自信和穩重。這就證明她的心已不再搖動了。

「殿下說……」久六看看四周無人後，繼續說道：「不會有戰爭了。表面上看起來，今川義元命令天野安藝守景貫攻打那些搶奪松平竹千代的人以及田原城，然後再順勢進攻尾張。其實這些都是假的……他打算在田原安置新的城代伊東左近將監佑時，然後直接帶軍回駿河。」

於大豎直了耳朵，專心傾聽。

「這樣最好……」她小心地說道。

二

久六看到於大微微點頭，又說：「總之，不會有戰爭了。殿下說麻煩您稍待一會兒，他很快就回來。」

「辛苦了，對了，你知不知道田原戶田家的情況？」

「這……他們十分狼狽。」

久六看了看前庭，擦擦額上的汗水。

「其實宣光是個相當了不起的人物，一切都怪他的弟弟五郎。五郎拿著織田信秀給的百貫錢不知道到哪兒去了，當他們開城要向今川表示恭順之意時，五郎卻不答應……」

「他想固守城池嗎？」

「不，他留下家臣逃走了！」

於大點點頭：「還好。」

「還好？」

於大笑了笑。

「你以為我指的是那個受金錢所誘搶走竹千代的愚蠢之人嗎？我的確為戶田一家人的愚蠢惋惜，但我指的不是這個。」

「哦，那麼你指的是什麼呢？」

「我指的是田原御前……只要她的家人還活著，她的生命應該不會受到威脅。」

久六頓悟地拍了拍膝蓋。近來於大洞悉事物的能力實在超乎久六所能想像。

（她成長了！）

久六內心這麼想著。

的確，只要戶田一家人還活著，松平廣忠就不敢殺田原御前。看不到的人往往是最可怕的，說不定哪天他會以織田大將的身分出現，這種恐懼感足以牽制廣忠。

久六的確感到於大改變了許多。若是以前，於大知道田原御前平安，絕對不會說出隱藏著無限慈悲的這句「還好」。

「你說的不錯，夫人真是點醒了我，可不可以談談您對熱田的意見。」

熱田……聽到這兩個字，於大不禁望向前庭。嫩黃色的小菊花正盛開著，花海中浮現出竹千代可愛的小臉。雖然如此，於大已經不像從前那般激動感傷。

身處亂世，母子之間的天倫之樂本來就難以期待的，無論經歷多少波折、受過多少阻礙，母愛是永遠不會改變的。當然，聽到竹千代被當作人質交給駿河時，她的確痛不欲生；聽到中途被攔截送往熱田的時候，她也是徹夜難眠。但是於大並沒有倒下來。

（或許這就是母子連心吧！）

想到這兒，於大內心已經不再痛苦，反而有種迎向艱困挑戰的決心。

三

於大凝視著綻放的菊花好一陣子之後，以冷靜而穩重的口吻問道：「竹千代大人平安無事嗎？」

久六點點頭，他已經利用時間打聽到竹千代在熱田的動靜。

「竹千代大人目前暫時安頓在熱田的寓所，與剛抵達時沒有太大的變化。」

「是加藤圖書大人的宅邸嗎？」

「是的。織田信秀的指示相當慎重。阿部德千代和天野三之助兩人陪他一塊兒摺紙、玩耍……」

於大仔細聽著久六的敘述。

竹之內久六內心暗自計算著應該如何向於大說明。「織田家似乎打算拿這些人質來牽制松平家，至於廣忠會不會答應就不知道了。」
「你認為他會不會答應呢？」
「我想……十之八九會答應。」
「如果不答應的話，會怎樣呢？」
「根據織田激烈的個性，或許他會殺了人質，掛在三田橋上示眾。」久六冷靜地說著。他看了看於大，只見於大雙肩微微顫抖。
「會嗎？好不容易得到的人質，他會輕易殺掉？這麼做實在有欠周詳。」
「的確。」
「久六大人。」
「是。」
「你認為岡崎的殿下會不會去救竹千代？」
久六默不作聲，只是摸著圓圓的下巴。
「他是個很好強的人。」久六自言自語道。
「夫人。」過了一會兒，久六才又說道：「你是不是不管了？」
「你說什麼？」
「我指的是竹千代大人的事。」
「這……畢竟我是久松佐渡守的妻子，我必須為丈夫著想。」她說話的口吻十分冷靜，久六默不回答。

難道於大真的已經斬斷了和岡崎之間的煩惱，就這麼坐視竹千代不顧，抑或是另有打算？

不多久，久六告辭離去。

於大看著久六再度上馬前去向丈夫回報。她目送對方到城下，直至看不見人影才又回到佛堂。

秋天，天色很快就暗了下來，四周已罩上陰冷的夜幕，於大點燈焚香，雙手合掌。她誦經唸佛，希望能想出拯救竹千代的方法，那顆屬於母親的心靜靜地燃燒著。

堅強的母性，不屈不撓的母性。

四

竹之內久六來訪後的第三天，久松佐渡守俊勝回來了。

今川已經占領了戶田康光父子的田原城，在城內安置了城代之後就率軍回駿府了，打消了攻打尾張的計劃。

「辛苦了，快解下甲冑，今天跟妻子高高興興聚一聚吧！」

解下甲冑，餵飽馬兒後，俊勝匆匆走向正在本丸等待的於大。

於大一如往常地在走廊入口迎接。

「歡迎您平安歸來！」於大接過太刀，走到廳內為俊勝奉茶。以前這些都是侍女來做的，現在則一切都由於大自己動手。俊勝內心暗暗地感到一陣滿足。

「於大……」俊勝拿著茶杯，瞇著眼睛說道：「岡崎竟然坐視自己的孩子不顧，真是太殘忍了……」說著，他悄悄看了於大一眼。

於大還是一樣的表情，把最近剛學做的點心遞到丈夫面前。

「熊邸的竹之內波太郎暗地裡鼓動你兄長水野信元大人，結果水野損兵折將，真是得不償失。」

於大靜靜看著丈夫。

「山口惣十郎以使者身分前往岡崎，廣忠不認識惣十郎，以為熱田的祠官竟然是個孩子。惣十郎多方向他說明，沒想到廣忠只簡單地回了他一句。」

「他怎麼說？」

「他說，我是個武人，不會變節的。對於竹千代，就隨你們的意思吧！你聽，他這句話是不是說得很漂亮？」

於大不作任何表示，但也不否認她早就瞭解廣忠的個性。人經常受到利害關係的控制，命運往往只在一念之間。

「於大。」

「是。」

「我一想到你的心情就為你難過。但是，這些事必須讓你知道。竹千代……被他父親拋棄，可能會被斬首示眾。」

「這……」

「唉！」俊勝的雙眼也紅了起來。「如果是我，絕對不會做出這種事來。為了孩子，我會屈服。於大，我會向平手政秀求得這孩子的首級，讓你憑弔。」

於大輕輕將雙手放在榻榻米上。她想要忍住哭泣，淚水卻無法控制地滴了下來。

「你還是打消這個念頭吧！」

「為什麼？」

「萬一引起織田信秀的懷疑，對久松一家人非常不利，您還是打消這個念頭吧！」

五

久松俊勝不敢相信自己的耳朵，並非他沒有想過這件事，而是可憐竹千代。不，更可憐的應該是聽到這個傳聞而心痛不已的妻子……因此，他才想到要向那古野城的平手政秀要求取得首級來供奉。

但是於大卻阻止他這麼做。若是為了自己，那真值得欣慰。若是因為對廣忠的恨，那也還可以諒解。但也可能是為了一份難以割捨的感情。

「你說的是真心話嗎？」
「是。」
「難道你不覺得竹千代太可憐了嗎？」
經俊勝這麼一問，於大禁不住又淚流滿面。
「唉，你心裡還是會難過的，我很瞭解你的感受。母子之情原本就是天地間最自然的，我一定會想辦法向平手要來首級，你大可放心地祭弔。」
「殿下……」於大抬起頭來，眼中的淚水閃著光芒。
「我有一個要求。」
「這是什麼話？只要你說出來，我一定盡力辦到。」
「我想到那古野去。」
「什麼，去那古野？為什麼呢？竹千代在熱田啊！他在熱田的祠官加藤圖書助的住處！」
「殿下，我懷孕了。」
「什麼，你懷了孩子？這，這……」
俊勝立即探過身來，看看於大的肚子有些什麼變化。於大微微歪著頭，讓他仔細地瞧一瞧，說道：「我是要到那古野的天王社參拜。」
「什麼，天王社……那是在城內嘛！你到那裡去祈願過嗎？」
俊勝突然想到了什麼似地拍了拍膝蓋：「對呀……你是不是想參拜之後再繞到熱田？」

「是的。」

「你是不是想與其死後弔祭，不如現在去跟他道別？」

「是……」於大老實地回答。「希望你能答應。」

「嗯……」

「失去一個，又獲得一個……或許神佛要我去看看那個即將失去的，然後產下快要來臨的這個。」

俊勝凝視著妻子，在死後憑弔或許會引起織田信秀的不滿，如果現在隱藏身分到那裡去看看，就不會留下痕跡了。俊勝心想，一樣有求於人，如果現在向平手政秀提出，或許還好一些。

「好吧，不過你要記得，見面的時候一定要隱瞞身分……」

俊勝壓低了聲音，再次地叮嚀：「對了，還有一件事。如果在你去那古野參拜天王社之前，他們就殺了竹千代掛在路旁示眾，你看了會不會害怕呢？」

六

為了讓俊勝安心，於大點點頭。「如果你答應我去天王社參拜，其餘的事，我想……就看神佛的安排了。」

「好吧，不過最好帶一個伶俐聰明的人去。參拜天王社之前，你的身分還可以是俊勝之妻。」

這一晚，俊勝為了於大真是費盡心力。

如果是男人的腳程，去那古野也不過是一天的行程。但若是女人，就必須住上一夜了。這一夜是不是該委託平手政秀安排呢？那麼於大此行的目的也就只好向政秀說明，在此時若想見見即將被斬的竹千代，恐怕他也會受到連累。那天夜裡，俊勝不假手文書官，親自寫了一封信給平手政秀。

在於大的要求下，他選了竹之內久六陪她一同前往。

久六對這件事沒有什麼意見。他聽取俊勝的叮嚀後，就在第二天早上七時左右離開了阿古居城。

於大乘坐轎子，久六則騎馬隨行。攜帶的箱子中，除了給天王社的供品之外，還暗藏了送給竹千代的絹與糖果。

（希望能平安無事地看到竹千代。）

久六心裡這麼想著，他看看於大，卻見她毫無表情，靜靜閉著雙眼。

俊勝顧慮胎兒的安全，特地吩咐轎子慢慢行進。到達那古野的城下，大約是三時了。

於大首次掀開轎子的門。

「我們先去跟城主信長打個招呼。」她對久六說道。

久六不安地問道：「是不是應該先去見見家老平手呢？」

「不，先去見城主。」於大冷靜地說道，然後把轎門關上。

城主信長，就是今年春天剛滿十四歲元服的吉法師，但是他在織田家的評價不高。信長的庶兄信廣在和松平家一戰中，曾英勇地進入了安祥城，因行事周密頗受好評。信長身為嫡子，當然要繼承信秀之後，但他卻被稱為「奇葩」。

然而，於大卻要在見平手政秀之前先會見信長……

那古野城的城門的確非阿古居城所能比擬，岡崎城當然更不在話下。

聽說這個城是信長之父信秀在一夜之間從今川氏豐的手裡奪得的。這個有九間寬的大手門旁古杉林立，此外還有壕溝圍繞著荒神、若宮和天王社。

來到城門，一行人停了下來。竹之內久六說明來意。

「轎中這位女子是誰？」一行人後面有位打扮異樣的年輕人出聲問道。

於大輕輕打開轎門，朝外望去。「啊！」她輕喊了一聲。這個年輕人手持馬韁，騎在一個男子的脖子上，另一隻手則拿著飯糰，正津津有味地吃著。

七

「我在問這轎中的女子是誰？」只見這名全身洋溢著青春氣息的年輕人，悠然地騎在一個貌似猛牛，身上佩戴著坐騎用的胸鎧，口中銜著紅白相間馬韁的男人脖子上。

如果他是個五、六歲的小孩，玩騎馬遊戲，那還……但他已是個全身散發青春氣息的年輕人了。他的頭髮用紅白相間的元結紮成類似茶筅的樣式。身上穿的衣服是染織的，前胸敞開。腰間則吊著五、六隻不知從哪兒撈來的河魚，還有印籠與打火袋，旁邊插了一把將近四尺的細長大刀。

更奇妙的是，他左手的袖子捲到手肘邊，嘴裡貪婪地咀嚼著手上的飯糰。只見他面容清秀，雙眼奕奕有神，但是那副吃相好似一個狂妄的貴族，或是一隻剛剛破籠而出的幼豹。

一名陪同於大前來的足輕嚇了一跳，立即舉槍說道：「不要靠近！」

但是那個年輕人看也不看他一眼，繼續說道：「打開轎門！」

於大坐在轎內，一直觀察著這名年輕人的臉孔。突然，她拍了膝蓋一下，急忙地走了出來。這個年輕人就是城主信長，去年秋天於大曾在熊邸見過的吉法師。於大還記得他那對眼神和秀麗的眉毛。

轎門打開，信長直直地看著於大。

「您就是城主吧？我是久松佐渡的妻子。」

「哦，你來這兒有什麼事嗎？」

「我是來天王社參拜的，但想先向城主請安。」

信長點點頭，將右手的馬轡銜在口裡，拍拍雙手，左手手指上的飯粒立刻掉了下來。

「你知道天王社的主尊嗎？」

「知道。」

「說說看，我不喜歡那些口呼神明，卻不知神明為何物的人。」

「祭拜的是兵頭神天兒屋根命。」

「這麼說，你是來為你的孩子祈福的囉？」

「是的。」於大直接地回答。

這個年輕人的雙眸突然露出戲謔的眼神，笑著說道：「好，你過去吧！我記起你了。」

他右手一揚鞭，拍在那名男子的屁股上。

男子那嚴肅的表情變得有點眼熟，他學馬兒般地嘶叫起來。這嘶叫聲彷彿是一個信號，就在此時，茫然站在那兒的久六前方的大門，突然嘎地一聲向左右打開。這個把人當馬騎的城主，頭也不回地在城中消失。

久六鬆了一口氣，走到於大身邊。

於大望著信長消失的影子，早已忘了時空的存在。

於大特別注意信長剛才所說的一句話，他問於大是不是為孩子來天王社祭神的。

他指的是竹千代，還是即將出世的久松佐渡守之子呢？

從在熊邸見到他之後，於大就覺得吉法師信長十分怪異。他那雙銳利的眼神總是讓人有喘不過氣來的感覺。

聽丈夫說今年春天的初陣[34]，他就讓人大吃一驚。雖說是初陣，其實是信秀對年僅十四歲的信長所做的另一種元服考驗。

原本只是打算讓他頭戴紅錦頭巾，身著軍服，配上馬鎧，以華麗堂皇的裝扮到今川占據著的三河吉良大濱，向敵人射一箭就回來的。但是信長進入大濱後突然放火，更沒想到他就在敵人領地裡紮營，悠悠地看著火焰。

敵人被這些火勢折服，由於不知道對方有何準備，便讓這名少年為所欲為。

於大認為他的外貌雖與岡崎城的松平廣忠極為相似，但是處事態度卻完全不同。表面上的他看似如展翅的鷲鳥，內心卻深不可測……於大深信信長能讓竹千代起死回生，但又害怕這隻鷲鳥如果應付不當，可能會帶來極大危險。

於大進了城。

信秀在以前稱作柳之丸的付曲輪，建造了一個與其城主風格完全不同的房間當做書房。

這個書房具有東山風的雅趣。

「你曾在熊邸騙了信長。」於大剛剛進來，信長未打招呼就這麼說道。他把小桌子放在大腿間，雙手托腮。

他對站在旁邊的近侍凶暴地命令道：「你們退下！」

「你不是熊邸若君的親戚，而是水野下野的妹妹，也是松平廣忠的前妻，對不對？」

「是的。」於大說道。信長雙眼炯炯有神，細長的眼睛流露出情愛之色。

「那個時候，波太郎大人突然有了餘興之意，所以才叫我來。」

「餘興……」這個年僅十四的信長，莫測高深地笑了笑。

「或許人生本來就是個餘興。對了，你給我帶了什麼禮物來？」

「有的，一顆母親的心……」

「好，給我吧！」他突然伸出一隻手……碰觸到於大的膝蓋。於大抱著必死的決心。但是除了瞞著丈夫來見信長之外，她實在想不出其他可以解救竹千代的方法了。

「請收下……」於大直直地盯著他，不久雙眼含滿了淚水。

「請收下！母親的心……母親的心……」她激動地流出淚來。只見她雙肩抖動，聲音嘶啞，不久終於放聲哭了出來。

34〔編註〕初陣，武士階級子弟初次參與的戰爭。

十四歲的信長突然大笑起來。「收下了，收下了，你給的禮物我收下了。」於大默默垂下頭來，動也不動。

信長拍拍手，呼叫小姓。走出來的小姓身材也很魁梧，年齡比他小，但長相並不亞於信長。

「犬千代，這位是久松佐渡的妻子。夫人，這位是前田犬千代。你們彼此認識一下吧！」

犬千代打量著於大，於大也回看了犬千代一眼。信長不知想到了什麼，突然狂笑了起來。「犬千代，你見過熱田的客人沒有？」

「熱田的客人？」

「就是岡崎來的那個小子啊！」

犬千代搖搖頭。他們之間的態度十分親密，似乎沒有主從的距離。

「還沒有啊？那麼你也一起去吧，他們來了。」

犬千代沒有回答信長的問題。

「帶她一塊兒去……」他只是專注地看著於大。「大人還是謹慎為好。」

「有何不可？」

「您就要和濃姬結婚，這會讓平手中務難受的。」

「哈哈哈……」信長捧腹笑了出來。濃姬是美濃稻葉山城城主齋藤道三的女兒。不久後她將嫁給信長，目前兩家正在交涉這件事。當然，這是政略上的婚姻。齋藤道三利用女兒來攏絡敵人織田信秀，而織田家也想把他的女兒當作人質。

「犬千代！」信長笑著說道，眼角還看著於大。

「犬千代這小子還懷疑我和你呢！哈哈哈……是不是啊，犬千代？」

起初於大歪著頭思索著這句話究竟是什麼意思，突然她滿臉通紅。

十四歲的信長和二十歲的於大。在婚禮之前當然應該謹慎，而信長雖然早熟，但還不至於到這個地步。看到於大羞紅了臉，信長繼續說道：「有時候犬千代這小子還真能看穿我的心事，我在十一歲的時候就對這位夫人一見鍾情了。今天她和我們一起去熱田，你放心好了。我們先去看岡崎來的那小子，回來再帶她參拜熱田宮，之後就託付老爺子（平手政秀）吧！你去請老爺子也跟著一塊兒到熱田。」

犬千代行了個禮，站了起來。

於大不禁看了看信長，雖然這二人的外貌均屬健壯魁梧，但信長的銳氣則壓過犬千代。從剛才所說的這一番話看來，一點也不像是拿人當馬騎、四處遊蕩的「奇葩」……

（一個不拘小節的大將，雖然外形散漫，卻是個情感豐富的武士……）

於大終於放下了心上的一塊石頭，信長將會是她的救星。

十

犬千代前去通知，不久，平手中務大輔政秀來了。

政秀與林新五郎、青山三左衛門、內藤勝助是那古野城年輕「奇葩」的四個家老。

他走進信長的房間。

「有件事要你去辦一下。」信長以命令的口吻說著，並站了起來。

「佐渡有來信吧？」政秀輕聲對於大說道。信長是政秀一手帶大的，他似乎看穿了信長的心事。結果，他拿起久松佐渡的信，一邊看著一邊說道：「這件事最好不要插手。」

「你雖有自己的想法，但是人家已經提出來了，你就去辦一下吧！」

於大十分羨慕這對主僕。信長的外表看起來雖然玩世不恭，內心卻隱藏著一股非凡的氣勢。他就像白天裡的一盞燈，射放出光芒卻不容易被發現。

「如果竹千代也有個像他這樣父親一般的師傅……」於大內心這麼想著。不久，信長走了回來。

「老爺子！」

「是。」

「你和久松佐渡不是很熟嗎？他的夫人今天就住你那兒吧！」

「好的。」

「時間不早，該出發了。犬千代，馬備好了嗎？」

犬千代露出不悅的表情，彷彿信長不該多此一問。

「夫人的轎子呢？」

「當然準備好了。」

「我不該操這個心的。吩咐下去，要趕在馬隊前抵達。」

犬千代領了指示後跑了出去。信長、於大、政秀也先後走出大門。

馬匹都是上選的好馬，信長的坐騎是連錢葦毛。在午後的陽光下，不停地邁出前蹄。出了玄關，信長像孩子般地飛奔而去，跳上了馬背，「啊」地一聲揚長而去。犬千代看到政秀向他使了個眼神後，也跟著躍上一匹栗毛馬。跟在信長身後，兩個人像風一般地飛了出去。

沒有人感到驚訝。與其說信長漠視一切世俗禮儀，毋寧說是信秀允許其充分發展自我，這種觀念才真正讓人驚訝。

「走吧！」

不論信長有何作為或舉動，政秀始終沉著冷靜。他請於大上轎後也跟著跨上了馬背，跟在於大轎旁走出城門。

於大心急地突然感到胸口發悶。

（在竹千代三歲的時候，母子分離。經過了三年，如今就要見面了。）

想到這兒，於大內心不禁感慨萬千。她感到喉嚨乾渴，眼睛發熱。

十一

於大的轎子進入了熱田加藤圖書的宅邸。此時，夕陽已照滿了大地。

可憐的孩子，先是被廣忠拋棄，接著又可能在織田信秀的命令下喪命。於大本以為竹千代在這裡四周應有嚴密的警備，實際上卻與她想像的不同。只見這座宅邸靜靜矗立在夕陽中。僅有兩個足輕手持六尺棒守在門口，四周十分寧靜。宅邸旁邊是低矮的圍牆，庭中則樹木林立，其中包含了許多楠木和椎木，一點也沒有冬天的氣息。

到達時，只見有兩匹馬早已拴在落葉滿地的青桐樹幹上。

轎子停下，沒有人出來迎接，只有一名小廝走到於大面前整理鞋子。平手政秀與於大先是來到庭前。

政秀踏著地上的土，小聲說道：「你先不要暴露自己的身分……」

於大點點頭。

這裡與內院只隔了一個方格籬笆，柴門是開著的。走進柴門，可看見古老平家的偏房風格上像是一間古樸的書院，有個人坐在窗邊。是信長。

前田犬千代就在旁邊，對面有三個小孩蹲著身子圍成一圈，不知道在做什麼。

走上前去，看到一個坐在旁邊的小孩正蹲在地上摺紙。

於大內心開始緊張起來，由於三個小孩的髮型與身材十分相似，她不知道哪一個才是竹千代。

平手政秀慢慢靠過去，於大只好跟在他的後面。

「摺得怎麼樣啦？」坐在窗邊的信長，問一個正在摺紙的孩子。

「快好了！」孩子回答道。

「領口用紅、紫、黃三色，做起來會很漂亮。」

孩子彷彿是在做娃娃，目前正在羽織[35]上下工夫。

於大慢慢走到窗邊，比較著那個正在摺紙的孩子以及在旁觀看的兩個孩子。小孩和信長彷彿沒有發現於大和政秀，他們頭也不回。

「竹千代，你很有耐心嘛！」信長說道。

於大終於知道，那個摺著紙娃娃的就是竹千代。但是竹千代默默不回答，依然歪著頭，考慮著紙娃娃的衣服應該用什麼顏色。

於大雙手捧著臉，有一種想衝上前去的衝動，因為竹千代正投入在摺紙裡，在這裡她只能看見竹千代的額頭。

（竹千代！是母親呀，母親就站在你的旁邊，你知道嗎？）

於大激動地咬著嘴唇，凝視著竹千代的雙手。此刻，竹千代終於抬起頭來了。

35〔編註〕羽織，是一種長及臀部的外衣，多穿在小袖或鎧甲之外，一般用於防寒和正式場合。

於大看見了竹千代那對冷靜的眼神。就在這對眼神即將與於大四目交會的時候，金色的落日餘暉照了進來。

那張臉孔與於大的父親水野忠政十分相似。可憐的孩子竟還不知身處險境，隨時有被殺的可能。他更不知道母親因激動而全身顫抖地站在他的前面。竹千代又回頭專心於手上的工作。

信長用一種幸災樂禍的眼神看著這對母子。

「竹千代。」信長喊道。

「什麼事？」竹千代頭也不抬地問道。

「你是喜歡我，還是討厭我呢？」

「我還不知道。」

「說的也是，你連我是誰都不知道嘛！」

「我知道。」

「什麼，你知道……那你說說看吧！」

「你是織田的曹司[36]，信長，對不對？」

「嗯！」信長點點頭，朝於大這邊看了看。

這段對話彷彿是故意要說給於大聽的。
「竹千代。」
「什麼事？」
「你本來是應該去駿府的，知道為什麼反而到了熱田嗎？」
「我知道。」
「如果你在熱田被殺，要怎麼辦呢？」
竹千代沉默不語，雙手依然摺著紙娃娃。
「我……這個……信長覺得你就像是我的弟弟，這樣你也討厭我嗎？」
竹千代依然保持沉默。坐在旁邊的天野三之助用手推了推他的膝蓋。
「三之助，幹什麼？」
「他在問你啊！」
「不，竹千代不喜歡說謊。」
「哈哈哈……」信長笑道。
「這說謊代表不喜歡囉，那剛剛的『不知道』其實就是在說謊呀！」
「我沒有說謊，大家都說信長是個怪人，我只是在考慮。」

36〔編註〕曹司，公卿貴族之子。

「笨蛋？你說得倒挺順口的嘛！」

「如果是怪人的話，我就不喜歡。」

「如果不是呢？」

「如果不是的話就可以做個兄弟。是不是啊，三之助？」

這次是阿部德千代推了推他的膝蓋。

竹千代把紙娃娃摺好了，嘴邊帶著微笑，把紙娃娃遞了過去。

「要把這個送給信長嗎？」

「嗯。」竹千代把剛剛摺好的紙娃娃交給了信長。

「他穿的羽織好漂亮啊，是哪裡的大將？」

「這是個脆弱的大將，因為他是紙做的。」

「哦？那麼信長也做一件這樣的羽織，好不好？」

「為什麼呢？」

「因為他剛強得有點太過，令人困擾啊！」

「為什麼太剛強呢？」

「哈哈，太讓人困擾了。信長生來就這麼剛強，令人困擾，天生的啦！」

竹千代彷彿瞭解似地點點頭，突然站了起來走到前面，可能是想小便。

「對不起！」說著，他在於大旁邊的石板上開始小便。

十三

「竹千代。」

「什麼事？」

「石板下面會不會有蚯蚓呢？」

「就算有，也沒有關係啊！」

「可是你把尿澆在牠身上，小弟弟可會變彎的喔！」

「不會啦。」

「聽你這麼說好像經常這麼做似的。」

竹千代點點頭，慢慢地挺直腰。於大一直盯著這個孩子看。

信長轉過身來，看了看站在於大旁邊的平手政秀。平手政秀抬頭看著天色，做了一個回去的手勢。

「竹千代，你寂不寂寞啊？」

竹千代默不回答。

「你好像對你不合意的事都不回答。」

「對，你最好不要問一些我還沒有決定的事。」

「嗯，我反而被竹千代訓了一頓呢！我該回去了。哦，對了！你記不記得你的母親？」

「不記得。」

「想不想見她？」

「這個我無法回答。」

「哈哈哈……我已經明白了。對了，竹千代，如果我……哦，我是指信長，如果想辦法讓你不被殺，你會不會喜歡他呢？」

這個問題問得十分突然，竹千代感到很驚訝，但是於大比他更震驚。不，不只是於大，連平手政秀和前田犬千代都驚訝地看著竹千代。

他們都明白了信長想要挽救竹千代的性命，同時也很想瞭解這個岡崎的小傢伙如何回答。

竹千代抬起頭來看著信長，臉上露出笑容，以略帶玩笑的口吻和心情慢慢說道：「如果他真如此做的話，我會喜歡他的。」

「哦？再見囉。」

「再見……」

信長從窗口跳了下來，朝庭前走去。他走到自己的愛馬前面，表情變得十分凝重。不久，他回過頭來，對於大說道：「那小子好像滿喜歡我的。當然，等哪一天長大了就不一定了。希望他心裡不要對我有恨。如果他對我有恨，我會把他撕成八片的。犬千代，走吧！」

他跨上馬背，像閃電般地朝暮色中的大門奔去，很快就消失在眼前了。

於大呆立在原地好一陣子。她的願望終於得以實現，信長將保竹千代一命……

「我們走吧！」平手政秀低聲催促著。

「真是難分高下啊！我們殿下和竹千代都是有才幹、有氣度的人。刈谷御前，你有個好孩子啊。」

「是……是。」於大不敢相信似地看了看四周。

流星

一

廣忠坐在居間側邊，小姓正替他剪著腳趾甲。

「不要剪得太深，說不定什麼時候就要開戰了呢！」

他一邊小心地注視著小姓，一邊瞇著眼睛望向溫暖的春陽，伸了個懶腰。

天文十八（一五四九）年，三月十日。他仍無法忘記於春，城內的櫻花正盛開著。

距離竹千代被送往尾張已有一年半了。時間過得好快，回想這段時間裡發生了太多事了。

「八彌，從那個時候起總共有幾場戰事呢？」他對坐在旁邊的貼身護衛獨眼八彌問道。

「那個時候……您是指八彌殺了於春那時嗎？」

「不，不……我是指竹千代被擄的時候。」

八彌看看廣忠，屈指算著：「首先是田原城的戶田被攻。」

「嗯，那是第一次。」

「第二次是大岡鄉山崎城的松平藏人被征伐。」

「嗯。」

「後來也是同族的……」八彌皺了皺眉頭，「松平三左衛門被暗殺。」他不悅地說道。

如果廣忠注意八彌的表情，就會發現八彌對於他懷疑族人並予以征戰暗殺的舉動有何觀感……但是廣忠只是閉著眼睛並未注意這些。

「那不能算戰爭，三左那傢伙意圖謀反，只是被討伐罷了。不過，後來小豆坂之戰倒是十分激烈。」

「是，因為討伐上和田的三左衛門，而導致了織田和今川兩家的戰爭……那個時候雙方的死傷十分慘重，就連羽根村的農夫也被動員來挖掘足輕的墳塚。」

說到這兒，八彌發現廣忠竟然睡著了。他看了看前庭，嘴巴不悅地撇了起來。風不大，偏偏落花卻散落到他腳下。

（討厭的花……）

八彌內心這麼想著。

於春被納為側室的時候，曾經發狂般地將這種花塞滿整個浴盆。這是讓於春落淚的花。於春死的時候，口裡含的也是這種花。

八彌依照於春遺書的囑咐將她的首級帶到了廣忠面前。

「……她洩露了殿下的祕密，所以我把她殺了。」

那個時候如果廣忠能為薄命的於春流一滴眼淚的話，或許八彌會將心中的懷恨隱藏起來，依然忠誠地服侍廣忠。但是廣忠並沒有，他只是看了看於春的首級，說道：「……我瞭解你的心意，從明天起，你回到我這兒來吧！」

他連將於春葬在何處都沒有指示一下。

想到這兒，八彌感到一股熱血衝上了頭頂。

二

過了一會兒，廣忠醒了過來。

「幫我揉揉腰！」他對小姓命令道。小憩一會的廣忠失去了時間感。

「那場小豆坂之戰，我以為織田彈正會因生氣而殺了竹千代，沒想到他至今都未展開行動。」廣忠回過頭來對八彌說道。

八彌若無其事地保持沉默。當時，廣忠對竹千代的事只是淡淡地說了一句「隨你怎麼處置」，八彌還不覺得廣忠的心是如此殘酷。

織田信秀派遣山口惣十郎弘高以密使身分到這兒報告竹千代近況的時候，八彌也在場。

「關於進攻今川家的戰略……」山口惣十郎和廣忠討論戰略的時候，廣忠卻聽也不聽。

「我是個以義為重的武人，對於被捕的人物不感興趣。」

惣十郎弘高就這麼被冷漠地趕走了。八彌知道，在這個亂世中有血有淚是無法生存的，但是心中仍然不免憤慨。

「織田彈正那傢伙大概是想等我屈服吧！」

八彌對此也不表意見。

就在這個時候，近侍來報。酒井雅樂助帶了一個陌生男子前來。

八彌心想，大概是間諜吧！

「殿下……」

「噢，是雅樂助呀！」

「我想和您單獨一談。」

廣忠慢慢站起來，命令小姓下去。

小姓下去了，雅樂助看了看八彌，但是並沒有要他下去。

「殿下，竹千代的近況很好。」

廣忠目不轉睛地打量著這個間諜。「把你探到的消息說出來吧！」

「是。」

這名男子一身武士的裝扮，但是說起話來卻像一般商人。「竹千代和信長意氣相投，信長在別人面前稱竹千代大人為三河的弟弟。」

「哈哈，三河的弟弟？」

「原本彈正忠（信秀）打算殺了竹千代，但是後來好像是信長阻止的樣子。他說他們不是父輩的替身，他和竹千代的時代要來了。為了維繫織田和松平之間的友誼，他經常帶竹千代前往參加祭典。」

廣忠點點頭，苦笑了一下。

「他們兩人的感情很好，經過我多方調查，最後終於知道是誰將他們二人牽在一起的。」

「兩人的感情很好？……你是指信長和竹千代嗎？」

「是的，他們之所以會結成好友，是久松佐渡守的妻子……也就是竹千代的生母在背後苦心策劃的。」

「什麼？你是說於大？」廣忠眼睛一閃，視線從間諜身上移往雅樂助。

三

「雅樂助，你對這件事有什麼看法？」廣忠銳利地問道。

「有什麼……？」雅樂助一臉茫然。

「我是指於大出的這個計策，一個女人家竟插手這件事……」

「大概是母子之情吧！她一定向阿古居請求過。」

「哼！她這樣不是和我作對嗎？」

雅樂助對此避不答。

「光是聽到竹千代大人還活著，就令我們大家頓時覺得力量大增了。如果還知道他的生母暗地裡伸出溫暖的手，無疑是一掃心中的憂愁。」

「雅樂助。」

「是。」

「你心裡很高興嗎？」

「我不太明白您的意思。」

「難道你沒發現這是她和織田彈正設下的陷阱？」

「即使是陷阱，只要能保住性命就沒關係。」

「住口！」廣忠嚴厲地嚇阻，眼睛盯著前庭的落花。

戰爭一場接著一場，廣忠整天生活在病痛中，身上早已顯露出疲勞的跡象。他年僅二十四，身為武將，正是走向穩重、理智的年齡，但是廣忠正好相反。

「雅樂助。」

「是。」

「你剛才說於大暗中伸出溫暖的手？」

「是的。根據間諜探聽來的消息，熱田常常會祕密地收到一些從阿古居送去的衣物或糖果之類的東西。」

「你知道這些東西是誰送的嗎？」

「是的，現在已經打聽出來了。」

此時，間諜從旁插嘴說道：「大概是久松的家人，一個叫竹之內久六的。他負責阿古居的稅收，有的時候抽不了身，就會讓家老平野久藏悄悄去會面。」

「什麼，久松的家老也……」

這實非廣忠所能預料的。特別派家老前去，並非於大一個人所能辦到的。看來，久松佐渡已經受於大的控制了。想到於大現在已經有能力操縱第二個丈夫，廣忠不禁胸前一熱。如果這是久松自己的命令，那麼更不能不小心了。

廣忠凝視著地面上好一陣子，終於抬起頭來。

「一定得殺了她，絕不能讓她活著。」

「什麼……您說什麼？」

「我說一定要殺了她。」

「誰啊？」

「當然是於大！」

「什麼……您是說夫人？」雅樂助驚訝地叫了出來。與殿下背對而坐的獨眼八彌肩膀也微微抖動了一下。

四

「殿下！」

雅樂助不敢相信廣忠剛才所說的話，再度問道：「您是當真嗎？如果是……我想知道原因。」

廣忠靜靜閉著眼睛，額頭上的青筋微微顫動，眉頭也像抽了筋似地跳著。

「雅樂助，這不是於大的主意，而是久松佐渡的奸計。」

「有什麼能證明呢？」

「連家老都出動了……還需要什麼更好的證據嗎？」

「哈哈哈……」雅樂助笑了出來。

「我想這大概是夫人的人品所致吧！夫人在這兒時，也讓全族上下團結、心悅誠服啊！像阿古居那樣的小城，當然也會受到夫人的影響。」

「這麼說，於大已經能操縱她的丈夫彌九郎囉？」

「殿下！我想不應該說操縱這二個字，應該是婦德的潛移默化。」

廣忠再度閉上眼睛——那雙過於清澈的眼睛，只見他眼瞼上暴出幾條青筋。

「這麼說……於大發揮她的婦德在侍候彌九郎囉……」

「是的，若非如此，怎能讓家裡上下團結、心悅誠服呢？」

「雅樂助。」

「是。」

「你認為於大這個行為的背後沒有隱藏什麼嗎？」

「如果有的話，也只是自然的母子之情……她一定是基於那份血濃於水的感情才盡力幫助竹千代的。」

「這麼說，是我多慮囉？我認為織田彈正是想先拉攏我的心，然後馴服竹千代，安撫於大，最後將岡崎城據為己有，難道這是我杞人憂天嗎？」

「我不敢這麼想。」

「我知道了，下去吧！我是拋棄竹千代的殘忍父親，於大是拯救孩子的偉大母親。織田彈正和久松彌九郎受於大母愛的感動而不殺竹千代，只有他們才是真正的武將。我認為他們的奸計是想讓竹千代還有你們每個人都有這種想法，正因你這麼說，大概不會錯吧！辛苦了，下去吧！」

雅樂助似乎想說些什麼，但是想了想最後咬緊牙忍住了，朝廣忠行了個禮。雅樂助雖想勸他打消殺於大的念頭，但還沒有必要為此與之反目。

「在下告退……」

雅樂助和間諜一起退了下去。廣忠靠著茶几，眼睛直直看著落花。

四周突然靜了下來，只聽到花瓣落在地面上的窸窣聲。

「八彌……」

「是。」

「我要殺了於大。」

聽到這句話，獨眼八彌慢慢轉身面對廣忠。

五

八彌對廣忠的這句話一點也不意外。廣忠知道於春死時也未曾流過一滴眼淚。廣忠藉武士之名坐視竹千代於不顧。廣忠曾派人刺殺同族的松平三左衛門，這樣的廣忠是不會為了雅樂助的幾句進言而打消殺於大的主意的。

（唉……）

獨眼八彌緩緩轉過身來，面對廣忠問道：「為……為什麼要殺她呢？」

過了一會兒，廣忠才自言自語似地說道：「久松彌九郎那傢伙倒挺會做人的。」

「挺會做人的？」

「我想把一個接近於大的人送進阿古居城內，這個手段可比他強吧！八彌！」

「是。」

「叫植村新六郎到這兒來。」

「殿下……」

「什麼事？」

「這件事若想隱瞞久松佐渡守，恐怕……」

「恐怕不容易嗎？」

「是的，已經有松平三左衛門一事了。」

「八彌。」

「是。」

「你認為該怎麼辦？」

「這個嘛……」八彌感到自己心中湧起一股對於廣忠的強烈憤怒和憎恨。如果他不是主君的話，早就把他摔倒在地了。

（這個冷酷、無情的……）

思想單純的八彌不瞭解與於大離別後，廣忠的一切焦躁行為都是在和於大爭鬥。當一份強迫被割捨的愛情受到挫折，難免會化為思慕、憎恨、嫉妒、猜疑。

當廣忠對織田的密使山口惣十郎說竹千代由他任意處置時，多少也受到了於大的影響。而今於大又和第二任丈夫同心協力援救竹千代，這更讓廣忠覺得自己無立足之地。這種內心的掙扎使得依戀之情改變，而欲置於大於死地。獨眼八彌無法瞭解廣忠的這種心情。

「那麼就假借報告竹千代大人近況的名義接近她，然後當場刺殺。」

「嗯。」廣忠點點頭。

「如果我命令你去的話，你有信心一定成功而返嗎？」

「可以。」八彌回答道。八彌心想，該是與主君分別的時候了，他怎能狠得下心殺了以前的夫人呢？

廣忠似乎看穿了八彌的心事。

「不，你不適合。」廣忠說道。「快點叫植村新六郎到我這兒來，別讓雅樂助和大藏知道。」

六

「殿下，您不指派我了嗎？」

「你不適合，我要聽聽新六的意見。快呀，怎麼還不去呢？」廣忠急躁地拍拍手呼叫小姓。

八彌默默地面對廣忠。看門狗就只是看門狗……他轉過身，背對廣忠，是怕被識破自己心中的不滿。他背過身去時，把刀移到前面放到膝蓋上，緊握著的雙拳已無法控制地顫抖了起來。

（自己曾經用這雙手殺了於春……）

八彌不禁閉上眼睛，過了一會兒又睜開來。

在他背後，廣忠叫小姓去請家老植村新六郎。小姓領命後，退了下去。

這個念頭像風一般地閃過心頭，引起一股難以平息的感情。

（就是現在！）

（再這樣下去，殿下遲早……）

八彌想到，廣忠先是拋棄愛子，接著欲斬於大。再這樣下去，總有一天會毀了松平家。

「殿下！」八彌站起來，轉過身。「獨眼八彌要殺了你。」

「八彌，你在胡說些什麼呀？」廣忠以為八彌要強求自己派他去暗殺於大。「我不是說過你不適合嗎？難道你不明白？」

「我不明白！」八彌又朝廣忠邁近一步，一隻手早已按住了刀口。

「啊！」廣忠叫道。「八彌謀反！……」

就在這個時候，八彌抽出刀來，朝廣忠的下腹刺了進去。

「啊！」廣忠仰面朝天，想要抓住刀柄。

八彌不讓他抓刀，頓時把刀抽了出來，再朝他的右腹刺了下去。

「啊……八彌！」

「……」

「難道你是敵人的間諜……」

八彌搖搖頭說：「我是為了這個家。」

「啊……」眼見著鮮血從腰間流到膝蓋，廣忠虛弱地說道：「八彌……刺得好，我早就不想活了。我活著……只是徒增罪業……」他斷斷續續地說道。

「咦？」

「你無法瞭解的。活著……活著……只是徒增……罪業……可怕的罪業……然後……然後……然後……」

只見廣忠嘴唇發白、面頰抽筋，他用最後的力氣靠在茶几旁，坐正了上身。

獨眼八彌目不轉睛地看著廣忠。

春天裡一個寧靜的下午，遠處傳來腳步聲，大概是小姓請家老植村新六郎過來了吧！

七

獨眼八彌突然感到全身乏力。要是被人發現他弒主，一定會引起一陣追殺。但是最讓八彌驚訝的是廣忠的這一番話。他說自己早已不想活下去了，八彌這一刀正好解決了他的煩惱。

八彌實在不敢相信，但他相信這絕非幻覺或是作夢。廣忠十歲就喪父，接下來的十四年，無時無刻不在為生存而掙扎。此人一生中最後的一句話……躺在血泊中，留下了最後的一句話……

（死……）

八彌顫慄地站在那兒望著前庭的花，他像孩子般跺著腳，但並不是出於後悔或憤怒。人生充滿了太多無法解釋的事。於春就這麼死了，廣忠也……這兩件事都發生了。難道人真的這麼脆弱？

「可惡！」八彌揮動著血刀，像在砍殺著看不見的東西。

「不吉祥的花為什麼散落四處，可惡！」

他突然安靜了下來，像是沉進了地底一般。此時腳步聲愈來愈近了。

「八彌，這是怎麼回事？」

接著淒厲的叫聲響起：「啊，八彌謀反，大家快來呀！八彌謀反。」

喊叫聲震人耳膜，但是他們還不清楚八彌究竟做了些什麼。

植村新六郎一邊叫著，一邊抱起廣忠。當他發現廣忠已經斷氣時，再度大聲叫了起來。

「八彌刺傷了殿下，不過傷得不重，傷得不重！」

聽到這句話，八彌突然感到一股熱血衝進腦子。

當然，在這個時候一族一黨領袖的死訊是不能輕易公開的。八彌抖動了一下手中的刀，他知道自己這一刀的後果。

（騙人！）八彌突然湧起了一股無名怒火。

「八彌，把刀放下來！」

紛亂的腳步聲中傳來植村新六郎的聲音。

「不！」八彌喝道：「我沒有謀反。」

「住口，難道還要說你對殿下效忠？」

「可惡！我……我是為了這個家才刺殺他的。」

「這是什麼話？叛亂的是你啊，放下刀來，否則我殺了你！」

新六郎抽出刀來。

「哈哈哈……」獨眼八彌狂笑不已。

「於春，你看到了沒有，我不知道，我不知道究竟自己做了什麼！」

「把刀放下！」新六郎再度叫道。

八

「如果你再不放下刀，我就殺了你。」

「什麼……你要殺了我？」

八彌又笑了出來。

（又說謊了！）八彌覺得這話很可笑。

「植村新六郎，你以為你殺得了我嗎？」

「八彌！」

「什麼事？」

「不信你就試試看。」

新六郎舉起那把身經百戰的太刀。

八彌幾乎是無意識地衝了上去，但是他一個不小心，噗通一聲摔倒在庭前。

「看吧，這就是上天給你的懲罰。」植村新六郎趁機追了上去。

八彌眼看來不及站起來，便向前滾動。兩個人都揮動著手中的太刀。只見新六郎的衣角像碎片般地落了下來，八彌背上的衣服也被扯破了。

「再來吧！」

「好，來呀！」

八彌再度舉刀，他感覺到溫暖的陽光照射在裸露的背上，櫻花散落在二人之間。

「大家不必插手。」新六郎說道。「正義的一邊一定會勝利，我不會輸的。」

新六郎喘著氣，充滿自信地朝八彌走過去。

八彌向後退了一步，心想新六郎的自信雖然可嘉，但卻只能騙騙小孩。

（他還沒有見過真正的人生……）想到這兒，八彌突然茅塞頓開。勝利究竟是什麼？生是一場夢，死是一場空。

「來吧！」新六郎大喝一聲，朝八彌撲了過來。八彌舉起太刀擋住，兩把刀在空中碰撞出巨大的聲響。

「來吧！」新六郎攤開手後又扠著腰。八彌看到他這個樣子，突然想起小時候玩的捉鬼遊戲，內心覺得十分有趣。

「不。」八彌搖搖頭，轉身逃了出去。圍觀的人們「啊」地驚叫一聲，也跟了上去。兩個大男人在花叢間追逐著。最後，消失在酒谷的堤旁。不久壕中傳來新六郎嘶啞的聲音。「植村新六郎殺了佐久間右京亮信直的間諜岩松八彌。」

人們聚集在堤旁，看到植村新六郎跨在八彌的屍體上。他一手拿著小刀，另一手放在膝蓋上，似乎正在沉思著。被刺死的八彌大概還不知道自己竟被認為是佐久間的間諜。他仍睜著一隻眼，臉上帶著笑容。

田原御前居住的新城庭院中傳來鶯的叫聲。

無守之城

一

岡崎城內，人們的腳步突然變得急促匆忙。

「主君好像突然得了重病。」

「不，不，是生病。」

「傳說是被岩松八彌刺傷了。」

「是啊！他趁殿下午睡時突然刺了下去……」

「不，不是午睡的時候。我聽說是小姓在替他剪趾甲的時候，從背後刺上去的。」

聚集在大廣間的族人紛紛揣測著。

「聽說八彌是西廣瀨佐久間右京亮的間諜。」

有的人聽到這句話，煞有其事地搖搖頭。

「不，不，不，他是和織田信秀串通，他們原本派於春下手，但是於春失敗了，最後由八彌親自下手。」廣間裡竟然也出現了這種傳聞。

總之，誰也不能探視廣忠，因此流言紛起。

老臣中有人說廣忠的確是病倒了，但病因是被八彌刺傷……

大概誰也不知道廣忠早已喪命，屍首已從大林寺移往能見原的月光庵祕密下葬了。

就在一年前的同一天，八彌殺了於春，將她悄悄地埋葬在月光庵的墓地裡……

此事只有負責的阿部大藏、酒井雅樂助、石川安藝三人，以及植村新六郎知道。其他老臣事後才知。

在廣忠房間旁的休息室裡，躺在床上的不是廣忠，而是披上廣忠睡衣的棉被。總有一天，這具偽裝的肉身必得放進棺材發葬，但是重臣們還沒有談論到這個地步。

他們小心翼翼以屏風圍著這床空無一人的棉被。在廣忠平常休息的房間裡，老臣們一個個面色凝重。

「不論大家怎麼想，我還是堅持自己的意見……」石川安藝說著，一面回頭看看天野甚右衛門。

「我也堅持自己的意見。」甚右衛門冷冷地說道。

「安藝大人想依賴今川家的勢力，但是如今還落在織田手中的竹千代該怎麼辦呢？殿下已經不在了，竹千代又落在敵人的手裡，難道依附今川家麾下就能夠和織田抗鬥嗎？」

「我的想法是這樣的……」

「願聞其詳。」

「如果為了救竹千代而依附織田家，可能會引起今川家的憤怒……這已有前例可循，田原的戶田氏不是因此而滅亡的嗎？」

兩人互不相讓，一直爭辯著。

「兩位請稍安勿躁。」沉默已久的鳥居忠吉說道。

二

「事情演變至此確實出人意料，若再有什麼意外，三河武者的盛名就會在我們手中丟盡了。」忠吉說著，回頭看了看植村新六郎。

「你在殺死叛亂的八彌時，說他是西廣瀨佐久間的間諜，真是這樣嗎？」

植村新六郎坐正身子，看了看大家。

「我這麼說也是為了完成殿下的遺志！」

「殿下的遺志？」甚右衛門再一次問道。

「殿下在失去竹千代之後，仍然盡力維持與今川家的關係……自有其用意。若說他是織田的間諜或許太過獨斷，所以便說是織田那方的佐久間間諜……」

「我明白了。」鳥居忠吉點點頭。

「雅樂助，你認為我們是不是該採用新六的意見，對外發表殿下是佐久間的間諜所傷？」

雅樂助雙手環抱胸前，抬了抬眼。

「我的意見和植村新六郎一樣，沒有其他話好說。」

「這麼說，你也認為我們該依賴今川家囉？」

「除此之外似乎已別無他法了。還有，我們應該派個人，以刺殺殿下之名依附到織田信秀那兒去。」

忠吉再度點點頭。

「甚右衛門，你願意擔任這個任務嗎？」

「這……」

「你可以說是為了一家的安危，所以命令八彌刺殺了昏君，現在願意和織田結為盟友，請他們送回竹千代大人……」

天野甚右衛門帶著一臉痛苦的表情搖搖頭。他當然希望竹千代能夠平安無事歸來，但是從不曾想過自己要扮演弒主的角色。

「有誰願意代替天野甚右衛門到織田那裡去呢？」忠吉說著，看了看大家臉上的表情。

「那麼……有誰願意到今川那兒去？」

沉默了好一陣子之後，石川安藝才挺身說道：「我願意擔任這個使者。根據以往殿下對今川家的忠實，我想，只要誠心地與他們交涉，他們應該不會對岡崎城怎麼樣。」

「等一下。」

舉手發言的是本多平八郎忠高。忠高的父親平八郎忠豐在攻打安祥城時，代替廣忠而戰死，他繼承了父親的遺志，今年才二十二歲。現坐在安藝旁邊。

「首先，我們一定要與織田家和睦共處，我願意到織田家去。」他聳聳肩說道。

三

四周突然靜了下來。

岡崎城突然失去了領導人，眾人頓感沒了重心。晴朗的空中依然飄著烏雲。障子門關上之後，顯得十分陰暗。

「哦，你願意當這個使者？」鳥居忠吉十分意外地看了看平八郎忠高。

「為了這個家族，我們應該拋棄個人的恩怨。」忠高不回答鳥居忠吉，反而回過頭來對著植村新六郎說道。

忠高漆黑的雙眼，彷彿在說自己無法饒恕殺父仇人織田信秀。他娶了植村新六郎的女兒，目前育有一子鍋之助（後來的平八郎忠勝）。他們是女婿與岳父的關係。

這時，女婿很嚴肅地看著岳父：「現在城內意見分成了兩派，我想就先把妻子遣還給您。」

「此事不急。」忠吉面帶微笑地插嘴說道：「先聽聽你的說法。」

「這……現在的情況非比尋常，首先，我們必須保住竹千代大人的命。第二，絕不能把岡崎城拱手讓給今川家。如果為了求得全族一統而依附織田家，我想今川絕不會就此罷休。在這兩種情況下實在很難做決定……但是我們必須在這種狀況下求生存……除此之外，別無辦法。」

植村新六郎默默看著女婿。

「所以我決定離開妻子，揹著織田派的身分前往尾張，以勸說全族投向織田為由，請求織田歸還竹千代大人。而岳父大人和石川大人則一起前往駿河，以鼓吹全族一統投向今川為條件，交換取得駿河的軍事援助。除此之外，別無辦法了。」

「你的意思是要我們內部分為二派？」

「是的。」

「嗯，這也是個辦法。各位，你們認為如何呢？」鳥居忠吉看了看大家，但沒有人回答。

忠高還年輕，沒有人相信織田信秀會如他所說的，把竹千代乖乖地送回來，而這種欺瞞的手法也不符合廣忠的作風。但是在沒有其他更好的辦法之下，實在也沒有理由排斥這個建議。如果竹千代被殺了，那麼松平家恐怕真的就會四分五裂了。

「如何呢？」鳥居忠吉再度問道。

平八郎忠高目光炯炯地看了看大家。先是阿部大藏低下頭來，接著是酒井雅樂助……

就在這個時候，大久保新八郎面色凝重地走了進來：「各位，大事不妙了！」

他跪下膝，突然放聲大哭了起來。

四

「究竟怎麼回事？」雅樂助首先抬起頭來。

「快說，究竟發生了什麼事？」本多平八郎忠高緊張地擦著膝蓋。

「駿河出兵了。」

「什麼，駿河……」大家彼此看了看，隨即低下頭來。

大久保新八郎握著拳，含著淚：「今川家早已看穿了我們的想法了。」

他又哭了出來。

「使者朝比奈備中守領軍三百騎已經通過吉田城上山來了。他們的藉口可想而知，現在一切都完了。」

鳥居忠吉和阿部大藏閉上了眼睛。

這個計策一定不是今川義元自己提出來的，而是深受義元寵信的雪齋和尚。他們的藉口可想而知，一定是怕岡崎為了救竹千代而倒向織田，因此率軍進入岡崎。而藉口必然是「……在竹千代大人長大成人之前，這裡就交給今川家吧！」

這麼做未免太快了，況且岡崎還沒有發喪呢！

然而，事到如今已無討論的餘地了。不是乖乖聽話交出城池，就是奮勇一戰。

鳥居忠吉沉痛地睜開眼睛，雙手仍舊抱在胸前。

一個沒有守備的城池。一個無主之城。

形勢急轉直下，事情已被逼上了最壞的方向了。

「事到如今……」本多忠高閉著眼睛喃喃自語著：「現在只有隱瞞喪訊，背水一戰了！」

「對！」大久保甚四郎附和著。「我們要團結一致、萬眾一心。」

阿部大藏害怕地回頭看著鳥居忠吉。

「伊賀，你認為如何？」

鳥居忠吉彷彿沒有聽到他的問話，只是逐一看著大家臉上的表情。

每個人都十分鎮靜，但仍掩飾不住絕望的表情。植村新六郎聽到女婿說要背水一戰，臉上不禁露出一種淒涼的表情。

「植村！」鳥居忠吉輕嘆了一口氣：「你先別絕望。」

「難道你有什麼良策？」

「良策倒沒有……事到如今，我們一定得做個決定。哈哈……是不是啊，雅樂助？」

雅樂助銳利地凝視著他，然後回過頭來靜靜說道：「當然。」

五

「事到如今，我們絕對不能放棄。」

「你是說，我們要堅持到最後一刻嗎？」

「是的，堅持到最後……最後。」老人冷靜地說道。

「總之……」石川安藝說道：「我們碰上的是今川家有名的軍師雪齋和尚，與其立刻順他的意，不如先聽聽他的藉口。」

「你是說，我們要迎接朝比奈備中守入城嗎？……」

「是的，否則怎麼聽他的藉口呢？」

「如果他一定要我們交城的話，該怎麼辦呢？」

「如果交出城池能使我們獲勝，那也未嘗不可。我們要的是最後的勝利……最後的。」

阿部大藏像頓悟了什麼似地，輕輕拍了一下膝蓋。

大久保兄弟和本多忠高血氣方剛，要壓抑他們實在不是容易的事。忠高仔細地凝視鳥居老人。

如此一來——

除了迎接今川家的使者之外，實在沒有其他辦法能求得松平的一統。

戰死實非上上之策，如果能夠仔細推敲對方的話語，或許能求得一線生機。向大家說明這是唯一可行之路後，第二天中午，岡崎城即迎接今川家的大將朝比奈備中守泰能。

朝比奈備中守率領精銳的三百騎，表面上是來探望廣忠的病，實際上是表明了要他們交出本丸和二之丸。

他認為只要占據本丸和二之丸，之後再發布廣忠的喪訊，如此織田家便無機可乘了。

「我家主人與廣忠大人是多年好友，因此特派我們前來。雪齋禪師已率領大軍從駿府出發，不久就要抵達這兒了，你們可以安心地發布廣忠的喪訊。」

表面上的理由聽來十分動人，但是暗含著逼迫交出城池的陰謀。

廣間裡有鳥居伊賀守忠吉、酒井雅樂助、石川安藝守清兼三人，這三人都已到了不妄動的年歲。三個人彼此看了看之後，點點頭。

「希望你們能夠盡快交出二之丸與二之丸。」

「我們已經明白了您的心意。」忠吉冷靜地說道。

「對了！」他面對朝比奈備中守。「還有一點讓我們擔心的是，如果發喪後，織田家恐怕會介入，雖然有今川家的勢力在我們城內，但是還在尾張手中的竹千代大人能否平安呢？為了避免城內百姓的不安，希望能有個好策略。」

他穩重的表情讓對方感受到一股壓力。

六

誰知朝比奈備中守彷彿早已料到老人有此一問，只見他被太陽晒紅的面頰上露出笑容，點了點頭。

「伊賀大人，我們進城來就是為了拯救竹千代大人……難道您還不明白嗎？」
「在下已老朽不堪，恐怕無法瞭解駿府御所[37]的良策妙計。」
「哈……您過謙了。只要我們有強大的壓力，竹千代大人就是織田家的重要人質。」
「如果他們以此為要脅而給我們提出難題，若是不從而有個萬一，該怎麼辦呢？」
「這個您大可放心。」
「願聞其詳。」
「我相信雪齋禪師自有安排。」
「為了求得心安，希望您能透露一二。」
「伊賀大人。」
「是。」
「這只是我個人的想法，您不妨聽聽吧！」
「請！」
「我認為在竹千代大人尚未成人之前，不妨將這裡的城池與領土交給我家主人保管。」
「哦……」
「竹千代大人年紀尚小還無法掌管，不妨暫時將一些老臣及家族送到駿府去……」

37〔編註〕御所，原指具地位者之寓所，後引申為對於皇族、大臣、將軍及其子弟的尊稱。

「等等！」忠吉舉起手來止住他的話語，然後回過頭來看了看雅樂助。

今川家帶來的壓力遠超過他們的想像。雅樂助低著頭默默不出聲，石川安藝也同樣保持沉默。

「對不起，老朽耳背。為了謹慎起見，我想再問一下，您是說要把我們這些家族送去當人質，這樣竹千代大人就能平安無事了嗎？」

「能否平安那就要看你們的決定了。」

「如果我們同意呢？」

「雪齋禪師是不會拋棄你們的。」

「有何策略呢？」

「把一統家族的事交給駿河，你們就當今川家的先鋒，向織田進兵。」

「原來如此……」

「首先要生擒安祥城織田信秀的兒子。」

聽到備中守這番說辭，老人的眼光閃爍出星星般的光芒。

「然後再當作人質交換……」

「拿安祥城主織田信廣交換岡崎城主松平竹千代，應該沒有什麼問題。」

「那麼……竹千代大人回來繼承後，就會把岡崎城還給我們嗎？」老人焦急地問道，但是朝比奈備中守慢慢地搖搖頭。

「不，不，你們還是要把竹千代大人送往駿河。」

老人頹喪地低下頭來，默不出聲。

七

口口聲聲說要救出竹千代，其實還是要竹千代和重臣的家人們一起前往駿河。到頭來，不過是把織田家中的人質，送往駿府罷了。更糟的是連重臣的家人也被送往駿河，如此一來，日後這一家族和幼君將永遠成為他們對付織田的先鋒。

酒井雅樂助見老人低頭不語，於是面對備中守問道：「不好意思，這麼一來岡崎不是就沒有主君了嗎？」

「雅樂助大人！」備中守露出諷刺的微笑：「竹千代大人本來就是駿河的人質。哦，不，我們主人從不用人質這個名詞。客人……應該這麼稱呼的。是廣忠親自託給我家的貴客……這是廣忠的意思，並非我們強求的。我家主人一向信守和廣忠大人之間的約定……我的解釋您還滿意嗎？」

「我懂了。」

「您好像還不太服氣，大概是誤會了吧！目前，貴城的情況極不穩定，依照我個人的看法，你們還是依賴我們的主人較好……」

「這麼說，在竹千代大人成人之前，松平家根本毫無城池和領地可言了……」老人突然插嘴說道。

備中守沉思一會兒後，說：「應該說在他長大成人之前，這裡的城池和領地將平安無事。」他理直氣壯地說道。「為了保護你們，我們必須和織田家周旋，而且還要照顧你們的城池、領地及妻子。發生變故的時候也要奮不顧己地挺身而出。竹千代長大成人之後，還要把這些還給你們……如果我是你們的話，早就明白這番心意了……」

三個老人已經沒有勇氣抬起頭來。今川家獲知廣忠的死訊，便已決定占領岡崎城。

「我們明白你們的好意，一定會仔細商榷，尊重您的意思。」老人無奈地說道。

備中守再次叨唸著：「那麼就盡早交出本丸和二之丸吧！」

「是……是。」

三個老人不知所措地來到走廊。

「我們還是要失去這個城了。」石川安藝喃喃地說道。

「不只是這個城，還有這些領地……保管！多麼好聽的理由啊！」雅樂助不屑地呸了一聲。

「各位，事情還不到絕望的地步，我們要堅持到最後一刻……時機未到啊！」鳥居忠吉摸著他銀色的白髮，一遍又一遍地說著。

「走，我們去告訴大家殿下逝去的消息吧！」

他率先帶著大家走進了大廣間。

結果，岡崎城的命運就像是一隻被大鷹抓住的小鴿子。與其急躁不安，不如縮緊身子護好性命。

「我們要忍，忍到最後一刻……最後一刻。」鳥居忠吉面對各位重臣的時候，眼中沒有絲毫淚水。

四處都有人提出問題來，但是岡崎城的命運掌握在今川家手中已是無法改變的了。除了順應朝比奈備中守所提出的今川家高明政策，將城池與領地交給對方保管之外，實在別無辦法。

重臣們已暗自決定了。但是他們能說服那些血氣方剛、致力於家族一統的人嗎？

釘子釘在放置遺骸的棺材上。

「相信我們吧！」

鳥居老人對大家說道：「我想會平安無事的。」

於是一群人慢慢走進大廣間。這時候大家都已獲知凶報，但是還不明白今川家的三百騎為何入城。

「各位，我有不幸的事情要告訴大家。殿下在今天去世了，享年廿四歲。」

廣間內瞬時瀰漫了無聲的悲愁。

「不過各位不要擔心，根據殿下的遺言，駿府將有援兵到達，幫我們奪回竹千代大人。」

一提到竹千代的名字，大家眼中都閃爍出光芒。這一點是他們預料不到的。

「奪回竹千代大人……要怎麼做呢？」

老人舉起手來，輕輕地搖一搖。

「目前城內無主，我們只要等駿府的第二波援軍到達，然後再一起合戰，這是殿下的遺言……此外，為了共同作戰，我們將把本丸和二之丸交給援軍大將。各位不要難過，如果我們亂了方寸而使功勛被援軍得去的話，可就得不償失了。我們等竹千代大人回城之後再舉行葬儀，目前請各位靜靜地祈禱吧！」老人說著，眼中泛起竹千代豐潤的面頰，但卻又立刻消失了。

這些話雖非謊言，但也不是真話。不，應該說是真話中的真話。老人絞盡腦汁地想著該如何表達。除此之外，實在別無生存之道。

「……三河都是好說話的弱者……」務必要讓今川家對此深信不疑，並效犬馬之勞。

一個安祥的小城，若想等到雪齋和尚到來時予以痛擊、對抗，一定會嘗到敗績。目前最迫切的，是從織田家手中奪回竹千代，其餘都是以後的事了。鳥居忠吉內心這麼想著，嘴裡卻不停向大家說明老臣們談論的結果。

四周一片寂靜，大家都不說話，情緒十分緊張。

雪月花

一

「竹千代，你好嗎？」庭前傳來聲音。

竹千代正在逗弄籠子裡的小鳥，他抬起頭來，臉上露出複雜的表情。

今天信長頭上還是紮著像個茶筅的髮形，腰間繫著個袋子。

已經是夏天了，柳樹的樹梢傳來陣陣蟬鳴。

「竹千代。」

「嗯？」

「你先別跟小鳥玩了好嗎？」

竹千代看了看鳥籠。

「為什麼呢？」他看著信長。

「為什麼？你知道我的家臣是怎麼稱呼你嗎？」

竹千代眼中燃起求知的慾望，微微地搖搖頭。

「不知道？他們說岡崎城來的那小子只會逗鳥兒。」信長站起來，坐在掛著吊鐘的窗戶旁邊。

竹千代仔細看看腳上的泥巴，說道：「我不喜歡相撲。」

信長無奈地苦笑了一下，解開了腰上的袋子。

「你看，這是我贏了相撲，從農夫那裡得來的現採鮮瓜，你要不要嘗嘗？」

竹千代看看他拿出的袋子，然後從裡面選了三個最好的瓜，只留下兩個小瓜。

「嘿嘿，你怎麼這樣呢？」

「可是我要有三個才夠吃啊！」

「為什麼呢？」信長問道：「這個貪心不足的小傢伙。」

竹千代避不回答，只是喊道「三之助」，他從三個瓜中挑出最小的一個給了對方。然後又叫道「德千代」，這次挑出中的瓜給德千代。自己則拿著最大的瓜吃著。

「謝謝，好甜喔！」

「哈哈哈……」信長大聲笑了出來。

「真是個厲害的小鬼，把我好不容易弄來的瓜分給自己的家臣，然後把小的留給我。」

「可是你有兩個啊！」

「傻瓜，兩個小瓜怎比得上大瓜好吃？難道你不知道嗎？」

竹千代笑了出來，滿足地擦了擦嘴角的瓜汁。
「竹千代。」
「嗯？」
「奪走你城池的今川總大將，那個不守清規的雪齋和尚來了。」
竹千代抬眼看了看他，嘴裡依然吃著瓜。
「還有，我要結婚了。怎麼樣，你想不想結婚啊？」
竹千代默然不回答。

二

四周只有吃瓜的聲音。
「竹千代。」
「嗯？」
「你喜歡瓜還是喜歡我？」
「兩個都喜歡。」
「哈哈哈，八面玲瓏的傢伙，你再大一點就會想結婚了。」
「新娘是從哪來的？」

「是美濃一個叫齋藤道三的騙子的女兒。」
「齋藤道三是騙子嗎？」
「嗯！雖然他的年齡比你大，但和你一樣是個狡猾的傢伙。」
「我才不狡猾呢！新娘幾歲呀？」
「十八歲。」
「嗯。」竹千代低下頭來。「信長大人幾歲呢？」
「我嗎？十五歲。」
「嗯。」竹千代頭略抬起又低下去。「娶一個比你大，而且又是騙子的女兒為妻，好嗎？」
「什……什……什麼！」
信長「噗」地一聲把吃進嘴裡的瓜吐了出來。他驚訝地看著竹千代，只見竹千代一臉無知的表情。
「哈哈哈，真的很奇怪吧！」信長捧腹大笑。「好吧，好吧，就算我要一個騙子的女兒為妻好了。你長大以後也會娶一個騙子的女兒。」
「嗯，什麼時候舉行婚禮？」
「婚禮就在今天，馬上就要開始了。」
「哦。」
「先試著參加津島的祭典，把農夫們當做試練自己本領的對象給摔倒吧！」

「這麼說……新娘也是要捽掉的囉？」

信長驚訝地打量竹千代。

「竹千代，我知道自己為什麼喜歡你了，照你說的，新娘是要把她捽掉的！」

「哦。」

「如果你不捽她，就會被她給捽了。」

「她這麼厲害嗎？」

「因為她是騙子的女兒啊，當然厲害，不過我比她更厲害，等你長大後就會明白了。自從今川家的大將雪齋禪師進入你的岡崎城，他們和織田家之間就隨時可能展開大戰。到時候美濃一定會受到攻擊，所以他們把女兒嫁過來，就是要防止我們的攻擊。」

竹千代接過三之助遞來的布，擦擦兩手，眼睛一直看著信長的嘴角。過了一會兒，他突然用力地點了點頭，不知想到什麼似地把鳥籠提了過來，打開門。

「竹千代，你在幹什麼？」

「放牠走！」竹千代說：「我不該再玩鳥了。我不是籠裡的鳥，我是一個沒有父親、沒有臣子的大將。」

信長拍一拍膝蓋，縱聲笑了出來。

三

如果說這世界上有投緣的人，那麼就是信長與竹千代了。

竹千代圓滑而不得罪人，雖然有時看來膽小，但當他提出問題時，卻散發著銳利的光芒。

自從聽到父親廣忠的死訊後，他就變得更謹慎但仍不失霸氣。他不輕易表露感情，但每當被稱為沒有城池的大將、籠中鳥的時候，他的眼中就會綻放出銳利的光芒。像今天他所說的這番話就十分令人驚訝。

「哦，你是個沒有城池、沒有父親的大將嗎？」信長再度開心地笑了出來。就在這個時候，籠中的鳥啪噠一聲朝外飛了出去。

信長放眼望著鳥的蹤影，而竹千代卻故意閉而不視，在他的小腦袋裡一定想著自己的城池被今川家的大將占領，還有未來不久將和織田家展開一場大戰的情景。

他看著信長那雙髀兮兮、率性伸展開的腿，細白的皮膚、稀少的汗毛，但卻有著結實的肌肉。

信長是個相撲好手、騎馬專家，除了擅長釣魚、狩獵、游泳、盆舞，還向市川大介學習弓箭，向平田三位學習兵法，更從橋本一那兒學得了最新武器鐵砲槍的用法……每當竹千代聽到這些傳聞，小小的心胸頓時變得熱血洶湧。

（我絕不能輸給他！）

竹千代雖然內心激動但絕不表現出來。他常常在庭院裡以竹為武器，和三之助對打，直到三之助哭著認輸為止。

「竹千代。」信長再度喊道。

「嗯？」

「我知道你是個大將，因為我也是大將。」

「哦。」

「對了，我結婚時你打算送什麼禮物啊？」

竹千代看看四周。信長知道，竹千代除了母親於大送給他的一些禦寒衣物之外，根本沒有其他東西可做為禮物，但他還是想知道這個小傢伙會怎樣回答。信長以饒富興味的心情期待著。

「三之助。」竹千代叫著三之助，並指了指庭院。

「那個竹竿！那不是晾東西的竹竿嗎？」

「不。」竹千代搖了搖頭。

「那是一把槍，一把長槍。」

「什麼，那是槍……」

竹千代嚴肅地點點頭。

信長心想，也許他表面上嚴肅，內心還帶著幾分憤怒吧！

「這是我最寶貴的槍，沒有其他的東西能勝過它，把它交給信長吧！」
「哈！」
「至於你的回禮，我希望是一匹馬。大將都有馬，給我馬吧！」
竹千代的眼光是如此灼熱，信長驚訝地睜大眼睛。

四

「你是說你拿這把槍當作禮物送給我，要我以馬作為回禮是嗎？」
竹千代再靠近信長身邊一步：「給我馬吧，一匹就好了。」
「一匹就好了……」
「嗯，我本來想要兩匹的，不過現在一匹就可以了。」
信長驚訝地凝視竹千代好一陣子……終於爆笑出來：「你這個狡猾的小傢伙，對我的脾氣可真是一清二楚啊！好了，好了，算我輸給你了，不過只有一匹唷。」
「謝謝你的禮物……」竹千代認真地點頭致謝。
這時候，天野三之助拿著竹竿不解地走了過來：「這是我家主人送你的禮物。」
「嗯。」信長笑著接過了竹竿，朝三之助的胸前刺過去。
「這個長度起碼有二間以上的竹竿，你把它稱作槍嗎？……」說到這兒，信長突然皺起了眉頭。

「三之助。」

「是。」

「你拿著這把太刀朝我砍來，不要擔心！」

「是。」

三之助走到旁邊拿起太刀，拔刀之後雙腳跨開一步，面對竹竿而立。

「好，你砍過來吧！」

信長依舊坐在窗邊，拿起竹竿成水平狀，朝三之助的方向畫圈圈。

「喝！」三之助大喝一聲，揮動太刀。由於距離信長尚遠，因此只能對竹竿進攻。信長默默看著竹竿被切下來。

信長不僅沒有將槍收回來，反而朝前推了出去。被切斷的竹竿朝三之助的胸前撞了上去。被竹竿撞到的三之助「啊」地慘叫一聲，朝後飛了出去，信長也同時將竹竿拋了出去。

「竹千代，謝謝，我接受你的禮物了。」

信長站了起來。

「這的確是戰場上的一項利器，我要組織二間長槍的槍隊。馬兒，我會立刻派人送過來，再見了。」

他來得突然，去得也快，就像一陣風似地。信長拋開竹竿後立即奔離庭院，頭也不回地跨上自己的馬。

連錢葦毛是匹好馬，信長從椎樹樹幹上解下馬韁後跨上了馬背。他早已忘記站在後面的竹千代那雙老鷹般銳利的眼睛……

「對了，二間長槍的槍隊……」他喃喃自語地鞭打馬匹，奔了出去。

竹千代在旁邊目送他遠去，臉上一直毫無表情，但是在那雙幼小的眼睛中映著信長騎馬而去的影子。

「有馬了，有馬了……」他口中喃喃地唸著。

五

那古野城內，昨天剛抵達的美濃齋藤道三之女濃姬，在媒人平手中務大輔政秀夫婦的陪同下來到了大廣間。

「若君回來了沒有？」平手政秀向出來迎接的四家老之一的內藤勝助問道。

「回來了，他現在正在揮動長竿呢！」

政秀點點頭。

「還好，還好，還好他沒有忘記婚禮的事……這樣我就放心了。」

政秀回過頭來對濃姬說道：「若君有些微的改變，希望你不會感到驚訝。」

濃姬疑惑地看著他，點點頭。

齋藤道三很寵愛這個年方十八、充滿才氣的女兒，但是對於這樁婚事卻十分冷淡，彷彿是為別人家女兒辦婚事似地。他不僅沒有親自前來，甚至連一個重臣也沒有派遣，一切完全假手在兩家之間周旋的平手政秀。

「我和織田家的情誼就完全交給您了！」他那口氣就好像是把女兒丟給一個好戰的敵人。

濃姬自從離開了居住的城池之後，身邊除了三個貼身侍女之外，其餘都是陌生人。她已經知道自己要嫁給一個比自己小三歲的「那古野的奇葩」。

「我們在這裡等一下吧！」

信長居住的地方改建成了京都式的風格，本丸的大廣間則是古樸的岩乘一方木建築。

濃姬挽起白綾小袖，激動地坐了下來，淚水潸潸落下。她在美濃就聽說了這個那古野的奇葩。這些針對未來夫婿的傳聞粉碎了她心中美麗的幻想。

「總之，他是個沒頭腦的大笨蛋。你嫁過去之後要好好研究這個大笨蛋的本性。」

父親道三對濃姬提到這門婚事的時候，直言不諱地說道。

「不過他雖然是個笨蛋，或許他將來會繼承織田信秀的大業，所以我們要好好地配合。」

當然，道三從未見過信長，總而言之，他的意思是——

（你是以美濃間諜的身分下嫁到那古野去的。）

濃姬內心十分清楚。

「喂！」耳邊突然傳來呼喚的聲音，濃姬抬起頭來，尋找著聲音的主人。

「你就是美濃的濃姬嗎？」

這無禮之徒究竟是誰啊？這個身高約六尺的男人露出髒兮兮的一雙腳，大大方方地走到濃姬面前。

「你怎麼不回答？難道你是啞巴不成？」

這是信長與濃姬見面的第一句話。

六

濃姬不悅地打量著信長之時，政秀開口說道：「這是若君信長。」

濃姬臉上頓時露出尷尬的表情。她不安地動動身體，全身立即警戒起來。

「哈哈哈。」信長大笑：「你一點也不害羞嘛！瞧你那眼神，好像要把我殺了、挖了我的肚腸似地。」

「若君，你這話……」政秀責備道。

但是信長本來就是一個不拘小節的人，他翹起了一隻腳。

「你能照顧信長一輩子嗎？」

濃姬回了他一眼。

「濃姬不是來照顧小孩子的。」

「那麼你是來幹什麼的？玩家家酒嗎？」

「我是來做信長的正室的。」

「哼，自以為是的傢伙。那麼，正室該做些什麼呢？」

「來掌管城奧的一切，不落入他人的手中。」

「哈哈哈……好大的心胸啊！」信長笑道：「你才大我幾歲，倒挺會講話的。」

「若君！」政秀再度斥責，但還是堵不住信長銳利的唇舌。

「看來你是受你父親的指示而來，你以為奧內的一切都會按照你的意思行事嗎？告訴你，那是不可能的。」

濃姬眼裡含著淚水，但她不愧是道三的女兒，絕不會輕易認輸：「這是我的父親告訴我的。」

「哦？你不妨說來聽聽。」

「他說你不是普通的笨，不過倒還可以相處。」

「什麼？」

信長那雙眼睛立即射出犀利的眼光。

「這麼說來，你不也是個大笨蛋了？一個比我好不到哪兒去的大笨蛋。」

「對，我們都是奇葩，美濃和尾張的笨蛋。」

「哈哈……」信長突然彎著身體笑了出來。

不知什麼時候，大廣間裡已經擠滿了家臣，準備迎接新娘。

信長的生母土田御前悄悄走到信長旁邊，在他耳邊輕聲說道：「去換件衣服吧……」信長搖搖頭。

「不是衣服要舉行婚禮。奇葩有奇葩的作法。」

「你這是……」

「別再管我了，我這樣就可以了。如果準備好的話，就把杯子拿來吧！」

土田御前無奈地搖搖頭，回到自己的座位上。平手政秀使了個眼色，兩名侍女托著酒壺來到淚水盈盈的新娘面前。

「酒杯……」

這個時候家臣全部低下頭來。

「等一下！」信長突然大聲喝阻道。

——七——

「誰決定酒杯要從新娘開始輪的？」信長嚷嚷道。

平手政秀依然面帶微笑地說：「這是婚禮的慣例。」

平手政秀看了看濃姬，眼神似乎在請她原諒這個頑皮的孩子。濃姬收回了剛伸出的手，眼中再度閃爍出憤怒的神情。

受到屈辱的濃姬全身微微顫抖著。真是個怪物……但是信長彷彿絲毫未覺濃姬的表情。

「什麼？慣例……既然是慣例的話，就不必遵從了。」他拉高了嗓門。

「這可不是普通的婚禮，是不是啊？」他回過頭來對著新娘說道。

「這是尾張奇葩和美濃奇葩的婚禮，新娘的父親想控制新郎，而新郎的父親則苦思如何能夠讓親家不發動攻擊。這種婚禮還有什麼慣例可言呢？來！讓我先乾了這一杯吧！」

「這……」土田御前忍不住想插嘴，但是信長並未理會。

當然，父親信秀此刻不在席座上。他正在古渡城中計劃著該如何阻止今川家的進攻，這個婚禮只不過是作戰中的一個手段。

「換個方式有什麼關係，先從最大的開始，來！倒酒，倒酒。」信長把酒杯伸到負責倒酒的二位侍女面前。

一切違反習慣、超乎常情之外的信長，其性格自然不能以一般的眼光論定。

平手政秀也明白這一點，其他三個家老也明白信長這種性格。有時候他們很欣賞這種個性，有時候卻深以為苦。像他這種身穿髒衣參加婚禮，又強自奪杯自飲的行為實在太過粗魯了。這對濃姬來說是個多麼大的打擊啊！萬一被道三知道，那就糟了。

可現在的信長，已不像以往的吉法師那般對平手政秀言聽計從了。

「小姐，請您原諒！」政秀小聲地說道。他面帶微笑，時而打開白扇，時而闔上。

信長又倒滿了一大杯酒。

「好了，好了，這樣可以了，我一口氣把它乾完，然後再添滿交給小姐。如果她能喝得下，就剛好可以配得上我這個奇葩了。」

他看看四座，然後伸出脖子。

信長人高，脖子也長。濃姬看著他一口氣把酒喝下去，內心一陣溫暖。不過是個淘氣的孩子，並沒有什麼惡意。

信長一口氣喝完，然後把大酒杯伸到斟酒的侍女面前。

「來，為小姐倒滿吧！小姐，看你的了。」說著他舔舔舌頭，走到濃姬的面前。

八

濃姬也是個不甘示弱的人，齋藤道三一向以女兒為傲，一方面也是因為她好勝的性格。濃姬望著信長一臉淘氣的表情，絲毫沒有給人丈夫的安全感。

（他不過是個孩子……）

濃姬內心頓時激起一陣反叛。她毫不畏懼地舉起大酒杯，但酒壺只滴了二、三滴酒，她就把酒杯收了回去。

信長笑一笑，搖著手中的白扇。

「來一點助興的吧！」說著他舉起右手，左手放在膝蓋上，朗朗地舞唱起來：「……眷戀此生，並非無法忘懷生前事，置於草葉上的白露，宿於水中之新月，詠嘆京國之花，於榮華之前誘於無常之風……」

「你這是……」土田御前氣憤得拍了拍膝蓋。

在婚禮上唱這首不吉祥的〈敦盛〉，在座的每個人都驚訝地無聲望著彼此。

信長聲音更大了。

「……人生在世五十年，與天地長久相較，如夢又似幻。一度得生者，豈有不滅者乎……」

古老的城池、清澈的聲音。生活在這變化多端的世間，每個人心中都湧起無限感觸。

濃姬對信長的戒心慢慢解除了。

「他實在是非比尋常。」

父親說的那番話猶在耳邊，濃姬不禁全身緊張。

舞畢，濃姬端起酒杯，湊到唇邊喝了幾滴。就在這個時候，她覺得人生實在不可思議。

（自己就這樣成為信長的妻子……）

她能與信長廝守終生嗎？想到這兒，濃姬不禁發出微微的哽咽聲。

「可喜可賀！」信長突然說道：「雖然值得恭喜，但是我們不能以此滿足。從岡崎城到安祥城早已戰雲密布，我們要隨時備戰，聽從父親的指示。」

平手政秀和內藤勝助微笑地看著對方。

信長站了起來：「濃姬，來吧！」

「是。」

他說話的態度令人無法拒絕，濃姬順從地站了起來。

「沒有問題吧？」林新五郎悄悄地問政秀。

「若君應該知道的吧！」政秀嚴肅地說道：「這是很自然的事，而且濃姬又比他大。」

此時信長已經握起濃姬的手，朝通往裡頭房間的走廊走去。

「嘻嘻嘻。」不知是誰笑了出來，但隨即被人噓了下去。

紅暈

一

今天岡崎城附近的寺院僧侶，以及東條、西條及兩吉良家的家臣們，在岡崎城內進進出出。岡崎城已不屬於松平家，現在鎮守本丸的是今川氏的雪齋禪師。有許多人到這來要求改宗、報告敵情，其中更不乏訴訟松平家橫徵暴斂的情事。

雪齋禪師在甲冑外著了法衣，一個一個地接見。表面上他是個相當穩重的佛者，對每個來訪的人說著：「好的，我瞭解。」舉止風範宛如聖者，但是對於岡崎城的軍紀卻特別嚴厲。

以田原御前為首的松平家遺族已經移往以前華陽院居住的三之丸。本丸與二之丸均由今川家的軍隊駐紮。由城內的長屋被趕出來的岡崎臣民還不能獲准離城，大家聚集在一起建立了臨時的住所，意外地形成了保護城內今川家族的形式。

一些重臣的家人幾乎全部移往駿府，整個岡崎城成為一個要塞。鳥居伊賀守忠吉獲准居住在三之丸，負責收取鄉村的租稅。

從三月起，已經展開了許多小型的爭戰，首當其衝的都是松平家的遺臣。每發生一場戰爭，就有人會消失不見。沒有人棄城而逃，因為每個人心裡都想著「我們要等竹千代大人回來……」。

面對人數逐漸減少的岡崎臣民，雪齋禪師以懷柔的手段來安撫。他把松平次郎左衛門重吉、石川右近將監、阿部大藏三人叫到身邊來。

「想逃跑的人格殺勿論。」

其實無此必要。不過，他們生活十分困苦，百姓交來的貢米均為今川家的人所用，剩餘分配給他們的只有寥寥無幾。

「這樣下去怎麼行呢？總不能空著肚子打仗吧！」

「我們絕不可行事莽撞，表面上今川是我們的援軍，但是我們肩負供給援軍伙食的責任啊！」

說到這兒，大家都沉默不語，不再發牢騷了。事到如今，眾人也只能束緊褲腰，奮勇一戰。

對於這些，雪齋禪師內心當然十分清楚。他經常擔心岡崎臣民內心的怨懟，會引發一般百姓的不滿。

有一天，他一如往日般地接見來訪的人。

「下一位！」

禪師一如既往，十分穩重地抬起頭來，手中數著念珠。只見一名長髮披肩的女性走到他跟前。

二

「咦？您是哪位？」雪齋問道。

「貧尼法名源應。」這名女子清晰地回答道。她抬起頭來看著雪齋。

「你叫源應尼？」

「貧尼是先代的寡婦，以前被允許居住在三之丸……」

「哦！」雪齋恍然大悟地拍了拍膝蓋，「你是竹千代大人的祖母華陽院，失禮！失禮！」

他的言語溫和，但是眼中依舊帶著警戒的眼神問道：「有什麼事嗎？」

華陽院數著念珠，按在額前說道：「貧尼希望您也准許在下住到駿府去。」

「啊！這實在出乎我的意料。你祖先的靈廟與小女兒都仍在，難道你不顧念這些了嗎？」

「謝謝您的關心。」華陽院微笑著說道：「出家人早已捨去俗物，貧尼在此只不過是老臣們的絆腳石。」

雪齋禪師凝視著華陽院好一陣子後，終於點頭說道：「你應該是認為這場戰爭我會輸呢？」

華陽院不點頭但也不否定。

「從三月陷入膠著狀態，至今已經半年多了，還剩下安祥一個小城。駿河的義元大人頻頻催促出兵。他當然有他的道理，但是您也有您的想法。如果您擔心城池會陷落的話，那麼大可不必。」

華陽院將佛珠貼在額頭上，還是不回答他剛才的問題。

雪齋開始焦急了。這名曾經讓廣忠的父親清康動心的女性，在清康死後，親生女兒又成為廣忠的妻子，是個十分具有勢力的才女。被這名才女批評自己戰爭手腕太遲鈍，雪齋內心十分不快。

「戰爭有戰爭的時機，你等著看吧，我一定會勝利的。」

「禪師。」

「你打消念頭了嗎？」

「貧尼也是捨棄塵俗的佛弟子，有些事想說清楚。」

「你請說吧！」

「或許禪師已經發現了，岡崎的臣民為了餬口生活困苦……」

「原來如此，這……」

「或許貧尼離開此城，能夠減輕負擔……這是佛說。」華陽院那雙明亮的眼睛依舊閃爍著光輝。

「嗯。」雪齋點點頭，走到前面望著庭院的樹木。樹間傳來間歇的蟲鳴聲。

「的確，佛也許會這麼說，而這麼做也算是個小小的慈悲。」

「禪師，希望您能答應我。」

「這……」雪齋沒有再說下去，他以銳利的眼光打量著華陽院，想看清她的真正目的。

（如果她前往駿府不是因為擔心城池陷落，那麼會是為了什麼呢？）

她是來表明岡崎臣民的生活困苦嗎？還是她早已知道，即使戰爭勝利了，竹千代還是會被帶往駿府，而事先提出這個要求？

「織田家剛為信長從美濃娶了妻子，目前後方很穩固，出征的日子近在眼前。這一帶很快就要成為戰場，這路途上嘛……」

華陽院低下頭來，悄悄擦去眼角的淚水。這並非她的本意。

酒井、石川、阿部、植村四個家老的家人早已移往駿府了。目前今川家把岡崎的稅收全部挪為軍用，似乎只有那些移往駿府的人生活才有保障。多一個人移往駿府，似乎對剩下的岡崎百姓的生活會有點幫助，但這並非華陽院的本意。

從春天起，戰爭便連綿不絕，寡婦日增。

連上戰場的戰士都空著肚子，更別說是家裡的孤兒寡婦了。孤兒寡婦過著困苦的生活，對戰場上軍士的心情也有很大的影響。華陽院是想將這些告訴雪齋，她想把那些寡婦也帶往駿府。

「如果情況再如此下去，士氣一定會大為低落。」華陽院說道。

「哦，這麼說，你是認為我的作法太苛刻囉？」

「是，人有的時候沒有辦法面面俱到。」

「哈哈哈！」雪齋眼中露出精湛的光芒。

雪齋在今川家的勢力何其龐大，暗地裡被稱為駿府御所的法王，而這三河的女人，可是他第一次被人如此非難。但雪齋嘴角上依然掛著微笑。

「我想你一定知道，任何事都有錯失的時候，更何況是戰爭。」

華陽院向他行了一個禮之後，轉過頭去向站在後面陪她一同前來的女子招招手。

雪齋微笑地看著這名女子。這名女子年約十八、九歲，綁著頭髮，膝蓋上有塊大補釘，毫不畏懼地朝華陽院走來。

只是她臉色蒼白，顴骨突出，眼眶深陷，舉手投足之間並無雍容之態。

「您找我嗎？」

四

「這位是？」雪齋再度恢復禪僧的威儀。

「她是家裡的至寶，現在正在養胎。」

「我可不知道什麼至寶，她是你的侍女嗎？」

「侍女……」華陽院嘴角露出諷刺的微笑。「她是家老植村新六郎氏義的女兒，也就是家老本多平八郎忠高的遺孀。」

雪齋頓時表情僵硬。

「你是不是要我看看，連家老的遺孀看起來都像侍女，更別提岡崎百姓了，是不是？」

「您誤會了。」

「哈哈，是嗎？你倒說說看。」

「我們岡崎的女子對於丈夫上戰場之事早有覺悟，也有忍受貧困的耐力。她的公公忠豐在去年攻打安祥城時代替廣忠而死，她的丈夫忠高也在今年春天的戰場上慘烈陣亡。」

「我知道，忠高是名優秀的武士。忠高是不是二十二歲？」

「是的。」

「那麼他的妻子呢？」

「十八歲。」忠高的妻子回答道。她眼中沒有淚水，但是從聲音中可以感覺到那股暗藏的怒氣。

「你把忠高說的那些話告訴禪師吧！」

「好的。他說，這場戰爭是為了要解救竹千代大人，我一定要讓岡崎的每一個人知道我絕不比父親差，我們家恐怕就要在我的手中結束了，你改嫁給別人吧！」

「那麼你是怎麼回答他的呢？」

「我說我是平八郎忠高的妻子，絕不負他……」

雪齋把頭轉向一邊。雪齋還記得二十二歲的本多平八郎在安祥城門外高聲喊道：「跟著我來，看我本多的！」

他明知此去凶多吉少，但是他知道自己的死可以換得什麼。

三月十九日——

夕陽中，他全身中箭，倒在城門前。

「竹千代的家臣絕不是弱者，大家跟著我來。」他拚命地喊著。

（華陽院把平八郎的遺孀帶來見我雪齋，究竟有什麼目的呢？）

「忠高以為他從此無後……」華陽院一個人自言自語似地說道：「如果他知道你懷孕的話，不知會有多麼高興呢……」

雪齋看了看這名女子的腹部，原來她的臉色憔悴是懷孕所致。

忠高的妻子突然低下頭來。她沒有哭泣，只是睜大著眼睛，直直地盯著地板。

雪齋轉過頭去望著庭院，不經意地嘆了口氣。他現在終於明白華陽院來此的真正目的。

五

這是佛說——看來，佛給男人和女人說的是不同的。

雪齋是臨濟宗法門的繼承者，佛要求於他的，絕不僅是對今川一家的忠誠，還有要他透過今川家來拯救百年來無道的亂世。

當然他知道佛不會只將這項使命託付給自己一個人，廣大無邊的佛也向敵人織田信秀、甲斐的武田晴信、相模的北條、長門的毛利，以及越後的上杉提出了同樣的要求。

哪個人不希望和平呢？雪齋認為任何人都不是為了戰爭而戰爭，在每個人的心裡都有著共同的心聲：「我要拯救亂世！」但是真正擁有這項實力的人真是少之又少。

「你的意思是……」雪齋雙眼依舊看著前庭。「你要帶著她一起前往駿府，是嗎？」

「是的，不過……不只是本多平八的遺孀。」

「我瞭解，你要把那些與平八郎忠高同樣戰死留下的遺眷一起帶過去嗎？」

「是的。」

「出家人。」

「是。」

「你聽到了佛語。女性聽到的佛語往往較為溫柔慈悲……但是男性聽到的……往往是更大更可悲的。你瞭解嗎？」

「您的意思是，戰爭也是一種慈悲？……」

「沒有戰爭，無道之世就會繼續下去。戰爭本身並不是一種慈悲，但卻可以抑制無道，在人們心中種下以慈悲邁向光明的悲願。」

雪齋拂了拂法衣之下的甲冑，他抬起頭來笑了笑。

「你的慈悲卻造成了雪齋的悲傷，你願意聽聽嗎？」

「咦！您說說看。」

「你說寡婦落魄潦倒的景象會影響士氣……所以要移往駿府，這是你的想法。但是我的想法卻和你不同。」

「什麼樣的不同呢？」

「對於佛透過女性傳達的音聲，我只有接受。」說著，雪齋凝視著華陽院的眼睛，想從其中探索出一些想法。

「但是我認為，如果能有幾個和我有同樣想法的人，那麼和平就指日可待了。但是，同道可戰之人卻愈來愈少。」

「是……」

「淨土真宗有蓮如，尚存的幾個武將如越後的上杉、甲斐的武田都心向佛門，但是……」

說到這兒，雪齋突然探出身子來。「其實我內心十分的悲痛。」

「……」

「對於岡崎的那些人，我必須更加地嚴厲。你能瞭解嗎？」

華陽院聽到他發出悲鳴的聲音。

六

「你能瞭解嗎？」雪齋再次逼問道。

華陽院不知如何回答是好。她不明白為什麼要對岡崎的人特別要求，有這個必要嗎？

「或許你無法體會，那就算了。你認為我是佛祖的家臣，還是今川家的家臣？」

「這……」

「我是佛祖的家臣。但我不是出世的人，而是戰爭的家臣，你能瞭解嗎？」

「瞭解。」

「無論世人怎麼批評我為外道，我始終是秉持佛心而戰。你知道我為什麼要拘泥在安祥這個小城嗎？」說到這兒，雪齋像想起什麼似地看著庭外一片翠綠。

「在那片翠綠中有一株紅楓。」

華陽院看過去，點點頭。在一片嫩綠中有一抹鮮紅的紅暈。

「那片紅暈是夏季中唯一的紅葉，那些綠葉或許會疑問或是嘲笑，為何惟它獨紅。但是時節一到，四周的楓葉變紅了，那片紅暈也就在那片紅海中隱沒了，再也沒有人能分辨出來，甚至還有人責備它不夠鮮紅。我就像那片紅暈，希望能找到一些心中擁有那片紅暈的武將。這就是我為什麼在乎這個安祥小城，而對岡崎的臣民特別嚴酷的道理。你能明白嗎？」

華陽院睜大了眼睛看著他。她似乎能領略那份好意，但是卻不甚清楚。

「哈哈哈……」雪齋笑道：「我也想要得到竹千代大人，我想將他從織田信秀的手中奪回，帶到駿府好好地栽培……我這樣講，或許你就能明白為什麼我對岡崎的人如此嚴酷了吧！我只能說到這裡……再說下去就是在打誑語，出家人打誑語會閻魔遭拔舌之苦的，哈哈哈……」

華陽院心中有股窒息的感覺。一個為佛而戰的僧侶。她感到自己的心被什麼東西重擊了一下。

他剛才說要栽培竹千代……

為什麼他不把這份心投注在今川義元的孩子身上呢？或許是因為不可能吧！在有父親、有權臣，大奧裡滿是嫵媚女子圍繞的環境之下，怎麼會聽從雪齋的話呢？

言下之意，身為孤兒的竹千代就會聽他使喚了嗎？

「你明白了嗎？」雪齋的表情轉為柔和。

「如果你明白的話，就立刻準備出發吧！在前往駿府之前，希望你先到阿古居城去看看竹千代大人的生母，與她話別。更重要的是告訴她，竹千代移往駿府會有祖母相伴，叫她千萬別擔心。」

華陽院將念珠按在前額，點點頭。她終於明白了雪齋禪師的心意。

（原來如此！）華陽院心中湧起無限的感激之情。

本多平八郎忠高的遺孀不知什麼時候也紅了眼睛。

（沒想到今川家最具勢力的人，對竹千代大人設想得比我們還周到……）

如果平八郎忠高地下有知的話也該含笑九泉了。

「謝謝。」華陽院囁囁地說道。「我會依您所說，盡量祕密地去看我的女兒……」

雪齋轉過頭去對旁邊的近侍說道：「下一個……」

旁邊房間還有四、五個人似乎等著訴訟些什麼。在這一揆[38]興起的時候，對雪齋來說十分危險，但是他卻態度從容，或許這也是他的德政之一吧！

華陽院帶著忠高的遺孀離開了本丸。氣候已進深秋，那抹紅暈之外的楓樹大概快要變色了吧！

走著，走著，華陽院突然像想到什麼似地拍了拍膝蓋。她終於明白為何駿府頻頻催促，雪齋禪師卻依然按兵不動的原因了。

38〔編註〕一揆字面有團結一致之意，實際上指的是團結起義，亦即民變、民亂。

（他要等到稻穀收割之後……）

他一定是要等到敵我兩方收割了一年的血汗之後再開戰。

華陽院的確猜對了，這個時節稻穀已經收了七分，只見田間一片收割中的景象。

「你要不要跟我去阿古居城？」

「好的，我願意追隨您到任何地方。」

「懷著孩子，苦不苦呢？」

「還好，我每天在田裡幹活，已經習慣了。」

二人站在酒谷上方，面對著壕堀外面的稻田凝視了好一陣子。

第三天，二十六名年輕的寡婦朝駿府的植村新六郎家出發，隨後則有兩個人在離城後悄悄朝西方走去。

在別人眼中看來，華陽院或許是尼寺的庵主，忠高的遺孀則是她隨身的侍女吧！兩個人在暮色中冒著秋雨，朝矢矧方向走去。不久，岡崎城傳來貝鳴聲。看來，僵持了三個月的對峙終於打破了，一場激戰要展開了。

是猛將織田信秀開始攻打岡崎城了嗎？還是今川家的支柱雪齋禪師要力挫信秀的先鋒，占領安祥城了？

每個人都充滿了自信，無論誰勝誰敗，都關係著岡崎城的孤兒松平竹千代的命運。

華陽院停下腳步回頭看看暮色中的岡崎城。可是東方天空下的岡崎城被城外的樹林擋住，已經看不見了。

「我們快走吧！」華陽院說道。「我已經無家可歸了，無論在刈谷城……或岡崎城……」

忠高的遺孀低下頭，咬著雙唇。

枯野賦

一

「戰爭要開始了，別大意啊！」久松佐渡守俊勝騎著馬，在城的東北方巡視著。

「面對今川治部大輔家中雪齋和尚這麼聰明的人，稍不小心，可能連尾張都會攻進去的。」

昨日陰雨，今已放晴，紅土與砂地清晰可分。

昨天得到消息，今川已經攻打安祥城，後來就再了無音訊了。

隨時備戰待命支援的俊勝，這次卻未收到出城的命令。俊勝原本以為這是猛將信秀的自信，看來並非如此。

從信長結婚以來，平手政秀就從未出過那古野城，這次他要以信秀幕僚的身分前往安祥城，通知已經到來了。

安祥城城主信廣是信長的庶兄。

由此可知，從父親信秀到平手政秀都已離開了尾張。命令俊勝不要出城，是要防備著萬一第一線的安祥城被攻破……

（是出戰岡崎城東方？還是把敵人誘入安祥呢……？）

俊勝不知下一步是什麼，內心十分不安。為了探知戰況，俊勝一大早就派竹之內久六前往安祥城，自己則驅馬在城池間巡視，鼓舞士氣。

阿古居谷已完成今年的收割，百姓原本準備迎接豐收的一月，然而敵軍入侵，騷擾百姓燒毀民居，讓守護此城的他很沒面子。

俊勝繞了一圈後，又回到城裡來。

一座大城可以當作要塞，然而阿古居不過是個僅供居住的小城。

「於大，幫我倒杯水吧！」俊勝把馬交給小廝之後往庭前走去。

「這場戰爭不太妙，那邊的情況我們一點都不清楚……」俊勝坐了下來，冷風吹在滿是汗水的肌膚上。這個時候於大把水端了過來。從她身上可以看出正孕育著一個新生命。

於大凸起的腹部比本多平八郎的妻子明顯，當她內心決定成為俊勝真正的妻子之後，沒有多久就懷孕了。

「死者、生者……但非自然而死，若不是殺人，就是被殺。」

俊勝喝著水。

「你可要注意喔，你身上維繫著兩個人的生命啊！」他溫柔地在於大耳邊說道。

這時候，從遙遠的山谷傳來馬蹄聲，俊勝臉上的表情頓時為之緊張。

二

俊勝放下茶杯，站了起來。

「大概是久六回來了吧……」說著，他走到廊道邊坐下。

馬不只一匹，看來除了久六之外，還有其他人跟來。

「殿下在哪兒？」從馬廄旁的柿子樹下傳來久六喘息的聲音。

「久六，我在這兒。」俊勝大聲說道。

站在一旁的於大一直望著俊勝。

久六急沖沖地進來，旁邊還跟著一名年輕武士：「這是林新五郎的家臣上田孝政，以使者的身分前來。」

俊勝點點頭。

「你是不是來告訴我戰爭的狀況？」

「是的。」年輕武士單腳跪在庭前。

「辛苦了，快說吧！」俊勝看了看於大之後，催促地說道。

「安祥城已經落入敵人手中了。」年輕武士激動地說著，突然垂下頭哭了出來，想必他失去了什麼親人或好友吧！

「城主信廣大人呢……」

「他……」

「他究竟怎樣了？」

「他已落入敵人手中。」

「什麼？」俊勝抬頭望著天空，低呼一聲。

「古渡和那古野的援軍呢？」

「平手中務大輔政秀離開那古野的時候，城已經被團團圍住了。信廣大人已經降服於敵將太原雪齋了。」

「什麼，投降了？」

「是的，雪齋不僅是戰場好手，更是能言善辯。信廣大人移往二之丸，敵兵四面八方圍著鹿垣。」

「敵軍已經踏平了安祥城，那麼有沒有乘勝……」

「他們乘勝攻擊上野，現在正在激戰之中。」

年輕的武士站了起來：「那古野現在十分危險，主人要我傳口信，請阿古居立即援助上野城。」

俊勝點點頭。上野城已面臨危險，此刻絕對不能猶豫。

「這樣啊，最後他要攻入尾張……我知道了，你下去休息吧！」

俊勝朝久六使了一個眼色。久六行了個禮之後扶起了年輕武士。這名年輕武士完成了使命，已經氣若游絲、步伐踉蹌了。

「安祥城陷落了……」見使者下去後，俊勝回過頭來看著於大，無奈地嘆了一口氣。

「平靜了這麼久，我們也要跟著蒙上戰火了。」

於大沉默地整整衣襟，站在那裡動也不動。

三

於大是以和俊勝完全不同的角度來看待安祥城命運的。

安祥是松平家的古城，竹千代的父親廣忠始終抱著復城的執念，卻空手而去。這次這座城，讓織田信秀的長子落入敵人手中。

信秀對這座城，又有什麼樣的執念呢？

奪取、被奪、殺人、被殺……在此修羅亂世，人似乎永遠無法離開這種輪迴。久六送使者下去以後，沒有多久又回來。他心知情況危急，眼神卻非常平靜。

「久六！」俊勝說道。

「我們必須立即援助上野城，趕快準備吧！」

「恐怕為時已晚。」久六抬起手搖了搖。

「為什麼？即使來不及，我們也要趕去啊！」

久六再度搖了搖手。

「像上野這樣的小城絕對無法抵抗今川家的威勢，此刻我們只能自保。請派我到那古野去吧！」

「派你去？為什麼呢？」

「首先要議和，如果古渡的信秀大人不願採納的話，只好去說服信長大人。」

「如何說服呢？」

「拿松平竹千代和他們交換信廣大人。」

俊勝回頭看了看於大。

久六這番話讓於大十分驚訝。

「竹千代和信廣大人……你想以此議和？」

「是的。」久六回答道。

「我們姑且不談今川治部的用心，表面上他是為了岡崎之喪而戰，一旦得到岡崎若君，他們就沒有出戰的名目了。」

俊勝默默看著於大，至今俊勝一直支持於大送一些東西給竹千代。

「你以為竹千代可以平安無事地回城嗎？」

「這就不敢說了。」久六搖搖頭。於大眉頭立即湧上一抹愁雲。

竹千代在熱田，於大還可以想辦法悄悄送些東西過去，一旦被帶往今川家就非於大能力所及了。三歲與母親離別，六歲被當作人質，中途又轉往織田家，接著父親慘死，現在又受戰爭波及必須離開已經熟悉的熱田。

（這孩子將來會面臨些什麼呢？）

「久六……」一直保持沉默的俊勝終於開口說話了，他搖搖手：「雖然我不知道還有其他什麼好計策，但是我不贊成，這太殘酷了。這對於大……」

於大突然趴在榻榻米上。她沒有哭泣，但是肩膀、膝蓋都劇烈地顫抖著。

四

「這……」過了一會兒，久六說道：「在這亂世中有很多事是不得已的，但是生命絕不可輕易被踐踏。竹千代大人不過換個地方，信廣大人就能夠得救……為了這個家，請您一定要派久六前往。」

俊勝默默地等著於大停止哭泣。

以竹千代和信廣交換，如果這樣真能阻止一場戰爭，也不失為可行之策。然而，把竹千代交到今川手中，安置在駿府也有另外一項危險，那就是竹千代的生母一定會受到織田家監視。

（讓於大決定吧……）

如果於大能諒解，就能忍受這種監視，若她不能諒解，一定要繼續保持聯絡的話，恐怕會加深織田家對她的猜疑。

「對不起。」廊外傳來侍女的聲音。

於大抬起頭來，立即擦乾眼淚。

「夫人，洞雲院的住持求見。」

洞雲院是久松家的菩提寺，裡面的住持一峰禪師來訪了。

俊勝向久六使了個眼色。俊勝知道於大日日以筆沾血書寫觀音經，將它交給禪師。這以血寫成的經文當然飽含著對竹千代的感情。不，這更是超越這份感情，對即將來臨的久松俊勝之子，未來能與先出生的竹千代結成永固情誼的祈願。

久六點點頭，站了起來。他們決定讓於大在此會見禪師。

兩人離去後不多久，禪師被領了進來。

「夫人。」禪師很自然地坐在上座。「今天有件東西想讓你看一看。」

「哦？是貴寺的什麼寶物嗎？」

「是的。可以說是寺寶，也可以說是一本活生生的經文。我們到客殿去吧！」

於大點點頭，扶跪在地。

洞雲院就在城的旁邊，近在咫尺。

（原來禪師是來解謎的……）

於大領著禪師走出去。此刻，小小的城內為了救援上野城忙得團團轉，守城的大將們騎馬進進出出，在大手門前搭起的幔幕之間來往穿梭著。

太陽高據在空中，谷間的微風帶著微微寒意。

「唉！」禪師嘆一口氣：「要是沒有戰爭，佛就會將每個人帶往平等的那個世界。」

於大雙手放在前面，當她走路的時候可以感覺到胎兒在肚腹裡移動。無論是生或死，總是讓人感到哀傷。

五

禪師走在前頭，落葉飄落在他肩上。

於大步上石階時顯得有些氣喘。記得生下竹千代時是在寒冬，這次大概會在立春之前吧！難道她所生的孩子都要遭受命運的撥弄嗎？

如果丈夫在此次戰爭中戰死，那麼生下來的孩子又將是個沒有父親的孤兒，而竹千代不知又要落到什麼人的手裡去了。

「我們到庭前去吧！」禪師不時面帶微笑地回頭看著於大。

「夫人非常堅強，應可看透這個世界。在事法界之中有敵我之分，在理事無礙法界中卻沒有敵我，就不要無謂的操心了。」

「是。」

「有個人聽到你以血寫經十分感佩，想要前來拜訪。」
「是誰……」
「見面就知道了，走吧！」
「你剛才所說的……寺寶與經文，就是指這個人嗎？」
「是的，經文即是人，人即是經文，心領神會的人就像一本活生生的經文。大自然不就是一篇活文章嗎？」
禪師笑著經過本堂的旁邊，來到臥龍松的樹幹旁。此時，客殿的障子門由裡面打了開來。於大無心地朝裡面看了看。
「啊……」她不禁停下腳步。
站在那兒等她的是位旅行裝扮的出家人，戴著頭巾，一雙眼睛正炯炯有神地朝這邊望來。
（這不是夢吧……）
那是原本以為今生今世再也不會見面的母親華陽院。
可憐的母親，由於生來面貌姣好而一再地改嫁。每次改嫁，都生下了前夫的遺腹子，嘗盡了人生的生離死別……而母親現在正站在那兒數著念珠，雙眸露出關懷的眼神。
「你怎麼還愣在這兒，這不是你朝思暮想的人嗎？」禪師打破僵局說道：「一本好的經書，你慢慢地讀覽吧！」
「是……」於大像夢遊般地走了過去，整整衣服，以往日少女般的聲音喊道：「母親大人。」

華陽院依舊靜靜站在那兒，屏住呼吸凝視著眼前這個四年不見，已經長大成人，身上散發著智慧與忍辱光芒的女兒。

「走路小心啊！」禪師在旁邊焦急地說道。

於大激動地跑上前去，依偎著母親的衣角。

「母親大人……」

六

華陽院默默握著於大的手，將她抱入懷中。

「別再叫我母親了，我已了斷俗緣，皈依佛門，法名源應。」

「是……」於大點點頭，雙手依然緊握著母親。意外相逢，她心中有太多的話想說、想訴、想聽。

「來……」華陽院在旁邊坐了下來。

「很高興住持能讓我這個默默無名的女尼，見到久松佐渡守的夫人……」

「於大也很高興。」

「夫人。」

「是。」

「貧尼馬上要移往駿府，所以想藉此機會來此參拜一些寺院與墓地。」

於大點點頭，坐正了姿勢。雖然是與塵緣隔斷的出家人，卻依然是與和織田方交戰的松平家有著關係。與母親來此相會，不僅是丈夫，也會給禪師帶來不便。

「貧尼經過刈谷的時候去過楞嚴寺……」

「哦？」

「夫人存放的那些東西……」

於大立即大聲咳嗽，掩住華陽院的聲音。

「然後，貧尼還去過椎樹旁的那幢木屋，又參拜了緒川的乾坤院。」

「母親大人……」於大輕聲呼喚著。

看來這個比自己還不幸的母親，已經平安地活過來了。她為什麼要去駿府呢？是自願還是被迫？於大正想詢問，但是她發現客殿裡還有一個像是母親隨從的女子。這名女子正襟危坐，神情及姿態彷彿是在警戒著四周有沒有其他人靠近。

華陽院注意到了於大的視線：「哦，對了，夫人還記得植村新六郎的女兒小夜嗎？」

「啊，小夜……你是小夜？」

聽到聲音，這名女子才回過頭來正視於大。

「夫人，好久不見。」

「啊，你也懷孕了……」

「是，夫人離開岡崎沒多久，我就嫁給了本多忠高，現在成為寡婦了。」

「什麼，寡婦……難道忠高他……」

華陽院舉起手搖了搖：「戰爭只會為女性帶來悲傷，我們換個話題吧。」

「是。」小夜回答道，舉起衣袖，掩住微凸的肚子。

此時於大突然感到胎動，不禁咬著雙唇。

七

「你們慢慢談吧，我去附近看一下。」站在外面的住持說著，轉過身朝內院走去。

本多平八郎的遺孀再度恢復嚴肅的表情，退到隔壁房間，她與住持都瞭解了這對母女所思。

「母親大人……」於大再次呼喚道，聲音微微顫抖著。

「您知道嗎？安祥城陷落了，織田信廣大人被今川家抓去了。」

「被抓走了？這……」華陽院似乎還不知道，睜大了眼睛看看四周。

「雪齋禪師曾經很有自信地提到……」華陽院喃喃自語著。

「這麼說，母親大人，你早就知道會……」於大打斷道。

「嗯，貧尼知道。所以才急著來見夫人。」華陽院靜靜地說著，再度環視一下四周。

「聽說你和身在熱田的竹千代大人還有往來，久松殿下知道嗎？」她放低了聲音問道。

「知道，他把於大之子當作自己的孩子一樣看待……」

「那就好了。這樣說來，貧尼該謝謝他。」華陽院舉起念珠，用手拭了拭眼角的淚水，那雙細長的眼眸露出晶瑩的淚光。看到她這副表情，於大不禁悲從中來。

「母親大人。」她激動地喊道：「信廣大人已落入今川的手中，會不會對竹千代不利呢？」

華陽院露出複雜的表情看著女兒：「此話怎講？」

「這……他們打算和今川交換人質，織田的殿下基於父子之情總不會拒絕吧！」於大眼中含著淚光。

華陽院依然表情冷靜：「如果織田的殿下知道的話，一定會把竹千代帶離熱田。」

「帶到哪去呢？母親大人，您知道嗎？」

華陽院看著正在遠處守望的住持的背影。

「樹枯葉落，但是仍有很多樹木等待另一個春天的來臨。你知道貧尼為什麼要到這兒向你告別嗎？」

「這……」於大睜大了眼睛。

「母親大人說要去駿府……難道這和竹千代……」

華陽院舉起手來，打斷於大的話。

「在熱田有你和久松殿下的情面可言，到了駿府就交給貧尼吧！看來竹千代是個運氣很好的孩子。」

於大屏住氣息，驚訝地看著母親。

難道她早就知道提出人質交換意見的是於大的親兄長，也就是化名為竹之內久六的藤九郎信近？

「竹千代運氣很好……」於大喃喃自語著。突然間，她好像想到了什麼似地，慌忙地看了看四周。

八

（莫非母親大人與兄長大人之間有聯絡？）

先是兄長以交換為條件，向織田家提出和議。接著母親要前往駿府。這件事讓於大內心為之寬鬆不少。正如華陽院所言，在熱田有母親於大、在駿府有祖母暗中向竹千代庇護。

「母親大人！」於大突然跪在母親面前。

「我明白了……我明白您剛才所說，葉落等待來春的心理……」

華陽院點點頭地數著念珠，閉起雙眼。看來女兒確實明白母親的心意了。

「你是幸福的。」過了一會兒，她喃喃地對於大說道。

「像田原御前，一個從未生育的女人，雖然沒有你的痛苦，但是也從來不知道什麼是歡樂。現在岡崎城主已死，她除了等待死亡之外，別無他途。相反的，你懷有久松的血脈，可別覺得自己不幸了。」

「是。」

「有孕的女人是幸福的，即使自己的身體枯竭，血脈中依然留有明年春天的希望。」

「是。」

「無論發生什麼事，絕對不要拋棄這種幸福，把孩子生下來，好好養育他吧！」

於大再度彎下身子，哽咽地哭泣著。從悲傷中產生了領悟，在無情的鞭策下生存著，只為了等待明年的春天。

的確，在這個時代裡，除此之外，女人實在別無幸福可言。

「不僅是你，忠高的遺孀也在等待新生命的來臨。如果是男的，這孩子必然繼承祖父和父親的心願。忠烈的祖與孫……一門相傳……如果是男的，就讓他繼承平八郎吧！本多平八郎已經為了松平竹千代戰死……這是貧尼的心願，貧尼的夢想。」

「母親大人，我明白了，我絕對不會再抱怨自己的不幸。」

這個時候，庭院中的住持向她們做了一個安靜的手勢，大概是有人來了。

「哦，你要找夫人啊？她們正在閱讀本寺的經文。」

此時傳來男人的聲音。

「竹之內久六有急事稟告。」說著，人已經走到老松樹下。華陽院看到後，驚訝地站了起來。

久六還不知道站在那兒的是他的母親。但畢竟華陽院度過了懷胎之痛，她以母親的直覺一眼就看出那就是藤九郎信近。

華陽院走到旁邊，歪著頭：「這不就是水野藤九郎信近嗎？……」

「咦？」久六不禁向後退一步。

「啊！」他低喚一聲。

久六眼中燃燒著星星般的光芒，華陽院則閃爍著朝露般的淚水……

那古野扇

一

信長回到了居間。

「阿濃，扇子！」他站在那兒高聲喊道。

「是。」濃姬回答道，但是故意慢慢地遞過扇子，然後坐下。

「人生在世五十年……」她繼續唱著剛才唱著的〈敦盛〉。

信長扮個鬼臉，把扇子闔起來。

「你在向我挑戰嗎？」

「是的。」濃姬回答得十分乾脆。「殿下不是說過嗎？人生就是一場戰鬥。」

「夫婦不同啊！」信長踢了一下榻榻米。

「所謂的夫唱婦隨，你又何必要掃興呢？」

「哦，照你這麼說，那你應該知道今天那番歌舞是排遣氣氛的。」信長咬牙地做了個鬼臉：「不過你做的也不怎麼高明。」

「這怎麼說呢？」

「想扮成男的，結果卻又露出了女人的姿色。」

濃姬微妙地笑了笑：「我父親也經常這麼說，這是我的缺點。哦，對了，你父親怎麼樣？」

信長放下扇子走過去：「如果是你，會怎麼做呢？我是指今天他們討論安祥城的信廣落入敵人手中一事。」

「什麼……信廣大人落入敵人的手中？」

信長再度咬了牙。其實濃姬早就知道安祥城陷落，且在上野城的雪齋派了軍使到信秀那兒，提出以信廣交換竹千代的休戰條件。濃姬之所以要吊信長胃口，是因為比自己小三歲的信長，無論做任何事都想勝過她。

信長這種對旁人視若無睹的性格，有的時候天真，有的時候氣人，有的時候彷若仇敵，有的時候又甜若蜜糖，讓濃姬恨得牙癢癢。

在新婚之夜的時候也是如此。

「過來。」信長很老成地伸出雙手，毫無羞澀的表情。等到濃姬投入他的懷抱時，他又說道：「我們就依傳統行事吧！」

當他發現濃姬還是個什麼事都不懂的處女時，卻縱聲大笑出來。

「哈哈，你已經十八歲了，怎麼還什麼都不知道呢？」

聽他說話的口氣，彷彿對動物的天性瞭若指掌。

那個時候，事事不肯服輸的濃姬，對他總是又愛又恨。

「你不知道信廣被抓了嗎？」

「只知道一點點。」

「這怎麼行呢？像這種事你得趕快向美濃的父親報告，真笨啊！」

二

「既然你知道，就告訴我吧！哦，對了，殿下剛才為什麼不高興呢？」

被濃姬這麼反問，信長並不感到憤怒。他抬起頭以銳利的視線看向天井。

「雪齋和尚要拿熱田的竹千代和信廣交換，如果是你的話會怎麼做？」

濃姬的表情為之一變，但隨即露出微笑。她知道信長的智能，如果說出愚蠢的話，不僅會遭受輕視而且會被憎惡。

信長最厭惡的是愚昧與猶豫不決。他常說，與其愚昧地度過八十年，還不如聰明地活上二十年。人生在世五十年，若能過得像年少般充實，就不會有那種無常的感嘆了。

濃姬深知這一點，因此她轉了個身，躲過信長。

「在殿下看來，哪一方器量較勝出呢……這一切都應取決於器量吧……」

信長看了濃姬一眼。

「你這麼認為嗎？如果是我的話，一定要跟敵人唱反調。」

「為什麼呢？」

「如果他認為我願意交換，我就偏不交換。如果他認為我不願意交換，我就故意跟他交換。」

「好奇怪的作法呀！」

「我跟父親說過，這兩個人的器量我無法比較。信廣受敵人的說服，成為俘虜而不自知，真是個愚不可及的人。竹千代年紀雖小，但將來必為大將，縱虎歸山必會成為後患，但是父親並不相信我的這番話。」

「他一定說你是不懂人情的孩子。」

「你別藉機罵人。我的話說得太過分，連平手爺爺和林佐渡都會責備我。」

「雖然如此，不過我倒是放心多了。」

「放心？」

「是的，我相信你的看法是正確的。」

「自作聰明的傢伙，何以見得呢？」

「只要不交換人質，信廣大人就不會被殺。人死了毫無利益可言，活著說不定將來還有機會。無論在對方或是自己這邊，將來總是有用的。」

信長驚訝地伸了伸舌頭。

這個可惡的女子竟然能看出信長的心事。正如濃姬所說的，信長在古渡城的時候將自己的意見告訴了父親。

如果對方揚言要殺信廣，那麼我們也可以對竹千代採取同樣的手段。一旦竹千代被殺，岡崎的人們就會離散崩潰。一旦離散了便失去戰鬥力，因此對方絕不會殺了信廣。

要是不能以對等的姿態談判，尾張就會居於被脅迫的一方，如此一來，事態就處於被動了。

這時走廊傳來腳步聲。濃姬急忙地整一整信長的衣襟，然後逕自走到自己的座位上。

三

「失禮，打擾了！」襖門外傳來男子的聲音。濃姬對這名男子的打擾頗不高興。信長發現濃姬的不悅後，反而故意讓對方進來。

「犬千代，有什麼事？」信長在房間內說道。

濃姬也跟著說道：「沒有關係，進來吧！」她也施了一個小小的手段。

信長看了濃姬一眼，說道：「小姓不要進來奧內，有什麼事就說吧！」

站在襖門外的前田犬千代皺了皺眉頭，那表情似乎對信長和濃姬之間的遊戲不太滿意。

「阿古居久松佐渡守的家臣竹之內久六有急事相報……」

說到這兒，信長扮了個鬼臉。
「我知道他有什麼事，叫他回去吧！」
但是犬千代仍站在那兒不動，他知道信長的脾氣。開始時他會拉高姿態，但隨後再加以求證，好看看自己的推測是否正確。
正如犬千代所想的，信長接著說道：「他是不是要我別把松平竹千代交給雪齋和尚？我知道了，叫他回去吧！」
犬千代笑了出來。
「犬千代你笑什麼？」
「失禮了，我實在忍不住。」
「說個理由。」
「吉法師大人……」說著他急忙改口道：「殿下也有猜錯的時候……」
「猜錯？難道他是要我把竹千代送給那個和尚？」
「不，是來遊說與信廣大人交換的。」
「什麼？交換……」信長高聲地叫了起來。這時，濃姬站起來拉開了襖門。
犬千代的表情已恢復平靜，沒有了笑意。他兩手放在膝蓋上，直視著信長。
「嗯。」信長低吟了一聲。「看你臉上的表情似乎也想幫信廣，過來這裡談吧！」
這會兒是濃姬露出了笑容。信長不全然是個淘氣的孩子，也有深思熟慮的時候，想到這兒，濃姬內心既讚賞又自豪。

「對此我沒有意見，還請見諒。」

「什麼，沒有意見……難道要坐視信廣於不顧？」

「我也不是這個意思，像這樣重大的事應該由大殿下與四位家老決定，我恐怕……」

「笨蛋！」

「是。」

「別提那幾個老糊塗了。這件事得要有個決定，你快給我出個主意。」

「您可真是給我出了個難題……」犬千代皺了皺眉頭，又看了看濃姬。犬千代也不是個簡單的人物，他對濃姬說道：「您看殿下這不是在為難我嗎？」

犬千代把話鋒轉向濃姬。

四

濃姬很討厭犬千代，但是犬千代知道信長欣賞他的才氣、個性，因此才敢與濃姬爭寵。

（我絕不會輸給你的……）

濃姬的氣焰也不小。

「犬千代大人。」

「是。」

「你也不要太擔心，殿下雖然想聽聽你的意見，但也未必會採納。」

犬千代眼角露出狼狽的表情，但是剎那間又恢復了平靜。

「您的這番話讓我知道了自己的份量。」

「份量？」

「是的，就是我對這種事應該保持相當的器量。」

「你這話就不對了，難道殿下不瞭解你的器量嗎？你的意思是說殿下是盲目的？」

「你怎可血口噴人！」犬千代氣憤地轉過頭來指斥濃姬。只見他雙頰潮紅，雙唇像女孩般地鮮紅。

「我們是以武事侍奉殿下，武在文之下。凡事必定依照文武之順，踰越了只會造成家中的混亂。即使是殿下的命令，如果是亂了本分，我們也不會遵從的。」

濃姬笑了出來，這不是侮蔑，但也不是激賞的笑；而是針對犬千代所發出的怪異笑聲。

「我懂了，那麼就讓我替你向殿下說明一下吧！殿下……」濃姬很技巧地把自己的身分提升到犬千代之上。

信長對這兩個人的談話頗感興趣，剛才不愉快的氣氛一掃而空。他臉上的表情就好像在裁判一場相撲。

「我就不再逗著犬千代玩了。犬千代大人就像殿下的一雙眼睛，鉅細靡遺地克盡己責。」

濃姬說道。

「哈哈哈……」信長笑了出來。「分出勝負了，分出勝負了。」

「分出勝負？」

「這次是我勝了，你和犬千代都在討我的歡心。不管你們怎麼做，你們兩人都沒有勝算。哈哈哈……真好玩。」信長旁若無人地笑著，雙眼依舊如老鷹般銳利。「犬千代。」

「是。」

「把佐渡的家臣帶到這兒來吧！對了，濃姬，你留下，看看我如何應答。」

「好，我去帶他來。」犬千代敬個禮之後，轉身離去。

「濃姬！」信長對他的新婚妻子說道。「今日例外，以後奧內不會再讓男人進來，你也不要再為難他們，插手信長的事，好嗎？等等你在旁邊仔細看著，天下稱得上男人的不是只有你父親！」

濃姬被他嚴肅的口吻嚇住了。

五

犬千代一如往常般，以穩重俐落的動作將竹之內久六帶進來。

久六走進房間，伏地等待。

信長緊盯著他，突然喊道：「久！」
久六驚訝地抬起頭來，他沒有想到信長會如此親暱地稱呼他。
「聽說你是佐渡發掘出來的，你一定見過平手政秀囉？」
久六不明白他問這話的意思，因此沉思了好一陣子。
「我問你是不是見過政秀了？」
「是的，我是請教他能否直接參見殿下……」
「不要說謊！」
「這……」
「你以為政秀會不問你來此的目的，就放你到這兒來？」
「是。」
「政秀已經同意你所提出的事，但是你認為與其由政秀向我稟告，不如自己到我這兒有效……是不是啊，久？」
「是。」
「你，見過我父親了嗎？」
「久六不明白殿下的意思。」
「不要說謊，你的額頭上就寫著明白兩個字。你不會是想藉信廣和竹千代交換的事，替久松家拉交情，以立忠義之名的。」

久六驚訝地看著信長。

何等銳利、周密的說詞啊！說到這兒，信長停頓了下來。與其說是銳利，應該說是身為一名大將所應有的……能力。想著，想著，信長又開口了。

「你回去問佐渡夫人，問她是否還記得和我的約定。」

「和夫人的約定？」

「你這樣說她就會明白的。將來竹千代到駿府只不過距離稍遠，還是可以相見的。最近我也常去熱田，視竹千代如同自己的親兄弟，給他馬，並且教他許多東西。即使將來他到了駿府，我也不會讓夫人失望的。你就這樣告訴她吧！」

「這……」久六睜大了眼睛。「您是說竹千代大人和信廣大人的交換……」

「我同意。」信長嚴肅地說完後，隨即展露笑容。「……我這樣說，你回去可能很尷尬？你可以編一套說辭，說我最後終於在某種條件下才答應的。你就如此告訴佐渡和政秀吧！」

「這……」久六不禁低下頭來。

（這是個十五歲的少年……）

這樣思忖著……久六內心不禁感到一陣顫慄。信長的顧慮是何等深遠啊！他這麼做不僅讓久六好交代，而且也給了於大一個人情……然而，實際上他可以透過於大獲得駿府的情報，準確無誤地抛出了一個以情感包覆的探路石……

（真是長江後浪推前浪啊……）

短兵相接之際，他卻能有不亞於大人的長遠眼光。在他奇異的行為背後，內心到底有些什麼念頭和打算呢？想到這兒，久六不禁升起一股無名的恐懼感。

「久，你明白了嗎？」

「是，明白了。」

「嗯，看你的表情，大概是明白了。我再重申一次，或許有一天我會和竹千代共話往事，因此，現在不必把事情說得太清楚。別忘了，要這麼告訴夫人啊！」

「在下明白。」

「既然都明白了，就擦擦汗，回去吧！」

久六真的照他所說，拿出懷紙來擦了擦額角的汗水。在他眼前陸續浮現了自己所知的各個大名的臉孔。

竹千代的父親松平廣忠，自己的父親水野忠政、兄長水野信元。甚至連久松佐渡守俊勝、信長的父親信秀都沒有的鋒芒，竟然在這十五歲的信長身上出現了。

從某方面來看，他和熊邸的波太郎有幾分相似。總而言之，此人似乎早已看破人生的悲歡離合。而準備隱身在妹妹於大身邊共度餘生的久六，也為信長所折服。

久六恭敬地鞠了個躬，轉身離去。信長點點頭，朝犬千代做了一個退下的暗示，然後轉過頭去，望著遙遠的虛空。濃姬一直屏住氣息，看著她的丈夫。

稱得上男人的不是只有美濃的父親，久六則是還沒說上一句完整的話，就被打發走了。

「如何，你都看到了吧……？」

濃姬原本以為信長會像孩子般得意洋洋，事實卻不然。信長嚴肅地陷入沉思之中。

信長是濃姬務必要掌握的對象，然而究竟應該把他當成又敬又愛的丈夫？還是輕蔑地伺機殺之的敵人呢……

至今，濃姬仍無法掌握信長。然而有一點可以確信的是，他絕非外面所傳聞的是個愚蠢的人。不過要是如此就愛上了他，對濃姬而言又是毫無意義的。

信長不知在想些什麼。突然，他回過頭來對濃姬說道：「阿濃，膝蓋！」說完之後，他立刻躺在地上。

濃姬把信長的頭，擱在自己的膝蓋上。

「耳朵。」信長再度說道。「我耳朵癢，幫我挖耳朵！」

濃姬幫他挖出耳垢後，信長又以粗大的指尖塞進鼻孔裡挖了起來，兩眼則直直地看著天井。

濃姬就這麼默默看著信長用自己的手指挖著鼻孔，然後放在指尖揉成圓球後彈向榻榻米。接著這樣的動作，一而再、再而三地反覆著……

信長眼睛眨也不眨，不知在想些什麼。起初濃姬對他的不衛生感到不滿而皺著眉頭，但接著內心突然湧起一股不解。

為何剛才面對竹之內久六的時候是一副威猛的樣子，而今又變成頑童這般呢？

「阿濃……」

「是。」

「我的父親原本是說，就讓他殺了信廣吧！」

「誰呀？」

「就是雪齋那個和尚嘛！但是後來提到交換竹千代的時候，他又開始猶豫了。」

「骨肉之情，這也難免。」

「不，父親不是這樣的人，他是個非常強硬、衝動的父親。」

「耳朵這樣可以了嗎？」

「還不行……最近父親顯得十分衰老，或許他快死了。」

「你怎麼說這種不吉利的話呢？」

「傻瓜，人總是會死的。不過，萬一父親有個三長兩短，織田一族恐怕會團結起來攻擊我。」

聽他這麼說，濃姬嚇了一跳，他究竟在想些什麼呢？

「你的父親和今川家還好，但是對這方面，我卻不能不小心。」

聽他這麼說，濃姬才意識過來。

信長在織田家族中的位置並不穩固。在織田家族裡，他的先祖織田大和守控制了一半的尾張，但他也只是三奉行之一。直到父親信秀這一代，才勉強有控制全族的趨勢。除了大和守之外，在清洲還有宗家織田彥五郎信友，他對信長父親的壓迫頗具反感，常常伺機待動。

在這種情況之下，父親信秀若有個萬一，宗家一定會說服舊臣合力打擊信長。信長一定是為此不安。

「阿濃……」信長突然推開濃姬的手，坐了起來。「我剛才說的話絕不可告訴別人。」

「是。」

「我呢，就是要讓他們猜不透。讓他們以為我不過是個什麼都不懂的笨蛋……」說著，他轉過身看著濃姬。「你把我的鼻屎撿起來，看看有幾個。」

濃姬銳利地瞪了信長一眼：「你丟了幾個？」

「六個。」

「全部撿起來，髒鬼！」

「什麼，髒鬼？……阿濃！」

「是。」

「讓你的髒鬼丈夫抱一抱，過來。」

「是。」

「你比我預料中的還可愛，來，現在換我替你挖耳朵。」

八

濃姬溫順地把臉擱在信長的膝蓋上。當她的面頰接觸到信長大腿結實的肌肉時，突然覺得全身沸騰。

（該不該把心交給他呢……）

濃姬內心雖然有股好勝心支撐著，但是手腳卻不聽使喚地鬆軟下來。

信長先是摸了摸濃姬的耳朵，接著移往下額。

「阿濃……」

「是。」

「把眼睛閉起來，用你的心來看著我的臉。」

（這個頑童又想做些什麼……）

濃姬內心這麼想著，但還是乖順地閉上了眼睛，想像著信長的身影。

「好了嗎？有沒有看到我？」

「有。」

「用你的手替信長穿上室町公方的衣裳。」

「什麼？」

「照我說的做！」

「是。」

「怎麼樣，合不合身？」

濃姬頗不以為然，但仍憑空想像著。心中雖有不滿，但想像中的信長卻是堂堂的殿下姿態。

「怎麼樣，不喜歡嗎？」說著，信長的手從她的肩膀移向身體，靜靜抱起了濃姬。甜美甘潤的感覺遍布濃姬嬌柔的身軀，教人難捨。

「不。」濃姬搖搖頭。

「既然不討厭，那就是喜歡囉？」

「是。」

「你下輩子還願意做我的妻子嗎？」

「願意。」

「阿濃，讓我們和好，相親相愛吧！」
「是。」
「如果有誰背叛，願遭碎屍萬段。」
濃姬已說不出話來了。
信長溫熱的呼吸像暴風雨般地襲向濃姬的雙唇。
「幸福嗎？」
「嗯。」
「只說嗯不行，你要說幸福。」
「我……我好幸福。」
書院的障子仍是亮著的，落葉中的微風吹進情話綿綿的房內。
濃姬眼中所見，是一片茂盛的春花。
過了一會兒，信長突然推開濃姬。那種幾乎消失了的羞恥感再度湧上濃姬心頭。她整了整衣襟。
「阿濃……」
「是。」
濃姬對這個丈夫真是又愛又恨，覺得十分狼狽。

歸雁

一

大地覆蓋著一層寒霜，凋落的枯木中只有蜜柑的綠葉活潑地迎著朝陽。中間的阿部大藏鋪上了不知從哪兒換來的米袋，正專心地治療著手肘上的箭傷。右側的酒井、石川、植村、榊原、天野等，個個面色凝重地持槍巡視。左邊則有大久保新八郎忠俊摸著自己稀疏的鬍子，帶領著兒子五郎右衛門忠勝、弟弟甚四郎忠員，以及忠員之子七郎右衛門忠世等一族十餘來人。

正後方可以望見陷於今川家的安祥城箭樓。

「真不知雪齋禪師葫蘆裡賣的是什麼藥。」平岩金八郎一邊咬食著左手拿著的乾飯糰，一邊對阿部甚五郎說。

「既然已經乘勝追擊了，為何又不攻陷上野的本城呢？」

「誰知道。」天野甚右衛門搖搖頭，也從繫在腰間的飯袋裡拿出煎豆，果腹充飢。

「織田彈正忠已經撤回尾張，如果再繼續攻擊就像陷入泥淖中，還不如先取安祥城，可以獲得暫時的勝利。」

「即使如此，織田會老實地交出竹千代嗎？」

「這個嘛，已故殿下當初在交涉人質的問題時，就說過竹千代大人可以任憑處置，完全不顧兒子。而彈正忠激烈的個性絕不亞於已故的殿下，因此他也很可能不顧信廣大人的死活。」

「原來如此。」大久保新八郎接過兒子端來的味噌嘗了起來。

「人質交換若作罷，就會立刻踏平上野城，直攻那古野吧！而今暫據上野，即是如此打算想要控制後續局面。可不能讓他們的詭計得逞。」說著，他將竹皮包著的味噌傳給大家。

「吃一點可以增加精神。」

「謝謝。」

一群人就這麼持槍站立著，邊嘗著味噌、邊咬著乾飯糰，像餓鬼似地大嚼煎豆。

所有人都是一副野武士的穿著，身著甲冑顯得煞有其事的樣子，然而戰袍上卻滿是補釘。當這支五十餘人的單薄隊伍持槍攻入安祥城時，別說是總大將雪齋禪師，就連駿河的井伊次郎直盛及天野安藝守景貫都驚訝於他們的勇猛。因為大家的心目中只有一個悲壯的願望，那就是救出竹千代……

駿河方面連最下級的足輕都分配了玄米飯糰，而習慣了乾糧的岡崎軍，必須想辦法弄些糧食。因此，一些大將都盡量減少讓自家的子弟跟隨，徒步前來參加戰事。

「沒想到味噌這不起眼的東西竟會成為山珍海味，真是羨慕大久保的口福啊！」植村新六郎這麼說。

大久保新八郎大笑道：「如果有其他果腹之物可以代替，我就不用嘗味噌那股怪味道了。我才羨慕你呢！哈哈哈……」

這時有一名斥候跑來。

「來了，來了，好些人來了。」斥候用手指向遠遠的城街道。

二

「什麼，來了啊！」

大家匆忙地收拾好飯袋，引頸望向斥候所指的街道，果然看見一名騎士及四名徒步的足輕所組成的一行人，正穿過兩旁松樹林立的道路朝前走來。那名騎士就是曾經撤回古渡城，去確認織田信秀意向的中務大輔平手政秀。

「是政秀。」

「不知是吉是凶？」

大家互看了一眼，然後彎身拍拍衣服上的塵土。

這一行人給這些在安祥城外固守防禦的五十多名岡崎軍留下了深刻的印象。

「今天就由我來接待，大家等著瞧吧！」大久保新八郎用手背擦了擦殘留在嘴角上的味噌漬，然後一陣旋風似地跳到路中央。

此時的天空一片晴朗，偶爾有幾隻鳶飛舞而過。

平手政秀今天穿上珍貴的陣羽織戰袍，眉頭緊皺著，一副嚴肅的樣子。

「安祥城的大手門由岡崎軍守著，連一隻螞蟻也休想通過。來者何人？」

「哦，閣下不正是大久保新八大人嗎？」

「哼，少來這套。本人正是大久保新八郎忠俊，不像你這隻青葫蘆沒名沒姓的。」

平手政秀冷笑一聲：「新八大人真是快人快語，可是您也很健忘啊！」

「沒錯，這正是我新八的毛病。你現在報上名來，等會兒你走了之後，我又會忘了。」

「哦？那麼就不用報上姓名也可通過囉？我不是來找你的，我是來和臨濟寺的雪齋長老碰面的。」

「嘿嘿……」這回輪到新八郎冷笑了。「你明知我們固守在這裡，竟想不通名報姓就混過……有趣！哼！你儘管通過，我可先警告你，等你胸口被戳了個洞，可別妄想有人收屍。」

政秀「砰」地敲了一下胸膛，點點頭：「哦，可是我這青葫蘆還頗有份量。如果我的胸口被戳了個洞，那麼一切後果你考慮看看。難道岡崎臣民群情激昂，就要對我們這些攸關幼君性命的人無禮嗎？」

「哼！」新八郎舉起槍對準政秀。「算你有骨氣，有骨氣的下人很對岡崎人的胃口。我就暫且放你過去，反正你想跑也跑不了。」

新八郎將槍猛然地插在地上，嘶聲吼道：「快滾！」

三

平手政秀在新八郎再度舉槍之前，面帶愁容地通過大手門。

「真搞不懂。」新八郎轉向大家，「這傢伙高深莫測，不知帶來的消息是吉還是凶？」

沒有人回答這個問題，政秀臉上的愁容令大家很擔心。

「如果是凶，我一定會宰了那傢伙。」

這當然不是大家願意的事，所以仍沒有人回答。

如果政秀沒有按照約定交換人質，雪齋一定不會撤軍，那麼岡崎軍必將與尾張的主力奮戰一場了。

攻下安祥城已經損兵折將了，要攻入尾張、再取古渡或那古野，這支五十餘人的殘軍還會剩下幾個呢？

「唉呀，先解決吃的問題吧！」阿部大藏率先打開飯袋，大家也跟著他解下繫於腰間的食物咀嚼起來。

談判一旦破裂，不久一定會下達進擊的命令。

小廝生起了薪火，用舊鍋煮水。雖不是什麼珍貴補湯，但至少能驅走一些寒意。喝完湯之後，大夥把乾飯糰、煎豆等收拾好，把飯袋繫回腰間，再仔細整理裝備。一想到政秀已和雪齋決定了竹千代的命運，大家就不寒而慄。

「大概準備妥當了吧！」

「唔，如此一來，尾張、美濃的命運也都在他們的計劃之中。該去的地方還是要去啊！」整理好裝備，接下來再排好甲冑就可以休息了。深夜裡天寒地凍的，常常會將熟睡的人活活凍死。每個武士都睡不穩、吃不好，只有最年長的阿部大藏最能適應這種生活。

「這老爺爺睡得真沉。」大久保甚四郎之子忠世看著躺在暖陽中的白鬍子老人，羨慕地說著。這時城中派來的使者來到。

「酒井雅樂助大人，雪齋長老有請。」

雅樂助微笑地站了起來。

「各位，好消息來了。」

大家立刻睜開了雙眼。

「什麼，好消息？」

雅樂助連連點頭，並且開懷地笑了出來。

「平手中務尚未出來。這時候叫在下進去，足可證明一定是要談交換的細節。」

「對。」新八郎手撐地面，一躍而起。

「一定是。」平岩金八郎附和道。

大久保甚四郎及天野甚右衛門也迅速爬起，在雅樂助身後發出興奮的歡呼聲。

「肅靜，肅靜，小心樂極生悲啊！」阿部大藏保持著原來的坐姿，搖晃著雙手示意大家，兩眼卻溢滿了淚水。

「哇！」不知是誰發出的，似乎是一個大男人的嚎哭聲。

四

酒井雅樂助來到廣間，雪齋立刻面露微笑。看來雅樂助推測得沒錯。

他逕自走到雪齋身旁，然後與平手中務點頭招呼。

平手政秀剛才那滿是愁容的臉此時也布滿了笑意，但是岡崎對這樣的交涉策略仍有不明之處，這裡面似乎有著更複雜的意義。

「這是岡崎的家老酒井雅樂助。」

雪齋說話的口氣就好像介紹一個十年不見的老友一般。政秀以足以令雅樂助吃驚的語氣直接說道：「哦，仰慕大人之名已久。在下中務大輔平手政秀，今日能結識大人，真是榮幸之至。」

寒暄之後，他又繼續道：「這城裡還有天野安藝守大人與井伊次郎大人吧？」

接著又以若無其事的態度說：「這樣我們就可以迎回三郎五郎信廣大人了。」

雅樂助突然笑了出來（這不知死活的傢伙……）。明明是因為天野景貫與井伊直盛占領了這座城，他才被迫前來為信廣乞命的。但是他很快就笑不出來了，政秀接下來所說的話猶如一鞭抽在他的身上。

「唔……為了避免故岡崎大人的遺孤竹千代大人發生萬一，希望能夠借助大人之力。」

雪齋不知道是否聽進了政秀的話，此時他正在欣賞障子門上映出的梅花枝影。

「總之，松平家與織田家的不睦已經很久了。」

「這是事實。」

「如您所知，在織田家中有人主張送回竹千代，有的則主張殺掉竹千代，現在已經到了僵持不下的局勢。」

「唔……」雅樂助隨聲應著。

「岡崎臣民中有主張交出三郎五郎，也有主張在途中就斬首的。」

「正是，在下也這麼認為。」

政秀仍然保持那張笑臉：「關於交換的地點，大人的想法如何？」

「這個嘛……」雅樂助故意歪著腦袋，佯裝思考的樣子。「請將竹千代大人送至本城，我們也會保證三郎五郎大人平安無事。」

平手政秀搖搖雙手，輕聲笑了出來。

「雅樂助大人，我們雙方都必須擔負一半的危險啊！」
「一半、一半……當然！」
「依在下的意見，最好將三郎五郎大人送到熱田，並在那交換竹千代大人，雪齋長老贊成嗎？」
雅樂助立刻注視著雪齋。雪齋仍瞇著雙眼看著障子門上的梅花枝影。
（原來他早已在考慮這個問題了……）
雅樂助這一群人只想到勝敗問題，完全沒有考慮過交換地點的事。事實上，交換地點才是關鍵所在。

五

將織田信廣送到熱田，並且在同樣的地點交換竹千代，這樣行得通嗎？萬一交出信廣之後，對方又引發戰火，那麼岡崎剩下的殘兵可能會全部葬身於尾張吧！對方想在熱田交換竹千代和信廣，其中或許有詐。
雪齋一人無法做決定，所以才會叫來精通地形的雅樂助共商對策。
「如何呢？如果在位於雙方之間的大高交換，可以嗎？」
現然他早已考慮過這個問題了。對於政秀再度提出的地點，雅樂助歪著頭思考著。安排在熱田和安祥的中間是最理想的嗎？

突然，從剛才就一直發愣注視障子門的雪齋冷不防地說：「事有蹊蹺！」

雅樂助仍然歪著頭等待下文，但是雪齋卻一味地笑著。

（到底什麼事有蹊蹺……？）

雪齋心中對大高這個地方似乎有戒心，但雅樂助一時間卻無法意會過來。

「那麼就改在上野，如何？」政秀讓步了些。

上野一定也有陰謀吧！雅樂助十分確信自己這個推測。

無論大高或是上野，仍然屬於尾張的範圍。要戰勝的今川把人質送往自己戰敗可能性極高的尾張境內，實在很奇怪，其中必有詐。一想到這裡，雅樂助心中已盤算好了。

「我不贊成在上野交換。」

「哦，為什麼呢？」

「因為……」他正想說下去時，又硬將這個衝動壓下去。即使居於戰敗可能性極高的劣勢，也不能讓主家名譽掃地，瞭解武士精神的人是絕不會堂皇地說論勝敗的。

「我們岡崎人個個勇猛善戰。」

「唔，岡崎武士的勇猛我早有所聞，但是這和交換地點有何關係呢……？」

「就因為勇猛的武士很多，進入尾張之後可能會與貴方的人起衝突，那可就不得了了。」

雪齋聽完之後面露微笑，但是政秀的臉上出現了為難的神色。

「原來如此，這當然也需要考慮……」

過了一會兒後，政秀才嘆口氣說：「那麼，我想交換地點選在三河的境內。但是矢矧川的東邊則不要考慮，因為恐怕我方的浪人武士會藉機惹事！」

雪齋漫不經心地點點頭。

「那麼這樣好了，就在西野附近吧！」

雪齋表現出一副才剛開始思量的樣子：「平手大人，就決定在西野吧！」

平手政秀咬咬下唇，立刻展開笑容。

「西野附近嘛……」

六

畢竟政秀和雪齋各自背負著織田、今川兩家的重大任務，不能和平常人相提並論。他們需要揣測彼此的心意，卻又不能讓對方猜透自己的打算。雅樂助在這兩人的面前，覺得自己不過是個非常渺小的走卒。正直、勇猛、講義理的岡崎人對於這些政治手腕，簡直一無所知。只有渡里的鳥居伊賀守忠吉還稍微懂得一些，其他人包括石川安藝和自己，也如同孩子般什麼也不懂。

這時雪齋跟政秀的談話仍繼續著。

「就在西野的笠寺吧！」雪齋提出了一個確切的地點。政秀又重複了一次。

「笠寺嗎？那是曹洞宗的啊！」

「不錯，和我們不同的宗派，這樣你們不會有異議了吧？」

「我明白了。那麼貴方派什麼人送三郎五郎信廣大人到笠寺呢？」

「這個嘛……」

雪齋意味深長地望了一眼雅樂助。

「貴方又派什麼人將竹千代大人送出熱田呢？」

叫雅樂助進來的用意似乎就在此了。

雅樂助突然感覺全身一震，頓時緊張了起來。這個人選確實很難決定，萬一己方挑出送交信廣的人身分比不上對方，那豈不是一大恥辱？

送交信廣就算不是一場生死戰，但如果態度、應對過於卑屈的話，不僅對竹千代若君是恥辱，甚至還會傷害到雪齋禪師以及今川家的顏面。其次，倘若此人激怒了織田方，可能會挑起不必要的事端。

「我看……」雅樂助盡量以平穩的語氣說。「等織田家的人選決定後，我方再挑選較妥當。」

平手政秀輕嘆了一口氣，他一定也考慮過，必須選派不會使信廣蒙羞的人選才對。

「我想，我方可能會派遣織田玄蕃允信平、勘解由左衛門信業二人送交竹千代大人。」

雅樂助迅速地看了雪齋一眼，這兩個人是織田家族中家格與名聲都很響亮的要人。

平手政秀大概是想藉這兩人的威名來穩住尾張的敗勢。

但是在岡崎的臣民中能挑選出如同這兩名人選一樣文武、見識皆優之人嗎？如果對方提出什麼問題，我方無法回答，豈不有失顏面……

「究竟派誰好呢？迎接竹千代大人，當然是從竹千代大人家中的人挑選最合適。」

雪齋長眉下的雙眼第一次認真地注視著雅樂助。

雅樂助感到背脊上的汗珠如雨下。唯一較適合的人選只有鳥居忠吉老人，但是他在戰爭結束後就返回岡崎負責徵收年貢了。

「唔……」雅樂助閉上雙眼，深深嘆了一口氣。

七

「岡崎會派誰呢？」政秀催問道。

信廣是彈正忠信秀的長子，因此如果派個無名小卒，恐怕連政秀也會覺得沒面子呢！

「唔……我想……」雅樂助欲言又止，腦海裡突然掠過一個念頭。交換的地點若是在笠寺的客殿，那麼護送的人員從衣著裝扮到實際身分都得相稱。相信對方一定會出動浩大的聲勢，那麼我方何不派遣一個出乎意料的人選？

「唔，在護送三郎五郎大人抵達之前，一隻蟲子都不可以靠近，這個使者，我方決定派遣大久保新八郎忠俊。」

「什麼？大久保大人……」

政秀果然很意外，他的雙眉緊皺，大概是想到剛才新八郎持槍對著他的那副神情吧！

「您不同意派大久保新八郎？」

「不，不是不同意。只是大久保大人一族曾在小豆坂會戰過，恐怕他對織田的怨恨仍很深。」

「我認為新八郎是最合適的人選了。」雅樂助繼續說。「他會拋開怨恨，小心地護送三郎五郎大人。為了兩家的和睦，再沒有比這作法更好的了。」

雪齋用手敲著自己的膝蓋。

「哦！」政秀稍稍舒展了雙眉，剛才臉上擔心的表情也消失了。「派大久保大人，我方當然最放心了……這樣好，這樣好。」

這場談判終於有結果了。

「時間呢？」雪齋立刻追問其他細節。

「十日正午時刻。」政秀毫不猶豫地說道。

「就如此決定。」雪齋仍然敲著膝蓋，「我這就去準備！」

雅樂助行禮之後，退了出去。

大久保新八郎真是個忠君愛國之人。在先君廣忠返回岡崎城時，他對反廣忠派的松平信定那些人發出了數封誓願書。

「——為了主君，新八騙佛瞞神、在所不辭。」

如此一個死硬派、忠心的男子，雖談不上風雅，卻是個做事不畏縮、談話耿直、肯負責的勇士……但是雅樂助仍然擔心新八郎忠俊是否願意接受這個使者的任務？

果然……

把十日正午關於人質交換之事詳細告知引頸等待的大夥之時，「我方選派護送信廣的任務，由大久保新八郎擔當。」新八郎立刻搖頭。

「請不要派我去。」

「為什麼？」

「我怕自己控制不了憤恨，在途中就把信廣殺掉。你應該能瞭解我的心情，求你饒了我吧！要去你自己去！」說完之後，新八郎開口大笑。

八

雅樂助不在意地注視著新八郎，他有信心在廣間裡藉助群體的壓力，說服這位家中之士。

雪齋與平手政秀是以成人的眼光來看待新八郎，但是眼前這個人只能以頑童視之。

「新八大人。」

「幹麼？」

「你到底幾歲了？」

「問這真奇怪。我雖然不是二十幾歲的小伙子，但論起打仗可是毫不遜色呢！」

「你應該四十幾、快五十了吧？五十歲的人也該有五十歲的思想啊！」

「哈哈哈！你別想激我答應護送信廣。這件事我絕不幹。」

「若真為難，我也不找你。不過你的想法太簡單了。去程時是護送信廣沒錯，但是回程卻是迎接竹千代大人啊！我認為你曾經在岡崎迎接過先君，這次再去迎接竹千代大人是最適合的人選。一切拜託了。」

「什麼……」新八郎仍想辯解。

雅樂助搖手制止，接下去說：「如此安排，諸位認為好嗎？」

當然，沒有人提出反對。

「什麼……」新八郎拉長脖子湊近雅樂助。

新八郎害怕的是自己無能應付對方的險惡，如果事先能有對策壓抑住敵方的氣焰，那麼迎回竹千代若君的重責當然是義不容辭的。

「你們全都贊同由我護送？」

雅樂助點頭示意。

「可是萬一我一時怒氣上升，與織田的家臣起了衝突，你們也不會怪我嗎？」

「一旦委託於你，當然就沒有人會有異議。」

新八郎這時才鬆了口氣，看看大家。

「那麼就這樣決定了。地點是在西野，不需要其他人陪同了。」

「什麼？不需要其他人陪同前往了？」

「是的，除了我之外，就帶犬子五郎右衛門忠勝（之後也改名新八郎），姪子七郎右衛門忠世。甚四郎，你有沒有異議？」

甚四郎是忠世之父，新八郎之弟。

「我沒意見，只是僅僅三個人前往迎接竹千代大人，會不會顯得太草率？」

「笨蛋！」新八郎斥責弟弟。「三河是我們的領地，在領內就和在城裡一樣。難道獨自一人在城內行走也需要害怕嗎？五郎右衛、七郎右衛，你們敢不敢去？」

雅樂助真想笑出來，新八郎忠俊的表現正如他所預想的一樣，魯莽地全副武裝就要出發了。

「就這樣去嗎？」新八郎的兒子五郎右衛門問道。

新八郎照樣毫無顧忌地罵回去：「沒有用的東西，我們只不過是將一個盜賊之子送回去，還要如何慎重？你們若再長他人志氣滅自己威風，小心我斬了你們。」

新八郎一口氣罵完後，轉身走入城內。遣送軟禁於鹿垣內的織田信廣，護衛之職當然非新八郎莫屬了。

九

新八郎忠俊原來並不姓大久保，少年時代的姓是祖先傳下的宇津。後來新八郎忠俊自稱大窪，也從此改姓大久保。

他年輕時，某天在岡崎遇見越前來的武士大窪藤五郎，此人非常欣賞新八郎的勇武。「能繼承我的姓、傳予後代的只有你新八郎忠俊了。」

新八郎受其感動，為了表示謝意就真改了姓。

「那麼我就改成大窪。」他的表情看似平靜如水，可一旦作出決定，從此便一心一意效忠。

新八郎帶領兒子跟姪子來到軟禁信廣的地方。

「大久保新八郎忠俊奉令前來，護衛織田三郎五郎。」

獄卒一聽，立刻行禮退下。

這時新八郎走到鹿垣之中，靠近旁側的小窗向裡面叫道：「織田小子，明天一早就出發，你準備準備。」

裡面傳來的腳步聲逐漸接近窗戶。這時障子門打開了，出現了一位雪齋特意安排服侍信廣的兩個侍女。新八郎忠俊的視線越過侍女的肩膀，往裡面瞧了去。

信廣在屋子中央規規矩矩地盤坐著。他的面頰和嘴唇蒼白如紙，兩眼憔悴無神，沒有絲毫敵意。

「閣下是大久保忠俊？」他說話的時候眼皮抽搐了幾下，五官長得與信長很像，但更為優雅、小巧一些。

「什麼？聽不到。說話要像男人一樣大聲點？」

新八郎故意用手在耳後圈成半月狀，裝成聽不見的樣子。

「閣下是大久保忠俊嗎？」

「正是。」

「出發的意思是說人質交換已談妥了？」

「我不清楚，不過應該是吧！」

「地點知道嗎？在哪裡？」

「我全不知道，去了不就明白了。」

信廣雙手顫抖地握緊。

「大概也沒有什麼好準備的，就等著明天早上出發吧！」新八郎丟下這句話就離開了窗邊。

兒子忠勝和姪子忠世看到盛氣凌人的新八郎，不禁都愣住了。

「忠世，你到井伊次郎大人那裡借四匹馬。我們四人騎馬到西野，但不需要名駒。」

「父親大人。」忠勝在一旁插嘴道。「還是讓信廣大人乘轎去吧！」

「什麼！」新八郎咬牙切齒地瞪著忠勝。「你和忠世要抬轎嗎？」

忠世一聽，笑著快步前往借馬。

十

當時，寺院是亂世的緩衝地帶。俗世間無論發生任何動亂，都不得侵入寺院。今日的笠寺循此習慣，織田、今川兩家捨棄了兵刃於此相會。一入山門，就可見到兩家的大幔幕在冬天的寒風中飄揚。

山門前，兩家的武士及民眾都投以好奇的眼光。

岡崎城幼主松平竹千代，與織田家長子，也就是安祥城主信廣的人質交換，在百姓眼裡，這無疑對大名士族來說是一場悲劇。

「松平竹千代大人還只是個八歲的孩子。」

「為什麼拿他當人質呢？」

「織田信廣大人也十八歲了，想必就快掌大權了。」

一旦進了山門就看不到了。於是，人們爭相希望目睹雙方到達與離去時的情景，他們太想知道大名的「苦痛」到底長什麼樣，好作為自己悲慘生活的慰藉。

聚集的群眾愈來愈多。各種推測、想像在群眾間流傳，不久，也快到巳時（十時）了。

「讓開，不讓開要是受傷了，休怪我也。」隨著吆喝聲，東邊的街道「噠噠噠」揚起了一陣塵土，來了四騎武士。群眾立刻讓開道路。

首先出來的是個纏頭留長髮、身著岩乘一方甲冑的威猛武士。他手持利槍，除了張口吆喝外，還不時揮舞著手上的槍。下一個武士比較年輕，他只身披甲冑，卻未持刀槍。接著是兩個二十二、三歲的年輕武士，兩人保持相當的距離。這兩個武士似乎很怕冷，將槍夾在右腋下。

「是安祥城的先鋒隊。」

「真勇猛，領頭的那位武士是誰呢？」群眾一邊讓開道路，一邊竊竊私語。

「停！」在山門前，領頭的武士勒住馬頭。他並沒有立刻下馬，只是騎在馬上原地轉了個大圈。後面的三名武士一趕到，領頭的武士立刻耍弄起槍枝，向山門裡吼著：「各位今川、織田兩家的朋友，我是松平竹千代的家臣，上和田的浪人武士大久保新八郎忠俊。我護送織田三郎五郎信廣前來的，現在要通過山門。」

群眾這時才恍然大悟地看著信廣與新八郎。新八郎跳下馬來，瞪著信廣那雙泛紅的眼睛。

「進來！」他看看四周，示意信廣行動。

信廣滿頭大汗，默默從馬背上跳下來。一個踉蹌差點跌倒，拉著馬韁才勉強穩住。

群眾噓了幾聲，然後安靜下來。

「進來！」新八郎又扯開嗓門喊道。

十一

一時之間，信廣猶豫著該不該放下韁繩，將馬拉入山門。

看到信廣猶豫的表情，群眾中一名小兵很快地跑出來，由信廣手中接過韁繩。這個人一定是織田家的下級武士。

新八郎不屑地瞧了一眼，什麼話也沒說。

那小兵手牽著馬，以一副傲然不可侵犯的姿態走在信廣之後。

群眾又喧嚷起來，此情此景超乎他們的想像。

接著，西邊的參道上也出現了一名騎士，遠遠就可看出前面有個小廝牽著馬。

「啊，怎麼沒有穿甲冑？」

「唔，好像是來遊山玩水的打扮。」

也難怪大家覺得這名少年很奇怪。手持韁繩的小廝，步履緩慢，腰上掛著太刀；而馬上的人，則穿著加賀染的小袖，看起來像是畫中人物。

「難道這就是松平竹千代大人……？」

「胡說，竹千代大人才八歲。這大概是前鋒。」

當大家竊竊私語的當兒，馬上的少年以冷漠的眼神掃過四周。

由他的穿著來看，一定不是普通身分，但是沒有人知道他是誰。

他就是隱身在織田家的背後（不如說是信長的背後），很少現身的熊若宮竹之內波太郎。

波太郎在山門前下馬，整理了一下坐皺了的衣裳。

「熱田來的客人等一下就到了。」

他並未跟人說話，便隱身到人群裡去了。

群眾又在私語，其中一人說道：「難道……也是來看熱鬧的？」

「可能吧！但到底是哪位大人物呢？」

這種種的猜測，直到護送竹千代的行列出現才停止。在行列最前面的，先是持槍隊，接著是一騎身著野袴的武士，後頭則跟著兩頂轎子。轎子後面是裝著竹千代的玩具及日用品的箱子，再後面則是一名小廝拉著一匹無人乘坐的馬。這匹馬是信長送給竹千代的禮物，是一匹白額的栗毛上等好馬，行列的最後是一騎裝備華麗的武士。

這行列與護送信廣的完全不同，看得人們都迷惑了起來。

「松平竹千代大人駕到。」山門前的武士扯開嗓門吼道。

一聽到聲音的同時，裡頭的人也奔出來了。

大家禁不住「哇」地叫出聲。箭也似的奔至轎前跪伏在地的，正是護送織田信廣入寺的大久保新八郎忠俊。

十二

跪伏的大久保新八郎大聲喊道：「竹千代大人，幼君大人！」

轎子立刻聞聲而停。

「大久保爺爺，打開轎門，我有話要說！」

圍觀的人群把眼睛瞪得有如銅鈴般大，眼看著轎門被打開了。

轎內出現一張憂鬱的圓臉。他的穿著完全改變了，看來是信長所贈的服飾，白斜紋的小袖上還繡有葵紋。

「爺爺？」竹千代的小嘴輕輕囁動。

「是……」新八郎跪伏在地上，仔細端詳一年半不見的竹千代。

「竹千代大人！我們打贏了。您不在的這些時日，我們同心協力，沒有……沒有輸給任何人。」新八郎一說完，淚水忍不住掉了下來。

竹千代以感激的眼神注視著新八郎。

阿部德千代也陪同著乘坐轎子，此時，像武士人偶般直挺挺地站立一旁。

「長大了好多……長大了好多……」

「……」

「從此松平家可以太平了……」

「爺爺。」

「是。」

「擦乾眼淚。」

「……好。」

「沒事的，不要哭。」
「是……是。」
「信長大人送了我一匹馬。帶到那邊去。」
「信長大人……？」
竹千代輕輕點頭，轎門立刻又關上。
坐在馬上的兩個武士已經下馬。抬起轎子，一行人就進入了山門。
「馬來了。」足輕牽著竹千代的馬，將韁繩塞給仍在發愣的新八郎。新八郎接過韁繩，看看四周，然後和馬一起隱沒在山門口。
圍觀的人群發出了嘆息聲，難免又交相竊竊私語起來。
「原來如此……原來如此。」
「你知道什麼嗎？」
「我想一定是織田敗。」
「啊！」
「戰敗了，難怪信廣大人會受到如此差的待遇，這也是沒有辦法的事。」
「說得也是，勝方和敗方……」
夾在群眾中的竹之內波太郎聽到這些談話，只是一笑置之。

笠寺的客殿裡，人質交換已經準備妥當。等待迎接織田信廣的玄蕃允信平和勘解由左衛門信業，像是兩個毫無情感的木頭人般靜候著，而大久保新八郎卻很激動。

信平首先開口，他由氣候開始講起。「……冬天很寒冷。」接下來，又逕自談了一些竹千代的成長，絲毫不在乎對方有無反應。

交換完成後，各自離開笠寺時，平靜的過程卻起了變化。

織田用來送竹千代的轎子，此刻改由信廣乘坐，而松平的竹千代則騎著信長所贈送的馬匹。

竹千代一行人先行出發。

新八郎的姪子忠世將馬轡套好，由忠勝帶頭，新八郎殿後。

但是這行列人數太單薄，又引起了群眾的猜疑。就在這時候，織田方主動提出要選出七、八位家臣當對方的護衛。

站在人群中的竹之內波太郎，露出了深不可測的笑容。

竹千代的護衛當然知道這只是織田表面上的好意，而其實他們的用意是要使新八郎受辱，妨礙他們歸途的平安。新八郎也看出了他們的陰謀。

「不好意思，那就恭敬不如從命。」

提出意見的信業沒想到會得到這樣的回答，臉上露出了一副深思的表情。

「這裡是三河境內，不會有什麼危險，後面的路程就拜託了。」

（他好像警覺到了……）

波太郎一眼就看穿了。織田的武士們互相對看一眼，然後尾隨在新八郎之後。領頭的是忠勝，其次是竹千代，接著是騎著忠世的馬的天野三之助，然後是徒步的阿部德千代。稍晚一些出現的是新八郎，在他後面的則是織田家的八名武士。

如果竹千代、三之助、德千代不在場的話，恐怕著名的大久保三人早就和織田家的八名武士鬥起來了。只因為有他們三個孩童在，若展開一場血戰，就很難決定勝負了。

「各位，辛苦啦！」

在笠寺客殿旁，表情冷漠的新八郎，故意慢吞吞大搖大擺地走向織田家的武士，以煽動的口氣對他們說道。

織田家的武士沒有回答。

道路上落滿了榛木的枯葉，烏鴉成群地在灰暗的天空中不停地啼叫著。

一行人已來到通往岡崎的道路上。雪齋還在安祥城中，所以他們要將竹千代直接迎入岡崎。這是大久保所做的決定。

眼前已出現了矢矧的滾滾流水。

一度過矢矧川就到達岡崎了。新八郎緩緩跨下馬來，回頭向織田的方向望去。

十四

新八郎下馬後，其他的武士當然也停了下來。姪子和兒子像要商量什麼似地不理會新八郎，逕自和竹千代等人朝著川岸上流走去。他們沒有走上河面邊的橋，像是設法要張羅渡船。

新八郎面對悠悠的水面，下馬匆匆撒了泡憋了半天的尿。

「各位，辛苦了。」新八郎整理好衣褲，慢慢拾起插於地面上的長槍。

「能回來真好！」

武士們互相注視，後退一步圍成一個小圈圈。

新八郎愉快地笑著，被圍在圈子中央。

武士們沒有去追竹千代，這令新八郎感到很欣慰，到底他們的恨並未波及竹千代，只是針對自己而來。

「各位，就這樣回去無法交代嗎？」

「當然。」其中一名武士踏出半步，將槍高舉。「不必多說，你已完美地完成使命了。」

「哈哈哈……」新八郎狂笑，眼角不禁湧出了淚水。

城已落入今川家的手中，往後的自己就是一個命運未卜的孤兒的家臣了。家臣的這種流離、悲嘆，八歲的竹千代是絕對無法體會的。

然而，對方卻說「已完美地完成使命了」。新八郎竟為這句話感到高興，可見他是一個單純且童心未泯的人。

「哈哈哈。我很瞭解，你們如果就這樣回去是不會受到褒揚的。我現在可以成全你們。」

話聲剛歇，武士們一起舉起了槍，同時後退一步，將圈子擴大。

「你們擺出如此的場面。」新八郎也持槍放於胸前。「全力應敵，是一種禮儀。」

「少廢話。」

「啊，誰敢這麼說？給我出來，我先賞你一槍。」

「是我。」一名武士踏向前。

對方看來比忠世、忠勝更年輕，是個瘦弱的年輕人。

「勇敢的傢伙。」新八郎嘆口氣，「你以為敵得過我新八郎嗎？」

「別說了，我根本不在乎勝敗。」

「哦？世間還有不在乎勝敗的人嗎？」

「出手吧！我們忍受屈辱不能就這樣回去，出手吧！」

「哼，看來你早有敗陣的覺悟了。好吧……會怎麼樣還不知道呢，來吧！」

新八郎的聲音劃破了寒冬的寂靜。

對方緊閉雙眼，可是新八郎心中卻激動異常……

新八郎一生經歷過無數的戰事，可從未碰過這種事。對方緊閉著雙眼，但臉上並未流露出任何可憐或哀傷的神色。他無畏的神情反而緊扣住新八郎的心。若此時挺槍刺去，一定能將對方刺倒。然而眼前這個對手卻面無懼色，一動也不動地挺立著。

年輕人訝異地睜開眼睛，開始擺動槍枝，臉上流露出一副難以置信的表情。

「算了。」新八郎說道。「不跟各位比槍了。」

「懦夫。你說算了就算了，那我們要如何出手？」

「唔，我可是大久保家的首領，你懂嗎？」

不知在想著什麼，新八郎將手上的槍「砰」的一聲丟下，然後盤腿而坐。

「我突然頓悟了人生，人的一生不過是一齣悲劇。現在，你們可以任意地踐踏我。來吧，快出手，來取我的首級。」

四周的武士不知所措地互望著。

「有一點我希望各位能瞭解，我並不怨恨你們。我對竹千代大人除了滿腔的忠義之外，別無其他。現在竹千代大人平安返回岡崎，我已功成圓滿了。我很滿足，所以也不在乎入地獄了。來，殺我啊！」

「好。」有一人說著。

這次換成是新八郎緊閉雙眼。在微弱的陽光下，那張剛毅的臉孔映在點綴著野花的暮野中。

「覺悟！」叫聲再度劃破長空。

（結束了嗎？……）

新八郎正想著時，右邊的石子路被槍用力一震，彈起數顆石子。

新八郎吃了一驚，立即睜開眼睛。

眼前在那揮槍的位置，站著一名如畫中具有強烈色彩一般的年輕男子。

「你是誰？」新八郎吼道。

「打擾你的思緒，很抱歉。」

對方面帶微笑，卻沒有看著新八郎，而面向著八名武士緩緩地說著：「今天所發生的事都在那古野若君意料之中，在這裡刺殺了對方反而麻煩。好了，快快撤回，信長大人還在等我們呢！」說完之後，八名武士留下滿是疑惑的新八郎離去了。

「你是誰？」新八郎吼道。

「你不必知道我是誰。」竹之內波太郎回答，順手解開不知何時騎來的馬繫在榛木上的韁繩。

「我很佩服你對竹千代大人的忠心，但是，別做無謂的犧牲，凡事要顧全大局才是呀！」竹之內波太郎說完後，騎上馬，尾隨在八名武士之後。

大久保新八郎仍哭喪著臉，坐在那兒。

烏鴉仍盤旋在榛木的樹梢上。

孤兒登城

一

駿府城裡裡外外正為著迎接新的一年忙成一團。只有義元仍是一副悠閒自得的樣子，嗅聞著室內迴盪的燃香。

他今天約來的客人是關口刑部少輔親永父女，以及吉良義安父女。

享受完十種香氣之後，刑部少輔的女兒執起茶壺為他們倒茶時，肥胖的義元突然感到膝蓋一陣麻痺。

「阿龜，拿跪蓆來……」義元對義安的女兒吩咐道。

義安的女兒和親永的女兒都有小名。義元叫親永的女兒瀨名為鶴、義安的女兒椿為龜。這當然是義元對她們的暱稱。

鶴姬。龜姬。關口刑部少輔親永的女兒，擁有似丹頂紅鶴般的權貴氣質；而吉良義安的女兒，則生有一雙烏黑、明亮，令人聯想到龜的眼睛。

義元吩咐龜姬拿來跪蓆，一邊品啜著鶴姬沖泡的茗茶。

「原來織田那小子竟送給了竹千代一匹馬……」義元對鶴姬的父親親永說。這件事他們在今天品香之前就討論過，現在又提起來。

「唔，如果沒有這匹馬，竹千代從西野回來就有麻煩了。信長這件事真是做對了。」

義元微笑著，喝了一口茶：「各懷鬼胎。最後，竹千代騎著那匹馬，由大久保新八郎直接將他接回了岡崎城？」

「對，如果不讓他為亡父掃墓就送往駿府，那麼竹千代的記憶裡就不會對自己的領地有所記憶，所以他沒遵照雪齋大人的指示，就自作主張把人送回岡崎掃墓了。」

「那麼那個和尚一定氣瘋了吧？」

「他也只能苦笑了啊！」

「唔……」義元點頭表示瞭解後，伸了伸嚴重發麻的右腳。「他還是原諒他了。喂！阿鶴，來幫我按摩右腳。」

「是。」鶴姬靠過去，依吩咐按摩義元麻木的右腳。

龜姬這時候就幫著侍女收拾香箱、香爐。

「阿鶴，你今年幾歲了？」

「十四歲。」

「唔，十四歲了。那麼，阿龜呢？」

龜姬一聽到有人叫她的名字，立刻將手中的香盒交給侍女。

「十二歲。」她兩手伏於地面以示尊敬。

「信長送馬給竹千代，我也想送些什麼給他，你認為如何？」

吉良義安露出不悅之色：「他回到領地之後，家臣隨意任他去掃墓，因此沒有在預定的時間到達這裡。這種任性、無禮的行為應該受到懲罰，為什麼還送他東西呢？」

「是這樣嗎？」義元皺緊眉頭，額上出現一些小小皺紋。

「義安，你認為幾歲會開始想要女人呢？……我是還在寺院時，大約九歲、十歲的時候。」

他平靜地說著。

二

聽了義元這番話，父親沒有什麼表示，倒是兩個女兒互相交換了一個眼色。

義元由眼角的餘光瞥見了兩個少女互相使了個眼色，因此白胖的臉上泛起了笑容。

「你看看，這兩個丫頭像初春的少女一般日漸成熟了。不過男孩成熟得要更早些。」

「依您的意思，是要送個女子給竹千代呢？」

「哈哈……你是要說我太過寬容了吧？你們要是這麼想就太膚淺了……」

關口親永歪著頭：「我不懂您的意思。從您對竹千代的教育看來，只要對您有所幫助的，無論是多麼嚴苛的事，您也會要他去做的……」

「嚴苛和殘酷是不同的啊！親永。」

「是……其實所謂的殘酷……」他正要繼續說下去時，義元搖了搖手。

「你的意思是說，我對他的教育方式很殘酷嗎？」這回輪到義安歪著頭看親永。

兩個女孩對義元會有什麼樣回答似乎很感興趣。

「從織田這麼禮遇竹千代，還把他送回來這件事看來，可見竹千代不是普通的孩童。」

「因此岡崎人都說竹千代是他祖父清康的轉世。」

「親永……」

「是。」

「難道你不認為最殘酷的教育方法，就是趁早替他準備美食、美色，並不時誇他是虎、是龍……」義元搖搖手，縮回痠麻的腳。

「阿鶴，你覺得呢？」他以半開玩笑、半認真的表情問道：「你願意嫁給竹千代嗎？」

鶴姬瞪大了眼睛，搖搖頭。

「不願意嗎？」

「唔，鶴已經十四歲了，他是個才八歲的小孩……」

「那阿龜呢？」

龜姬直視義元，微微示意不願意。

「哈哈哈……看來三河的人並不討人喜歡。我是開玩笑的，別放在心上啊，親永。」

「是。」

「我把竹千代交給你，在教育他的方面，你必須特別注意。」

關口刑部少輔親永露出似解非解的眼神。

「這件事已經……」他小聲回答。

親永的妻子是今川義元的妹妹，因此鶴姬就是義元的外甥女。

「都準備好了吧？少將的宮室就充當竹千代的宅邸。」

「準備好了，就等他抵達……」

「還是不要讓他接近女色。我就是要讓竹千代無法比較我義元與尾張的待遇有何差別，反正他還小。」親永自言自語地說道。

「這件事我自有打算。」

三

在駿河，竹千代除了獲得一些像信長對他的那種關愛之外，還獲得了意想不到的寬容。

關口刑部少輔親永在住家附近替竹千代建的宅邸，除了新植的樹木，還鋪有碎石做為點綴，另外在居間的廊道上又加建了側屋。

駿府的人已很習慣收留那些流放在外的人。此前之止，在京城失意的公卿也多來到駿府，在今川氏的保護之下度過餘生。像是以義元的阿姨、中御門宣胤之女為首，還有三條西實澄、中御門宣綱、冷泉為和、坊城一門的遺孤等，皆有宅邸。他們互相傳授和歌、蹋球、射箭、香道、下棋等，形成一個富有京都文化的圈圈。

義元本身喜歡下棋，偶爾也吹吹笛子。笛子並非傳統的橫笛，而是一竹四孔（尺八）的直笛。飲食方面則喜歡吃京都風味的雁汁、湯豆腐、蒸烏龍等。

熱田自然無法和這裡相提並論。街邊新建了建築，可是一直遲遲沒有等到竹千代到來。

暮色漸漸籠罩大地。

即使竹千代能在今年到達，但是義元要見到竹千代也是來春的事了。

竹千代宅邸的隔壁是一座小小的尼僧庵，這也是依據雪齋長老的指示興建的。名為智源院的小寺，庵中只有一名移居過來的尼僧。這尼僧名為源應尼，沒有人知道她的身世，只傳說似乎和京都有什麼關係才轉來此地。

就這樣，天文十八（一五四九）年，再過七天這一年就結束了。這天臨濟寺的雪齋長老抵達。過了兩天之後，三河的孤兒也來到駿府的宅邸。

因為確切抵達的時間並不太明朗，因此先抵達的岡崎家族，並沒有出隊迎接。當他們進入西街道的城下時，灰暗的天空已飄著雪花。只有一頂轎子，隨從的則有兩個大人、六個小姓。

這兩個大人是酒井雅樂助正家及阿部新四郎重吉，六名側小姓是內藤與三兵衛、天野又五郎、石川與七郎、阿部善九郎（德千代改名）、平岩七之助、野野山藤兵衛。
一接到通報，關口刑部少輔親永率領著兩名家臣和鶴姬，並列在宅邸門口歡迎。
鶴姬當然並不純粹是為了歡迎而來，但是十四歲的她對義元口中的這個孤兒感到很好奇，所以特意跟著父親一起來。
酒井雅樂助首先看到親永，他摘下已泛白的笠帽禮貌地打個招呼。親永立即說道：「哦，太冷了，就這樣進來，就這樣進來！」
親永擺出請通往台階的手勢。此刻轎中的竹千代卻好像在思索什麼似地。
「停，下轎！」說著，窗戶拉開了。

四

轎子打住了，平岩七之助急忙趕到轎門，將竹千代的鞋子擺好。竹千代將從前祖母所贈的小刀佩帶好，然後以好奇的眼光看看四周。
親永及鶴姬的眼睛專注地凝視著竹千代的一舉一動。
竹千代伸出小手接下飄落的雪花，一片、兩片……他以舒暢的表情對親永說「辛苦了」，然後轉向鶴姬說「這麼寒冷的天氣，辛苦了」，儼然一副大人的口吻。
鶴姬想起義元要為眼前這個孩童立妻妾的話，不禁以袖子掩口竊笑。

子。

竹千代與一般八歲的孩子比起來，個子算是高大的，行為舉止則都表現出相當高傲的樣子。

一想到立妻妾之事就令人忍不住想笑。一個城池、領地皆被占領的孤兒，竟然對駿府御所的外甥女說「辛苦了」，真是很奇怪。這個鄉下人，不要說是殿中的諸侯諸將，就連義元的近習及童坊（茶坊主）[39]都可能會欺負他呢！想到這裡，十四歲的鶴姬迫不及待地想戲弄一番這個無城之子。

「竹千代大人是從三河來的嗎？」

「不是，我是從熱田來的。」

「熱田和駿府哪個地方較大？」

竹千代眼中含著悲哀的神情。他知道這話中含著侮辱的意味，因此將視線轉移到站在雪地中的側小姓身上。

「大家都過來。」竹千代小聲說完後，進入門內。

「嘻……」鶴姬又笑了出來。父親親永拍了一下她的肩，示意她停止，然後隨竹千代進入門內。

鶴姬不想這樣就回去，她還想激激這個少年老成、目中無人的竹千代，因此她也隨父親進入門內。

牆上的塗漆已乾，但一進玄關仍有股木材香撲鼻而來，讓這個鄉下人住真是很可惜呢！

此時，站在台階前的竹千代突然佇立不動。

怎麼了？鶴姬從父親及侍從的肩膀空隙望過去，看到對面的台階上坐著一名尼僧。

（啊，是智源院的尼僧……）

鶴姬正如此想著時，聽見竹千代開口短短地說了句話。

聽不清楚他是叫「祖母大人」還是「伯母」，但可以感覺得到是飽含情感的呼喚……同時出來迎接的尼僧眼裡也閃著淚光。

竹千代像塊石頭般僵立在那兒，動也不動，他那細長的眼睛也溢滿了一道淚水……

鶴姬嚇了一跳，感受性頗強的少女立刻覺得這不是件尋常的事。

一會兒之後，竹千代恢復了平靜，轉過身來對鶴姬的父親說：「明天再到府拜訪，今天就先這樣了，各位辛苦了。」

鶴姬聽到他說出如此無禮的話，不禁瞪大了眼睛。

——五——

駿河御所的妹婿親自出迎岡崎的孤兒……這已是異例了，而他竟敢視其如僕，他到底是

39〔編註〕近習，主君親信近身之人。童坊，擁有藝能在主君身邊服務之職。

在想什麼？如果不是父親親永的阻止，鶴姬一定會把對竹千代無禮的氣發到雅樂助身上。

但是父親什麼也沒說，只是笑瞇瞇地輕拍鶴姬的肩膀。

「那麼，明天見。」

一出了門，父親立刻對鶴姬說：「就算是看御所的面子，你也應該表現得好一點。」

「可是他那麼無禮。」

親永沒有回答。

「他這種面相實在少見……」親永自言自語地說：「在同齡的孩童中，只有竹千代的臉孔如此豐潤啊！」

「父親大人，您說的面相，是指……」

「唔，我看了近三十年的面相，武田殿下的面相是至今我看過最好的，而竹千代可是不比他差啊……」

「哦，父親大人的意思難道和御所一樣，要我嫁給那個鄉下人……」

「也許吧，如果你的年紀再小一點的話……」

鶴姬對竹千代的不快已因父親的戲言而忘懷。

「這麼說，父親大人如果中意他，也不會在乎年紀的問題囉！不過，要是我嫁給他，就可以猛敲他那飽滿的額頭了。」

鶴姬得意地說，可是父親似乎在考慮其他的事，逕自進入了宅邸。

雪，仍然細細地飄著，看來會一直下到半夜。

她回頭看著竹千代的宅邸大門，身著旅裝的阿部新四郎正從裡面帶上了門。

（竹千代尚未到達前，那名尼僧就已在等著了，她究竟是誰呢？）

鶴姬歪著頭沉思，隨後又激動地搖搖頭。可能是由於父親剛才的那番話，竹千代那張臉孔竟鮮活地印在自己腦海中。他並沒有典雅的氣質，也沒有給人聰明的感覺，但為什麼見了他之後，卻想不起其他同年齡孩童的臉孔呢？想到此，她對竹千代的懷恨就更加深了。

（真令人生氣。）

鶴姬因為自己被那樣的孩童惹得不快而更加生氣，一進房間就匆匆到居間拿出京都名產的香箱把玩著。

就在鶴姬快將竹千代的事給忘記時，偏偏又在正月元旦的御所賀宴中再度與這個人碰面了，還目睹了一幕難以思議的場景。

依照慣例，元旦這日在府的諸大名、官員，以及京都來的公卿，還有家中的諸將，都會到御所的表御殿向義元道賀。義元會賞給大家屠蘇酒。他所疼愛的鶴姬、龜姬已經連續參加三年了。

鶴姬在天未亮之時就起床梳頭化妝，穿上新衣，比父親還先行登城。新衣裳的花樣是以松下丹頂染織而成，這是義元送給她的，當然也是駿府引以自豪的東西。

正面上位是義元，右側的是如同義元叔父的執權雪齋長老，表情嚴肅得不像在過戰勝後的第一個春天。左邊則是義元的岳父，也就是甲斐武田晴信的父親信虎入道。他睜著一雙威猛有神的眼睛望向四周。

上位之下是二百個榻榻米大的大廣間，小田原北條氏康來恭賀戰勝的使者；穿著華麗的諸將，他們身旁則圍著駿河人引以為豪的侍女，她們衣著華麗、態度殷勤。

依往例，天氣晴朗時前面的窗戶便會打開，初春的富士山映襯著泉石清奇的庭院，更增添雄偉的氣氛。

義元之子氏真因為風寒之故並未露面，他的威容據說連京城的將軍也無法企及。

鶴姬遵照義元的指名，一一地為每位武將斟酒。當她站在雪齋長老、甲斐的隱士信虎入道二人的面前時，手總是不聽使喚地抖個不停。若有年輕武將投來注視的眼光，她就會羞得滿臉通紅，但是仍必須一杯杯地倒下去。

「那個，岡崎的竹千代到了嗎？」義元的眼睛投向接近庭院的角落。鶴姬幾乎已經將竹千代忘記了。

隨著義元的聲音響起，鶴姬心裡驚了一下，她順勢望過去，果然看到竹千代由雅樂助陪同坐在一角。

「竹千代……竹千代……」義元招手呼叫。他想趁今日賀客盈門之時，將竹千代介紹給諸將認識。

「是。」竹千代邊回答，邊站起來。

「你過來，我是義元。」

竹千代慢慢通過人群，來到上位的下方坐下。

「大家知道吧，這位就是岡崎清康的孫子。」

諸將們連忙將視線投在竹千代身上。

「恭賀新禧。」竹千代朝四座鄭重問候。

「唔，好孩子，好孩子。熱田怎麼樣呢？你長得比你祖父還壯實呢！」

義元仔細地端詳著竹千代，隨後又向鶴姬示意。

「阿鶴，來給竹千代倒杯屠蘇酒。」

鶴姬看看竹千代過分拘謹的態度忍不住又想笑。她忍住笑意，恭敬地拿著酒壺到竹千代面前。

竹千代看著鶴姬：「我們又見面了，謝謝你。」

一旁的年輕武士都聽到了，不禁抬頭望著他們。

「哦，竹千代認識阿鶴？」

「是。」

「什麼時候？在哪兒認識的？」義元懷疑地問道，同時一直望著竹千代和鶴姬。

七

鶴姬雙頰頓時染上了紅暈，而竹千代則並無羞澀地說：「竹千代到達駿府的那天，特地前來迎接。」

「哦，阿鶴……」

「唔，那天下著雪，天氣很寒冷……」竹千代一邊說著，一邊讓鶴姬一滴、兩滴地斟著屠蘇酒，接著一飲而盡。

「真的嗎？阿鶴，下雪天？」

義元移開注視鶴姬的視線。鶴姬從不曾如此害羞過。

她只是一時興起陪著父親前往迎接，講得好像她是特意前去的。沒想到這個三河的傢伙今日在她面前說話竟然口氣依舊。鶴姬恨不得有個地洞可鑽，但此刻只能頂著羞紅的臉小聲回答「是」。義元聽了之後，哈哈大笑起來。

「哦，看來這丫頭是用心地考慮過我那天所說的話了，竹千代。」

「是。」

「竹千代喜歡阿鶴嗎？」

「是。」

「怎麼樣，嫁給竹千代好嗎？」

竹千代忽然想起了信長，因為信長曾經對他提過此事。

「是。」

「『是』就表示願意囉？」

「御所大人的意思，一定得遵從。」

「一定得遵從，這種事必須要自己喜歡才成啊！」

「是。」

「哈，原來如此，我知道了。阿鶴，你聽到了吧？還沒到非此不可的程度。」

那些老套的賀年辭讓義元覺得很無聊。

「阿龜，你過來坐在竹千代旁邊。」義元將目標轉向吉良義安的女兒。十二歲的龜姬與鶴姬大不相同，對於這種場合倒能處之泰然。她穿著有著龜紋的衣裳，移動身體坐到竹千代旁邊。在場的每個人見狀不禁微笑。

「竹千代，你覺得這位小姐如何？」

竹千代目不轉睛地看著龜姬，由她的頭髮一直到膝蓋。這個小姐在竹千代眼中顯得很美。鶴姬的皮膚已有成人般的光澤，膚色細白，胸部已有些隆起。但是這種成熟美，卻令竹千代有距離感。然而龜姬的皮膚上卻布滿了像桃子的絨毛般的可愛汗毛，從她身上傳來幽幽的香氣吸引著他。

「真美！」在這種時候能說出來真美，大概就表示對她的感覺很好吧！

「哦？阿龜比較美嗎？」

「是。」

「你如果喜歡，就挑個日子娶她吧！」

「是！」

龜姬興味盎然地回看竹千代，然而鶴姬的臉上卻蒙上一層陰影。

今天是元旦，而且在御所的大廣間裡，這個三河來的人竟然口出狂言將鶴姬與龜姬相比……

八

竹千代的話使得在座的人也不禁比較起這兩位小姐的姿色。

鶴姬給人的感覺是柔嫩、成熟，而龜姬則是青澀的。然而再過兩年，龜姬就會如竹千代所言，出落得美麗動人。

龜姬有種說不出的毅然、秀麗、端莊的氣質，而鶴姬正相反，她的自我意識很強烈，但有時也會流露出女性溫柔的姿態。

「喂，如果是你，你會選哪一個？」

「唔……我會選鶴姬。你看她的肌膚，細嫩得幾乎吹彈得破……」

「我和竹千代一樣會選擇龜姬。你看她的眼眸中流露出一種貞節、智慧的光采。」

大致說來，年輕的都較欣賞成熟的鶴姬，而壯年者多半喜歡龜姬。

如此的爭執傳到鶴姬耳中，讓她只想盡快離開此地，找個地方痛哭一場，以宣洩內心感受到的屈辱。

「哦，竹千代原來喜歡阿龜，那麼就由阿龜親手倒屠蘇酒敬你。」

「是。」

「阿龜！敬竹千代。」

喝完這杯屠蘇酒，義元才放過竹千代。

竹千代從容地行了個禮，在諸將的注視下準備回到自己座位上……

鶴姬這時才抬起頭來，帶著某種情緒目送竹千代回座。但是，竹千代卻沒有坐下，而是逕自往庭院的緣廊走去。

「這裡啊！你的位子在這裡啊！」雅樂助小聲地提醒，可是竹千代似乎沒有聽見。

鶴姬心中突然有一個殘忍的念頭，她猜測這個少年很可能會做出什麼失禮的事。如果他在大庭廣眾之下出醜，不也算洩了自己胸中的怨氣了嗎？

「啊！」不只是鶴姬，很多人都回頭看著竹千代。如果出了什麼差錯，真可說是駿河的大事了。

看吧！竹千代根本不是走錯了位置，他是想尿尿，因此站在排水出口處的走廊上。他手腳俐落地拎起褲管，從左腿邊掏出了小指大小的男性象徵。

「這……」雅樂助想制止，但說時遲那時快，一道銀線已氣勢洶洶地撒向石子上。

鶴姬正在想這是怎麼一回事時，偷偷地看了一眼義元的表情。鶴姬知道義元有潔癖，任何地方只要有一點灰塵都會遭到他嚴厲的斥責。

「哈……哈……」突然，坐在旁邊的甲斐隱士武田信虎抖動著肥胖的身體，爆笑了出來。

「真有趣，這小子膽子可不小。有意思，哈……」

這笑聲引發義元也跟著大笑。

三河孤兒那道拋濺在碎石上的銀線仍在繼續著……

寄人籬下

一

新正慶賀結束了，第二天竹千代就展開學習的課程了。一大早，竹千代由祖母源應尼（華陽院）陪同，拜訪臨濟寺的雪齋長老。

當然，這也是雪齋的指示。這裡樸素的方丈與駿府城內的豪華比較起來，實在遜色多了。因此竹千代非常驚訝地巡望著四周。據他所知，雪齋禪師是義元的師傅，有權有勢，應該很富有才對。

雪齋身披黑色法衣，眼睛瞇成一條直線，定睛注視著竹千代：「竹千代來啦，很好。」他向領路的源應尼打了招呼之後，便說：「尼師，就請你迴避了。」

竹千代不明白雪齋長老的意思，而源應尼已遵照長老的意思，退了下去。

「竹千代。」

「在。」

「今天是一整年學習的開始。以後每天的習字由源應尼教導，但是偶爾我也會教你一些。你先把那個角落的椅子拿過來。」

「是。」竹千代站了起來，拿來那張破舊的椅子。兩人沉默地坐了一會兒。

今天的天氣和昨天一樣晴朗，方丈的窗上映著庭院內的枝影，有時還會看到小鳥穿梭其間。

「在開始上課之前，我先問你一件事。你昨天是不是在御所的前院撒尿？」

「是。」

「你為什麼在那種地方撒尿？說說看！」

「我不知道廁所在哪裡，而且問別人也沒有用。」

「唔！為什麼問別人沒用呢？」

「因為別人也不知道在哪裡呀！」

「這樣啊……那，你考慮過這麼做會有什麼後果嗎？」

竹千代天真無邪地搖著頭，他當然沒考慮過。

雪齋以平靜的表情緩緩地點了點頭。

「在治部大輔大人之前做出無禮之事是非常愚蠢的。雖然……那些將領見到你的大膽行為讚賞得大大鼓掌。」

竹千代不大明白地低下頭。

「難道你沒想過這是一種向諸將挑戰的行為？」

「我沒想過。」

「在尾張，有誰允許你做這樣沒有禮貌的事，而且還不糾正訓誡你？」

「是……沒有……」竹千代先點點頭，然後又搖頭。「這沒有什麼不禮貌的，他說在任何地方都無需顧慮。」

「唔，是誰呢？」

「是信長大人。」

「啊！信長……」雪齋直視著竹千代，竹千代頻頻點頭。

二

雪齋由竹千代的一句話裡就徹底瞭解了信長的性格。

「他總是喜歡做些出人意表的事，從不考慮是對還是錯……」雪齋說到這裡，微笑了一下：「這麼做很可能會為自己帶來危險喔！」

「您所說的危險是指什麼？」

「你現在已留給了大家一個很深的印象，大家都認為你是個不知天高地厚的孩子。這種印象不是壞事，但是你留給大家這種印象，以後一定會受到嚴厲的監視。有句話，養虎為患……」雪齋停頓下來，因為他意識到竹千代似乎根本不瞭解他在說些什麼。

「信長大人很喜歡你嗎？」雪齋決定轉變話題。

「嗯，他很喜歡我。」

「那駿河御所呢？」

「他就如同父親一樣，對我來說是個很重要的人。」

「嗯，你的資質稟賦天生優異。在尾張有沒有人教你學習些什麼？」

「四書、五經……萬松寺的僧侶及加藤圖書教過我一些！」

雪齋感覺，在這個少年的身上，似乎已經看到自己多年來的願望正逐漸露出曙光。

雪齋在義元麾下，之所以會把穿法衣和鎧甲的場合明確區分，也是為此緣故。他想透過義元，找出一個可以解救這個持續了百年的亂世之人。

可是雪齋對義元很失望，不但在義元身上沒成功，就連其子氏真也使他失望。想到此，他就覺得義元育子的方法是徹底失敗了。

義元太過溺愛自己的孩子，原本應該把教育氏真的任務委託給雪齋，可是他卻交給了大奧的女人。

就像昨天如此重要的賀年慶宴也沒有列席。竹千代無心的撒尿，使得所有大將對竹千代留下了深刻的印象。而氏真卻與侍女們大玩捉迷藏，還對外宣稱是感冒臥床。

雪齋對竹千代的期望，除了正常的關愛之外，還將他視為法弟武將一般。不，更清楚地說，他想以佛心幫助竹千代成為重建社會秩序的政治家，也就是救世的聖將。

「好，我們就從今天開始學習吧！」

「是。」

「竹千代，知道古聖人孔子嗎？」

「就是《論語》的孔子。」

「嗯，孔子有個弟子叫子貢。」

「子貢……」

「對，子貢有一次問孔子何謂政治？孔子就回答『足食，足兵，民信之矣。』……懂嗎？舉凡國家，不可缺少食、兵、信。」

竹千代挺直了背脊，目不轉睛地注視著雪齋，眼中流露出強烈的求知慾。雪齋感覺得出竹千代從前學習得太少，對此感到憂喜參半。

「於是子貢又問，當一個國家無法同時具備這三種條件時，應當捨棄何種較好？」

三

「食、兵、信之中……？」

「對，食是指吃的東西；兵是指武器軍備；信則是指人與人之間的信用。就以你們松平家為例，家中的士臣若是說話沒有信用，那麼整個家族必然會崩潰……」

雪齋詳細解釋之後，對著仍有疑問的竹千代微笑著說：「說到這裡，我想先聽聽你的意見。子貢提出如果在不得已的情況下，必須捨棄其中之一的這個問題，如果是你，你會如何取捨？」

「食、兵、信……？」竹千代又一次喃喃自語，然後像是找到了答案似地。「兵……」他回答道。

雪齋聽到這個答案，感到意外且吃驚。他默默注視著竹千代半晌。以一般人的觀念來看，應該都會認為武器軍備是國家首要的條件，任何時候都不能捨棄才對。

「為什麼首先就捨棄『兵』呢？」

「唔……」竹千代歪著小腦袋考慮。「三者之中，兵最不重要……」竹千代似乎又想到了什麼似地補充道：「人若要生存不能沒有食物，但是沒有了刀槍仍然能夠活得好好的。」

「哦！」雪齋睜大了眼睛，感到很訝異。

「孔子的看法也和竹千代一樣，認為應該先捨棄武力。」

竹千代笑著點頭。

「但是子貢又問，在剩下的兩個之中，如果有一個又必須放棄時，應該怎麼做才好？竹千代，你會放棄哪個？」

「食與信……先放棄信。沒有吃的東西是無法生存下去的。」語氣相當肯定。雪齋笑了。

「竹千代很重視食，在尾張餓過肚子嗎？」

「唔，三之助與善九郎（德千代）……他們肚子餓的時候就很不快樂，很可憐。」

雪齋點點頭，眼前浮現了三個失去自由的小孩那副飢餓的樣子。

「嗯，如果那時候你手上有食物，你會如何處理？」

「先給三之助吃。」

「然後呢？」

「竹千代吃。因為竹千代不吃，善九郎也不會吃。」

「哦，如果竹千代不吃，善九郎也不願吃嗎？」

「對，可是後來三之助也不吃了，他學善九郎。最後只好分成三份，竹千代先拿。」

雪齋一直微笑著，似乎在期待著什麼。眼前浮現的是這個小政治家在空腹的時候那副認真思考的表情。

「原來如此，很好，竹千代做得很對。可是……孔子並不是這樣回答子貢的。」

「孔子先放棄食嗎？」

「對，食與信之間，孔子說先放棄食。」

「放棄食，國家豈能生存？……孔子弄錯了。」竹千代歪著小腦袋瓜低聲說道。

四

「竹千代。」

「是。」

「你仔細想想看，為什麼孔子會覺得信比食重要？」

「是，我想想。」

「你想想自己切身的例子……」

竹千代不解地看看雪齋，頭左右地搖著。

「竹千代一開始就將食物分給三之助，然後再分給善九郎，可是善九郎說竹千代不吃，他也不吃。」

「對。」

「善九郎為什麼不吃呢？三之助又為什麼要學善九郎也不吃呢？」

「這……」

「三之助為什麼要學善九郎，你想過嗎？」

「我……？」

「你可以再仔細想想，先聽聽我的想法。」

「是。」

「首先呢，三之助最小，他認為如果竹千代先吃，自己很可能就會吃不到了……對不對？」

竹千代怔怔地聽著。

「但是善九郎相信，竹千代絕對不會一個人吃光食物。他相信竹千代，就是因為信，所以竹千代不吃，他就不吃……」

雪齋說到這裡停頓了下來，早已忘了眼前的竹千代還只是個幼小的孩子，眼神變得嚴峻起來。

「接著三之助也開始相信竹千代。他意識到，即使沉默不爭食，你也不會一人獨食。三之助並非模仿善九郎，而是他也信任了竹千代，信任了善九郎。懂了嗎？只要有信，即使只有一點點食物也能夠生存，讓你們三個團結在一起。但如果沒有信，那麼會變成怎麼樣呢？」

雪齋再次注視竹千代。

「若給善九郎一個人吃，那麼其餘兩人就要餓肚子。若換成竹千代吃，或是三之助吃，也是一樣的。但是這樣，人與人之間就沒有信了。而這食物也就成為三個人爭執的種因，甚至會誘使三個人互相殘殺。」

聽到這裡，竹千代敲了一下自己的膝蓋。不知何時，他的身體已經坐到書桌上，眼睛睜得又圓又大。

但是雪齋並沒有要竹千代立刻回答前面的問題。

「懂了嗎？求學問最忌囫圇吞棗，你自己再慢慢仔細想想。」

「是。」

「信……有信才能稱之為人，才能組成國家。一個國家若沒有信，就和禽獸的世界沒有兩樣了。禽獸的世界裡就算有食物，紛爭也會不斷產生。好了，今天就講到這裡，你和尼師一起回去吧！別忘了向諸將回個禮。」

「是。」竹千代雖然應了聲，可是仍然動也不動。

雪齋拍拍手，叫來了在一旁等候的源應尼。

五

「尼師，今天就上到這裡。」雪齋溫和地說著。

源應尼看了竹千代一眼，然後帶著焦急的神色問道：「您認為他……」

雪齋笑道：「今年正月天氣不錯，初一和初二都能看到富士山。」

「長老的意思是？」

「雖然事務繁忙，但我一個月裡仍能抽出三天時間來。接下來，就每月三日來此面授。」

源應尼點點頭，雙眼中流露出愉快的光芒。

這也難怪，她把全部的心力都放在教育這個孫子上，因此老遠從岡崎跋涉而來，心中所擔心的就是這孩子是否能讓這位執權者滿意。

「謝謝。」

「下個日子，就請尼師在尼庵裡等候通知，今日就到此為止。」

「是。」

源應尼行了禮之後，又被叫住。

「尼師，日常的行動請多加小心，以免引起他人注意。」

「貧尼瞭解……」

被源應尼帶出方丈的竹千代，心中仍想著雪齋剛才的眼神，腦子裡似乎還有一些問題而滾燙著。

（即使有食而無信，那食反而可能會成為爭執的種因……）

這個發現在他小小的心靈中震盪起來。

矢矧流域寬廣的田地裡，成熟的稻穗如火焰般吐著火舌，乍看之下就像一片焦土，也許這片焦土就是紛爭的種子。

想著想著，很奇怪地就聯想到鳥居與酒井雅樂助爺爺，在岡崎父親的墳墓前廝殺的情形。

（為什麼會廝殺？）

這時，他耳邊又響起兩人的聲音。

「難道要等待竹千代成長？今後我就是今川家派來的接管人。」

「住口。你休想一個人獨占。還有石川、天野在，有本事你就試試看。」

（果然土地就是紛爭的種子，所爭到底為何呢？）

是焦土嗎？

不，應該說是對竹千代的「信」。

竹千代全神貫注地想著，完全沒有意識到自己已經回到了宅邸前，而且祖母已將自己的手交給雅樂助。另外，他也沒注意到關口親永的家門口，正站著一個人呢！

「若君。」雅樂助提醒他，竹千代這才突然意會過來，眼前站著的是看來比昨天更美的鶴姬，她的身邊各站著兩名侍女，一直在注視著自己。

「我已等你很久了。竹千代大人，進來這裡。」

她的語氣雖很柔和，可是臉上一點笑容也沒有。

六

「恭賀新禧。」

竹千代的腦子裡仍在不停地幻想，「如果沒有『信』……」

「喂！」

「信……」想著想著，他突然間不想讓眼前這個小姐恨他。

他笑了笑。竹千代認為，在這種情況下，只有笑能把自己的信賴感傳達給對方。

對方並沒有相同的反應。她直接走下台階，過來拉起竹千代的手。好柔軟的手，同時還傳來一陣蘭麝的香味。

「竹千代大人就像我的弟弟。」

「弟弟……」

「唔，父親大人說的，從今天起就是。」

她今天出來迎接，恐怕就是這個意思吧！兩人說著，一同向裡頭走去。

「開心嗎？」鶴姬小聲問。

竹千代天真地點點頭。「小姐很漂亮，當然開心。」

「如果很醜呢？」

竹千代默默地看著對方。她會毫無掩飾地這樣問，真是有些奇怪。

內廳裡有親永夫婦，家中的孩子也都圍在一起，今天是新春開筆書寫後的宴會。

雅樂助向大家祝賀新年。親永特地站起，將竹千代帶往自己的旁邊坐下。

「此人的面相真是難得一見的，給每個人都留下了深刻的印象。就連甲斐的殿下、武田晴信都比不上……連信虎大人都稱讚他的膽識勝於其子……像是撒尿的事。」

大概是酒喝多了，親永的話一直說個不停。不，不只是嘴巴說個不停，親永是打從心底喜歡竹千代。

竹千代好不容易等到他們說完客套話，鶴姬又拉起了竹千代的手。留下雅樂助去應付他們的客套話，鶴姬直接將竹千代帶到走廊盡頭自己的閨房。房內早已聚集了七、八個年紀比鶴姬小的女孩，每個人手上都拿著一個裝滿甜點的盤子。

「這就是大家談論的竹千代……」

聽到這，女孩們的眼光都集中到竹千代身上，其中還有一人向竹千代招手，要竹千代坐到她的身旁。但是鶴姬搖搖頭，將竹千代帶到別的位子。

「喏，竹千代喜歡的是她。」鶴姬將竹千代推向龜姬的身旁，自己則擠在竹千代旁邊。

不知何時，鶴姬不僅只是拉著竹千代的手，甚至整個抱住竹千代的肩膀。竹千代的手肘自然地垂在鶴姬的膝蓋上。

一時間，竹千代羞得連頸子都紅起來，這是從沒有過的奇怪感覺。

七

鶴姬似乎想用袖子將竹千代整個包起一般，對大家說：「竹千代大人將會成為海道第一的弓箭手。」

鶴姬滿含笑意的眼中帶著誇示的媚力：「現在我家的貴客已經成為御所裡重要的人物了。對不對？竹千代大人。」

竹千代隨便地點了點頭，腦袋裡想的全是另一回事。一種不可思議的感覺，是他從來不曾經驗過的，蘭麝香味撲鼻、柔軟的膝蓋……

總之，竹千代有一種沐浴之後的酥軟感，無奈地任理性漸漸淡去。

然而鶴姬完全沒意識到竹千代的感受，繼續向大家介紹竹千代的各種傳說。祖父清康攻入尾張時，才二十五歲就在守山被殺身亡，父親廣忠也在二十四歲的時候亡故。竹千代好不容易才由熱田到駿府做客。

大家聽了之後又各憑想像互相交換意見。

其中有人嘆息，也有人眼中噙著淚水，以同情的眼神看著竹千代。

鮮明的陽光透過了障子門，明亮的屋內充滿了新春的氣氛。鶴姬對自己的說明感到很滿意。

「竹千代大人……」

他們兩人的臉頰幾乎快碰觸在一起了，她盯著竹千代的臉。突然，她一把將竹千代從自己膝上推了下去。因為竹千代居然在她的膝蓋上瞇著眼睛，如同陽光下的小貓一般，好奇而茫然地盯著身邊的阿龜……

鶴姬雙眉皺起，眼皮不禁抽動幾下。

（在自己的膝蓋上看著別的女孩……）

鶴姬突然又想起了昨天在城中的事。

（諸將皆在場的慶宴裡，他竟然比起自己，更喜歡龜姬，這小子……）

這個無禮的小子，她本來想以自己的美貌征服這個無禮的頑童，又或許原諒他，但沒想到竹千代居然毫不領情地在自己的膝上盯著阿龜。

（該怎麼辦才好？）

鶴姬心裡抽痛了一下，但還是壓抑了下來，將剛剛推下去的竹千代又拉了回來。

「啊，對了，我有東西要送給竹千代。」

說著，她從座位上站起，並且拉著竹千代的手，啪噠啪噠地走向寢室。

寢室離居間還有一段距離，光線變得較為薄弱，空氣中帶有一股寒意。但是鶴姬用力地拉著竹千代的袖子走，急促的呼吸下竟有點熱了起來。

「竹千代。」

「是。」

「你喜歡我這個姊姊嗎？」

「嗯。」

「那……那……為什麼對那個……」說到這裡，她本能地不說出龜姬的名字。

鶴姬緊緊地貼住竹千代的臉頰。

竹千代瞪大了眼睛，任憑對方擺布……

八

竹千代實在不懂眼前這個女孩為什麼一下將臉貼向自己，一下子又緊緊抱住自己。他以為她在生氣，但又似乎是喜歡上了他。但說她喜歡他，似乎又帶著責難之意。

「竹千代。」

「啊……」

「你喜歡我這樣對你嗎？像這樣……」

竹千代著實嚇壞了，他從來沒有被如此激烈地愛撫過。鶴姬溫熱的唇，印在他的額上、臉頰、脖子……眼睛、嘴巴……

（我這是怎麼了？）

他暗中自責，雙眸噙滿淚水。

「竹千代。」

「啊！」

「你喜歡我嗎？」

「嗯。」

「來，我要你親口告訴我『喜歡』，我想聽。」

「喜歡……」

「你不可以再稱讚其他女孩……」

「從今以後絕對不可……」

說到這，這才瞭解鶴姬的心情。這一點也不像大人的感情啊……

鶴姬之所以會對自己表現好感，只因為自己說過喜歡龜姬。現在他深為這句無心之言後悔，這大概也可算是一個小小的覺悟吧！

（哦，原來小姐們竟會愚昧到分不清事實……）

只要照著她們的心意在口頭上隨便說說，她們也就滿足了，真是悲哀啊！

（喜歡龜姬……）

（但也不討厭鶴姬……）

說「喜歡」她也不完全算謊言啊！這使得鶴姬心花怒放，吻像雨點般地落在竹千代的唇上，然後又緊緊地抱住竹千代，以一種安心的口吻說道：「竹千代真是男子漢。」

「真的嗎？」

「對呀，知道自己錯了，馬上就能改過來。」

竹千代感到快呼吸不過來了。不知何時，自己的鼻子已埋在鶴姬的胸前。

「竹千代，好不好？」

「嗯？」

「你不能忘了我們今天的約定，直到我嫁到別的地方去！」

「咦？你要嫁到別處？」
「嗯……我已經十四歲了呀！」
「要嫁到哪裡呢？」
「曳馬野（濱松）吧！或者就在駿府？」
「駿府？」
「你還不知道……若君……我……」鶴姬說著，又緊緊抱住竹千代。
「答應我，絕不向別人洩露我們之間的約定。」
「好。」
「這是我們兩人……只有我們兩人的祕密喲！」
竹千代實在不懂，但也只能繼續靠在她懷裡。

春之霜

一

松平竹千代離開尾張已經三年了。

信長在那古野自己的居間裡，從剛才就一直注視著庭院裡的櫻花，一邊若有所思地咬著指甲。與其說咬指甲是信長深思時的癖好，還不如說是由於平手政秀的進諫，他反而故意如此的。

「在想什麼呢？」在一旁的濃姬問道，「櫻花含苞待放呢！」

「呸」的一聲，信長將咬下的指甲吐在假山的石頭上。

濃姬給眉頭深鎖的信長奉上茶，這表情應該不是因為賞櫻有所感觸而來的。

「櫻花馬上就要開了！」

「開了就謝了。」

「這……」濃姬溫柔地笑了：「殿下老是這樣，讓人很難接話。」

「什麼？」

「若颳風下雨，會凋落得更快。」

信長咬了咬牙，以銳利的眼神回看妻子，用不慍不火語氣說：「還記得竹千代嗎？」

「三河的松平……」

「嗯，現在住在駿府的竹千代，他給我帶了個麻煩的禮物！」

「哦，是什麼禮物？」

「就是岩室！」

濃姬裝出一副一無所知的樣子，默默退站到旁邊。

（果然是為了這事……）濃姬的心比丈夫還要痛。

岩室殿是信長父親信秀的十八歲愛妾，最近才產下一子。

她是熱田的社家加藤圖書助的弟弟——岩室孫三郎的女兒。信秀對她一見鍾情，這都是因為竹千代寄住在圖書的宅邸所引起的。

「如果沒有竹千代，父親也不可能會與岩室碰上面……」

安祥城陷落後，在討論要不要斬殺竹千代之時，信秀經常進出圖書的家，恰巧碰上了岩室殿。

接著在交換竹千代和長子信廣一事，信秀並未採納信長的意見，還將十六歲的岩室納為妾室。

已經四十二歲的父親終日沉迷於十六歲少女的愛情裡，而以岩室為首的信長廢嫡之說，在家中的呼聲也就逐漸升高。

濃姬所擔心的非僅是廢嫡之事，而是做起任何事來出人意表的信長，如果狠下心來斬除禍根而殺了岩室殿，很可能會加深跟父親信秀之間的不睦。

「濃……」

「是。」

「這件事不解決不行了。」

「什麼……」濃姬不覺心頭一震，僵著臉回頭望去。信長的眼中閃過一抹陰森、堅定，令人不寒而慄的眼神。

二

信長目光如炬還不打緊，要是他一旦下定決心，就會出現冷峻的眼神。

濃姬心裡很是清楚，她整理著信長脫在一旁的羽織。

「『不解決不行』是什麼意思？」她不安地等著回答。

「若不將父親逐出末森城，尾張一國可能會大亂。」

信長的話一字一字都像寒霜般冷冽。

末森城城主是信長的弟弟信行。父親認為信行是獨身比較方便，所以讓岩室住在末森城，自己也幾乎極少待在古渡城了。

如果信長要去向父親進諫，濃姬當然不會有異議。但信長是那種行事總是出奇的人，到底會採取什麼行動？放逐出城也並非是上上之策。

「末森城近來聚集了很多人，像是林佐渡、柴田權六、佐久間右衛門兄弟和犬山的信清等等。這種情形不太尋常，絕對不能忽視。」

濃姬聽了之後立即停住腳步，又走回信長身旁。剛才所舉出的人都是經常和岩室殿往來，且時時勸說信秀廢嫡之人。這些濃姬知道得一清二楚。

他們主張廢除信長，改立勘十郎信行為家督。

「你打算如何向父親大人諫言？」

「諫言……？那是毫無意義的事。」

「哦？那依您的意思呢？」

「把岩室搶到這裡來。」

濃姬的臉色大變，果然被她料到了。

信長嘿嘿笑道：「你嫉妒了？你的嘴唇在發抖呢！」

「……」

「我是尾張的第一號奇葩，即使和父親爭奪寵妾，相信也不會令別人太驚訝。」

「話雖如此……但你那樣做……」
「若是別人，他肯定不饒；但若是我，可就另當別論了。」
「可是要這樣……對父親大人不敬。」
「濃……」
「是。」
「你真是伶牙俐齒呢！」
「我完全是為了殿下著想啊！」
「小事而已，小事而已。」信長搖搖手，然後又伸向嘴邊咬起指甲來了。
「年逾不惑，竟還沉迷於女色，而且他也不希望我和信行對抗。為了百姓，還是早日滅了較好。我就是要把岩室搶來，懂吧？總之，我只會說上一句，要是他不明事理，便就舉槍論成敗。」
「如何論成敗？」
「戰爭啊！一打起來，管他什麼父親、兒子、兄弟，一次全部消滅了。明白嗎？我要出去了，拿我的袴來。」
說著，信長已站起來，俐落地綁緊腰帶，但濃姬仍站著不動，她的內心充滿了不安，是那種無法掌握丈夫性格的不安。

三

看濃姬動也不動，信長邊吐舌頭，邊邁出步伐。

「殿下……」濃姬一個箭步，上前拉住信長的衣袖。

「不要加深家人的誤解了，請打消這個念頭吧！」

信長瞪大眼睛回視著她，濃姬擺出一副視死如歸的樣子。

「如果這麼做，殿下不僅得不到家人的愛戴，特意埋下了紛爭種子，也對殿下很不利啊！」

「閉嘴！什麼紛爭的種子，這是我……」

「請您小心，這或許是對方的陷阱。如果殿下沉不住氣，必會引起爭端，如果……如果……是對方的陰謀，怎麼辦呢？」

「濃！」

「是。」

「你真是膽小、懦弱啊！」

「我完全是為了殿下著想。」

「愚蠢！別忘了，你也是領了父親的命，從美濃來消滅信長的。」

「殿下……」濃姬聲音變得很尖銳，眉頭緊鎖著。「這玩笑太過分了……不是您的本意吧？」

「是本意就不行嗎？」

「壞毛病，您這種戲弄的方式會失去人心，無法成就大事的。」

信長咬唇瞪眼地思忖著。不卑不亢、苦言相勸的濃姬令他猶豫了。

「哦，如此不好？」

「現在就採取行動未免太急促了，希望您三思而後行。」

「原來如此，戲弄他人是壞毛病嗎？」信長喃喃自語，突然猛拍了一下濃姬的肩膀。

「哈哈哈，你太怕事、太懦弱了。我有把握，濃，別擔心。信長不會輕易落入別人陷阱的。誰會中了權六那小子的圈套……」信長又哈哈大笑起來，他似乎認為這次事件的主謀是柴田權六。

「說要搶岩室是開玩笑的，我只是想試試你吃驚的程度。拿我的袴來！袴……」

濃姬這才放心地放開信長的袖子。她仍覺得有些生氣，但心頭也湧上一股想要撒嬌的感覺。她雖比信長大三歲，但不知從何時開始，那種不自然的感覺早已消失，理所當然地覺得自己就是信長的妻子。

濃姬拿出了袴，信長一接手就穿了起來。

「犬千代，備馬！」

他向走廊大吼一聲。濃姬仍不知道他打算如何，但他說要抓來岩室殿應該只是戲言。

濃姬送他到了門口。

「別擔心！」信長再度小聲地說著，然後就像一陣風似地出了玄關。

四

玄關外，犬千代已牽來信長引以為傲的坐騎連錢葦毛，以及自己的馬。

前田犬千代奉平手政秀之命，必須跟隨在信長身邊。

家老及家臣看到信長，紛紛從屋裡跑出來。但信長看也不看他們，逕自騎上愛馬奔馳而去。

犬千代也沒有說話，他抬頭看看春天的晴空，一揚馬鞭，也跟了上去。

前田犬千代不敢怠慢地馭馬直追，信長依舊來去匆匆，就像一陣疾風般地捉摸不定。出了大手門，便奔向了通往熱田的道路。

要去古渡本城？還是大殿下信秀寵姬居住的末森城？犬千代邊猜測邊緊追在後。

櫻花尚未盛開，但是野梅與桃花已逐漸綻放，點綴著熱田的春郊。

「殿下！」犬千代大聲呼叫道。

「嗯。」信長雖回應，卻沒有放緩速度。

「要去哪裡呢？」

「拜訪加藤圖書助。」

犬千代納悶了。自從松平竹千代走後，信長就沒有再拜訪過圖書的宅邸了，為什麼現在突然又要去呢？不久，圖書宅邸的大門出現在眼前了。犬千代拚命地追上信長，大聲喊道「開門」，邊喊邊下馬。

「那古野城的殿下駕到，請開門！」

大門應聲而開，信長仍騎在馬背上，唰地──像一陣風似地直奔進大門。

對這種突如其來的拜訪，任誰都會感到驚訝的。主人加藤圖書助急忙趕到台階前迎接，但是眉頭卻緊皺著。

「圖書，我來了！」信長以魯莽的口氣叫道。

「歡迎，歡迎！」他嘴裡說著，卻帶著不解的神情將客人引進客間。

「呼！」信長站在客間入口不動。「桃節的裝飾已完成了？」

「真不好意思，這只是小女的消遣。」

「這叫插花嗎？屬於哪一流派的？」

「是不登大雅的玩意兒，談不上流派。」

信長背對著花，很快地往上座一坐。

「竹千代在這兒時，我經常叨擾府上……今天是無事不登三寶殿……」

「殿下光臨寒舍，不知何事？」

「女人，你的姪女。」

「啊，我的姪女？」圖書露出一副驚訝的表情，歪著腦袋，靜候信長繼續說下去。

「就是令弟岩室次盛的女兒，名叫雪的吧？麻煩你幫我引見。」

「啊！」圖書幾乎要懷疑自己的耳朵了。這個姪女已是信秀的側室，這個做兒子的不知道嗎……

五

圖書盯著信長好一陣子。

「您是開玩笑……」他抿緊了薄薄的嘴唇，微微一笑。「殿下真風趣，我弟弟還有一個女兒，圖書建議殿下考慮看看。」

「哼，開玩笑……」

「圖書誠惶誠恐，不敢對殿下無禮。」

「啥？你沒聽懂嗎？我可不是開玩笑，我是專程為此事而來的。」

「請再仔細……」

「你要作媒嗎？」

「您說笑了。」

「圖書！」

「是。」

「你不必今天答覆，我讓你考慮二、三天。信長極力請求你的幫忙。」

「啊……」

「此事勢在必行，拜託了！」

圖書的臉由激動而漲紅了，信長的話句句擊打在他的心頭。

岩室殿仍只是個思想尚未成熟的少女。圖書知道她正集年已不惑的信秀之寵愛於一身，也聽說過反信長派在暗中策劃的陰謀。

陷入紛爭漩渦的信長想娶岩室殿，面對這個箭在弦上的請求，圖書也意會過來了。

「這個女人足以影響兄弟之間誰成誰敗。」除了這種解釋之外，就沒有其他說法了。但是為何這般緊急？

「懂了吧，我就此告辭。三日後我會再來。」

信長拉好袴，不容分說地大步走出了客間。

「犬千代，回城！」

犬千代正拉著兩匹馬，立在玄關的盡頭等待著。這個側小姓恐怕比濃姬更瞭解主人的脾氣。

「殿下回城！」犬千代向大門吼叫一聲，信長跨上愛騎時，犬千代也翻身上了馬。

「殿下！」

馬鞭一揚，二人似疾風似地飛馳而去。

「嗯？」

「現在要去哪裡？」

「去會會那思慕的女人。」

「思慕的女人……」

「你不懂啦！靜靜跟著我就行了。我們到末森城。」

「末森城……」犬千代邊趕路，邊納悶不已。「末森城有殿下心儀的女人？」

看著犬千代滿臉狐疑的表情，信長哈哈地笑了起來。

「就是岩室孫三郎次盛的女兒，叫做雪的，我要納為側室。」

「啊！」

「有趣吧！我這就要去向她訴說我的愛慕之情。信長也是喜歡女色的，快走吧！哈哈哈。」

六

犬千代並不像濃姬那樣吃驚，信長的行徑一向出人意表。但在小姓犬千代的眼裡，信長荒謬的行為背後往往暗藏玄機。

（殿下的毛病又犯了……）

愛慕父親的寵妾？他滿口輕狂但心裡卻不一定這麼想。目的是什麼？又是為了什麼……

犬千代思量著，內心除了不安還充滿了好奇。

主僕在中途曾一度停下來，讓馬兒歇一口氣。在休息時，信長瞧也沒瞧犬千代一眼。他撫著低頭飲水的馬，似乎在思考什麼，偶爾喃喃自語幾句。

「好！」他點頭示意。主僕二人再度開始趕路。

天空陰沉沉的，似乎即將有一場大雨，氣溫漸漸地悶熱了起來。

來到末森城的城門口，裡面傳出鑿、搥的聲音。美濃、三河這些地方的氣氛，都感覺不出即將有一場干戈。

信秀表面上說是為了戰爭而修建末森城，但事實上則是為了年輕的愛妾。

「犬千代，你看，在動工了！」

「是指修城嗎？」

「笨蛋，這是修城嗎？這是在修建父親的牢獄。」

犬千代正在思索的當兒，信長已登上橫跨於壕溝上的橋，乘馬入城。

「啊！那古野的殿下！」

「這時候來有什麼事？」

「這麼魯莽，難怪會發生家督廢立風波。」

信長的坐騎呼嘯而過，完全不睬那些竊議。當門卒正感納悶時，犬千代已趕到。

「犬千代，馬！」

信長來到本丸的大玄關，一甩手將韁繩扔給犬千代。值勤的武士驚訝地跑出來。信長一句話也不說，逕自朝裡面走去。

「這不是那古野的殿下……」接到通知匆匆趕到、現在慌張地站立在信長之前的，正是勘十郎信行任命的末森城家老柴田權六郎勝家。

「權六！」

「剛通知了勘十郎大人，他正在巡視修建現場，現已在回途中，請先到書院等候。」

「是。」

「誰說我是來找信行的？」

「那是找大殿下嗎？大殿下剛到古渡本城去……」

「我知道。」

信長啪地用馬鞭拍了一下袴裾，然後惡作劇地說道：「權六。」

「是。」

「一陣子不見，你似乎已成為重要人物了。」

「殿下開玩笑……」

「不，我不是開玩笑，據說你想娶信長的姊姊呀？」

權六深知信長的毛病，剎時漲紅了臉，困窘地往後退了一步。

「真不愧是權六，我期望你能成為我們家族的支柱。」

「殿下，這……會讓大家嘲笑屬下的。」

「什麼？嘲笑……我將心裡感謝你的話說出來，這城裡不會有人那麼不知天高地厚的，是吧？權六。」

「是。」

「你也知道，我那狒狒般的父親製造了許多孩子，除了十一個兒子，十三個女兒之外，好像又有了？」

「嗯，是第十二男，又十郎大人。」

信長似嫌囉嗦地搖搖手：「我不是問這個。這麼一來，繼承就更麻煩了。如果要我說出心目中最賞識的人，那就是忠誠、能幹的權六，你的確是個人才。」

柴田權六的臉更紅了。權六的確曾向勘十郎信行提過建議，卻被巧妙地拒絕了。看來信長似乎也知道。

「我聽到消息時，感動得幾乎流下淚來。權六忠誠為公的精神深獲我心。」

「殿下！」

「你聽我說，據說父親拒絕了這件事，我真為你感到生氣。父親真是老糊塗，竟然看不出你的忠誠，但是，權六！」
「是……」
「如果我是你，絕不就此罷休。無論此前多麼忠誠，這樣就放棄了可不像個男子漢。」
權六已不知如何回答，他已察覺出信長這番突兀的話中之意，有種話裡藏刀的感覺。
「如果是我就會謀反，設法煽動信行，讓兄弟鬩牆。」
「殿下……請謹慎而言……」
「聽著，眾多的兄弟若能團結互助，任誰都無法破壞。但是若以挑撥、煽動來進行滲透，再大再強的勢力也會瓦解，就可逐個擊破了。處理起來比較棘手的僅是父親……但他仍有弱點，那就是女色。最好的方法就是把他和年輕女人囚禁在一起，哈哈哈……到頭來，尾張一國就是你的了……權六，我若是你，就採取這個計策。」
「殿下！」
「你竟沒這麼做，真不愧是忠臣。到時候，你可別忘了我信長喔！」信長說完，背向權六逕自往裡走。
「殿下，那邊是奧內。」
「我知道，我要進奧院。」
「請等等……奧院……奧院……」
「權六，別擔心，我有事要進去。」

「有事請由屬下轉告……」權六追上前，被信長賞了一記馬鞭。
「真是糊塗蛋，我要去看我愛慕的女人，你能來嗎？」
「愛慕的女人……」
「岩室的女兒啊！愛情使人失去理智啊！」
留下令人害怕的笑聲，信長消失在奧院的通道裡。

八

信秀前往古渡城後，岩室殿從乳母手中抱過出生不久的幼兒。
「來，又十郎，笑笑啊！」她哄逗著孩子。
這個孩子是自己的第一個孩子，也是織田信秀的第十二個兒子。她的心頭湧上一股不可思議的感覺。事實上，這兩、三年來的變化，自己也難以相信。
她出生於清苦的神職家庭，直到成為信秀的側室，從不曾注意過自己的美貌。
以前，她一度在伯父加藤圖書家中參加連歌之會，曾捧送點心到信秀面前。那時候的岩室殿才十或十一歲，完全沒引起信秀的注意。她僅聽伯父說過古渡城主是他的連歌之友，還為此非常自豪。也因為有這樣的往來，三河的松平竹千代就被送到了伯父家做客了。
那時，她對大名的孩子是什麼樣的人頗有興趣，但若說要接近他們，好像也沒什麼辦法。

在岩室殿的記憶中，當時常有一個魯莽的年輕人來拜訪竹千代，而且總是眉頭緊鎖。這個年輕人腰間總是繫著一個囊袋，有時還邊吃著飯糰，邊騎馬闖進來。他和竹千代一起吃東西，在走廊撒尿，並亂吐水果籽。

竹千代離開後，這個年輕人就沒再來過了。倒是信秀還曾來探訪過伯父兩、三次。她剛被召入古渡城時就引起了兩名側室的嫉妒，不久便移到了這裡。後來，她才知道那個魯莽的年輕人就是信秀的嗣子信長。

身為一城之主的殿下……在岩室殿的腦海裡，應該是一個舉止、動作都很完美的人。

（那真的是殿下嗎……？）

她移居到末森城後，住在這裡的年輕殿下信行就和她想像的一樣，面貌長相十分端莊，守禮如儀，衣裳華麗，談吐優雅，而且也很體恤家臣。

（這是那個年輕人的弟弟……）

既然有這麼一位傑出的公子，為什麼要讓那個亂七八糟的人繼任家督呢？她百思不得其解。她曾聽過家中有人傳開：「應該讓勘十郎信行繼承家督。」因此，岩室殿更覺得自己的感覺是正確的。

但她是個沒有什麼野心的女人，只是對於自己與信秀所生的兒子竟也是城主之子感到很不可思議……

岩室殿再度逗弄著孩子。

「岩室的女兒在嗎？在哪裡？」走廊那頭傳來粗野的男性聲音。

九

岩室殿貼著嬰兒小臉的臉抬了起來。

「是誰呢？」她看了乳母一眼。

很像是信秀的聲音，但是年逾不惑的信秀，不曾在奧裡這麼大聲嚷叫。

（難道為了什麼在生氣嗎？）

岩室殿低聲自問。信秀說話總是面帶笑容，他的溫和有時真會讓人感覺到年齡的差距。

「岩室的女兒到底在不在？」聲音更近了，不，不僅是呼叫聲，一扇扇襖門被拉開又關上的巨響也愈來愈近了。

「把又十郎大人抱走吧！」

乳母伸手接過嬰兒。

「大概是喝醉了，不知喝成什麼樣子？」

正在猜測時，房間的襖門突然被拉開。岩室殿瞪大了眼睛，驚嚇地張開了嘴。

「哦，你是岩室孫三郎的女兒嗎？」信長挺直地站著，放肆地打量著岩室殿。「還記得我嗎？」

「那古野的信長大人……」

「對，我就是信長。信長對你一見鍾情，已得到熱田加藤圖書的允許了。」

岩室不敢相信自己的耳朵。信長說一見鍾情？這說法和信秀……說的不是一樣嗎？

「你瞭解男人的感情嗎？」

「……」

「發什麼愣呢？來，我坐下，你也坐下。」

「是……是。」

「你在發抖呢，這也難怪。信長是一國之尊……卻為了一個愛慕的女子親自登門拜訪。安心地回答我幾個問題吧！」

岩室夫人昏亂地坐了下來。以她稚嫩的經驗真不知要如何回答信長那些突襲式的問題。

（信長一點也不知道自己深愛著大殿下嗎？一旁的乳母抱著的又十郎他也沒見過嗎？）

貿然跑到末森城來向她示愛，證明信長不僅魯莽、粗野，也是個不用大腦的人。

這個行事不考慮清楚的奇葩，萬一他訴說著對自己的愛慕該如何應付才好呢？

信長這時才注意到站在一旁的乳母，但是他看也沒看她手上抱著的么弟。

「喂！那個女人。」

「是……是……」乳母抖著聲音回答，立刻低下頭。

「笨奴才，快滾！再慢吞吞的立刻斬死！」信長做出拔刀的樣子，乳母幾乎連滾帶爬地逃出屋外。

「那個，岩室之女……」

「是。」

「現在這裡已經沒有其他人了，可以毫無顧忌地回答我的問題。你瞭解男人的感情嗎？」

岩室殿的身體不自覺地向後退了些。

「瞭……瞭解。」她生硬地回答後，困難地嚥了一口口水。

十

「瞭解就好，那麼我就安心了。」信長縱聲狂笑了起來。「我呢，不管別人怎麼說，都非得到你不可。」

「……」

「不論你是討厭我或喜歡我，我都不想知道，反正我一定要得到你！」

「……」

「我已和你伯父商討過這事了。」

「啊，伯父他……」

「嗯，你的伯父非常惶恐。但我很確定地告訴他，我是要定你了。我來這裡就是要告訴你這件事的，明白了嗎？」

「殿下……這……太不成體統了。」

「等等，我的話還沒說完呢！等我說完之後你再回答，好嗎？男子漢一旦下定了決心，誰也無法改變的。如果你還有其他中意的男子，立斬。即使是柴田權六、佐久間右衛門，也絕不寬容。」

岩室殿注視著信長的眼睛，頓感不寒而慄。這不是一般人的眼睛。那雙眼彷彿迸射著光，眼皮眨也不眨一下。那是一雙充滿殺機，屬於怪物的眼睛。

岩室殿不禁全身顫抖起來，預感到這人隨時可能會帶給她危險，腦海轟隆隆地掠過一陣駭然。

「聽著，這就是男人對女人的愛慕之情。如果信行也有這種妄想，我絕不會允許。如果是父親的話，那麼也只有一戰了。」

「啊……」

「回答我，你是要坐視我們父子交戰，還是跟我走？」

岩室殿又向後瑟縮了幾步，瘋狂地搖著手。

「等等！」她想大叫出來，但是卻無法控制顫抖著的唇。

此刻真連呼救或逃跑的力氣都沒有了，眼前看到的只是信長投射過來的銳利眼神。

「哈！」信長再度狂笑。

岩室殿木然地閉上眼睛。等他笑完之後會怎樣？她已失去意識了，只感到全身的熱血已凝固，頭上彷彿雷擊般地轟轟作響。

「三天。」信長說，「我來聽你的答覆，好好想清楚。」

岩室殿好不容易才恢復意識。模模糊糊間襖門開了，碰地一聲又關上。粗野的腳步聲愈來愈遠，但又有其他聲音接近了。

「夫人，振作點！您醒醒……」乳母又吼又叫搖晃著她的身體，又十郎的哭聲傳入她的耳畔。「您醒醒……」

「唉……」岩室殿先看到躺在一旁的又十郎，她緊緊拉住乳母。「信長大人呢……？殿下呢？」

「走了，就像一陣風一樣。」

「好可怕，好可怕的人啊！」

「您冷靜啊！」

「啊……太可怕了……」

岩室夫人一如無依的小鳥般，哭倒在奶媽的懷中。

十一

信秀從古渡本城回來時，太陽已經西下了。

由留守的柴田權六那裡知道信長來訪，近來逐漸發胖的信秀為此納悶不已。

「哦？」他輕輕點頭，然後往奧內走去。

（信長這孩子，總是不瞭解父親的心……）

家中現已分成兩派，反對信長的聲勢愈演愈盛，這情形信秀比誰都清楚。

剛開始還不太引人注意，如今衝突已經顯而易見了。就連住在那古野的信長與信行的生母土田御前，都比較支持信行。因此現在除了信秀和平手政秀還支持信長，就沒有其他人了。甚至原本是信長心腹的四位家老之一的林佐渡，也都開始傾向於信行。

信秀進入岩室殿的房間，先脫下了袴，然後吩咐準備美酒。岩室殿以一個少女向父親說話的語氣，敘述著白天發生的事。

「他以那駭人的眼神盯著我，說不惜和殿下一戰。」聽她說完，信秀只是苦笑一下，點頭表示明白。

「真是沒辦法，這個信長……你覺得該怎麼辦才好？」

想不到他竟然反問自己，岩室殿有些不滿。她原以為會看到信秀盛怒的表情。

「該怎麼辦才好……？」

「如果他真的對你一往情深，那麼你就到那古野去好了。」

「啊！殿下您……怎麼這麼冷酷……」

信秀將眼光投向遠方，悶聲不響地喝著酒，過了一陣子之後說道：「信長真的是這麼向你表示的嗎？」信秀輕嘆了一口氣。

「殿下！」

「嗯？」

「信長大人真的很可怕，他將來一定無法獲得家中的人心的。」

「是嗎？」

「相反的，信行大人的聲望逐漸增長。」

「信長說他只是個陪襯的人物。」

「信長大人走後，信行大人曾親切地派人來慰問過。」

「信行就是這麼細心。」

「殿下，聽柴田權六大人和佐久間大人說，其實信長大人什麼事都明白，卻故意要亂來。」

「嗯，他是應該懂事了。」

「他竟然大逆不道地向自己的父親挑戰，難道殿下還要縱容他嗎？」

信秀又是一陣沉默不語。

入夜後，氣溫逐漸下降，今晚大概不會降霜吧！在這寒冷又嚴峻的一年裡，戰事可真不少呢！

（今年的事也特別多……）

晚上九時，信秀就已感到睏倦了。

「又要開戰了，休息吧！」

他看了岩室殿一眼，這個少女的臉上自然地流露出一股嬌柔的嫵媚。

「是，」岩室殿急忙搬出寢具，準備休息。

十二

（真是個無憂無慮的小女孩……）

信秀兩手伸出棉被外，轉身注視著身旁的岩室殿。

岩室殿被信長的威脅給嚇壞了，因此在信秀的身旁，特別能感受到安全感。

她只是等待著信秀每夜進入她的世界。她還不懂嫉妒、不懂憎恨，也不解家中的紛爭，只因她最接近信秀，便成了各方角力的焦點。

「岩室……」

「是。」

「你知道我為什麼特別親近你嗎？」

「嗯……不知道。」

「你還真是個不懂世事、天真無邪的少女啊！」

「是。」

「你也知道，我總共有二十五個孩子。但是每當我接近那些孩子的母親時，她們不是向我抱怨就是發牢騷……不，她們總是為了自己的孩子，想盡辦法要奉承我、接近我。」

「是。」

「我實在忍受不了了。現在外面的局勢很亂，戰事愈來愈多……我已經厭倦了這些永無休止的戰爭。幸好美濃與駿河暫時能免於戰爭的侵襲……但誰又能料想以後呢？不過，這並不是對外的戰事，而是家族內的紛爭。一旦發生了這種內爭，家族中無論大小都無法倖免於難了。但是……」

不知何時，信秀已如平常的習慣，讓岩室殿躺在自己的肩下，他自己則以單手當枕。岩室殿像隻小貓般，臉頰不斷搓揉著信秀的胸部。

「一旦戰事發生，我就必須回到本城古渡。」

「到時候……請帶我去。」

「這個嘛，你能夠忍受本城的種種嗎？」

「可是信長大人很可怕……您不認為嗎？」

「不，信長並不可怕。女人的心跟眼才更可怕哩！」

「才不可怕呢！無論如何，殿下一定要留在我的身邊。」

「岩室……」

「是。」

「開戰之後，我真的無法再留你在身邊了。」

「真的嗎？」

「萬一有什麼事，去找信長商量，不要找信行，知道嗎？」

「啊……為什麼？信行大人比起來溫和親切多了！」

「對，信行確實很親切溫和，可是一旦發生了什麼事，這樣的人一點用處也沒有，只會被別人利用，沒有一點自己的主見。信長表面上在逗弄你，但事實上是想向我諫言，他希望利用你讓我明白，別過於衝動而招致家族動亂。」

「可是……」

岩室殿似乎仍不服氣，但她的不滿很快就在信秀的安撫下融化了。她緊緊抱著信秀。

信秀激烈而熱情地愛撫著岩室殿。

十三

突然間，她覺得一切好像都冷卻、沉默了下來。她發呆似地望著天井，一會兒之後又像想起什麼似地呼叫了一下。

岩室殿似乎有什麼話想對信秀說，但是並沒有主動提出。她知道如果提出問題，一定又會提到信長的名字。

（好討厭信長大人……）

一旦有了這種壞印象，那種嫌惡感就很難除掉。然而岩室殿卻絲毫沒有察覺，她對信長那種嫌惡的陰影，完全是來自於信行、權六以及右衛門等人對信長的評斷。

不久之後，信長就會發動織田的家族爭亂。論實力，他絕對比不上信秀。因為清洲、岩倉、犬山一帶都住著織田本家的家族，而且信長生母土田御前娘家的土田下總、神保安藝、都築藏人、山口左馬助等人也都很討厭信長。

還聽說信長的姊夫犬山的織田信清等人，都很可能會在信秀去世後立即叛變，攻入那古野城。

（殿下為何要將往後的大業交給這樣的信長呢？）

這些一定是信秀哪裡看錯了，遲早會醒過來的。

「……還是找信行商量吧。」岩室殿心中暗自做了這個決定。她覺得實在沒有必要找信長商量。

凌晨二時，耳畔傳來箭樓打更的聲音，迴盪在整座城內。原本以為信秀已經睡著了，卻又叫著岩室殿：「岩……」

岩室夫人以擁抱代替回答：「冷嗎……」她用力地抱住對方。

「信長……」信秀又說。

「您要說什麼？殿下……」

「唔……唔……唔……」

「殿下，您在說夢話嗎？」

「岩室……」

「是。」

「我要回去，我要回去……」

「回去哪裡呢？」

「回……古渡……本城……」

「咦？」

「去叫……柴田權六……佐久間……」

岩室夫人發現信秀說話很困難，嘩地一聲趕緊掀開棉被。

「殿下，您……哪裡不舒服？」

「唉唷！」信秀踢開棉被，以顫抖的雙手抓搔他肥胖的後頸及後腦。

岩室殿感覺到他正在移動的指頭有些痙攣現象，因此緊張得連毛髮都豎起來了。

（事情不妙！）

「來人啊！」

岩室殿正想出去叫人來幫忙時，信秀及時用他顫抖的手抓住了她的裙角。

十四

「等等……」信秀喘著氣叫道。這時他嘴唇已失去了控制，右邊的嘴角流出泡沫。

「信長……」他又說道，「別慌張……回去……古渡……別慌張。生病也要回古渡……」

「殿下！」

岩室再次蹲坐在枕邊，難道是天命到了。

昨晚的酒肴應該沒有毒，難道是猝死。

「殿下，振作點……」她絕望得甚至流不出淚來，但是隱約猜出了一些信秀想說的話。

信秀不想死在末森城，他希望趕回古渡，當面向信長交代遺言。不，除了這，要是立刻公布自己的死訊，可要出大事了。

「對信長……」信秀又勉強開口說話。

但是，此時的他眼睛已往上翻，眼光渙散無法集中，雙手也失去了力量，軟弱地垂放在胸口。

在那強壯的胸膛上，很明顯地可以看出心臟正快速地跳動。這時岩室殿感到更害怕了。

「岩……室……」

這時，他整個身體開始顫抖，並蜷曲起來。右手像是十分痛苦般地緊抓住榻榻米上的邊條。就在此時，信秀「啊」地一聲，吐出了一堆東西。

是一灘黑血。不，應該說是和著血的汙物，還帶著燻人的臭氣呢！

岩室拋開一切，緊緊抱著信秀。

「殿下，振作點……」

信秀渾身顫抖，四十二年的人生，留下了無限的憾事。他深深地嘆了一口氣，又迅速地被粗重的喘息聲給代替了。

「殿下！殿下！」

岩室殿狂亂地搖晃了信秀幾下，然後緊緊抱住他的上半身，一時控制不住「哇」地嚎啕大哭起來。

接到通知的兩個家老柴田權六和佐久間右衛門匆匆趕了過來，又十郎的乳母和侍女已在收拾滿地的汙物，失去意識的信秀身上蓋著潔白的棉被。

「殿下！殿下！」權六大聲叫著，信秀氣若游絲，痛苦地掙扎著。

「叫誰去那古野和古渡……」佐久間右衛門向匆匆趕到的勘十郎信行說，並和權六交換了一個眼色。

「拿硯……」權六對勘十郎的侍童說。

小姓拿來硯台和紙。權六吩咐將硯台和紙交給愣在一旁的岩室殿。

「遺言，快！我來問遺言，按照聽到的寫下來！」權六以嚴肅的聲音吼著。

十五

柴田權六確定了愣在一旁的岩室殿正將紙筆握在手上之後，立刻將耳朵附在信秀的嘴邊。失去意識的信秀此時仍然只是呻吟著。

「殿下，您的遺言……」

「什麼？您說什麼？家督交給勘十郎信行大人。是！遵命……」他說完後，轉頭直視岩室殿。「快，快記下遺言。可以了嗎？第一，家督交給勘十郎信行。」

這時，岩室殿發現信行和佐久間右衛門不知何時已離開了，室內只留下瀕死的信秀、岩室殿和權六三個人。

「為什麼不快點寫下？這是殿下最後的遺言啊！」

被大聲斥責，岩室殿這才「啊」地一聲回過神來。本來在連歌會能寫出一筆好字的岩室殿，此時已被權六這番話嚇得六神無主了。

事實上，今晚信秀已說過家督要交給信長，因為他怕萬一發生什麼事，信行無法處理，而信長可以做主，那番話猶如預言一般。

「為什麼不寫？」權六大吼道。

「我不能寫，殿下什麼也沒說。」

「什麼？」權六驚訝地瞪大眼睛，像要將她吞下般地盯著她。「你竟然懷疑我的耳朵？將軍明明交代了……你也應該清楚聽到了才對。快！寫下來。你不覺得又十郎大人很可憐嗎？信長大人不可怕嗎？」

岩室殿突然顫抖起來。她從不知道柴田權六竟是一個如此恐怖、凶惡的男人……

（這一切全是陰謀？從一開始他就已經算計好了……）

岩室殿不顧一切地扔掉紙筆，胸中湧起一股想和殿下一起死的衝動。

啊！這時候信秀忽然又「唔」地呻吟了一聲，但接著又被一陣疼痛襲擊著。

「振作點……」權六慌張地抱著信秀。

「殿下！殿下！」連叫兩聲都沒有反應，最後終於撒手西歸了。

一切都結束了……曾和美濃的齋藤、三河的松平、伊勢的北畠等人爭雄一世的織田彈正忠信秀，終於留下了無限的懊悔而魂歸西天。

天色漸漸亮了起來。先是醫師來了，接著織田的重臣陸續趕到末森城來。信秀的遺體被移往了信行本丸的廣間，與十八歲的愛妾同寢時斷氣的傳言，讓每個知道的人暗地裡苦笑。

天亮了。時值三月，櫻花均已開放，然而地面卻覆蓋著一層寒霜。就如同落花一般……

花供養

一

意外傳來父親的死訊，信長忽地踢開棉被，立刻跳了起來。

濃姬臉色蒼白，剎時愣在那裡。不過，她也真不愧是齋藤道三的女兒，很快地回過神，起身將信長枕邊的小袖和袴都拿了過來。

信長看了一眼她拿來的衣服，點了點頭。那不是喪服。濃姬知道信長不語，是要將死訊隱藏起來，因此故意拿平常穿慣的衣裳來。

「濃！」

「嗯，快換裝。」

「急也沒用，人都已經死了啊！」

濃姬沉默地將雙手合於胸前。定神一看，才發覺信長瞪大的眼裡正滾滾落下一串熱淚。

「人生在世五十年……他卻提早了八年。」

濃姬也感到悲從中來，低聲飲泣著。

「濃！」

「是。」

「別哭了，比起三河的竹千代，我已經算是很幸福了，比他多過了十幾年有父親的日子……」

「是。」

「準備！」

濃姬強忍著淚水，走到後面，考慮要給信長穿上什麼樣的片袖才合適。

竹千代雖落入敵人手中當作人質，可是他仍是幸福的。因為他們的內部非常團結。但是信長不但要抵抗外來的敵人，同時還要消弭內部的爭戰。

大家都說他是自招災禍，但人們不知道他也有脆弱的一面。

綁好袴上的結後，信長用力敲打一下肚子，說聲：「好了！」

他大概已經打算好如何面對突發的劇變，對著正拿來配刀的濃姬說：「濃……」臉上綻出了難得的微笑，但聲音仍是哽咽的。

「絕不會再讓你看到信長掉第二次眼淚，可別笑我啊！」

「是……」

「父親大人留給信長一個很大的遺產，你知道是什麼嗎？」

濃姬老實地搖搖頭。

「他也是最後才瞭解信長，信長是能夠實現父親未竟之志的夢中人……你要相信我！」

「你所說的父親大人的夢是指什麼？」

「我現在才知道，不只是尾張一國的信長……比起緊繫織田一家的興亡，還有更為重要的使命！」

濃姬這時才想起信秀好像曾經向平手政秀透露過這樣的話。

「……只要政秀在吉法師的身旁，織田家是不會被滅亡的。」說到繼承問題時，信秀邊笑邊說：「織田家若被滅亡，那也是沒辦法的事，但一定會有更偉大的人將之繼承發揚光大。」

信長現在似乎在說自己就是這個「更偉大的人」。

「一切就拜託你了，家中麻煩你多照料了。」信長說完之後，快步地走出寢室。

待在門口的犬千代，正以嚴肅的姿勢等候著。

—— 二 ——

「那古野的殿下到！」

一聽到外面的通報，在座的人立刻喧嚷起來。

這個怪人究竟會以何種態度面對自己父親的死亡？或者可以說，不知他會以何種惡毒的言語來攻擊重臣們的意見？大家在嫌惡之餘對他都起了警戒之心。

信秀的妻妾都不在場，連正室土田御前也不在。正式的喪訊尚未公布，只是以重病為由先召重臣商討對策。

除了平手、林、青山、內藤四個家老之外，還有織田玄蕃允、同堪解由左衛門、同造酒丞。另外，佐久間、柴田、平田、山口、神保、都築也在場。信長的兄弟只有信廣和信行在場。信長的姊夫信清也從犬山城趕來這兒。

「殿下，這邊請。」

一看到信長，平手政秀準備立刻把他帶到信行旁邊的上座。

信長不理會他，逕自走到父親遺體的旁邊。他彎下腰用手觸摸父親的額頭。

「殿下！」平手政秀和林佐渡見到這樣的失禮之舉異口同聲叫出，但是信長卻充耳不聞。

「已經變冰冷了！」像是在自言自語卻滿座皆聞，接著又說：「已經往生極樂了，為什麼枕頭沒有朝北？為什麼沒有花和香！」

「殿下！」

「還沒有發出喪訊！」

「什麼？」信長瞪大了眼睛。「難道就這樣一直擺著嗎？我來發命令，立刻將遺骸移往古渡本城。」

「信長大人！」

犬山的信清苦著一張臉，對站著的信長說：「請先坐下來！……事實上，決定發布喪訊是很重要的事。」

信長沉重地盤腿坐下。

「為什麼？」

「為什麼？這個問題並不難理解。東有今川、西有北畠、北有齋藤，比較安全的只有南面的海邊一帶。移到古渡城是毫無疑議，但是要就這樣離去呢？還是準備轎子若無其事一般？又或是還要想其他方法？」

信長搖搖手。

「沒有這個必要。」

「啊！為什麼沒有必要呢？」

「哼，需要和敵人玩這種小伎倆嗎？一切照規矩行事即可。」

「兄長大人。」信行向前移動一步，「難道您也認為，父親大人和岩室殿同寢時斃命這件事不會引起世人的恥笑嗎？您一點也不顧及孝道嗎？」

「信行，我當然會顧到孝道。一個武人不是死在戰場上，而是在榻榻米上往生……這也算是一種福氣。更何況是和自己最喜愛的妻妾同寢，那更是莫大的福氣，再也沒有比這樣往生極樂更好的了。別人雖然會恥笑，但是他們的內心也會很羨慕啊！難道你認為父親會因為施用這種愚孝的小伎倆而感到高興嗎？」

「殿下！」平手政秀忍耐不住揮手，想插入話題。

「事實上……」家臣的席位之末有人發言。

「現在最重要的就是公布遺言！」

「什麼！有遺言……？」

所有人的眼光都投向突然發言的方向，發言的人就是柴田權六。

三

權六此時從懷中慢慢地取出一包東西，信長的眼睛眯成了一條線。

「哦？是遺言嗎？拿過來。」信長的聲音非常沉穩，權六將手上的東西晃了晃。

權六的目光巡視四周，本以為會引起一陣喧譁，但是四周卻寂靜無聲。

不用說，遺書一定是偽造的，因為信秀沒有留下任何遺言，岩室殿也沒有寫出來。但權六只要當眾唸出來，就可以……

只要當眾宣讀這份偽造的遺書，那麼就會造成大家對信長的反感，並為他帶來危機，更能達到激怒信長的目的。

「這是偽造的遺書！」如果有人如此喊出，那麼在場的人就會懷疑真偽而紛亂。如此一來信長在家中就失去了信賴——權六心裡打著如意算盤。

「原來如此。遺言……這太好了！」信長又重複一次。

「我唸給大家聽，拿過來！」信長又一次以平穩的語氣催促著。權六的膝蓋不禁顫抖起來，他沒有料到信長竟能如此沉穩，成功的機會大概不大了。

信長從權六的手中接過遺書，再用手觸摸額頭，然後原封不動地放入自己懷中。

「遺書打開之前，各位大人我先問一個問題。信行，你在父親尚存氣息時就趕到，見到他最後一面了嗎？」

「是……」信行回答。

「那麼你趕到時，他的意識還很清楚嗎？」

「嗯……」

下面要說的話被手勢制止了。

「你真是不孝子。」

「……為什麼？」

「你為什麼不在父親大人意識清醒、尚未斷氣之時，把他移到這裡來照顧呢？你剛才又是怎麼說？認為父親大人在岩室殿的床上斃命……引起世人的恥笑？你剛才是不是這麼責問我的？沒忘吧？」

「這……我是說過。」

「住口，信行，你敢愚弄我？父親若是死在岩室殿的床上，那也是無法改變的事實；但是你為何不在他尚有意識之時，把他移動到此，而要承受那樣的恥笑，究竟是怎麼一回事？你最好說清楚。」

「失禮了……」這時柴田權六忍不住想開口，但是被信長阻止了。

「我瞭解你的忠義之心，請稍等再說。信行！」

「是。」

「權六說，這份遺言是父親大人親口所言，岩室親筆記錄，你能確定嗎？」

「這……這……我當時並不在場。」

「那你是不知道囉？不知道的話就等於你說的話也不足採信。好，那麼打開遺書也就毫無意義了。你雖然在父親大人未斷氣時趕到，但是卻沒有親自記錄遺言，還要叫一名女子來寫。這封毫無意義的遺書就永久寄放在我這裡，權六！」

「啊！」

「為了慎重起見，我再問你一句話。」信長說著，露出不懷好意的笑臉。

四

權六一看到信長的微笑，渾身不禁顫慄起來。信長並不如想像中那麼單純，如果遺書的事在這個時候被揭穿的話……

「……明白了，明白了！」他會輕搖著手說：「……既然是一個愚直忠義的人，很可能是被一個女人騙了。」

如果就在此時叫出岩室殿，接下來的事就很難收拾了。

「為了慎重……您是說……？」

權六感到背脊骨涼颼颼的，以非常嚴肅的表情抬頭看著信長。

「也沒什麼，就是有關喪事……如果照實情公布出去。你想想看，有誰想欺侮我信長、乘機發兵攻入尾張？」

「這……這個……？」

「不知道？哈哈哈，將手按在胸前，好好地想一想究竟是誰？」

權六被逼得束手無策，臉頰頓時漲紅了。不，不只是權六，原本一臉堅定的信行，此時也幾乎要崩潰了，就連犬山城的信清和林佐渡的那種剛毅表情也漸漸轉成絕望了。

「不知道？」信長再次笑了出來。「我心裡可是清楚得很呢！雖然我一向被稱為是尾張的第一號奇葩，但對那些壞傢伙的算計可是摸得很透澈，別擔心。」

「啊！」

「權六，我不會讓那些想入侵尾張掀起戰爭的謀叛者和離間者繼續活下去的。只要我發覺對方蠢蠢欲動，就會起兵斬斷敵人的命脈。現在安心地將父親大人的遺骸移到古渡城，立刻準備葬儀。」信長說到這裡，轉身對著一直緊閉雙眼的平手政秀。

「讓你久等了……」信長還記得平手政秀有話要對他說。

「若殿……不，從今天起，您不再是若殿了，應該改稱為殿下，屬下認為，只要我們有萬全的準備，就不怕敵人的威脅。葬禮當然一定是要辦的，只是……以目前的情況而言，確實還需要再細細斟酌。總之，不能因為這次喪事，而讓其他國蔑視我們，您認為呢？」

信長平靜地巡視著全場，目光已恢復了平日的銳利，政秀也和他一起環視著在場諸人。

內藤勝助首先「唉」地嘆了一口氣。「一切遵照殿下的指示。」

「是。」青山三左衛門也點了點頭。

四個家老中已有三人同意，那麼另外一個反對也沒有用了——信行這時才敢面對信長。

「我也贊成一切遵照兄長的指示。」

信長一雙炯炯有神的眼睛瞪著信行。他實在沒想到信行竟是如此懦弱，事情一旦發生，他毫無主見，反倒顯現出只是個會施弄小手段，卻又有著野心的自私者。

「立刻準備將遺骸移到本城，再接下來就是準備策劃葬儀。」平手政秀以平靜的語氣宣布之後，柴田權六緊咬牙齒，低著頭流下淚來。

五

織田家的人極力隱藏住對信長的反感，並開始進行籌備信秀的葬禮。

這時是天文二十（一五五一）年三月七日。

墓地就安排在十二年前信秀自己建立的那古野村龜岳山萬松寺。執事法師也決定是信秀自己開山時所攬請的大雲和尚。但是新的本家首領，也就是剛繼承上總介的信長，幾乎沒有在重要協議會上出現過。

平常林佐渡和平手中務彼此勾心鬥角，但是今天卻沒有表現出來，看來很可能會忍耐到葬禮完畢。

當然還有許多問題存在。

柴田權六、佐久間右衛門、其弟七郎左衛門、林佐渡、佐久間大學、山口左馬助、都築藏人等，還有信長的舅父土田下總、妾腹妹的夫婿神保安藝、織田信清等人，都揚言信長一定會導致織田家族的滅亡。

（如果在喪禮之後，這些人一起騷動起來……）

一思及此，信長就感到心痛。

他一直想要父親離開岩室殿，早點回到古渡城的用意也就在此。然而今川家似乎已有了萬全的準備，正一步步地壓迫尾張。

信長早已看出，鳴海城主的山口左馬助父子，已經屈服在敵人的壓迫之下，暗中通敵。安祥已被奪走，櫻井也在敵人手中。今川那邊有名的武將有葛山備中守氏元、岡部五郎兵衛元信、三浦左馬助義就、飯尾豐前守顯茲、淺井小四郎政敏等。正在鳴海城對面建築工事。

如果隨著信秀的死而使得家中發生內亂，那麼一定會有人乘機攻打尾張。如果僅是這些問題，信長還有自信可以應付。但是，若真僅是如此，濃姬的父親齋藤道三也會打破以往的沉寂了。

「要廢掉我女婿的繼承權，這是什麼意思？」他會以援助信長為藉口，立即派兵進入尾張。與今川氏對峙以趁機搶爭寸土。

葬儀進行中的第六天下午。

「濃，拿刀來！」一直躺著拔鼻毛、咬指甲的信長突然跳了起來。濃姬吃了一驚，取下了刀架上的太刀，送了過去。

「濃！」

「是。」

「你看著，我現在就要解決迷惑！」

信長說著立刻站了起來，像蝗蟲般地飛奔到庭院。

但是他沒有拔出腰間的太刀，雙眼像要冒出火花般瞪得好大，直直地凝視著天空。

濃姬害怕得彷彿將要窒息。她當然瞭解信長所承受的痛苦。家中的騷動，加上今川、齋藤兩家對峙的勢力，無論勝敗如何，信長都很難應付。十九歲的織田上總介信長也和竹千代一樣，淪為孤兒的命運。

「啊！」

庭院中櫻花樹的花苞纍纍，在灰暗的天空中微微搖動著。

六

翌日。

萬松寺內開滿了花朵，濃姬滿懷心事地穿梭其間。

信長自從昨日午後說了一句「解決迷惑」之後就舞著太刀奔了出去，直到今天早上還沒看到人。

大概是到古渡城做一些最後的處理吧！今天沒有親自為他準備喪禮要穿的肩衣與袴，內心覺得有著些許落寞。

不，不僅是落寞。這次連美濃的父親也出來……雖然表面上說是來弔喪，事實上也是對織田家虎視眈眈。

濃姬當然很敬愛自己的父親，但是內心深處卻也深愛著丈夫。然而這兩個人就如同水火般互不相容……

信秀的親信五味新藏看見濃姬走過來，叫道：「美濃御前駕到！」

濃姬行了禮之後，照順序簽個名，然後被引領進到裡頭。

正堂中已擠滿了家族的人。濃姬低著頭撥弄著念珠，被別人帶領到喪主信長正後方的座位上。此時喪主信長的位子還是空著的，因此由旁邊的勘十郎信行來接待。信行穿著傳統的喪服，有禮地向濃姬行了一個禮。

濃姬回了禮之後，就坐了下來。

信行的旁邊是同胞弟弟三男善十郎，接下來則是三歲的女兒於市，這三個人再加上信長，都是正妻土田御前的孩子。

於市的旁邊是前安祥城主庶長子三郎五郎信廣。接下來是信包、喜藏、彥七郎、半九郎、十郎丸、源五郎等依照長幼順序排列，最後則是仍在襁褓中的又十郎。岩室殿將他抱在懷裡，還聽得見他「嘖嘖」吸吮指頭的聲音。

接著這個行列之後是濃姬、土田御前，及庶女十二人。第三列則是由側室組成的，至少有十人以上。

參加葬禮的遺孤眾多，因此氣氛顯得格外悲淒。可是再看到後排的庶女及側室，卻也讓人感到諷刺至極。

濃姬低著頭，忍不住掉下淚來。這個喪禮表面上非常隆重盛大，實際上卻被嫉妒和憎恨緊緊地包圍著。

坐在遺族旁邊的是本家的清洲城主織田彥五郎，他也算是織田家重要人物；以及現在已失去實力而淪為清洲食客的名門當主斯波義統。他們無不一臉嚴峻。再後頭則是正襟危坐的家老與重臣。

僧侶手持燭台而入，點上香。不久，主持喪禮的大雲和尚率領海道的和尚們排列站好，人數約有四百。

在自己建立的寺院排出如此盛大的場面來供養自己，相信信秀應該可以歡喜地證得佛果吧……？

正面立著萬松院桃若道見大禪定門的白木牌位，在燈火之中被映照著。擠滿弔喪人群的廣大佛殿中不斷傳來誦經的聲音。

七

濃姬注意到雖然已經開始誦經，但是喪主信長的位置卻仍是空著的。

（難道他在途中發生了什麼事故……？）

一思及此，濃姬整個心開始紊亂起來。

濃姬看到平手政秀彎下腰，由信行的後面向自己靠近來，並且投來詢問的眼光，濃姬不禁激動地震顫一下。

「夫人，殿下呢？」政秀害怕被別人聽到，於是附在濃姬耳邊，盡量將聲音壓低。「您不是和他一起出城的嗎？」

突如其來的詢問，令濃姬不知該如何回答。

「殿下……他昨天……出去之後就沒有回來了。」

政秀的臉剎時轉紅。真不愧是老練的政秀，聽了這話後就再也不追問什麼了，只是輕輕點頭退回自己的位子。

濃姬頓時頭痛了起來。

由政秀口中知道信長並沒有和家老們在一起，因此可以想像得到一定是出事了。

他是被殺了？還是被監禁在某處？對於習於爭鬥的人來說，這種事算是家常便飯。

信長平日就行為荒誕，現在竟然連自己父親的喪禮都沒有出席——也許正當受到大家的指責之時，他已身陷刺客的圍剿中……

此時，唯求菩提的誦經聲持續著。

她早已料到所有人的眼光，一定會投注到這個空位上，因此連抬頭的勇氣都沒有。

「放我出去！放我出去。」濃姬腦海裡不禁幻想起被困在籠中不斷咆哮的信長，他披頭散髮，眼裡布滿了血絲。

不久，連僧侶們也察覺到喪主不在位子上，因此誦經的調子漸漸慢了下來。

這時，突然有一個身穿染衣的人站了起來，他向主持的大雲和尚耳語了幾句，接著逕自走向首席家老林佐渡說：「上香這事……」

然後又追問道：「喪主殿下究竟出了什麼事？連梵唄都中斷？」

林佐渡滿是愁容的臉搖了搖，詢問著坐在旁邊的政秀。

「到現在還沒看到人，難道他忘記了今天要給父親上香？」

「應該快來了！」平手政秀緊咬著嘴唇，手裡捻著念珠。

「殿下由您負責育成，理應不會出什麼錯。但現在喪禮都進行了一半，竟然要中斷誦經，真是太奇怪了……」

政秀藉著尋找，迴避了林佐渡的問話。他轉著脖子，目光注視著客殿內。有兩、三個人迎著他的視線站了起來。

他們都還未坐下，誦經聲不知何時也中斷了。

那個穿染衣的人走向家老的席位。

五味新藏拿著上香的順序單，以求救的眼光看著林佐渡和平手政秀。

林佐渡這時單膝跪地道：「家督殿下真的忘了嗎？」他以憤恨的眼神狠狠地環視全座。

八

「獻香！有請……」當林佐渡想繼續說下去時……

「請稍待！」平手政秀面帶窘色地搖搖手。

「雖然家督殿下遲到，但也沒有由次男先上香的道理。無論如何，請再稍待一會兒。」

政秀的動作雖然充滿灑脫，但是嘴唇、臉頰都已嚇得蒼白，額頭上也冒出了一顆顆豆大的汗珠。

「父親一生中最後一次的送別儀式，這個膽大包天的殿下竟然忘記參加。」

「平手大人。」

「是。」

「……不要說了，再等等吧！」

誦經聲中斷之後，雜亂的抱怨聲不斷湧入濃姬的耳裡，所有的私語都是針對信長的反感及嘲笑，沒有一個是同情的。

如果換成是次男信行遲到，那麼眾人的反應一定會有很大的不同。

（在如此激烈的質疑聲中，以後殿下要如何統治一族呢……）

就算沒有暗殺、監禁這類的事件發生，信長以後的前途恐怕也已經完了。

「又跑去抓魚了嗎？」

「可能是去相撲吧！」

「不，很可能跳舞去了。現在正是跳舞賞花的季節啊！」

在這一片竊竊私語聲中，傳來家臣織田彥五郎的聲音。

「難道也要讓那些上了年紀的人一直等下去嗎？」

「請再稍候一會兒！」政秀回答。

「這真是前所未聞的事啊，政秀！」

「真抱歉。」
「道歉並不能解決問題。為了慎重起見，再問一句，難道信長大人不出現，今天的喪禮就不舉行了嗎？」
他說話的語氣雖還算柔和，但是仍使得政秀手足無措，不知如何是好。
「不，如此情況……」
「那麼，如果等了一段時間，人還是不出現要怎麼辦呢？」
「是，到時候……」
「可否請信行大人上香，信行大人上香應該沒有關係啊！」
「可是……從沒有這樣的前例啊，還是再稍待一會兒吧！」
「平手大人，」這次是林佐渡的聲音。「趕不上就要有趕不上的作法，這樣我們也不算不忠吧？」
「真是這樣吧！」
「考慮到參禮的親屬，一直等下去也不是辦法呀！」
此時，在座的人都被彥五郎和政秀的談話給吸引，沒有人注意到佛殿的入口處忽然閃進一個人影。
「啊！」座位的最後面有人叫了出來。
「殿下，是殿下！大家看，殿下來了！」

「什麼，殿下……」

濃姬忘了眼前一片慌亂，立刻抬起頭來。

不，不僅是濃姬，遺族、僧侶也都不約而同朝入口處看過去。

九

（太好了，政秀終於鬆了一口氣了……）

雖然心裡這麼想，但濃姬仍不相信自己親眼所見。信長身上仍穿著昨天出去時那套平日的衣服，沒有換上正式的喪服。

他的髮型是一如往常的茶筅頭，髮根則用大紅色的帶子隨便纏上。他睜著一雙炯炯有神的眼睛，抬頭挺胸地出現在眾人面前。天啊！他怎麼如此穿著就來參加父親葬禮……濃姬不禁嚇呆了。

信長左手拿著平日最喜愛長約四尺的備前忠光，傲然地走入。唯有他的腰帶和昨日不同。其實，他現在繫的已不是腰帶了，只是一條以稻草絞成的繩子。

「啊！」政秀此時也注意到了。但是信長一個箭步就向靈前奔去，政秀根本來不及阻止。

「怎麼回事？腰上還繫著草繩？」林佐渡首先開口。

「……」

土田御前也覺得很納悶。

不知道自己怎麼會生出這麼一個奇特的孩子？她不禁抬起頭來！

「怎麼回事？」

「你看他全身沾滿了泥土。」

「大概是去相撲了吧！」

「竟然敢……」

趕不及參加父親的葬禮也就罷了，竟然還穿著這種不合禮儀、亂七八糟的衣服，實在太過分了。

壇下的僧侶們、大雲和尚當然也都注視著信長。然而一向傲慢自大的信長卻故意視而不見，逕自穿過人們慌亂間讓出的通道，直接走到靈前。

閃閃發亮的神位、通明的燈火、近四百名僧侶、滿堂的香花……這一切莊嚴肅穆的氣氛，全因一名不知輕重的魯莽少年而破壞殆盡。

信長終於停在靈位之前。這時全場安靜下來，所有的私語也都停止。只聽到這個年輕人腰上所佩帶的太刀鞘尾「碰」的觸到地面的聲音。

被這聲音一驚，五位新藏慌忙地開始了上香順序的司儀工作。

「上香，上總介大人！」

誦經聲再度響起。

但是信長並沒有坐下，也沒有低頭。他只是傲然地站在那裡，左手扶著觸及地面的太刀，專神凝視著牌位，「萬松院桃岩道見大禪定門」。

人們已被這位違反正規禮儀的奇特人物所吸引，屏氣凝神地注視著。忽然間，信長伸出右手，一把抓起已燃著的香。

「啊……」全場的人又不約而同地發出驚訝聲。

看！信長手中抓了一把香，一股腦地往父親的牌位撒了過去。

香散落一地。主法法師愣住了，前排的僧侶中有人不敢相信自己所見，拚命揉搓著眼睛。

「瘋了，這一定是瘋了……」

正當林佐渡喃喃自語時，信長突然轉過身來，背對靈位，凝視著在場的每個人。

十

人們並沒有聽到林佐渡的喃喃自語，全因信長這種超乎想像的行動而陷入震驚狀態，連批判力也完全消失了。

背對著靈位傲然站立的信長並沒有舉步走向出口。他微轉身體，瞪著那對似鷹般銳利的眼睛環視全場，似乎想尋找出他的獵物。

「殿下！」是政秀的聲音，「請上座……」

但是信長好像沒聽見似地，無禮地走了兩、三步到親屬的席位上，最後在清洲的織田彥五郎面前突然站住。

「辛苦了！」信長竟然說話了。

地位不及信秀，家格屬於本家的彥五郎，此時臉色變白，露出顫慄的神色。他像呆了似地連連點頭，被信長那股咄咄逼人的氣勢所懾服了。

信長此時又將眼光移至犬山城的織田信清身上：「聽說你骨折了，是嗎？」

信清當場愣住了。如果這句極具諷刺意味的話冤枉了他，他絕不是那種肯挨悶棍的人。但是匆忙之中實在也找不出任何話來回答。

信長的太刀又「碰」地一聲擊到地面，他再走了兩、三步，對著在場的親戚及大名們，以君主的威嚴說：「辛苦了。」

「殿下！」當平手政秀再次呼喚時，信長已向出口筆直走去。

五味新藏這時才回過神來：「下一位……勘十郎信行大人。」

雖然以震人的聲音唸出上香者的姓名，但是大夥的眼光仍被信長所吸引，每個人都引領相望。

信長下了佛殿，頭也不回地就走了。在微弱的陽光下，只看到一個佩著太刀、一手插在腰際草繩裡的身影，朝山門奔去。

直到看不見信長的背影，濃姬這才發覺到自己身在何處。除了嘆氣之外，她實在不知道能做什麼。

（難道殿下……）他的行為實在很奇怪。昨天中午才下定決心要解除迷惑——原以為他今後會有令人安心的打算，然而卻又製造出今天這種不可收拾的局面。

他是故意和全族為敵，絲毫不肯妥協。

如果鳴海的山口、犬山城的信清同時謀叛，那麼對古渡、那古野的命運都將造成巨大的影響。

（明知如此，他為什麼還要以這種傲然的態度來對待他們呢？……）

思及至此，她突然想起平手政秀。如今信長就只剩下這唯一的心腹……但是信長今天這種行為，身為師傅的政秀不也會被今日責難的族人逼得切腹負責嗎？如果形勢真的演變至此，那麼信長不就如書上所記載的孤兒一樣了嗎？

濃姬將視線移向家老的席位上，只見政秀表現出一副什麼事都沒發生的模樣，平靜地看著正前方。

「上總介大人的內室。」五味新藏此時已恢復了平靜，扯著嗓門呼叫濃姬。

十一

濃姬一起身，大家的視線很自然地投到這位特立獨行殿下的妻子身上。

好美！在她豔麗、淒美的氣質中流露出一份柔弱的絕望。
有些人以惡毒的字眼批評她，有些人則為她嘆息。
由美濃嫁到敵方的那古野來，夢想能夠依靠終身的殿下卻是如此地桀驁難馴，連她都遭到族人鄙視的眼光——有此觀念的人都會為濃姬的紅顏薄命而嘆息。
濃姬上香之後站在靈前，靜靜地閉上了雙眼。
（只有我能瞭解丈夫內心的苦……）
此時，她腦中浮起信長聞知父親噩耗後的流淚模樣，她真希望能將這些事告訴信秀。
（請保佑他……）濃姬只求這點。
上完香回到座位，三歲的市姬拉著濃姬的袖子，天真地問道：「父親大人死了嗎？……」
市姬露出一臉的疑惑。
看到宛如人偶般的市姬搖頭晃腦的可愛模樣，不禁令人為之鼻酸。
土田御前與濃姬上過香後，就輪到眾多庶子循序到靈前致祭。
十二男又十郎由岩室殿抱著上香。這時，濃姬也忍不住多看一眼。
這個年輕美麗的愛妾，臉上帶著哀愁，懷中抱著幼子，但仍掩藏不住那股吸引人的冶豔。
「怪不得大殿下捨不得離開末森城。」
「和美濃御前的美完全不同呢！」
「對，美濃御前就像一朵完全綻放的菖蒲，而她就像一朵火紅的牡丹。」

「她才十八歲，此後不知會成為誰的妻妾，如果放著不去管她，日後一定會成為紛爭的種因。」

一般人對於年紀輕輕就喪夫的女人，所懷的想像往往會超越哀傷，而關心著她的其他事。

平手政秀在家老的席位上默默聽著這些揣測之言，但是對於突然出現又像旋風般消失的信長仍無法理解。

（究竟為了何事……？）政秀心中猜測有兩種情形。

若無其他原因，只是因為信長本性如此，故意向親屬、家中所有的人挑戰。

若是真的挑起了戰爭，信長有壓制的能力嗎？

若不是這個理由，那麼他今天這種暴虎馮河的匹夫之勇，實在沒有大將之器。

親屬上香完畢。

林佐渡之後呼叫到政秀的名字，政秀立刻站起來。

（大殿下，請原諒。）

政秀辛勤的教導，信長竟仍是如此桀驁不馴——政秀上香時，想到這不禁老淚縱橫。

回到座位之後，政秀又閉上雙眼。

眼前又浮現腰間繫著粗繩，無禮地站在父親靈前扔擲香灰的信長的身影，久久揮之不去。

德川家康關係年表（一五三四～一五五四年）

西曆	年號	主要事件
一五三四	天文三年	五月，織田信長生於尾張那古野城。幼名吉法師。父為信秀。
一五三五	天文四年	二月廿二日，三合的松平清康（家康的祖父）修建大樹寺多寶塔。 七月廿二日，北條氏綱軍援今川氏輝與甲斐武田信虎之戰。 十二月五日，松平清康向尾張進攻織田信秀之守山，被家臣阿部彌七郎所殺（守山崩）。竹千代（廣忠）繼位。
一五三六	天文五年	正月一日，日吉丸（豐臣秀吉）生於尾張中村。父親為織田信秀騎下的輕足木下彌右衛門。也有一說生於天文六（一五三七）年二月六日。 二月廿六日，後奈良天皇即位。 三月十七日，駿河的今川氏輝死去，得年二十四歲。其弟善德寺承芳繼位，改名為義元。
		四月十四日，陸奧的伊達稙宗制定《塵芥集》。 七月，延曆寺徒眾火燒京都法華宗寺院（天文法華之亂）。
一五三七	天文六年	二月十日，駿河的今川義元迎娶甲斐的武田信虎之女。自此今川氏與北條氏斷交，與武田氏結盟。 六月廿五日，松平竹千代（廣忠）由駿河返回三河，入岡崎城。 七月十五日，相模的北條氏綱，與扇谷上山朝定、武藏三木開戰。 十月三日，前內大臣正二位三條西實隆死去，享壽八十三歲。 十二月一日，安藝的毛利元就之嫡子少輔太郎（隆元）成為周防大內氏的人質。 十二月九日，三河岡崎的松平竹千代，元服後改名廣忠。

一五三八	天文七年	九月一日，美濃繼承長井利隆的長井規秀，改名利政，繼承齋藤氏。
一五三九	天文八年	九月十七日，安藝的毛利元就，與尼子詮久於安藝戶坂交戰。 是年，山崎宗鑑撰寫《犬筑波集》。
一五四〇	天文九年	六月六日，尾張的織田信秀攻下三河安祥城。 八月十六日，尼子詮久攻下大內義隆所轄的石見銀山。 是年，耶穌會批准成立。
一五四一	天文十年	正月廿六日，松平廣忠迎娶三河刈屋水野忠政之女（於大）。 六月十四日，甲斐守護武田信虎被兒子晴信（信玄）流放，託囑給駿河今川義元。 九月，織田信秀，捐進豐受大神宮外宮修建費用。 七月十九日，相模的北條氏綱死去，享年五十五歲。子氏康繼承。 ※是年，喀爾文宗教改革。
一五四二	天文十一年	七月四日，信濃的諏訪賴重向甲斐的武田晴信（信玄）投降，於甲斐自殺。 八月十日，今川義元向織田信秀進攻，敗於三河小豆坂。 八月廿四日，美濃的齋藤利政（秀龍・道三）攻破美濃守護土岐賴藝。賴藝逃往尾張投靠織田信秀。 十二月廿六日，德川家康出生於三河岡崎城。幼名竹千代，父親為松平廣忠，母為水野氏（於大）。〈家康一歲〉
一五四三	天文十二年	二月十四日，織田信秀進獻禁里修理費用。 七月十二日，三河刈屋城主、於大的父親水野忠政死去。子信元繼承。 八月十日，三河岡崎的松平廣忠，進攻叔父松平信孝的三河三木城。信孝投靠尾張的織田信秀。 八月廿五日，葡萄牙商船漂流至種子島，傳入了火繩槍。

		※是年，發表地動說的天文學家哥白尼死去。	〈二歲〉
一五四四	天文十三年	八月廿一日，松平長親（家康的玄祖父）死去，享壽九十二歲。 九月廿三日，尾張的織田信秀進攻齋藤利政（秀龍・道三）的美濃稻葉山城。利政，靠著越前朝倉教景的援助予以擊退。 九月，三河刈屋的水野信元與織田信秀聯通。三河岡崎的松平廣忠與信元之妹水野氏（於大）分別，與信元絕交。	〈三歲〉
一五四五	天文十四年	八月，今川義元，與北條氏康於駿河交戰。甲斐的武田晴信（信玄）出手援助義元。 九月廿日，三河岡崎的松平廣忠為奪回安祥城出兵，敗給織田信秀之軍。 是年，三河岡崎的松平廣忠迎娶三河田原戶田康光之女真喜姬（名為田原御前）。	〈四歲〉
一五四六	天文十五年	十月五日，京都土一揆要求幕府施行德政。 十二月廿日，足利義藤（義輝），就任室町幕府第十三代將軍。 是年，尾張織田信秀之子吉法師元服改名信長。	〈五歲〉
一五四七	天文十六年	六月，武田晴信（信玄），訂定家法《甲州法度》。 八月二日，三河岡崎的松平廣忠，其子竹千代（家康）成為今川義元之人質。 九月五日，松平廣忠，受今川義元之命進攻三河田原的戶田康光。 九月廿二日，織田信秀攻破齋藤利正（秀龍・道三）的美濃稻葉山城。 十月十九日，織田信秀，命松平忠倫進攻三河岡崎的松平廣忠。忠倫為廣忠所殺。 是年，織田信秀於建仁寺禪居庵建立摩利支天堂。	〈六歲〉
一五四八	天文十七年	三月十九日，今川義元的部將太原雪齋與織田信秀之軍於三河小豆坂開戰（第二次小豆坂合戰）。 十一月，織田信秀與齋藤利政（秀龍・道三）議和，織田之子信長迎娶利政之女濃姬	

		至尾張。	〈七歲〉
一五四九	天文十八年	三月六日，三河岡崎的松平廣忠為家臣岩松八彌所暗殺（亦有三月十日之說），得年二十四歲。 七月三日，耶穌會傳教士方濟・沙勿略（Francisco Javier）來到鹿兒島，為基督宗教宣教。 十一月九日，太原雪齋受今川義元之命進攻三河安祥城，俘虜織田信廣。雪齋與織田氏交換人質：松平竹千代（家康）與信廣交換。 十二月廿四日，松平竹千代（家康）抵達駿河府中。	〈八歲〉
一五五〇	天文十九年	正月，松平竹千代（家康）謁見今川義元。 二月十三日，大友義鑑為家臣所殺。 五月四日前室町將軍足利義晴於近江逝世，享年四十歲。 九月，耶穌會傳教士方濟・沙勿略從肥前平戶出發，經周防山口抵達京都。	〈九歲〉
一五五一	天文二〇年	三月三日，尾張的織田信秀死去，享年四十二歲。子信長繼承。 九月一日，周防山口的大內義隆為其臣陶隆房（晴賢）所害，享年四十五歲。 是年，日吉丸離家，以木下嘉衛門為名。	〈十歲〉
一五五二	天文廿一年	正月十日，關東管領山內上山憲政被北條氏康攻陷，投靠越後守護代長尾景虎。 三月一日，周防的陶隆房，迎來大友義震之弟晴英，成為大內家之家督。隆房，改名晴賢。	〈十一歲〉
一五五三	天文廿二年	閏正月十三日，尾張的織田信長的傅役平手政秀，以死向信長進諫。 四月，織田信長與齋藤利政（秀龍・道三）於尾張聖德寺會面。 八月，甲斐的武田晴信（信玄），與越後的長尾景虎（上杉謙信）於信濃川中島開戰。 秋天，長尾景虎，上洛內參獲賜天盃、御劍，領受鎮定戰亂的綸旨。	〈十二歲〉

一五五四	天文廿三年	二月十二日，室町將軍足利義藤，改名義輝。 三月，北條氏康，趁今川義元之虛入侵駿河。甲斐的武田晴信（信玄），援助義元與北條氏開戰。 在太原雪齋斡旋下，武田晴信之女與北條氏康之子氏政，以及氏康之女與今川義元之子氏真，合婚求睦。〈十三歲〉

德川家康：現代日本的奠基者 第一部

德川家康

作者 山岡莊八（Yamaoka Sōhachi）
譯者 何黎莉、丁小艾
責任編輯 賴譽夫、何韋毅
校對 聞若婷
封面設計 莊謹銘
內頁排版 葉若蒂

編輯出版 遠足文化事業股份有限公司
行銷企劃 余一霞、趙鴻祐、林芳如
行銷總監 陳雅雯
副總編輯 賴譽夫
執行長 陳蕙慧
社長 郭重興
發行人 曾大福
發行 遠足文化事業股份有限公司
地址 23141 新北市新店區民權路 108 之 2 號 9 樓
代表號 02-2218-1417 傳真 02-2218-0727
客服專線 0800-221-029 Email service@bookrep.com.tw
郵撥帳號 19504465
戶名 遠足文化事業股份有限公司
網址 www.bookrep.com.tw

法律顧問 華洋法律事務所 蘇文生律師
印製 韋懋實業有限公司
初版一刷 2023 年 1 月
ISBN 978-986-508-167-6
定價 850 元

國家圖書館出版品預行編目（CIP）資料

德川家康：現代日本的奠基者／山岡莊八著；何黎莉，丁小艾譯 .-- 初版 .-- 新北市：
遠足文化事業股份有限公司，2023.01
第一冊；14.8×21 公分
譯自：德川家康
ISBN：978-986-508-167-6（第一部：精裝）
861.57 111020293